Anja Jonuleit
Das letzte Bild

Das Los der Isdal-Frau ist wohl eines der größten Rätsel der jüngeren Kriminalgeschichte. Die nie identifizierte Frauenleiche, die im November 1970 im Isdal gefunden wurde, gibt bis heute Anlass für Spekulationen. Wer war die junge Frau wirklich, die mit verschiedenen Identitäten in ganz Norwegen unterwegs war? Diese Frage ließ auch Anja Jonuleit nicht los, und sie tauchte ein in einen Kriminalfall, dessen Ermittlungsergebnisse mehr Fragen aufwerfen als Antworten geben. Aus ihren Recherchen entstand eine eigene Geschichte, in der die Autorin der geheimnisvollen Isdal-Frau eine Identität zurückgibt, ein Schicksal und eine Heimat.

Anja Jonuleit wurde in Bonn geboren, lebte einige Jahre in Rom und studierte Italienisch und Englisch. Sie arbeitete als Dolmetscherin, bis sie anfing, Romane und Geschichten zu schreiben. Mit ihren Bestsellern ›Herbstvergessene‹, ›Der Apfelsammler‹, ›Rabenfrauen‹ und ›Das Nachtfräuleinspiel‹ hat sie sich eine große Fangemeinde erobert. Sie lebt mit ihrer Familie in der Nähe von Friedrichshafen.

Anja Jonuleit

Das letzte Bild

Roman

dtv

Von Anja Jonuleit
sind bei dtv außerdem erschienen:
Herbstvergessene
Der Apfelsammler
Novemberasche
Rabenfrauen
Das Nachtfräuleinspiel

MIX
Papier | Fördert
gute Waldnutzung
FSC® C019821

Ungekürzte Ausgabe 2023
6. Auflage 2024

Lektorat: Beate Schäfer
Umschlaggestaltung: Hauptmann & Kompanie Werbeagentur,
Zürich Umschlagmotive: Malgorzata Maj/Arcangel Images;
shutterstock.com; Michael Fousert/unsplash.com
Satz: Greiner & Reichel, Köln
Gesetzt aus der Arno Pro
Druck und Bindung: Druckerei C.H.Beck, Nördlingen
Printed in Germany · ISBN 978-3-423-21867-2

Für meine Tochter Astrid
Danke ♥

Früher

10. August 1944

Der Wald will kein Ende nehmen. Dabei müsste sie doch längst am Ziel sein. Den ganzen Tag ist sie schon unterwegs und langsam bekommt sie es mit der Angst zu tun. Auch ist sie inzwischen so unendlich müde.

Sie schaut sich um und schlüpft dann in eine Lücke zwischen den Adlerfarn, damit sie vom Weg aus nicht zu sehen ist. Sie streift sich die Riemen ihres Felltornisters von den Schultern und sinkt ins Moos. Der Farn umschließt sie. Es ist ein bisschen wie in einem Haus. Eine Weile liegt sie im Moos, es ist schön weich, aber dann meldet sich der Hunger wieder, und durstig ist sie auch. Und obwohl sie weiß, dass sie den ganzen Proviant längst verputzt hat, den Apfel und auch die zwei Stullen, die sie aus der Küche stibitzt hat, rappelt sie sich hoch, klappt den Tornister auf und sieht hinein. Wie erwartet ist nichts Essbares mehr zu finden. Nur die graue Feldflasche ist da. Die Feldflasche, die Karte von ihrer Omi und die beiden Puppen. Sie holt sie heraus, zuerst die Ursel, die mit ihren blonden Zöpfen so hübsch aussieht. Und dann die andere. Die, die sie Nini weggenommen und deren Zöpfe sie abgeschnitten hat, ratsch, ratsch, mit zwei sauberen Schnitten.

Gretchen betrachtet die Puppen. Plötzlich hat sie einen Kloß im Hals, der so dick ist, dass es wehtut. Sie wollte doch nur Heiraten spielen und dafür brauchte sie ja einen Bräutigam für die Ursel. Und weil kein anderer da war, hat sie heimlich die Franziska genommen, die Puppe ihrer Schwester, und sie in einen Franzl verwandelt.

Eine Träne tropft auf das verschnittene Haar des kleinen Bräutigams. Natürlich hat Nini sie gleich bei Tante Anneliese verpetzt. Und dann hat sie mal wieder Senge bekommen, zuerst von Tante Anneliese und später noch von der Mutti mit dem Kleiderbügel. Das hat so wehgetan. Und deshalb hat sie beschlossen, in das Prinzessinnenschloss zurückzugehen, zu Geeske, die immer lieb zu ihr war und sie in den Arm genommen und beschützt hat. Auch vor der Mutti, obwohl die Mutti ja die Frau Doktor ist und Geeske bloß eine Küchenhilfe. Geeske jedenfalls wird es verstehen, dass sie nur einen Mann für die Ursel gebraucht hat und nichts Böses wollte. Und außerdem soll die Mutti sich ganz dolle um sie sorgen, ja, weinen soll sie, so wie Gretchen nach der Senge mit dem Kleiderbügel geweint hat.

Mit der Schürze ihres Kleidchens wischt sie sich die Tränen ab. Der Gedanke an ihre weinende Mutti gibt ihr neue Kraft. Recht geschieht es ihr. Sie will zu Geeske, dort will sie bleiben. Außerdem kann es jetzt nicht mehr weit sein. Sie ist ja schon den ganzen Tag unterwegs und genauso lange hat die Fahrt vom Prinzessinnenschloss bis zu dem anderen Schloss, wo die Leute französisch sprechen, auch gedauert.

Sie steckt die Puppen zurück, nimmt den letzten Schluck Wasser, schultert den Tornister und geht weiter.

Nach einer Weile hat sie den Eindruck, dass der Wald lichter wird. Und dann glaubt sie, das Muhen einer Kuh zu hören. Sie bleibt ganz still stehen und lauscht angestrengt. Ja, da ist es wieder, das Muhen.

Auf einmal fällt alle Müdigkeit von ihr ab. Sie ist da. Sie hat es geschafft. Sie rennt so schnell sie kann in die Richtung, aus der das Muhen kommt, mitten durch den Wald. Stöckchen knacken unter ihren dicken Schnürschuhen, Laub raschelt, sie kann es kaum erwarten, endlich die Kuhwiese zu sehen, dann ist es nicht mehr weit bis zum roten Schloss mit den weißen Zackenfenstern, wo Geeske sicher schon das Abendessen zubereitet. Vielleicht gibt es ja Griesbrei mit Pflaumenkompott. Oh, sie hat solchen Hunger.

Sie tritt aus dem Wald und bleibt abrupt stehen. Aber wo sind denn die Schwarzweißen, diese Kühe hier sind ja ganz hell, hat man sie vielleicht angemalt? Oder sind auch die Kühe weggebracht worden, zusammen mit den Kindern, und durch die hellen ersetzt? Außerdem sind hier auch noch lauter Pferde. Und dann entdeckt sie, weit im Hintergrund, ein riesiges Gebäude, fremd. Noch ein Schloss, ein anderes Schloss!

Langsam dämmert es ihr. Das hier ist nicht die Weide hinter dem Prinzessinnenschloss. Ihr Blick huscht hin und her, den Weg am Waldrand entlang nach links und rechts, über die Wiese mit den fremden Kühen und das fremde Schloss in der Ferne.

In dem Moment hört sie Pferdegetrappel. Eilig versteckt sie sich hinter einem Baumstamm. Eine Kutsche mit zwei Pferden kommt den Weg entlang. Hastig zieht sie sich in den Wald zurück, dorthin, wo der Adlerfarn am dichtesten ist. Sie geht in die Knie, streckt sich ganz leise auf dem Waldboden aus, legt den Kopf ins Moos und bemüht sich, mucksmäuschenstill zu sein. Sie wartet. Ein kleiner schwarzer Käfer klettert mühevoll über das Moos, direkt auf ihre Nasenspitze zu. Das Pferdegetrappel ist nicht mehr zu hören. Ist die Kutsche vorbeigefahren? Wohl eine Ewigkeit liegt sie da, atmet so leise sie kann. Irgendwann hebt sie den Kopf, um besser hören zu können. Sie schaut nach oben, auf die fein gezackten Blätter des Adlerfarns, und hält die Luft an. Und da, ganz langsam, taucht ein Gesicht über ihr auf, das Gesicht eines Mannes.

Wenn sich die Bedeutung eines Geheimnisses daran bemisst, wie lange der Schwur hält, es nicht zu enthüllen, dann muss das Geheimnis der Frau aus dem norwegischen Isdal sehr, sehr bedeutend sein. 47 Jahre ist es her, dass sie gefunden wurde, ein toter Mensch ohne Namen und ohne Nationalität, und in all den Jahren hat von denen, die etwas wussten, nicht einer geredet.

Die Zeit, 10. Januar 2018

Eva entdeckte es an einem Montag, um kurz nach sieben. Sie stand an der Theke beim Bäcker und wartete darauf, dass die Verkäuferin ihr die Butterbrezeln in zwei Tüten verpackte, eine für Justus und eine für sie, als ihr Blick wie jeden Morgen auf die *BILD* fiel, die in einem Stapel auf dem Tresen lag. Gewöhnlich lächelte sie dabei leise und vielleicht auch ein wenig überlegen in sich hinein. Bei einer besonders platt oder ätzend formulierten Schlagzeile würde sie später Justus oder einer ihrer Freundinnen davon erzählen und einen kleinen Witz machen. Heute jedoch wurde sie von einem unerklärlichen Unbehagen erfasst. *War die unbekannte Tote eine Deutsche*?, stand da in fetten Lettern. Bei dem Bild darunter handelte es sich um eine Phantomzeichnung, und was das bedeutete, das wusste man ja.

»Mama? Die Brezeln!«, sagte eine Stimme, Justus, dicht hinter ihr. Abwesend und fast ein wenig widerwillig löste sich ihr Blick von den leicht schräg stehenden braunen Augen, der spitzen Nase und den vollen Lippen. Die Verkäuferin sah sie an, mit hochgezogenen Augenbrauen und einem ziemlich genervten Gesichtsausdruck.

»Oh, Pardon«, sagte Eva und öffnete ihr Portemonnaie, holte rasch ein paar Münzen heraus und legte sie auf den Tresen. Sie konnte nicht verhindern, dass ihr Blick, kaum hatte sie nach den Tüten gegriffen, gleich wieder zu dem Gesicht auf der Zeitung zurückwanderte. Und plötzlich war da dieses Gefühl, eine Art Wiedererkennen, gepaart mit einer dunklen Ahnung. Nein, dachte sie, das kann ja nicht sein. Was sollte das auch für einen Sinn ergeben? Trotzdem tat sie kurz darauf etwas, das sie selbst nie für möglich gehalten hätte. Sie griff nach der Zeitung und warf dabei einen verstohlenen Blick über die Schulter zu Justus.

»Was kostet die?«, fragte sie und klappte die Zeitung rasch um, das Gesicht nach innen.

»Ein Euro«, antwortete die Verkäuferin ein wenig schnippisch, woraufhin Eva ihr, weil sie es nicht anders hatte, hastig eine Zweieuromünze in die Hand drückte und sich abwandte.

»Sie bekommen noch was raus«, rief die Frau ihr hinterher, doch Eva war schon auf dem Weg nach draußen.

»Die hast du jetzt aber nicht wirklich gekauft?«, hörte sie Justus' Stimme. Er klang entrüstet. Seine Mutter hatte ihm jahrelang immer wieder erklärt, warum ihr dieses Revolverblatt nicht ins Haus kam, schließlich war sie nicht umsonst Germanistin und schrieb preisgekrönte Biografien.

»Hier«, sagte sie, ohne darauf einzugehen, und reichte ihm die Tüte mit der Brezel. Er zuckte die Achseln.

»Bis später«, sagte sie, ohne ihm einen Kuss auf die Backe zu geben, wie sie es zu Hause an der Tür getan hätte. Schließlich war er fünfzehn Jahre alt und sie befanden sich in Sichtweite der Bushaltestelle, wo sein Kumpel bereits herumdümpelte. Allerdings wäre die Gefahr, dass der etwas außerhalb seines Smartphones wahrnahm, relativ gering, dachte Eva und fragte Justus der Form halber, ob er nicht doch den Schirm nehmen wolle, was er wie erwartet ablehnte. Kurz sah sie ihm hinterher, wie er durch den Regen davontrottete, mit dem schlaksigen Gang eines Jungen, der zu schnell gewachsen war und sich noch nicht an die Länge seiner Gliedmaßen gewöhnt hatte.

Dann steckte sie die Zeitung unter ihren Trench, trat unter dem Vordach hervor und rannte zu ihrem Wagen. Sie fuhr zu schnell, das war ihr klar, sie sah ja kaum etwas durch den Regen, der auf die Windschutzscheibe pladderte. Doch etwas in ihr ließ sie Gas geben, bis sie fünf Minuten später in ihre Einfahrt in der Pasinger Gustav-Adolf-Straße bog und ungeduldig darauf wartete, dass das elektrische Garagentor aufschwang.

In der Küche warf sie die Zeitung auf den Tisch, neben die Druckfahne, die gestern gekommen war. Noch im Mantel zog sie scharrend einen Stuhl zurück, ließ sich darauf nieder und legte die Zeitung vor sich.

So saß sie da und betrachtete das Gesicht der Frau, einen Augenblick nur, bevor sie die fett gedruckte kurze Passage auf der Titelseite las. *Durchbruch nach 50 Jahren! Australischer Super-Prof entschlüsselt Zahnschmelz. Verkohlte Leiche eine Deutsche?* Hastig blätterte Eva nach hinten, um den dazugehörigen Artikel zu finden. Während ihre Augen über die Zeilen wanderten, spannte sich ihr Körper immer mehr an.

Norwegens rätselhaftester Kriminalfall: Die Spur führt nach Deutschland. War die Frau, die am 29. November 1970 in einem abgelegenen Tal in Norwegen bis zur Unkenntlichkeit verbrannte, eine Deutsche? Ein australischer Experte der Universität Canberra hat mithilfe einer Zahnschmelzanalyse herausgefunden, dass die Isdal-Frau, wie sie in Norwegen genannt wird, vermutlich aus der Gegend von Nürnberg stammte. Der Fall der unbekannten Toten, die damals mit insgesamt acht verschiedenen belgischen Pässen in Norwegen herumgereist war, gibt der Polizei bis heute Rätsel auf.

»Was …«, flüsterte Eva fassungslos, blätterte zurück zur Titelseite und starrte auf das Phantombild. Sie konnte den Blick nicht abwenden, während sich die einzelnen Informationen in ihrem Kopf nach und nach zu einem merkwürdigen Ganzen fügten. Nürnberg. Belgien. Norwegen. Das Gesicht.

Einen Moment lang wurde ihr schwindlig und sie spürte eine

Kraftlosigkeit in den Gelenken, dieselbe mürbe Schwäche wie vor drei Jahren, als herausgekommen war, dass Johannes sie belogen hatte.

Ihr Blick wanderte zurück zum Text. *Die norwegische Polizei hofft, in Zusammenarbeit mit den europäischen Kollegen nun endlich Klarheit in den Fall zu bringen.* Und dann, ganz unten, fett gedruckt, ein Kasten mit dem Aufruf: *Sachdienliche Hinweise, die zur Klärung der Identität der unbekannten Toten beitragen können, nimmt diese Redaktion sowie jede Polizeidienststelle entgegen.*

Nürnberg. Belgien. Norwegen.

Das Gesicht ihrer Mutter. Ihr eigenes Gesicht.

Saint-Antoine, Frankreich, 1954

Im Grunde beginnt alles an dem Tag, an dem sie Juliette nach der Schule besucht, um sich die neue Schallplatte von Vera Lynn anzuhören. Da wird sie sich später eine gute Ausrede einfallen lassen. Denn eigentlich muss sie nach der Schule immer gleich nach Hause, wo Ann-Marie ihr die Arbeit für den Tag zuteilt. In letzter Zeit denkt Marguerite manchmal, dass die beiden sie wohl nicht nur aus Barmherzigkeit bei sich aufgenommen haben, wie sie das ständig betonen. Vielleicht geht es ihnen nur um eine billige Hilfe in Haus und Garten. Einen Plattenspieler besitzen ihre stocksteifen Zieheltern natürlich nicht, wohingegen Juliette sogar einen eigenen in ihrem Zimmer stehen hat. Auch nennt Juliettes Vater die neue Musik nicht ständig sittenlos, also besitzt Juliette sogar ein paar Platten von Bill Haley. Und nun hat ihr Vater ihr aus Paris die neue Scheibe von Vera Lynn mitgebracht.

Wie immer betritt Marguerite Juliettes Zimmer mit dem der luxuriösen Umgebung gebotenen Respekt. Wie gut Juliette es hat. All die hübschen Möbel: der Toilettentisch. Der große Spiegel mit dem Silberrahmen. Die hellgelben Seidenvorhänge. Nicht zum ersten Mal stellt sie sich vor, all das würde ihr gehören. Sie würde alles dafür geben, in so einem Haus, in so einem Zimmer leben zu dürfen. Vorsichtig lässt sie sich auf Juliettes weißem Himmelbett nieder, wobei sie jeden von Juliettes Handgriffen genau verfolgt. Wie sie den runden Lederkoffer aus dem Schrank nimmt, ihn auf den Tisch stellt und aufklappt, die Platte aus der Papierhülle nimmt und auf den grünen Plattenteller legt. Dann ist der feierliche Moment gekommen, in dem sie mucksmäuschenstill sein muss: wenn Juliette den Arm mit der Nadel hochnimmt und auf die Rille setzt.

Im nächsten Moment knistert es ein bisschen und dann erklingt eine elegante Melodie, die Töne schweben durch den Raum, Trompeten und Geigen, wie schön das ist, und dann fängt ein Chor an zu singen.

Aber was ist das? Was sind das für Worte?

Auf Wiederseh'n. Auf Wiederseh'n.

Erschrocken reißt Marguerite die Augen auf. Verständnislos blickt sie zu Juliette, die aber nichts Außergewöhnliches daran zu finden scheint. Dann ist der deutsche Part vorbei und Vera Lynn singt auf Englisch weiter. Doch bald kommt es erneut, dieses Auf Wiederseh'n, und auf einmal spürt Marguerite, wie ihr die Tränen in die Augen treten. Sie ballt die Hände zu Fäusten, presst die Lippen aufeinander, blinzelt. Immer wieder blinzelt sie und hofft dabei, dass Juliette sie nicht anschaut. Doch just in dem Moment treffen sich ihre Blicke. Und Juliette sieht, wie ihr die Tränen über die Wangen laufen.

Einen Augenblick lang sieht Juliette sie nur an. Dann läuft sie zur Tür hinaus und holt ihre Mutter.

»Was ist denn los?«, fragte Madame Dumont einige Momente später, während sie im Türrahmen steht, genauso steif wie Juliette.

Aber Marguerite kann nicht antworten. Sie weint jetzt unkontrolliert, die Tränen strömen ihr übers Gesicht, und je länger das Lied dauert, desto schlimmer wird es. Inzwischen steht auch Juliettes Vater in der Tür. Und so sehen alle drei Marguerite beim Schluchzen zu, der Vater bestürzt, die Mutter distanziert und Juliette mit gewohnt undurchdringlicher Miene.

Erst als die letzten Takte verklingen, kann sie aufhören zu weinen. Inzwischen hat Juliettes Mutter sich aus ihrer Erstarrung gelöst und reicht Marguerite ein Stofftaschentuch, mit dem sie sich die Augen abtupft und die Nase schnäuzt.

»Geht es dir nicht gut?«, fragt Juliettes Vater freundlich und tut ein paar Schritte auf sie zu, setzt sich neben sie. Marguerite schüttelt den Kopf und nickt gleich darauf.

»Doch, doch«, sagt sie hastig und lächelt mit geschlossenen Lippen, damit er die Lücke zwischen ihren Vorderzähnen nicht bemerkt. »Es geht mir gut. Das Lied hat mich nur traurig gemacht.«

Juliettes Mutter nickt und bietet ihr ein Stück Johannisbeer-Tarte an. Als Marguerite dankend ablehnt, dreht sie sich um und geht weg. Monsieur Dumont jedoch sitzt weiter neben ihr und sieht sie so komisch von der Seite her an, so als würde er die Wahrheit kennen.

Ein paar Tage später trifft sie ihn zufällig auf der Landstraße. Sie ist zu Fuß unterwegs, hat wie jeden Abend Eier und Milch in Saint-Émile bei den Martins geholt und ist nun auf dem Heimweg, als ein schwarzer Citroën sie erst überholt und dann zurücksetzt, um neben ihr zu halten. Es ist das Auto von Monsieur Dumont.

»Bonjour, Marguerite. Soll ich dich mitnehmen?«

Marguerite will erst ablehnen. Zu deutlich steht ihr die Blamage von neulich vor Augen. Doch es ist heiß und sie hat noch mindestens zwei Kilometer Fußmarsch vor sich. Und so steigt sie ein.

Monsieur Dumont fährt los. Durch die offenen Fenster weht der Duft nach Sommer herein, nach Getreide und Heu. Monsieur Dumont fragt sie nach allem Möglichen. Wie es in der Schule geht, was für Musik sie mag. Marguerite hat sich die Milchkanne zwischen die Füße geklemmt und hält den Deckel fest daraufgedrückt, während Monsieur Dumont ganz zwanglos mit ihr plaudert. Langsam taut sie auf und erzählt und sieht ihn dabei von der Seite an. Er sieht schön aus, denkt sie mit einem Mal, auch wenn er natürlich schon alt ist. Aber das gefällt ihr auch an ihm. Dass er ein richtiger Mann ist. Nicht so ein Jungspund wie Simon, dem sie alles erklären muss. Wie er sie küssen muss zum Beispiel. Monsieur Dumont scheint alles zu wissen. Alles zu verstehen.

Unvermittelt fragt er: »Das neulich mit dem Lied. Bei uns zu Hause. Was war da los?«

Marguerite erschrickt. Mit dieser Frage hat sie nicht gerechnet. Sie weiß nicht, was sie sagen soll.

Er fährt rechts ran, hält unter einer Salweide. Aus dem Augenwinkel sieht Marguerite, dass er sich ihr zuwendet. Als sie nicht reagiert, fasst er sie ganz leicht am Kinn und bringt sie dazu, ihn anzuschauen.

»Na los, du kannst es mir sagen. Lass mich dir helfen. Ich weiß, dass du es nicht leicht hast.«

Ganz sanft klingt seine Stimme, und dann legt er auch noch seine Hand auf ihre und drückt sie begütigend.

Da fängt sie wieder an zu weinen und währenddessen brechen die Worte aus ihr heraus, erst stockend, dann immer fließender. Am Ende hat sie ihm alles erzählt.

Wie sie damals weggelaufen ist, mit Ninis Puppe. Wie der Mann sie im Wald gefunden und in das deutsche Krankenhaus nach Lamorlaye zurückgebracht hat. Doch als sie ankamen, war das Haus leer gewesen. Alle Deutschen waren fort, auch Nini und die Mutter.

»Dann wurde ich zuerst in einem Waisenhaus untergebracht. Und irgendwann bin ich zu den Roussels gekommen.«

Sie senkt den Blick. Er ist irritiert, das sieht sie ihm an. Vielleicht denkt er, sie würde ihm einen Bären aufbinden? Schon bereut sie es, ihm alles erzählt zu haben. Und was, wenn er es Juliette weitersagt und die es in der ganzen Schule verbreitet? Marguerite weiß nur zu gut, wie die Leute hier über die Deutschen denken, über die *Boches*. Sie weiß auch, was die Boches hier gemacht haben. Und da spielt es für die Leute bestimmt keine Rolle, dass Marguerite damals noch ein Kind war, ein kleines noch dazu. Die Deutschen sind die Feinde, die Besatzer, die großes Leid über die Familien gebracht haben.

Ängstlich tastet sich ihr Blick nach oben. Zu ihrer Erleichterung sieht Monsieur Dumont immer noch freundlich aus, freundlich und auch ein bisschen besorgt. Jetzt lächelt er ganz traurig. Und dann hebt er die Hand und streicht ihr zaghaft übers Haar. Sie ist so erleichtert, dass sie schon wieder heulen muss, was ist nur los mit ihr, so viel geheult hat sie seit damals nicht, seitdem sie mit sechs Jahren von heute auf morgen ihre Mutter und ihre Schwester verloren hat.

»Aber ... hat man denn nie versucht, deine Familie zu finden? Ich meine, da gibt es doch diese Suchanträge beim Internationalen Roten Kreuz ... Hat nie jemand so einen Antrag für dich gestellt?«

Unter Schluchzen schüttelt sie den Kopf und sagt mit tränenerstickter Stimme: »Ich habe doch die Puppe gestohlen.«

»Was?«

»Ich habe meiner Schwester die Puppe weggenommen. Und irgendwie ...«

Da nimmt er sie in den Arm und hält sie. Er hält sie fest und spricht beruhigend auf sie ein. Dass alles gut werde. Dass er ihr helfen werde. Dass es doch Mittel und Wege gebe.

Und endlich, endlich lässt das Beben nach. Ihre Muskeln entspannen sich, sie wird ganz weich, nachgiebig in der Erschöpfung, die auf einen Weinkrampf folgt. Ruhig atmet sie jetzt, bemerkt, dass er nach Tabak riecht, nach Holz und ganz leicht nach Rasierwasser.

Da löst er sich von ihr und sagt: »Wenn du einverstanden bist, nehme ich Kontakt zu den Behörden in Lamorlaye auf. Vielleicht kann man mir dort sagen, was das damals für ein Krankenhaus gewesen ist. Mit ein bisschen Glück gibt es irgendwo alte Personalakten, mit denen sich die Spur deiner Mutter nach Deutschland zurückverfolgen lässt.«

Marguerite hängt an seinen Lippen. Sie weiß nicht, was sie sagen soll. Das würde er für sie tun.

In dem Moment hören sie ein Motorengeräusch. Ein Trecker, der näher kommt. Monsieur Dumont sieht in den Rückspiegel und will gerade den Motor anlassen, als Marguerite ihm die Hand auf den Arm legt und sagt: »Bitte. Sie dürfen es keinem verraten, auch nicht Juliette. Niemand hier darf wissen, dass ich in Wirklichkeit eine Deutsche bin.«

Als Antwort lächelt er.

»Keine Sorge, Marguerite. Das bleibt unser Geheimnis.«

Eine ganze Weile lang saß Eva noch am Küchentisch, bevor sie die Zeitung zusammenfaltete, den Umschlag mit der Druckfahne nahm und in ihr Schreibzimmer im Wintergarten ging. Sie blickte hinaus auf die leuchtend roten Ahornbüsche, immer noch beunruhigt auf eine Art, die sich mit dem Lesen eines Artikels in einem Schundblatt nicht erklären ließ. Aber was sollte diese tote

Frau mit ihrem Leben und dem Leben ihrer Mutter zu tun haben? Das konnte doch nicht sein.

Eva fuhr ihren Laptop hoch und zog die Druckfahne aus dem Umschlag. Sie hatte gerade eine Biografie über die NS-Erziehungsexpertin Johanna Haarer beendet, ein Projekt, das ihr nähergegangen war, als sie es zu Beginn für möglich gehalten hätte, nicht zuletzt deshalb, weil es Fragen aufgeworfen hatte, die sie sich zuvor nie gestellt hatte. Seit diesem Buch hatte sie einen anderen Blick auf die Generation ihrer Mutter, vor allem aber auch auf ihre eigene Generation, die zwar in Zeiten des Wohlstands aufgewachsen war, deren Kindheit jedoch geprägt war durch Eltern, die ihre Kriegserlebnisse oftmals nicht verarbeitet hatten. Zwei Jahre hatte Eva an diesem Buch gearbeitet, hatte sich in die Sichtweise einer Frau eingedacht, die Müttern geraten hatte, ihre Kinder schreien zu lassen, um sie nur ja nicht zu verzärteln, und war nun gottfroh, das verdammte Ding, das sie mehr als eine schlaflose Nacht gekostet hatte, endlich loszulassen und sich etwas Neuem, diesmal vielleicht Positiverem, zuzuwenden. Die Druckfahne zu lesen war der allerletzte Akt, der feierliche Abschluss einer zwei Jahre währenden Reise.

Eine halbe Stunde später war sie noch nicht weit gekommen. Zwar saß sie schön brav an ihrem Schreibtisch, einen roten Fineliner in der Hand, doch statt sich ein letztes Mal konzentriert auf den Text einzulassen, ertappte sie sich dabei, wie ihre Gedanken in alle möglichen Richtungen mäanderten, um immer wieder zu dem Gesicht in der *BILD* zurückzukehren.

Die Ähnlichkeit war beunruhigend. Ein bisschen so, als würde sie in einer Folge *Aktenzeichen XY ungelöst* ihr eigenes Gesicht entdecken. Oder war sie auf dem Weg, sich in einen kompletten Unsinn hineinzudenken? Was Kriminalfälle oder gewaltsame Tode anging, war sie eine Mimose, und das letzte Mal, als sie *XY ungelöst* angeschaut hatte, war sie vielleicht dreizehn gewesen. Danach hatte sie vor lauter Schiss nächtelang nicht richtig schlafen können und jede Nacht ihre Zimmertür verrammelt. Es hatte Monate gedauert, bis sie die Bilder, vor allem aber Eduard Zimmermanns Grabesstimme wieder aus dem Kopf bekommen hatte.

Vielleicht würde ja ein Tee helfen. Ein schöner Assam mit Sahne und Honig. Sie schob den Stuhl zurück und stand auf, ging in die Küche. Geflissentlich ignorierte sie die Zeitung, die noch immer auf dem Küchentisch lag, bebrühte die Teeblätter, legte die Butterbrezel auf einen Teller und war schon fast wieder zur Tür hinaus, als sie sich doch noch einmal umdrehte, Teller und Teepott abstellte und die Zeitung erneut zur Hand nahm. Einem inneren Zwang folgend las sie den Artikel noch einmal durch und blätterte dann zurück zur Titelseite. Sie hielt das Bild in Armeslänge vors Gesicht und ließ die Zeitung schließlich sinken. So groß war die Ähnlichkeit nun auch wieder nicht, dachte sie. Eigentlich handelte es sich doch eher um eine typmäßige Übereinstimmung. Und was die in dem Artikel erwähnten Orte anging, so war es schon arg weit hergeholt, da eine Gemeinsamkeit sehen zu wollen. Ihre Mutter war in den vierziger Jahren in Norwegen gewesen, diese Frau hatte sich offensichtlich 1970 dort aufgehalten. Und bloß weil eine Frau, die anscheinend kriminell war, jede Menge gefälschter belgischer Pässe mit sich herumgeschleppt hatte, gab es noch lange keine Verbindung zu Evas Großmutter, die während der deutschen Besatzung eine Zeit lang in einem Krankenhaus im belgischen Lüttich gearbeitet hatte. Nein, da ging wohl ihre Fantasie mit ihr durch. Hatte Johannes ihr das nicht immer wieder vorgeworfen? Sie neige dazu, sich in abseitige Details hineinzusteigern und Muster zu sehen, wo es gar keine gebe. Eva stand auf, stellte den inzwischen lauwarmen Tee in die Mikrowelle und ging dann mit Tee und Brezelteller zurück in ihr Schreibzimmer. Ja, so war es, dachte sie. Eine berufliche Deformation, der Tatsache geschuldet, dass sie es gewohnt war, die Lücken in den Lebensläufen, die sie tagein, tagaus beschäftigten, mit ihrer Vorstellungskraft zu füllen.

Sie nahm einen Schluck Tee, biss von ihrer Brezel ab und machte sich dann an die Arbeit. Es musste gegen Mittag sein, als sie die Haustür gehen und Justus rufen hörte: »Bin da-a!«

Überrascht sah sie auf die Uhr. Schon zwanzig nach zwölf. Höchste Zeit, mit dem Kochen anzufangen, dachte sie und rief zurück: »Ich komme gleich!« Sie machte sich eine letzte Notiz und ging mit dem Geschirr in der Hand zurück ins Haus. Als sie an Justus' Zimmer vorbeikam, steckte sie den Kopf hinein, aber er war nicht da. Wahrscheinlich saß er mit seinem Smartphone in der Küche und arbeitete sich durch die neuesten Memes. Als sie die Küchentür mit dem Ellbogen aufdrückte, sah sie ihn tatsächlich dort am Tisch sitzen, mit dem Rücken zu ihr.

»Hallo, mein Lieber, alles klar?«, fragte sie und stellte das Geschirr ab. »Was willst du essen? Spaghetti carbonara?«, fragte sie und gab ihm einen Kuss auf den dunklen Haarschopf. Erst in dem Moment bemerkte sie, dass er nicht an seinem Smartphone hing, sondern die Zeitung betrachtete, die vor ihm auf dem Tisch lag. Das Bild der Isdal-Frau. In dem Moment drehte er sich zu ihr um und sagte mit großen Augen: »Alter, ist das creepy, die sieht ja aus wie du!«

In dieser Nacht schlief Eva wenig. Stundenlang wälzte sie sich hin und her, versuchte mit allen Tricks, die Müdigkeit herbeizulocken, zählte Schäfchen, atmete in den Bauch und stellte sich schließlich, als nichts half, ihre Regen-Playlist auf Spotify ein. Zwar beruhigten sie die Regengeräusche, aber schlafen konnte sie trotzdem nicht. Immer wieder kehrten ihre Gedanken zu dem Gesicht der Frau zurück. Zu dem Gesicht und den merkwürdigen Parallelen zum Leben ihrer Mutter.

Nachdem auch Justus die Ähnlichkeit bemerkt hatte, hatte Eva wohl eine Minute lang wie vom Donner gerührt dagestanden, bis Justus nach seinem Smartphone gegriffen und Google geöffnet hatte. Tatsächlich gab es etliche Informationen über den Fall. Was

Eva dann wirklich erschütterte, war ein mehrseitiger Beitrag in der *Zeit*. Es war eine Sache, eine reißerische Behauptung in der *BILD* zu lesen. Wenn allerdings die *Zeit* darüber berichtete, mit welchen Verfahren Wissenschaftler der Universität Bergen den Zahnschmelz der Toten analysiert hatten und so zweifelsfrei feststellen konnten, dass die Frau die ersten vier Lebensjahre in oder um Nürnberg verbracht hatte, dann war das doch eine andere Nummer. Denn ebenso zweifelsfrei wusste Eva, dass ihre Mutter als kleines Kind bei ihrer Großmutter in Zirndorf, einer kleinen Stadt bei Nürnberg, gelebt hatte. Über ihre Zeit in Norwegen oder auch in Belgien wusste Eva jedoch so gut wie gar nichts. Wie verschlossen ihre Mutter in manchen Dingen war, hatte sie besonders während der Arbeit an ihrem letzten Buch bemerkt, der Biografie über die Haarer. Als sie zu Beginn ihrer Recherchearbeit einmal den Versuch unternommen hatte, ihrer Mutter irgendwelche Äußerungen über deren Kindheit im Dritten Reich zu entlocken, hatte die alle Schotten dicht gemacht. *Ach, was ist das bloß mit eurer Generation! Warum suhlt ihr euch immer im Bodensatz der Geschichte? Such dir doch mal ein erfreuliches Thema aus.*

Eva richtete sich auf und knipste die Nachttischlampe an.

Bei der Erinnerung an dieses »Gespräch« stieg leise Wut in ihr auf. Warum hatte ihre Mutter nicht ein einziges Mal mit ihr darüber reden können? Dann säße sie jetzt nicht mitten in der Nacht hier herum und grübelte über etwas nach, das höchstwahrscheinlich nichts, aber auch gar nichts mit ihrem Leben zu tun hatte.

Sie sah auf die Uhr. Gleich zwei. Noch knapp vier Stunden, bis der Wecker klingelte. Sie griff nach einem der Bücher auf ihrem Nachttisch. Ein Roman, der im Mittelalter spielte und sie bisher noch jedes Mal eingeschläfert hatte. Diesmal allerdings nicht, also legte sie das Buch entnervt zur Seite, knipste das Licht wieder aus und ergab sich ihren hin und her huschenden Gedanken. Als um Viertel vor sechs der Wecker klingelte, hatte sie einen Entschluss gefasst: Sie würde ihrer Mutter das Bild zeigen und versuchen, mit ihr darüber zu sprechen.

Kurz bevor er sein Smartphone auf »nicht stören« stellte, bemerkte Laurin Abrahamsen, dass seine Schwester angerufen hatte. Was wollte Inger denn von ihm? Normalerweise sahen sie sich zweimal im Jahr, an Weihnachten und am Geburtstag ihrer Mutter. Ob etwas passiert war? Er schob den Gedanken beiseite und wandte sich seinen Studenten zu.

»Wenn wir hier in Norwegen über die Opfer des Zweiten Weltkriegs sprechen, meinen wir eigentlich immer nur unsere Widerstandskämpfer, also die, die von den deutschen Besatzern getötet wurden. Erst in den letzten Jahren hat dieses Geschichtsbild eine Wandlung erfahren und wir beginnen zunehmend, die Ereignisse von damals differenzierter zu betrachten, so auch die Definition, wer zu den norwegischen Opfern gehörte.«

Laurin Abrahamsen trat hinter dem Pult hervor und ließ den Blick über die Studentinnen und Studenten im Hörsaal schweifen.

»Sie wissen ja bereits, dass das Geschichtsbewusstsein immer vom jeweiligen Zeitgeist abhängt, und so bestimmt heutzutage nicht mehr Patriotismus den Diskurs, sondern eine Sichtweise, die weniger von Heldenverehrung und mehr von Menschlichkeit geprägt ist. In der letzten Vorlesung haben wir uns mit dem Widerstandskämpfer und Friedensnobelpreisträger Jan Andersen beschäftigt, der beides vereint: Heldentum und den Kampf für Menschenrechte. Sicher haben Sie alle inzwischen sein Buch gelesen, in dem er über seine Zeit im Widerstand und die Verhaftung durch die deutschen Besatzer 1942 berichtete.«

Jetzt lächelte Abrahamsen. An den ratlosen Blicken konnte er erkennen, wie es um sie stand. In ihren Hoodies saßen sie da, die jungen Männer. Was war das überhaupt für eine Mode? Und die Mädchen hatten ein Vogelnest auf dem Kopf. Na ja, nicht alle. Die junge Frau ganz links trug das blonde Haar offen. Eine hübsche Blondine mit vollen Lippen und großen Brüsten unter einer weißen, eng geschnittenen Bluse. Sie sieht ein bisschen aus wie Lilian, dachte er einen Moment lang irritiert, drängte den Gedanken jedoch gleich wieder beiseite.

»Heute dagegen möchte ich mit Ihnen über die Deutschenflittchen sprechen.« Er genoss ihre entsetzten Blicke. Jetzt hatte er sie. Auch die Augen der Blonden weiteten sich.

»Ja, so wurden sie genannt, ›Deutschenflittchen‹ oder etwas freundlicher ›Deutschenmädchen‹ – die Frauen, die sich während des Krieges mit einem der dreihundertfünfzigtausend Wehrmachtssoldaten eingelassen haben.«

Er setzte sich in Bewegung, schritt die erste Reihe ab wie ein General, der eine Parade abnimmt. Er sprach ganz entspannt, das Ansteckmikro trug seine Stimme bis in die obersten Winkel des Hörsaals.

»Aber was war das denn überhaupt, ein Deutschenflittchen?«, fragte er und sah sie an, einen nach dem anderen, bis sein Blick wieder auf der Blonden ruhte. »Was musste man gemacht haben, um als eines zu gelten? Haben Sie sich das nicht auch schon einmal gefragt?«

Ihre Blicke waren Antwort genug. Bis auf einige wenige Ausnahmen haben sich diese Dumpfbacken noch nie etwas gefragt, dachte er, außer vielleicht, wo die nächste Studentenparty stattfand, bei der sie so richtig abfeiern konnten. Wenn er dieses Wort schon hörte.

»Waren das Prostituierte oder Naziparteihuren oder einfach Frauen, die mit einem Deutschen ins Bett gingen? Waren das Frauen, die von einem Soldaten ein Kind bekamen? Oder reichte es schon, auf der Straße mit einem Deutschen zu sprechen?«

Das Echo seiner Worte stand im Raum. Er genoss den Augenblick vollkommener Aufmerksamkeit seines Publikums. Über die Jahre war er ein immer besserer Redner geworden. Schon lange brauchte er keine Notizen mehr, bewegte sich frei im Raum und genoss seine Macht über die Studierenden.

»Drei Millionen Einwohner hatte Norwegen während der Besatzungszeit. Dreihundertfünfzigtausend deutsche Männer befanden sich damals im Land, alle im zeugungsfähigen Alter. Wie viele Frauen hatten ein Liebesverhältnis mit einem Deutschen, was schätzen Sie?«

Wieder diese Ratlosigkeit, es war zum Schießen, dachte er. Ein paar Hände gingen nach oben, auch die der üppigen Blondine.

»Ja?«, forderte er sie auf.

»Fünfzigtausend?« Ihre Stimme so wohlanständig wie erwartet.

»Wie erfreulich«, sagte er mit jenem warmen Timbre in der Stimme, das Anerkennung signalisierte. »Jemand, der sich mit dem Thema auseinandergesetzt hat.«

Sie öffnete die Lippen und schlug die Augen nieder. Sie fühlte sich geschmeichelt, ganz wie beabsichtigt.

»Schätzungen zufolge waren es zehn Prozent der weiblichen Bevölkerung zwischen achtzehn und fünfunddreißig, also tatsächlich fünfzigtausend Frauen, die Sex mit einem Wehrmachtssoldaten hatten.« Sein Blick ruhte noch immer auf der Blonden. »Und es waren zwölftausend Kinder, die aus diesen Beziehungen hervorgingen.«

Es war dieses Prickeln am Anfang, bevor etwas geschah, das er am meisten genoss. Doch im Augenblick hatte er erst einmal eine Botschaft zu verkünden.

»Wer von Ihnen ist aus Oslo?«, fragte er unvermittelt. Ein paar Hände gingen nach oben.

»Dann waren Sie sicher schon einmal zum Baden auf Hovedøya?«

Ein junger Mann mit Zopf nickte. Der Rest hielt sich lieber bedeckt. Um nicht aufgerufen zu werden, wenn sie an der falschen Stelle nickten, gingen sie lieber in Deckung. Er richtete seinen Blick auf den Zopfträger.

»Dann wissen Sie sicher auch, wozu die kleine Insel Hovedøya nach dem Krieg diente?«

Laurin stand jetzt vollkommen still. »Nein?« Inzwischen war er gut darin, sie in den rechten Momenten den Atem anhalten zu lassen. »Na ja ...«, sagte er generös. »Da sind Sie nicht der Einzige.« Er sah die Erleichterung im Blick des jungen Mannes. »Nach dem Krieg ...« Er setzte sich wieder in Bewegung. »... hat man dort die Deutschenmädchen interniert. Bis zu eintausend dieser Frauen hielt man dort fest. Dabei existierte ... und jetzt hören Sie gut zu ... keinerlei Rechtsgrundlage für ihre Internierung. Aber woher wusste man überhaupt, welche Frau sich mit einem Deutschen eingelassen hatte? Da gab es natürlich zum einen die altbewährte Denunziation. Die andere Methode, die den Behörden gute Dienste leistete, waren Karteien, die während der deutschen Besatzung zur Abwehr von Geschlechtskrankheiten angelegt worden waren.«

Jetzt stand er in der Mitte und blickte über die Reihen. »Man hat diese Frauen also widerrechtlich dort eingesperrt. Aber das war noch nicht genug. Vorher hat man sie durch die Straßen getrieben, ihnen die Haare geschoren. Vielen hat man überdies auch noch die Staatsbürgerschaft entzogen. Und wie, glauben Sie, ist man mit den Kindern dieser Frauen umgegangen?«

Er ließ die Worte in der Stille wirken. Jetzt war er in seinem Element. »Wir haben zwei Generationen gebraucht, bis wir endlich den Mut hatten, uns mit der Diskriminierung dieser Frauen und Kinder auseinanderzusetzen. Um die siebzig Jahre hat es gedauert, bis die Regierung sich bei ihnen entschuldigt hat. Im Jahr 2000 erfolgte die Entschuldigung bei den Kriegskindern, wie sie auch genannt wurden. Doch es dauerte weitere achtzehn Jahre, bis sich die norwegische Ministerpräsidentin auch bei den betroffenen Frauen entschuldigte!«

Er sah ihnen an, wie erschüttert sie waren. Das sollten sie ruhig sein, diese blonden Milchgesichter. Noch wussten sie nicht, dass diese Aufarbeitung der Vergangenheit weitgehend ihm zu verdanken war. Vor Jahren hatte er sich des Themas angenommen und nicht geruht, bis ein Klima für politische Diskussionen entstanden war, in dem diesen Menschen Gerechtigkeit zuteilwerden konnte. Allerdings war diese Gerechtigkeit leider reichlich spät gekommen – die meisten dieser Frauen waren schon gestorben und die Wunden der Kinder längst vernarbt. Im Laufe des Semesters würde er diesen Milchbärten schon noch zeigen, dass die nationale Entschuldigung im Jahr 2018 zum großen Teil sein Verdienst gewesen war.

»Bis zum nächsten Mal werden Sie diese Frauen genauer unter die Lupe nehmen«, sagte er. »Versuchen Sie herauszufinden, woher sie kamen, welche Schulbildung sie hatten.«

Die Blonde hing an seinen Lippen. Er hatte lange gebraucht, um zu begreifen, welche Türen ihm die Macht des Wissens öffnete.

»Ich wünsche Ihnen einen schönen Tag«, sagte er, drehte sich auf dem Absatz um und ging zum Pult zurück. Stühle klappten hoch, Gemurmel setzte ein. Er stellte sein Smartphone wieder an. Noch zwei Anrufe von Inger. Er wollte sie gerade zurückrufen, als hinter ihm jemand sagte: »Herr Professor?«

Er wandte sich um. Die wohlanständige Blonde. Sie stand da und lächelte ihn an.

»Was kann ich für Sie tun?«, fragte er und richtete seinen dunklen Blick auf sie. Er sah, wie sie errötete. Natürlich wusste er um seine Wirkung. Dasselbe verwegene Aussehen wie sein Vater. Das einzig Gute, was dieser Mann ihm vermacht hatte.

»Ich wollte Sie um eine Lektüreempfehlung zum heutigen Thema bitten. Ich möchte mich intensiver damit auseinandersetzen.«

»Aber selbstverständlich. Kommen Sie in meine Sprechstunde. Dann gebe ich Ihnen eine Leseliste. Schön, dass es Studierende gibt, die von Anfang an engagiert sind und nicht erst eine Woche vor den Klausuren.«

Sie nickte eilfertig und erfreut.

Er schenkte ihr noch einen Blick, länger diesmal, und wandte sich wieder seinem Smartphone zu. Doch sie blieb stehen und sagte: »Ich habe Ihr Buch gelesen.«

Er lächelte nachsichtig. »Ich gehe davon aus, dass Sie das Buch über die Deutschenmädchen meinen?«

»Oh ... ja ... das meine ich. Ich fand es ... sehr informativ.«

»Das freut mich. Machen Sie weiter so.«

Wieder nickte sie. Sie hielt sich sehr gerade. Wusste sie denn nicht, dass ihre Brüste in der engen Bluse wie eine Einladung wirkten?

»Dann sehen wir uns also in meiner Sprechstunde«, sagte er, nahm seine Aktentasche und verließ den Hörsaal. Während er im Korridor durch einen Strom von Studierenden ging, wählte er Ingers Nummer und hielt sich das Smartphone ans Ohr. Sie antwortete fast sofort.

»Endlich erreiche ich dich.« Ihre Stimme klang panisch.

»Was ist denn los?«, fragte er leicht irritiert.

»Es geht um Mutter. Sie hatte einen Schlaganfall. Du musst kommen, möglichst schnell.«

Drei Stunden später fuhr Eva im weiterhin strömenden Regen zum Haus ihrer Mutter in Grünwald und überlegte, wie sie vorgehen sollte. Welchen Einstieg sollte sie wählen? »Du, Mama, schau mal, die Tote hier sieht aus wie du!« Oder: »Mama, kennst du die Tote hier auf dem Phantombild? Es gibt da ein paar merkwürdige Übereinstimmungen mit deinem Leben.«

Seltsamerweise fühlte sie sich trotz des Schlafmangels überwach, hatte zugleich aber Mühe, Ordnung in ihre Gedanken zu bringen. Mit einem flauen Gefühl bemühte sie sich, die Informationen, die sie bisher über die Frau gesammelt hatte, in eine vernünftige Reihenfolge zu bekommen. Am 29. November 1970 hatte man sie gefunden, bis zur Unkenntlichkeit verbrannt, in einem einsamen Tal in der Nähe von Bergen. Angeblich hatte sie Tabletten geschluckt, jede Menge Schlaftabletten, aber gestorben war sie, wenn Eva das richtig verstanden hatte, schon vorher an einer Kohlenmonoxidvergiftung.

Eva umklammerte das Lenkrad fester.

Irgendwann im Dezember hatte der Polizeichef dann auf einer Pressekonferenz mitgeteilt, dass man von einem Selbstmord ausgehe und die Ermittlungen einstellen werde.

Sie setzte den Blinker und fuhr die Akazienallee entlang. Sie rechnete nach. Wie alt war ihre Mutter damals gewesen? Geboren 1938 … Dann war sie im Herbst 1970 zweiunddreißig Jahre alt. Zu der Zeit hatte sie wohl noch als Stewardess bei der Lufthansa gearbeitet. Eva selbst war noch nicht auf der Welt gewesen.

Sie bog rechts ab und folgte der gewundenen Auffahrt, die zum Haus ihrer Mutter Ingrid und ihres Stiefvaters führte. Nasse gelbe Blätter regneten von den Bäumen, klatschten auf ihre Windschutzscheibe und wurden vom Scheibenwischer hin- und hergeschoben. Nicht gerade das Wetter, das ihre Mutter schätzte. Sie parkte den Wagen auf dem Vorplatz und blieb noch einen Augenblick sitzen. Dieses wunderschöne, große Haus, dachte sie wie immer, wenn sie ihre Eltern besuchte. Und wie immer überkam sie eine gewisse Traurigkeit bei dem Gedanken, dass ihre Mutter und Bodo es ganz alleine bewohnten. Was, wenn ihre Mutter damals tatsächlich noch mehr Kinder bekommen hätte, so wie sie und Bodo es sich so sehnlichst gewünscht hatten?

Eva nahm die Tasche vom Beifahrersitz und stieg aus. Mit eingezogenem Kopf rannte sie zum überdachten Eingangsportal und klingelte. Zu ihrer Überraschung öffnete ihre Mutter selbst, barfuß und im Seidenpyjama. Die rot lackierten Fußnägel lugten perfekt manikürt unter den cremeweißen Hosenbeinen hervor. *Massaï* von Dior, das einzige Rot, das ihre Mutter im Haus duldete.

»Bist du krank?«, fragte Eva statt einer Begrüßung, bemerkte aber gleich darauf, dass ihre Mutter wie gewohnt ein perfektes Make-up aufgelegt hatte. Auch mit über achtzig achtete Ingrid sehr auf sich.

»Sehe ich denn so aus?«, antwortete sie mit gespielter Entrüstung und fügte dann hinzu: »Zuzanna hat eine üble Erkältung, also fliegen wir schon früher. Ich packe gerade.«

Seit Jahren schon verlängerten ihre Mutter und Bodo sich den Sommer in ihrem Haus in Taormina, wo das Thermometer bis weit in den November hinein noch gute zwanzig Grad anzeigte. Genau das richtige Wetter für Ingrid.

»Wolltet ihr nicht erst nächste Woche los?«, fragte Eva ein wenig perplex, als ihre Mutter sich vorbeugte und sie mit einem Kuss auf die Wange begrüßte – einer links und einer rechts, ganz so wie auf einer dieser Cocktailpartys, die Bodo und sie immer noch gaben und an die Eva sich niemals hatte gewöhnen können. Als Ingrid nach dem frühen Tod von Evas Vater zum zweiten Mal geheiratet hatte, war Eva neun Jahre alt gewesen. Sie erinnerte sich noch gut an die Hochzeit und wie sie dort gestanden hatte, ein verlorenes Kind in einem steifen Kleid, in dem es sich fremd gefühlt hatte. Genauso fremd wie in dem prächtigen Haus, in dem sie sich mehr als einmal verlaufen hatte. Wie schön es doch gewesen wäre, Geschwister zu haben.

Sie streifte Schuhe und Mantel ab, schlüpfte in die Gästepantoffeln und folgte ihrer Mutter hinauf ins überheizte Schlafzimmer, wo sie auch noch den Pullover auszog. Ihre Mutter konnte es nie warm genug haben, was sich darin äußerte, dass sie die Fußbodenheizung immer ein wenig zu hoch einstellte und an allen möglichen Orten im Haus Heizkissen deponiert hatte. Dieser Drang nach Wärme hat etwas Pathologisches, dachte Eva oft. Als sie ihre Mutter einmal darauf angesprochen hatte, hat die nur knapp erwidert, sie habe als Kind genug gefroren für ein ganzes Leben.

»Wenn du einen Grüntee möchtest, du weißt ja, wo die Kanne ist. Ich habe sogar frischen Matcha«, sagte ihre Mutter fröhlich, während sie in dem begehbaren Kleiderschrank verschwand und kurz darauf mit ein paar weißen Blusen und Leinenröcken wieder herauskam. Ihre Mutter liebte Weiß. Die Farbe der Reinheit. Auch ihr Schlafzimmer war vollkommen in Weiß gehalten. Sogar die antiken Rahmen von Großmutter Leontines Heiligenbildchen, die über dem Toilettentisch aus Kirschholz hingen, hatte sie durch reinweiße ersetzt. Ingrids Vorliebe für Weiß und helle Naturtöne hatte sich noch verstärkt, als sie vor ein paar Jahren auf das Buch der Aufräumkönigin Marie Kondo gestoßen war und danach in einem Rundumschlag alles entsorgt hatte, was sich in irgendeiner Weise negativ auf ihr Seelenheil auswirken könnte. Durch Ausmisten und Wegschmeißen hatte sie *konsequent daran gearbeitet, belastendes Lebensgepäck loszuwerden* und *in eine neue, aufgeräumte Zukunft zu starten.* Zum Glück war es Bodo gelungen, die kostbarsten Stücke zu retten, indem er sie einlagern ließ, und ein paar persönliche Gegenstände hatte er kurz entschlossen in Kartons gepackt und heimlich zu Eva gebracht. *Wenn die Ausmisteritis abgeklungen ist, wird sie froh sein, all das wiederzuhaben,* hatte er gesagt. Eva war ganz seiner Meinung gewesen und hatte alles bei sich auf dem Dachboden untergebracht.

»Ich möchte keinen Grüntee, danke«, sagte Eva und spürte kurz die altbekannte Entrüstung über ihre Mutter, die auch mit über achtzig noch nicht begriffen hatte, dass Eva keinen Grüntee mochte und vor allem diesen mehligen Matcha regelrecht verabscheute.

Sie stellte ihre Handtasche ab und setzte sich auf die Polsterbank am Fußende des großen Bettes. Aber wer konnte ihrer Mutter schon böse sein? Die zauberhafte, immer gut gelaunte Ingrid, der nichts wichtiger war als ein Leben in Frieden und im Einklang mit ihren Mitmenschen.

»Wie schön, endlich verwendest du sie!«, sagte Ingrid unvermittelt. Eva musste erst dem Blick ihrer Mutter folgen, um zu begreifen, wovon die Rede war.

Die Tasche, eine Birkin Bag, war ein Geschenk ihrer Mutter zu ihrem vierzigsten Geburtstag vor drei Jahren gewesen. Eva hatte sich zuerst wirklich über die Tasche gefreut. Doch als sie durch einen Zufall erfahren hatte, dass diese Tasche so viel kostete wie ein neuer Golf, hatte sie sie entsetzt in den luxuriösen Karton zurückgelegt und erst einmal zwei Jahre dort ruhen lassen, geschützt in einem braunen Staubbeutel und eingeschlagen in weißes Seidenpapier. Ingrid war der großzügigste Mensch, den Eva kannte. Wie schön wäre es für sie gewesen, eine Enkelschar um sich zu haben, die sie nach Strich und Faden verwöhnen könnte. Doch zum Verwöhnen hatte sie eben nur Eva und Justus.

»Ja«, antwortete Eva und betrachtete ihre Mutter, die gerade versonnen und hoch konzentriert eine Bluse glatt strich.

Eva seufzte innerlich. Gleich würde sich der Gesichtsausdruck verändern. Sie wollte ihrer Mutter das eigentlich nicht zumuten, jetzt nicht. Aber was blieb ihr anderes übrig?

Ihre Mutter interpretierte Evas Aufmerksamkeit falsch und erklärte: »Es geht nicht nur darum, die Kleidungsstücke schön kompakt zu kriegen. Vor allem vermittelst du ihnen so deine Dankbarkeit für ihre Dienste«, sagte sie und stellte das Marie-Kondo-mäßig gefaltete Paket in ihren Koffer.

Eva holte gerade tief Luft, um ihrer Mutter den Zeitungsartikel zu zeigen, da sagte die: »Gestern hat uns übrigens Johannes besucht. Ich habe ihn und Justus für die Herbstferien nach Taormina eingeladen. Ich hoffe, das ist dir recht. Warum kommst du nicht auch dazu?«

Eva seufzte. Auch drei Jahre nach ihrer Scheidung von Johannes schien ihre Mutter nicht begreifen zu wollen, dass bei Johannes und ihr nichts mehr zu machen war. Sie hatten sich getrennt, er lebte mit einer anderen zusammen, und das würde auch so bleiben.

Ein wenig müde sagte sie: »Vielleicht nächstes Mal.« Und dann fuhr sie fort: »Ich bin wegen etwas Bestimmtem gekommen. Ich weiß nicht recht, was ich davon halten soll, aber ich hab da was in einer Zeitung gesehen ...«

»Ach Kind, du weißt doch, dass ich seit Jahren keine Zeitungen mehr lese.«

Erleichtert, dass Ingrid den Themenwechsel zu akzeptieren schien, aber auch irritiert über deren Einwand, holte Eva die Zeitung heraus. Kurz zögerte sie, den Blick auf das Bild in ihrem Schoß gesenkt. Sie wollte ihrer Mutter nicht den Tag vermiesen. Aber diese Ähnlichkeit ... Sie schluckte und schaute ihre Mutter an, die dabei war, mit liebevoller Hingabe einen Rock zu glätten. Während Eva sie über das Leinen streichen sah, traf sie der Gedanke mit voller Wucht: Genau so hätte die Frau im Alter ausgesehen.

Da schaute Ingrid sie an und ihre Blicke trafen sich.

»Was ist denn?«, fragte sie und richtete sich auf.

»Bitte erschrick nicht«, sagte Eva und hob das Phantombild in die Höhe.

Zuerst schien Ingrid nicht richtig zu verstehen, so wie Eva es auch nicht verstanden hatte. Fast tonlos murmelten ihre Lippen die Schlagzeile. *War die unbekannte Tote eine Deutsche*? Doch dann weiteten sich ihre Augen.

Durch die Reaktion ihrer Mutter ermutigt, sagte Eva: »Dann siehst du es also auch! Diese Ähnlichkeit ... die ist doch einfach irre ...« Fast hektisch raschelte sie mit der Zeitung, blätterte sie auf. »Aber das ist noch nicht alles! Weißt du, was hier steht? Das ist ... unglaublich. Diese Frau ist in Nürnberg aufgewachsen, genau wie du, und hat wohl belgische Pässe verwendet. Du warst doch auch in Belgien, als Kind, das hast du mir doch mal erzählt?«

Eva sprach immer schneller und nahm kaum wahr, dass ihre Mutter aufs Bett gesunken war und Evas Worte wie einen kalten Regenschauer über sich ergehen ließ.

Jetzt zeigte Eva mit dem Finger auf eine Passage, die sie mit Leuchtstift markiert hatte. »Und gestorben ist sie in Norwegen … Du warst doch auch in Norwegen, deine Mutter hat da in einem Krankenhaus gearbeitet, nicht wahr, während der deutschen …«

Auf einmal durchschnitt Ingrids Stimme ihren Redefluss.

»Schluss jetzt!«, rief sie. Sie schien vollkommen außer sich. Fast schreiend fuhr sie fort: »Sag mal, bist du von allen guten Geistern verlassen!«

Eva sah ihre Mutter erschrocken an. Sie war es nicht gewohnt, dass Ingrid laut wurde. Ingrid erhob nie die Stimme, niemals. In ihrem ganzen Leben hatte Eva sie bis jetzt nicht ein einziges Mal schreien hören.

Die Tür ging auf und Bodo kam herein.

»Was ist denn hier los?«, fragte er, ebenfalls vollkommen perplex. Seine heitere, auf Harmonie gebürstete Frau hatte hier herumgeschrien?

»Hallo, Eva«, sagte er, als er sich wieder gefasst hatte und sie mit einem Kuss auf die Wange begrüßte.

»Ich …«, sagte Eva und hob kraftlos die Zeitung hoch, »ich habe gestern das hier entdeckt.«

Er sagte nichts, aber Eva sah sehr wohl, wie seine Augen groß wurden, als er die Frau auf dem Bild betrachtete. Immer noch schweigend las er den dazugehörigen Artikel.

»Die Ähnlichkeit ist schon bemerkenswert«, hob er zaghaft an.

»Was soll daran bemerkenswert sein?«, erwiderte Ingrid, ihre Stimme klang noch immer fremd. Dann griff sie nach einer Sommerdaunenjacke und begann, sie zusammenzufalten. Sie blickte kurz auf, sah von Bodo zu Eva und sagte in ihrem gewohnt munteren Tonfall: »Seid mir nicht böse, ihr Lieben, aber jetzt muss ich wirklich weiterpacken. Sonst wird das nichts mit unserer Reise. Eine alte Frau ist ja kein D-Zug ...« Aber das Lächeln, das diese Worte begleitete, wirkte dermaßen zittrig, dass es für Eva keinen Zweifel mehr gab: Ihre Mutter verbarg etwas vor ihr.

Saint-Antoine, Frankreich, 1954

So häufig wie in den vergangenen zwei Wochen hat sie Juliette noch nie besucht. Ihre Ziehmutter wird schon misstrauisch. Wahrscheinlich argwöhnt sie, Marguerite könnte sich mit Simon oder sonst einem Jungen herumtreiben. Gestern hat sie das erste Mal so eine Andeutung gemacht.

Dennoch ist es nahezu unmöglich für Adrien und sie, sich auch nur kurz ungestört zu unterhalten. Sie haben kaum Gelegenheit, mehr als einen Satz allein zu wechseln. Und im Grunde ist sie ja gar nicht richtig mit Juliette befreundet, daher wird es für sie immer schwieriger, einen Vorwand zu finden, um sich schon wieder bei ihr einzuladen. Das geht so lange, bis Adrien ihr an einem Freitagabend an der Haustür zuflüstert: »Ich habe etwas herausgefunden. Komm Sonntagvormittag vorbei. Dann sind meine Frau und Juliette in der Messe.«

Marguerite kann es kaum erwarten, dass der Samstag endlich vorbeigeht. Damit sie selbst nicht in die Messe muss, erklärt sie schon am Samstagabend, sie fühle sich fiebrig. Vielleicht habe sie gestern beim Kirschenpflücken zu lange in der Sonne gestanden. Sollen die beiden ruhig denken, dass sie vom vielen Arbeiten krank geworden ist. Obwohl sie sonst gern zur Messe geht. Das ist nämlich der einzige Ort, an dem die beiden Alten sie in Ruhe lassen.

Jedenfalls schlüpft sie aus dem Bett, kaum dass sie hört, wie Ann-Marie und Jean-Luc am nächsten Morgen aus dem Haus gehen. Sie verlässt das Grundstück durch die hintere Gartenpforte und nimmt den Schleichweg zwischen den Hecken, damit niemand sie sieht. Zehn Minuten später klingelt sie bei den Dumonts.

Lächelnd öffnet er ihr die Tür. Bevor er sie jedoch hereinbittet, sieht er sich noch einmal um. Es ist dieser Blick, der Marguerite das erste Mal die Heimlichkeit ihres Tuns vor Augen führt: Sie und Monsieur Dumont teilen ein Geheimnis miteinander.

Er führt sie in sein Büro. Ein holzgetäfelter Raum mit einem wuchtigen braunen Ledersofa mit Knöpfen in der Lehne. Ein steinerner Kamin. Ein mit Papieren übersäter Schreibtisch. Aktenstapel auf einem halbhohen Schrank an der hinteren Wand.

»Nimm Platz. Hast du Durst? Möchtest du eine Limonade?«

Sie schüttelt den Kopf. »Nein, vielen Dank, Monsieur Dumont.«

Er lächelt. »Du kannst mich Adrien nennen.«

»Adrien«, sagt sie, setzt sich artig auf das Sofa und legt die Hände in den Schoß. Sie ist ein wenig unsicher, hat Angst vor dem, was er ihr gleich sagen wird, aber irgendwie auch davor, mit ihm allein zu sein. Aus irgendeinem Grund ist es ihr wichtig, was er von ihr denkt. Sie will ihm gefallen. Sie weiß, dass sie hübsch ist mit ihren dunkelbraunen Augen und dem ebenso dunklen Haar, hübscher als die anderen in der Klasse, auch als Juliette. Aber sie will, dass auch er sie hübsch findet. Sie hat extra ihr bestes Kleid angezogen, das hellblaue mit dem engen Oberteil und dem weit schwingenden Rock. Er setzt sich in den Sessel ihr gegenüber.

»Also zunächst einmal habe ich für dich einen Suchantrag beim Roten Kreuz gestellt. Es wird allerdings eine Weile dauern, bis wir da eine Antwort bekommen. Das ist das eine.« Er lehnt sich zurück, schlägt die Beine übereinander. »Und dann war ich in Lamorlaye und habe mit ein paar Leuten von der Gemeinde gesprochen. Es gibt da nur ein Haus, das wie ein Schloss aussieht: das Manoir de Bois Larris, das ehemalige Anwesen der Familie Menier. Du weißt schon, die Schokoladenfabrikanten. Tatsächlich hatten die Deutschen das Haus damals beschlagnahmt und für ihre Zwecke verwendet.«

Er sieht sie ununterbrochen an, während er spricht. Vielleicht denkt er, dass sie ihm nicht folgen kann? Also beeilt sie sich und nickt und er fährt fort: »Das Anwesen steht übrigens seitdem leer. Aber leider ...«, er schüttelt bedauernd den Kopf, »gibt es keine Unterlagen mehr. Die Deutschen haben alles mitgenommen. Es ist nichts mehr da.«

Wieder nickt sie. Weniger eifrig nun. Das wäre ja auch zu schön gewesen. Da sagt er: »Es gibt da allerdings etwas, das du wissen solltest. Du hast mir doch gesagt, dass es ein Kinderkrankenhaus war, in dem deine Mutter gearbeitet hat.«

Sie nickt.

»Das kann nicht sein.«

»Nein?« Sie sieht ihn mit großen Augen an.

»Nein. Das war es wohl nicht. Aber so richtig verstanden habe ich noch nicht, was es damit auf sich hatte. Nur dass es offenbar kein ... normales Kinderkrankenhaus war. Anscheinend wurde damals ein großes Geheimnis um diesen Ort gemacht. Es soll streng verboten gewesen sein, sich dem Anwesen zu nähern. Noch nicht einmal die Soldaten der Wehrmacht hatten dort ohne Weiteres Zugang. Na ja ... Jedenfalls habe ich eine Menge Gerüchte gehört. Du weißt ja, wie das ist. Die Leute reden und man weiß nie so genau, was stimmt und was nicht.« Er verstummt.

Sie sieht ihm an, dass er noch etwas sagen will, es ihm aber schwerfällt. Als er weiter schweigt, sagt sie: »Bitte. Sie müssen mir alles sagen.«

Da steht er auf und setzt sich neben sie, sieht sie bedauernd an.

»Ich bin mir nicht sicher … Vielleicht ist es nur Geschwätz. Dann möchte ich dich damit wirklich nicht belasten. Nächste Woche treffe ich mich mit einer Frau, die dort gearbeitet hat. Warten wir doch erst mal ab, was sie zu sagen hat.«

Aber Marguerite bleibt hartnäckig. Sie will alles wissen. Jetzt.

Da seufzt er und sagt: »Du hast doch sicher von der … Ideologie der Nazis gehört. Was sie alles gemacht haben, um ihre … Rasse aufzuwerten?«

Marguerite reagiert nicht, sieht ihn nur an. Ein unangenehmes Gefühl kriecht in ihr hoch.

»Jedenfalls geht das Gerücht, dass das Haus in Lamorlaye so eine Art Heim war, in dem sie … wie soll ich sagen … Arier züchten wollten.«

»Was?«

»Ja. So eine Art Begattungsheim, in dem sie arische Frauen mit SS-Angehörigen zusammengebracht haben, um … wie sie es nannten … rassisch wertvollen Nachwuchs zu zeugen.«

»Und meine Mutter hat dort … gearbeitet?«, flüstert Marguerite.

»Das wissen wir noch nicht. Warten wir ab, was diese Frau nächste Woche sagt.« Sein Blick ist ganz weich, als er fragt: »Wie kann ich dich erreichen? Ich meine, du willst doch nach wie vor nicht, dass jemand anderes davon erfährt?«

»Nein …«, sagt sie erschrocken. »Niemand darf es wissen.«

»Hm«, sagt er und sieht sie ernst an. »Dann können wir hier nicht in Ruhe reden. Wenn Juliette und meine Frau da sind.« Da sagt er plötzlich: »Gehst du jeden Tag zu den Martins?«

»Ja«, sagt sie. »Meistens.«

»Und du gehst immer die Straße nach Saint-Émile?«

»Ja.«

»Gut. Dann werde ich dich schon finden.«

Die ganze nächste Woche kann sie an nichts anderes denken. Was Adrien wohl herausfinden wird? An den Abenden kann sie lange nicht einschlafen. Und je schwärzer sich die Nacht über sie herabsenkt, desto schwärzer werden auch ihre Gedanken. In diesen Stunden liegt sie da und ihre Furcht wächst ins Unermessliche. Die Furcht davor, er könnte etwas herausfinden, was schlimm ist. Die Furcht, er könnte nichts herausfinden. Und die Furcht, er könnte alles seiner Frau oder – schlimmer noch – Juliette verraten. Erst gegen Morgen, wenn die Dämmerung die Schatten der Nacht mit sich fortnimmt, sinkt sie in einen leichten Schlaf und ist froh, dass Ann-Marie sie erst gegen acht Uhr weckt. Immerhin sind Sommerferien.

Die Vormittage vergehen dann wie im Flug, wenn sie nach ihrem Café au Lait mit Ann-Marie den Haushalt besorgt oder sich um den Garten kümmert, so wie sie das seit Beginn der Ferien jeden Tag tut. Sie ist froh um die banalen Aufgaben, die es zu tun gilt: die Fenster putzen, die Wäsche auf die Leine hängen, die Aprikosen ernten und die schwarzen Johannisbeeren.

In diesen Stunden, wenn die Sonne auf sie herunterbrennt und jeden Winkel des Gartens ausleuchtet, erscheint es ihr fast so, als hätte es die Nacht mit ihren Schreckgespenstern nicht gegeben, und ihre Gedanken bewegen sich in eine andere Richtung. Und während ihr der Schweiß die Achseln herunterrinnt, beginnt sie an Monsieur Dumont zu denken, an Adrien, jedoch auf eine andere Art. Es ist immer noch merkwürdig für sie, an ihn als an Adrien zu denken. Aber vor allem ist es aufregend. Auch kann sie es noch nicht richtig fassen, dass er das für sie tut. Noch nie hat irgendjemand etwas für sie getan, ohne etwas dafür zu wollen. Natürlich ist ihr der Gedanke gekommen, ob Adrien nicht vielleicht doch etwas von ihr möchte. Sie ist ja nicht auf den Kopf gefallen und weiß, was Männer von Frauen wollen. Doch je mehr sie darüber nachdenkt, desto mehr gefällt ihr die Vorstellung. Dass so ein gut aussehender, erfolgreicher, kluger Mann sie möglicherweise als Frau ansehen könnte. Na ja, dass sie hübsch ist, das weiß sie. Auch muss sie sich nicht den Büstenhalter ausstopfen wie Valérie und Manon das tun. Und dass auch ältere Männer ihr hinterhersehen, entgeht ihr natürlich auch nicht. Wie die Väter von Claudette und Valérie sich neulich die Hälse nach ihr verrenkt haben. Was vielleicht auch der Grund dafür ist, dass sie von Valéries Mutter nicht mehr nach Hause eingeladen wird.

Sie betrachtet ihre Hände, die vom Saft der Johannisbeeren schon ganz dunkel sind. Und da muss sie plötzlich an Madame Dumont denken, wie sie ihr neulich, als sie geweint hat, einfach nur eine Johannisbeer-Tarte angeboten hat. Mit einem Mal fragt sie sich, was für ein Mensch Madame Dumont eigentlich ist. Sicher, Madame Dumont ist eine schöne Frau. Und doch scheint sie so distanziert, unnahbar fast. Darin ähnelt sie Juliette, die wirkt auch manchmal so kühl. Sie ist eine hervorragende Schülerin, aber außer ihr hat Juliette in der Klasse keine Freundin. Was vielleicht auch der Grund dafür ist, dass Marguerite, die aus einer ganz anderen gesellschaftlichen Klasse kommt, überhaupt zu ihr nach Hause eingeladen wird.

Und dann, an einem Mittwochabend, ist es so weit. Sie geht die Landstraße entlang, wie jeden Abend. Und wie jeden Abend seit eineinhalb Wochen hält sie es vor Anspannung kaum aus und sieht sich immer wieder um, obwohl weit und breit kein Motorengeräusch zu hören ist.

Sie trägt das weiße Blüschen, das mit den angeschnittenen

Ärmeln, und bevor sie aufgebrochen ist, hat sie sich, wie jeden Abend seit eineinhalb Wochen, das Haar besonders ausgiebig gebürstet, was Ann-Marie schließlich bemerkt hat.

»Was stehst du dauernd vor dem Spiegel herum?«, hat sie mit missbilligendem Blick gesagt. »Du gehst nach Saint-Émile und nicht auf die Champs-Élysées!«

Aber Marguerite hat nur mit den Schultern gezuckt und weitergebürstet.

Und plötzlich ist da tatsächlich ein Geräusch. Als sie sich umsieht, entdeckt sie das Auto von Adrien, das einen Moment später neben ihr anhält. Vor dem Einsteigen schaut sie sich kurz um, und als niemand zu entdecken ist, öffnet sie die Tür.

Das Herz schlägt ihr zum Zerspringen.

»Hallo, Adrien«, sagt sie und steigt ein.

»Hallo, Marguerite«, sagt er ernst, legt den Gang ein und fährt los. Wie immer trägt er ein weißes Hemd, aber diesmal hat er die Krawatte abgenommen und die Hemdsärmel hochgekrempelt. Verstohlen betrachtet Marguerite seine Hände, die auf dem Lenkrad liegen.

Warum sagt er denn nichts? Ist es so schlimm, dass er gar nicht weiß, wie er es ihr beibringen soll?

Doch da biegt er rechts ab, in den Feldweg, der zur verlassenen Gärtnerei führt.

Marguerite sitzt da, den kleinen Eierkorb hat sie neben ihre Füße gestellt. Es dauert nicht lange, da hält Adrien neben einem Gewächshaus, das nur noch ein Gerippe ist, in dem Geißblatt und Sommerflieder um die Wette wuchern. Die Hitze ist erfüllt vom Blütenduft.

Er stellt den Motor ab und es wird still. In der Ferne muhen ein paar Kühe. Die Grillen zirpen in der Spätnachmittagssonne.

Er dreht sich zu ihr, sagt: »Ich habe mit einer Frau gesprochen, einer Krankenschwester, die in Lamorlaye gearbeitet hat. Sie hat gesagt, von einer …«, er räuspert sich, »Zuchtanstalt der Nazis weiß sie nichts. Es gab dort keine Männer, hat sie gesagt. Keinen außer einem Hausmeister. Die einzigen Männer, an die sie sich erinnert, waren ein paar frischgebackene Väter, die ihre … Frauen dort besucht haben.«

Marguerite nickt langsam und sieht ihn an.

»Allerdings sagte sie auch, dass es sich sehr wohl um ein Heim der SS gehandelt hat. Das Heim wurde eingerichtet, um Französinnen, die … nun ja … in Schwierigkeiten geraten sind … also von einem deutschen Soldaten schwanger geworden sind, einen sicheren Platz für die Niederkunft zu bieten. Es wurde jedoch bei Weitem nicht jede Frau aufgenommen. Die Frauen mussten wohl viele Nachweise erbringen. Wer ihre Vorfahren waren und ob sie gesund waren zum Beispiel. Was die Schwester auch noch gesagt hat: dass ein ziemliches Geheimnis um die Nachnamen der Schwangeren gemacht wurde. Niemand durfte den Familiennamen der anderen wissen. Die Frauen wurden nur mit Vornamen angesprochen.«

Marguerite versucht, all diese Informationen aufzunehmen. Also keine Verbrechen, die in dem Haus verübt wurden. Ihre Mutter hat nichts getan, außer sich um die Kinder dieser Frauen zu kümmern. Erleichterung durchströmt sie. Doch warum sieht er sie immer noch so ernst an?

Da sagt er: »Allerdings kann sie sich leider an keine Ärztin dort erinnern. Sie sagt, der betreuende Mediziner dort sei ein Mann gewesen.«

»Aber … das kann nicht sein. Wir … Meine Mutter war Ärztin … Ich weiß noch genau, wie alle sie immer Frau Doktor nannten.«

»Na ja … Es gibt noch etwas, was sie mir erzählt hat. Es war gegen Ende … kurz bevor das Heim aufgelöst wurde, im August 1944. Etwa um die Zeit sei ein Bus mit Kindern aus einem anderen Heim angekommen. Sie weiß nicht mehr genau, wie viele Erwachsene dabei waren. Aber sie meint, deine Mutter könnte vielleicht eine von den Begleitpersonen gewesen sein.«

Marguerite sieht an ihm vorbei. Versucht sich zu erinnern.

»Ja«, sagt sie. »Ja. Das waren wir. Wir sind da kurz vorher angekommen. Und ich weiß noch, dass ich weggelaufen bin, weil ich zurückwollte. Dorthin, wo wir vorher waren.«

Er sieht sie an, wartet, dass sie weiterspricht. Als nichts mehr kommt, fragt er: »Erinnerst du dich, wo dieses andere Heim war?«

Sie schüttelt den Kopf.

»Nein. Ich weiß nur noch, dass wir ewig in diesem Bus unterwegs waren. Und dass mir schlecht war und ich spucken musste.«

Er nickt. Aber es ist ein resigniertes Nicken. Auf einmal sieht er müde aus.

»Das macht nichts«, sagt sie, um einen munteren Tonfall bemüht. »Ich habe sowieso nicht daran geglaubt, dass ich sie je wiederfinden würde.« Doch das ist nicht wahr. In ihr brennt alles. So sehr hat sie gehofft, etwas Wichtiges zu erfahren, etwas Wesentliches, den Klang eines Namens, der ihr vertraut vorkommt, ein Mensch, ein Ort, irgendetwas. Sie schluckt schwer und braucht ihre ganze Kraft, um die Fassung zu bewahren.

Im Augenwinkel bemerkt sie, wie Adrien sich übers Gesicht streicht, und hört ihn sagen: »Es gibt noch jemanden, eine Hebamme. Aber ich bin mir nicht sicher, ob sie bereit ist, mit mir zu sprechen. Das ist nicht gerade ein Thema, über das die Leute gerne reden.«

Sie dreht den Kopf, sieht ihn jetzt direkt an. Also sind sie doch noch nicht am Ende! Mit einem Mal spürt sie eine Welle der Dankbarkeit heranrollen. Für diese Hoffnung, für diesen Mann. Der das für sie tut. Der sich so viel Mühe gibt. Für sie!

Und dann tut sie etwas, das sie selbst überrascht. Sie beugt sich vor und gibt ihm einen Kuss.

Er weicht zurück, aber nur ein kleines bisschen.

»Das solltest du nicht tun«, sagt er, sein Gesicht dicht an ihrem.

»Warum nicht? Hat es Ihnen nicht gefallen?«

Er sagt nichts, sieht sie nur an. Wartet er darauf, dass sie ihn noch einmal küsst?

Am nächsten Morgen saß Eva wieder an ihrem Schreibtisch und bemühte sich, die Druckfahne zu Ende zu korrigieren, doch ihre Gedanken wanderten immer wieder zurück zu dem gescheiterten Gespräch mit ihrer Mutter.

Zum ersten Mal seit ihrer Pubertät hatte Eva so etwas wie eine Auseinandersetzung mit ihrer Mutter gehabt. Ingrids zitterndes Lächeln hatte sie nicht besänftigt, sondern in Wut versetzt.

»Mama!«, hatte sie gerufen und sich vor ihrer Mutter aufgebaut. »Es kann doch nicht sein, dass du das nicht *siehst*!«

So hatte sie dagestanden und Ingrid die Zeitung vors Gesicht gehalten. Und dann war etwas geschehen, das sie jetzt noch fassungslos machte.

Mit heiterer Miene hatte Ingrid ihre Augen noch einmal kurz auf das Bild gerichtet und dann gesagt: »Ach, Kind, was denkst du dir denn da zusammen? Es gibt doch immer wieder Menschen, die einem irgendwie ähnlich sehen …«

Da hatte Eva endgültig gewusst, dass ihre Mutter log. Sie kannte Ingrids Mimik nur zu gut, diese zur Schau getragene Unbefangenheit und auch diesen trällernden Ton, in dem sie gesprochen hatte. So redete sie nur, wenn sie von etwas ablenken oder ihr Gegenüber mit aller Gewalt aufmuntern wollte. *Ach Kind, du bist auch so ein wunderhübsches Mädchen, die paar Pickel fallen doch gar nicht auf!* Oder: *Johannes kriegt sich schon wieder ein. Manche Männer verkraften das Älterwerden eben nur schlecht. Du wirst sehen, in einem Monat steht er wieder vor deiner Tür und fleht dich an, ihn zurückzunehmen.*

Eva kannte die Starre hinter dieser Heiterkeit nur zu gut. Aber wie bei vielen anderen Gelegenheiten zuvor war sie auch diesmal nicht dagegen angekommen.

Sie legte die Druckfahne beiseite und beschloss, da sie sich ohnehin nicht konzentrieren konnte, die wöchentlichen Putzarbeiten schon heute zu erledigen. Doch gerade als sie den Staubsauger anstellen wollte, klingelte es. Sie warf einen Blick aus dem Fenster und sah Bodos schwarzen Volvo in der Einfahrt stehen. Rasch ging sie zur Tür und öffnete.

Da stand Bodo, mit einer Tüte in der Hand. Sie ließ sich ihre Überraschung nicht anmerken. Ihr Adoptivvater neigte nicht zu Spontanbesuchen. Eigentlich rief er vorher immer an, ganz Kavalier der alten Schule.

»Komm doch rein. Alles in Ordnung bei euch?«

»Ja, ja ... Alles in Ordnung. Aber ich stör dich bei der Hausarbeit ...«, sagte er, mit einem Blick auf den Staubsauger.

»Ganz ehrlich: Ich lass mich gerne stören. Ist sowieso nur eine Vermeidungsstrategie. Ich sollte meine Haarer-Biografie auf den Weg bringen. Aber es läuft heute nicht so besonders ...«

»Das kann ich mir denken«, sagte er und ließ sich am Küchentisch nieder.

Eva kochte Kaffee, entkoffeinierten für Bodo und richtigen für sich selbst, und setzte sich ihm gegenüber.

»Sie hat mich angelogen«, sagte Eva nach dem ersten Schluck Kaffee.

Bodo nickte bedrückt. »Den Eindruck hatte ich auch.«

»Was ist das nur für eine Geschichte? Irgendwas stimmt da nicht, das spüre ich.«

Da bückte sich Bodo und nahm die Tüte auf den Schoß. »Du

weißt, dass ich deine Mutter sehr liebe. Und dass ich nie etwas tun würde, was zu ihrem Nachteil ist.«

»Das weiß ich, ja.« Eva lächelte.

»Ich bin mir nicht sicher, ob dir das irgendwie weiterhilft. Aber ich habe dir hier ein paar alte Fotoalben mitgebracht. Deine Mutter wird sie im Moment nicht vermissen.«

Gerührt sah Eva ihn an. Sie hatten schon früher gemeinsame Sache gemacht, ihr Stiefvater und sie. Wenn eine überbesorgte Ingrid Eva verbieten wollte, mit ihren Freundinnen ins Freibad zu gehen, obwohl sie da schon vierzehn war. Oder zum Jugendball. Es könnte ja etwas passieren, das war Ingrids ständige Angst gewesen. Und gewisse Dinge hatte Bodo diskret für sich behalten. Als er sie paffend an der Bushaltestelle erwischt oder sturzbetrunken vom Jugendball abgeholt hatte. *Bitte, sag Mama nichts,* hatte sie gefleht. Und er hatte dichtgehalten, wohl in der Annahme, dass sich das alles schon verwachsen würde. Und das hatte es. Weder rauchte noch trank Eva und wie man sah, war sie auch nicht im Freibad ertrunken. Allerdings wunderte sich Eva manchmal über sich selbst: Seit Justus auf der Welt war, legte sie mitunter dieselbe übertriebene Besorgnis an den Tag wie damals ihre Mutter.

»Noch einmal lieben Dank«, sagte sie zu Bodo, als sie später an der Haustür standen und sich zum Abschied umarmten.

Bodo war schon durch die Tür, da drehte er sich noch einmal um und sagte: »Ach übrigens ... Die Kartons, die ich dir damals gebracht habe ...«

»Welche Kartons?« Eva runzelte verwirrt die Stirn.

»Die dem Marie-Kondo-Wahn zum Opfer gefallen sind, du weißt schon ... die deine Mutter wegwerfen wollte ...« Er grinste schief.

»Die du auf die Müllkippe fahren solltest?«

Er nickte.

»Du meinst ... da ist irgendwas zu finden?«

Er zuckte die Achseln. »Ich habe keine Ahnung.«

Eva räumte die Kaffeebecher in die Spülmaschine und blieb einen Moment lang stehen. An die Sachen auf dem Dachboden hatte sie gar nicht mehr gedacht. Ob sie gleich einen Blick hineinwerfen sollte oder zuerst die Alben durchblättern? Die Uhr an der Mikrowelle zeigte kurz nach neun. Heute hatte Justus schon um elf Schule aus, weil mal wieder Französisch ausfiel. Wenn sie sich jetzt gleich daranmachte, wäre sie fertig, wenn er nach Hause kam. Die Alben konnte sie sich dann heute Nachmittag in Ruhe ansehen.

Sie öffnete die Klappe zum Speicher und zog die Leiter herunter. Eine goldene Herbstsonne schien durch das Dachfenster und Staubpartikel tanzten im Morgenlicht, als sie auf Ingrids Kartons zuging, die immer noch so dastanden, wie Bodo sie seinerzeit abgestellt hatte, schön säuberlich in Reih und Glied. Das hat er gut gemacht, dachte Eva und öffnete den ersten Karton.

Ein Haufen Papiere, alte Zeichnungen und Basteleien von ihr, eine kleine Trollfigur, die Eva noch nie gesehen hatte. Was war denn das für ein Teil, wunderte sie sich und betrachtete die kitschige Nippesfigur, die so gar nicht zu Ingrids erlesenem Geschmack passte. Na ja, deswegen hat sie sie ja auch entsorgt, dachte sie und klappte den nächsten Karton auf, der lauter Leitzordner enthielt. Nach der Schrift darauf zu urteilen, mussten sie von ihrer Großmutter stammen. Und auch wenn das nicht das war, was sie suchte, so konnte sie sich nicht zurückhalten und schlug den ersten Ordner auf. Vergilbte, dicht mit Schreibmaschine beschriebene Blätter. Sie ließ den Blick über den Text schweifen, es ging um Säuglingspflege, offensichtlich eine Abhandlung für Mütter, die ihr erstes Kind auf die Welt gebracht hatten.

»Ich glaub's ja nicht«, murmelte sie, ließ sich auf den Boden sinken und blätterte durch die Seiten. Während Eva vor zwei Jahren mit ihrer Recherche zur NS-Erziehungsexpertin Johanna Haarer begonnen hatte, hatte Ingrid offenkundig im großen Stil historische Dokumente entsorgt! Ihre Mutter war also nicht nur nicht bereit gewesen, ihr ein bisschen aus ihrer Kindheit zu erzählen. Sie hatte ihr bewusst Unterlagen vorenthalten, die für Eva von unschätzbarem Wert gewesen wären. Oder wie sollte sie das hier bitte schön sonst verstehen!

Eine ganze Weile saß Eva da, ohne sich zu regen. Sie war so wütend auf ihre Mutter, dass sie sie am liebsten auf der Stelle angerufen und zur Rede gestellt hätte. Aber das ging natürlich nicht, allein schon aus Rücksicht auf Bodo. Mit einem Seufzer schob sie den Karton beiseite, um ihn ein anderes Mal genauer durchzusehen.

Erst im vorletzten Karton fand sie, wonach sie gesucht hatte: eine Plastiktüte mit Fotos. Sie schüttete die Bilder auf den Bretterboden und bemerkte auf den ersten Blick, dass ein paar von ihnen zerknüllt und einige sogar in kleine Schnipsel zerrissen waren. Da hat Ingrid ja ganze Arbeit geleistet, dachte sie empört und machte sich daran, die Bilder durchzusehen: Ingrid als Stewardess in ihrer Lufthansa-Uniform, mit einem adretten Kurzhaarschnitt. Oder war das sogar eine Perücke? Oma Resi als ganz junge Frau und später, mit irgendwie traurigem Gesicht. Vielleicht war sie da ja schon krank, dachte Eva und bedauerte es einmal mehr, diese kluge Frau nie kennengelernt zu haben. Sie griff nach dem nächsten Bild, der Schwarz-Weiß-Aufnahme eines schneidigen jungen Mannes in Uniform. Sie betrachtete das gut geschnittene Gesicht und fragte sich, wer das wohl sein mochte und was für eine Uniform das war, mit einem Löwen auf dem Kragenspiegel.

Dann griff sie nach einem der zerknüllten Fotos und strich es glatt. Eine ganz alte Aufnahme von Resi in ihrem Arztkittel, mit einem Stethoskop um den Hals. Was für eine hübsche Frau, dachte Eva, mit dem blonden Haar, den hellen Augen und der zierlichen Figur. Auf diesem Bild stand Resi, umgeben von Frauen in Schwesterntracht vor einem prächtigen Haus zwischen zwei weißen Säulen. In der letzten Reihe zwei Männer, einer davon der schmucke Uniformierte mit dem Löwen am Kragen. Sie drehte das Foto um. Auf der Rückseite stand *Hurdalsverk, 1942*.

Ingrid hatte nie viel über ihre Kindheit gesprochen, und schon gar nicht über ihre Mutter. Genau genommen konnte sich Eva nur an Geschichten über ihre Großeltern in Zirndorf erinnern, einem Städtchen bei Nürnberg. Leontine und Ludwig, zu ihnen hatte Ingrid wohl ein engeres Verhältnis gehabt. Oma Leontine, dieser Name hatte auch nach all den Jahren noch einen vertrauten Klang. Die ersten Lebensjahre hatte Evas Mutter bei ihr in Zirndorf verbracht. Leontine war eine treue Kirchgängerin und glühende Verehrerin der Hildegard von Bingen und anderer heiliger Frauen gewesen. Zu Leontines Ehren hatte Ingrid sogar deren alte Heiligenbildchen über ihrem Sekretär aufgehängt, was von wahrhafter Zuneigung und Wertschätzung zeugte, da Ingrid sonst nicht dazu neigte, sich *alten Kram* an die Wände zu hängen.

Wieder wandte Eva sich dem Foto zu. Es war schon merkwürdig, dass Ingrid so wenig über ihre Mutter gesprochen hatte. Dabei musste Resi eine bemerkenswerte Persönlichkeit gewesen sein. Welche Frau aus dieser Generation hatte schon ein Medizinstudium absolviert? Und dann noch die Anstellungen im Ausland! Ungewöhnlich für die damalige Zeit.

Sie nahm ein paar von den Schnipseln, die aus der Tüte gerieselt waren, und legte sie sich auf die Handfläche. Sie konnte es einfach nicht fassen, dass ihre Mutter all die Sachen einfach entsorgt hatte. Obwohl sie genau gewusst hatte, dass Eva sich gerade mit einem Buchprojekt herumschlug, das genau in dieser Zeit angesiedelt war. Warum hat sie mich denn nicht gefragt, ob ich die Sachen haben möchte!

Verwünschungen vor sich hin murmelnd, sammelte Eva die Schnipsel in die Tüte, trug sie nach unten und setzte sich an den Küchentisch. Während sie sich daranmachte, die Stücke zusammenzusetzen, beschlich sie ein irgendwie ungutes Gefühl und einen kurzen Moment lang fragte sie sich, ob es nicht vielleicht doch besser wäre, die Fotos wegzuwerfen, so wie ihre Mutter es gewollt hatte. Aber sie konnte einfach nicht aufhören.

Saint-Antoine, Frankreich, 1954

Es ist der Tag nach ihrem sechzehnten Geburtstag. Mariä Himmelfahrt, der Höhepunkt des Sommers und auch in diesem Jahr so heiß, dass man das Gefühl hat, auf dem Asphalt zu zerschmelzen.

Schon in der Kirche sucht Marguerite nach ihm. Bis sie ihn tatsächlich ein paar Reihen weiter vorne entdeckt. Aber er sitzt nur da, neben seiner Frau und Juliette, den Blick geradeaus gerichtet, ohne sich ein einziges Mal umzusehen.

Die beiden letzten Wochen hat sie jede Stunde an ihn gedacht. Daran, wie ihre Lippen sich berührt haben, ein zweites Mal, wie sein Kuss drängender wurde. Wie er sie angesehen hat, nach diesem Kuss.

Gleich am nächsten Tag hat sie Juliette besucht. Aber er war nicht da. Dreimal noch in diesen vierzehn Tagen hat sie sich davongeschlichen, um zu Juliette zu gehen, was ihr erheblichen Ärger mit ihrer Ziehmutter eingebracht hat. Doch es war umsonst. Sie hat ihn nicht zu Gesicht bekommen, kein einziges Mal. Alles andere ist inzwischen in den Hintergrund gerückt, sogar ihre Suche nach der Mutter und Nini, alles scheint nur noch Beiwerk zu sein, ihre ganze Sehnsucht ist nur noch auf ihn gerichtet, auf Adrien. Zu ihm zu gehören erscheint ihr auf einmal wichtiger als alles andere.

Als die Priester mit den Ministranten aus der Kirche ziehen, direkt nach dem *Ite missa est*, und sich auf dem Platz versammeln, entdeckt sie ihn wieder. Sie weiß nicht, ob er sie ebenfalls gesehen hat. Doch dann, als der Zug sich in Bewegung setzt und die Marienstatue davongleitet, hat sie den Eindruck, dass er sich langsam nach hinten treiben lässt. Auf einmal ist er neben ihr, für einen Moment nur.

»Nach der Prozession in der Gärtnerei«, murmelt er. Und da ist er auch schon wieder verschwunden, abgetaucht in das Meer der Gläubigen. Das Herz hämmert ihr in der Brust, während sie langsam weitergeht, vorbei am Rathaus, dem alten Wasserturm, den letzten Häusern.

»*Ave, maris stella, Dei mater alma*«, hallt es über die abgeernteten Felder. Auch Ann-Marie legt sich so mächtig ins Zeug, dass Marguerite ihren säuerlichen Atem riecht. Sie selbst bewegt nur lautlos die Lippen. Sie kann sich nicht richtig konzentrieren, jetzt nicht mehr, wo sie weiß, dass sie ihn gleich wiedersehen wird.

Endlich erreichen sie die Mariengrotte. Da entdeckt sie ihn noch einmal, sieht, wie er stehen bleibt und, wie die anderen, ein Ave-Maria betet, sich dann bekreuzigt und abwendet.

Die Prozession löst sich nun auf, die Gläubigen treiben auseinander, ziellos wie eine Herde Schafe, manche bleiben stehen, wechseln ein paar Worte, so auch Ann-Marie und Jean-Luc.

»Ich gehe zu meinen Freundinnen«, sagt sie wie beiläufig zu Ann-Marie, weil sie weiß, dass ihre Ziehmutter nichts dagegen sagen wird, solange sie mit der Haushälterin des Priesters redet.

Sie geht ein Stück die Straße entlang und biegt dann, kurz vor der Kuhweide der Martins, in den Mühlenweg ein. Dort, das weiß sie, wird heute niemand gehen. In ihren Sonntagskleidern wollen die Leute gesehen werden und nicht an einem Bach entlangstapfen.

Zehn Minuten später kommt sie an den Zaun, hinter dem die verwilderten Anlagen der alten Gärtnerei liegen. Noch im Schatten der Erlen bleibt sie stehen. Sie ist viel zu schnell gegangen, sicher ist er noch nicht da. Sie geht zurück zum Wasser, kühlt sich die Hände, das Gesicht und setzt sich auf einen Baumstamm, der über den Bach ragt. Sie stellt die Füße ins Wasser und fühlt sich gut, irgendwie erwachsen. Die Vorstellung, was jetzt gleich geschehen wird, ist berauschend. Sie überlegt, wie weit zu gehen sie bereit ist. Denn deshalb will er sie doch sehen. Um dort weiterzumachen, wo sie vor zwei Wochen aufgehört haben. Sie kommt zu keinem Entschluss. Sie wird es einfach auf sich zukommen lassen.

Sie steigt aus dem Bach, läuft sich die Füße im Gras trocken. Dann zieht sie die Schuhe wieder an und schlüpft durch den Zaun. Die Sonne steht hoch am Himmel, brennt auf Marguerites Gesicht, während sie an den Treibhäusern vorübergeht und sich nach Adrien umsieht. Als sie ihn nirgends entdeckt, umrundet sie das Haus und wartet schließlich im Schatten einer Baumgruppe neben dem Pumpenhaus. Das Gras hier ist gemäht.

Auf einmal hört sie Schritte. Und da sieht sie ihn den Weg entlangkommen. Wie gut er aussieht in seinem hellen Sommeranzug. Sie steht auf, streicht sich den Rock glatt. Aber warum guckt er so ernst?

In einiger Entfernung macht er halt, schaut sie an.

»Hallo, Marguerite.«

»Hallo, Adrien.«

Sie ist verunsichert. Vielleicht hat er schlechte Nachrichten für sie?

Beklommen fragt sie: »Ist etwas passiert?«

Da tut er einen Schritt auf sie zu und sagt eindringlich: »Hör mal: Ich möchte dir gerne helfen. Aber das von letztem Mal darf sich nicht wiederholen.«

»Was meinen Sie?«, fragt sie, obwohl sie natürlich genau weiß, wovon er spricht.

»Der Kuss. Du und ich, das geht nicht.«

Da tritt sie auf ihn zu und legt die Arme um seinen Nacken. »Ich hatte den Eindruck, dass es Ihnen auch gefallen hat«, sagt sie ganz leise und drückt sich an ihn.

»Herrgott, Marguerite, hör sofort auf!«, ruft er da und löst sich grob aus ihrer Umarmung. »Du bist so alt wie meine Tochter!« Betroffen weicht sie zurück.

In dem Moment hören sie ein Geräusch. Ein Fahrrad, das über unebenen Boden holpert.

»Was ...«, sagt Adrien und läuft um das Haus herum. Marguerite folgt ihm. In einiger Entfernung sehen sie jemanden auf dem Rad davonfahren.

Jetzt sieht er sie richtig böse an. Er fasst sie an beiden Armen und sagt streng: »Das muss aufhören. Du darfst nicht mehr zu uns nach Hause kommen. Ist dir klar, dass du mich in Schwierigkeiten bringen kannst?«

Sie nickt und fühlt sich nun gar nicht mehr erwachsen. Wie ein ziemlich dummes Kind kommt sie sich vor.

Da sagt er: »Und jetzt hör zu. Ich habe Antwort bekommen vom Roten Kreuz. Leider hat die Suchanfrage nichts ergeben. Es tut mir leid.«

Sein Blick ist jetzt weicher geworden, er sieht sie fast mitleidig an.

Sie nickt und schluckt trocken, schluckt die Enttäuschung hinunter. Sie sieht auf den Boden, auf ihre Fußspitzen, als er weiterspricht.

»Aber dafür habe ich etwas anderes herausgefunden.«

Sie blickt auf.

»Ich habe mit der Hebamme gesprochen, die damals in dem Heim gearbeitet hat. Sie erinnert sich an die Kinder, die kurz vor der Evakuierung mit dem Bus ankamen. Sie weiß auch noch, dass eine Ärztin dabei war, die die Mutter von Zwillingsmädchen war. Du und deine Schwester, ihr seid doch Zwillinge? Verstehst du, was ich dir sage?«

Marguerite, deren Augen während seiner Rede immer größer und runder geworden sind, nickt stumm.

»Gut«, sagt er. »Und was noch wichtiger ist: Sie ist sich sicher, dass diese Kinder aus einem Heim in Belgien kamen.«

Die ganze Fahrt über spürte Eva ihren Herzschlag wie ein Donnern in der Brust. Wieder fuhr sie viel zu schnell, was sonst gar nicht ihre Art war. Aber sie war dermaßen außer sich, dass auf einmal alles andere nichtig erschien. Auch auf Bodo konnte sie jetzt keine Rücksicht mehr nehmen. Immer wieder huschte ihr Blick zu den Fotos auf dem Beifahrersitz. Es waren drei, aufgenommen an verschiedenen Orten.

Sie war mitten im Puzzeln gewesen, als Justus von der Schule gekommen war und sich interessiert über ihre Schulter gebeugt hatte.

»Was machst du da?«, wollte er wissen, und als sie es ihm erklärte, schwieg er einen Moment verdutzt, pfefferte dann aber seinen Rucksack in die Ecke und zog scharrend einen Küchenstuhl heran. Zuerst sah er nur zu, doch bald nahm er unaufgefordert dieses und jenes Schnipselchen in die Hand und half ihr beim Sortieren.

Es dauerte eine ganze Weile, bis es ihnen gelang, die Papierstückchen in den verschiedenen Grauschattierungen zu den Fotos zusammenzusetzen, die sie gewesen waren. Als Justus den letzten Schnipsel platziert hatte, lehnten sie sich beide zurück und betrachteten die Fotos.

Auf dem ersten Bild sah man Evas Großmutter mit einer Schar kleiner Kinder von vielleicht drei oder vier Jahren, offensichtlich in einem Park. Auf dem zweiten Bild standen zwei kleine Mädchen, Zwillinge, auf einer Treppe vor einer weißen Säule und blinzelten in die Sonne. Auf dem dritten Foto saßen dieselben Zwillinge, nun schon etwas älter, auf einer Wiese vor einem Schloss mit weiß umrandeten Fenstern. Im Gegensatz zu dem vorigen Bild lachten sie hier in die Kamera. Es war ein übermütiges, ansteckendes Lachen, doch Evas Blick huschte erschrocken zwischen den Gesichtern der beiden Mädchen hin und her.

Ihre Mutter. Eines dieser beiden Mädchen war ihre Mutter.

Und da sagte Justus auch schon: »Hä? Hatte Oma eine Schwester?«

Wie ferngesteuert stand Eva auf und holte eine Rolle durchsichtiges Paketband aus der Küchenschublade. Mit zitternden Fingern klebte sie die Schnipsel zusammen und drehte die Fotos um. *1943 in Godthåb,* stand auf dem Bild mit der Kinderschar. Auf dem zweiten Bild stand *1942 in Hurdalsverk* und *Ingrid und Gretchen in Végimont, Soumagne. Frühjahr 1944* auf dem dritten.

Gretchen. Eva starrte auf den fremden Namen.

Ihre Mutter hatte eine Zwillingsschwester gehabt und nie ein Wort darüber verloren. Und wie es aussah, hatte diese Schwester sich im November 1970 das Leben genommen.

An der Haustür klingelte sie Sturm. Als kurz darauf ein erschrockener Bodo die Tür öffnete, stürmte sie an ihm vorbei ins Haus. Bevor er etwas sagen konnte, hielt sie ihm eines der Bilder hin.

In dem Moment betrat auch ihre Mutter die Eingangshalle und Eva und Bodo wandten sich ihr zu.

»Was ist denn hier los? Brennt's irgendwo in Pommerland?«, fragte sie und bemerkte erst dann, dass Eva etwas in der Hand hielt.

Eva antwortete nicht, sondern sah ihre Mutter nur an. Dann streckte sie wortlos die Hand aus und reichte Ingrid die drei Fotos.

»Warum hast du mich angelogen?«, herrschte sie Ingrid an. »Warum hast du mir nicht gesagt, dass du eine Schwester hattest?«

Mit einer schwachen Geste nahm Ingrid die Fotos, ließ die Hand aber sofort wieder sinken und sah sie nicht einmal an. Stattdessen drehte sie sich einfach um und ging.

Eva folgte ihr in die Küche, wo Ingrid, mit dem Rücken zu ihr, mit Wasserkocher und Teebüchse zu hantieren begann. Die Fotos lagen auf der Kücheninsel.

Eva wusste nicht, was sie tun sollte. Sie kam sich töricht vor, wie sie so dastand, in ihrer unbeachteten Empörung, und Ingrid beim Teekochen zusah. Sie hatte ein Recht auf eine Erklärung, verdammt noch mal! Sie wollte gerade lospoltern, als sie das Beben von Ingrids Schultern bemerkte. Weinte sie etwa?

Evas Wut verpuffte augenblicklich. Sie warf Bodo einen Blick zu, der ihnen gefolgt war und ebenso ratlos wie Eva in der Tür stand.

Da ging Eva zu Ingrid, legte die Arme um sie: »Mama? Warum erzählst du es mir nicht einfach?«

Es dauerte eine ganze Weile, bis ihre Mutter reagierte. Als Eva schon nicht mehr mit einer Antwort rechnete, tupfte Ingrid sich über die Augen und drehte sich langsam zu ihr um. Bevor sie sprach, tat sie einen tiefen und zittrigen Atemzug.

»Ja«, sagte sie, »ich hatte eine Schwester. Sie hieß ... Margarete.« Wieder ein zittriger Atemzug. »Es war ... im Sommer 1944. Wir lebten damals mit unserer Mutter in Belgien. Du weißt ja, sie war Ärztin in diesem ... Krankenhaus in Végimont. Als die Alliierten näher rückten, mussten wir von einem Tag auf den anderen fliehen. Es war ein ... ziemliches Chaos. Und in diesen ... in diesen Wirren ...« Sie verstummte erneut, musste offenbar alle Kraft zusammennehmen, um weitersprechen zu können. »... da ist sie verloren gegangen.« Die letzten Worte hatte Ingrid nur mehr geflüstert. »Wir haben sie überall gesucht. Aber sie war weg. Einfach weg. Ich habe damals gedacht, ich müsste sterben. Es hat Jahre gedauert, bis ich wieder richtig schlafen konnte.«

Eva konnte ihre Mutter nur ansehen. Die stets so heitere Ingrid, deren Fürsorge Eva als Kind oft als Belagerung empfunden hatte und deren Optimismus Eva manchmal zwanghaft erschien, hatte eine Zwillingsschwester gehabt, die eines Tages einfach verschwunden war. Nicht auszudenken, was das für das kleine Mädchen bedeutet haben mochte.

»Und deshalb …« Ingrid straffte plötzlich die Schultern und richtete sich auf, wobei sie Eva direkt ansah, mit einem Blick, der etwas Endgültiges hatte. »… wirst du verstehen, dass ich davon nichts mehr hören möchte. Ich habe Gretchen einmal verloren. Ich kann das kein zweites Mal durchstehen.«

Wissenschaftler aus Norwegen, Österreich, Australien, Schweden lesen aus den menschlichen Überresten Spuren, die zuvor verborgen waren. Die Lösung des Rätsels, glauben sie, wird Hunderte Kilometer vom Isdal entfernt zu finden sein, in Westeuropa, in Frankreich, Belgien – und in Deutschland. Irgendwo dort könnte es sehr alte Eltern geben oder ziemlich alte Geschwister, Tanten und Onkel, Cousins und Cousinen, die seit langer Zeit eine Verwandte vermissen und in diesem Artikel womöglich irgendetwas entdecken werden, was ihnen bekannt vorkommt.

Die Zeit, 10. Januar 2018

Die nächsten zwei Tage verbrachte Eva in aufgewühlter Stimmung, hin und her gerissen zwischen dem schlechtem Gewissen ihrer Mutter gegenüber und dem brennenden Wunsch, sich bei der Polizei zu melden und einen DNA-Test durchführen zu lassen. Immer wieder sah sie sich die Bilder vom Dachboden an und blätterte auch die Alben mit alten Familienfotos durch, die Bodo ihr gebracht hatte, nun jedoch in dem permanenten Bewusstsein, dass ein Mensch darin fehlte. Daran, wie diese fehlende Person zu Tode gekommen war, hätte sie am liebsten gar nicht gedacht, aber auch davon kam sie einfach nicht los.

Am dritten Tag hielt sie es nicht mehr aus und ging zur Polizei, um eine Aussage zu machen. Es fühlte sich unwirklich an, auf einer Polizeiwache zu sitzen, nicht als Autorin, die irgendetwas recherchiert, sondern in eigener Sache. Nachdem sie ihr Anliegen geschildert hatte, war sie fast erstaunt über die Reaktion des Beamten. Dieser ernste Mann mit den braunen Augen suggerierte ihr nicht etwa, eine Wichtigtuerin zu sein, eine Quasseltante, eine von denen, die der Polizei die Zeit stahlen, sondern nahm das, was sie da erzählte, tatsächlich ernst. Auch die junge Polizistin, die wenig später den Abstrich durchführte, schien durch und durch konzentriert, was allerdings zur Folge hatte, dass Eva erst recht glaubte, in einen Film hineingeraten zu sein.

Doch was hier passierte, war ganz real: Eine Woche später erhielt sie den Bescheid, dass der Verwandtschaftstest Übereinstimmungen ergeben hatte. Die Tote war ihre Tante gewesen, daran gab es keine Zweifel mehr. Und obwohl das nach dem Gespräch mit Ingrid keine Überraschung war, traf diese Gewissheit Eva doch mit voller Wucht.

Als Johannes an diesem Abend Justus zum Fußballtraining abholte, das letzte Mal vor den Herbstferien, war sie so aufgewühlt, dass es sogar Johannes auffiel, obwohl der nicht gerade für sein Feingefühl bekannt war. Auf seine Frage hin, ob etwas passiert sei, sah sie ihn einen Augenblick überrascht an und tat dann etwas für sie Ungewöhnliches: Sie erzählte ihm die ganze Geschichte. Und nicht nur das, sie verriet ihm sogar, dass sie bereits mit einem Polizeibeamten in Norwegen gesprochen hatte und mit dem Gedanken spielte, nach Bergen zu reisen, einfach um ... ja, warum eigentlich?

Johannes sah sie zunächst verblüfft, dann jedoch immer skeptischer an. Am Ende sagte er: »Was willst du denn dort? Nach einem halben Jahrhundert gibt es da doch nichts Neues mehr herauszufinden! Komm lieber mit uns nach Taormina.«

Augenblicklich bereute Eva ihr Mitteilungsbedürfnis. Es war wie früher: Wenn es um die Rechercheenreisen des Herrn Journalisten ging, war alles immer superwichtig, ihre persönlichen Dinge dagegen wurden abgetan. Sie presste die Lippen aufeinander.

»Ich will auch nicht, dass du da hinfährst«, kam es da von hinten. Eva drehte sich um und sah Justus in der Küchentür stehen, mit betretenem Gesichtsausdruck.

Als sie abends bei Justus auf der Bettkante saß, brachte er noch einmal das Gespräch darauf: »Du sollst da nicht hingehen. Da ist eine Frau verbrannt, Omas Schwester. Das ist doch schrecklich!«

Woraufhin sie ihn beruhigte, ironischerweise mit denselben Worten, die Johannes zuvor benutzt hatte, um ihr die Sinnlosigkeit ihres Unternehmens vor Augen zu führen: Das alles sei ja schon so lange her, fast fünfzig Jahre. Und sie wolle sowieso nur eine Woche in Norwegen bleiben.

»Wenn du aus Taormina zurückkommst, bin ich auch schon wieder zu Hause.«

Hôtel Les Dauphins, Saint-Cyprien Plage,
Frankreich, Sommer 1969

Die Erinnerung trifft Marguerite vollkommen unvorbereitet. Es ist am frühen Abend, sie hat den Nachmittag bei ihrem Geliebten verbracht, Henry, einem nicht mehr ganz jungen Geschäftsmann aus Toulouse, der sie vage an Adrien erinnert und dessen Frau sich auf einem Bootsausflug befindet. Als Henry ihr vor ein paar Monaten gesagt hat, dass er den Sommer ausgerechnet in dem Hotel verbringen will, in dem sie seit einem Jahr als Rezeptionistin arbeitet, hat sie die Idee als ziemlich riskant empfunden. Aber die Situation hat durchaus etwas Prickelndes, das muss sie zugeben. Henrys Frau ist eine ziemlich eingebildete Ziege, der zu schaden Spaß macht, und Henry ein großzügiger Liebhaber, was neben der Ähnlichkeit mit Adrien wohl der Grund dafür ist, warum sie ihm noch nicht den Laufpass gegeben hat. Und ein wenig tröstet er sie auch über das beklemmende Gefühl von Verlorenheit hinweg, das sie in letzter Zeit manchmal überfällt. Immer öfter nistet es sich in ihrem Brustkorb ein und macht ihr das Atmen schwer.

An diesem Nachmittag allerdings ist Henry nervös und unaufmerksam gewesen – wahrscheinlich hatte er Angst, der Bootsausflug könnte ein vorzeitiges Ende nehmen –, deshalb ist Marguerite ziemlich bedient, als sie aus seinem Zimmer schleicht. Bedient, aber auch irgendwie niedergeschlagen. Und wie so manches Mal in den letzten Monaten spielt sie wieder mit dem Gedanken, zu kündigen und einfach abzuhauen. Vielleicht ist es Zeit, weiterzuziehen und woanders neu anzufangen.

Sie verlässt das Hotel durch den Hintereingang. Zwar ist es schon halb sieben, doch die Hitze hat sich draußen eingenistet und so vermeidet sie den sonnenbeschienenen Weg direkt an den Tennisplätzen vorbei. Stattdessen geht sie außen herum durch das Wäldchen. Sie ist noch nicht weit gekommen, als sie eine Horde Kinder auf dem Sportplatz neben den Tennisanlagen kreischen hört. »Du kriegst mich nicht!«, ruft eine übermütige Mädchenstimme auf Deutsch und ein Junge antwortet mit »Ätsch!«. Die Kinder der Deutschen, denkt Marguerite und will eigentlich nicht stehen bleiben, denn was diese Sprache betrifft, ist sie verwundbar. Dennoch macht sie halt.

Es sind neun Kinder von drei Familien, hübsche blonde Kinder, die sich im Gegensatz zu den französischen aber nicht recht zu benehmen wissen und regelmäßig durchs Foyer rasen. Trotzdem mag sie sie, diese Kinder.

Eine Weile lang beobachtet sie das Treiben, sieht die Kinder hin und her laufen. Immer wieder kreischen sie auf und stieben auseinander wie eine Schar Hühner, die von einem Fuchs gejagt werden. Wie immer, wenn sie Kinder beobachtet, wird sie ein wenig wehmütig, auch wenn sie nie richtig begreift warum, denn selbst will sie ja eigentlich keine Kinder haben. Vielleicht liegt das daran, dass Kinder ihr zeigen, wie schnell das Leben vorbeigeht?

Vom Meer her weht eine leichte Brise. Marguerite hebt die Arme und spürt die Kühlung, den Schweiß in ihrem Nacken und unter ihren Achseln, dann wendet sie sich ab und folgt dem Weg durch das Wäldchen, saugt den Duft der Pinien und

Eukalyptusbäume tief in ihre Lungen. So schlecht ist dieser Ort gar nicht, denkt sie, wenn ich nur als Gast hier wäre und nicht zum Schuften, könnte ich es hier schon aushalten. Ein Stück weit weg sieht sie das Nebengebäude auftauchen und erkennt Ségolène und Gabrielle, die wie immer vor dem Eingang auf ihren Plastikstühlen herumsitzen und rauchen. Wahrscheinlich werden sie gleich wieder wissen wollen, wo sie gewesen ist, eine Frage, die Marguerite mittlerweile fürchtet. Anscheinend schöpfen die beiden langsam Verdacht, was Henry und sie angeht. Und so bemüht sie sich stets um einen gleichmütigen Gesichtsausdruck, wenn sie im Speisesaal mit ihm spricht, und passt besonders auf, wenn sie an ihrem freien Nachmittag die Unterkunft verlässt und in Richtung Hotel oder Parkplatz geht, je nachdem, wo sie mit Henry verabredet ist. Vielleicht sind die beiden aber auch einfach nur neidisch, weil Marguerite immer wieder neue Kleider und hübschen Schmuck trägt. Jedenfalls muss sie aufpassen, sonst ergeht es ihr wie seinerzeit mit Adrien, als Valérie sie in der alten Gärtnerei beobachtet hat und gleich zu Juliette gelaufen ist, um zu verraten, was ihr Vater so treibt. Und das, obwohl ja noch nicht einmal etwas Richtiges geschehen ist zwischen ihnen.

Sie bleibt stehen. Noch haben Ségolène und Gabrielle sie nicht entdeckt und so beschließt sie spontan, noch eine Extrarunde zu drehen, bis die beiden verschwunden sind. In einer halben Stunde müssen sie in den Speisesaal. Bis dahin wird sie sich draußen noch die Zeit vertreiben.

Sie findet eine Bank im Schatten unter einem Eukalyptusbaum zwischen Sportplatz und Tennisanlage. Vom Tennisplatz erklingt das Ploppen der Bälle und die Kinder jagen nach wie vor über das staubige Karree. Ein Mädchen, das, wie Marguerite weiß, Yolanda heißt, fängt an zu streiten. Sie wolle etwas anderes spielen. Sie habe genug vom »Kaiser«. Eine aufgeregte Diskussion entsteht, bis der große Junge, der Michael heißt, entscheidet: »Also gut, du darfst jetzt wählen.« Das Mädchen braucht nicht lange und Marguerite beobachtet, wie sie der Gruppe den Rücken zukehrt und ein Stück fortläuft, um in einiger Entfernung stehen zu bleiben. Plötzlich hält sie die Hände trichterförmig vor den Mund und schreit: »Wer hat Angst vorm schwarzen Mann?«

Und es sind diese Worte, die Marguerite wie ein Donnerschlag treffen. Einen Moment lang ist das Gefühl so übermächtig, dass sie die Hände zu Fäusten ballt. »Was ...«, entfährt es ihr, doch sie verstummt sofort wieder. Sie starrt die Kinder an, die reglos in der Abendsonne stehen. Und noch bevor die Kinder auf den Ruf antworten können, weiß sie, wie es weitergeht, und so begleitet sie deren anschließende Worte mit einem Murmeln, lautlos, automatisch:

Niemand.

Und wenn er aber kommt?

Dann rennen wir schnell fort.

Lange nachdem die Kinder verschwunden sind, sitzt sie noch immer auf der Bank und starrt ins Leere. So viele Jahre hat sie nicht mehr daran gedacht, seit Adrien damals für kurze Zeit diese Hoffnung in ihr geweckt hatte: die Hoffnung, ihre Familie wiederzufinden.

Sie hat vergessen gehabt, dass das ja Teil ihres Lebens war. Eine ganze Horde waren sie, sind jeden Tag zusammen durchs Dorf gerannt. Und wenn sie abends nach Hause kamen, mit schmutzigen Gesichtern und aufgeschlagenen Knien, hat die Großmutter mit der Brotzeit auf sie gewartet. Eine schöne Zeit war das. Bis eines Abends ein Wagen vor dem Haus stand. Auch an jenem Tag hatten sie wieder Schwarzer Mann gespielt. Zuerst waren sie ganz aufgeregt gewesen, Ingrid und sie, und hatten sich gefreut, dass Tante Resi sie besuchen kam. Denn bestimmt hatte Resi ihnen ja wieder ein Geschenk mitgebracht. Doch statt eines Geschenkes haben sie nur gehört, wie Tante Resi und die Großmutter sich in der Küche anschrien. Und dann hat die Tante sie einfach in den Wagen verfrachtet. Die Großmutter ist noch einmal aus dem Haus gelaufen gekommen, hat ihnen die Heiligenbilder in die Hand gedrückt und das Kreuzzeichen auf die Stirn gemalt. Das war das einzige Mal, dass sie ihre Großmutter hat weinen sehen. Und das letzte Mal, dass sie sie gesehen hat.

Marguerite steht auf. Die Sonne ist hinter dem Wäldchen verschwunden und der Wind vom Meer her hat aufgefrischt. Ab morgen soll es kühler werden, das hat der Wetterbericht im Radio gesagt. Langsam geht sie zurück, über einen Teppich aus Piniennadeln und trockenen Eukalyptusblättern. Wie erwartet haben Ségolène und Gabrielle ihre Stammplätze inzwischen geräumt und so huscht sie ungesehen in ihr Zimmer, wo sie das Geld, das Henry ihr gegeben hat, aus ihrer Rocktasche holt und unter der Matratze verstaut. Sie stellt das Radio an. Die Beatles plärren aus dem Lautsprecher. Sie mag die Beatles nicht, ihre Musik spricht sie nicht an.

Sie öffnet das Fenster, kickt ihre Schuhe von den Füßen und legt sich ins Bett, nimmt ihren Fotoroman vom Nachttisch und beginnt zu lesen. Doch schon bald lässt sie das Heft wieder sinken. Sie kann sich nicht konzentrieren. Immer wieder muss sie an jenes letzte Mal denken, als sie die Großmutter gesehen haben. Tante Resi hat sie noch am selben Tag in eine laute Stadt gebracht und später auf ein Schiff, das so schlimm geschaukelt hat, dass Marguerite die ganze Nacht hat spucken müssen.

Danach war alles anders. Die Leute haben eine komische Sprache gesprochen, die sie nicht verstanden hat. Und dann sollten sie Tante Resi plötzlich Mutti nennen. Was sie zuerst nicht wollten. Aber wenn sie es nicht taten, mussten sie am Abend ohne Essen ins Bett, und so haben sie es dann eben doch gesagt.

Sie setzt sich im Bett auf. Zu gerne würde sie einmal Ordnung in diese Gedanken bringen. Dass Resi wirklich ihre Mutter war, das weiß sie natürlich längst, aber trotzdem gibt es so viel, was sie nicht versteht. So viel, das nicht zusammenpasst, ein buntes Durcheinander, auf das sie sich keinen rechten Reim machen kann.

Auf einmal muss sie wieder an Adrien denken. An die Gefühle, die damals in ihr tobten, ihre Schwärmerei für Adrien, vor allem aber an die Hoffnung, die er in ihr ausgelöst hat. Dieses Gefühl, dass alles gut werden würde, dass sie nur einen Steinwurf entfernt wäre von einer Rückkehr zu Nini, zu ihren Großeltern, zu ihrer Mutter. Denn Adrien hatte herausgefunden, dass die Kinder, die in den Bussen nach Lamorlaye kamen, aus Belgien stammten, und das war doch sicher eine gute Spur.

Und als sei dies das Stichwort, hört sie draußen erneut die Stimmen. »Fischer, wie tief ist das Wasser?«, ruft der Junge, der Michael heißt. Offensichtlich ist das Abendessen beendet und die Deutschen haben ihre Kinder wieder nach draußen geschickt.

Mit einem Ruck steht sie auf und geht an ihren Schrank. Sie reißt die Tür auf, holt das schwarze Notizbuch heraus und schlägt es auf. Eine Karte liegt darin. Die Karte, die ihre Großmutter ihr zum Abschied in die Hände gedrückt hat, die heilige Elisabeth. Auf einmal fühlt sie eine Enge im Hals, so eine klumpige Traurigkeit. Diese Karte ist das Einzige, was ihr geblieben ist.

Doch dann strafft sie die Schultern. Trübsal blasen hilft auch nicht weiter. Was, wenn sie sich aufmacht und versucht, dieses ehemalige Heim in Belgien zu finden? Das muss doch möglich sein. So viele »Schlösser«, die von den Deutschen während des Krieges als Entbindungsheim genutzt worden sind, kann es in Belgien doch gar nicht geben. Und was Adrien in Lamorlaye gelungen ist, könnte sie genauso gut schaffen – jemanden auftreiben, der dort gearbeitet hat. Und mit einem Mal ist sie hellwach: Was, wenn ihr das tatsächlich gelingt? Wenn sie jemanden findet, der sich an ihre Mutter erinnert? An die Frau Doktor mit den beiden Zwillingsmädchen. So weit hergeholt ist dieser Gedanke doch gar nicht.

Drei Tage später stand Eva am Sixt-Schalter in Bergen und nahm den Wagenschlüssel entgegen.

»Schönen Aufenthalt in Norwegen«, sagte der Mann, ein blasser Typ mit einem Zopf, und zeigte in die Richtung, wo sich der Mietwagen befinden sollte.

Im Grunde hatte die Skepsis von Johannes den Ausschlag dafür gegeben, dass sie hier durch die Tiefgarage rollerte, behängt mit Laptop- und Handtasche, die ihr bei jedem Schritt gegen den Oberschenkel schlugen. Hätte er an jenem Abend nicht versucht, ihr die Sache auszureden, wäre ihr sicher nicht so schnell klar geworden, dass sie seit Tagen an nichts anderes mehr gedacht hatte. Sie würde erst wieder zur Ruhe kommen, wenn sie alles wusste, was die Polizei damals über ihre Tante in Erfahrung gebracht hatte, das spürte sie.

Sie erreichte den Wagen, einen kleinen blauen Toyota, lud ihr Gepäck in den Kofferraum, gab die Adresse des Airbnb-Apartments in das Navi ein und manövrierte den Wagen aus dem Parkhaus.

Ihre Augen brannten und sie fühlte sich matt, vollkommen übermüdet. In der Nacht vor dem Flug hatte sie wenig geschlafen, was nicht nur der üblichen Aufregung vor einer Reise geschuldet war. Denn irgendwann hatte sie – obwohl der norwegische Polizist ihr am Telefon ausdrücklich davon abgeraten hatte – dann doch im Internet nach näheren Informationen über den Fall gesucht, nur um zwei Stunden später entsetzt die Reißleine zu ziehen.

Während sie, den Anweisungen des Navis folgend, kreuz und quer durch die Stadt fuhr, plierte sie immer mal wieder auf die Uhr am Armaturenbrett. An Hinlegen war erst einmal nicht zu denken, denn bis zu ihrem Termin bei der Polizei war nicht mehr viel Zeit.

Das Haus im Hegrenesveien war eine schmucklose Mietskaserne aus den sechziger Jahren. Eva hoffte, dass es von innen ansprechender war als von außen. Einen Augenblick lang stand sie orientierungslos auf dem Hof herum, bis ihr wieder einfiel, dass der Schlüssel hier irgendwo in einer *grauen Box* untergebracht sein sollte, was dann auch der Fall war.

Sie schleppte den Koffer die zwei Stockwerke nach oben, schloss die Tür auf, drehte eine hastige Runde durch die Wohnung, wusch sich die Hände und spritzte sich kaltes Wasser ins Gesicht. Warum rufe ich eigentlich nicht bei diesem Polizisten an und verschiebe den Termin, schoss es ihr durch den Kopf, doch im selben Moment wusste sie, dass sie das auf keinen Fall tun würde. Sie wollte diese Unterlagen so schnell wie möglich in Händen halten.

»Aber was willst du denn damit, um Himmels willen?«, meldete sich Johannes' Stimme in ihrem Kopf.

»Vielleicht ein Buch darüber schreiben«, hatte sie geantwortet. In Wirklichkeit aber wollte sie einfach nur alles erfahren, was man über diese Frau wusste. Schließlich wäre Ingrids unbekannte Schwester, wenn sie im August 1944 nicht verloren gegangen wäre, wahrscheinlich ein wichtiger Teil von Evas Leben geworden.

Als sie den Wagen eine Viertelstunde später auf dem Parkplatz des Polizeipräsidiums Bergen abstellte, war es kurz vor elf. Um exakt elf Uhr führte der Kriminalbeamte Oscar Solberg sie in ein verglastes Besprechungszimmer und ließ sie Platz nehmen.

»Möchten Sie einen Kaffee?«, fragte er auf Englisch und betrachtete Eva irgendwie scheu. Sie nickte dankbar.

Als Solberg verschwunden war und Eva sich gesetzt hatte, fiel ihr Blick auf die Glaswand. Fast wäre sie vor ihrem eigenen Spiegelbild zurückgezuckt. Da saß sie, im roten Pullover, das Gesicht blass, das dunkle Haar hinter die Ohren geschoben. Mit einem Mal fühlte sich die ganze Situation vollkommen irreal an. Sie hier, in einem norwegischen Polizeipräsidium. Aber nicht etwa in ihrem Job, auf irgendeiner Recherchereise, sondern auf den Spuren einer Tante, die gleichzeitig eine vollkommen Fremde für sie war, ein Phantom, das trotzdem seit vielen Jahren Einfluss auf das Leben ihrer Mutter ausgeübt hatte, und damit ja irgendwie auch auf ihres.

Solberg kehrte zurück, ein kleines Tablett mit zwei viel zu vollen Bechern Kaffee vor sich herbalancierend. Beim Abstellen der Becher schwappte der Kaffee über und bildete eine kleine Pfütze auf dem Tisch.

»Also keine zweite Karriere als Kellner in Sicht«, sagte Solberg mit einem verlegenen Lächeln, während er den Tisch mit einer Papierserviette abwischte.

Eva betrachtete ihn unauffällig. Er war in ihrem Alter und sah in etwa so aus, wie sie sich einen norwegischen Kriminalbeamten vorgestellt hatte, ein schlanker Mann mit an den Schläfen ergrautem, kurz geschnittenem Haar und Brille.

»Bitte, bedienen Sie sich«, sagte er und stellte auch noch Milch und Zucker vor ihr ab. Dann verschwand er ein weiteres Mal, um mit zwei dicken Leitzordnern zurückzukehren, die er vor sich auf den Tisch legte.

»Das ist die komplette Akte. Rund tausend Seiten.« Mit einer sachten Bewegung schob Solberg ihr die beiden prall gefüllten Ordner über den Tisch hinweg zu. Verblüfft sah Eva auf die Unterlagen. Wie ließen sich tausend Seiten füllen über einen Menschen, von dem man annahm, dass er sich selbst umgebracht hatte, fragte sich Eva und musste sofort wieder an die abenteuerlichen Geschichten denken, die sie im Netz gefunden hatte. Vielleicht war da doch etwas dran.

Mit einer vagen Handbewegung in Richtung der Ordner fragte sie: »Dann kann ich mir die ... kopieren?«

»Das haben wir bereits getan. Hier ...«, er klappte einen Ordner auf und Eva sah eine CD, abgeheftet in einer Klarsichthülle. »... ist alles auch digital, falls Sie das benötigen sollten. Allerdings ... das können Sie sich sicher denken ... sind die Unterlagen, zumindest fast alle, nur auf Norwegisch vorhanden.«

Mit gemischten Gefühlen sah Eva zu, wie Solberg durch den Ordner blätterte. Einerseits konnte sie es kaum erwarten, sich das alles anzusehen. Andererseits hatte sie beim bloßen Gedanken daran ein irgendwie klumpiges Gefühl im Magen. Ihr Blick heftete sich auf die fremden Worte. »Åstedsrapport« stand da und »Ukjent kvinne funnet død i Isdalen, Bergen, søndag den 29.11.70«.

»Verstehen Sie Norwegisch?«, fragte Solberg.

»Nein«, gestand sie. »Kein Wort.«

Durch die Glaswand sah sie zwei Polizisten in Uniform vorbeigehen. Eva begegnete ihren Blicken und konnte sich des Eindrucks nicht erwehren, dass die beiden sie irgendwie neugierig musterten. Rasch wandte sie den Blick ab.

»Ich hatte eigentlich vor, mir das übersetzen zu lassen ...«

»Die ganze Akte?« Er sah sie einen Moment lang fast forschend an, wandte dann den Blick aber rasch wieder ab.

»Nun ja ... ich wusste nicht, dass das so viel ist, aber ... doch, ja.«

»Wollen Sie das wirklich tun? Wir sind gerade dabei, Ihnen eine gründliche Zusammenfassung des Falls auf Englisch zu schreiben. Heute Abend haben Sie das Dokument. Da wird alles Relevante drinstehen.«

»Oh ... Danke. Das ist sehr nett von Ihnen. Aber ...«

»Ja?«

»Ich denke, ich habe das Bedürfnis, *alles* zu lesen.«

»*Deutsche Gründlichkeit*«, sagte er grinsend, diesmal auf Deutsch, und sie sah ihn überrascht an.

»Sie sprechen Deutsch?«

»Ein bisschen, für den Hausgebrauch«, sagte er und bot an, ihr eine Liste mit Übersetzern zukommen zu lassen.

»Das wäre bestimmt hilfreich, vielen Dank!«, sagte Eva.

Er machte sich eine Notiz und fragte dann: »Was wissen Sie denn schon über den Fall?«

»Entgegen Ihrem Rat habe ich natürlich gegoogelt.« Sie verzog das Gesicht zu einer komischen kleinen Grimasse. »Also weiß ich inzwischen nicht mehr, was Quatsch ist und was stimmen könnte.« Sie strich sich das Haar hinter die Ohren. »Was ich weiß? ... Ich weiß, dass sie Schlaftabletten geschluckt hat, jede Menge, und dass es da ein Feuer gegeben hat, wodurch sie Verbrennungen und eine Kohlenmonoxidvergiftung erlitten hat.« Eva griff nach ihrem Becher, doch statt zu trinken, wartete sie darauf, dass Solberg etwas sagte. Als das nicht der Fall war, stellte sie die Frage, die sie schon länger beschäftigte: »War das nicht eine sehr befremdliche Art, sich das Leben zu nehmen?« Jetzt war es raus.

Solberg sah sie an, blickte wieder weg, so als suchte er nach den richtigen Worten. Dann räusperte er sich und sagte: »Na ja ... An Selbstmord glaubt hier eigentlich keiner.«

Eva atmete tief ein und wieder aus. »Aber am Telefon sagten Sie doch, man hätte den Fall als Selbstmord eingestuft.«

Solberg lehnte sich zurück und betrachtete irgendetwas über ihrem Kopf. »Ja, das hat man getan.«

»Aber wenn es kein Selbstmord war ...« Eva zögerte, das Wort auszusprechen, das ihr schon länger durch den Kopf geisterte. »Dann war es ... Mord?« Und noch während sie das Wort aussprach, flackerte wieder dieses Unwirklichkeitsgefühl in ihr auf.

Wie absurd das alles war. Als sei sie plötzlich in eine der Biografien gerutscht, die sie sonst so selbstverständlich schrieb.

»Ich will es Ihnen erklären«, sprach Solberg in ihre Gedanken hinein. »Die Ermittlungen wurden am 22. Dezember eingestellt und der Fall als Selbstmord eingestuft. Aber nicht etwa deshalb, weil man davon zu hundert Prozent überzeugt war. Es war vielmehr so, dass man keine eindeutigen Beweise für ein Fremdverschulden fand. Na ja ... Es kamen aber auch wirklich ein paar unglückliche Umstände zusammen. Die Gegend, in der man sie fand, war ziemlich abgelegen und das Gelände schwer zugänglich. Was ›schwer‹ bedeutet, versteht man eigentlich erst, wenn man einmal dort war. Wenn Sie mich fragen, war es ein seltener Zufall, dass überhaupt jemand um diese Jahreszeit dort hinaufgekommen ist.«

»Wer hat sie denn gefunden?«

»Ein Prof der Universität Bergen war mit seinen beiden Kindern unterwegs. Sie wollten Wacholderzweige für die Adventsdeko sammeln, soweit ich weiß. Da ist das kleinere Mädchen abseits des Weges herumgeturnt und hat sie gefunden.«

Im Internet hatte Eva Fotos von der Gegend gesehen. Was für ein Schock es für das Kind gewesen sein musste, in dieser unberührten Natur auf eine verkohlte Leiche zu stoßen, wollte sie sich gar nicht vorstellen.

»Ja, und dann kam eben einiges zusammen«, fuhr Solberg fort. »Die Leiche wurde zwar schon am Vormittag entdeckt, doch bis der Staatsanwalt eintraf und alles in die Wege geleitet hatte ... bis also das Gelände endlich abgesperrt war ... begann es schon wieder zu dämmern. An diesem Tag, also am 29. November, konnten die Kollegen nicht viel mehr tun, als ein paar Fotos zu machen.«

Auf dem Korridor gingen Leute vorüber. Ein junger Uniformierter und eine blonde Frau drehten sich zu Eva um, was sie verdutzt zur Kenntnis nahm. Irritiert wandte sie sich wieder Solberg zu, bemüht, nach der kurzen Ablenkung den Faden nicht zu verlieren. Was erzählte Solberg da gerade?

»Entschuldigen Sie ... Habe ich das richtig verstanden, dass die Leiche erst am nächsten Tag zur Autopsie gebracht wurde? Und dass also auch erst dann die Mordkommission in Oslo eingeschaltet wurde?«

»Ja, die Kripo in Bergen hatte damals nur mit wenigen Gewaltverbrechen zu tun. Ich sage Ihnen das auch nur, damit Sie verstehen, wie es dazu kam, dass der Fall überhaupt als Selbstmord eingestuft wurde. Einfach aus dem Grund, weil das Gegenteil nie klar bewiesen werden konnte.«

Eva brauchte einen Moment, bis sie begriff, was er da andeutete. »Also ... sind Sie der Meinung, das Gelände wurde kriminaltechnisch nicht so untersucht, wie man es hätte untersuchen sollen?«

»Sagen wir mal so: Die Gegend ist ausgesprochen unwegsam, schwer zugänglich, und die Leiche lag nicht auf ebenem Untergrund. Sehen Sie hier ...« Er zog den Ordner wieder zu sich heran, blätterte darin herum und holte Fotos heraus, die er nebeneinander vor Eva hinlegte.

»Sie lag hier«, sagte er, »in dieser Spalte, und zwischen ihrem Körper und dem festen Untergrund klaffte eine Lücke von gut einem Meter. Es war extrem diffizil, sämtliche Spuren zu sichern, die zwischen das Gras und den Farn gefallen waren.«

Eva starrte auf die Fotos, die eine Ansammlung von flechtenbewachsenen Felsbrocken zeigten, mit einer Art Rinne dazwischen, in der Gras und zerzauste Reste von Farn zu erkennen waren. In dem Moment geschah etwas in ihr. In dieser Rinne hatte ihre Tante gelegen, ihre Tante, die einmal ein kleines Mädchen gewesen war, ein sechsjähriges Kind, das an einem Sommertag im August alles verloren hatte: Mutter, Schwester, Geborgenheit, Liebe, Heimat. Eva presste ihre Hände von unten gegen die Tischplatte und blinzelte heftig, während Solberg unbeirrt weitersprach und zumindest so tat, als habe er nicht bemerkt, dass sie kurz davor war, die Fassung zu verlieren.

»Am nächsten Tag wurde dann die Vermisstenanzeige rausgeschickt und letztlich fand man ihr Gepäck am Bahnhof in Bergen, zwei Koffer, die dort aufgegeben worden waren, schon am 23. November, dem Tag, an dem sie zuletzt gesehen worden war.«

»War das der Tag, an dem sie gestorben ist?«, fragte Eva mit einer unnatürlich dünnen Stimme.

Auf einmal bekam Solbergs Stimme etwas ganz Behutsames. »Das weiß man nicht genau. Es war November, also recht kalt. Da war es schwer, den Todeszeitpunkt exakt zu bestimmen. Ich vermute, aber das ist meine persönliche Theorie, dass sie bereits am 23. starb. Zu dem Schluss werden Sie, wenn Sie die Akten gelesen haben, wahrscheinlich auch kommen.«

In dem Moment klopfte es an der Scheibe und gleich darauf trat ein junger Typ ein, der Eva zunickte und etwas zu Solberg sagte. Der gab eine kurze Antwort und der Mann verließ den Glaskasten, nicht ohne Eva noch einmal anzusehen.

»Tut mir leid, ich muss gehen«, sagte Solberg mit einem bedauernden Lächeln und erhob sich. »Wie lange werden Sie in Norwegen bleiben?«

Auch Eva stand auf. »Eine Woche. Ich will ein paar Orte ansehen, an denen meine Tante gesehen wurde … die Hotels, das ›Rosenkrantz‹, das ›Bristol‹ und wie sie alle hießen. Ich würde auch gerne noch nach Godthåb und … Hurdalsverk fahren, falls ich das schaffe.«

Er zog die Augenbrauen hoch. »Nach Hurdal Verk?«

»Ja … Meine Großmutter hat dort eine Zeit lang gearbeitet.«

Falls er überrascht war, ließ er es sich jedenfalls nicht anmerken. Nach einer kurzen Pause sagte er: »Wenn es etwas gibt, wenn Sie Hilfe brauchen bei irgendetwas … Oder eine Frage haben … Sie können mich jederzeit anrufen. Ach, und vielleicht noch eines. Sie sollten darauf gefasst sein, dass Journalisten versuchen werden, Sie zu kontaktieren.«

Eva nickte zerstreut. Sie hatte tatsächlich noch etwas fragen wollen. »Diese ... Zeichen, die bei ihr gefunden wurden. Was weiß man darüber?«

»Den Secret Code meinen Sie? Ein Entschlüsselungsexperte hat ihn ziemlich schnell geknackt. In der Akte finden Sie eine Kopie und ein paar Erläuterungen dazu. Sie hat damit wohl ihre Reisen dokumentiert. Die Daten ihres Aufenthalts, die Orte, von denen sie jeweils nur den Anfangsbuchstaben notiert hat. Allerdings konnte man den Code nicht vollständig entschlüsseln. Sicher weiß man nur, dass O für Oslo steht, B für Bergen, S für Stavanger, T für Trondheim und P für Paris, sie hat also im Frühjahr 1970 Oslo und Bergen bereist und im Herbst Paris, Stavanger, Bergen, Trondheim. Es gibt noch mehr Buchstaben, aber die hat man nie zuordnen können.«

Eva sah ihn verblüfft an.

»Also war sie noch an anderen Orten?«

»So sieht's aus«, sagte er und erhob sich.

Auch Eva stand auf.

»Da wäre noch etwas«, sagte er plötzlich und sah sie direkt an.

»Ja?«

»Ich wollte Sie warnen. Wenn Sie die Akte durchsehen ... Ein paar der Fotos sind, wie soll ich sagen, von ziemlich verstörender Natur.«

Eva, die gerade nach ihrer Tasche greifen wollte, hielt kurz inne. »Danke für den Hinweis«, sagte sie mit einem Stirnrunzeln.

»Ich begleite Sie hinaus.« Solberg nahm die beiden Ordner und ging voran, an geöffneten Bürotüren vorbei, aus denen ihnen Blicke folgten. Vor dem Fahrstuhl warteten zwei Uniformierte, ein Mann und eine Frau, die Eva ebenfalls unverhohlen musterten, bevor sie in den Fahrstuhl traten und sich die Türen hinter ihnen schlossen.

Da konnte Eva nicht mehr an sich halten und fragte: »Vielleicht täusche ich mich ja, aber … Warum starren mich alle so an?«

Auf einen Tastendruck von Solberg hin kam der Fahrstuhl wieder nach oben und er ließ ihr den Vortritt. Als die Türen zuglitten, sah er sie ernst an: »Sie müssen das verstehen. Seit fast fünfzig Jahren ist dieser Fall ein Mysterium. Und nun hat die Frau plötzlich einen Namen. Aber nicht nur das. Jetzt stehen Sie da und sehen aus wie sie. Es ist … unheimlich. Als wäre die Isdal-Frau plötzlich wieder lebendig geworden.«

Laurin stand im Treppenhaus und betrachtete die altehrwürdige Wohnungstür. Hellgrau lackiert, im gustavianischen Stil. In den letzten Jahren war er nicht mehr oft hier gewesen, höchstens alle zwei Monate. Er lebte in Bergen und seine Mutter in Oslo. Er hatte es einfach nicht öfter geschafft. Das hatte er sich zumindest eingeredet.

Er steckte den Schlüssel ins Schloss und schob die Tür auf, mit einem schleifenden Geräusch. Auf dem Boden eine Flut von Wurfsendungen. Sein Magen verkrampfte sich, als er die Tasche abstellte und die Tür hinter sich zudrückte. Diese abgestandene Luft, der Geruch nach Vergänglichkeit. Er hatte gewusst, dass das eines Tages auf ihn zukommen würde, denn auch seine Mutter würde nicht ewig leben. Aber er war gut darin gewesen, nicht weiter darüber nachzudenken. Jetzt allerdings konnte er diese Vorstellung nicht mehr wegdrücken. Seine Mutter, die alles für ihn getan hatte, lag mit schiefem Gesicht in einer Rehaklinik, und es war nicht klar, ob sie je wieder würde gehen können. Im Moment konnte er nicht mehr für sie tun, als ihr ein paar Schlafanzüge und Unterhosen zu bringen. Am liebsten hätte er das Herumkramen in ihren Sachen ja Inger überlassen, doch die lebte seit zwei Jahren noch weiter weg als er, in Tromsø. Und Lilian konnte ihm auch nicht helfen, die lebte seit der Scheidung ja auf diesem beschissenen Öko-Bauernhof in Apulien. Nicht mal Sofie war da – seine Tochter würde erst in zwei Monaten aus Neuseeland zurückkommen.

Laurin betrat das Wohnzimmer, schaltete das Licht an. Alles war wie immer, das Sofa mit dem Bezug aus beigem Leinen, die bunten Kelimkissen, die Anrichte, darauf die Fotos der Familie in hellen Holzrahmen. An den Wänden moderne Lithografien, Porträts von Jawlensky und Matisse, eine ganze Galerie. Und in der Mitte das wunderschöne Gesicht von Solveig Abrahamsen auf einem Cover der Vogue von 1968: seine Mutter, die nun in einer Rehaklinik lag und keinen geraden Satz mehr herausbrachte.

Er warf seinen Mantel aufs Sofa, trat an eines der Fenster und riss beide Flügel auf. Luft, dachte er, ich brauche Luft. Eine Weile stand er so da und sah hinaus auf die stille Straße. Die Uranienborg Terrasse lag in einem von Oslos besten Vierteln. Hier war er aufgewachsen. Scheiße aber auch. Er musste sich zusammenreißen, an etwas anderes denken. An Sannas jungen Körper, an ihre Brüste, an die gemeinsame Nacht.

Im Bad öffnete er den Schrank, nahm ein paar Cremetiegel und einen Flakon heraus. Was könnte sie noch brauchen, fragte er sich, zog eine Schublade auf und begann in den Medikamenten herumzukramen. Mit einem mulmigen Gefühl las er die Aufschrift auf den Packungen. Also nahm sie immer noch Schlafmittel? Erschrocken schob er die Schublade wieder zu. Dieses Zeug würde er ihr garantiert nicht mitbringen. Er verließ das Bad, um im Schlafzimmer nach Kleidung zu suchen. Unschlüssig öffnete er den nächstbesten Schrank und wäre fast rückwärts umgefallen bei dem Anblick, der sich ihm bot: Vor ihm hingen, schön säuberlich aufgereiht und nach Farben sortiert, sämtliche Hemden seines Vaters. Er öffnete die nächste Schranktür. Anzüge und Hosen und Pullover. Alles war noch da. Sie hatte alles aufbewahrt.

Er ging zu der Kommode, die seinem Vater gehört hatte, und zog die oberste Schublade auf. Alles voller Socken und Unterwäsche. Als wäre er nur kurz zu einem Spaziergang im Frognerpark aufgebrochen und nicht schon seit zwanzig Jahren tot.

Ihm war übel. Er hatte ja keine Ahnung gehabt. Nach dem Tod seines Vaters hatte seine Mutter den Eindruck vermittelt, sie könnte die Vergangenheit nicht schnell genug hinter sich lassen. Wann immer jemand die Rede auf ihn gebracht hatte, absichtlich oder unabsichtlich, war sie ihm sofort in die Parade gefahren und hatte auf einem Themenwechsel bestanden. Laurin hatte das auf die Krankheit zurückgeführt, die seinen Vater letztlich umgebracht hatte, und vielleicht noch mehr auf die unglückliche Beziehung, die seine Eltern aneinandergekettet hatte. Im Laufe ihres Lebens hatte sich seine Mutter wohl einfach müde gekämpft. Bei der Beerdigung seines Vaters hatte sie einen Satz gesagt, der ihm nicht mehr aus dem Sinn gegangen war: *Das Leben ist voller Zumutungen. Aber es hilft, sie zu ignorieren.*

Und nun stellte sich heraus, dass sie noch immer all seine Sachen besaß.

Er zog eine weitere Schublade auf. Ein Holzkästchen mit Armbanduhren und Krawattennadeln und einem Zettel. Er nahm ihn heraus und entfaltete ihn. Ein paar Zahlen, was die wohl zu bedeuten hatte? Sie wirkten wie die Kombination für einen Safe, dabei gab es in der Wohnung seines Wissens gar keinen. Vielleicht der Zugangscode zu einem Bankschließfach? Aber die hatten doch eher Schlüssel? Er steckte den Zettel in seine Hemdtasche und beschloss, später Inger danach zu fragen. Dann schob er die Schublade wieder zu, schloss die Schranktüren und öffnete den gegenüberliegenden Schrank, suchte ein paar bequeme Kleider, Unterwäsche und Nachthemden für seine Mutter heraus und packte sie in die Reisetasche.

Bevor er die Wohnung verließ, streifte sein Blick noch einmal die Familienfotos. Ein Bild aus den siebziger Jahren zeigte sie alle vier: die Eltern, Inger und ihn. Was für eine perfekte Familie, dachte er und streckte die Hand danach aus. Die Mutter schön wie ein Engel, der Vater dunkel und charismatisch, die Tochter blond wie die Mutter, der Sohn ein ebenso südländischer Typ wie der Vater. Als Kind war Laurin deshalb immer wieder gehänselt worden. *Kleiner Italiener* hatten die Mädchen auf dem Spielplatz ihn gerufen. Heute konnten die Frauen nicht genug von ihm bekommen. Er stellte das Foto zurück, ließ den Blick über die anderen Bilder schweifen. Er und Inger als Konfirmanden, das Hochzeitsfoto seiner Eltern, die Großeltern väterlicherseits, die Großeltern mütterlicherseits. Sein Großvater William Abrahamsen, der große Widerstandskämpfer. Voller Abneigung betrachtete er das Gesicht des alten Mannes. Was für ein Arschloch, dachte er, wandte sich ab und verließ die Wohnung.

Auberge de Stalport, Provinz Lüttich,
Belgien, Oktober 1969

Marguerite ist es gewohnt, dass die Männer sie ansehen, und immer wieder kommt es vor, dass ein Gast sie fragt, ob er sie nach Dienstschluss auf einen Cocktail in der Hotelbar einladen dürfe. Sie ist nicht prüde, das nicht. Doch der private Kontakt zwischen Angestellten und Hotelgästen ist hier streng untersagt und sie darf ihre Arbeit auf keinen Fall wieder verlieren, jedenfalls nicht, bevor sie nicht auch noch in Végimont war. Deshalb ist Marguerite auf der Hut und achtet im Beisein von Mevrouw Martens, der Direktorin, genau darauf, im Umgang mit den männlichen Gästen eine kühle Zurückhaltung an den Tag zu legen. Am besten ist es da, wenn zwischen ihr und dem Gast der Tresen liegt. Natürlich gibt es immer wieder Situationen, in denen sie sich aus der Deckung begeben muss, wenn sie etwa jemandem mit dem Gepäck zu helfen hat oder ein Anruf aus einem der Zimmer eingeht, dass etwas fehle, ein Handtuch oder eine Seife. Und weil der Gast in der Auberge de Stalport mehr als nur König ist, hat sie zu springen, wenn einer von ihnen pfeift. So wie jetzt, als der dicke Deutsche von Zimmer 127 aus anruft und moniert, die Handtücher seien nicht ausgetauscht worden. Als sie nun bei ihm klopft, öffnet er im Adamskostüm und fragt in einem lächerlich raunenden Ton, ob sie ihm nicht ein wenig Gesellschaft *der besonderen Art* leisten wolle.

»Nicht der gewöhnlichen und schon gar nicht der besonderen Art«, antwortet sie nonchalant, und dann hört sie sich plötzlich in deutscher Sprache sagen: »Und packen Sie gefälligst Ihren Piepmatz wieder ein, sonst gibt's eins mit dem Stöckchen!«

Das Ganze dauert nur einen Moment, die Zeit, die es braucht, diesen Satz zu sagen. Doch bevor sie sich abwendet, sieht sie noch den Ausdruck in seinen Augen, die unverstellte Bestürzung. Und während sie den Korridor entlang zurück zur Rezeption eilt, ist auch sie bestürzt. Nicht einfach nur, weil sie Deutsch gesprochen hat, sondern eher wegen der schleichenden Veränderung in ihren Gedanken. Das Deutsche scheint seit ihrer Ankunft in Belgien vor zwei Monaten immer mehr die Oberhand zu gewinnen.

Wieder in der Lobby hat sie Mühe, sich auf die Arbeit zu konzentrieren, will sich aber nichts anmerken lassen, weil gerade Nanette, eines der Zimmermädchen, an ihr vorbeigeht. Also beugt sie sich über das Reservierungsbuch und starrt hinein, ohne etwas zu sehen, dabei wiederholt sie im Geiste, was sie da eben gesagt hat. Woher zur Hölle kommt das, fragt sie sich und spürt, dass es irgendwo tief in ihrem Innern noch viel mehr gibt: Bilder, Szenen, Worte, Sätze, eine ganze Flut an deutschen Sätzen, diese deutsche Kindheit, die all die Jahre in ihr geschlummert hat. Eine ganze Weile steht sie so da, mit gerunzelter Stirn, bis sie im Augenwinkel eine Bewegung an der Glastür wahrnimmt.

Widerstrebend blickt sie auf und bemerkt einen Mann im Staubmantel mit viel zu viel Gepäck, der versucht, gleichzeitig einen Koffer, eine Reisetasche und eine Art Gestänge, das er sich unter den Arm geklemmt hat, durch die Tür zu bugsieren. Auch um seinen Hals baumelt etwas, ein Fotoapparat und mehrere runde Dinger, wahrscheinlich Objektive. Verdrossen über die Störung ihrer Gedanken geht sie auf ihn zu und hält ihm die Tür auf.

»Erlauben Sie?«, fragt sie, bevor sie ihm die Reisetasche abnimmt.

Er stellt seinen Koffer vor dem Tresen ab und sagt mit einem Lächeln in der Stimme: »Eine Frau wie Sie sollte einem Mann nicht das Gepäck tragen.«

Erst jetzt blickt sie ihn richtig an. Er sieht aus wie ein Italiener oder Spanier, denkt sie, auch sein Französisch klingt fremd. Während sie noch überlegt, an welchen Schauspieler er sie erinnert, geht sie zurück hinter den Tresen.

»Was kann ich für Sie tun?«, fragt sie geschäftsmäßig, ohne auf seine Bemerkung einzugehen, legt den Kopf leicht schief und lächelt kühl.

»Zunächst einmal hätte ich gerne ein Zimmer«, antwortet er in irgendwie vielsagendem Ton.

Sie tut, als habe sie die Andeutung nicht bemerkt, zieht das Reservierungsbuch heran und nimmt einen Stift zur Hand. »Darf ich Sie um Ihren Namen bitten? Ich nehme an, Sie haben reserviert?«

»Leider nein. Ich hatte gehofft, so bei Ihnen unterzukommen.«

»Es tut mir leid«, sagt sie und sieht auf, ihm direkt in die dunklen Augen. »Wir sind komplett ausgebucht.«

In dem Moment ertönt vom Fahrstuhl her eine Stimme. Mevrouw Martens.

»Damiano! Bist du schon zurück aus Norwegen?«, hört Marguerite sie rufen, sie, die niemals die Stimme erhebt und überhaupt die Unterkühltheit in Person ist. Marguerite merkt auf. Norwegen, wundert sie sich und betrachtet den südländischen Mann, während sie gleichzeitig bemerkt, dass die sonst so zitronensaure Miene der Martens von einem jungfräulichen Lächeln erhellt wird. Auch liegt auf ihren Wangen eine zarte Röte und ihre Augen glänzen wie die eines Kindes beim Ostereiersuchen. Sieh einer an, denkt Marguerite und sieht zu, wie die Martens den Mann mit einem Küsschen links und rechts begrüßt und in einer Sprache, die Marguerite für Italienisch hält, munter drauflospalavert. Eine Weile geht das so hin und her, was Marguerite Gelegenheit gibt, den Mann genauer zu betrachten. Ja, er sieht gut aus, denkt sie, auf eine herbe, ziemlich maskuline Weise. Er ist nicht übermäßig groß, keine eins achtzig, hat ein kantiges, umschattetes Kinn und gehört wahrscheinlich zu den Männern, die, obwohl glatt rasiert, doch ständig so aussehen, als seien sie gerade aus dem Bett gestiegen, was ihm etwas Verruchtes verleiht. Eigentlich mag Marguerite die großen Blonden mit den sauberen Gesichtern lieber, am liebsten hätte sie so einen wie Lex Barker. Seitdem sie damals in dem kleinen Kino in Nantes als Kartenabreißerin gearbeitet und gefühlte hundert Mal *Le Trésor du lac d'argent* gesehen hat, schwärmt sie für den schönen Old Shatterhand.

»Worauf warten Sie noch?«, giftet da die Stimme der Martens in ihre Gedanken.

»Wie bitte?« Marguerite ist so versunken, dass sie die Martens nicht verstanden hat.

»Setzen Sie Monsieur Lombardi und mich auf die Liste fürs Abendessen. Und rufen Sie Serge und lassen das Gepäck zur Hütte bringen.«

»Sehr wohl, Madame«, antwortet Marguerite mit übertriebener Unterwürfigkeit. Vielleicht hat sie ein wenig zu dick aufgetragen, denn prompt heftet sich der strenge Blick der Martens wieder auf sie. Auch Lombardi blickt sie an, allerdings eher amüsiert. Mit möglichst neutraler Miene sagt sie daraufhin zu Lombardi: »Dann darf ich Sie bitten, dies hier auszufüllen«, und schiebt ihm das Klemmbrett mit dem Meldeschein zu.

Lombardi beginnt, den Meldeschein auszufüllen, als die Martens ihn unterbricht: »Ach, das ist eigentlich gar nicht nötig. Monsieur Lombardi ist mein persönlicher Gast.«

Interessiert und zugleich verblüfft sieht Marguerite den beiden hinterher, dem eleganten Italiener und der altjüngferlich wirkenden Direktorin. Sie zieht den halb ausgefüllten Meldeschein aus dem Klemmbrett und wirft einen Blick darauf. *Damiano Lombardi aus Rom. Reisefotograf, aus Norwegen kommend.* Einen Moment lang denkt sie darüber nach, warum sie bei der Erwähnung dieses Landes ein irgendwie eigenartiges Gefühl hat. Doch sie kommt auf nichts und lässt das Blatt in den Papierkorb segeln.

Zurück in der Wohnung stellte sich Eva vor den Spiegel im Flur. So stand sie da, wohl fünf Minuten lang, und versuchte in ihrem Gesicht die Frau zu erkennen, die auf so grauenhafte Weise hatte sterben müssen.

Margarete.

Sie war also umgebracht worden.

An Selbstmord glaubt hier eigentlich keiner. Das waren Solbergs Worte gewesen. Und dann hatte er versucht ihr zu erklären, mit welchen besonderen Schwierigkeiten es die Polizisten damals zu tun gehabt hatten. Mit anderen Worten: Es war nicht alles glattgelaufen bei den Ermittlungen.

Sie wandte den Blick ab, aber das unheimliche Gefühl blieb. Dabei hatte sie die Fotos der verbrannten Leiche noch gar nicht gesehen, vor denen Solberg sie gewarnt hatte.

Um sich abzulenken, machte sie zunächst einen Streifzug durch alle Räume und stellte fest, dass die Wohnung mit ihren drei Schlafzimmern viel zu groß für sie alleine war. Beim Buchen auf Airbnb hatte sie die erstbeste genommen, die einen guten Eindruck machte, hell und modern. Und das war sie ja wirklich: mit riesigen Panoramascheiben, einer großen grauen Sofalandschaft und einer offenen Küche mit weißen Lackfronten. Außerdem sah man von dem gigantischen Ess- und Wohnbereich aufs Meer hinaus, na ja, nicht direkt aufs Meer, eher auf eine industriell geprägte Hafenlandschaft mit einer abgewrackt aussehenden Werft. Auf der anderen Seite des Parkplatzes ragten mehrere Apartmentblocks aus den sechziger Jahren in die Höhe, jedoch weit genug entfernt, damit man sich nicht beobachtet fühlte.

Nachdem Eva ausgiebig geduscht hatte, fuhr sie noch einmal los und kaufte beim nächstgelegenen Supermarkt genügend Lebensmittel für die Woche ein. An der Kasse staunte sie über die Summe. Da hätte ich zu Hause in München wohl das Doppelte im Wagen gehabt, dachte sie. Auch bedauerte sie es, im Supermarkt keinen Wein bekommen zu haben, hatte aber keinen Nerv mehr, sich auf die Suche nach einem Vinmonopolet zu machen, der staatlichen Verkaufsstelle für Alkoholika.

Wieder in der Wohnung aß sie einen bunten Salat, toastete sich eine Scheibe von dem dunklen *Rugbrød* und klappte dann, noch immer kauend, den Laptop auf und öffnete ihr Mailpostfach. Solberg hatte Wort gehalten und ihr die Liste mit den Übersetzern geschickt, die sie ohne zu zögern abzutelefonieren begann. Am Ende hatte sie einer ziemlich jung und ziemlich pfiffig klingenden Frau namens Ann-Magritt Moen, die eine Übersetzungsagentur betrieb, die Zusage abgeschwatzt, sich noch heute die Polizeiakten anzusehen und Eva bis morgen Mittag einen Überblick über den Inhalt der Dokumente zu vermitteln, damit sie entscheiden konnte, was zuerst übersetzt werden sollte. Dazu würde Eva später noch bei Frau Moen vorbeifahren und ihr die CD mit den eingescannten Unterlagen in den Briefkasten werfen.

Nach diesem Telefonat legte sie sich hin und schlief prompt ein, erwachte aber wie immer, wenn sie sich tagsüber hinlegte, pünktlich nach einer halben Stunde. Sie schälte sich aus dem Bett, nicht mehr ganz so zerschlagen wie zuvor, und suchte nach einer »normalen« Kaffeemaschine, fand aber nur eine von diesen französischen Dingern zum Herunterdrücken, die sie gar nicht mochte. Trotzdem kochte sie sich eine Kanne, räumte den Tisch frei und legte den ersten Ordner vor sich hin.

Eine halbe Stunde später saß sie immer noch da, die Hand auf dem ungeöffneten Ordner. Durch die große Panoramascheibe sah sie hinaus in den Regen, der stetig und hartnäckig fiel. Wie viele Male hatte sie das schon getan, sich in ein neues Thema eingearbeitet. Diesen Neubeginn schätzte sie am meisten an ihrer Arbeit, fieberte ihm jedes Mal aufs Neue entgegen. Es war wie der Auftakt zu einer Reise in ein unbekanntes Land. Obwohl sie es auch diesmal kaum hatte erwarten können, endlich alle Unterlagen in Händen zu halten, war sonst alles anders. Diesmal, so hatte sie das Gefühl, würde sie vor jeder Straßenecke haltmachen, immer in der Erwartung, dass dahinter etwas Unheilvolles lauern könnte. Und wer wollte ihr das verdenken? Es gab ja wohl kaum etwas Unheilvolleres, als am Ziel der Reise auf die verbrannte Leiche der eigenen Tante zu stoßen!

Endlich schlug sie den Ordner auf, begann zu blättern und stieß gleich auf die Original-Phantomzeichnungen von 1970. Es waren insgesamt vier: ein Porträt, Margarete mit einer typischen Sechzigerjahre-Frisur, das dunkle Haar hochtoupiert, die Augen katzenartig geschminkt, mit schwarzem Lidstrich, wie es der damaligen Mode entsprach; dann eines, auf dem sie ganz zu sehen war, in einer engen Hose und einem figurbetonten Anorak mit

Gürtel. Um den Hals hatte sie einen grün-blau karierten Schal geschlungen und auf dem Kopf trug sie eine Fellmütze. Ihre Füße steckten in Gummistiefeln mit weißer Sohle. Dann gab es noch zwei Bilder, die sie im Profil zeigten, eines mit schulterlangem Haar, das andere mit einer Kurzhaarperücke. Eva wusste auch nicht, warum das letzte Bild sie besonders unangenehm berührte. Vielleicht deshalb, weil man das Profil aus Pappe nachgebildet hatte und über die Attrappe eine echte Perücke drapiert hatte? In dem Moment fiel ihr das Foto ihrer Mutter wieder ein. Ingrid als Stewardess, dachte sie und ihr Magen krampfte sich zusammen. Sie sieht genauso aus wie Ingrid. Als hielte sie hier das Phantombild ihrer eigenen Mutter in Händen! Schnell raffte sie die Zeichnungen zusammen und schob sie unter den Ordner, um sie nicht mehr sehen zu müssen.

Sie stützte die Ellenbogen auf den Tisch und konzentrierte sich auf eine mit Nummern versehene Skizze des Fundorts und die dazugehörige Liste von Gegenständen, die man dort sichergestellt hatte. Mit gerunzelter Stirn versuchte sie zu begreifen, was da stand, aber mehr als die Bedeutung von *Gummistøvelen* konnte sie sich nicht zusammenreimen. Wenn doch nur schon die Übersetzung fertig wäre, dachte sie ungeduldig, klappte ihren Laptop auf und gab ein paar der Begriffe in Google Übersetzer ein. *Geschmolzene Reste von dunkelblauen Gummistiefeln mit weißer Sohle, zwei angeschmolzene Plastikflaschen, ein grün-blau karierter Schal, ein Wollpullover, Reste einer Fellmütze, eine Armbanduhr der Marke Solo, Schmuck, eine Flasche Klosterlikør*. Anhand der Anordnung der verschiedenen Objekte überlegte sie, welche Schlüsse die Polizisten gezogen haben könnten. Für sie sah es jedenfalls so aus, als hätte Margarete den Schmuck und auch die Armbanduhr abgenommen und neben sich gelegt, bevor sie … ja, was? Darauf gewartet hatte, ermordet zu werden?

Eva atmete tief ein und wieder aus. Jedenfalls hatte Margarete offenbar eine Menge Kleidungsstücke aus Synthetikmaterial angehabt, die gebrannt haben mussten wie Zunder. Der Wollpullover lag etwas abseits auf einem der Felsblöcke.

Wieder wanderte Evas Blick zwischen der Skizze und der Liste hin und her. Sie verglich die Lage der aufgefundenen Gegenstände mit der Position der Leiche zwischen den Steinen. Die Leiche hatte in einer Art Rinne gelegen, hatte Solberg gesagt. Auf einmal stutzte sie. Täuschte sie sich oder waren das neben dem linken Oberschenkel die geschmolzenen Überreste eines Gummistiefels?

Eva hielt unwillkürlich die Luft an. Also hatte Margarete sich vorher einen Stiefel ausgezogen, den anderen aber anbehalten? Das machte nun wirklich keinen Sinn. Sicher war das einer der Punkte, von denen Solberg gesprochen hatte. Sich *einen* Stiefel auszuziehen, Tabletten zu nehmen und sich dann hinzulegen. Ziemlich ausgeschlossen.

Sie suchte nach einer Beschreibung des Tatorts und fand einen Text, von dem sie annahm, dass er es sein könnte. Sie tippte die fremden Worte in Google Übersetzer ein, was wegen der ganzen Øs und Ås ziemlich mühsam war. Doch am Ende verstand sie, um was es ging: dass es keinerlei Spuren eines Lagerfeuers gegeben hatte. Zudem war unter der Leiche eine nach Benzin riechende Fellmütze gefunden worden, woraufhin die Kriminaltechniker Erdproben analysierten und das Vorhandensein von Benzin nachweisen konnten. Was den Ermittlern noch aufgefallen war: dass kein Behälter sichergestellt werden konnte, in dem das Benzin an den Tatort gebracht worden war.

Eva setzte sich aufrechter hin und starrte auf den Bildschirm. Also musste es jemanden gegeben haben, der die Flasche wieder mitgenommen hatte. Sie würde, das war ihr jetzt klar, noch einmal mit Solberg sprechen müssen. Also nahm sie ihr Smartphone und wählte seine Nummer, doch er meldete sich nicht. Als die Mobilbox ansprang, hinterließ sie eine Nachricht.

Am Brennen ihrer Augen merkte sie, dass es dunkel zu werden begann. Ihr Blick wanderte zur Zeitanzeige an ihrem Laptop. Noch nicht einmal vier! Sie schaltete das Deckenlicht ein und kehrte zurück an ihren Platz am Esszimmertisch. Im Stehen sortierte sie die Papiere wieder in den Ordner ein. Allein aufgrund der wenigen Informationen, die sie in kürzester Zeit zusammengetragen hatte, erschienen ihr Solbergs Zweifel an der Selbstmordtheorie mehr als plausibel.

Eine Viertelstunde später verließ Eva das Haus, die CD für Ann-Magritt Moen in der Handtasche. Es dämmerte bereits und sie fragte sich, wie es hier im Winter sein mochte. Diese kurzen Tage, in denen es kaum je richtig hell wurde. Und dann der viele Regen. Ihr Sitznachbar auf dem Flug nach Oslo hatte gesagt, in Bergen regne es so gut wie immer. Sie hatte das für eine Übertreibung gehalten, doch später war sie in der Lufthansa-Zeitschrift auf einen Artikel gestoßen, in dem genau das gestanden hatte: Mit unübertroffenen 248 Regentagen im Jahr sei Bergen die regenreichste Großstadt Europas.

Als sie jetzt über den Hof ging, war die Luft kalt und dicht von einem feinen Niesel und sie war froh über ihren warmen Mantel. Sie öffnete die Beifahrertür, um ihre Handtasche und den Schirm auf den Sitz zu legen, als sie ein paar Meter entfernt einen Wagen bemerkte. Im Licht der Straßenlaterne sah sie jemanden am Steuer sitzen. Die Fahrertür ging auf und ein Mann stieg aus. Eva schlug die Beifahrertür zu und wollte gerade um den Toyota herumgehen, als sie den Mann auf sich zukommen sah. Sie erschrak und wurde sich auf einmal der Tatsache bewusst, dass weit und breit niemand zu sehen war. Da hatte der Mann sie schon erreicht.

»Mrs Berghoff?«

»Ja?«, fragte sie zögernd.

»Entschuldigen Sie die Störung. Ich bin Vark Henriksen von der Tageszeitung *Werdensgong.*«

Ein Journalist. Sie entspannte sich ein wenig. Das hatte Solberg ja angedeutet, aber dass es so schnell gehen würde, überraschte sie doch. Woher wusste dieser Typ jetzt schon von ihrer Anwesenheit? Und wie hatte er so schnell diese Adresse herausbekommen?

Sie hatte nicht vor, sich auf ein Gespräch einzulassen.

»Haben Sie ein paar Minuten Zeit?«

»Ehrlich gesagt: nein. Ich habe noch einen Termin.«

»Dann vielleicht zu einem anderen Zeitpunkt?«, fragte der Mann freundlich und lächelte. Er wirkte nett, harmlos, mit einem pausbäckigen Gesicht unter einem blonden Vollbart und einer Messenger Bag, deren Riemen ihm quer über dem Bauch spannte. Ein freundlicher Bär, der sich als Postbote verkleidet hatte.

»Ich weiß nicht recht«, sagte sie.

»Ich wäre Ihnen wirklich sehr verbunden. Es würde auch nicht lange dauern.«

Eva wusste nicht, was sie darauf sagen sollte. Am liebsten hätte sie ihn abgewimmelt. Doch dann hörte sie sich sagen: »Sie können mich ja morgen anrufen. Dann machen wir einen Termin aus.«

Er tipselte die Nummer, die sie ihm diktierte, in sein Smartphone, verabschiedete sich und ging zu seinem Wagen, einem blauen Mini.

Als Eva endlich im Auto saß, gab sie die Adresse der Übersetzungsagentur in ihr Navi ein. Als ihr klar wurde, dass die Agentur ihr Büro in der Innenstadt hatte, parkte sie den Wagen in einer Tiefgarage und beschloss, gleich noch ein wenig durch die Stadt zu bummeln, bevor sie zurück in die Wohnung fuhr. Nach wie vor hatte sie dieses unangenehme Sandkorngefühl in den Augen und ihre Nase war verstopft, die feuchte, kalte Luft täte ihr sicher gut. Als sie vor dem Haus in der Hermann-Foss-Gate ankam, überlegte sie kurz, ob sie klingeln und die CD persönlich übergeben sollte, verwarf den Gedanken aber schnell wieder und steckte den

Umschlag wie verabredet in den Briefkasten. Sie war zu müde, um jetzt noch mit irgendwem zu reden. Sie wollte nur noch ein wenig herumlaufen, um den Kopf frei zu bekommen.

Sie ging kreuz und quer durch die Straßen, vorbei an jungen Leuten auf Fahrrädern, blieb vor hübschen Stadthäusern aus der Gründerzeit stehen, lief an einem kleinen Park vorüber, dann an modernen Bürogebäuden und Hotels, bis sie schließlich auf einer belebten Geschäftsstraße landete. Eva fragte sich, inwieweit sich die Stadt wohl seit damals verändert haben mochte, und schaute zu einem riesigen Kaufhaus, *Sundt* prangte in roter Leuchtschrift auf dem Dach. Ob es das damals schon gegeben hatte? Gedankenverloren überquerte sie die breite Fußgängerzone, als ihr Blick auf ein gelbes Gebäude fiel. *Hotel Bristol* stand in senkrechten Lettern an der Hauswand. Abrupt blieb sie stehen. War das nicht eines der Hotels, in denen Margarete übernachtet hatte? Sie betrachtete den verglasten Eingangsbereich, der die Hälfte des ganzen Erdgeschosses einnahm. Dann schlenderte sie an der Glasfront vorbei und spähte in die menschenleere Lobby. Kurioserweise war auf der anderen Seite des Gebäudes ein McDonald's untergebracht, der nicht recht zu dem Hotel mit seinen feinen Loungesofas und -sesseln passte. Etwas ratlos stand sie vor dem Eingang zu McDonald's und beschloss dann, sich eine Weile hineinzusetzen, an einen der Fenstertische, von denen fast alle frei waren.

Sie kaufte sich einen Burger und Pommes, und während sie beides mit einem überraschenden Heißhunger verzehrte, sah sie in den regnerischen Abend hinaus und stellte sich Margarete vor, wie sie in ihrem blauen Anorak, mit Fellmütze und Gummistiefeln hier entlanggegangen war. Wohin war sie unterwegs gewesen? Was hatte sie gewollt in dieser Stadt, zu dieser ungemütlichen Jahreszeit?

In dem Moment klingelte ihr Smartphone. Es war Solberg.

»Ich habe gesehen, dass Sie angerufen haben«, hob er an. »Ist alles in Ordnung?«

»Ja. Warum fragen Sie?« Ein McDonald's-Mitarbeiter trat an ihren Tisch und sah sie fragend an, wohl weil das Softeis, das auf ihrem Tablett stand, vor sich hinschmolz. Mit einer stummen Geste bedeutete sie ihm, dass sie das noch essen würde.

»Ach, nur so«, hörte sie Solberg sagen. »Wir haben hier ein paar Anrufe von Journalisten bekommen. Ich hatte befürchtet, die seien Ihnen schon auf der Spur.«

»Das sind sie tatsächlich. Vorhin stand schon einer vor dem Haus. Ich habe ihm meine Handynummer gegeben.«

»Es steht Ihnen natürlich frei, Interviews zu geben.«

»Das hatte ich gar nicht vor. Ich weiß auch nicht, warum ich das gemacht habe. Er hat mich wohl einfach überrumpelt.«

»Die meisten sind ja seriös. Nur bei der *VG* sollten Sie aufpassen. Das ist die norwegische Variante der *Bildzeitung*.«

»Danke für den Hinweis. Aber der Journalist war von einer anderen Zeitung. *Werdensgong* oder so ähnlich.«

Sie hörte ihn seufzen. »*Verdens Gang*, das *ist* die *VG*.«

»Na wunderbar«, sagte sie und schwieg ein paar Sekunden, um diese Information zu verdauen. »Dann kann ich mir ja gleich eine neue Handynummer besorgen. Wenigstens habe ich nicht gleich drauflosgeplappert!« Eva seufzte und wechselte dann das Thema. »Warum ich angerufen hatte: Ich habe heute Nachmittag schon einmal in die Akte geschaut und mir die Übersetzung von ein paar Sachen zusammengestöpselt. Ich bin noch nicht weit gekommen, aber etwas ist mir aufgefallen: In den Akten heißt es, es hätte nirgendwo Überreste eines Lagerfeuers gegeben. Und ein Behälter für das Benzin wurde offenbar auch nicht gefunden. Bei einem Selbstmord hätte der ja wohl irgendwo rumliegen müssen, oder?«

»Sie sind also schon mittendrin«, sagte er und atmete hörbar ein. Einen Moment lang schwieg er, wie um sich zu sammeln. »Und jetzt wollen Sie wissen, wie der Fall überhaupt je als Selbstmord eingestuft werden konnte?«

»Nein … Ja … Das auch.« Sie lachte nervös. Erst da fiel ihr wieder ein, dass sie ihn ja noch etwas ganz anderes hatte fragen wollen. »Ich möchte das Grab besuchen, Margaretes Grab. Ich wollte Sie fragen, auf welchem Friedhof sie liegt.«

»Auf dem Møllendal Gravplass. Allerdings werden Sie es nicht finden.«

»Ach nein?«

»Nein. Vollkommen ausgeschlossen. Aber ich kann Sie gerne hinführen. Wann wollten Sie gehen?«

Eva zögerte. Das war sehr freundlich von Solberg, doch sie hatte dabei eigentlich lieber allein sein wollen. Einen Kranz niederlegen, ein Gebet sprechen. Eine stille Zwiesprache halten mit der Frau, die ihr so ähnlich gewesen war, vielleicht auch im Wesen? Vielleicht hätten sie sich ja gut verstanden, Margarete und sie.

Vielleicht hätte sie ihre unbekannte Tante ja lieb gehabt.

Eva schluckte schwer. »Morgen«, antwortete sie, »ich wollte morgen gehen.«

»Passt Ihnen elf Uhr? Wir könnten uns auf dem Parkplatz vor dem Haupteingang treffen, Møllendalsveien 56B.«

»Ja.« Eva räusperte sich. Dann fiel ihr noch etwas ein: »Ich habe mir die Luftaufnahmen der Gegend angesehen. Der Ort, an dem sie gefunden wurde, ist so … abgelegen … vollkommen einsam. Mal abgesehen von den Unstimmigkeiten – wenn sie sich hätte umbringen wollen, warum um Himmels willen ausgerechnet an diesem Ort? Warum die Schlaftabletten nicht in aller Ruhe im Hotelzimmer schlucken? Das erscheint mir für einen geplanten Suizid wesentlich plausibler zu sein. Plausibler und angenehmer.«

»Ich sagte es ja bereits, das verstand – und versteht – niemand so richtig. Aber haben Sie denn jetzt einen Übersetzer gefunden?«

»Ja. Schon morgen Abend bekomme ich die ersten Seiten.«

Er zögerte kurz, schien nicht so recht zu wissen, wie er fortfahren sollte. Nach einer langen Pause sagte er schließlich: »Sie werden im Laufe der Lektüre noch viel mehr Seltsames entdecken. Darauf sollten Sie sich schon einmal einstellen.«

Auf einmal hatte sie keinen Appetit mehr. Solbergs Worte hatten wieder dieses Gefühl in ihr ausgelöst, diesen Druck in der Magengegend, und mit einem Mal wünschte sie sich, Justus wäre hier bei ihr. Er hätte es *voll appreciated,* sich hier *einen Burger zu donnern.* Oder sie wäre jetzt mit Justus zu Hause, sie würden auf dem Sofa lümmeln und sich noch eine Folge irgendeiner albernen Serie ansehen. Eva stand auf und warf den Becher mit dem halb geschmolzenen Eis in den Abfalleimer.

Draußen spannte sie den Schirm auf und lief ziellos durch die Fußgängerzone, bis sie an einer Buchhandlung vorbeikam. Sie beschloss, ein wenig darin herumzustöbern, um auf andere Gedanken zu kommen.

Die Buchhandlung war fast leer, bis auf einen Mann mittleren Alters, der sich Kochbücher ansah. Sie kaufte eine Wanderkarte der Gegend ums Isdal herum und stand eine Weile unentschlossen vor den Wörterbüchern. Sollte sie – ganz traditionell – ein Taschenwörterbuch nehmen? Oder sich lieber eine App besorgen? Am Ende entschied sie sich für das Buch.

Auf dem Rückweg lief sie am Hafen vorbei, bewunderte die bunte Häuserfront, die sie von Fotos her kannte und die bei Nacht und angestrahlt besonders hübsch aussah. Nach einer guten Stunde kam sie zum Wagen zurück. Sie war jetzt richtig müde und freute sich auf eine heiße Dusche und das Bett.

Als sie in den Hegrenesveien einbog, fuhr sie zunächst im Schritttempo am Haus vorbei und hielt nach einem Wagen Ausschau, in dem jemand herumsaß. Erst als sie sicher war, niemanden zu sehen, bog sie in die Parkbucht ein.

Später telefonierte sie ausgiebig mit Justus, der ihr zuerst von seinem Surfkurs in Taormina und dann von der GFS erzählte, die er bis nach den Ferien vorbereiten musste. Es ging um den

Einfluss des Dreißigjährigen Krieges auf die Literatur – Justus zeigte eine Begeisterung für das Thema, die sie nur schwer teilen konnte, die ihr aber Hochachtung einflößte. Der Junge würde sie noch alle überflügeln, dachte sie ein wenig stolz und gab sich danach Mühe, seine Fragen nach ihrem Vorankommen zu beantworten, ohne das Wort »Mord« in den Mund zu nehmen. Diesen Schock wollte sie ihm fürs Erste ersparen. Ihm und auch Ingrid. Zu deutlich hörte sie noch die Worte, die ihre Mutter bei ihrem letzten Zusammensein gesagt hatte und in denen ihr tiefer Schmerz für einen Augenblick an die Oberfläche gekommen war.

Als sie schließlich todmüde im Bett lag und das Buch aufschlug, in dem sie gerade las, fiel ihr das Foto entgegen, das sie in eine Klarsichthülle hineingesteckt hatte, damit es keine Knicke bekam. *Ingrid und Gretchen in Végimont, Soumagne. Frühjahr 1944.* Die beiden lachenden Schwestern. Eva hielt das Foto in den Lichtkegel der Nachttischlampe. Wunderbar, dachte sie. Der Ausdruck auf ihren Gesichtern, dieses fröhliche Kinderlachen. Auf diesem Bild waren sie sorglos. Unbelastet von allem, was noch kommen sollte. Wie konnte es sein, dass eines dieser beiden Mädchen ein erfülltes Leben hatte führen dürfen, mit Menschen, die es liebten, während aus dem anderen Kind eine Frau geworden war, die in einem einsamen Waldgebiet ermordet wurde? Eine Frau, die offensichtlich niemand vermisst hatte?

Auberge de Stalport, Provinz Lüttich,
Belgien, Oktober 1969

Marguerite steht da, über das Waschbecken gebeugt, und lässt kaltes Wasser über ihre Arme laufen. Seit einiger Zeit hat sie wieder diesen Juckreiz in den Armbeugen. Vorsichtig tupft sie sich die Arme trocken und betrachtet die schuppige, raue

Haut. Als sie sich aufrichtet, fällt ihr Blick in den Spiegel. Diese Schatten unter den Augen! Aber was soll sie erwarten nach einer weiteren Nacht, in der die Hoffnung sie um den Schlaf gebracht hat. Seit sie vor ein paar Tagen ein Foto von Végimont gesehen hat, kann sie an nichts anderes mehr denken. Denn dieses Mal ist sie sich so gut wie sicher: Bei dem schlossartigen Gebäude handelt es sich um das Heim, in dem sie damals gelebt haben.

Sie wendet sich ab und schlüpft in ihre Kleider, tuscht sich schnell noch die Wimpern und trägt den Lidstrich auf. Zum Essen hat sie keine Zeit mehr. Sonst wird Hans-Jürgen ohne sie fahren.

Als er vor einiger Zeit das erste Mal in der Auberge zu Gast war, sind ihm bei der Anmeldung fast die Augen aus dem Kopf gefallen. »Claudia Cardinale in Person«, hat er gemurmelt und sie mit dem Blick ausgezogen. Und da ihr ein Verehrer mit einem Wagen gut gelegen kam und an seinem Ringfinger ein Ehering steckte, hat sie dann auch Ja gesagt, als er sie zum Essen eingeladen hat - in der sicheren Annahme, dass er sich diskret verhalten würde.

Seitdem kutschiert er sie bei jedem seiner Besuche zu einem Château irgendwo in Belgien, ohne auch nur zu ahnen, warum sie derart versessen darauf ist, sich all diese alten Gemäuer anzusehen. Inzwischen kennt sie sich in Belgien besser aus als in dem Kaff, in dem sie aufgewachsen ist!

Zehn Minuten später tritt sie durch den Hinterausgang in den kühlen Morgen. Der Wind hat nachgelassen. Dennoch fröstelt sie. Fast bereut sie es, sich für den schwarzen Popelinemantel entschieden zu haben. Aber nun ist es so. Sie knöpft den Mantel zu und zieht den Gürtel fest. Jetzt darf sie bloß nicht der Martens über den Weg laufen. Der erste Bus geht nämlich erst in zwei Stunden, was die Martens dazu bewegen könnte, hinter ihr herzuspionieren.

Als sie kurz darauf den breiten Zufahrtsweg entlanggeht, der vom Hotel in Richtung Landstraße führt, ist alles gut gegangen. Und da tauchen hinter ihr auch schon die Scheinwerfer auf. Unbeirrt schreitet sie weiter, wiegt sich ein wenig in den Hüften. Hans-Jürgen soll sie ruhig bewundern. Schließlich braucht sie ihn noch so lange als Chauffeur, bis sie das Heim endlich gefunden hat.

Doch als der Wagen neben ihr abbremst, ertönt auf einmal eine ganz andere Stimme: »Brauchen Sie eine Mitfahrgelegenheit, Mademoiselle?«

Es ist der Italiener, der ihr zulächelt, den Ellbogen lässig auf das heruntergekurbelte Fenster gelehnt. »Es tut mir leid, wenn ich Sie erschreckt habe. Das war nicht meine Absicht.«

»Ich war in Gedanken«, erwidert sie knapp, kommt aber nicht umhin zu bemerken, dass er gut aussieht in seinem dunklen Wollmantel mit dem grauen Seidenschal. Dabei ist sie alles andere als erfreut, von jemandem gesehen zu werden, der so dicke mit der Martens ist. Soll sie ihn vielleicht bitten, ihr gegenüber den Mund zu halten? Andererseits kann sie an ihrem freien Tag ja wohl tun, was sie will.

In dem Moment nähert sich von hinten ein weiterer Wagen. Lombardi blickt kurz in den Rückspiegel.

»Sind Sie sicher, dass ich Sie nicht irgendwohin mitnehmen soll?«

»Danke, ich komme gut allein zurecht.«

Er wirft ihr noch einen, wie sie findet, skeptischen Blick zu und gibt dann Gas.

So ein Mist, denkt sie, wenn er das der Martens gegenüber erwähnt, muss ich eine gute Geschichte parat haben. Sie sieht den roten Rücklichtern hinterher, die sich im Schneckentempo, viel zu langsam, entfernen.

Und da hält auch schon Hans-Jürgens Opel Kapitän neben ihr. Sie geht um den Wagen herum, bleibt aber an der Beifahrerseite stehen und wartet darauf, dass er ihr die Wagentür öffnet, was er dann auch tut und ihr beim Einsteigen hilft.

Sie bedankt sich mit einem gnädigen Lächeln, und während er den Zündschlüssel dreht und langsam anfährt, betrachtet sie ihn, seine Hände in den wildledernen Autofahrerhandschuhen. Er sieht nicht schlecht aus, denkt sie flüchtig, wenngleich sein Kinn ein wenig zu weich ist. Auch sein Haaransatz, das sieht man jetzt schon, wird mit der Zeit nach hinten wandern. Aber das kümmert sie im Grunde nicht groß, sie will ihn ja nicht heiraten. Je weiter sie fahren, desto stärker wird ihre Unruhe. Wieder sieht sie das Foto in dem Bildband vor sich, die roten Mauern mit den weiß umrandeten Fenstern. Noch nie war sie sich so sicher, endlich am Ziel zu sein.

Eine Dreiviertelstunde später erreichen sie Soumagne, die Ortschaft, zu der Végimont gehört.

»Bist du sicher, dass du es hier so lange aushältst?«, fragt Hans-Jürgen. »Das scheint ein ziemliches Kaff zu sein und ich kann dich frühestens um sechs wieder abholen.«

»Ja, ja, das geht schon«, sagt sie rasch und umklammert den Riemen ihrer Handtasche. »Lass mich ruhig hier raus. Das letzte Stück gehe ich zu Fuß.« Sie hat es eilig, ihn loszuwerden. Er soll auf keinen Fall dabei sein, wenn sie den ersten Blick auf das Schloss wirft, den Ort, den sie schon so lange sucht. Selbst wenn sie sich geirrt hat und es nicht das Prinzessinnenschloss ist: Ihre Reaktion würde sie verraten, er würde sofort merken, dass sie nicht einfach zum Spaß all die Schlösser anschaut. Und sie will ihm auf keinen Fall irgendeine Erklärung liefern müssen.

»Wie du meinst«, sagt er und gibt ihr einen seiner feuchten Küsse. Als sein Wagen außer Sicht ist, wischt sie sich mit dem Ärmel über die Wange.

Sie geht an der Kirche vorbei, blickt über die backsteinverklinkerte Fassade, die weiße Einfassung. Und dann kommt sie an das Straßenschild. Chaussée de Végimont steht darauf. Sie kann es kaum mehr erwarten, beschleunigt ihren Schritt.

Bald hat sie Soumagne hinter sich gelassen. Nach etwa zehn Minuten kommt sie an eine Ziegelmauer. Riesige, gelb leuchtende Kastanienbäume säumen eine schmale Straße, die nach rechts abgeht: die Zufahrt zum Château Végimont. Sie bleibt stehen. In einiger Entfernung ein schmiedeeisernes Tor, weit offen, dahinter zwei ziegelrote Gebäude, deren Fenster und Hausecken weiß gekalkt sind. Sie stockt. »Die Zuckerbäckerborte!«, flüstert sie und kann es kaum glauben.

Langsam geht sie weiter, immer bemüht, leise aufzutreten, doch die hohen Mauern verstärken das Echo ihrer Schritte. Als sie das Tor erreicht, geht sie nach kurzem Zögern einfach weiter. Doch gleich darauf verlangsamt sie ihre Schritte wieder. Irgendetwas stimmt hier nicht. Irgendetwas ist anders. Erst als sie das Ende der beiden Pförtnerhäuser erreicht hat, begreift sie, was es ist, und schlägt entsetzt die Hände vor den Mund.

Verkohlte Balken.

Rußgeschwärzte Mauern.

Tote Fensterhöhlen.

Mit schreckgeweitetem Blick steht Marguerite da und kann es nicht begreifen. Sie ist umsonst gekommen, zu spät, alles ist zerstört: Das Prinzessinnenschloss existiert nicht mehr. Und somit gibt es auch keine Hoffnung, sich je an mehr zu erinnern als an die wenigen Bilder, die sie über die Jahre herübergerettet hat. Keine verschütteten Erinnerungen, die ans Tageslicht kommen können, wenn sie das Haus betritt, die Küche mit den Tiegeln und Töpfen, in der Geeske ihr immer den Griesbrei gekocht hat.

Da hört sie hinter sich eine Stimme: »Was machen Sie hier?«

Sie fährt herum. Ein alter Mann steht da, mit leicht zusammengekniffenen Augen.

»Ich …«, hebt sie an, kommt unter seinem mürrischen Blick aber ins Stocken. »Ich wollte das Château besuchen.«

»Warum?«

Irritiert sieht sie ihn an. Was ist denn das für eine Frage? Doch sie ist zu matt, um sich über seine Unhöflichkeit aufzuregen.

»Ich kenne es von früher. Ich war als Kind einmal hier. Ich wollte es so gerne noch mal sehen.« Verstohlen wischt sie sich eine Träne aus dem Augenwinkel.

Da verändert sich sein Gesichtsausdruck.

»Es ist abgebrannt. Schon vor Jahren. Und für den Wiederaufbau fehlt das Geld.«

Marguerite räuspert sich und rückt den Riemen ihrer Tasche zurecht. »Na dann.«

Sie will sich schon abwenden, doch da sagt er: »Ich habe alte Fotos. Wenn Sie die sehen möchten …«

Marguerite zögert, sie hat schon genug alte Fotos gesehen. Doch sie muss ja die Zeit bis zum Abend totschlagen, also sagt sie: »Ja gerne. Wenn es Ihnen keine Umstände macht.«

Er antwortet mit einem komischen Geräusch, das sich wie das Grunzen eines Wildschweins anhört, dann dreht er sich um und verschwindet in dem rechten Pförtnerhaus. Die Tür lässt er hinter sich offen.

Marguerite betritt eine Wohnküche. Ein Resopaltisch mit einer Zeitung darauf, daneben eine Tasse.

»Möchten Sie Kaffee?«, fragt der Mann, im selben kruden Ton, woraufhin ihr klar wird, dass er weder unhöflich noch böse auf sie ist. Das ist seine normale Stimme, das Mürrische sein normaler Ausdruck.

Marguerite, der die Enttäuschung noch immer zu schaffen macht, nickt schwach und setzt sich an den Küchentisch.

Ungefragt stellt der Alte auch noch ein Croissant vor sie hin. Er verschwindet durch eine Tür, und als er wiederkommt, hält er ein großformatiges Album in der Hand. Er räumt die Zeitung beiseite.

»Wann ist das Schloss denn abgebrannt?«, fragt Marguerite.

»Das war im Mai 64«, sagt der Alte, schlägt das Album auf und Marguerites Blick fällt auf das Prinzessinnenschloss. Sie erkennt es sofort, es gibt nicht den geringsten Zweifel. Der Alte blättert durch Fotos, die das Schloss aus allen Perspektiven zeigen, von allen Seiten, kolorierte Bilder von der rot-weißen Fassade, den Gartenanlagen. Aber auch die Zimmer sind abgebildet, sogar die Wirtschaftsräume.

»Alles abgebrannt«, sagt er bitter. »Eine schreckliche Nacht war das. Neunzehn Menschen sind zu Tode gekommen.«

Marguerite erschauert. »Das ist ja fürchterlich. Wie hat das denn passieren können?«

»Eine Fritteuse«, brummt er.

Sie sagt nichts darauf. Stellt sich das Grauen vor, die ungeheure Macht der Flammen, aus denen es kein Entkommen gibt.

Da schlägt der Alte das Album zu, als wollte er die unliebsamen Erinnerungen verscheuchen, und fragt abrupt: »Wann waren Sie denn hier, als Kind?«

Sie blickt auf. Im ersten Moment will sie sich etwas ausdenken, ihm irgendeine Geschichte erzählen. Doch dann sagt sie schlicht: »Genau weiß ich das nicht. Aber es muss im Jahr 1943 oder 44 gewesen sein.«

Darauf sagt der Alte zunächst einmal nichts. Er sieht sie nur an, mit seinem bärbeißigen Ausdruck. Marguerite beginnt, ihr Croissant zu essen. Als sie damit fertig ist, steht er auf und schenkt ihr und sich noch mal Kaffee ein.

»Wie lange wohnen Sie schon hier?«

Wieder sagt er eine Weile lang nichts, sodass sie schon glaubt, er werde gar nicht mehr antworten. Das ist wohl das zäheste Gespräch, das ich jemals geführt habe, denkt sie, doch dann sagt er: »Ich lebe seit vierzig Jahren hier.«

»Dann waren Sie 1944 also auch schon hier? Während des Krieges?«

Plötzlich wirkt er reserviert. »Sie sind aber nicht eine von diesen Schmierfinken?«

»Sie glauben, dass ich eine Journalistin bin?« Marguerite sieht ihn an. »Nein«, sagt sie rasch, »nein, ich habe Ihnen doch gesagt, dass ich als Kind hier gelebt habe. Mit meiner Schwester und meiner Mutter. Sie war hier Ärztin. Wir sind dann evakuiert worden, nach Lamorlaye, das ist in Frankreich. Im August 1944 muss das gewesen sein.«

Er sieht immer noch misstrauisch aus, aber nicht mehr ganz so abweisend wie zuvor.

»Dann sind Sie Deutsche? Sie sprechen nicht wie eine Deutsche.«

Marguerite holt tief Luft. »Wir sind getrennt worden, damals. Ich bin allein zurückgeblieben ... in Lamorlaye.« Sie schluckt. »Und jetzt suche ich sie.«

Marguerite hört das Ticken der Wanduhr. Sonst ist es vollkommen still im Raum. Da sagt er: »Ich war Hausmeister hier in der Zeit.«

Marguerite traut ihren Ohren nicht. Nur dieser eine Satz. Plötzlich ist sie wie hypnotisiert. Sie starrt ihn an, wie wenn er eben aus einer Flasche gestiegen wäre, und als er von selbst nicht weiterspricht, bricht es aus ihr heraus: »Aber dann müssen Sie sie ja gekannt haben!«

Eine Weile lang sieht er sie nur an. »Das ist nichts, womit man hier hausieren geht. Das ist Ihnen doch hoffentlich klar?«

Marguerite kann sich vorstellen, was er meint.

»Es ist wegen ...«

»Ja. Hier wehte mal die Fahne der SS. Daran wollen sich die Leute nicht erinnern. Und glauben Sie mir, die Frauen und

Männer, die zu der Zeit hier gearbeitet haben, die behalten das lieber für sich.«

»So wie Sie?«

»Bei mir ist das anders. Ich war immer hier. Lange bevor die Nazis kamen. Und ich werde wohl immer hier sein. Na ja, so lange, bis man mich mit den Füßen zuerst rausträgt.«

Und dann beginnt er zu erzählen. Stockend zunächst, doch dann immer flüssiger.

»Ich erinnere mich an eine Ärztin, die zwei kleine Kinder hatte, Zwillingsmädchen. Ich weiß noch, dass alle gestaunt haben, weil die Kinder so völlig anders ausgesehen haben. Denn sie war ganz blond und die Kinder hatten braune Haare und braune Augen.« Er betrachtet Marguerite nun mit neuem Interesse. Dann fährt er fort: »Anfangs hatten sie Schwierigkeiten, überhaupt einen Arzt für das Heim zu finden. Aber dann wurde sie hergeschickt, also Ihre Mutter, und sie hat die ärztliche Leitung übernommen, vom Tag der Eröffnung an bis August 1944. Sie war ja noch ziemlich jung.«

Marguerite saugt jedes seiner Worte auf. Sie kann es noch gar nicht fassen, dass sie tatsächlich jemanden gefunden hat, der sie gekannt hat, der ihre Mutter tatsächlich gekannt hat. Als er verstummt, fragt sie hastig: »Was wissen Sie noch? Erzählen Sie mir alles, woran Sie sich erinnern!«

»Hm, ja ... also ich weiß noch, dass hier so um die dreißig Wöchnerinnen gewesen sein müssen. Aber wie viele Kinder, das kann ich nicht sagen. Und dass sie eine schöne Frau war, Ihre Mutter. Ich habe ein bisschen für sie geschwärmt, wenn man das so nennen will.« Dann brummt er ein wenig unwillig, so als wäre ihm dieses Geständnis peinlich. Schließlich räuspert er sich und fährt dann eilig fort: »Jedenfalls war sie ein sehr pflichtbewusster Mensch. Hat ihre Arbeit sehr ernst genommen. Aber für die Kinder, für Sie beide, hatte sie nicht viel Zeit.«

»Ja«, sagt Marguerite und blickt zu Boden. »Das stimmt. Ich … wir waren viel in der Küche. Bei Geeske.«

»Geeske? Ja, das war die Köchin damals.«

»Wissen Sie zufällig, wo sie wohnt?«

Er schüttelt den Kopf. »Keine Ahnung, wo die abgeblieben ist. Überhaupt glaube ich nicht, dass auch nur einer der Angestellten von damals noch hier in Soumagne ist.«

Marguerite spürt einen Stich. Das wäre auch zu schön gewesen, denkt sie.

Da sagt der Alte: »Einmal war ich in ihrem Zimmer. Das Deckenlicht war kaputt, das Kabel durchgeschmort. Und da habe ich mich mit ihr unterhalten.« Er senkt den Blick. »Sie war wirklich sehr schön.«

»Was wissen Sie noch über sie? Woher aus Deutschland kam sie? Hat sie das mal erzählt?«

»Nein. Leider nicht.« Wieder senkt er den Blick, schaut versonnen in eine weit entfernte Vergangenheit. Dann sagt er plötzlich: »An etwas erinnere ich mich doch. Sie hatte Bilder an ihrer Wand hängen. Bilder von Bergen und Seen. Von einer Kirche.«

»Ölbilder?«

»Nein, nein. Fotos. Ah ja, jetzt weiß ich es wieder … Ich habe sie gefragt, wo die sind, diese Berge, ob das ihr Zuhause sei. Da hat sie gelacht und gesagt: ›Schön wär's.‹ Das sei ein Fjord in Norwegen. Und dann hat sie mir erzählt, dass sie, bevor sie nach Végimont kam, in Norwegen war. Sie hat dort ihre erste Anstellung nach dem Studium angetreten.«

Und da regt sich etwas in Marguerite. Eine ferne Erinnerung, etwas, das so vage ist, dass sie es nicht greifen kann, von dem sie aber weiß, es ist da, irgendwo tief in ihrem Inneren. Ein Schreibtisch, Bilder von Bergen an der Wand darüber. Und auf dem Schreibtisch Papiere, Bücher, Schreibzeug. Und noch etwas anderes, eine kleine Figur, ein Troll.

Und mit dem Erinnern kommt auf einmal ein Gefühl der Vertrautheit, wie eine heranbrandende Woge. Sie sieht alles immer deutlicher vor sich, gerade so, als wäre es gestern erst passiert. Sie wollte den Troll nehmen, mit ihm spielen. Aber das durfte sie nicht, niemals. Der Troll war tabu für sie. »Das ist meiner«, hat die Mutter ihr gesagt. »Wehe, ich erwische dich, wie du ihn anfasst!«

Marguerite ist so versunken in diese unvermittelte Erinnerung, dass sie nicht bemerkt, wie der Alte aufsteht und aus dem Raum geht. Erst als er zurückkommt und etwas auf den Tisch stellt, blickt sie auf. Er hält eine Blechschachtel in der Hand und hebt jetzt den Deckel ab. Die Schachtel ist voller Fotografien. Eine Weile lang kramt er darin herum, bis er gefunden hat, was er sucht: alte Fotografien von Végimont, von außen und innen, hohe Räume mit schweren Vorhängen, feinen Möbeln. »Das war ich«, sagt er und reicht ihr das Foto eines jungen Mannes mit einer Leiter. Sie erkennt ihn kaum, so dunkel war sein Haar und der Ausdruck auf seinem Gesicht so heiter. Und während sie es noch betrachtet, hält er ihr ein weiteres Foto hin.

»Was ist das?«, fragt Marguerite verwundert und greift danach.

»Das war eins der Bilder ...«, sagt er.

Ungläubig sieht Marguerite ihn an. »Sie meinen, meine Mutter hatte das hier an der Wand hängen?«

»Ja«, antwortet er. »Sie hat die Fotos einfach hängen lassen. Sie sind ja alle Hals über Kopf geflohen damals. Da waren noch viel mehr Bilder. Aber ich habe nur dieses hier aufbewahrt.« Er tippt auf das Bild. Es ist die Schwarz-Weiß-Aufnahme einer Kirche. Einer seltsamen Kirche, deren Dach wie eine Pagode aussieht, mit Schindeln gedeckt und wie übereinandergeschichtet. Einer Kirche aus Holz, die ihr fremd erscheint. Fremd und doch irgendwie vertraut.

Das Isdal (deutsch: Eistal) ist ein dunkles, von Gletschern geformtes Tal bei Bergen, an der Südwestküste Norwegens. In der Talsohle ein schwarzer See, der Svartediket, das Wasserreservoir der Stadt. Rund um den See erheben sich Schieferberge. Ein Wanderweg führt aus der Stadt am See entlang. Nach einer halben Stunde Fußmarsch steigt ein Abzweig steil an, der Weg verliert sich zwischen Sträuchern, bemoosten Steinen und rutschigen Wurzeln. Mitten am Berg ein paar skelettierte Fichten, ein Ensemble von Steinblöcken. Bei gutem Wetter – das hier selten vorkommt und fast nie im Winter – wäre es ein schöner Platz für ein Picknick.

Die Zeit, 10. Januar 2018

Als Eva auf den Parkplatz am Møllendal-Friedhof einbog, hatte der Regen eine Pause eingelegt. Sie war früh dran, eine Viertelstunde sogar, da sie nicht gewusst hatte, wie lange sie brauchen würde, um einen Blumenladen zu finden. Sie langte auf den Beifahrersitz, entfernte das Papier von dem Kranz aus Moos und Schleierkraut und stieg aus. Kalte Luft schlug ihr entgegen, also schloss sie die obersten Knöpfe ihres olivgrünen Daunenmantels und schlang sich den grau-grünen Schal – ein Geschenk von Justus – mehrmals um den Hals.

Den Schal hatte er tatsächlich selbst gestrickt, auf den allerletzten Drücker, in einer Marathonsitzung am frühen Nachmittag des Heiligen Abends, mit der dicksten Wolle, die das Geschäft zwei Stunden vor Ladenschluss vorrätig gehabt hatte. Das Maschenbild war unregelmäßig, an manchen Stellen viel zu fest, an anderen zu locker, aber Eva liebte diesen Schal, es war schon die dritte Saison, in der sie keinen anderen als diesen benutzte.

Zehn Minuten später bog ein Volvo auf den Parkplatz. Eva erkannte Solberg. Er hielt neben ihr und stieg aus.

»Ich hoffe, Sie warten noch nicht lange?«

»Ich war ja zu früh. Ich wusste nicht, ob ich gleich einen Blumenladen finden würde«, sagte sie und hielt ihm den Kranz entgegen.

Der Friedhof lag auf einem breiten Hügelkamm, von dem aus man rechter Hand auf eine Straße hinunterblickte. Sie gingen schweigend nebeneinanderher, einen nass glänzenden Asphaltweg entlang und an einem klotzigen Betonbau vorbei, vermutlich der Aussegnungshalle. Rechts wuchsen übermannshohe Rhododendren, die Eva an Cornwall erinnerten.

Nach einigen Metern wurde der Weg schmaler und sie betraten den eigentlichen Friedhof. Grabsteine wuchsen wie Pilze aus dem Rasen, vor manchen waren ein paar Blumen gepflanzt. Eva erschien dieser Ort wie eine Kreuzung aus einem amerikanischen und einem deutschen Friedhof, nicht ganz so schmucklos wie in den USA, aber auch nicht so ehrgeizig, wie sie es von zu Hause her kannte.

Nach ein paar Minuten bog Solberg links ab, in einen von goldblättrigen Linden gesäumten Schotterweg, der leicht bergauf führte. Über Treppen ging es weiter, vorbei an vermoosten Grabsteinen und mit Granitmauern eingefassten Bereichen, wo in die Jahre gekommene Eiben wucherten. Wieder wandte Solberg sich nach rechts und blieb dann stehen.

»Hier?«, fragte Eva und sah sich um, konnte aber kein Grab entdecken. Stattdessen fiel ihr Blick auf ein Hochbeet, aus dem ein paar außer Form geratene Buchsbäume und sommermüde Sträucher herausragten.

»Hier«, antwortete Solberg und deutete auf das Bruchstück eines Spiegels, das an der Beeteinfassung aus Granit lehnte.

Ungläubig sah Eva ihn an. »Aber … Was ist *das* denn?«

Solberg lächelte mitfühlend. »Das weiß ich auch nicht.«

Eva atmete tief durch. »Sieht aus wie eine Markierung.«

»Ja«, sagte er sanft. »So sieht es aus. Seitdem das Fernsehen den Fall wiederaufgerollt hat, suchen immer wieder Leute das Grab.«

Eine ganze Weile stand Eva so da und betrachtete die Scherbe, die vielleicht zwanzig auf zehn Zentimeter groß war. Dann ging sie in die Knie und stellte den Kranz auf den Teppich aus gelben Lindenblättern, lehnte ihn an die Mauer neben die Scherbe. So kauerte sie da und schaute auf das Grab, das keines war, und auf den Kranz, wie er neben dieser eigenartigen Scherbe lehnte, genauso fehl am Platz wie sie. So gestrandet wie die Frau, die dort begraben war und die bis jetzt niemand vermisst hatte.

Auf einmal musste Eva an das Kreuz an der Landstraße nicht weit von ihrem Heimatort denken, dort, wo ein Mensch verunglückt war. Am Anfang hatten dort Blumen gestanden, immer neue Sträuße, und an Feiertagen ein rotes Totenlicht. Einmal hatte sie einen alten Mann dort gesehen, der die Stelle von Unkraut befreit hatte. Doch vor ein paar Jahren waren die Sträuße ausgeblieben, irgendwann war dann auch das Kreuz verschwunden. Wahrscheinlich war der Alte gestorben und mit ihm auch die Erinnerungen an denjenigen, der dort verunglückt war.

Als Eva aus ihren Gedanken erwachte, war Solberg nicht mehr da. Sie stand auf und sah sich um, konnte ihn aber nirgends entdecken. Sie wandte sich wieder dem Kranz zu, faltete die Hände und wollte ein Gebet sprechen, einen Gruß, sie wollte irgendetwas sagen zu dieser Frau, die ihre Tante gewesen war. Doch die Worte wollten ihr nicht einfallen, nichts fiel ihr ein, also ließ sie es bleiben und holte stattdessen ihr Mobiltelefon aus der Manteltasche, um ein paar Aufnahmen zu machen. Vielleicht würde Ingrid sie ja eines Tages sehen wollen? Eva hoffte es. Dann drehte sie sich um und ging zurück zum Ausgang.

Als sie beim Parkplatz ankam, stand Solberg dort und telefonierte, mit dem Rücken zu ihr. Sie blieb stehen, in ein paar Meter Abstand. Er schien aufgebracht, sie hörte es an seinem Tonfall, auch wenn sie kein Wort verstand. Sie entfernte sich ein Stück und setzte sich schließlich in ihren Wagen, wo sie schon einmal Ann-Magritt Moens Adresse aus den letzten Zielen in ihrem Navi wählte.

Solberg hatte sein Telefonat offenbar beendet, also stieg Eva aus und sah gerade noch, wie er sein Mobiltelefon auf den Beifahrersitz seines Wagens warf. Sie wollte nicht neugierig wirken, hätte es aber auch merkwürdig gefunden, nichts zu sagen, daher fragte sie: »Ärger?«

Er sah sie an und sein Ausdruck entspannte sich etwas. »Schon wieder ein Journalist«, sagte er mit einer wegwerfenden Handbewegung. »Ich hoffe, Sie haben sich Zeit gelassen …«

Eva nickte. »Ja. Vielen Dank.«

Er lächelte und sie war einmal mehr überrascht, wie sehr sich sein Gesicht dabei veränderte. »Wenn Sie bei irgendetwas Hilfe brauchen, scheuen Sie sich bitte nicht, mich anzurufen.«

Eva bedankte sich noch einmal und reichte ihm die Hand. Sie hatte nicht vor, ihn noch einmal zu belästigen.

Sie war schon im Begriff sich abzuwenden, als er sagte: »Ich meine das ernst. Melden Sie sich.«

Überrascht von seinem Tonfall, warf sie ihm einen letzten Blick zu, bevor sie in den Wagen stieg. Im Rückspiegel sah sie, wie er dastand und ihr hinterherschaute.

Sie fand einen Parkplatz nicht weit vom Haus der Übersetzerin entfernt. Als sie aus dem Wagen stieg, klingelte ihr Mobiltelefon. Eine norwegische Nummer leuchtete auf dem Display. Wahrscheinlich die Übersetzerin, dachte Eva und nahm den Anruf entgegen.

»Vark Henriksen hier. Guten Morgen.«

»Guten Morgen«, erwiderte Eva verhalten. Sie erinnerte sich an das, was Solberg ihr über die Zeitung gesagt hatte, für die Henriksen schrieb. Sie hatte nicht die geringste Lust, ins Kreuzfeuer eines Schmierenjournalisten zu geraten, also kam sie direkt zur

Sache: »Hören Sie, Herr Henriksen. Ich möchte lieber kein Interview geben.«

»Das tut mir leid zu hören. Darf ich fragen, warum Sie sich umentschieden haben?«

»Ich habe es mir eben einfach anders überlegt.«

»Wenn es darum geht, die Fragen vorher …«

»Nein, darum geht es nicht.«

»Selbstverständlich wären wir bereit, Ihnen eine nicht unerhebliche Aufwandsentschädigung zu be…«

»Ich will kein Geld von Ihnen. Ich möchte nur in Ruhe gelassen werden.«

So ging es eine Weile hin und her, bis Eva sich entschuldigte und einfach auflegte.

»So was aber auch …«, murmelte sie verärgert und schlug die Autotür zu. Sie verriegelte den Wagen und überquerte die Straße. Vor dem Hauseingang blieb sie noch einen Augenblick stehen, um sich zu sammeln. Dann ging sie die drei Stufen hoch und klingelte.

Ann-Magritt Moen war eine junge Frau, die schon auf den ersten Blick derart dynamisch aussah, dass Eva sich ganz behäbig vorkam. Mit ihren kurzen Haaren, dem Fitnesstracker am Handgelenk und einem Rennrad, das an der Wand neben dem Eingang lehnte, wirkte sie, als sei sie auf dem Weg zum nächsten Triathlon.

»Nennen Sie mich Moen«, sagte sie in einem weich klingenden Deutsch und streckte ihr zur Begrüßung die Hand entgegen.

Eva machte ein verblüfftes Gesicht. »Sie meinen …«

»Ja …« Die Übersetzerin lachte. »Sagen Sie einfach ›Moen‹ zu mir. Ich hasse meinen Vornamen.«

»Dann nennen Sie mich Eva«, sagte Eva grinsend.

Moen schloss die Tür hinter sich und bedeutete Eva mit einer Handbewegung, Platz zu nehmen.

»Was möchten Sie trinken?«, fragte sie. »Ich kann Ihnen

Grüntee, entkoffeinierten Kaffee … oder einen Smoothie anbieten.«

Eva entschied sich für das kleinste Übel. »Ich nehme gerne einen Kaffee«, sagte sie und fragte sich, was wohl alles mit dem Kaffee gemacht wurde, damit er das Koffein hergab. Die Übersetzerin verschwand in einem Hinterzimmer. Eva setzte sich an einen Tisch aus hellem Holz, auf dem Papiere in mehreren Stapeln ausgelegt waren, und sah sich um. Eine grob getöpferte Vase mit gelbem Herbstlaub auf der Fensterbank. Die Fenster riesig, die Decke bestimmt vier Meter hoch. Das Haus musste ziemlich alt sein, Jugendstil, vermutete Eva und betrachtete die Stuckornamente an Wänden und Decke. Irgendwann war jedoch auch dieses Objekt den Umbauplänen eines cleveren Vermieters zum Opfer gefallen, denn der Raum war merkwürdig proportioniert, zu klein im Verhältnis zur Deckenhöhe. Offenbar hatte man dieses einstmals herrschaftliche Ambiente kurzerhand mit einer Rigipswand versehen und dahinter Teeküche und Nasszelle installiert. Ann-Magritt Moen hatte, wie Eva fand, das Beste daraus gemacht, mit modernen Kunstdrucken in hellen Farben und mehreren Oliven- und Feigenbäumchen, die so schön waren, dass sie fast unecht aussahen. Vorsichtig betastete Eva die Blätter – die Bäume waren echt! – und besah sich dann eine Postkarte auf dem Schreibtisch. *Keep calm and keto on* stand darauf. Am liebsten hätte Eva gefragt, was das bedeutete, verkniff es sich aber. Mitunter neigte sie dazu, ihre Mitmenschen allzu genau unter die Lupe zu nehmen. Noch so eine berufliche Deformation, dachte sie und wandte den Blick auf Moen, die jetzt mit einem Tablett das Zimmer betrat und zwei grüne Becher aus dickem Steingut und dazu passende Schälchen mit Butter und braunem Zucker sowie ein Kännchen auf den Tisch stellte.

»Bitte!«, sagte sie und setzte sich neben Eva. Zu ihrer Verwunderung tat Moen sich ein Stück Butter in den Kaffee. Als sie Evas Blick bemerkte, sagte sie nur »Keto-Diät« und fuhr dann fort: »Ich habe die halbe Nacht in diesen Ordnern gestöbert und schon mal alles grob vorsortiert.« Sie nahm einen großen Schluck von ihrem Butter-Kaffee. »Also, wo fangen wir am besten an?«, sagte sie wie zu sich selbst und griff dann nach dem nächstgelegenen Stapel.

Die folgende halbe Stunde vermittelte die Übersetzerin Eva einen genauen Überblick über den Inhalt der Ermittlungsakte. Da gab es den Autopsiebericht, eine Auflistung des Inhalts der beiden Koffer, die einige Tage nach Auffinden der Leiche in einem Bahnhofsschließfach sichergestellt worden waren, und schließlich die unzähligen Informationen aus der Bevölkerung, denen die Polizei damals nachgegangen war. Nach und nach verstand Eva, vor welch großen Herausforderungen die Ermittler damals gestanden hatten. Und all die vielen Zeugenaussagen hatten letztlich doch zu nichts geführt.

So hatte sich bald nach dem Auffinden der Leiche ein Mann gemeldet, dem auf einem Spaziergang im Isdal eine Frau aufgefallen war, die – so nannte er es – wie eine *Psychiatrie-Patientin auf Pillen* gewirkt habe. Dann war man einem Verdacht nachgegangen, die Tote sei eine amerikanische Touristin namens Jane Wallentine gewesen, die mit einem Interrailticket durch Norwegen unterwegs war.

»Dann kam die Veröffentlichung des Phantombilds. Sie können sich vielleicht vorstellen, was danach los war«, sagte Moen und klopfte auf den Stapel Papier. »Ich weiß nicht, was Sie zuerst brauchen. Ich habe versucht, ein System in das Ganze zu bringen. Jedenfalls werden wir zu viert an der Übersetzung arbeiten. So kommen wir schnell voran. Sie müssen nur entscheiden, was für Sie Priorität hat.«

Eva lehnte sich zurück. Sie ließ ihren Blick über die verschiedenen Papierstapel wandern und fühlte sich auf einmal irgendwie hilflos. Hilflos und unentschlossen. Unter anderen Umständen hätte sie genau gewusst, was ihr am wichtigsten war. Aber in diesem Fall? Was genau wollte sie eigentlich? Sie war ja nicht für eine Buchrecherche hier, jedenfalls hatte sie im Moment nicht vor, über diesen Fall zu schreiben, auch wenn sie das Johannes gegenüber behauptet hatte. Ihre Motive waren rein persönlicher Natur. Wenn sie genauer darüber nachdachte, wollte sie hauptsächlich eines: Margarete näherkommen. Ja, das war es. Sie wollte wissen, was für ein Mensch Margarete gewesen war.

Und so entschied sie sich für die Zeugenaussagen sowie für die Auflistung des Inhalts der beiden Koffer. Sie trank den letzten Schluck ihres Kaffees und machte Anstalten aufzustehen, als Moen fragte: »Sie wissen, dass Ihre Tante acht verschiedene Identitäten verwendet hat?«

Eva sank zurück auf ihren Stuhl. »Dass es so viele waren, habe ich nicht gewusst, nein.«

»Na ja.« Moen nahm ein paar Blätter. »Ich habe Ihnen eine Auflistung mit allen Namen erstellt, die sie verwendet hat. Diese hier …«, sie legte mehrere bräunliche Kopien vor Eva auf den Tisch, »haben Sie ja vielleicht schon selbst gesehen?«

Stumm schüttelte Eva den Kopf und betrachtete die handschriftlich ausgefüllten Formulare. Sie las die ersten beiden Namen.

Zarna-Merchez, Alexia, aus der *Rue Ste. Hildegard in Brüssel.*

Lancier, Geneviève, aus der *Rue Ste. Walburga in Louvain.*

»Das sind alle Meldescheine, die die Polizei damals sichergestellt hat. Sechs Stück.«

Sie las weiter – *Leenhouvwer, Elizabeth, Tielt, Claudia* sowie *Nielsen, Claudia* – und schüttelte stumm den Kopf. Was hatte Margarete bloß zu solch einem wilden Versteckspiel bewogen? Das nahm sich alles wie eine Räuberpistole aus, doch diese Geschichte war wahr und ihre Tante war die Protagonistin.

»Sie hat zweimal denselben Vornamen verwendet«, murmelte sie und begegnete Moens Blick.

»Ja«, sagte die Übersetzerin. »Das hat sie.«

»Und die anderen Namen?«

»Vera Schlosseneck. Vera Jarle. Finella Lorck.«

Eva zählte nach. »Das sind ... acht Namen. Also hat sie allen Ernstes acht verschiedene Identitäten benutzt, wie Sie sagen? Aber wie kann das denn sein?«

Evas Handy klingelte. Wie in Trance griff sie in die Tasche und drückte den Anrufer weg. Auf einmal hatte sie Kopfschmerzen. Sie fasste sich an die Schläfen und redete weiter: »Ich frage mich, woher sie die vielen Pässe hatte. Für mich hört sich das alles so ... zwielichtig an. Gefälschte Papiere hat doch eigentlich nur jemand mit kriminellen Kontakten, oder?«

»Ja«, sagte die Übersetzerin und seufzte. »Der Gedanke drängt sich auf.«

Sie schwiegen für einen Moment. Dann fragte Moen plötzlich: »Und wie hieß sie wirklich?«

»Margarete Gruber. Das war ihr Name.«

Moen stieß die Luft aus und lehnte sich zurück. »Nach all den Jahren hat sie einen Namen. Einen richtigen Namen. Sie glauben ja nicht, wie viele Leute das hier beschäftigt hat.«

»Ich ahne es.«

»Und Sie wollen ein Buch über das alles schreiben?«

Auch Moen gegenüber hatte Eva diesen Vorwand benutzt.

»Ehrlich gesagt will ich erst mal alles über sie herausfinden. Und ob ich dann wirklich die Kraft dazu habe ...« Wieder massierte Eva sich die Schläfen. »Das alles geht mir näher, als ich angenommen hatte. Ich meine, sie ist als Kind von ihrer Familie getrennt worden, da war sie gerade mal sechs Jahre alt. 1944 war das, in irgendeinem kleinen Ort in der Nähe von Lüttich, glaube ich. Meine Großmutter hat eine Zeit lang als Ärztin dort gearbeitet. Die genauen Umstände habe ich noch nicht recherchiert. Ich weiß ja selbst erst seit etwa zwei Wochen von der Existenz meiner Tante.«

»Ihre Mutter hat nie über ihre Schwester gesprochen?« Verblüfft sah Moen sie an.

»Nie«, sagte Eva und verzog das Gesicht zu einem schiefen Lächeln. »Sie hat sie nie erwähnt und wohl auch nie versucht, sie wiederzufinden.«

Moen nickte nachdenklich. »Lüttich, das ist doch der deutsche Name für Liège, oder? Die Stadt gehört zum französischsprachigen Teil von Belgien, soweit ich weiß …« Sie senkte den Kopf und betrachtete nachdenklich die Meldescheine. Auf einmal sagte sie: »Sie hat fünf der Meldescheine auf Deutsch ausgefüllt und einen auf Französisch. Aber was mir gestern schon aufgefallen ist, hier sehen Sie …« Moen zog einen der Zettel heran und deutete auf ein Wort, das Margarete als *Zweck der Reise* angegeben hatte.

»*Berufsverkehr*?«, murmelte Eva. »Was meint sie denn damit? Wahrscheinlich *Geschäftsreise* …«

»Und hier … hier gibt sie als Beruf *Verziererin* an.«

Beide betrachteten sie die handschriftlichen Eintragungen auf den Meldeformularen.

»Und hier … als ausstellende Behörde *Kreisleitung Brüssel*!«

»Das klingt wirklich komisch«, murmelte Eva und hob die Augenbrauen. »Ich meine, vordergründig wirkt es ja erst mal korrekt, aber wie kommt sie auf *Kreisleitung*? Das ist doch so ein NSDAP-Ausdruck.«

»Bei der SED gab es auch solche Bezeichnungen, aber der NS-Zusammenhang liegt wohl näher.« Moen warf Eva einen langen Blick zu. »Vielleicht war *Kreisleitung* ein Wort, das sie als Kind oft gehört hat und das ihr darum irgendwie vertraut war. Doch das ist noch nicht alles … Sehen Sie sich mal die Handschrift an.«

Eva betrachtete die akkuraten, nach links geneigten Buchstaben, die runden Rs und die seltsamen Ts. Auf einmal wusste sie, was Moen meinte.

»Es sieht nicht aus, wie von einer Deutschen geschrieben. Das meinen Sie doch, nicht wahr?«

»Ja. Eindeutig eine französische Prägung, mit den kringeligen Rs und den Strichen über den Ts.«

Moen nickte und Eva vertiefte sich nun in den einen Meldeschein, den Margarete auf Französisch ausgefüllt hatte. »Jetzt verstehe ich, was Sie meinen. Ihr Französisch scheint besser gewesen zu sein als ihr Deutsch.« Noch einmal betrachtete Eva die merkwürdigen, nur vordergründig deutschen Begriffe, die ihre Tante verwendet hatte. »Das passt natürlich dazu, dass sie in Belgien verloren ging. Wahrscheinlich ist sie auch dort aufgewachsen.« Sie deutete auf das Wort *Verziererin*. »*Décorer* … das heißt doch auch *verzieren*!«

»Genau«, sagte Moen. »Ein typischer Übersetzungsfehler einer französischen Muttersprachlerin … Wahrscheinlich meinte sie Dekorateurin oder … wie sagt man noch … Raumausstatterin? Das heißt auf Französisch doch *décorateur d'intérieur*. So etwas wie *Verziererin* entsteht, wenn man Wörter zu direkt in die andere Sprache übernimmt!«

Als Eva aus dem Haus trat, hatte sie das Gefühl, Margarete ein kleines Stück näher gekommen zu sein, auch wenn das im Grunde lächerlich war. Auf dem Bürgersteig blieb sie kurz stehen und blinzelte in die Sonne. Ihr eigenes Leben schien ihr plötzlich so fern, ihr Zuhause weit weg. Natürlich war sie schon öfter alleine auf Recherchereise gewesen, das war im Laufe der Jahre unabdingbarer Bestandteil ihres Lebens geworden. Aber in eigener Sache unterwegs zu sein und einen Teil der Familiengeschichte zu ergründen, das fühlte sich vollkommen anders an.

Sie streckte sich. Der Rücken tat ihr weh, die üblichen Verspannungen. Sie blinzelte in die Herbstsonne und überlegte, was sie jetzt tun sollte. Zurück zur Wohnung fahren oder noch eine kleine Runde laufen? Sie sah auf die Uhr. Gleich eins. Auf einmal kam ihr ein Gedanke. Das Wetter war schön, und da Sonne hier wohl eine Art Ausnahmezustand darstellte, sollte sie den Tag wohl nutzen, um ins Isdal zu fahren und sich den Ort anzusehen, an dem Margarete gefunden worden war. Ja, das machte Sinn, auch wenn Eva diesen Gang eigentlich gern noch etwas vor sich hergeschoben hätte.

Mit gemischten Gefühlen parkte sie den Wagen in einem Wohngebiet. Laut Karte war es von hier aus nicht weit zum Svartediket, dem Stausee, den sie umrunden musste, um ins Isdal zu gelangen. Sie packte eine Wasserflasche und einen Apfel in den Rucksack, steckte die Google-Maps-Karte in die Manteltasche, die sie noch zu Hause ausgedruckt hatte, und dazu die Fotos vom Fundort. Die würde sie brauchen, um die genaue Stelle zu finden. Die Wanderkarte, die sie am Vorabend gekauft hatte, nahm sie in die Hand und marschierte mit dem Rucksack auf dem Rücken los.

Es dauerte nicht lange und sie befand sich auf einem breiten, fahrstraßenähnlichen Schotterweg, der um den See herumführte. Rechts vom Weg verlief eine Mauer mit einem Zaun darauf. Da der von Bäumen umstandene See – das hatte sie gelesen – das Trinkwasserreservoir der Stadt Bergen war, wollte man wohl niemanden dort unten haben. Auf der linken Seite stieg das Gelände steil an.

Die Bewegung in der kalten Luft tat Eva gut, die Verspannungen ließen nach und ihrem Kopf ging es auch wieder besser. Durch das bunte Geäst konnte sie hin und wieder den See erkennen. Wie der Rücken eines großen grauen Tieres, dachte sie und schritt rasch aus. In der ersten Viertelstunde kamen ihr vereinzelt ein paar Jogger entgegen, doch bald begegnete sie niemandem mehr. Die Sonne war inzwischen hinter einer dicken Wolkenwand verschwunden und es sah nicht so aus, als würde sie heute noch einmal auftauchen.

Nach einer knappen Stunde Fußmarsch kam sie an einen Bach, über den eine Brücke führte. Auf einem kleinen grünen Wegweiser stand *Isdalen*. Einen Moment lang schnürte ihr der Anblick die Kehle zu. Was zum Henker hatte Margarete hier nur gewollt? Wieso war sie alleine hierhergekommen?

Eva verscheuchte die Frage und konzentrierte sich stattdessen auf die Karte. Offenbar musste sie von hier aus steil nach oben. Aber auf welchem Weg? Sie sah nur eine Art Schneise, die bei Holzfällarbeiten entstanden sein musste, zerfurcht und von Geröll und verwittertem Holzabfall übersät. Überhaupt wirkte die Landschaft vollkommen anders, als sie erwartet hatte. Waren auf den alten Fotos nicht lauter Bäume zu sehen gewesen? Trotzdem musste auch Margarete die Einsamkeit dieses Ortes bewusst gewesen sein. Eva jedenfalls hatte Mühe, die Beklemmung beiseitezuschieben, die sich immer mehr in ihr breitmachte. Aber vielleicht war Margarete ja in Wirklichkeit gar nicht alleine gekommen? Vielleicht war sie von Anfang an in Begleitung ihres Mörders gewesen? Das war immerhin möglich.

Nicht ohne sich noch einmal umzusehen, folgte Eva der Schneise, stieg über Geröll und Geäst. Doch nach einer Weile bemerkte sie, dass die Schneise in die falsche Richtung führte. Also machte sie kehrt und ging zurück zu der kleinen Brücke. Dort sah sie sich noch einmal genauer um, ging suchend hin und her und entdeckte schließlich eine Art Trampelpfad, nicht mehr als eine Spur im Gras, die sich den Berg hinaufschlängelte.

Nach wenigen Metern wurde aus der Spur ein richtiger Wanderpfad und sie erinnerte sich wieder an etwas, das Solberg bei ihrem ersten Telefonat gesagt hatte: dass es Leute gab, die so eine Art Crime-Sightseeing betrieben und in ihrer Freizeit Orte aufsuchten, an denen ein Verbrechen geschehen war. Vielleicht würde sie ja ein paar von denen begegnen? So wie sie sich gerade fühlte, wäre sie vielleicht sogar froh darüber.

Nach etwa fünfzehn Minuten blieb sie stehen und drehte sich um. Um sie her war es still. Irgendwo rätschte ein Eichelhäher, sonst war kein Geräusch zu hören. Unter ihr erstreckte sich eine gerodete Fläche und unten im Tal ruhte der Svartediket in seinem Bett, grau und reglos. Die Uferlinie bildete ein helles Band, sodass von hier aus die Illusion entstand, um den ganzen See verlaufe ein Badestrand, an dem man sich im Sommer vergnügen konnte. Doch Eva wusste, dass an diesem See das Baden nicht willkommen war. Sie ließ den Blick über die Hügel schweifen, durch die der Weg verlief, auf dem sie gekommen war. Da erst wurde ihr die Entfernung bewusst, die sie zurückgelegt hatte. Sie schaute auf die Uhr. Seit sie den Wagen geparkt hatte, waren rund eineinhalb Stunden vergangen. Dass Margarete eine so weite Strecke in Gummistiefeln zurückgelegt haben sollte, kam Eva seltsam vor. Warum würde sie sich das zumuten? Da hätte es schon einen wichtigen Grund geben müssen. Außer es hatte sie jemand gefahren. Aber war am Anfang des Weges nicht ein Schlagbaum gewesen?

In dem Moment ließ ein tiefes Donnergrollen Eva zusammen fahren. Ein Gewitter hatte sie um diese Jahreszeit nicht erwartet. Sie sah hinauf in den Himmel, an dem sich dicke dunkle Wolken ballten, und fragte sich, ob sie die Aktion nicht lieber abbrechen sollte. Doch dann entschied sie sich dagegen. Sie würde das jetzt zu Ende bringen, hauptsächlich deshalb, weil sie nicht noch einmal hierherkommen wollte.

Also holte sie die Fotos vom Fundort aus ihrer Manteltasche und versuchte abzuschätzen, ob sie die richtige Höhe erreicht hatte. Wenn sie sich nicht täuschte, war sie sogar schon ein Stück zu weit oben. Auch hatte sie den Eindruck, noch ein Stück weiter nach links zu müssen. Beim Aufstieg hatte sie allerdings keine Abzweigung bemerkt. Möglicherweise gab es – Crime-Tourismus hin oder her – keinerlei Weg, der zu der exakten Stelle führte, nicht einmal einen Trampelpfad.

Inzwischen war es noch dunkler geworden. Sie beschloss, querfeldein zu gehen, merkte aber schon nach wenigen Metern, wie extrem unwegsam der Untergrund war. Von Farn und Moos verborgen lagen überall mächtige Felsbrocken, und immer wieder ragten Baumstümpfe und altes Gezweig aus dem Boden, das bei den Waldarbeiten einfach liegen gelassen worden war.

Nach einer Weile zog Eva noch einmal die Fotos hervor und versuchte erneut, ihre Position zu bestimmen. Doch je mehr sie auf die Bilder schaute, desto unsicherer wurde sie. Vielleicht hätte sie weiter nach oben steigen sollen? Als sie die Fotos wieder einsteckte, bemerkte sie in einiger Entfernung eine Bewegung. Sie blickte auf. Am Waldrand ging ein Mann und sah zu ihr herüber. Vielleicht war das ja einer von diesen Crime-Touristen? Oder jemand, der sich einfach nur wunderte, was eine Frau wie sie hier mitten in diesem Brachland verloren hatte?

Wieder wurde Eva die Einsamkeit des Ortes bewusst. Wie lange war es her, dass sie dem letzten Jogger begegnet war? Eine gute Stunde? Seitdem hatte sie keinen Menschen mehr gesehen. Sie ließ den Blick über den gerodeten Bergrücken schweifen, hielt Ausschau nach, ja, wonach eigentlich, und wandte sich dann wieder dem Mann zu, der immer noch zu ihr herübersah. Obwohl sie sich dagegen wehrte, stieg ein unangenehmes Gefühl in ihr hoch.

Da setzte sich der Mann in Bewegung und kam langsam in ihre Richtung. Jetzt nur nicht durchdrehen, redete sie sich selbst gut zu, immerhin kommt er auch nicht schneller voran als du. Sie stapfte los. Dort unten, das wusste sie ja, war irgendwo der Weg, auf dem sie gekommen war. Gleichzeitig holte sie ihr Handy aus der Tasche, fingerte darauf herum und versuchte, Solbergs Nummer zu finden, was ihr auch gelang. Allerdings – das hätte sie sich ja denken können – hatte man in dieser entlegenen Gegend natürlich keinen Empfang. Also ließ sie das Handy zurück in die Tasche gleiten und konzentrierte sich darauf, so schnell wie möglich voranzukommen, was Schwerstarbeit war bei diesem Untergrund. Sie stakste über trockenes Gehölz, kletterte über flechtenbewachsene Felsbrocken, sackte tief ins Moos und verhedderte sich im Farn. Schweiß brach ihr aus, immer wieder warf sie einen schnellen Blick über die Schulter. Auch der Mann hatte zu kämpfen, das sah sie, aber kam er nicht doch schneller voran als sie? Die Entfernung zwischen ihnen schrumpfte zusehends.

Immer hektischer kämpfte Eva sich voran. Und obwohl sie sich dagegen wehrte, tauchte auf einmal ein Bild vor ihr auf: Margarete, wie sie sich verzweifelt gegen einen Mann wehrte, wie sie schrie und sich loszumachen versuchte. Diese erstickende Angst, die sie gespürt haben musste.

Todesangst.

Nach einiger Zeit erreichte Eva eine Hügelkuppe und geriet außer Sicht ihres Verfolgers. Das Gelände fiel steil ab, also ließ sie sich auf den Hintern fallen und rutschte den Berg hinunter. Sie war wieder auf dem Weg am See entlang. Vor Erleichterung hätte sie beinahe geweint, aber sie unterdrückte das Gefühl und rannte los, kaum dass sie ebenen Boden unter den Füßen spürte.

Im Laufen blickte sie zurück. Der Mann war immer noch nicht zu sehen. Inzwischen war sie völlig außer Atem. Doch sie rannte weiter, so schnell sie konnte. Nach weiteren zehn Minuten, in denen sie sich wiederholt umsah, merkte sie, wie auch ihr letztes bisschen Kraft schwand. Was sollte sie nur tun? Wenn sie langsamer lief, würde der Typ sie früher oder später einholen. Hektisch sah sie sich um, doch links war der Weg durch Mauer und Zaun versperrt und rechts stieg das Gelände steil nach oben an. Aber sie konnte einfach nicht mehr. Kurz entschlossen kraxelte sie auf allen vieren den Abhang nach oben, hangelte sich an Ästen entlang und kauerte sich in den Laubteppich, verborgen hinter einer Gruppe kleiner Fichten.

Nach etwa zehn Minuten hörte sie das Geräusch von sich nähernden Schritten. Das musste er sein. Durch die Zweige versuchte sie den Weg zu erkennen, doch außer einem Schemen sah sie nichts. Erst als die Schritte langsam verklangen, wagte sie, wieder normal zu atmen. Aber was sollte sie jetzt tun? Sich aus ihrem Versteck wagen und zurück nach Bergen gehen? Aber es konnte ja sein, dass der Mann umkehrte, um sie zu suchen. Oder vielleicht legte er auch nur eine Pause ein und suchte dabei die Gegend ab?

Während sie noch unschlüssig dasaß, fing es an zu regnen. Zuerst war der Regen nicht mehr als ein leises Rauschen, doch dann wurde er stärker. Es würde nicht lange dauern und sie wäre klitschnass. Viel schlimmer aber war, dass sie nach ungefähr einer Viertelstunde plötzlich Schritte hörte. Also war der Mann tatsächlich zurückgekehrt! Panisch fragte sie sich, ob sie wohl Spuren im Gras hinterlassen hatte, die ihn direkt zu der Nadelbaumgruppe führen könnten. Doch dann hörte sie, wie jemand lachte, eine Frau, und eine andere Frau sagte etwas.

Auf zittrigen Beinen erhob sie sich. Plötzlich hatte sie es sehr eilig. Sie würde sich an die Fersen dieser Frauen heften und in ihrem Windschatten zurückgehen. Vorsichtig rutschte sie die Böschung hinunter und kletterte zurück auf den Weg. In einiger Entfernung sah sie zwei Frauen und einen Mann in Wanderkleidung.

Sie wartete, bis der Abstand sich etwas vergrößert hatte, und folgte dann der kleinen Gruppe. In gleichmäßigem Trott ging sie hinter ihnen her, bis sie die Ausläufer Bergens erreichte. Selten im Leben war sie so froh gewesen, wieder Häuser und Straßen zu sehen. Als sie endlich zu ihrem Mietwagen kam, war sie vollkommen durchnässt.

Sie drückte die Fernbedienung und klappte die Fahrertür auf, als ihr Blick auf einen blauen Wagen fiel, der ihr vage bekannt vorkam. Er stand auf der anderen Straßenseite, ein Stück weiter weg. Die Windschutzscheibe war teilweise beschlagen und im Näherkommen sah sie, dass das Fenster an der Fahrerseite halb heruntergelassen war. Und plötzlich wusste sie Bescheid. Ein blauer Mini mit weißem Dach vor dem Haus im Hegrenesveien.

»Das ist ja wohl nicht zu fassen«, murmelte sie und beschleunigte ihre Schritte. Direkt neben dem Wagen blieb sie stehen. »Verfolgen Sie mich etwa?!«, herrschte sie den Mann hinter dem Steuer an.

Da wurde das Fenster ganz heruntergelassen und sie sah in das lächelnde Gesicht von Vark Henriksen, Journalist der *VG*.

»Ja, hallo«, sagte er und grinste sie unverhohlen an. Und ehe sie sich's versah, hob er die Kamera und drückte den Auslöser.

Einen Moment lang war Eva wie festgefroren. Dann kam Leben in sie. Sie griff durchs Fenster, riss ihm die Kamera aus der Hand und rannte davon. Im Weglaufen hörte sie noch, wie Henriksen fluchte und die Wagentür öffnete, doch da hatte sie schon die Speicherkarte herausgedrückt und trampelte darauf herum. Als er sie einholte, lag die Karte auf dem Asphalt, in zwei Teile zerbrochen. Ohne ihn weiter zu beachten, legte Eva die Kamera vorsichtig auf den Boden und sagte: »Haben Sie gut zugesehen? So kann das auch mal laufen.«

Dann drehte sie sich um und ging zu ihrem Wagen.

Laurin fuhr auf den Parkplatz der Rehaklinik, in die seine Mutter nach der Entlassung aus dem Krankenhaus gebracht worden war. Kurz zuvor hatte er noch mit Inger telefoniert, und wie zu erwarten gewesen war, hatten sie erst einmal eine Runde gestritten.

Inger war der Meinung, man müsse so schnell wie möglich einen Heimplatz für ihre Mutter finden und die Wohnung in der Uranienborg Terrasse müsse auch weg. Wer wolle sich denn um eine leer stehende Wohnung in Oslo kümmern, hatte sie ihn etwas spitz gefragt und verblüfft geschwiegen, als er erwidert hatte, er werde das übernehmen. Er wolle auch eine Vollzeitpflegekraft suchen, damit ihre Mutter so lange wie möglich in ihrer vertrauten Umgebung bleiben könne. Auch habe er vor, alle zwei Wochen nach Oslo zu fliegen und sie zu besuchen. So viel Engagement von seiner Seite schien Inger argwöhnisch zu machen, was er ihr nicht verdenken konnte. Viel zu lange hatte er sich kaum um seine Mutter gekümmert. Aber das würde jetzt anders werden. Er würde das schon hinkriegen. Natürlich musste er sich einen Überblick über die Finanzen seiner Mutter verschaffen. Doch wenn sich an ihrer Situation nicht allzu viel geändert hatte, wäre die Finanzierung einer Pflegerin kein Problem. Eine Generalvollmacht hatte sie ihm schon vor Jahren erteilt, sodass er die nötigen Schritte unverzüglich einleiten konnte. Er würde seine Mutter auf keinen Fall in einem Pflegeheim deponieren.

Als er die Klinik betrat, kroch ihn wieder dieses flaue Gefühl im Magen an, das ihn seit dem Albtraum mit seinem Vater in jedem Krankenhaus heimsuchte. Erst hatte sein Vater nicht mehr richtig gehen können, dann war das Zittern dazugekommen und schließlich hatten auch die anderen Muskeln ihren Dienst quittiert. Vielleicht suchte er die Pflegerin ja mehr für sich selbst, dachte er plötzlich. Damit er nicht gezwungen wäre, seine Mutter in einem Heim zu besuchen.

Im Gang kam ihm ein Pfleger entgegen, der einen alten Mann im Rollstuhl vor sich herkarrte. Laurin wandte den Blick ab und ballte die Hände zu Fäusten. Krampfhaft bemühte er sich, an etwas anderes zu denken. Zum Beispiel an die Rothaarige, die gestern in seine Sprechstunde gekommen war und unbedingt ihre Masterarbeit bei ihm schreiben wollte. Doch sosehr er sich auch bemühte, das Bild blieb blass.

Vor der Zimmertür blieb er kurz stehen, um sich zu wappnen. Er zählte bis zehn, dann drückte er die Klinke herunter und schob die Tür auf.

Und da lag sie. Halb aufgerichtet, das Gesicht ihm zugewandt, mit geschlossenen Augen.

Er trat näher, ohne den Blick von ihr zu nehmen, und schluckte. Neben ihrem Bett blieb er stehen, einen Moment lang ratlos, dann zog er sich den Besucherstuhl heran und ließ sich vorsichtig nieder.

Da schlug sie die Augen auf und ihr Gesicht verzog sich zu einem schiefen Lächeln.

»Hallo, Kleiner«, sagte sie und er hätte fast geweint vor Erleichterung, denn das Lächeln war weniger schief und die Worte kamen deutlicher als bei seinem letzten Besuch.

»Hallo, Mama«, sagte er mit belegter Stimme, beugte sich über sie und drückte sie an sich. Ihre Schultern waren knochig wie das Skelett eines Vogels. Sie war ihr Leben lang schlank gewesen, aber so dünn und federleicht wie seit dem Schlaganfall war sie ihm vorher nicht vorgekommen.

»Ich mache eine ... Spiegeltherapie ... kannst du dir ... das vorstellen?«, sagte sie. Sie sprach langsamer als früher, musste sich offenbar ganz aufs Sprechen konzentrieren.

Er schluckte. »Ach ja? Wie geht denn das?«

»Ich soll mich ... im Spiegel anschauen ... ausgerechnet. Der gesunde Arm ... nimmt den kranken mit ... oder so ähnlich.«

Er lachte erleichtert. Sie konnte wieder sprechen. Langsam zwar, aber deutlich besser als vor einer Woche. Das Leben würde noch ein wenig weitergehen, eine Gnadenfrist.

Er fragte nach dem Essen, nach ihrem Tagesablauf, nach den Pflegern. »Behandeln sie dich gut?«

»Ja ... alle sind ... nett«, antwortete sie und bat ihn, von seiner Arbeit zu erzählen. Sie sah ihn unentwegt an und nach einer Weile bemerkte er, wie ihre Konzentration nachließ und ihr die Augen zufielen. Doch kaum hörte er zu sprechen auf, öffnete sie die Augen wieder und bat ihn weiterzuerzählen.

»In fünf Wochen kommt Sofie aus Neuseeland zurück«, sagte er schließlich und sah, wie ihr Gesichtsausdruck sich erhellte.

Da hielt er den Moment für gekommen. »Du, Mama. Ich wollte noch etwas mit dir bereden.«

Sie sah ihn abwartend an.

»Wir haben ja mal darüber gesprochen, wie es nach der Reha weitergehen soll.«

Sie wirkte auf einmal sehr erschöpft, nickte aber tapfer.

»Inger hat schon ... ein Pflegeheim ...«

Er nahm ihre Hand und drückte sie.

»Ja. Das ist eine Möglichkeit. Aber ich bin der Meinung, dass es auch anders gehen könnte. Was hältst du davon, wenn ich mich nach einer Pflegerin für dich umsehe? Dann kannst du zu Hause wohnen bleiben. Ich werde alles mal durchrechnen. Dazu muss ich mir aber einen Überblick über deine Finanzen verschaffen.«

Auf einmal schien ihr Blick frischer zu werden. »Du meinst … das geht?«

Er drückte ihre Hand und sagte: »Es ist einen Versuch wert.«

Ihr faltiges, einst so schönes Gesicht wirkte jetzt fast entspannt. Dann griff er in seine Jackentasche und holte den Zettel mit der Zahlenkombination heraus, den er im Schlafzimmer seiner Mutter gefunden hatte. Falls sie tatsächlich noch Geld in einem geheimen Depot hatte, musste er das wissen. Da Inger mit dem Zettel genauso wenig hatte anfangen können wie er selbst, blieb ihm nichts anderes übrig, als seine Mutter direkt darauf anzusprechen.

»Ich habe da übrigens diese Notiz gefunden«, sagte er. »Weißt du, was das für Zahlen sind?«

Ihr Blick wanderte zu dem Zettel. Sie kniff die Augen zusammen. Etwas stockend las sie: »23–11–19–70.« Doch offensichtlich sagten ihr diese Zahlen nichts.

»Okay«, beruhigte er sie, »nicht schlimm.«

»Wo … hast du … den gefunden?«

Zögernd antwortete er: »In deinem Schlafzimmer. In Papas Kommode.«

Sie schwieg und starrte ins Nichts, doch er hatte den Eindruck, sie würde nachdenken. Plötzlich sagte sie: »In Papas Dunkelkammer … ist ein Safe.«

Er runzelte die Stirn, versuchte sich zu erinnern. »Aber wo soll der denn da sein? Bist du sicher?«

Sie nickte und schloss erschöpft die Augen.

»Ja … hinter dem Hängeschrank … in der Ecke.«

»Da soll ein Safe sein? Das wusste ich nicht. Was hat er denn da aufbewahrt?«

»Weiß nicht … hab nie nachgesehen.«

Er starrte sie an, die leicht geöffneten Lippen, die geschlossenen Lider. Er konnte kaum glauben, was er da eben gehört hatte. »Du meinst, du hast diesen Safe in all den Jahren nie geöffnet?«

Fast unmerklich bewegte sie den Kopf von einer Seite zur anderen. Das hieß dann wohl *Nein.*

»Die Vergangenheit … lieber ruhen lassen …« Ihre Stimme war nur mehr ein Flüstern.

Provinz Lüttich, Belgien, Oktober 1969

»Wie wär's, wenn wir zwei Hübschen uns noch einen schönen Abend machen?«, fragt Hans-Jürgen auf dem Rückweg.

Aber Marguerite ist mit den Gedanken ganz woanders. Am liebsten würde sie seine Hand von ihrem Knie stoßen. Sie möchte gern in Ruhe über das nachdenken, was der Alte ihr heute gesagt hat, und das kann sie am besten alleine.

»Ich hab was zu feiern, einen Vertragsabschluss.«

Sie seufzt innerlich. Er wird sich ja doch nicht abwimmeln lassen. Bisher waren sie noch jedes Mal essen, ob er nun einen Vertragsabschluss feiern wollte oder nicht.

Resigniert nickt sie und lässt sich von ihm zum »Chez Suzette« kutschieren, wo sie beide viel zu viel trinken, er aus der Euphorie des Erfolgs heraus und sie, um sich den Abend erträglich zu machen. Denn sie weiß ja, was nachher kommt. Er wird von ihr erwarten, sich mit ihm im Auto zu vergnügen. Auch das war bisher noch jedes Mal so.

Und in der Tat begrapscht er sie, kaum dass sie gegen halb

elf wieder im Wagen sitzen. Sonst macht ihr das nichts aus, aber heute ist alles anders. Heute ist sie einfach nicht in Stimmung. Zu viel geht ihr im Kopf herum. Sie will einfach so schnell wie möglich zurück und sich das Foto ansehen. Das Foto der Kirche mit dem komischen Dach. Mittlerweile ist sie überzeugt davon, schon einmal dort gewesen zu sein, zusammen mit ihrer Mutter und ihrer Schwester.

Und so sagt sie, kurz bevor sie die Abzweigung zum Hotel erreichen, sie habe Kopfschmerzen und wolle lieber gleich auf ihr Zimmer gehen. Doch statt auf den Parkplatz einzubiegen, gibt er, als sie auf der Höhe des Hauptgebäudes ankommen, Gas und fährt geradeaus weiter, auf den Wald zu. Die asphaltierte Straße endet und der Wagen rumpelt den unbefestigten Waldweg entlang.

»Was soll das?«, sagt Marguerite. »Ich will auf mein Zimmer.«

Doch er reagiert einfach nicht, blickt nur nach vorne auf die im Scheinwerferlicht vorbeihuschenden Baumstämme.

»Fahr zurück«, fordert sie kühl und bestimmt. Ihre Betrunkenheit weicht mit einem Mal einer nüchternen Wut. Was bildet sich der Kerl eigentlich ein! Mit ihm essen zu gehen heißt ja nicht, dass sie es jedes Mal hinterher mit ihm tun muss.

Im Geiste geht sie ihre Möglichkeiten durch. Soll sie aussteigen und zu Fuß zum Hotel zurückgehen? Soll sie ihn anschreien? Oder es einfach über sich ergehen lassen? Noch während sie überlegt, biegt er in eine Ausbuchtung ein und vollzieht ein kompliziertes Wendemanöver. Dann stellt er den Motor ab. Stille.

Sie entscheidet sich dafür auszusteigen. Doch kaum ist sie ein paar Schritte weit gekommen, ist er schon bei ihr und packt sie am Handgelenk.

»He, nun komm schon!«, nuschelt er und taumelt. Ein Wunder, dass er überhaupt zum Hotel zurückgefunden hat.

Im Licht der Scheinwerfer, die in den Wald hineinleuchten, über Farn und Gestrüpp und Baumstämme, zieht er sie an sich, versucht sie zu küssen.

»Lass das!«, schreit sie ihn an, in bestem deutschem Kommisston, was ihn einen Moment lang aus dem Konzept bringt, denn er hat sie noch nie Deutsch reden hören.

Doch er fasst sich rasch wieder und plötzlich sind seine Hände überall.

»Du kleine Nutte«, keucht er, »du glaubst wohl, du kannst mich verarschen!«

Und genau in diesem Moment steigt eine irrsinnige Wut in ihr auf. Sie stößt einen Schrei aus, mit einer Stimme, von der sie selbst nicht wusste, dass sie zu ihr gehört, und rammt ihm die Faust zwischen die Augen. Er schreit ebenfalls, aber vor Schmerz, und fasst sich an die Nase. Doch schon im nächsten Augenblick spürt sie, wie er brutal in ihr Haar greift und ihren Kopf zurückreißt. Sie schreit auf, diesmal vor Schmerz, doch er ringt sie nieder und drückt ihr die Hand aufs Gesicht.

Sie tritt und strampelt und zerrt an seiner Hand. Es ist nicht das erste Mal, dass sie sich gegen einen Kerl zur Wehr setzen muss. Doch es ist das erste Mal, dass einer so gar nicht aufhören mag. Irgendwann bekommt sie keine Luft mehr und ihre Rage schlägt um in Panik.

Plötzlich lässt der Druck seiner Hand auf ihrem Gesicht nach. Was ist los? Ist er etwa zur Vernunft gekommen? Da hört sie jemanden sagen: »Lass sie los, du Scheißkerl!« Hans-Jürgen wird von ihr weggezogen und landet ein Stück entfernt auf dem Waldboden. Kurz darauf blitzt eine Taschenlampe auf und Marguerite sieht ihn im Lichtkegel liegen, halb verborgen im Adlerfarn, wie ein Reh im Scheinwerferlicht.

Erst da wird Marguerite klar, wer ihr zu Hilfe geeilt ist. Es ist Lombardi, der Italiener, den die Martens im Jagdhaus einquartiert hat.

In dieser Nacht schläft sie wenig, und wenn sie doch einnickt, fährt sie kurz darauf schweißgebadet hoch und starrt mit wild klopfendem Herzen in die Dunkelheit, verwirrt und entsetzt über das immer gleiche Traumbild. Sie ist in Végimont, aber ohne ihre Mutter, und kauert im Moos, verborgen zwischen Gräsern und Farn. Ganz flach liegt sie da, atmet so leise sie kann und weiß doch, dass es nicht leise genug ist, denn die Schritte kommen näher. Sie hält die Luft an, hat das Gefühl zu ersticken. Aber sie darf nicht atmen. Und da taucht ganz langsam das Gesicht eines Mannes über ihr auf.

Gegen vier schläft sie dann überhaupt nicht mehr. Um fünf Uhr quält sie sich aus dem Bett und spritzt sich, übers Waschbecken gebeugt, kaltes Wasser ins Gesicht, bis die Müdigkeit aus ihren Zügen weicht und sie das Gefühl hat, der Welt – und der Martens – unter die Augen treten zu können.

Punkt sechs löst sie den wie immer jammernden Claes von der Nachtschicht an der Rezeption ab. Als um zehn der erste Schwung an Gästen abgereist ist und sie sich endlich eine Tasse Kaffee holen will, klingelt das Telefon und die näselnde Stimme der Martens erklingt: »Kommen Sie sofort in mein Büro.«

Mit schweren Beinen steigt sie ein Stockwerk höher und klopft an die Bürotür der Direktorin.

»Herein«, klingt es von drinnen, noch schneidender als gewöhnlich, und Marguerite geht im Geiste die Liste mit ihren täglichen Pflichten durch. Was hat sie nun wieder falsch gemacht, fragt sie sich und drückt die Klinke herunter.

Auf dem grün samtenen Chippendale-Lehnstuhl für Besucher sitzt Hans-Jürgen und blickt ihr entgegen. Seine Nase ist blaurot und doppelt so dick wie sonst, was ihm das Aussehen eines Kneipenschlägers verleiht. Hinter ihm, am Fenster, steht die Martens, mit geradem Rücken und aufeinandergepressten Lippen.

Marguerite schließt die Tür hinter sich und tut einen zögerlichen Schritt in den Raum. Unwillkürlich ballt sie die Hände zu Fäusten und bleibt stehen. Was hat dieser Mistkerl hier zu suchen?

Bevor die Martens zu sprechen anhebt, atmet sie tief ein und lässt den Atem geräuschvoll wieder ausströmen. Mit Grabesstimme sagt sie: »Herr Kleinmann hat mir von dem Vorfall gestern Abend berichtet. Was haben Sie dazu zu sagen?«

Marguerite sieht verwirrt von einem zum anderen.

»Was?«, fragt sie. »Was soll ich wozu sagen?« Sie kann es immer noch nicht fassen, dass er die Stirn hat, hier einfach so zu sitzen, frech und breitbeinig.

»Herr Kleinmann berichtete mir, dass Sie gestern Nacht ...«, die Martens räuspert sich, »... an der Straße gestanden haben, und als er Sie dann freundlicherweise einsteigen ließ, um sie zurück zum Hotel zu fahren, haben Sie ihm Ihre ... Dienste angeboten. Doch er wollte diese ... *Dienste* nicht in Anspruch nehmen, woraufhin Sie übergriffig geworden sind. Als er Sie abwehren wollte, haben Sie ihm mit der Faust ins Gesicht geschlagen und gedroht, die Polizei zu rufen und ihn wegen Notzucht anzuzeigen, wenn er Ihnen kein Geld gibt.«

Während dieser Kanonade wird die Aussprache der Martens immer akzentuierter. Marguerite bricht der Schweiß aus. Ihre Gedanken schießen hin und her und sie überlegt fieberhaft, wie sie reagieren soll. Doch unter dem bohrenden Blick der Martens stößt Marguerite dann nur schrill hervor: »Aber das stimmt ja alles gar nicht. Es war ja ganz anders. *Er* ist über *mich* hergefallen ... Fragen Sie Herrn Lombardi! Er kann ...«

Als sie diesen Namen ausspricht, werden die Augen der Martens für den Bruchteil einer Sekunde ganz hart, und in dem Moment weiß Marguerite, dass das ein Fehler gewesen ist.

»Grundgütiger!«, schneidet die Martens ihr das Wort ab.

»Haben Sie etwa noch einen Gast in Ihre schmutzigen Geschäfte hineingezogen! Das ist …«

Sie wendet sich von Marguerite ab und fährt dann an Hans-Jürgen gewandt fort: »Es tut mir so leid, Herr Kleinmann. Ich entschuldige mich hiermit in aller Form bei Ihnen. Selbstverständlich übernimmt das Hotel die Kosten für Ihre Suite und natürlich hoffen wir, Sie und auch Ihre Gattin in Zukunft wieder bei uns begrüßen zu dürfen!«

Dann sacken ihre Mundwinkel unvermittelt nach unten, während sie Marguerite anherrscht: »Und Sie packen jetzt sofort Ihre Sachen und verschwinden.«

Marguerite verlässt die Auberge de Stalport durch den Hinterausgang, in jeder Hand einen Koffer, dazu die weiße Reisetasche und die Handtasche über der Schulter. Der Riemen der Handtasche rutscht, weshalb sie alle paar Meter stehen bleiben muss. Immer noch wie betäubt biegt sie in die kleine Landstraße ein. Sie will zu der Haltestelle, wo zweimal am Tag der Bus nach Liège hält. Der nächste fährt in fünf Stunden. Die Gedanken in ihrem Kopf purzeln durcheinander, ein Wirrwarr aus Bildern und Gefühlen. Sie stellt sich vor, wie sie Hans-Jürgen einen Steilhang hinunterschubst, wie sie Benzin über seinen schicken Wagen gießt und ihn dann anzündet; wie sie der Martens ins Gesicht schlägt, ihr mit der flachen Hand klatschende Ohrfeigen verabreicht.

Sie erreicht das dunkelbraun gestrichene Bushäuschen und sinkt auf die Bank, atmet den strengen Geruch nach Holzschutzmittel. Ein Wagen mit einem Ehepaar fährt vorbei, Hotelgäste, die gestern angekommen sind. Sie senkt den Kopf, sieht sich selbst dort sitzen, ein armseliges Würstchen, deren ganze Habe in zwei Koffern steckt. Sie presst die Lippen aufeinander, spürt, wie ihr die Wut die Tränen in die Augen treibt.

Wieder einmal auf der Straße, denkt sie grimmig und lehnt

den Kopf gegen das raue Holz. Ich gehöre nirgendwohin. Und werde vielleicht nie irgendwohin gehören.

Ein Trecker tuckert vorbei und der Fahrer, ein dicker Mann mit Schiebermütze, glotzt tumb in ihre Richtung. Inzwischen bereut sie es, kein Taxi gerufen zu haben. Andererseits kann sie sich das in dieser Situation einfach nicht erlauben. Wer weiß schon, wie lange sie mit ihrem Ersparten wird auskommen müssen. Natürlich könnte sie sich an den Straßenrand stellen und versuchen, per Anhalter von hier wegzukommen, aber der Schreck von gestern steckt ihr noch in den Knochen.

Marguerite beugt sich vor, stützt den Kopf in die Hände. So sitzt sie etwa eine halbe Stunde an der Bushaltestelle herum, bis wieder ein Wagen das Bushäuschen passiert, der jedoch wenige Sekunden später den Rückwärtsgang einlegt und direkt vor ihr zum Stehen kommt. Sie hört jemanden aussteigen, eine Autotür, die zuschlägt, sieht aber nicht auf, schaut weiter auf ihre Schuhspitzen.

»Das hier scheint unsere Schicksalsstrecke zu sein«, hört sie da eine bekannte Stimme. Jetzt blickt sie doch auf. Über das Autodach hinweg sieht sie den dunklen Haarschopf des Italieners. Lombardi.

»Was tun Sie hier?«, fragt er und hebt beide Hände, so als hätte er sie bei etwas völlig Absurdem ertappt.

»Wonach sieht es denn für Sie aus?«

Sie kann nicht verhindern, dass ihre Stimme bissig klingt. Bissig und resigniert zugleich.

»Nun …«, er zögert, »Sie fahren weg?« Dann scheint es ihm zu dämmern: »Sie laufen doch nicht etwa vor diesem Kerl davon? Sollte es nicht umgekehrt sein?«

»Das sollte es. Aber wie Sie sehen, habe stattdessen ich meine Stelle verloren.«

»Wie bitte? Warum denn das?«

In knappen Worten berichtet sie ihm, was vorgefallen ist.

Er runzelt die Stirn. »Ich rede mit Signora Martens. Sie können das doch nicht einfach so hinnehmen. Ich bin sicher, dass ...«

»Nein«, fällt sie ihm ins Wort und winkt ab. »Lassen Sie's gut sein.«

Einen kurzen Moment schweigt er perplex. Sie sieht ihm an, dass er mit sich kämpft. Leichthin sagt sie: »Es ist sowieso egal. Meine Mission hier ist abgeschlossen.« Marguerite spürt, wie sich eine große Erschöpfung über sie legt. Zwar hat sie das Prinzessinnenschloss tatsächlich gefunden. Sie hat mit einem Mann gesprochen, der ihre Mutter gekannt hat. Und sie besitzt nun sogar ein Foto, das ihrer Mutter gehört hat. Trotzdem ist sie doch wieder nur am Ende einer neuen Sackgasse gelandet.

Von alldem hat Lombardi natürlich keine Ahnung. Aber falls ihn ihre Bemerkung verwirrt, lässt er es sich nicht anmerken. Stattdessen kommt er um den Wagen herum, nimmt ihr Gepäck und verstaut es ohne ein weiteres Wort im Kofferraum. Er schlägt die Heckklappe zu, geht zur Fahrertür und bleibt dort stehen.

»Worauf warten Sie!«, ruft er ihr über das Dach hinweg zu und sieht sie herausfordernd an. »Steigen Sie ein.«

»Wo fahren Sie denn hin?«

»Wo *wollen* Sie denn hin?«

Einen Augenblick steht sie so da und erwidert seinen Blick. Ja, wohin will sie eigentlich? Sie weiß jetzt zwar, dass sie einmal in Végimont gelebt hat, mit ihrer Mutter und ihrer Schwester. Doch die Spur endet hier und sie hat keine Ahnung, wie es weitergehen kann. Also sagt sie: »Setzen Sie mich einfach an irgendeinem Bahnhof ab.«

»Nicht unbedingt die Antwort, die ich erwartet habe. Aber mir soll's recht sein. Ich fahre nach Rom. Also haben Sie etwa tausendfünfhundert Kilometer Zeit, sich für einen zu entscheiden.«

Auf der Suche nach Finella Lorck überprüfen die Beamten Meldezettel aus ganz Norwegen, doch sie finden die Frau nicht wieder. Dafür eine ganze Reihe anderer Belgierinnen, auf die verblüffenderweise die Beschreibung der Unbekannten passt: Claudia Tielt, Vera Jarle, Elizabeth Leenhouvwer, Geneviève Lancier, Claudia Nielsen, Alexia Zarna-Merchez. Unter all diesen Namen war die Isdal-Frau im Frühjahr und im Herbst 1970 unterwegs.

Die Zeit, 10. Januar 2018

Eva knallte die Wohnungstür hinter sich zu. Ungeduldig zerrte sie sich den Schal vom Hals, als es klingelte. Sie schrak zusammen, fragte sich, wer das sein konnte, und dachte sofort wieder an Henriksen. Hatte der unverschämte Kerl noch nicht genug? Noch im Mantel stand sie einen Moment vor der Gegensprechanlage, machte aber nicht auf, sondern ging stattdessen zum Schlafzimmerfenster und schaute hinaus. Und in der Tat stand unten der blaue Mini mit dem weißen Dach. Die ungebremste Wut von vorhin stieg wieder in ihr auf. Dieser Typ war wie eine Kakerlake, einfach nicht loszuwerden. Wahrscheinlich war er gekommen, um weitere Fotos von ihr zu machen. Oder er wollte eine Entschädigung für die zertretene Speicherkarte. Wohl eine halbe Minute lang stand Eva einfach so da und atmete tief ein und wieder aus, während es immer wieder klingelte. Dann ging sie zum Stromkasten und legte die Sicherung für die Türglocke um.

Im Wohnzimmer warf sie den Mantel auf einen Sessel und lief hin und her. Sie war noch immer aufgebracht, aber gleichzeitig erschöpft, wie ausgelaugt. Auch ärgerte sie sich über sich selbst, wie sie sich von diesem Heini durchs Isdal hatte jagen lassen. Sie hatte Todesangst gehabt, ja, so war es gewesen, anders konnte man das nicht nennen. Sie dachte an Margarete. Was für einen Albtraum sie durchlebt haben musste! Nicht auszudenken, was sie gefühlt haben mochte, als sie begriff, was ihr drohte. War auch sie davongerannt? Oder war sie dafür schon zu benommen gewesen?

In dem Moment fiel ihr Blick auf das Foto in der Klarsichthülle, das neben dem aufgeschlagenen Buch auf dem Sofatisch lag. Margarete. Das lachende Kind. Irgendein Monster musste ihm in dieser unwirtlichen Landschaft ein Schlafmittel eingetrichtert haben, um es dann zu verbrennen.

Sie sank aufs Sofa und schlug die Hände vors Gesicht. Dass so etwas überhaupt geschah auf der Welt, war schwer zu ertragen. Aber dass der Mensch, dem das zugestoßen war, ihre Tante war, dieses lachende kleine Mädchen auf dem Foto, ließ Eva aufschluchzen.

Und dieses Monster war nie gefasst worden. Niemand hatte den Kerl je zur Rechenschaft gezogen. Dieser Mensch hatte einfach so weitergelebt. Und dagegen konnte Eva auch nichts tun. Denn was brachte es schon, ein bisschen herumzurecherchieren und alte Akten zu lesen? Die letzten, fast verwehten Spuren zu verfolgen? Und trotzdem. Es war das, was sie tun konnte. Und allemal besser, als gar nichts zu tun. Eines jedenfalls hatte Eva inzwischen begriffen: Das Ganze würde sie nicht loslassen, solange sie nicht unter jeden einzelnen Stein geguckt hatte, und sei er noch so winzig.

Ja, dachte sie, und wischte sich mit dem Ärmel übers Gesicht. Sie würde einfach weitermachen, stur jede Spur verfolgen. Sie würde versuchen, alles zu rekonstruieren. Und am Ende ein Buch darüber schreiben, was auch immer das Ergebnis war. Sie würde alles an die Öffentlichkeit bringen, zur Not im Selbstverlag – die Geschichte von Margarete, ihrer verloren gegangenen Tante. Das war sie dem Kind auf dem Foto schuldig.

Eine Viertelstunde später stand sie auf, kochte sich einen Kamillentee und setzte sich an den großen Esstisch. Dann legte sie die

Meldezettel auf dem Tisch aus, einen neben den anderen, und dazu Moens Liste. Ihr Blick schweifte über all die Namen, die Margarete verwendet hatte: Alexia, Geneviève, Elizabeth, Vera. Gleich dreimal hatte sie sich als Claudia ausgegeben, allerdings mit unterschiedlichen Geburtsdaten und Adressen. Und dann waren da noch die Namen, für die die Polizei keine Meldescheine hatte auftreiben können.

Gedankenverloren stützte Eva das Kinn in die Hand. Wie war Margarete bloß auf all diese Namen gekommen? Hatten sie irgendeine Bedeutung für sie gehabt? Wenn sie wieder zu Hause war, würde sie ihre Mutter dazu befragen. Oder es zumindest versuchen.

Sie griff nach der Teetasse und nahm einen vorsichtigen Schluck. Aber womöglich war der Grund für diese Namenswahl auch ganz banal: Vielleicht hatte der Fälscher, der ihr die Pässe verkauft hatte, die Namen ausgesucht, völlig willkürlich? Eva hatte keine Ahnung, wie so etwas funktionierte. Heute besorgte man sich gefälschte Papiere vermutlich übers Darknet, aber zu Margaretes Lebzeiten in den sechziger Jahren musste das viel schwieriger gewesen sein. Und wie gingen Fälscher überhaupt vor? Suchte man sich einen Fantasienamen aus und schrieb den dann auf die Papiere? Die Identitäten waren jedenfalls alle falsch gewesen, das wusste sie. Frauen mit diesen Namen hatten in Belgien nie existiert. Die unglaubliche Anzahl an Pässen, die Margarete offenbar besessen hatte, verstörte Eva geradezu. Eine Person, der es gelang, sich so viele verschiedene Ausweispapiere zu beschaffen, musste doch wohl über gute Kontakte zu äußerst fragwürdigen Kreisen verfügen, oder?

Eva lehnte sich zurück. War Margarete womöglich selbst kriminell gewesen? Warum sonst war sie nie als sie selbst aufgetreten, als Margarete Gruber? Was mochte sie erlebt haben, dass sie in immer andere Rollen geschlüpft war? Und was passierte überhaupt mit einem Menschen, der nie als er selbst auftrat? Zeugte das nicht von einer immensen Rastlosigkeit, davon, dass er nirgends verwurzelt gewesen war? Und das führte Eva wieder zu der Tatsache, die ihr immer wieder zu schaffen machte: Wie schrecklich es war, dass sich nach Margaretes Tod nie irgendein Mensch gemeldet hatte, der sie auch nur gekannt hatte, von vermissen ganz zu schweigen.

Eva schaute auf die Uhr. Kurz nach halb neun. Der Einzige, der ihr zu der Sache mit den Pässen etwas sagen konnte, wäre ja wohl Solberg. Aber war es für einen Anruf bei ihm nicht schon zu spät? Doch hatte er nicht ausdrücklich gesagt, sie könne sich jederzeit an ihn wenden? Er meldete sich nach dem dritten Klingeln. Seine Stimme klang besorgt.

»Frau Berghoff? Ist alles in Ordnung?«

Ein merkwürdiger Gesprächsauftakt, fand Eva.

»Ja … ja, alles in Ordnung. Oder auch wieder nicht. Allerdings rufe ich nicht deswegen an. Ich wollte Sie etwas fragen. Aber wenn es gerade schlecht passt …«

»Nein, nein … Es passt gut. Was gibt es?«

»Ich hatte heute ein erstes Gespräch mit der Übersetzerin, die ich beauftragt habe. Wir haben uns die Meldescheine näher angeschaut, die meine Tante in den Hotels ausgefüllt hat. Sie sagten ja schon bei unserem ersten Telefonat, dass sie unter falschem Namen gereist ist. Trotzdem bin ich jetzt total geplättet über die acht oder sogar zehn verschiedenen belgischen Pässe, die sie gehabt haben muss. Da wollte ich einfach mal fragen, was aus denen geworden ist. Gibt es die noch irgendwo?«

Solberg antwortete nicht gleich, sondern sagte mit leichter Verzögerung: »Das können Sie natürlich nicht wissen, weil Sie die gesamte Übersetzung noch nicht haben. Aber es ist so … Niemand hat je irgendwelche Pässe zu Gesicht bekommen.«

Eva begriff nicht gleich. »Aber … ich dachte, alle Gäste müssten beim Einchecken ein Ausweisdokument vorlegen?«

»Stimmt, so ist es gesetzlich vorgeschrieben, das war damals nicht anders. Allerdings ...« Solberg räusperte sich. »Darum hat sich eben niemand geschert.«

»Wie meinen Sie das?«

»Na ja ... Hier in Norwegen war die Kriminalitätsrate gering, die Leute haben damals nicht mal ihre Haustüren abgeschlossen. Man hat den Hotelgästen einfach vertraut, und außerdem gab es auch gar nicht so viele ausländische Touristen bei uns.«

»Also hat niemand einen Pass von ihr gesehen, keinen einzigen?«

»Jedenfalls keinen belgischen.«

Eva stockte. »Was wollen Sie damit sagen?«

»Außer ihren eigenen Angaben auf den Meldeformularen gibt es keinen Beweis dafür, dass sie tatsächlich aus Belgien kam ... oder auch nur eine Verbindung zu Belgien hatte. Allerdings bin ich auf eine Zeugenaussage gestoßen, die ...«

Er verstummte und Eva wartete darauf, dass er weitersprechen würde, was er nach einer Weile auch tat. »Eigentlich hätte ich es fast überlesen, so wie anscheinend alle anderen vor mir. Und vielleicht täusche ich mich ja. Merkwürdig ist es trotzdem.« Eva hörte, wie Solberg ein- und wieder ausatmete. Dann fuhr er fort: »Vielleicht sollten wir uns treffen. Das ist nicht so einfach zu erklären.«

Eine halbe Stunde später dudelte Evas Handy. Sie sah aus dem Fenster, entdeckte Solberg und drückte den Türöffner. Vorhin am Telefon hatte sie ihn noch kurz gewarnt und ihm erklärt, dass Henriksen möglicherweise vor dem Haus herumlungerte.

»Ist er noch da?«, fragte Eva statt einer Begrüßung.

»Der Typ im blauen Mini? Ja.«

Solberg betrat die Wohnung, eine Aktentasche in der Hand. Sie setzten sich an den großen Tisch, wo Eva eine Karaffe mit Wasser und eine Flasche Saft bereitgestellt hatte.

»Was diesen Henriksen angeht«, hob er an, während sie ihm

ein Glas Wasser einschenkte. »Darf ich Ihnen dazu etwas raten? Wenn Sie vorhaben, länger zu bleiben, ziehen Sie in eine andere Wohnung. Dieser Mann wird keine Ruhe geben.«

»Da haben Sie sicher recht«, sagte Eva und erzählte Solberg in knappen Worten, wie der Journalist sie durchs Isdal gejagt hatte. Auch die Geschichte mit der Speicherkarte verschwieg sie nicht. »Ich hätte das vielleicht nicht tun sollen. Aber ehrlich gesagt …« Statt den Satz zu beenden, verzog sie das Gesicht zu einem vielsagenden Grinsen.

Solberg grinste nicht, sondern sagte mit ernstem Blick: »Sie müssen Angst gehabt haben.« Auf die zerstörte Speicherkarte ging er nicht weiter ein, sondern fuhr gleich fort: »Die Sache mit den Namen also. Das hat meine Kollegen seinerzeit ziemlich beschäftigt. Sie können sich vorstellen, wie erstaunt die waren, als sich bei der Überprüfung sämtlicher Hotels herausstellte, wo sie überall gewesen war und unter welchen Namen. Zu dem Zeitpunkt rechnete man noch damit, dass sich ihre wahre Identität bald klären würde.«

»Was ich nicht verstehe …« Eva runzelte die Stirn. »Vorhin am Telefon sagten Sie, dass es keinen Zeugen gibt, der je einen belgischen Pass von ihr gesehen hat. Ich erinnere mich allerdings, irgendwo im Internet gelesen zu haben, sie hätte verschiedene Reisepässe benutzt. Stimmt das denn nicht?«

»Nein. Das ist erfunden.«

Eva machte große Augen. »Die *VG*?«

»Ja. Das haben die in die Welt gesetzt und andere haben es dann übernommen. Ich habe die ganze Akte von vorne bis hinten durchforstet und mich auch mit einem Beamten unterhalten, der damals bei den Ermittlungen dabei war. Es gab tatsächlich keinen einzigen Zeugen, der je einen solchen Pass bei ihr gesehen hat.« Solberg bückte sich, zog ein paar Blätter aus seiner Aktentasche und legte sie vor ihr auf den Tisch.

»Was ich Ihnen jetzt sage, ist eine Schlussfolgerung von mir.

Am besten, Sie hören sich die Geschichte bis zum Schluss an. Ich gehe mal davon aus, dass Sie mit der Akte noch nicht allzu vertraut sind?«

Eva schüttelte den Kopf. »Morgen bekomme ich die ersten Seiten der Übersetzung.«

Er nickte. »Es ist so: Meine Kollegen haben damals ermittelt, dass Ihre Tante am 29. Oktober im ›KNA Hotelet‹ in Stavanger eingecheckt hat. Daraufhin haben sie versucht herauszufinden, woher sie kam, und unter anderem sämtliche Passagierlisten der Flüge kontrolliert, die an diesem Tag in Stavanger gelandet waren. Dabei sind sie auf diese Liste hier gestoßen.«

Solberg nestelte in den Papieren, die er vor sich liegen hatte, und schob ein vergilbtes DIN-A4-Blatt über den Tisch: eine durchnummerierte Liste mit Namen, von denen alle bis auf einen durchgestrichen waren.

»Diese Liste belegt, dass in Stavanger insgesamt fünfzehn Passagiere von Bord gegangen sind: zehn norwegische Staatsangehörige und fünf Ausländer. Bei der Passkontrolle wurde die Staatsangehörigkeit jeder dieser Personen in ein handschriftliches Register eingetragen. Die einzige Passagierin, deren Name niemandem zugeordnet werden konnte, war eine Frau, die von Amsterdam über Paris nach Stavanger geflogen war. Über die Passagierlisten konnte ihr Name ermittelt werden: Vera Schlosseneck.«

Solberg suchte jetzt ihren Blick, wie um die Bestätigung zu erhalten, dass sie verstanden hatte. Langsam nickte sie und so fuhr er fort: »Einer der Beamten an der Passkontrolle erinnerte sich tatsächlich an eine Passagierin aus Amsterdam beziehungsweise Paris, auf die die Beschreibung passte. Und jetzt kommen wir zum Eigentlichen: Er erinnerte sich außerdem, dass die Frau einen *französischen* Pass vorgelegt hatte, und genau das lässt sich auch aus dem Register schließen.«

Eva hielt den Atem an. »Aber wieso denn ein französischer Pass?«

»Das ist überraschend, nicht wahr?«, sagt er. »Jedenfalls wurde über Interpol die Spur Vera Schlossenecks nach Paris zurückverfolgt, zu zwei Hotels, ›Hôtel Altona‹ und ›Hôtel de Calais‹, wo sie vom 22. bis 28. Oktober abgestiegen war. Und wie die Analyse der Handschrift auf den Meldescheinen dieser beiden Hotels bewies, handelte es sich bei der fraglichen Passagierin zweifelsfrei um ihre Tante. Allerdings ergab die Überprüfung durch die französische Polizei auch, dass der Name Vera Schlosseneck falsch war. Die Pariser Hoteliers, das kann man wohl folgern, waren offenbar genauso nachlässig wie die in Norwegen.«

Wieder machte er eine Pause, um sich zu vergewissern, dass sie ihm noch folgen konnte. Eva runzelte die Stirn.

»Aber der französische Pass? Ich verstehe nicht recht …«

»Sehen Sie«, sagte Solberg, »wir können davon ausgehen, dass Ihre Tante dem Beamten bei der Passkontrolle in Stavanger ihren richtigen Pass vorgelegt hat und dass dieser *nicht* auf den Namen Vera Schlosseneck ausgestellt war.«

»Nicht?«

»Nein«, sagte er, »dieser Name wurde ja von uns überprüft. Eine Person mit diesem Namen gab es nicht. Sie muss bei der Einreise in Stavanger also einen anderen – ihren echten – Reisepass vorgezeigt haben. Das Risiko, bei der Einreise mit einem gefälschten Dokument erwischt zu werden, wäre doch sehr hoch gewesen.«

Eva war nun vollends verwirrt. »Aber … von welchem Pass reden wir hier denn? Ihr Ticket war doch auf Vera Schlosseneck ausgestellt. Jetzt verstehe ich gar nichts mehr.«

»Es ist so: Im Jahr 1970 konnte man ein Flugticket kaufen, ohne den Reisepass vorzuzeigen. Es war somit möglich, ein Flugticket auf einen beliebigen Namen zu buchen und bei der Passkontrolle einen Pass mit einem ganz anderen Namen vorzuzeigen.«

»Es wurde also nicht kontrolliert, ob der Name auf dem Ticket mit dem Namen im Pass übereinstimmt?«

»Für heutige Begriffe ein Unding, ich weiß.«

Eva ließ sich gegen die Lehne sinken, ihr schwirrte der Kopf. Ihre Augen wanderten durch den Raum, zurück zu der Liste und wieder zu Solberg.

»Aber das heißt ja, sie ist anscheinend Französin gewesen? Und das ganze Gerede über diese vielen belgischen Pässe, das war alles nur Blödsinn?«

Solberg nickte.

Italien, Oktober 1969

Am Nachmittag des darauffolgenden Tages erreichen sie die Ausläufer Roms. Der Verkehr ist dichter geworden. Sie blickt auf die Reihe der roten Rücklichter vor sich, und während sie eine Straße entlangfahren, die Via Flaminia heißt, fragt sie sich wohl zum hundertsten Mal auf dieser langen Fahrt, ob sie das Richtige tut. Aber sie hat sich einfach nicht überwinden können, aus diesem Auto zu steigen. Wohin hätte sie auch gehen sollen? Ihr fehlt jetzt jedes Ziel. Sie hat das Prinzessinnenschloss gefunden, aber das hat ihr nicht mehr eingebracht als ein altes Foto, das einmal ihrer Mutter gehörte.

Es dämmert schon, als Damiano – unterwegs hat er ihr das Du angeboten – in eine Straße einbiegt, die so schmal ist, dass kaum zwei Autos aneinander vorbeipassen. »Wir sind da«, sagt er und steigt aus.

Als er das Gepäck aus dem Wagen hievt und es an der Längsseite des Gebäudes abstellt, folgt Marguerite ihm zögernd. Ihr fällt auf, dass sich die Haustür noch nicht einmal durch eine einzige Treppenstufe von der kopfsteingepflasterten Straße abhebt. Man tritt also, wenn man aus dem Haus kommt, ebenerdig auf die Straße.

»Ich suche nur schnell einen Parkplatz«, sagt er zu ihr, steigt wieder in den Wagen und fährt davon. Marguerite blickt sich um, betrachtet das Hammer- und Sichel-Symbol, das jemand an die Haustür geschmiert hat. Über ihr hängt eine Straßenlaterne, die alles in ein gelbliches Licht taucht und die Fassade des Hauses düster wirken lässt, eine Farbe wie geronnenes Blut. Endlich sieht sie Damiano um die Ecke biegen. Im Näherkommen zieht er seinen Schlüsselbund aus der Manteltasche und lächelt ihr zu.

Im Haus riecht es muffig wie in einem Keller. Eine Treppe führt nach oben, von der Decke baumelt eine einzelne Glühbirne und wirft ein giftig-gelbes Licht auf einen in undefinierbarer Farbe gestrichenen Hausflur.

Damiano geht voran, vorbei an der Treppe, steuert eine Wohnungstür am Ende des Flurs an und bleibt davor stehen.

Marguerite sieht sich um. »Wie viele Leute wohnen in dem Haus?«, fragt sie, um etwas zu sagen.

Er antwortet mit einer Gegenfrage. »Spielt das eine Rolle?«

Als Marguerite keine Anstalten macht, die Wohnung zu betreten, zuckt er die Achseln und beginnt, das Gepäck hereinzutragen. Er geht ein paarmal hin und her, bis alle Koffer und Taschen im Haus sind. Dann erst betritt auch Marguerite die Wohnung.

Sie findet sich in einem engen Flur wieder und folgt Damiano in eine spärlich ausgestattete Küche. An einer Wand stehen ein paar Kartons. Ist Damiano vielleicht erst dabei, hier einzuziehen? Oder mitten im Auszug?

Er geht zurück in den Flur und öffnet die andere Tür. Marguerite folgt ihm, stellt ihren Koffer ab und sieht sich um. Der Raum dient offenbar unterschiedlichen Zwecken, vor allem aber scheint er ein Fotostudio zu sein, mit Dunkelkammer, denn den meisten Platz nehmen Kameras und Scheinwerfer ein, auch eine halb aufgerollte Leinwand ist zu sehen.

»Dort hinter dem Paravent kannst du deine Sachen abstellen«, sagt er, woraufhin sie den Blick von der Leinwand löst und ihren Koffer in den anderen Bereich des Zimmers trägt, wo – das sieht sie erst jetzt – ein großes Messingbett steht. Als sie den Gurt um ihren Koffer löst, bemerkt er wie nebenbei: »Du kannst gern erst mal hierbleiben, bis du was anderes findest.«

»Ja«, sagt Marguerite und fügt hinzu: »Danke.« Dann nimmt sie ihren Kulturbeutel und tritt hinter dem Paravent hervor. »Ich würde mich gerne ein bisschen frisch machen.«

Er schaut sie an. »Wenn das noch ein bisschen Zeit hat, stelle ich dir den Boiler an, dann kannst du später baden. Und in der Zwischenzeit mache ich uns was zu essen.«

Während des Essens bemüht sie sich, die langen, dünnen Nudeln auf die Gabel zu bekommen. Als das nicht recht klappen will, greift sie schließlich voller Ungeduld zum Messer und schneidet alle kurz und klein.

»Das schmeckt gut«, sagt sie. »Was ist das für eine Soße?«

»Tomaten. Knoblauch. Nichts Besonderes.«

Nach dem Kaffee geht sie ins Bad. Die Badezimmertür hat keinen Schlüssel und sie fragt sich, ob er vorhat, ihr Gesellschaft zu leisten. Doch er kommt nicht, was sie ein wenig wundert. Als sie aus der Wanne steigt, muss sie zuerst den Spiegel freiwischen, der jedoch sofort wieder beschlägt, woraufhin sie sich nach oben reckt und das kleine Fenster zum Hinterhof öffnet. Ihr Lebtag lang hat sie noch kein Mann ohne Schminke gesehen, und das soll auch so bleiben. Sie wischt erneut über den Spiegel, frischt Lidstrich und Lippenstift auf, schlüpft dann in ihr Babydoll und zieht den Kimono darüber.

Sie verlässt das Bad in der Erwartung, Damiano im Studio vorzufinden, doch dort ist alles leer. Sie klopft an die Tür der Dunkelkammer, aber auch da findet sie ihn nicht.

»Damiano«, ruft sie, und als keine Antwort kommt, steht sie

ganz still und lauscht. Da hört sie ihn in der Küche sprechen. Hat er Besuch? Ein Telefon hat sie jedenfalls nirgends gesehen. Sie geht in den Flur und die Stimme wird lauter. Ob sie sich bemerkbar machen soll?

In dem Moment geht die Küchentür auf und ein Mann erscheint auf der Schwelle. Als er Marguerite erblickt, bleibt er abrupt stehen.

Der Mann ist klein und wirkt verhutzelt, wie wenn er in seinem Leben zu viele Stunden in der Sonne gestanden hätte. Vielleicht hat er aber auch nur zu viel geraucht.

Marguerite zieht den Kimono fester um sich. Der unverhohlene Blick des Hutzelmanns ärgert sie, und da er nicht aufhört zu starren, dreht sie sich um, kehrt zurück ins Studio und schließt mit Nachdruck die Tür hinter sich.

»Warte«, hört sie Damiano auf dem Flur rufen. Gleich darauf geht die Tür wieder auf und er kommt herein. »Nicht so schnell«, sagt er. »Ich möchte, dass du Mimmo kennenlernst. Er wohnt ganz oben und hat ein Auge auf das Studio, wenn ich auf Reisen bin.«

Mimmo kommt näher, gibt ihr aber nicht die Hand, sondern tippt sich an einen nicht vorhandenen Hut.

»Wenn irgendetwas ist und ich nicht da bin«, sagt Damiano, »dann wende dich an ihn.«

Als Mimmo gegangen ist, sagt Damiano: »Ich muss los.«

Marguerite stutzt. »Jetzt? Aber wohin denn?«

»Es ist schon spät. Ich muss in meine Wohnung.«

»Aber … Wohnst du denn nicht hier?«

»Nein«, sagt er. Erst in dem Moment wird ihr richtig bewusst, dass sie hier nirgends persönliche Gegenstände gesehen hat. Außer der Fotoausrüstung ist diese Wohnung vollkommen gesichtslos.

Sie nickt. »Wann kommst du wieder?«

»Bald.« Zum Abschied küsst er sie auf die Wange, links,

rechts. »Mimmo wird dir alles zeigen. Er kauft auch für dich ein. Sag ihm einfach, was du haben willst.«

Damiano hat die Tür schon hinter sich zugezogen, als sich ihr die Frage aufdrängt, wie sie das denn bewerkstelligen soll, ohne Italienisch zu können.

Sie geht zurück ins Studio. Stille umfängt sie, während sie ihren Blick über die Scheinwerfer schweifen lässt, die Schirme und Stative, die überall herumstehen.

Sie zündet sich eine Zigarette an und geht zur gegenüberliegenden Wand, an der, aufgereiht auf einer Wäscheleine, großformatige Abzüge hängen. Marguerite zieht an der Zigarette und besieht sich die Aufnahmen, von denen die meisten skandinavische Motive zeigen: Menschen in bunten Trachten, Fjorde, Rentiere. Aber auch ein paar Schwarz-Weiß-Aufnahmen von Frauen sind dabei. Sie betrachtet das Gesicht einer Blondine vom Typ Bardot, eine andere mit winzigen Sommersprossen auf der Nase. Besonders eine Frau ist immer wieder zu sehen, eine feingliedrige Schönheit mit blondem Pony und großen hellen Augen. Mal sitzt sie mit einem Blumenkranz in der Hand im Gras, mal auf einem Felsen irgendwo in einer Schärenlandschaft. Aber es gibt auch Fotos von ihr, die etwas Befremdliches haben. So zeigt ein Bild sie nackt, von einem Tau umwickelt und an einen Baum gebunden. Auf einem anderen sitzt sie vor einer Betonwand, das Gesicht mit einer Art Kriegsbemalung beschmiert, und schlägt auf eine Trommel ein. Ein wenig angewidert dreht Marguerite sich um. Nicht ihr Geschmack.

Sie schnippt die Asche in eine leere Konservendose, die auf dem Boden steht, und wendet sich noch einmal den Landschaftsaufnahmen zu, besonders den Bildern mit den Fjorden. Da fällt ihr der Alte aus Végimont wieder ein. Was hatte er noch gesagt? Dass ihre Mutter nach ihrem Medizinstudium nach Norwegen gegangen war und dort ihre erste Stelle angetreten hatte? Sie kneift die Augen zusammen und stößt den Rauch aus. Eine ganze Weile wandert ihr Blick über die Berge und Fjorde und mit einem Mal fragt sie sich, wie es wohl wäre, dort in dieser Landschaft zu sein. Doch dann schüttelt sie fast unwillig den Kopf, wie um die aufkeimenden Gedanken zu unterdrücken. Sie nimmt einen letzten Zug und drückt energisch die Zigarette aus.

Eva war in Frankreich, zusammen mit Justus, auf der Suche nach Margarete. Ein wenig wunderte sie sich, dass es hier genauso aussah wie im Isdal, aber weil es ihr so schwer fiel, ihre Füße zu heben, konnte sie dieser Frage nicht weiter nachgehen. Nach einer Weile begann es dunkel zu werden, und Eva wusste, dass sie jetzt unbedingt den Rückweg antreten sollten, sonst würden sie sich verirren. Doch stattdessen sagte sie: »Wir müssen dort hinüber«, obwohl sie immer wieder einbrach, in trockenes Geäst zwischen Farn und Moos. Nach einer Ewigkeit, in der sie sich nur aufs Gehen konzentriert hatte, bemerkte sie, dass Justus verschwunden war. Sie rief seinen Namen, immer und immer wieder, doch er antwortete nicht. Inzwischen war es vollkommen finster. Und auf einmal wusste Eva, sie wusste es einfach, dass der, der Margarete töten wollte, auch hinter Justus her war. Sie versuchte schneller zu laufen, kam aber immer langsamer voran, bis sie ihre Füße gar nicht mehr heben konnte, sie waren wie einbetoniert. Und irgendwo da draußen lief ein Mörder herum und war hinter Justus her.

Eva schreckte hoch. Das Herz donnerte ihr in der Brust. Ein Traum, dachte sie, oh Gott, das war nur ein böser Traum!

Sie sah auf die Uhr, halb sechs, und sank zurück auf die Matratze. Am liebsten hätte sie Justus auf der Stelle angerufen, um sich zu vergewissern, dass es ihm gut ging. Aber das würde sie natürlich nicht tun. Sie neigte ohnehin dazu, sich ständig Sorgen um ihn zu machen, auch wenn sie sich bemühte, das nicht allzu deutlich zu zeigen.

Auf dem Smartphone sah sie, dass er um 23.11 Uhr das letzte Mal bei WhatsApp gewesen war. Also durfte sie wohl davon ausgehen, dass er auch jetzt, sechs Stunden später, noch lebte! Wahrscheinlich lag er genau wie sie im Bett, nur im Gegensatz zu ihr friedlich schlummernd.

Eva knipste die Nachttischlampe an und setzte sich auf, nahm einen Schluck Wasser. Das Gespräch mit Solberg gestern Abend musste sie wohl mehr aufgewühlt haben als vermutet. Nachdem er gegangen war, hatte sie noch eine ganze Weile am Tisch gesessen und mit den ausgebreiteten Unterlagen darüber nachgebrütet, was das wohl heißen mochte, wenn Margarete einen französischen Pass besessen hatte, obwohl sie doch in Belgien verloren gegangen war.

Wieder sah Eva das kleine Kindergesicht vor sich und eine jähe Traurigkeit überkam sie. Was hatte dieses Kind alles durchgemacht? Denn mit Sicherheit war es in einem Heim gelandet. Am Ende in so einem, in dem Kinder geschunden und geprügelt wurden?

Um kurz nach sechs erhob Eva sich schwer und ging ins Bad, stellte sich unter die Dusche. Wenn Margarete tatsächlich in Frankreich gelandet war, wieso verwendete sie dann andauernd irgendwelche belgischen Adressen? Vielleicht hatte es ja damit zu tun, dass der Ort in Belgien, an dem sie zuletzt mit ihrer Familie gelebt hatte, so etwas wie Heimat für sie bedeutet hatte. Eine letzte Anbindung an Mutter und Schwester, bevor alles auseinanderbrach? Und was Frankreich anging: Hatte der Ort, an dem Margarete verloren gegangen war, womöglich in der Nähe der französischen Grenze gelegen und sie hatte sich einfach dorthin verirrt? Was die erwachsene Margarete anging, hatte sich immerhin die Sache mit den gefälschten Pässen geklärt – eine Kriminelle war sie anscheinend doch nicht gewesen, jedenfalls nicht in dem Ausmaß wie befürchtet.

Nach dem Duschen ging Eva im Morgenmantel in die Küche, kochte sich einen Kaffee in der ungeliebten französischen Kanne und stellte sich mit dem ersten Becher ans Fenster. In der Morgendämmerung sah sie, dass in der Nacht ein Kreuzfahrtschiff im Hafen angelegt hatte. Einige der Kabinen waren schon oder immer noch erleuchtet. Sie nahm einen großen Schluck Kaffee und ließ den Blick über den gegenüberliegenden Wohnblock schweifen. Nur in wenigen Fenstern war bereits Licht und auf dem Balkon gegenüber, das bemerkte sie jetzt, stand jemand und rauchte, was sie an der immer wieder aufleuchtenden Glut erkannte.

Da bemerkte sie, wie ihr Smartphone vibrierte. Wegen Vark Henriksen hatte sie es gestern auf stumm gestellt. Sie drehte es um, und als sie Moens Namen auf dem Display sah, nahm sie den Anruf entgegen.

»Hallo?«, sagte sie.

»Entschuldigen Sie die frühe Störung … Aber ich konnte einfach nicht länger warten. Haben Sie die Meldeformulare griffbereit?«, fragte Moen aufgeregt.

Eva trat an den Esszimmertisch, wo alles noch genauso ausgebreitet dalag wie am Vorabend. »Ja«, sagte sie und stellte den Becher ab.

»Dann schauen Sie sich doch bitte noch einmal das Formular vom ›Hotel Hordaheimen‹ an, das ist das vom 19. November 1970, das letzte, das sie ausgefüllt hat, bevor sie …«

Eva ließ ihren Blick über das Blatt wandern. »*Leenhouvwer, Elizabeth*«, las sie laut vor.

»Genau das meine ich. Vergleichen Sie das mal mit den übrigen.«

Evas Blick wanderte zu den anderen Formularen. *Zarna-Merchez Alexia,* las sie und *Lancier Geneviève, Nielsen Claudia, Tielt Claudia.* »Sie hat dreimal den Vornamen Claudia verwendet.

Und zweimal den Namen Claudia Tielt«, murmelte Eva. Plötzlich stutzte sie und ihr Blick huschte zurück zu Elizabeth Leenhouvwer.

»Die Schrift«, sagte sie. »Die Schrift ist ganz anders …«

»Sie sehen das also auch!«

»Aber ja! Die Buchstaben sind viel höher und neigen sich nach rechts statt nach links. Außerdem sind sie viel spitzer, fast krakelig. Man könnte denken, jemand anderes habe das ausgefüllt!«

»Ja!«, erwiderte Moen. »Das könnte man. Aber sie hat es selbst geschrieben, das belegt eine Zeugenaussage des Rezeptionisten. Er erinnert sich genau an sie.«

»Das ist ja komisch. Warum hat sie das gemacht? Das sieht ja fast aus, als wollte sie ihre Spuren verwischen, indem sie ihre Schrift verstellt.«

»Das habe ich zuerst auch gedacht. Aber wenn sie sich einfach nur noch besser verstecken wollte als sonst, hätte sie es dann nicht mal mit einer anderen Nationalität versucht?«

Eine Weile lang sagte keine der beiden ein Wort. Dann brach Moen das Schweigen.

»Ich will hier ja keine absurden Theorien aufstellen«, sagte sie. »Aber angesichts der Umstände … Finden Sie nicht, dass es aussieht, als sei sie in Eile gewesen? In Eile oder …« Sie verstummte.

»… in großer Angst«, beendete Eva Moens Gedankengang.

Rom, Oktober 1969

Am nächsten Abend kommt Damiano wieder. Nach einem ganzen Tag allein mit sich und dem Gefühl, nicht recht zu wissen, was sie hier eigentlich soll, freut sie sich, ihn zu sehen.

»Ich treff mich mit ein paar Leuten. Willst du mit?«

»Warum nicht?«, antwortet Marguerite leichthin, geht ins

Bad und macht sich rasch zurecht. In Wirklichkeit kann sie es kaum erwarten, dieses steinkalte Studio für ein paar Stunden zu verlassen und wieder Leute um sich zu haben, andere Menschen, die ihr zeigen, dass das Leben da draußen braust und die Vergangenheit vergangen ist und eigentlich keine Rolle mehr spielt.

Eine Viertelstunde später betreten sie ein Lokal auf der Via Veneto. In bequemen Sesseln sitzen gut gekleidete Leute, die meisten davon Männer in Anzügen, aber auch einige Frauen in eleganten Kleidern. Ein paar Gesichter wenden sich ihnen zu, taxieren Marguerite, während sie mit Damiano auf die Bar zugeht. Im Regal hinter dem Tresen funkeln die Flaschen.

Marguerite zündet sich eine Zigarette an und blickt sich um. Im hinteren Bereich sitzt ein Pianist an einem Flügel und lässt wie nebenbei die Finger über die Tasten gleiten.

Da schwingt die Tür auf und eine Gruppe von Leuten tritt ein, drei Männer und eine blonde Frau, die Marguerite sofort von den Fotos in Damianos Studio wiedererkennt. Sie zieht alle Blicke auf sich, auch Damiano, der mit dem Profil zur Tür steht, dreht sich um. Die Frau scheint die Aufmerksamkeit der Männer nicht zu bemerken. Sie steuert geradewegs auf Damiano zu, umarmt ihn und küsst ihn auf beide Wangen.

»Das ist Karin«, stellt Damiano sie vor, und während Marguerite noch überlegt, ob sie der Frau nur kühl die Fingerspitzen reichen soll, begrüßt diese sie mit einem breiten Lachen, zieht sie heran und küsst sie erst auf die eine, dann auf die andere Wange.

»Che piacere!«, trällert sie mit einem Akzent, den Marguerite nicht einordnen kann, aber ihr ist klar, dass Karin auf keinen Fall Italienerin ist. Die drei Männer stellt Damiano ihr als Gianluca, Paolo und Felice vor, auch sie geben Marguerite Küsschen auf die Wange.

Dann sagt Damiano etwas zu Karin, woraufhin sie auf Französisch weiterspricht. Sie freue sich sehr über weibliche Gesellschaft in dieser Herrenrunde, sagt sie und will wissen, woher Marguerite kommt und wie lange sie schon in Rom ist. Es sei schön, einmal wieder jemanden aus dem Norden zu treffen. Die Italienerinnen seien so wenig weltoffen, nur auf ihre Familie fixiert. Während sie redet, lächelt sie entwaffnend und Marguerite findet sie zunehmend sympathisch.

»Woher kommst du?«, fragt Marguerite Karin irgendwann.

»Aus Deutschland«, sagt sie und Marguerite steht da wie vom Donner gerührt. Ist das Vorsehung, fragt sie sich und betrachtet Karin, wie sie lacht und sich im Takt der Musik bewegt, in einer Hand das Cocktailglas, in der anderen eine Zigarette, von der sie hin und wieder einen Zug nimmt.

»Cin cin«, ruft sie Marguerite über die Musik hinweg zu und die beiden stoßen an. Als Marguerite sieht, dass Karin ihr Glas in einem Zug leert, tut sie es ihr nach einem kurzen Zögern nach.

»Woher aus Deutschland?«

»Aus Bonn.«

»Ich bin ursprünglich auch aus Deutschland«, erklärt Marguerite nach einer Weile. Das hat sie so noch nie vorher gesagt.

»Ach, wirklich?«, fragt Karin und sieht sie mit hochgezogenen Augenbrauen an.

»Ja. Wirklich«, antwortet Marguerite.

»Dann können wir ja Deutsch miteinander sprechen. Wenn wir nicht wollen, dass die anderen es verstehen!« Karin lacht und Marguerite stimmt in ihr Lachen ein.

Als sie gegen Morgen alle zusammen die Bar verlassen und auf die menschenleere Via Veneto hinaustreten, fragt Karin sie: »Wie wäre es, wenn wir später zusammen einen kleinen Einkaufsbummel machen?« Sie ist leicht betrunken, das sieht Marguerite ihr an, aber nicht betrunken genug, um nicht mehr zu wissen, was sie sagt.

»Warum nicht?«, antwortet Marguerite und lächelt zurück.

Als Marguerite am nächsten Tag die Tür öffnet, steht da Karin mit einem knallroten Fiat Spider und hält Marguerite ein Kopftuch entgegen.

»Das wirst du brauchen«, sagt sie auf Deutsch. Einen Augenblick lang sieht Marguerite sie an. Es ist lange her, dass jemand Deutsch mit ihr gesprochen hat. Dann nimmt sie das Kopftuch, bindet es sich unter dem Kinn zusammen und setzt wie Karin eine Sonnenbrille auf.

Am Lungotevere, so heißt die Straße am Tiber entlang, fädelt Karin sich in den Verkehr ein. Es ist ein strahlender Herbsttag, mit schrägem Licht, und der Himmel ist so blau, dass es schmerzt.

Immer wieder halten sie an einer Ampel und Marguerite bemerkt, wie die Fahrer der anderen Wagen sich die Hälse verrenken. Karin scheint nicht zu bemerken, welches Aufsehen sie erregt. Sie blickt wie ein Hollywoodstar gleichmütig geradeaus und drückt immer mal wieder fast beiläufig auf die Hupe.

Als sie später durch die Via Condotti schlendern – laut Karin die einzig vernünftige Einkaufsstraße Roms –, ist es dasselbe. Unter den Blicken sämtlicher Passanten bummelt Karin gut gelaunt durch die Geschäfte, probiert hier ein paar Schuhe und dort ein Kostüm und lädt Marguerite schließlich ins »Caffè Greco« ein, wo sie sich von einem Kellner in weißer Livree hoheitsvoll an einen Tisch geleiten lässt und für sie beide einen *Caffè Corretto* bestellt.

Als Karin nach einer Weile noch einmal ihre Einkäufe inspiziert – eine Handtasche aus quietschgelbem Krokodilsleder, ein Paar Plateauschuhe aus beigem Lackleder und ein grünorangefarbener Seidenschal – fällt Marguerites Blick zufällig auf das Preisschild der Handtasche. Erst in dem Moment begreift sie, dass diese Tasche so viel gekostet hat wie ein gebrauchtes Auto.

Donnerwetter, denkt Marguerite, Karin muss ziemlich wohlhabend sein. Woher sie wohl so viel Geld hat? Aber im Grunde interessiert sie das nicht wirklich. Denn zum ersten Mal seit langer Zeit hat Marguerite das Gefühl, dass das hier ein ganz gutes Leben für sie werden könnte.

Norwegen 1970 – ein Nato-Mitgliedsland an der Grenze der politischen Blöcke. Ein bevölkerungsarmes Land mit langer, zerklüfteter Küstenlinie, im Kalten Krieg eine existenzbedrohende Situation. Das Angstszenario der norwegischen Armee: Die Sowjets könnten eine Invasion von der Seeseite aus starten. Tatsächlich werden in den Fjorden damals immer wieder sowjetische U-Boote gesichtet. Bei Stavanger testet das norwegische Militär seit den 1960er-Jahren unter anderem mit Geld aus Westdeutschland Waffen eines neuen Typs: Raketen, die von Schiffen aus eingesetzt werden können und ihr Ziel selbststeuernd mithilfe von Infrarottechnik verfolgen. Diese Technik wird später an andere Nato-Länder verkauft und entwickelt sich zum Exportschlager der norwegischen Wirtschaft.

Die Zeit, 10. Januar 2018

Eva legte das Smartphone beiseite. Sie stand noch immer so da, über den Esszimmertisch gebeugt, den Blick auf die krakelige Schrift gerichtet.

Margarete hatte also Angst gehabt, diese Deutung leuchtete Eva immer mehr ein. Und wenn das stimmte, dann beruhte ihr Tod nicht auf einer Zufallsbegegnung. Margarete musste ihren Mörder gekannt haben.

Eva griff nach ihrem Becher, konnte sich aber nicht überwinden, einen Schluck zu nehmen. Das Ganze ging ihr immer mehr an die Nieren. Sie sah aus dem Fenster, hinaus in den Regen. Auch wenn von Anfang an klar gewesen war, dass das hier alles andere als eine gewöhnliche Rechercherreise war, musste sie sich am Riemen reißen und ernsthaft versuchen, das Ganze nicht so gefühlsmäßig zu nehmen. Es war, wie es war, Margarete war tot und Eva konnte nichts daran ändern. Aber wenn sie so viel wie möglich über Margaretes Leben herausfand, es aufschrieb und veröffentlichte, konnte sie Margarete auf die Art immerhin ein Denkmal errichten.

Eva zog den Stuhl heran und setzte sich an ihren Laptop. Tatsächlich hatte Moen ihr inzwischen die ersten fünfzig Seiten der Übersetzung geschickt. Eva überflog die Liste mit den Gegenständen aus den beiden Koffern, die die Polizei am Bahnhof von Bergen sichergestellt hatte. Wie zu erwarten gewesen war, enthielten sie hauptsächlich Kleidung. Seltsam war nur, dass fast alle Etiketten entfernt worden waren, sodass die Ermittler keine Rückschlüsse auf deren Herkunft hatten ziehen können. Daneben gab es Schuhe, unter anderem ein Paar Halbschuhe, die in eine Tüte aus einem römischen Schuhgeschäft mit dem eigenartigen Namen *Nicolshoes Nickolbaby* eingewickelt gewesen waren. Auch eine Tageszeitung und ein paar Postkarten standen auf der Liste, darunter eine mit religiösem Motiv und eine mit einem Wintermotiv, eine Schlittenfahrt durch eine Schneelandschaft. Und schließlich war da noch eine Perücke in einem sogenannten »Napoleon-Cut«, was, wie Moen angemerkt hatte, eine bestimmte Art von Kurzhaarfrisur darstellte. Das wird die Perücke auf der Phantomzeichnung sein, dachte Eva und sah auf einmal wieder das Foto ihrer Mutter vor sich, Ingrid in der türkisfarbenen Sommeruniform der Lufthansa. Mit einer Kurzhaarperücke. Mit aller Macht schob sie das unangenehme Gefühl beiseite und wandte sich einem Aktenvermerk zu. Dort wurde darüber spekuliert, warum Margarete auch von fast all ihren Kosmetikprodukten die Beschriftung abgekratzt hatte, sodass sich der Produktname nicht mehr feststellen ließ.

Eva konnte sich beim besten Willen nicht vorstellen, wozu sich jemand eine solche Mühe machen sollte. Für sie hörte sich das nach einer gewaltigen Marotte an. Was mochte Margarete sich dabei gedacht haben? Hatte sie verhindern wollen, dass die Zimmermädchen oder jemand anderes irgendwelche Rückschlüsse ziehen konnten? Aber was sollte man aus solch einer Nebensache schon schließen? Doch höchstens, in welchem Land sie die Produkte gekauft hatte.

Nachdenklich schloss Eva die Datei und begann die Zeugenaussagen zu lesen. Wie viele Leute sich an Margarete erinnert hatten, dachte sie, und doch war es der Polizei letztlich nicht möglich gewesen herauszufinden, wer sie war. Moen hatte die Zeugenaussagen in zwei Gruppen unterteilt. Die weitaus größere umfasste die Hotelangestellten, was nicht verwunderlich war, denn über Margaretes Aktivitäten außerhalb hatte man nur sehr wenig in Erfahrung bringen können.

Eva wandte sich der Aussage zweier Hotelangestellter in Bergen zu. Irritiert zog sie die Augenbrauen zusammen. Das wird ja immer merkwürdiger, dachte sie und las die Passage noch mal: Ein Zimmermädchen im »Hotel St. Svithun« in Stavanger hatte bemerkt, dass Margarete einen Stuhl aus ihrem Zimmer auf den Korridor direkt neben ihre Tür gestellt hatte. Die Aussage eines anderen Zimmermädchens war noch abstruser. Offenbar verfügte das Hotel nur über Etagenbäder, und dem Zimmermädchen war aufgefallen, dass Margarete das D für *Damen* vom Schild an der Badezimmertür entfernt und hinter die Zimmernummer an ihrer Tür geklebt hatte!

Eva löste den Blick vom Bildschirm. Was hatte das alles zu bedeuten? Sie überflog die restlichen Zeugenaussagen, von Taxifahrern, Wanderern, einem Hoteldirektor aus Oppdal, Studentinnen aus Bergen, einem Schuhverkäufer aus Stavanger, einem Organisten aus Ålesund, der Margarete im August 1970 als Anhalterin mitgenommen haben wollte, nördlich von Bodø, und viele mehr. Je mehr Eva las, desto klarer wurde ihr, vor welcher Herausforderung die Ermittler damals gestanden hatten. Wer wollte da entscheiden, welche dieser vielen Spuren ernst zu nehmen war und welche nicht? Ihr schwirrte ja jetzt schon der Kopf.

Sie wollte gerade eine Pause einlegen, als sie auf eine Aktennotiz stieß. Sie umfasste nicht mehr als fünf Zeilen und befand sich ganz am Ende der Datei mit den Zeugenaussagen. In der Notiz ging es darum, dass ein »Mitarbeiter des POT« einen Fischer namens Jesper Paulsen vernommen hatte, der die im Isdal aufgefundene Unbekannte im Hafen von Tananger gesehen haben wollte. Laut Beschreibung schien der Mann sie sehr genau beobachtet zu haben.

Aber was hatte es mit diesem POT auf sich? War das eine Abteilung der Polizei? Eva tippte die Buchstaben, offensichtlich eine Abkürzung, in Google ein und erhielt als Antwort *Politiets Overvåkningstjeneste,* was ihr auch nicht weiterhalf. Doch als sie sich diesen Begriff übersetzen ließ, weiteten sich ihre Augen: POT war der Name des norwegischen Inlandsnachrichtendienstes.

Sie ließ die Hände auf die Tastatur sinken. Also hatte offenbar auch der norwegische Geheimdienst im Fall ihrer Tante ermittelt. War Margarete etwa in eine Spionageaffäre verwickelt gewesen? Sie konnte sich nicht erinnern, dass Solberg das ihr gegenüber erwähnt hatte.

Ihr Blick wanderte wieder zu der Aktennotiz. »Jesper Paulsen«, murmelte sie, während ihre Finger schon über die Tastatur flogen. Vielleicht lebte der Mann ja noch und sie konnte mit ihm sprechen, statt nur Polizeiakten zu wälzen? Vielleicht konnte er ihr irgendetwas sagen, was nicht in den Unterlagen stand?

Als ihr kurz darauf eine Adresse angezeigt wurde, blinzelte sie verblüfft. Konnte es so einfach sein? Nach ein paar weiteren Tastenschlägen wusste sie auch, dass dieses Tananger 212 Kilometer von Bergen entfernt lag – ganz in der Nähe von Stavanger, dem Ort, an dem Margarete ebenfalls von mehreren Zeugen gesehen worden war. Allerdings war die Distanz oder vielmehr das Vorankommen nicht mit deutschen Verhältnissen vergleichbar, denn für diese 212 Kilometer brauchte man hierzulande fünf Stunden. Das war ein bisschen viel angesichts des Risikos, dass dieser Paulsen vielleicht gar nicht mit ihr würde reden wollen. Außerdem musste er ja inzwischen uralt sein. Oder aber es war ein ganz anderer Paulsen, der Name klang ja nicht besonders ungewöhnlich. Andererseits hatte sie sowieso vorgehabt, nach Stavanger zu fahren, zum einen um die Hotels abzuklappern, aber auch um mit dem Schuhverkäufer zu sprechen, der Margarete damals die dunkelblauen Gummistiefel verkauft hatte.

Sie sah auf die Uhr. Erst kurz nach neun. Eigentlich hatte sie vorgehabt, sich heute die Hotels in Bergen anzuschauen, in denen Margarete abgestiegen war: das »Rosenkrantz« und das »Hotel Bristol«, in dem unten der McDonald's untergebracht war, vor allem aber das »Hordaheimen«, Margaretes letzte Unterkunft vor ihrem Tod. Doch das konnte sie später auch noch tun. Wenn sie sofort losfuhr, wäre sie am Nachmittag in Tananger und hätte genug Zeit, um den alten Fischer ausfindig zu machen. Sie stand auf, stopfte ein paar Sachen in eine Tasche und schickte Justus noch eine Sprachnachricht. Dann machte sie sich auf den Weg.

Die Straße endete, einfach so. Anscheinend ging es von hier aus mit der Fähre weiter. Vor ihr standen schon ein paar Wagen, in mehreren Reihen nebeneinander. Das konnte dauern. Sie stieg aus, zog sich den Mantel an und ging nach vorne zur Wasserkante. Die Uferlinie, eine Schärenlandschaft mit blattlosen Birken, Kiefern und flachen Felsen direkt am Wasser. Im Sommer musste es hier bezaubernd sein, dachte sie. Doch heute war es kalt und grau. Genau so ein Tag musste das damals gewesen sein, schoss es ihr durch den Kopf und sie schauderte.

Als die Fähre auftauchte, setzte sie sich wieder ins Auto und nutzte die Wartezeit, um ein Zimmer im »Hotel St. Svithun« in Stavanger zu buchen – auch eines der Hotels, in denen Margarete damals gewohnt hatte. Dann telefonierte sie mit Moen, um ihr zu sagen, was sie vorhatte und dass sie die Ausdrucke der Übersetzungen erst am nächsten Tag würde abholen können.

»Ich bin auf dem Weg nach Tananger.«

»Oh.« Moen klang überrascht, aber sie schaltete blitzschnell. »Die Aktennotiz von POT, richtig?«

»Ja«, antwortete Eva. »Ich habe gesehen, dass Tananger und Stavanger nah beieinanderliegen. Und ich wollte ja sowieso mit dem Schuhverkäufer in Stavanger reden … Haben Sie zu dem Thema sonst noch etwas gefunden?«

»Sie meinen die Spionageermittlungen? Nein, habe ich nicht.«

Eva folgte den Anweisungen eines Mannes in Warnweste und fädelte sich in die rechte Spur ein, um auf die Fähre zu fahren, wo sie hinter einem Jeep zum Stehen kam.

»Morgen kann ich Ihnen dann gleich auch den nächsten Packen geben«, fuhr Moen fort. »Das alles ist wirklich … ein dickes Ding! Dass POT in der Sache ermittelt hat, wundert mich allerdings nicht. Von meinen Eltern weiß ich, dass zu der Zeit immer mal wieder russische U-Boote und Kriegsschiffe in den Fjorden aufgetaucht sind. Norwegen war … und ist eben ein ziemlich exponiertes Nato-Mitglied, um es mal so zu sagen. Man hatte hier damals einen Wahnsinnsbammel vor den Sowjets.«

»Das war bei uns wohl auch nicht viel anders«, sagte Eva und musste an eine Reise mit Bodo und ihrer Mutter in die DDR denken. Grenzbeamte hatten das Auto durchsucht und sogar Spiegel daruntergeschoben. Obwohl sie damals kein kleines Kind mehr war, hatte sie sich entsetzlich gefürchtet.

In ihre Erinnerungen hinein sagte Moen: »Und dann hat Kongsberg ja diese Superraketen entwickelt, genau zu dieser Zeit.«

Eva presste den Hörer ans Ohr. Die Schiffsmotoren waren angesprungen. »Einen Moment bitte«, sagte sie, stieg aus und lief die Treppe nach oben, um dem Dröhnen zu entgehen.

»Was für Raketen denn?«, fragte sie nach, während sie durch die Glasfront aufs Wasser blickte.

»Ach, solche Dinger mit Infrarotsuchkopf. Penguins hießen

die. Die hat man zu Übungszwecken auf dem offenen Meer von Torpedobooten aus auf Schiffswracks abgefeuert. Und während dieser Tests sind regelmäßig wie von Zauberhand fremde Fischerboote aufgetaucht – mit kyrillischer Schrift.«

»Die Sowjets.«

»Ja.«

»Die haben da spioniert?«

»Das nimmt man an, ja. Offiziell hatten diese Boote immer *eine Panne* … oder *kein Benzin mehr*. In Wirklichkeit haben sie wohl einfach alles ausgekundschaftet.«

»Und diese Torpedoboote sind von Tananger aus gestartet, also genau da, wo dieser Fischer Margarete gesehen haben will? Was halten Sie davon?«

»Ich weiß nicht recht. Viel Material habe ich in der Polizeiakte dazu nicht gefunden. Aber ich habe auch noch nicht jedes einzelne Dokument gelesen.«

»Natürlich nicht.«

»Dann viel Erfolg mit dem Fischer.«

Eva bedankte sich und legte auf.

Die angezeigte Adresse lag am Ende einer Sackgasse. Eva stieg aus dem Wagen und sah sich um. Das Haus war alt, aber in tadellosem Zustand: Gartenzaun und Holzverkleidung sahen aus wie frisch gestrichen, der Weg war sauber gefegt, die Büsche waren akkurat gestutzt. Das wirkte überhaupt nicht wie das Zuhause eines alten Mannes, und das selbst getöpferte Türschild mit der Aufschrift *Jesper und Liv Paulsen* verstärkte diesen Eindruck noch. Aber da sie schon einmal hier war, drückte sie trotzdem den Klingelknopf.

Sie wartete eine Weile, und als niemand kam, klingelte sie noch einmal. Nach dem dritten erfolglosen Klingeln wandte sie sich resigniert ab, um zurück zum Wagen zu gehen. Doch da hörte sie ein Geräusch: Hinter dem Haus machte jemand Lärm mit irgendeinem Gerät.

Sie ging in die Richtung, aus der es kam. Als sie um die Hausecke bog, fiel ihr Blick auf einen an der Front offenen Werkstattschuppen, in dem ein Boot aufgebockt war. Ein etwa fünfzigjähriger Mann in blauem Overall machte sich mit einer Schleifmaschine daran zu schaffen. Sie blieb abwartend stehen, wollte ihn nicht erschrecken.

In dem Schuppen herrschte dieselbe akribische Ordnung wie überall ums Haus. Ein glänzend grau beschichteter Betonboden, blendend weiß gestrichene Wände und eine Werkbank, die das Herz jedes Heimwerkers würde höher schlagen lassen.

»God dag«, hörte sie eine Stimme hinter sich.

Eva fuhr herum. Eine blonde Frau mit einem Besen in der Hand stand da und sah sie fragend an.

»Hallo«, rief Eva auf Englisch gegen den Lärm an. »Ich weiß nicht, ob ich hier richtig bin … Ich würde gerne mit Jesper Paulsen sprechen. Jesper Paulsen, dem Fischer.«

Das Schleifgeräusch war abrupt verstummt, sodass Evas letzte Worte unnatürlich laut über den Hof hallten.

»Ich bin Jesper Paulsen«, sagte der Mann hinter ihr und Eva drehte sich um.

»Der Jesper Paulsen, den ich suche, hat 1970 eine Aussage bei der Polizei gemacht … Aber das können ja nicht Sie sein.«

Eva entging nicht, wie der Mann und die Frau einen Blick wechselten. Etwas verhalten sagte der Mann daraufhin: »Jesper Paulsen war unser Vater.«

War. In Eva stieg Enttäuschung auf. Sie hatte so sehr gehofft, der alte Fischer könnte ihr etwas über Margarete sagen. Etwas, das sie weiterbrachte.

»Er lebt also nicht mehr«, stellte Eva fest. Sie wollte sich schon abwenden, als die Frau plötzlich sagte: »Es geht um diese Frau, nicht wahr? Die, die er damals auf dem Kai gesehen hat.«

»Ja«, sagte Eva. »Also wissen Sie Bescheid? Ich war mir da nicht sicher. Weil …«

»Wir haben in der Zeitung davon gelesen. Dass man endlich Angehörige gefunden hat.«

»Ja«, sagte Eva. »Das bin ich.«

Die Frau lehnte den Besen an die Wand und betrachtete Eva mit großen Augen. Auch der Mann sah ziemlich baff aus.

Eva, der die forschenden Blicke unangenehm waren, fragte: »Und Sie sind beide Jesper Paulsens Kinder?«

Die Frau nickte. »Ich helfe hier aus, solange Jespers Frau im Krankenhaus ist. Aber kommen Sie doch herein. Trinken wir einen Kaffee«, sagte sie und forderte auch ihren Bruder auf, ihr zu folgen.

»Ich bin Mette«, sagte sie, als sie die Küche betraten, in der ein Tisch aus hellem Holz stand. »Bitte nehmen Sie doch Platz.«

Mette ging zu einem chromglänzenden Kaffeeautomaten, aus dem sie drei Tassen Kaffee herausließ.

»Sie sind also eine Verwandte der ... Isdal-Frau«, stellte Jesper nun in einem fast ehrfürchtigen Tonfall fest, während seine Schwester Zucker und Milch auf den Tisch stellte und sich ebenfalls setzte. »Ich wünschte, unser Vater hätte das noch erlebt. Er hat sehr Anteil genommen am Schicksal dieser Frau.«

»Er hat Ihnen also davon erzählt?«

»Oh ja, das hat er ... Und in der Zeit vor seinem Tod sogar wieder häufiger. Da ist alles noch mal hochgekommen. Nicht wahr, Jesper, so war es doch?«

»Ja, das hat ihn immer noch ziemlich beschäftigt«, sagte Jesper, griff nach seiner Tasse und fuhr fort: »Es war im November. Unser Vater war im Hafen, beim Netzflicken, als ihm eine Frau auffiel, eine ausgesprochen hübsche Frau.«

»Sie müssen wissen, unser Vater hatte ein Auge für hübsche Frauen«, ergänzte Mette seufzend. »Ein Auge und eine Schwäche. Diese hier fiel ihm aber auch deshalb auf, weil sie ziemlich unpassend gekleidet war ... für unseren kleinen Hafen ... und die Temperaturen. Sie stand dort, im November, in einem Kleid mit schönen Schuhen und einem viel zu dünnen Mantel. Sie schien tatsächlich zu frieren, bewegte sich aber nicht vom Fleck, sondern stand einfach dort und sah aufs Meer hinaus.«

Evas Hände schlossen sich fester um ihren Becher. Die Schilderung war so bildhaft, dass sie das Gefühl hatte, alles genau vor sich zu sehen. Am liebsten hätte sie ihr Smartphone gezückt, um aufzunehmen, was die Frau da sagte.

»Nach ungefähr einer Stunde fuhr ein Boot der Marine ein und legte an der anderen Hafenseite an. Sie ist schnell dorthin gegangen, sagte mein Vater, und hat mit einem Offizier gesprochen.«

»Sie hat also auf diesen Mann gewartet?« Evas Stimme klang so aufgeregt, wie sie sich fühlte.

»So sieht es aus, ja«, sagte Jesper nachdenklich. »Jedenfalls hat es unser Vater so erzählt.« Er nippte an seinem Kaffee und erklärte Eva, was sie schon von Moen wusste: das mit den Infrarotraketen, die damals getestet worden waren. »Dass diese Frau … Ihre Tante … offenbar Kontakt zu einem Offizier dieser Torpedoboote hatte, wirkte da natürlich alarmierend. Das war ja eine brandheiße Sache, alles streng geheim.«

»Also hat man tatsächlich geglaubt, dass meine Tante …« Eva konnte den Gedanken nicht aussprechen, zu absurd kam ihr das Ganze vor, in dieser Küche mit diesen beiden bodenständigen Leuten.

»Dass Ihre Tante eine Spionin war. Ja. Das haben sie wohl tatsächlich erst mal gedacht.«

»Ich …« Eva verstummte. Vor ihrem geistigem Auge erschien plötzlich ihre Mutter. Ingrid in den sechziger Jahren, die alten Fotos aus dem Familienalbum. »Das klingt alles so … ich weiß auch nicht …« Langsam schüttelte sie den Kopf. Das war ja, als hätte man ihr gerade erzählt, Ingrid habe die Hauptrolle in einem Agententhriller aus dem Kalten Krieg gespielt.

Mette strich sich eine Strähne aus dem Gesicht. »Das glaube ich Ihnen. Aber so war die Stimmung damals nun mal.«

Eine Weile lang schwiegen sie alle drei. Auf einmal merkte Eva, wie müde sie war. Sie griff nach ihrem Kaffeebecher und trank ihn leer. Dann erhob sie sich.

»Danke, dass Sie mit mir gesprochen haben«, sagte sie und nahm ihre Tasche.

»Ob Ihnen das allerdings weiterhelfen wird?«, fragte Mette und stand ebenfalls auf.

»Bis vor Kurzem wusste ich noch nicht mal, dass ich eine Tante hatte«, antwortete Eva. »Meine Mutter hat mir nie von ihr erzählt. Da jetzt zu hören, dass diese Tante vielleicht etwas mit dem Geheimdienst zu tun hatte ...«

»Ja«, sagte Mette mitfühlend. »Ich kann mir vorstellen, dass so etwas vom eigenen Leben sehr weit entfernt ist. Aber wissen Sie ...« Sie zögerte und drehte sich zu ihrem Bruder: »Erinnerst du dich an die Waffe? Als wir das Haus ausgeräumt haben ... Vielleicht hat das ja doch etwas mit der Geschichte zu tun?«

Eva sah, wie Jesper stutzte. »Ach ja ...«, sagte er und strich sich über die Stirn. »Als unser Vater ins Pflegeheim kam, haben wir in seinem Kleiderschrank einen Revolver gefunden. Wir haben ihn darauf angesprochen und er hat behauptet, den hätten ihm damals zwei Leute vom Geheimdienst gegeben. Kurz nachdem er die Frau am Hafen gesehen hatte.«

Auf einmal war Evas Müdigkeit wie weggewischt.

»Angeblich«, fuhr Jesper fort, »haben sie zu ihm gesagt, er soll auf sich und seine Familie aufpassen.« Er verstummte und wechselte einen Blick mit seiner Schwester.

Dann wandten sich beide Eva zu und Mette sagte: »Sie sollten das aber nicht überbewerten. Unser Vater litt in den letzten Jahren stark an Demenz, müssen Sie wissen. Vielleicht hat er da etwas erfunden oder durcheinandergebracht.«

Damiano übernachtet nicht bei ihr, das nicht. Einmal fragt Marguerite ihn, warum er denn nicht die ganze Nacht bei ihr bleibt. Aber er weicht ihrem Blick aus und bleibt die Antwort schuldig. Einmal ist sie drauf und dran, Karin über ihn auszufragen, nur so, aus reiner Neugierde. Auch würde sie zu gerne wissen, wer die blonde Frau auf den Fotos ist. Aber dann lässt sie es doch bleiben. Sie kann nicht einschätzen, in welcher Beziehung Karin und Damiano zueinander stehen, wie gut sie sich kennen. Vielleicht waren sie ja mal ein Paar. Das vermutet Marguerite jedenfalls und so verkneift sie sich die Fragen über Damiano, denn sie will auf keinen Fall den Eindruck erwecken, sie würde ihre Nase zu tief in seine Angelegenheiten stecken. Immerhin lässt er sie hier wohnen, ganz umsonst in seinem Studio. Er lädt sie ein, in die Bars auf der Via Veneto oder zum Mittagessen. Und wenn es sich ergibt, dann endet die Nacht oder das Mittagessen auch einmal hier im Bett. Das Arrangement, das sie miteinander haben, ist also perfekt für sie.

Wobei Marguerite ihn inzwischen doch vermisst, wenn er sich ein paar Tage nicht meldet, und vielleicht ist sie ja sogar ein kleines bisschen verliebt in ihn. Auf jeden Fall tut ihr seine und auch Karins Gesellschaft gut. Denn wenn sie in Gesellschaft ist, dann halten ihre Gedanken still.

Das tun sie jedenfalls bis zu dem Moment, als sie wieder einmal mit Karin in einer Bar steht und einen *Caffè* trinkt, nur dass Karin diesmal, als sie bezahlen will, das Portemonnaie aus der Hand fällt und das ganze viele Kleingeld auf den Boden klingelt.

»Himmelherrgott noch mal!«, ruft Karin auf Deutsch und bückt sich, um die Münzen, die überall in der Bar herumrollen, wieder aufzuheben.

Marguerite zuckt zusammen. Reglos bleibt sie stehen, einen Moment nur, das Echo von Karins Worten im Ohr. *Himmelherrgott noch mal.* Dann bückt sie sich rasch und hilft Karin beim Einsammeln.

Draußen vor der Bar treten sie in den milden Herbstsonnenschein. Eine Weile spazieren sie so nebeneinanderher, bis Karin stehen bleibt und sagt: »Was ist mit dir? Du bist auf einmal so still. War dir das peinlich eben?«

Verdutzt wendet Marguerite sich Karin zu. »Was meinst du? Dass dir der Geldbeutel heruntergefallen ist?«

Karin nickt und lacht, ihr breites, raues Lachen.

»Ja. Du sahst so ... ich weiß auch nicht ... peinlich berührt aus.« Und dann setzt sie ein ganz pikiertes Gesicht auf, sodass Marguerite auch lachen muss.

»Was? Aber nein ... So ein Quatsch«, beeilt Marguerite sich zu sagen. »Ganz und gar nicht.« Sie verstummt und überlegt, ob sie Karin erzählen soll, was sie gerade gedacht hat. Was sie gefühlt hat bei diesem Ausbruch deutscher Verärgerung. Dass sie die Wendung von irgendwoher kennt, dass sie sie mag, dass sie am liebsten noch viel mehr solcher Ausdrücke mitbekäme. Und plötzlich hört sie sich selbst sagen: »Wie wär's, wenn du hin und wieder Deutsch mit mir sprichst? Ich meine ... ich weiß nicht, was ich überhaupt noch kann. Aber versuchen können wir es ja mal.«

Karin nickt. Wenn sie überrascht ist von der Bitte, lässt sie sich das nicht anmerken.

»Klar«, sagt sie. »Nichts lieber als das.«

Marguerite wendet sich wieder geradeaus und sie setzen ihren Weg fort. Und auf einmal sieht alles noch ein bisschen heiterer aus, die entgegenkommenden Römer, das Nachmittagslicht auf den Fassaden der Palazzi und über allem das leuchtende Blau des Himmels.

Laurin legte sich die Armbanduhr um. Noch eine knappe Stunde bis zur Ankunft des Taxis. Mit gemischten Gefühlen dachte er daran, dass er das Wochenende in Oslo verbringen würde, in der Wohnung seiner Mutter. Das Korrigieren der Hausarbeiten an den Vormittagen war nicht das Problem. Auch nicht die Besuche in der Reha, um seiner Mutter die neue polnische Pflegekraft vorzustellen, die er für sie gefunden hatte. Was ihm Bauchschmerzen bereitete, war der Gedanke, an diesem Wochenende endlich den Safe in der Dunkelkammer seines Vaters öffnen zu müssen.

Einige Stunden später schloss er in Oslo die Tür zur Wohnung seiner Mutter auf und ärgerte sich auch diesmal über die vielen Wurfsendungen auf dem Boden. Er warf sie ins Altpapier und öffnete die Fenster, um die kalte Herbstluft hereinzulassen. Dann stand er eine Weile etwas ratlos im Korridor herum, bevor er sich entschließen konnte, das Arbeitszimmer seines Vaters zu betreten.

Alles war noch genau so, wie er es in Erinnerung hatte. Der Schreibtisch quer im Raum. Das Bett hinter dem Paravent. Und an der Wand die Bilder seiner Mutter, Schwarz-Weiß-Aufnahmen, die sein Vater von ihr gemacht hatte: Solveig Abrahamsen im weißen Kampfanzug, während einer Karatevorführung in London, wo sie während ihrer Modeljahre gelebt hatte. Ein anderes Bild zeigte sie mit einer Art Kriegsbemalung, vor einer Trommel sitzend, und auf einem weiteren stand sie, nur mit einem Tau umwickelt, an einen Baum gefesselt. Dieses letzte Bild, das wusste er, war bei einer Fotoausstellung in Paris gezeigt worden. Zugegeben, es hatte etwas Verstörendes. Aber es gehörte sicher zum Besten, was sein Vater je fotografiert hatte.

Er wandte den Blick ab und öffnete seine Aktentasche. Etwas umständlich begann er, seine Unterlagen auf dem Schreibtisch auszubreiten. Am Ende griff er ins Seitenfach der Aktentasche und holte den Zettel heraus. 23–11–19–70. Einen Moment lang starrte er darauf.

Seit seinem letzten Besuch bei seiner Mutter war eine Woche vergangen. Sieben Tage, in denen er versucht hatte, nicht darüber nachzudenken, was er wohl in diesem Safe vorfinden würde. Wertgegenstände, Geld. Schmuck vielleicht? Das wäre das Übliche. Angst hatte er vor etwas anderem. Etwas, das ihm wieder einmal vor Augen führen würde, was für ein widerliches Schwein sein Vater gewesen war.

Noch zu gut erinnerte er sich daran, wie er nach dessen Tod auf Geheiß seiner Mutter das Sommerhaus ausgeräumt hatte und im Safe auf einen ganzen Stapel eindeutiger Bilder gestoßen war. Er war ja selbst kein Moralapostel, das nicht. Erst einmal war ihm aufgefallen, dass auf ihnen immer dieselbe Frau zu sehen gewesen war: eine exotische Schöne, mal mit halb langem, dunklem Haar, mal mit einer Kurzhaarfrisur, die offensichtlich eine Perücke war. Die Männer, mit denen sie Sex hatte, waren jedoch immer andere. Das eigentlich Irritierende an den Fotos aber war: Diese Leute hatten offenbar gar nicht gewusst, dass sie fotografiert wurden. Sein Vater musste die Bilder heimlich gemacht haben. Was also hatte der Mann da bloß abgezogen?

Natürlich konnte er es einfach sein lassen. Niemand zwang ihn, den Safe zu öffnen. Seine Mutter würde wohl kaum nachfragen. Wenn sie das Ding mehr als zwanzig Jahre lang nicht angerührt hatte, wollte sie offenbar nichts über den Inhalt erfahren, aus welchen Gründen auch immer. Und er müsste es ihr ja nicht erzählen, falls er etwas fand, was ihr zu schaffen machen könnte.

Er seufzte und betrat die Dunkelkammer, die hinter dem Arbeitszimmer lag. Besser, er brachte es endlich hinter sich. Und vielleicht wäre er ja irgendwann so abgeklärt, dass es ihm gelänge, diesen Mann, der in seiner Kindheit hauptsächlich durch Abwesenheit geglänzt hatte, etwas milder zu beurteilen.

Er betätigte den Lichtschalter, ein altes Ding aus Bakelit. Seit den siebziger Jahren des letzten Jahrhunderts war hier nichts mehr renoviert worden. Allerdings hatte Sofie vor ihrer Abreise nach Neuseeland begonnen, sich für analoge Fotografie zu interessieren, und hier das eine oder andere Mal herumexperimentiert. Seine Mutter hatte sich gefreut, dass der Krempel doch noch zu etwas nutze war.

Einen Moment lang stand Laurin vor dem Rollladenschrank in der Ecke. Nichts deutete darauf hin, dass dahinter irgendetwas verborgen war. Er schob den Rollladen nach oben, holte Laborflaschen, Messbecher und Filmcontainer heraus und hängte den Schrank ab. Und da war tatsächlich ein Safe. Er stellte die Kombination ein und hielt einen Moment lang inne, bevor er die Tür aufklappte, denn er war sich sicher, gleich eine unangenehme Überraschung zu erleben.

Doch alles, was er erblickte, war ein Fotoapparat.

Verwundert nahm er die Kamera heraus. Was hatte das zu bedeuten? Wozu hatte sein Vater einen seiner Fotoapparate in einen Safe gesteckt? Plötzlich kam ihm ein Gedanke. Er löste den Druckknopf des Lederetuis, zog den Apparat aus der Hülle, drehte die Kamera um, drückte auf den Knopf an der Unterseite und klappte dann die kleine Kurbel oben um. Und es war tatsächlich so, wie er es vermutet hatte: Da war noch ein Film in der Kamera.

So vorsichtig wie möglich drehte er die Kurbel und spulte den Film zurück; nach all den Jahren war das Material bestimmt spröde geworden. Dann zog er die Kurbel heraus und die Klappe sprang auf. Sekundenlang starrte er auf die Filmrolle in seiner Hand. Eine Botschaft aus der Vergangenheit, dachte er und ihm wurde wieder mulmig.

Wollte er diese Botschaft überhaupt sehen? Er hatte keinen Bedarf, sich noch mal irgendwelche Schmuddelbildchen anzusehen. Er tat die Filmrolle in einen dieser kleinen Container und steckte ihn in die Tasche seiner Jeans.

Rom, November 1969

Anfang November bricht Damiano zu einer Fototour nach Norwegen auf. In den Nächten nach seiner Abreise schläft Marguerite schlechter denn je, sie weiß auch nicht, warum. Vielleicht hat sie einfach zu viel Zeit zum Nachdenken. Jetzt, wo Damiano nicht mehr da ist, kommen ihr die Tage viel länger vor. Auch hat sie auf einmal den Drang, sämtliche Fotos von den Wänden zu nehmen. Sie kann die blonde Frau darauf nicht mehr sehen. Sie findet sie unheimlich, mag es nicht, wie diese Augen ihr folgen. Und dann tut sie etwas, bei dem sie sich fast ein wenig albern vorkommt: Sie hängt selbst etwas an die Wand, das kleine Heiligenbild von ihrer Großmutter und das Foto von der norwegischen Holzkirche, das der Alte aus Végimont ihr mitgegeben hat. Sie weiß nicht, warum sie das tut, nur dass sie die beiden kleinen Bilder, die verloren an der weiten weißen Wand hängen, irgendwie tröstlich findet.

Ansonsten kommt sie seit Neuestem zweimal die Woche unter die Leute, seitdem sie die Anstellung in der »Sport Bar« um die Ecke bekommen hat – ein bisschen aufräumen und abspülen, auch wenn das Geld, das sie dort verdient, ein Witz ist. Und dann gibt es zum Glück noch Karin, die sie ablenkt mit deutschem Geplauder, mit Einkaufsbummeln und Spaziergängen durch die Villa Borghese. Karin scheint immer Zeit zu haben und so wie es aussieht, verfügt sie auch über schier unerschöpfliche Mittel, im Unterschied zu Marguerite. Deren bescheidene Ersparnisse schrumpfen – trotz der Arbeit in der Bar – immer weiter. Wenigstens kosten sie die Nächte nichts, denn wenn sie ausgeht, bezahlt entweder Karin für sie oder einer der Männer, mit denen sie sich trifft.

An einem Freitagabend im November macht sie dann eine verstörende Beobachtung. Felice, ein Bekannter von Damiano, hat sie in einen Jazzclub ausgeführt, das »Tromba«. Sie ist noch nie hier gewesen, aber sie begreift ziemlich schnell, dass sie mit dieser Musik nichts anfangen kann, die Töne erscheinen ihr einfach zu schräg, zu schrill, zu disharmonisch.

Als sie den Lärm nicht länger erträgt, verlässt sie das Lokal, um draußen eine Zigarette zu rauchen. Doch vor dem Lokal weht ein kalter Wind und so beschließt sie, sich drinnen irgendwo abseits ein Plätzchen zu suchen. Vielleicht gibt es ja so eine Art Hinterzimmer, in dem es etwas ruhiger zugeht. Sie geht den Korridor entlang, vorbei an den Toilettenräumen bis zu einem schweren dunklen Samtvorhang, der in den hinteren Bereich des Gebäudes führt. Kurz zögert sie, dann schiebt sie den Vorhang ein Stück zur Seite und blickt dahinter.

Es dauert einen Augenblick, bis sie begreift, was sie da sieht. Eine rothaarige Frau kniet vor einem Mann, der an der Wand lehnt. Die Beine des Mannes sind nackt, seine Hose liegt wie eine Pfütze auf dem Boden. Der Mann ist dick und hat die Augen geschlossen. Seine Pranken umschließen den Hinterkopf der Frau und führen ihn resolut vor und zurück.

Geräuschlos weicht Marguerite zurück, abgestoßen von der Szene, zugleich aber auch neugierig. Sie öffnet die Tür zu den Toilettenräumen. Es riecht schlecht in dem fensterlosen Raum, nach Ausdünstungen und Pisse. Marguerite verschwindet in einer der Kabinen, die sie hinter sich abschließt. Sie lehnt sich gegen die Wand und zieht an ihrer Zigarette. Als sie zu Ende geraucht hat, schmeißt sie die Zigarette in die Kloschüssel und spült. Da hört sie, wie jemand zur Toilette hereinstöckelt. Der Wasserhahn wird aufgedreht und jemand spült sich offenbar den Mund aus, spuckt und gurgelt. Ist das die Rothaarige von eben? Für einen kurzen Moment ist Marguerite versucht herauszutreten und sich die Frau genau anzusehen. Doch aus irgendeinem Grund bleibt sie doch in der Kabine. Es dauert noch eine ganze Weile, in der Marguerite hört, wie die Frau sich frisch macht: Das ist eine Puderdose, die klackernd geschlossen wird, ein Lippenstiftdeckel, der auf einen Lippenstift gesteckt wird. Dann betritt sie die Kabine neben Marguerite.

Marguerite wartet noch einen Augenblick und verlässt dann eilig die Toilette.

Wieder im Lokal stellt sie sich neben Felice, zündet sich die nächste Zigarette an und behält dabei die Tür im Auge.

Es dauert nicht lange, da schwingt die Tür auf und der Dicke erscheint, rotgesichtig, ein zufriedenes Ferkel. Eine weitere Minute vergeht und eine Frau mit rotem Haar betritt das Lokal, eine quietschgelbe Handtasche damenhaft in der Armbeuge. Ihre Lippen leuchten frisch geschminkt. Erst auf den zweiten Blick erkennt Marguerite, dass das Karin ist. Karin mit einer Perücke.

Die Beobachtung im »Tromba« beschäftigt Marguerite noch eine ganze Weile. Ein-, zweimal ist sie drauf und dran, Karin darauf ansprechen, tut es dann aber doch nicht. Schließlich geht es sie nichts an, was Karin treibt, und mit wem und warum. Sie selbst hat sich schließlich auch wochenlang von Hans-Jürgen durch die Gegend kutschieren lassen und ist ihm dafür, nun ja, ein wenig entgegengekommen.

Doch dann geschieht etwas, das das Bild von Karin und dem Dicken verdrängt, und das hat mit der Post zu tun, die an einem Nachmittag Anfang Dezember auf dem Küchentisch liegt.

Im ersten Moment steigt Ärger in ihr hoch, als sie den Stapel sieht, Ärger über Mimmo. Immer wieder kommt es vor, dass er einfach hier hereinspaziert, ihr irgendetwas auf den Küchentisch legt oder auch mal die Fensterläden schließt oder öffnet, je nach Belieben. Vor allem hat sie den Eindruck, dass er in ihren Sachen herumstöbert. Und wie schon manches Mal in den letzten Wochen wünscht sich Marguerite, sie könnte sich irgendwo ein Zimmer suchen oder eine kleine Wohnung, eine Bleibe jedenfalls, in der sie Ruhe hat vor einem geilen kleinen Spanner, der in ihrer Unterwäsche herumfingert.

Mit einer ungehaltenen Bewegung greift sie nach dem Stapel mit der Post und blättert ihn durch. Vielleicht ist ja diesmal etwas für sie dabei, eine Nachricht von Damiano. Da fällt ihr Blick auf etwas, das sie innehalten lässt: eine von Damianos selbst fotografierten Ansichtskarten. Mit zwei Schritten ist sie beim Lichtschalter und knipst die helle Deckenlampe an. Sie blickt auf das Motiv, das eine seltsam aussehende Kirche zeigt. Genauso eine Kirche wie die auf dem Foto, das ihr der Alte in Végimont gegeben hat. Sie dreht die Karte um. *Stavkirke Fantoft* steht darauf.

Eine gefühlte Ewigkeit starrt sie darauf, dann läuft sie hinüber ins Studio, hängt das Foto ab, und kehrt damit zurück an den Küchentisch. Sie legt die beiden Bilder nebeneinander. Und tatsächlich: Es muss dieselbe Kirche sein, es ist dieselbe Kirche. Sogar der Winkel, aus dem fotografiert wurde, ist derselbe.

Den restlichen Tag über muss sie ständig an die Postkarte denken. Immer wieder sieht sie das Bild der Kirche vor sich, das pagodenartige Dach und den Schriftzug auf der Rückseite: *Stavkirke Fantoft*. Sie muss Damiano danach fragen. Wenn sie nur wüsste, wann er aus Norwegen zurückkommt! Oder wenn sie wenigstens mal die Gelegenheit hätte, mit ihm zu telefonieren.

In der Nacht kommt sie erst spät zur Ruhe und so schläft sie den halben Vormittag und liegt noch immer im Bett, als Karin sie zu einem Einkaufsbummel abholen will. Erst hat Marguerite keine Lust, aber dann kommt sie doch mit. Alles ist besser, als zu Hause herumzuhocken, allein mit ihren Gedanken und den durcheinanderwirbelnden Erinnerungen, die nun alle wieder da sind.

Wie schon die letzten Male gehen sie zu *Nicolshoes Nickolbaby*, Karins Lieblingsschuhladen in der Via Barberini. Doch während Karin ein Paar Schuhe nach dem anderen probiert, bleibt Marguerite draußen vor der Tür stehen und raucht. Als Karin aus dem Laden kommt, schaut sie sie verwundert an und fragt: »Was ist denn los mit dir? Keine Lust auf Schuhe?«

»Ach, ich bin heute nicht in Stimmung.«

Später, als sie wie gewöhnlich im »Caffè Greco« sitzen, hakt Karin noch einmal nach.

»Irgendwas beschäftigt dich doch, oder?«

»Ach, nichts Besonderes. Ich habe heute eine Postkarte von Damiano bekommen.«

»Und deshalb bist du mies gelaunt?«

»Nein.« Marguerite seufzt. »Deshalb natürlich nicht. Aber ...«

»Na, was denn jetzt? Lass dir doch nicht alles einzeln aus der Nase ziehen.«

»Das will doch keiner hören.«

Karin greift nach einer Zigarette. »Jetzt machst du mich aber neugierig. Also los, raus mit der Sprache.«

Und dann erzählt Marguerite. Von ihrer Mutter und dass sie eine Zwillingsschwester hat. Von ihrem Streit mit Nini im August 1944, wie sie davongelaufen ist und nicht mehr zurückgefunden hat. Von Adrien und der aufkeimenden Hoffnung. Von ihren Irrfahrten durch Belgien auf der Suche nach dem Schloss aus ihren Erinnerungen. Von Végimont und dem Alten, von dem Foto, das der ihr mitgegeben hat. Und schließlich von Damianos Ansichtskarte, die sie heute bekommen hat. Als sie fertig ist, sitzt Karin einfach so da und sieht Marguerite an, mit großen Augen.

»Das ist ... puh ... ich weiß nicht, was ich sagen soll ...«

»Schrecklich? Traurig?«

Karin blinzelt. Marguerite sieht ihr an, dass sie ganz bewegt ist von dem, was sie da eben gehört hat. Doch plötzlich klärt sich ihr Gesichtsausdruck. »Glaubst du an Zeichen?«

»Wie bitte?«

»Na, diese Postkarte. Das ist doch ein Zeichen.«

Marguerite runzelt die Stirn. »Wofür denn?«

»Ein Zeichen, das dir sagt, wo du suchen musst. So eine Art Spur. Warum fährst du nicht nach Norwegen und schaust dir diese Kirche selbst an? Das bringt sicher mehr, als auf gut Glück in Deutschland rumzusuchen.«

Marguerite verzieht das Gesicht. »Du hast gut reden. Als ob ich mir das leisten könnte.«

Karin scheint über diese Antwort nachzudenken. Dann blickt sie Marguerite direkt ins Gesicht und sagt: »Wenn du Geld brauchst, ich kann dir welches leihen.«

Marguerite blinzelt. »Ich leih mir doch kein Geld von dir.«

»Warum nicht?«, fragt Karin, legt den Kopf leicht schief und lächelt.

»Weil ich nicht weiß, wann ich es dir zurückzahlen kann ... ob überhaupt.«

»Warum bist du immer so pessimistisch?«

Mit einem Mal wird Marguerite ungeduldig. »Nicht alle schwimmen im Geld so wie du!«, bricht es aus ihr heraus. Sie weiß ziemlich gut, woher dieses Geld kommen muss, aber das lässt sie sich nicht anmerken. Sie hat Karin nie erzählt, dass sie sie in dem Jazzclub gesehen hat, zusammen mit dem Dicken.

Da wirft Karin ihr einen Blick zu, der schwer zu deuten ist. Einen Moment lang schaut sie versonnen vor sich hin, dann winkt sie dem Kellner und bestellt zwei Gläser Prosecco. Sie greift nach ihrem silbernen Zigarettenetui und fingert sich eine *Muratti* heraus.

»Meine Liebe«, sagt sie und zündet sich die Zigarette an. »Ich habe auch keinen Goldesel, der mir die Taler auf die Hand scheißt. Ich tue eine ganze Menge, um zu Geld zu kommen.«

»Ach ja?«, fragt Marguerite und bemüht sich um einen möglichst neutralen Gesichtsausdruck. »Was denn?«

»Ich bin … wie soll ich sagen …«, Karin lächelt schief und stößt den Rauch aus, »… Begleiterin.«

Der Kellner kommt an den Tisch und serviert den Prosecco, was Marguerite Zeit gibt, über diesen Satz nachzudenken. Als der Kellner wieder verschwunden ist, fragt sie: »Verdient man denn da so gut?«

Karin schnippt die Asche in den Aschenbecher.

»Sagen wir mal so: Es gibt solche und solche. Ich gehöre nicht zu denen, die alten Damen das Händchen halten.«

Marguerite betrachtet Karin, ihr schönes, ebenmäßiges Gesicht, die roten Lippen, die an der Zigarette ziehen. Kurz blitzt vor ihren Augen wieder die Szene hinter dem Vorhang auf.

»Was ist los, warum schaust du so?«, fragt Karin und lacht. »Ich gehe mit einem Mann essen und tanzen, zeige ihm Rom bei Nacht. So etwas in der Art.« Sie beugt sich abrupt vor und sieht Marguerite direkt an. »Und wenn es sich ergibt … und man sich einig ist, dann geht da auch noch etwas mehr und ich kassiere einen dicken Extrabonus. Das wäre doch vielleicht auch was für dich?«

Marguerite, die gerade an ihrem Prosecco nippen will, stellt das Glas zurück. Sie weiß nicht recht, wie sie reagieren soll. Sie will Karin nicht vor den Kopf stoßen. Es ist eine Sache, sich einen Geliebten zu halten, der einen herumkutschiert und zum Essen einlädt. Aber mit einem Kerl gegen Geld ins Bett zu gehen? Denn darum geht es hier doch in Wirklichkeit. Und so sagt sie das Erstbeste, was ihr in dem Moment durch den Kopf geht: »Ich weiß nicht recht. Ich glaube nicht, dass Damiano damit einverstanden wäre. Immerhin wohne ich in seinem Studio.«

Karin, die gerade an ihrer Zigarette zieht, prustet plötzlich los. Als sie sich wieder gefasst hat, sagt sie: »Der hat mir auch schon den einen oder anderen Kontakt vermittelt.«

Ungläubig erwidert Marguerite Karins Blick.

»Damiano?«, fragt sie und sieht Karin mit großen Augen an.

»Ja«, antwortet Karin. »Außerdem bist du ihm ja keine Rechenschaft schuldig. Ihr seid doch schließlich kein Paar. Du bist frei, kannst machen, was du willst. Überall hinfahren, wo du willst, auch nach Norwegen. Das Einzige, was du brauchst, ist Geld.«

Der Wind war stärker geworden, als Eva den Hafen von Tananger erreichte. Sie stellte den Motor ab und dachte an das, was die Paulsen-Geschwister ihr erzählt hatten. Die Sache mit der Waffe, die ihr Vater angeblich bekommen hatte, ein paar Wochen nachdem er Margarete mit dem Offizier hatte sprechen sehen. Was davon wohl zu halten war? Dass zwei Geheimdienstler einem einfachen Fischer eine Waffe zum Selbstschutz aushändigten, kam Eva äußerst unwahrscheinlich vor, und außerdem hatte Paulsen seine Aussage bereits gemacht, also würde es einem fremden Geheimdienst ja gar nichts bringen, ihm etwas anzutun.

Als Eva aus dem Wagen stieg, wehte der Wind so stark, dass sie die Tür regelrecht aufdrücken musste. Vom Rand der Mole aus beobachtete sie, wie die dort vertäuten Fischerboote vom Wasser hin und her geworfen wurden. Sie hielt sich die Haare aus dem Gesicht und versuchte, durch die aufgepeitschte Gischt die andere Seite des Hafens zu erkennen. Das Hafenbecken bildete ein U, sodass auch auf der gegenüberliegenden Seite Boote anlegen konnten. Über der Mole, ein paar Meter höher nur, zog sich eine Reihe hübscher weißer Häuser den Hügel entlang, mit roten Dächern und Sprossenfenstern. Eva versuchte sich vorzustellen, wie der Hafen damals, 1970, ausgesehen haben mochte. Wahrscheinlich nicht viel anders als heute.

Sie ging bis zum Ende der Kais und blickte ins aufgewühlte

Wasser. Immer wieder spritzte Gischt gegen die Mauer und Eva trat noch einen Schritt weiter zurück. Hier also hatte Margarete gestanden und auf ein Boot gewartet, und als es endlich kam, war sie schnell den ganzen Weg um das Hafenbecken herumgelaufen, um mit einem der Besatzungsmitglieder zu sprechen. Jesper Paulsens Aussage nach war der Mann ein Offizier gewesen, angesichts der geheimen Waffentests in dieser Zeit sicher eine sehr beunruhigende Vorstellung. Wieso hatte die Spionageabwehr den Mann nicht gefunden? Oder hatten sie das doch getan und die Sache war nur unter Verschluss?

Eva drehte sich um und ging genau wie damals Margarete rings um das Becken herum zur gegenüberliegenden Seite des Hafens.

Dort angekommen, versuchte sie sich vorzustellen, wie das Boot hier angelegt hatte und die Besatzung von Bord gegangen war, wie Margarete nach jemandem Ausschau gehalten und ihn dann entdeckt hatte. Sie blickte über das Hafenbecken hinweg. Dort, auf der gegenüberliegenden Seite, hatte Jesper Paulsen gestanden und nach eigener Aussage Margarete im Gespräch mit dem Offizier beobachtet.

Eva trat an den Rand der Mole, um durch die Gischt die Entfernung abzuschätzen. Vielleicht siebzig, achtzig Meter, vermutete sie. Selbst bei klarem Wetter hätte man sicher Schwierigkeiten, den Dienstgrad eines Besatzungsmitglieds auf der anderen Seite zu erkennen. Sie jedenfalls könnte allenfalls feststellen, ob jemand eine blaue oder eine rote Jacke trüge.

Wieder im Wagen, holte sie einen Haargummi aus ihrer Handtasche und band sich das zerzauste Haar nach hinten. Wenn es stimmte, was der Fischer sagte: Was war das für ein Mann gewesen, auf den Margarete da gewartet hatte? Und warum war sie hier in einem Kleid und schicken Schuhen herumgestanden, an einem eisigen Novembertag? Doch sicher, weil sie schön für ihn aussehen wollte. Konnte Eva also davon ausgehen, dass die beiden etwas miteinander hatten? Aber warum hatte der Mann sich damals nicht bei der Polizei gemeldet? Offenbar gab es da etwas, was er verbergen wollte. Wann genau hatte Margarete überhaupt auf diesen Mann gewartet? Etwa kurz vor ihrem Tod? Eva fiel der Meldebogen vom »Hotel Hordaheimen« wieder ein, die krakelige Schrift. Hatte Margarete, als sie hier gestanden hatte, Angst gehabt? Und hatte das Gespräch der beiden womöglich mit den Ereignissen zu tun gehabt, die schließlich zu ihrem Tod führten?

Ein plötzlicher Regenschauer prasselte auf die Windschutzscheibe und Eva fuhr zusammen. Es gelang ihr einfach nicht, die Frau hier im Hafen mit den lachenden Kindern auf dem Foto zusammenzubringen. Sie dachte an das Leben ihrer Mutter, bürgerlich, vollkommen im Einklang mit den Gesetzen. Ausgerechnet die Schwester dieser Frau sollte etwas mit dem Geheimdienst zu tun gehabt haben und zwischen die Fronten des Kalten Krieges geraten sein?

Eva griff nach ihrem Smartphone und sah, dass sie diverse WhatsApp-Nachrichten und Anrufe in Abwesenheit erhalten hatte, einen von Johannes, den anderen von Moen. Sie beschloss, sich zunächst bei Moen zu melden.

»Sie haben angerufen?«, fragte Eva statt einer Begrüßung.

»Ja«, antwortete Moen. »Wir haben doch vorhin über diese Aktennotiz von POT gesprochen ... Da habe ich noch etwas gefunden, ein Dokument. Ich hab's eben abfotografiert und Ihnen geschickt.«

Eva öffnete das Foto sowie eine stichpunktartige Übersetzung, die Moen angefertigt hatte.

»Ach ... «, sagte Eva. »Also hat POT – der Inlandsnachrichtendienst, richtig? – schon ganz am Anfang in Stavanger ermittelt?«

»So sieht's aus«, antwortete Moen. »Sie waren schon am 4. Dezember mit der Sache befasst, vielleicht sogar noch früher. Jedenfalls wird in dem Dokument daraufherumgeritten, dass das Zimmer Ihrer Tante im ›St. Svithun‹ von einem Balkon aus zugänglich war und sie das Fenster wohl immer offen stehen hatte.«

Eva schwieg und dachte über das nach, was Moen da gefunden hatte. Besonders bedeutsam kam es ihr nicht vor, also sagte sie: »Ist das nicht ein bisschen weit hergeholt? Daraus gleich irgendetwas zu folgern?«

»Na ja, kann gut sein, dass dieses Dokument nur die Spitze des Eisbergs ist ... Wahrscheinlich gibt es da noch viel mehr. Aber das bedeutet natürlich nicht, dass diese Ermittlungen auch zu irgendetwas geführt haben.«

Eva ließ den Motor an und legte den Gang ein. »Jedenfalls bin ich, wie es der Zufall will, gerade auf dem Weg dorthin.«

»Zum ›St. Svithun‹?«

»Ja. Ich hab mir da ein Zimmer reserviert.«

»Ach was!«, rief Moen aufgeregt.

Eva musste unwillkürlich lächeln. Moen war schon genauso fixiert auf die Sache wie sie selbst. »Ja«, sagte sie. »Und nachher schaue ich mir auch noch das andere Hotel an, in dem sie abgestiegen ist. Und wenn ich es heute schaffe, auch das Schuhgeschäft.«

»Ach ja, Oscar Rørtvedt«, sagte Moen prompt. Dann fügte hinzu: »Ich will ja nicht neugierig sein, aber was war denn nun mit dem alten Fischer? Haben Sie ihn gefunden?«

»Er lebt nicht mehr.«

»Oh.« Moen klang enttäuscht.

»Ja. Aber seine Kinder haben mit mir gesprochen.«

Eva gab Moen eine grobe Zusammenfassung ihrer Unterhaltung mit Jesper und Mette.

»Wow!«, sagte Moen trocken, als Eva ihre Erzählung beendet hatte. »Aber warum sollten sie diesem Fischer einen Revolver geben? Weil er Ihre Tante und den Offizier miteinander hat reden sehen? Und was sollen das überhaupt für Typen gewesen sein?«

»Irgendwelche Geheimdienstmitarbeiter, sagen die Paulsens. Jedenfalls hat ihr Vater das so dargestellt. Sie schienen selbst nicht sicher zu sein.«

»Das wird ja immer abenteuerlicher! Was halten Sie davon?«

Eva schwieg einen Augenblick, bevor sie antwortete.

»Ich habe keine Ahnung.«

Rom, Dezember 1969

Weihnachten ist da und Karin vermittelt ihr den ersten Kontakt als »Begleiterin«. Außerdem schenkt sie ihr eine Garnitur roter Dessous, die Marguerite, wie es hier Brauch ist, in der Silvesternacht trägt, um im kommenden Jahr Reichtum und Liebe im Überfluss zu genießen. Und so steht sie in der Silvesternacht auf dem Gianicolo, in ebendieser Unterwäsche, wo sie zusammen mit ihrem ersten Verehrer das Feuerwerk über dem Petersdom niederregnen sieht. Doch statt sich Reichtum und Liebe zu wünschen, sieht sie etwas ganz anderes vor sich: eine kleine hölzerne Kirche mit einem merkwürdigen Dach. Und in diesem Moment begreift sie, dass sie niemals zur Ruhe kommen wird, wenn sie nicht alles tut, was in ihrer Macht steht, um ihre Familie zu finden. Ja, denkt sie und fasst einen Entschluss: Ich werde einfach weitersuchen, so lange, bis ich sie finde. Denn irgendwo müssen sie doch sein – ihre Mutter, Ingrid, die Großeltern.

Noch am Nachmittag hat Karin zu ihr gesagt: »Du weißt, du *musst* nicht mit ihm ins Bett.« Aber sie beschließt, es zu tun, und als sie später mit ihm in seinem Hotelzimmer an der Piazza di Spagna landet, ein bisschen betrunken, merkt sie, dass es ihr tatsächlich nichts ausmacht. Eigentlich macht es keinen Unterschied, ob sie mit einem Mann schläft, weil er ihr Geld gibt oder weil er ein Auto besitzt, mit dem er sie kreuz und quer durch Belgien chauffiert.

Als sie am Neujahrsmorgen das Hotel verlässt, überlegt sie,

ob sie sich ein Taxi zum Studio nehmen soll, geht dann aber zu Fuß durch die menschenleeren Straßen. So viel Geld in so kurzer Zeit, denkt sie und tastet immer wieder nach den Scheinen in ihrer Manteltasche. Im Geiste macht sie schon einen Plan, wie sie vorgehen wird, an welchem Ort sie ihre Suche beginnen wird, wenn sie erst genügend Geld für eine Reise nach Norwegen zusammengespart hat.

»Und? Wie war's?«, fragt Karin sie später am selben Tag, und als Marguerite lächelt und ihr statt zu antworten das Geld zeigt, sagt Karin nur: »Na also.« Und dann fragt sie, ob Marguerite gleich morgen wieder einen Verehrer übernehmen kann. Es gibt da einen Empfang in einer Villa in Parioli und einen französischen Geschäftsmann, der ein bisschen Spaß haben will.

Die Fahrt nach Stavanger führte Eva über kleine Sträßchen, vorüber an Wiesen und Gehöften, die wie Inseln in einem Meer aus Regen auftauchten. Als sie die Ausläufer Stavangers erreichte, klingelte ihr Smartphone. Es war Johannes. Kurz spielte sie mit dem Gedanken, den Anruf zu ignorieren, aber dann dachte sie an Justus und auf einmal überkam sie wieder diese jähe Angst, es könnte ihm etwas passiert sein. Rasch drückte sie die Taste und fast sofort erklang Johannes' genervter Tonfall: »Da bist du ja endlich! Wieso erreicht man dich eigentlich nie?«

Eva seufzte erleichtert. Seine übliche Beschwerde, als rhetorische Frage verkleidet. Also war alles in Ordnung.

Wie gewöhnlich ignorierte Eva den Vorwurf. »Ich bin im Auto unterwegs«, sagte sie und fügte ein wenig flapsig hinzu: »Bei euch alles in Ordnung?«

»Ich wollte dir nur sagen, dass Justus Weihnachten jetzt doch bei dir sein kann.«

Eva schaltete den Scheibenwischer höher. »Hattet ihr nicht St. Moritz gebucht?«

»Hatten wir, aber das geht jetzt nicht ... Vivien hat einen wichtigen Termin reinbekommen, den muss sie leider wahrnehmen.«

»Na dann.« Mehr wusste Eva nicht dazu zu sagen. Johannes war ganz scharf auf diesen Urlaub gewesen, das wusste sie. Aber sie wollte nicht Bedauern über etwas heucheln, das sie nicht im Geringsten berührte. Und Justus hatte ohnehin keine Lust auf dieses »dumme Skifahren« gehabt und wäre nur Johannes zuliebe mitgefahren.

Eine Pause entstand, in der niemand etwas sagte. Eva ging davon aus, dass Johannes sich nun verabschieden würde, doch stattdessen fragte er: »Und wie kommst du mit deinen Nachforschungen voran?«

Die Frage überraschte sie. Sie wusste ja, wie wenig Johannes von dieser Reise hielt. Aber er liebte Rätsel, vielleicht erklärte das ja sein unvermutetes Interesse.

»Na ja ... es ist ... sagen wir mal vielschichtig.«

»Klingt so, als liefe es nicht wie erhofft?«

Eva seufzte. Sollte sie ihm erzählen, wie es ihr wirklich erging auf dieser merkwürdigen Reise? Dass sie hin und her schwankte zwischen dem Gefühl, einem Phantom hinterherzujagen, einer Unbekannten, die sie einfach nicht zu fassen bekam, und diesen Augenblicken, in denen die Distanz urplötzlich weg war und Traurigkeit und Angst sie am Wickel hatten? Schließlich sagte sie nur: »Irgendwie ist es schwieriger, als ich gedacht hatte. Es gibt so unglaublich viele Details, aber ich kriege sie nicht unter einen Hut. Je mehr ich in Erfahrung bringe, desto mehr Fragen tun sich auf. Aber was soll's, ich will dich damit nicht langweilen.«

»Du langweilst mich doch nicht. Du weißt, ich bin ein guter Zuhörer.« Und das war Johannes wirklich. Nach seinem Auszug hatte sie das am meisten vermisst: Sein offenes Ohr. Seine Klugheit. Den Austausch.

Ihr Navi meldete, dass sie demnächst abbiegen musste, und sie stellte es auf lautlos. »Ach, ich weiß nicht … das würde zu weit führen.«

»Ich hab Zeit.«

Eva kam an eine Kreuzung und setzte den Blinker. Aus irgendeinem Grund, den sie selbst nicht recht verstand, sagte sie: »Du kannst dir nicht vorstellen, was das für ein Wirrwarr ist. Ich habe das Gefühl, je mehr ich zusammentrage, desto unübersichtlicher wird es. Das ist das eine. Das andere ist … Ingrid.« In knappen Worten erzählte Eva von dem Gespräch, das sie vor ihrer Abreise mit Ingrid geführt hatte.

Johannes schwieg einen Moment, bevor er sagte: »Kann sein, dass du das nicht hören willst, aber stell dir mal vor, das wäre dir passiert, als Kind. Ich glaube nicht, dass du da bereitwillig drüber reden wolltest.«

Eva seufzte. »Da hast du natürlich recht. Aber sie hat mich richtiggehend angelogen. Als ich ihr das Bild in der Zeitung unter die Nase gehalten habe, hat sie getan, als wäre ich völlig plemplem.«

»Das ist schon ein starkes Stück«, gab Johannes zu.

»Und dazu … so etwas Wesentliches über die eigene Mutter nicht gewusst zu haben. Ich …« Sie brach ab, suchte nach Worten. »Vielleicht hätte ich sie dann besser verstehen können. Ihre Unruhe, dieses Bedürfnis nach … Harmonie um jeden Preis.«

»Ich glaube nicht, dass es viel geändert hätte.«

»Ach, was weiß ich. Jedenfalls beschäftigt mich die ganze Sache ungemein. Ich hätte das alles gerne früher gewusst. Immerhin ist jetzt klar, warum sie meine Fragen immer abgeblockt hat … schon damals, als ich mir das Interrailticket gekauft hatte und sie nach den Orten gefragt habe, wo sie und meine Großmutter während des Krieges gelebt haben. Sie hat immer behauptet, sie würde sich nicht erinnern. Und dann finde ich die Fotos, schön beschriftet mit Végimont und Godthåb und Hurdalsverk!«

Eva hatte immer schneller gesprochen. Jetzt, wo sie Johannes davon erzählte, kam ihr der Vertrauensbruch erst so richtig zu Bewusstsein.

Da fragte Johannes: »*Wie* hießen die Orte?«

»Na ja ... also der Ort in Belgien hieß eigentlich Soumagne. Das Krankenhaus war wohl in einer Art Schloss untergebracht, Végimont. Wahrscheinlich hat die Wehrmacht das einfach beschlagnahmt. Und die Orte in Norwegen hießen Godthåb und Hurdalsverk ... eigentlich wohl Hurdal Verk, hab ich jetzt festgestellt.«

Eine Weile lang sagte Johannes nichts. Dann fragte er mit einer Stimme, die auf einmal ganz seltsam klang: »Und deine Großmutter hat da gearbeitet?«

»Ja. Aber was ist denn?«

Statt zu antworten, sagte er: »Du, vielleicht ist es besser, wenn du kurz rechts ranfährst.«

»Hm? Warum denn das? Ich habe eine Freisprechanlage ...«

»Das mag sein. Trotzdem solltest du jetzt mal anhalten.«

Eva fuhr in die nächste Parkbucht. »So. Ich stehe. Bist du jetzt zufrieden? Mach's verdammt noch mal nicht so spannend.«

»Na ja, ich sage dir das eher ungern. Aber ich glaube nicht, dass das normale Krankenhäuser waren. Végimont, Hurdalsverk und Godthåb. Das waren alles Lebensbornheime.«

Auf einmal wurde Eva ganz kalt. »Aber ... was redest du denn da, der Lebensborn? Du meinst diesen SS-Verein?«

»Genau den meine ich. Ich hab doch mal diese Artikelserie gemacht, da hab ich viel recherchiert, und an diese Ortsnamen kann ich mich noch genau erinnern.«

Nach dem Telefonat saß Eva noch ewig auf dem Rastplatz neben der Straße und blickte durch die regennasse Scheibe in eine sich auflösende Landschaft.

Der Lebensborn. Ein auf Betreiben von Heinrich Himmler

gegründeter Verein zur Bekämpfung von illegalen Schwangerschaftsabbrüchen. Im Schutz dieser Heime sollte in Not geratenen ledigen Müttern die Möglichkeit gegeben werden, ihre Kinder anonym und fernab der Heimat zur Welt zu bringen. Natürlich waren diese Heime nicht für alle Mütter gedacht gewesen, sondern nur für diejenigen, die *guten Blutes* waren. Und was das bedeutete, das wusste man ja.

Den Rest der Strecke fuhr sie wie ein Sonntagsfahrer, schlich die Landstraße entlang und musste trotzdem zweimal wenden, weil sie vor lauter Gedanken an einer Abzweigung vorbeigefahren war. Für so einen Verein hatte Oma Resi also gearbeitet. Und Eva hatte nichts davon gewusst. Davon nicht und auch nicht von der Schwester ihrer Mutter. Was würde sich mit der Zeit noch alles auftun? Am liebsten wäre sie auf der Stelle nach Taormina geflogen und hätte Ingrid die Pistole auf die Brust gesetzt, kindliche Traumatisierung hin oder her.

Erst als schon die ersten Häuser von Stavanger auftauchten, hatte sie sich wieder so weit beruhigt, dass sie sich auf das konzentrieren konnte, was als Nächstes anstand: die beiden Hotels, in denen Margarete übernachtet hatte, und das Schuhgeschäft, in dem sie diese fatalen Gummistiefel gekauft hatte. Ingrid und der Lebensborn würden warten müssen.

Das ehemalige »St. Svithun« hieß nun »Comfort Hotel« und war ein hässlicher Klotz im Zentrum von Stavanger. Eva parkte den Wagen ein Stück entfernt an einer Backsteinkirche und ging die paar Meter zu Fuß. Natürlich regnete es immer noch.

Auf dem Zimmer, einem gesichtslosen Raum, wie sie ihn schon Dutzende Male in anderen Städten gesehen hatte, stellte sie ihre Tasche ab und setzte sich aufs Bett. In diesem Hotel also hatte Margarete gewohnt, vor nunmehr neunundvierzig Jahren. Irgendwie war das alles noch immer unwirklich für sie. Was sie hier tat, war unwirklich, was sie heute über ihre Großmutter herausgefunden hatte, war unwirklich, ihr ganzes Leben erschien ihr in diesem Moment unwirklich.

Sie ging ins Bad, duschte und setzte sich kurz an ihren Laptop, um ihre Mails zu checken. Moen hatte ihr das angekündigte Dokument bereits geschickt, sie beschloss aber, es erst später zu öffnen. Kurz war sie versucht, nach dem Lebensborn zu googeln, verkniff es sich aber. Sie musste jetzt erst einmal eine Kleinigkeit essen, um es vor Ladenschluss noch in das Schuhgeschäft zu schaffen.

In einem Starbucks gegenüber vom Hotel verdrückte sie einen Blaubeermuffin und trank einen schnellen Kaffee dazu, auch wenn es dafür eigentlich zu spät war.

Das Schuhgeschäft lag in der Nygata 18, nur einen Steinwurf vom Hotel entfernt. *Skoringen* stand über der Ladenfront. Sie trat ein und sah sich um. Eine Frau mit blondem Kurzhaarschnitt und lila Brille kam auf sie zu und sprach sie auf Norwegisch an. Eva schüttelte den Kopf. Auf Englisch sagte sie: »Guten Tag. Ich würde gerne mit Herrn Rørtvedt sprechen, wenn das möglich ist.«

Die Frau lächelte bedauernd. »Tut mir leid, aber er ist schon gegangen.«

Zumindest lebt er noch, dachte Eva erleichtert, stellte sich vor und erklärte ihr Anliegen. Auf einmal veränderte sich der Gesichtsausdruck der Frau und sie sagte: »Bitte warten Sie.«

Sie verschwand hinter der Kasse, holte ein Handy aus der Tasche und telefonierte. Kurz darauf kehrte sie zurück und bat Eva, einen Augenblick zu warten, Herr Rørtvedt werde gleich hier sein.

Eva ging umher und betrachtete die Schuhe. Wie es hier wohl damals ausgesehen hatte? Sie versuchte sich Margarete vorzustellen, wie sie hier irgendwo gesessen hatte und zehn Tage vor ihrem Tod Schuhe anprobiert hatte – die dunkelblauen Gummistiefel mit der weißen Sohle, mit denen sie später gestorben war. Obwohl das Ladengeschäft bis in die letzten Winkel gut ausgeleuchtet war, kroch ein unbehagliches Gefühl in Eva hoch.

Fünf Minuten später öffnete sich die Ladentür und ein etwa siebzigjähriger Mann mit Brille trat ein. Er sah sich um, und als er Eva erblickte, schien ihn das einen Moment aus der Fassung zu bringen.

Während Eva ihm die Hand reichte und erklärte, wer sie war und warum sie gekommen war, sah er sie immer noch an, als würde er seinen Augen nicht recht trauen.

»Sie müssen entschuldigen«, sagte er. »Aber Sie sehen ihr sehr ähnlich …«

Eva nickte. Diese Reaktion kannte sie ja inzwischen, aber das änderte nichts: Jedes Mal, wenn wieder jemand die Ähnlichkeit zwischen ihr und Margarete feststellte, fühlte sie sich beklommen.

»Man hat im Koffer meiner Tante eine braune Tüte mit diesem Schriftzug gefunden«, erklärte sie und holte eine Kopie des Fotos mit der für sie unaussprechlichen Aufschrift heraus. *Oscar Rørtvedts Skotøiforretning.* »Die stammte aus diesem Geschäft, nicht wahr?«

Der Mann nickte. »Ja, so hieß unser Laden damals. Die Frau hat bei uns ein Paar blaue Gummistiefel gekauft. Und die hat sie getragen, als …« Er wandte den Blick ab.

»Ja«, sagte Eva und sah ebenfalls zu Boden. »Die Stiefel waren meines Wissens der erste Durchbruch in dem Fall.«

»Das stimmt. Die Beamten kamen drei Wochen später zu mir, da war die Erinnerung noch relativ frisch. Aber auch heute weiß ich noch vieles. Das liegt wahrscheinlich daran, dass ich so oft darüber nachgedacht habe. Sie kam also in unseren Laden, es war der 14. November 1970. Außer mir waren noch zwei Angestellte da, aber ich habe sie selbst bedient. Sie war nicht besonders groß, hatte langes dunkles Haar und dunkelbraune Augen, ein eher rundliches Gesicht und eine … weibliche Figur. So wie sie«, sagte er und sah sie ernst an.

Eva schluckte. »Und wie … war sie? Ich meine, welchen Eindruck hat sie auf Sie gemacht?«

»Sie wirkte sehr ruhig. Und sie hat sich Zeit genommen, wollte alles Mögliche wissen, bevor sie sich entschieden hat.«

Er machte eine Pause, schien sich jedes Wort genau zu überlegen. »Na ja, und dann hat sie die blauen *Kjendis* gekauft. Das war eine sehr beliebte Marke.« Er lächelte. »Damals trug etwa die Hälfte der Norwegerinnen solche Stiefel.«

»In welcher Sprache haben Sie miteinander gesprochen?«

»Auf Englisch. Aber ihr Englisch war nicht besonders gut.«

Eine Pause entstand, in der Eva über das Gesagte nachdachte. Auch andere Zeugen hatten zu Protokoll gegeben, Margaretes Englisch sei nicht das beste gewesen.

Da sagte der Mann: »Ach, und dann erinnere ich mich auch noch, dass sie irgendwie merkwürdig gerochen hat.«

Eva sah ihn an. »Was?«, fragte sie verdutzt. »Wissen Sie noch, wonach?«

»Na ja«, sagte Rørtvedt. Er schien nicht so recht mit der Sprache rausrücken zu wollen. »Es ist alles schon so lange her … Vielleicht täusche ich mich ja.«

»Sagen Sie mir bitte, was Sie vermuten.«

»Inzwischen glaube ich, dass es Knoblauch war.«

»Inzwischen?«, fragte Eva ein wenig verwirrt. »Das glaubten Sie damals noch nicht?«

»Das *wusste* ich einfach noch nicht. Zu der Zeit hat hier in Norwegen kein Mensch mit Knoblauch gekocht. Und dann, Jahre später, als ich ihn das erste Mal gerochen habe, musste ich wieder an diese Frau denken! Ich bin mir sicher, das war der Geruch, der mir damals an ihr aufgefallen war.«

Rom, Ende Januar 1970

Es ist spät am Abend. Marguerite kehrt zurück von einer Verabredung mit einem Verehrer, irgendeinem hohen Tier aus der Politik, der sich mit ihr im Hotel treffen wollte. Du musst das Zimmer markieren, hat Karin zu ihr gesagt und gemeint, sie solle einen Stuhl vor die Tür stellen. Ein bisschen hat Marguerite sich gewundert, warum denn die Zimmernummer allein nicht ausreicht, doch Karin hat ihr von einem, nun ja, Unfall erzählt, einer Verwechslung der Zimmernummer, und dass sie es seitdem eben auf diese Art regeln, nur um ganz sicher zu sein.

Während Marguerite durch die Gassen von Trastevere zurück zur Wohnung läuft, ist sie mit ihren Gedanken noch immer bei dem Typen. Als sie um die letzte Straßenecke biegt, sieht sie einen Wagen mit geöffnetem Kofferraum vor dem Haus stehen. Es dauert einen Moment, bis sie begreift, dass es Damianos Lancia ist. Damiano selbst ist nicht zu sehen.

Sie findet ihn im Studio, er kniet vor der Truhe und hantiert mit seiner Ausrüstung, als wäre er niemals weg gewesen. Als er sie erblickt, breitet sich auf seinem Gesicht ein Lächeln aus. »Bellezza!«, ruft er und öffnet die Arme. Marguerite freut sich, ihn wiederzusehen.

Die nächsten zwei Stunden verbringen sie im Bett. Damiano erzählt ihr von seiner Reise, von der Landschaft und den Fotos, die er gemacht hat, und er beschreibt alles so gut, dass sie das Gefühl hat, es genau vor sich zu sehen. Als er sie fragt, wie es ihr geht, zögert sie zunächst, erzählt ihm dann aber doch, dass sie jetzt wie Karin als Begleiterin arbeitet, um Geld für eine Reise nach Norwegen zusammenzusparen.

Er ist überrascht. »Warum Norwegen?«, fragt er und fügt lächelnd hinzu: »Haben meine Postkarten Fernweh in dir geweckt?«

Sie druckst ein wenig herum. Soll sie ihm erzählen, was sie tatsächlich nach Norwegen zieht? Sie ringt kurz mit sich. Doch dann steht sie auf, holt die Schwarz-Weiß-Fotografie, die der Alte in Végimont ihr gegeben hat, und hält sie Damiano vors Gesicht.

»Ich möchte die hier sehen. Ist das dieselbe wie auf deiner Postkarte?«

Er liegt immer noch da, die Hände unter dem Kopf verschränkt, und blickt auf das Foto. Dann setzt er sich auf, greift nach dem Bild und knipst die Nachttischlampe an. Mit zusammengekniffenen Augen betrachtet er die Kirche.

»Ja«, sagt er mit einem Stirnrunzeln. »Das sieht tatsächlich so aus wie Fantoft.«

Eine Minute vergeht, in der Marguerite darauf wartet, dass er weiterspricht, noch etwas sagt zu ihrer Idee, nach Norwegen zu reisen. Halb hat sie gehofft, er würde ihr vorschlagen, sie beim nächsten Mal mitzunehmen. Als nichts weiter kommt, fasst sie sich ein Herz und fragt: »Weißt du schon, wann du das nächste Mal fährst?«

Er sieht sie an, doch sie kann beim besten Willen nicht sagen, was er denkt. Ist er unangenehm berührt? Verärgert? Sie wagt kaum zu atmen. Bis er auf einmal sagt: »Na ja, wenn du mitkommen willst ... Ich werde aber schon Mitte März wieder aufbrechen. Diesmal mit dem Flugzeug. Ich habe jetzt einen Wagen in Stockholm stehen. Von dort aus starte ich meine Reise.«

»Oh«, sagt Marguerite enttäuscht. »Ich dachte, du fährst von hier aus, mit dem Auto. Und Mitte März ... Ich weiß nicht, ob ich das Geld für die Reise bis dahin zusammenhaben kann.« Sie senkt den Kopf.

Einen kurzen Moment lang ist es still. Dann fasst er ihr Kinn und bringt sie dazu, ihn anzusehen.

Er gibt ihr einen Kuss. »Darüber würde ich mir mal keine

Gedanken machen. Ich kann dir was leihen. Und auch in Norwegen gibt es genügend Männer, die die Gesellschaft einer so schönen Frau genießen und sich das auch etwas kosten lassen.«

Eine knappe Woche nach dem Schließfach-Fund am Bergener Bahnhof gelingt es einem Dechiffrier-Experten, die Buchstaben und Ziffern aus dem Notizblock zu entschlüsseln, der in einem der Koffer der Toten steckte. Es ist eine Liste:

11M 16M L
17M 19M G
20M 23M O
24M 31M B

Insgesamt sind es 25 Eintragungen. Es stellt sich heraus, dass die Zahlen zu Tagen und die Buchstaben zu Monaten und Aufenthaltsorten der Isdal-Frau passen. ›N9 N18 S‹: Vom 9. bis zum 18. November war die Frau in Stavanger. ›O22 O28 P‹: Vom 22. bis zum 28. Oktober war sie in Paris. ›O30 N5 B‹: Vom 30. Oktober bis zum 5. November war sie in Bergen.

Die Zeit, 10. Januar 2018

Als Eva nach einem langen Spaziergang ins »St. Svithun« zurückkehrte, herrschte in ihrem Kopf noch immer ein wildes Durcheinander. Sie fühlte sich zerfahren und hatte absolut keine Ahnung, worauf sie sich als Nächstes konzentrieren sollte. Und während der Portier ihr den Zimmerschlüssel über den Tresen schob und sie die Treppe nach oben schlich, wünschte sie plötzlich, Johannes hätte ihr das von den Lebensbornheimen nicht erzählt oder zumindest gewartet, bis sie wieder zu Hause war. Nun musste sie nicht nur über all die Seltsamkeiten in Bezug auf Margarete und ihren Tod nachdenken, sondern auch noch über diese SS-Heime und die Rolle ihrer Großmutter.

Inzwischen war sie so verspannt, dass sie sofort aus ihren Kleidern stieg und sich unter die heiße Dusche stellte. Ihre Schultern und auch ihr Nacken schmerzten. Sie streckte und dehnte sich im warmen Wasser, versuchte, ihre Muskeln zu lockern und an etwas anderes zu denken. Doch als sie fünf Minuten später in ein Handtuch gewickelt auf dem Bett lag, kehrten ihre Gedanken doch wieder zu dem zurück, was Johannes gesagt hatte.

Ihre Großmutter hatte also nicht, wie Ingrid immer erzählt hatte, in irgendwelchen Krankenhäusern im Ausland gearbeitet. Wobei *erzählt* hier sowieso nicht das richtige Wort war. Eva verstand jetzt, warum Ingrid, die sonst so gerne plauderte, sich bei diesem Thema jeden Satz einzeln aus der Nase hatte ziehen lassen. Weil ihre Mutter, Evas Großmutter, als Ärztin für die SS gearbeitet hatte, für einen Verein, der sich die *positive Eugenik* auf die Fahnen geschrieben hatte!

Auf einmal musste Eva wieder an ihr letztes Buch denken, die Biografie über Johanna Haarer. Erst auf dem Sterbebett hatte die NS-Erziehungsexpertin ihre Fehler zugegeben. War das bei ihrer Großmutter auch so gewesen? Oder hatten sie und Ingrid das Thema bis zum Schluss totgeschwiegen?

Eva richtete sich auf. Beim Schreiben des Buches hatte sie sich immer wieder gefragt, wie es für die Tochter gewesen sein mochte, eine eifrige Anhängerin der Nazis als Mutter zu haben – Bestsellerautorin und von der NSDAP empfohlene Spezialistin in Sachen Erziehung, eine Frau, die Säuglinge und Kleinkinder durchweg als instinkt- und machtgesteuerte Haustyrannen dargestellt hatte, deren Willen es zu brechen gelte.

Aber vielleicht hatte Ingrid ja gar nichts von alldem gewusst? Denn sicher ging Dr. Therese Gruber nach Kriegsende nicht gerade damit hausieren, dass sie ein Rädchen im Getriebe der NS-Rassenpolitik gewesen war! Andererseits waren die beiden Mädchen damals schon sechs Jahre alt gewesen, also durchaus nicht mehr ganz so klein.

Da kam ihr ein Gedanke. Was, wenn das alles irgendwie zusammenhing? Margaretes Herumgereise in Norwegen. Ihre belgischen Identitäten. Der französische Pass. Der Lebensborn.

Evas Blick glitt zu ihrem Laptop auf dem kleinen Schreibtisch. Sie kannte sich, wenn sie jetzt noch damit anfing, würde sie sich wieder festbeißen und stundenlang darüber brüten. Doch schließlich siegte die Unruhe und sie holte den Laptop, fuhr ihn hoch und suchte das Dokument mit Margaretes handschriftlichen Aufzeichnungen: das, auf dem sie ihre Reisen notiert hatte, den sogenannten geheimen Code.

Den Entschlüsselungsexperten war damals nur bei einem Teil der Reisen die Zuordnung gelungen, das wusste Eva von Solberg: Wo Eva im Frühjahr wie auch im Herbst 1970 gewesen war, und zwar bis zu ihrer Abreise aus dem »Hotel Hordaheimen« am 23. November, also unmittelbar vor ihrem Tod, das war bekannt. Für die Kennzeichnung der Monate hatte sie jeweils die Anfangsbuchstaben verwendet, also eigentlich nur eine simple Abkürzung wie M für Mai oder März. Mit den Orten hatte sie es genauso gehalten. Das war keine besonders kryptische Methode und passte daher, wie Eva jetzt überlegte, nicht besonders gut zu den Spionagespekulationen. Margarete hatte die Liste wohl einfach so heruntergeschrieben, um sich selbst einen Überblick zu verschaffen. Aus den Akten wusste Eva schon, dass O für Oslo stand, B für Bergen, S für Stavanger und T für Trondheim. Was, wenn sich an diesen Orten Lebensbornheime befunden hatten? Rasch gab sie die Begriffe in Google ein und drückte auf Enter.

Tatsächlich. An all diesen Orten hatte der Lebensborn Heime oder Büros betrieben!

Auf einmal war Eva hellwach. Ja, dachte sie, das wäre eine Möglichkeit, es könnte mit den Heimen zusammenhängen.

Sie griff nach ihrem Notizbuch und schrieb die Buchstaben, die noch nicht zugeordnet worden waren, untereinander – L, G, R, F, V, W, N, A – und scrollte dann durch die Website mit der Auflistung aller Lebensbornheime, die von den Nationalsozialisten damals eingerichtet worden waren.

»Das gibt's doch nicht«, flüsterte sie. Dann nahm sie einen Stift und begann zu schreiben. Kurz darauf hielt sie inne und las:

L = Lamorlaye, Frankreich
G = Gelderland, Niederlande, oder Godthåb, Norwegen
F = Franken I und Franken II oder Friesland, Deutschland
V = Végimont, Belgien
W = Wernigerode oder Wiesbaden, beide in Deutschland, oder Wienerwald in Österreich
N = Nordrach, Deutschland
A = Alpenland, Österreich

War das das Geheimnis? Hatte ihre Tante immer wieder Orte besucht, an denen sich früher Lebensbornheime befunden hatten, weil sie wusste, dass ihre Mutter einst für diese Einrichtung gearbeitet hatte?

Nur ein Buchstabe ließ sich nicht zuordnen, das R. Was hatte es damit auf sich?

Eva lehnte sich zurück, verschränkte die Hände hinter dem Kopf und ließ den Blick erneut über die Zahlen und Buchstaben wandern.

Insgesamt handelte es sich um vier Blöcke oder je nach Lesart auch fünf. Komisch eigentlich, dass Margarete die Reisen in Blöcke unterteilt und nicht einfach so heruntergeschrieben hatte, chronologisch von oben nach unten.

Und da fiel Eva etwas auf. Ja, dachte sie, das war es. Jede ihrer Reisen endete in R.

Evas Blick huschte über die verschiedenen Zahlen und Buchstaben. Sie begann, die Dauer von Margaretes Aufenthalt an den einzelnen Orten niederzuschreiben, und kontrollierte das Ganze noch einmal nach. Es war tatsächlich so: Es gab einen Ort, an dem sie sich länger als an den anderen Orten aufgehalten hatte, zwischen zwölf und zwanzig Tagen. Und dieser Ort war R. War es möglich, dass Margarete in R gewohnt hatte? Aber wofür stand R?

In dem Moment fiel ihr die Liste mit dem Inhalt der beiden Koffer wieder ein. Da war doch etwas gewesen …

Sie öffnete die Datei und scrollte durch die Seiten. Bald hatte sie auf der Liste die Gegenstände gefunden, die sie im Sinn gehabt hatte: Die Plastiktüte eines Schuhgeschäfts mit dem seltsamen Namen *Nicolshoes Nickolbaby* in der Via Barberini in Rom und die Ansichtskarte einer norwegischen Kirche, aufgenommen von einem italienischen Fotografen namens Damiano Lombardi.

Eva blickte auf. Auf einmal ergab sogar die absurde Aussage des Schuhhändlers Sinn, das mit dem seltsamen Geruch, den die Frau in seinem Laden angeblich gehabt habe. Knoblauch. Der war in Norwegen und auch in Deutschland damals noch nicht gebräuchlich gewesen, aber in der Mittelmeerküche gehörte er von jeher dazu.

»Italien«, murmelte sie und war sich auf einmal so gut wie sicher: R musste für Rom stehen.

Auch in dieser Nacht träumte Eva. Diesmal stand sie auf der Kaimauer im Hafen von Tananger, von der aus sie aber plötzlich das Kolosseum erblickte. Es musste spät in der Nacht sein, denn außer ihr war niemand unterwegs. Sie hatte ein ungutes Gefühl und wieder einmal den Eindruck, es wäre jemand hinter ihr her. Sie rannte los, über die Straße, in ein Hotel, wo sie vollkommen außer Atem versuchte, den Meldeschein auszufüllen. Doch ihre Hände zitterten so sehr, dass sie kaum den Stift halten konnte. Dabei wusste sie, dass sie das Formular unbedingt zu Ende ausfüllen musste, aber auf keinen Fall ihren richtigen Namen verwenden durfte, weil da dieser Mann hinter ihr her war. Und immer wieder blickte sie auf, durch die Fenster der Hotellobby, auf die erleuchteten Bögen des Kolosseums. Doch da Eva nun einmal so war, wie sie war, ein Hasenfuß und zu brav, um irgendetwas Ungesetzliches zu tun, wollte ihr partout kein falscher Name einfallen.

Als sie aufwachte, war sie schweißgebadet und das Morgenlicht sickerte grau durchs Fenster. Eva erhob sich mühsam und tappte ins Bad. Ihr Kopf fühlte sich breiig an und sie hatte das Gefühl, irgendetwas auszubrüten. Hoffentlich bekam sie keine Erkältung. Sie stellte sich unter den heißen Wasserstrahl, überwand sich sogar, zum Abschluss kalt zu duschen, und nahm dann vorbeugend ein Aspirin plus C.

Am Waschbecken stehend trank sie in kleinen Schlucken, während ihr Smartphone hochfuhr und die ersten WhatsApps hereinploppten. Außerdem hatte sie eine Nachricht von Solberg auf der Mailbox, der sie um Rückruf bat. Kurz überlegte sie, ob sie sich nicht erst einen Kaffee genehmigen sollte, doch Solbergs Stimme klang irgendwie komisch, also rief sie ihn sofort an.

»Guten Morgen«, sagte er in demselben angespannten Tonfall. »Sind Sie noch in der Wohnung?«

»Ich bin in Stavanger«, antwortete Eva zögerlich. »Im Hotel ›St. Svithun‹.«

»Wahrscheinlich hatten Sie noch keine Gelegenheit, eine Zeitung zu lesen oder sich anzusehen?«

Eine seltsame Ausdrucksweise, dachte Eva. »Nein. Ich bin eben erst aufgestanden. Ich habe nicht besonders gut geschlafen.«

»Dann sollten Sie sich für das wappnen, was in der *VG* steht. Ich nehme nicht an, dass Sie Ihre Meinung zu einem Interview mit Vark Henriksen inzwischen geändert haben?«

»Nein, natürlich nicht.«

Sie hörte ihn seufzen. »Da ist ein Artikel über Sie in der *VG*. Auf der Titelseite.«

»Was?«, rief sie. »Aber ich habe gar nicht mit ihm gesprochen.«

»Das ist für diese Leute leider kein Hinderungsgrund.«

Nachdem sie aufgelegt hatte, lief sie sofort zu ihrem Laptop und rief die Startseite der *VG* auf. Und entdeckte unter einer fetten Schlagzeile, die sie nicht verstand, neben Margaretes Phantomzeichnung ihr eigenes Gesicht.

Hastig gab Eva ihre Kreditkartennummer ein, um Zugriff auf den Artikel zu bekommen, und starrte dann ungläubig auf die sich öffnende Seite. Das konnte ja wohl nicht wahr sein. *Den ubehagelige tilbakekomsten av Isdal kvinne* stand dort, was sie sofort in Google Übersetzer eingab – es bedeutete so viel wie *Die unheimliche Rückkehr der Isdal-Frau.* Sie scrollte nach unten und entdeckte weitere Fotos, auf denen sie zu sehen war. Im Mietwagen, vor Moens Haus stehend und in der Wohnung, wie sie am Esstisch vor ihrem Laptop saß und mit einer Tasse in der Hand am Fenster stand.

Wie hatte dieser Mann nur unbemerkt all diese Fotos schießen können! Erst dann dämmerte es ihr. Der Wohnblock gegenüber. Der Zigarettenraucher in der Morgendämmerung. Das war er gewesen, Vark Henriksen! Wenn sie ihm nicht die Speicherkarte kaputt gemacht hätte, wären hier garantiert auch Fotos von ihr im Isdal abgedruckt gewesen, wie sie sich zerzaust und mit verkrampftem Gesichtsausdruck durchs Gestrüpp kämpfte.

Sie ließ sich auch den restlichen Artikel übersetzen. Wie zu erwarten gewesen war, gab er nicht viel Neues her. Das meiste war eine Art Aufguss von altbekannten Informationen. Die spärlichen Fakten, die Henriksen herausbekommen hatte, kreisten einzig um die Tatsache, dass die Identität der Isdal-Frau nach Jahrzehnten endlich gelüftet worden war. Allerdings warf die *VG* nun die Frage auf, wieso niemand aus der Familie Gruber Margarete je als vermisst gemeldet hatte. Der letzte Absatz war noch einmal eine Steigerung: Nach fast fünfzig Jahren ist zwar die Identität der Toten klar. Der ganze Rest bleibt jedoch im Dunkeln. Was ist damals wirklich geschehen? Warum musste Margarete Gruber sterben? Irritierend ist auch, dass die Familie nicht an der Aufklärung des Falles interessiert zu sein scheint. Was hat sie zu verbergen? Steckt am Ende ein düsteres Familiengeheimnis hinter dem Ganzen? Etwas, das nie ans Tageslicht kommen sollte? Warum sonst hätte diese Familie damals geschwiegen – und warum schweigt sie bis heute?

Eva saß da, als hätte ihr jemand eine Faust in den Magen gerammt. Dieser miese Schmierfink, wie kam er dazu, ihre Familie in den Dreck zu ziehen! Dieser Mann wusste gar nichts und schaffte es doch mit wenigen Worten, die ganze Angelegenheit in einem völlig falschen Licht darzustellen. Wütend klappte sie den Laptop zu und stand auf.

Doch während sie ihre Kleider in den Koffer warf, beschlichen sie Zweifel. So unrecht hatte der Typ eigentlich gar nicht. Denn ihre Mutter hatte ja tatsächlich geschwiegen, und sie tat es immer noch, wenngleich natürlich aus einem völlig anderen Grund. Wenn Eva schon dabei war, einen kritischen Blick auf ihre Familie zu werfen, dann drängte sich tatsächlich die Frage auf, wie das damals gewesen war. Wie hatte die Kleine überhaupt verloren gehen können? Offensichtlich handelte es sich ja weder um eine Entführung noch um ein Verbrechen. Das Kind musste weggelaufen sein, aber aus welchem Grund? Ein Kind läuft schließlich nicht einfach so weg, wenn alles in Ordnung ist. Es musste also etwas vorgefallen sein. Hatte Margarete etwas beobachtet, das sie verstört hatte? So sehr verstört, dass sie nicht anders gekonnt hatte, als davonzulaufen?

Als Eva gegen Mittag Bergen erreichte und sich dem Hegrenesveien näherte, musste sie wieder an die Fotos denken, die Henriksen von ihr dort in der Wohnung gemacht hatte. Sie hatte sich sicher gefühlt, während ein Mann gegenüber jeden ihrer Schritte durch ein Teleobjektiv beobachtet hatte! Mit einem flauen Gefühl fuhr sie um die letzte Kurve. Doch auf das, was sie dort erwartete, war sie trotzdem nicht gefasst.

Eine ganze Traube von Journalistinnen und Journalisten stand vor dem Eingang und setzte sich, kaum dass sie aus dem Wagen gestiegen war, in Bewegung. Kameras wurden gezückt und Fotos von ihr gemacht, Mikrofone wurden ihr vors Gesicht gehalten, während Fragen auf sie niederprasselten. Im ersten Moment war sie so schockiert, dass sie stehen blieb und mit schreckgeweiteten Augen in die Menge blickte. Doch dann fasste sie sich, drehte sich auf dem Absatz um und bahnte sich energisch ihren Weg zurück zum Wagen. Beim Davonfahren bemerkte sie im Rückspiegel, dass ihr eine ganze Eskorte von Wagen folgte und so sah sie keine andere Möglichkeit, als direkt zum Polizeipräsidium zu fahren und auf den Eingang zuzulaufen.

Fünf Minuten später saß sie in Solbergs Büro.

»Ich wusste nicht, wo ich sonst hinsollte«, sagte sie und kam sich furchtbar unbeholfen vor.

Der Kommissar stand am Fenster und blickte auf die Meute, die sich vor dem Polizeipräsidium postiert hatte.

»Sie haben gut daran getan hierherzukommen. Die einzig richtige Entscheidung.« Mit grimmigem Gesichtsausdruck fügte er hinzu: »Diese Kanaille.«

»Ich hätte nicht gedacht, dass das so ausarten könnte. Ich meine, Sie haben mich ja schon gewarnt, dass dieser Fall ...« Sie legte die Hände aufs Gesicht und schüttelte den Kopf.

Eine Weile lang sagte keiner von ihnen ein Wort. Dann brach Solberg das Schweigen.

»Sie sollten sich für den Rest Ihres Aufenthalts eine andere Bleibe suchen.«

Sie nahm die Hände vom Gesicht und nickte müde.

»Wenn Sie möchten, hole *ich* Ihre Sachen aus der Wohnung.«

Überrascht sah sie ihn an. »Das will ich Ihnen nicht zumuten. Aber danke für das Angebot.«

Er lächelte aufmunternd. Dann fragte er: »Wie ist es Ihnen denn sonst bisher ergangen?«

Sie richtete sich auf. »Ehrlich gesagt eher gemischt.«

Sie überlegte kurz, ob sie ihm von ihrer Vermutung zu Margaretes geheimen Aufzeichnungen erzählen sollte, entschied sich aber dagegen. Sie konnte noch nicht darüber sprechen, nicht mit jemandem außerhalb der Familie. Es hätte sich wie ein Verrat angefühlt, an ihrer Mutter, an ihrer Großmutter. Das wollte sie erst einmal für sich alleine klarkriegen. Und so berichtete sie ihm nur von ihren Gesprächen mit dem Schuhverkäufer und den Paulsen-Geschwistern.

»Die sollen ihm *was* gegeben haben, einen Revolver?«, fragte Solberg und sah sie ungläubig an.

Eva zuckte mit den Schultern. »Ja. Kommt mir auch komisch vor«, sagte sie und wandte den Blick ab. Plötzlich kam sie sich Solberg gegenüber unehrlich vor. Warum sprach sie nicht offen mit ihm? Schließlich war er ein erfahrener Ermittler, es war sein Job, Details wie das mit den Lebensbornheimen einzuordnen. Doch sie brachte es einfach nicht über sich. Die Sache mit Rom konnte sie ihm aber erzählen, oder etwa nicht? Ehe sie es sich anders überlegen konnte, sagte sie: »Ich habe mir den Secret Code noch mal vorgenommen und … dabei ist mir etwas aufgefallen.«

In kurzen Worten berichtete sie von der Anordnung der Reisen in Blöcken, von Margaretes verhältnismäßig langen Aufenthalten in R und ihren Überlegungen zu der Schuhladentüte, dem Knoblauch und der Postkarte des italienischen Fotografen.

Am Ende sah Solberg sie fast versonnen an. »Rom also …« Dann wandte er sich plötzlich der Tastatur seines Computers zu und tippte etwas ein. »Aber ja! Das würde auch zu ihrer Reise am 30. April passen. Das Ticket nach Basel, das sie gekauft hat. Das war damals die Reiseroute Nummer eins, wenn man in den Süden wollte.« Wieder wandte er sich dem Computer zu, schien noch etwas zu suchen. »Ich finde das jetzt auf die Schnelle leider nicht. Aber da war doch irgendwo eine Zeugenaussage von diesem Italiener, dem Postkartenfotografen, wie hieß der noch mal?«

»Damiano Lombardi«, sagte Eva und beugte sich interessiert vor. »Die habe ich noch nicht übersetzt bekommen. Was stand denn da drin?«

»Hm ... wohl nichts Weltbewegendes, sonst hätte man diese Spur sicher verfolgt.«

»Na ja ... Trotzdem danke für den Hinweis. Die werde ich mir anschauen.«

Eva nickte Solberg zu, ging zum Fenster und blickte hinunter zu ihrem Wagen, der immer noch von Journalisten belagert wurde.

»Die lassen nicht locker.«

Solberg trat neben sie. »Was haben Sie denn noch so vor?«

Eva zögerte kurz, bevor sie antwortete. Sie hatte plötzlich das Gefühl, den Überblick zu verlieren, und fragte sich, ob das, was sie noch vorhatte, überhaupt Sinn ergab – vielleicht waren die Punkte auf ihrer Liste ja doch eher so etwas wie eine Beschäftigungstherapie? Sollte sie, statt Hotels abzuhaken, die restlichen Tage in Norwegen nicht lieber dafür verwenden, sich die Lebensbornheime anzusehen? Sie unterdrückte ein Seufzen und versuchte, ihrer Stimme einen festen Klang zu verleihen, als sie sagte: »Erst einmal werde ich mir den nächsten Stapel der Übersetzung abholen. Und dann wollte ich mir die Hotelzimmer im ›Rosenkrantz‹ und ›Hordaheimen‹ ansehen, in denen Margarete damals abgestiegen ist. Und wenn ich es schaffe, will ich auch noch zum ›Bristol‹, ›Skandia‹ und ›Neptun‹.«

»Das ›Hotel Skandia‹ gibt es nicht mehr. Die anderen existieren noch, haben nur leicht veränderte Namen. Ich schreibe Sie Ihnen auf.« Er kritzelte etwas auf einen Notizzettel und reichte ihn ihr. Dann sagte er: »Nehmen Sie meinen Wagen. Er steht auf dem Polizeiparkplatz hinterm Haus.«

Eva nahm ihre Tasche vom Stuhl. »Das ist furchtbar nett von Ihnen, aber das kann ich nicht ...«

»Annehmen? Doch, das können Sie.« Er griff in seine Hosentasche, zog einen Autoschlüssel heraus und drückte ihn ihr in die

Hand. »Tun Sie, was Sie sich vorgenommen haben. Ich werde derweil Ihre Sachen aus Ihrer Ferienwohnung holen und sie, wenn Sie das möchten, in eine Pension bringen, wo Sie Ihre Ruhe haben werden.«

Eva protestierte nur halbherzig und spürte das schlechte Gewissen in sich hochsteigen. Gerade hatte sie sich noch gescheut, ihm gegenüber ganz offen zu sein, und nun tat er so viel für sie.

Sie bedankte sich, griff nach dem Schlüssel und verließ das Polizeipräsidium durch den Hinterausgang.

Bergen, Norwegen, März 1970

»Frierst du?«, fragt er, während er den Motor anlässt, und als sie nickt, dreht er die Heizung voll auf. Frühling in Norwegen, denkt sie. Wie kalt es hier noch immer ist, ganz anders als in Rom. Doch während sie durch den regnerischen Tag fahren, fühlt Marguerite sich auf einmal wie eingewebt in eine Wärme, die nicht nur mit der Heizung zu tun hat. Ich bin wirklich hier, denkt sie und kämpft gegen ein Gefühl der Unwirklichkeit. Sie presst die Lippen aufeinander und blickt hinaus, sieht Fußgänger und einen gelben Prachtbau an sich vorübergleiten, noch immer winterkahle Bäume.

Nach einigen Kilometern wird die Bebauung dünner und Damiano biegt links ab. An einem Wäldchen halten sie.

»Den Rest müssen wir zu Fuß gehen«, sagt er und sie steigen aus, treten hinaus in den Regen. Marguerite schlägt den Kragen ihres Mantels hoch, blickt sich um. An der Seite Felsen, wintermüdes Gras, schwarzes Geäst. Man weiß nicht richtig: Ist man nun auf dem Land oder gehört das noch zu Bergen? Einen kurzen Augenblick bleibt sie stehen, legt den Kopf in den Nacken und sieht hinauf in die Wipfel einer alten Tanne, spürt die Tropfen im Gesicht, eiskalt. Ob es in Norwegen eigentlich immer regnet? Seitdem sie vor vier Tagen in Oslo gelandet ist, hat noch kein einziges Mal die Sonne geschienen.

»Hier entlang«, sagt Damiano und geht los, ihr voran einen Pfad entlang, der nach wenigen Metern im Wald verschwindet. Marguerite folgt ihm zunächst nur zögernd, geht die ersten Schritte wie auf Eiern und versucht, dem Matsch auszuweichen. Sie will sich ihre Lederschuhe nicht ruinieren. Doch nach ein paar Metern gibt sie auf und stapft Damiano einfach hinterher, ohne darauf zu achten, wohin sie tritt. Bald ist das einzige Geräusch um sie her das ihrer Schritte und dazu das Rauschen des Regens auf dem braunen Laubteppich.

Auf einmal lichtet sich der Wald. Und da ist sie, direkt über ihnen, die Holzkirche mit dem mehrstufigen Dach. Sie steht auf einer Art Plattform und ist von einer Mauer umgeben.

Damiano ist zur Seite getreten, damit sie freie Sicht hat. Ohne groß auf den Weg zu achten, geht Marguerite weiter bergauf, folgt dem Pfad an der Längsseite der Kirche entlang, den Blick unverwandt auf dieses eigenartige Bauwerk gerichtet. Für sie sieht es so aus, als hätte der Baumeister sich mitten in der Arbeit umentschieden und doch lieber einen Turm als eine Kirche bauen wollen. Denn tatsächlich sind es, sie zählt nach, sechs übereinandergesetzte Dächer. Wobei das oberste Dächlein eher ein Türmchen ist.

Oben angelangt, lässt sie die Augen über den Vorplatz der Kirche schweifen und erblickt schließlich einen kleinen Hügel, nicht mehr als eine Erhebung im Boden, aus dem ein windschiefes Steinkreuz ragt. Eine ganze Weile betrachtet sie das Kreuz, lässt die Szenerie auf sich wirken und geht einmal unter dem hölzernen Bogengang um die Kirche herum. Ihre Schritte rascheln im Laub, das der Winterwind an die Kirchenwand geweht hat. Als sie sich Damiano wieder nähert und ein paar Meter entfernt vor ihm stehen bleibt, ist ihr Gesicht unbewegt.

»Was ist mit dir?«, fragt er, als er ihre Miene sieht. »Hast du denn nichts wiedererkannt?«

Sie holt tief Luft, sieht ihn an, um etwas zu sagen, bringt aber erst einmal kein Wort heraus. Sie ringt um Fassung, schluckt und sagt dann in einem Ton, der vollkommen entsetzt klingt: »Ich habe … alles wiedererkannt. Alles. Ich bin hier gewesen … mit meiner Schwester und meiner Mutter.«

Auf dem zweiten Bildschirm erscheinen verschiedene Karten. Die eine zeigt, wo die Tote mutmaßlich im Alter von vier Jahren lebte, eine andere, wo sie als Heranwachsende wohnte. Die unwahrscheinlichsten Regionen sind blau, die wahrscheinlicheren gelb und orange, die wahrscheinlichsten rot. Auf der ersten Karte gibt es nur einen roten Punkt, scharf umrissen. Es ist Nürnberg samt Umgebung.

Die Zeit, 10. Januar 2018

Drei Tage später stand Eva in ihrer Küche in Pasing und schnippelte Salat. Sie war spät dran, hatte zuerst mit Moen telefoniert und sie gebeten, ihr baldmöglichst die Übersetzung der Zeugenaussage dieses italienischen Fotografen vom Mai 1971 zu schicken, und sich danach an etlichen Zeitungsartikeln über Margarete festgefressen.

Es war ein eigenartiges Gefühl, wieder zu Hause zu sein. Natürlich war sie nicht besonders lange weg gewesen, gerade mal eine Woche, die Zeit, die Justus Herbstferien gehabt hatte. Und doch war sie innerlich noch nicht wieder ganz angekommen.

Die letzten Tage in Norwegen waren ein Hin und Her gewesen. Die beiden Lebensbornheime hatte sie gar nicht mehr aufsuchen können, die Aktion mit den Hotels hatte zu viel Zeit gekostet. Gründlich, wie es Evas Art war, hatte sie jedes einzelne Hotel abgeklappert, in dem Margarete in der Zeit vor ihrem Tod abgestiegen war. Sie hatte sogar zwei ehemalige Hotelangestellte aufgestöbert, die Margarete persönlich begegnet waren.

Elegant sei sie gewesen, weltgewandt, beschrieb ein Zimmermädchen des »Hordaheimen« ihre Tante; sie habe damals zu ihrer Kollegin gesagt, so wolle sie später auch mal werden. Eine

Frau von Welt. »Es gab nicht viele allein reisende Frauen damals, müssen Sie wissen.« Diese Aussage hatte Eva gefallen, die Worte einer Servierkraft allerdings, die Margarete beim Frühstück bedient hatte, fand sie schwer zu verkraften. Ernst sei die Frau gewesen, kein einziges Mal habe sie gelacht, nicht einmal gelächelt. Und auf Evas Frage, ob sie sich noch daran erinnern könne, was sie gefrühstückt habe, hatte die Frau gesagt: »Aber natürlich! Sie bestellte ja immer Haferbrei.«

Haferbrei.

Das gleiche Frühstück, das Ingrid, seit Eva denken konnte, jahrein, jahraus jeden Morgen zu sich nahm.

Die beiden kleinen Schwestern, hatte sie daraufhin gedacht und sich fast wie unter Zwang vorgestellt, wie sie nebeneinander an einem Tisch saßen, jede mit einem Schüsselchen vor sich, und einträchtig ihren Haferbrei löffelten. Ein Bild, das Eva seither nicht mehr aus dem Sinn bekam.

Fast unwirsch schüttelte sie den Kopf, verscheuchte die kleinen Zwillinge aus ihren Gedanken und ging zum Geschirrschrank. Mit einer energischen Bewegung schnappte sie die auf dem Tisch liegenden Zeitungsartikel, warf sie in den Korb unterm Fenster und begann, fürs Mittagessen zu decken. Natürlich wurde der Fall jetzt auch in der deutschen Presse behandelt. In den letzten Tagen hatte Eva sich etliche Artikel ausgedruckt. Was in der *BILD* erschienen war, hatte sie allerdings bewusst ignoriert. Wahrscheinlich hatten die einfach den Mist übernommen, der in der *VG* erschienen war. Jedenfalls hatte sich zu Evas Erleichterung bisher keiner von der Redaktion bei ihr gemeldet. Wahrscheinlich war es ihnen einfach nicht gelungen, ihre Adresse oder Telefonnummer herauszubekommen. Trotzdem hatte Eva ihren Wagen auch heute für alle Fälle zwei Straßen weiter geparkt. Falls doch noch ein *BILD*-Reporter hier antanzen würde, hätte sie die Möglichkeit, sich unauffällig durch die hintere Gartenpforte zu verkrümeln. Die Erfahrung mit der *Verdens Gang* saß ihr noch in den

Knochen, sie hatte keine Lust, nachher mit einem Journalisten im Schlepptau zum Einkaufen und dann zu Ingrids und Bodos Haus zu fahren, um dort schon mal die Heizung hochzudrehen. Die beiden würden heute Abend von Taormina zurückfliegen. Ob Bodo, der ja ein eifriger Zeitungsleser war, im Flugzeug auf den Artikel im *Spiegel* stoßen würde? Oder in der *Süddeutschen* oder *FAZ*? Das war sehr wahrscheinlich. Eva fragte sich nur, ob er die Zeitung wohl schnell wieder zuklappen würde, damit Ingrid nur ja nichts mitbekäme?

Sie ging zum Herd, gab Öl in die Pfanne und holte die Filets aus dem Kühlschrank. In ein paar Minuten würde Justus von der Schule kommen. Dann sollte das Essen auf dem Tisch stehen, auch deshalb, weil sie nach dem Abstecher zum Haus ihrer Eltern noch zwei Termine hatte, einen mit Justus beim Kieferchirurgen und einen zweiten am Abend. Um 19.00 Uhr würde sie sich mit Dr. Timur Wiesner treffen, einem Geheimdienstexperten, der sie bei einem früheren Projekt über eine Künstlerin der DDR einmal beraten hatte. Sie hatte ihn spontan kontaktiert und gefragt, ob er es mit seinem fachlichen Hintergrund für möglich halte, dass Margarete eine Spionin gewesen sein könne. Eva kam diese Theorie nach wie vor absurd vor, obwohl sich inzwischen auch die seriösen Zeitungen in Spekulationen darüber ergingen, ob Margarete womöglich für den Auslandsnachrichtendienst der DDR oder den KGB gearbeitet haben könnte. Was Eva dabei mittlerweile vor Ärger fast den Atem raubte, war das ständige Daraufherumreiten, dass Margarete angeblich acht belgische Pässe besessen haben sollte. Diese vollkommen unsinnige Falschinformation von der *VG* wurde von allen nachgebetet, obwohl es keinen einzigen Zeugen gab, der Margarete überhaupt je mit einem belgischen Pass gesehen hatte! Wieso machte sich keiner dieser Journalisten die Mühe, das einmal zu recherchieren?

Was die Sache mit Tananger anging, war es für Eva inzwischen klar, dass Jesper Paulsen auf keinen Fall gesehen haben konnte, dass sich Margarete mit einem *Offizier* unterhalten hatte. Das musste er sich zurechtfantasiert haben, denn um es zu *sehen,* war er einfach viel zu weit entfernt gewesen. Und wenn Paulsen schon in dieser Hinsicht fabuliert hatte, wie zuverlässig war dann seine Behauptung über den Revolver?

Na gut, sie würde ja sehen, was der nüchterne Dr. Wiesner von alldem hielt. Erst wenn sie das alles für sich geklärt hatte, würde sie sich dem für sie unangenehmsten Thema zuwenden: der Vergangenheit ihrer Oma, der Ärztin Dr. Therese Gruber.

Als Justus ein paar Minuten später zur Küchentür hereinkam, sah Eva auf den ersten Blick, dass etwas nicht in Ordnung war. Im nächsten Moment hielt er ihr die *BILD* vor die Nase.

»Schau dir das mal an, was schreiben die da für einen Müll über Oma!«

Eva starrte auf die Zeitung. Zwei Fotos prangten nebeneinander: links Margaretes Phantombild mit der Kurzhaarperücke, rechts Ingrid als Lufthansa-Stewardess mit der gleichen Frisur. Darüber in fetten Lettern: *Tote aus Isdal hatte Zwilling! Warum schwieg die Society-Lady?*

Einen Moment lang wurde Eva ganz schlecht. Wie betäubt griff sie nach der Zeitung und sank auf den Küchenstuhl. Woher hatten die Reporter nur dieses Foto? Wie hatten sie Ingrids Namen herausbekommen? Und so, wie der Artikel wirkte, war es auch nicht der erste Beitrag, den die *BILD* dem Thema widmete. Eva las den kurzen Abschnitt unter der Schlagzeile.

Wie die anderen Zeitungen stellte auch die *BILD* Mutmaßungen über Margarete als Spionin oder Kriminelle an. Dabei fokussierte sich die *BILD* in diesem Artikel vor allem auf Ingrid als Margarete Grubers Familie. *War ein Streit der Grund dafür, dass die Münchner Society-Lady Ingrid B. ihre Schwester nie als vermisst gemeldet hat? Warum schwieg sie? War Margarete Gruber vielleicht auf die schiefe Bahn geraten und die Familie war froh, sie los zu sein? Oder steckt noch mehr dahinter?*

Hastig blätterte Eva weiter, um auch den Rest des Artikels zu lesen. Die *BILD* hatte doch hoffentlich nicht die Vergangenheit ihrer Oma unter die Lupe genommen? Eva wurde übel bei der Vorstellung. Nicht auszudenken, was die daraus machen würden! Doch im restlichen Artikel war davon nichts zu lesen. Blieb nur die Frage, wie lange es dauern würde, bis die Boulevardjournalisten auch das ausgebuddelt hätten.

»Was wollen die denn damit sagen?«, fragte Justus und seine Stimme klang auf einmal ganz dünn.

Nach der Rückkehr aus Norwegen hatte Eva Justus von ihrer Reise berichtet. Er war extrem interessiert gewesen, hatte genau nachgefragt. Doch bevor es auf Oma Therese und den Lebensborn gekommen wäre, hatte Eva sich im letzten Moment gebremst und beschlossen, erst einmal weiter nachzuforschen, bevor sie ihren Sohn damit belastete. Obwohl er es vielleicht weniger als Belastung empfunden hätte als sie? Sie warf ihm einen Blick zu, wie er dastand, mit seinem offenen Gesicht. Die Augen hinter der Brille blickten verwirrt, aber aufmerksam.

»Komm, setz dich mal. Ich muss dir noch was erzählen. Das hat nichts mit dem Mist zu tun, den die da schreiben. Trotzdem solltest du es wissen.«

Als sie später vor Ingrids Haus aus dem Wagen stieg, schien die Sonne. Ein goldener Herbsttag, dachte sie und sah hinauf in das kahle Geäst der riesigen Linde, das sich vor einem blauen Himmel abzeichnete. Wie zu erwarten gewesen war, hatte Justus zunächst geschockt gewirkt, sich dann aber rasch wieder gefasst.

»Du meinst, deine Oma hat für diesen Naziverein gearbeitet? Also war sie eine von den ganz Überzeugten?«, hatte Justus gefragt und Eva hatte mit den Schultern gezuckt und geantwortet: »Sicher weiß ich das nicht. Aber ich werde es herausfinden.«

Eva schloss die Haustür auf und betrat die Diele. Wie immer duftete es ganz wunderbar, kein bisschen schal oder abgestanden, was an den exklusiven Raumdüften lag, die sich Ingrid regelmäßig aus Paris schicken ließ.

Sie streifte die Schuhe ab, schlüpfte in ein paar weiße Lammfellpantoffeln für Gäste und stellte den Thermostat im Wohnzimmer auf die gewünschte Temperatur. Dann lief sie die Treppe hoch, nach oben, wo sie das Schlafzimmer betrat.

Die schräg stehende Herbstsonne flutete das honigfarbene Eichenparkett, verstärkte das Weiß der Leinenvorhänge und brachte die sieben kleinen Heiligenbilder über dem Toilettentisch zum Leuchten. Eine Heilige für jede Lebenslage, dachte Eva und ließ ihren Blick über die Frauen schweifen – die eine, Hildegard von Bingen, im Nonnengewand mit einer Blüte in der Hand, die andere, die heilige Magdalena, mit halb entblößter Schulter und wallendem Haar. Die heilige Vera mit dem Kreuz. Den Glauben an die Kraft dieser Frauen hatte Ingrid wohl nie ganz abgelegt. Am besten gefiel Eva nach wie vor das Bild der heiligen Genoveva, eine kindliche Erscheinung im grün-gelben Gewand, die eine Kerze in der Hand hielt. Als Kind hatte Ingrid ihr manchmal von diesen wundertätigen Frauen erzählt, all die Geschichten, die ihre Großmutter wiederum Ingrid erzählt hatte. Und selbst wenn Eva – und wohl auch ihre Mutter selbst – nun nicht mehr an all diese Wundergeschichten glaubte, so freute sie sich doch, dass diese Erbstücke Ingrids Tabula-rasa-Aktionen überlebt hatten, auch wenn sie gewiss keinen materiellen Wert besaßen.

Eva wandte sich ab und regelte auch hier die Temperatur. Dann wandte sie sich zum Gehen. An der Tür drehte sie sich noch einmal um und ließ den Blick ein letztes Mal über die Bilder schweifen. All diese Heiligen, dachte Eva. Wann Ingrid diese Bilder wohl geschenkt bekommen hatte? Sie mussten ihr noch immer viel bedeuten – ein Stückchen heile Welt vielleicht, bevor ihr sorgloses Kinderleben durch Margaretes Verschwinden für immer zerbrochen war? Diesem Gedanken nachhängend verließ Eva den Raum und schloss die Tür hinter sich.

Sie war die Treppe bereits hinuntergegangen, als mit einem Mal das Gefühl in ihr hochstieg, etwas zu übersehen. Sie stutzte. Wie merkwürdig, sie neigte nicht zur Vergesslichkeit und auch nicht dazu, die Flöhe husten zu hören.

Dann fiel es ihr ein.

Sie kehrte um, lief nach oben und betrat das Schlafzimmer ein zweites Mal. Vor den Heiligenbildern blieb sie stehen.

Das war es, dachte sie und war erstaunt, wie plötzlich ihr das klar geworden war. Die Heiligen! Walburga. Genoveva. Claudia. Elisabeth. Magdalena. Vera. Hildegard. All diese Namen hatte Margarete für ihre falschen Identitäten verwendet, entweder als Vorname oder als Straßenname, meist eben in der französischen Form.

Eva griff in ihre Manteltasche, holte ihr Smartphone hervor und suchte nach den Fotos der Meldescheine. Und so war es: Lancier, Geneviève. Rue Ste. Walburga. Tielt, Claudia. Place Ste. Walburga. Leenhouvwer, Elizabeth. Rue Ste. Hildegard. Noch mal Claudia Tielt, diesmal in der Rue de la Madeleine. Und schließlich Nielsen, Claudia. Und wieder Rue Ste. Walburga.

Gebannt sah Eva auf die Fotos. Wie ihre Schwester, so hatte also auch Margarete die Heiligengeschichten ihrer Großmutter in sich bewahrt. Mit einem Mal hatte sie das Gefühl, es sei ihr für einen Moment gelungen, das Bild in ihrer Kamera scharf zu stellen und einen klaren Blick auf diesen Menschen zu werfen, die Schwester ihrer Mutter, das Kind, das sechs Jahre lang engstens mit Ingrid zusammengelebt hatte. Und auch jetzt wieder war der erste Gedanke der, dass sie das unbedingt ihrer Mutter erzählen musste.

Der Termin beim Kieferchirurgen hatte länger gedauert als erwartet. Dann war sie in einen Feierabendstau auf der Stadtautobahn geraten und fuhr nun mit zwanzig Minuten Verspätung über den Ikea-Parkplatz, wo wieder einmal Hochbetrieb war.

Als sie endlich das Restaurant betrat, hatte sie wenig Hoffnung, Dr. Wiesner noch anzutreffen. Und doch entdeckte sie seinen schlohweißen Kopf mit der Hornbrille an einem Fensterplatz ganz hinten.

»Es tut mir unendlich leid«, sagte sie und hielt ihm die Hand zur Begrüßung hin.

Er blickte von seiner Lektüre auf und sie sah auf den ersten Blick, dass er ihre Verspätung gar nicht bemerkt hatte.

»Wie Sie sehen, habe ich mich nicht gelangweilt«, sagte er zufrieden und fügte mit einem schalkhaften Lächeln hinzu, er habe hier mehr Ruhe als zu Hause. »Da muss ich nur diese Männersachen machen, Sie wissen schon, Büsche beschneiden und so tun, als könnte ich Radios reparieren. Dabei bin ich schon froh, wenn ich es schaffe, eine Glühbirne auszuwechseln.«

Eva erwiderte sein Lächeln. Sie wusste, dass er maßlos übertrieb. Aber genau deshalb fand sie ihn ja auch so sympathisch. Er war der größte Tiefstapler, den sie kannte.

Sie wollte sich setzen und gleich zur Sache kommen, doch er unterbrach sie und fragte in gespieltem Entsetzen: »Haben Sie Ihre Koffeinsucht etwa überwunden?«

Als Eva stutzte, grinste er und fügte mit einer nonchalanten Handbewegung hinzu: »Holen Sie sich ruhig Ihr Suchtmittel. Ich lese derweil noch ein bisschen.«

Als Eva fünf Minuten später mit einem Kaffee für sich und einem Glas Preiselbeersaft für Dr. Wiesner an den Platz zurückkehrte, sagte der ohne Umschweife: »Die Zeitungen sind ja voll von Ihrem Fall, Donnerwetter!«

Eva verzog das Gesicht. »Das kann man wohl sagen.«

Er warf ihr einen mitfühlenden Blick zu und sagte dann: »Ich habe mir die Unterlagen angesehen, die Sie mir geschickt haben. Sie wollen also von mir wissen, für wie wahrscheinlich ich es halte, dass diese Frau – Ihre Tante – für einen Nachrichtendienst gearbeitet hat?«

»Genau das«, antwortete sie und sah ihn gespannt an.

»Gut«, sagte er. »Das lässt sich kurz fassen: Meiner Ansicht nach ist ausgeschlossen, dass sie eine Agentin war. Und ich will Ihnen auch sagen, warum ich das denke.«

Er nahm einen Schluck von seinem Preiselbeersaft und tupfte sich den Mund mit der Serviette ab.

»Erstens: Dass POT in dem Fall ermittelt hat, ist vollkommen normal. Die Stimmung damals war geradezu paranoid und Norwegen sah sich einer realen Bedrohung durch den Ostblock ausgesetzt. Zweitens: Sie sagen, Ihre Tante war mit acht verschiedenen Identitäten unterwegs. Ich kann Ihnen versichern, dass sowohl der KGB als auch der Auslandsnachrichtendienst der DDR seine Spione nur mit einer einzigen Identität ausgestattet hat. Es gibt Einzelfälle, in denen ein Agent zwei Identitäten hatte, aber das war schon ungewöhnlich. Diese eine Identität war aber perfekt ausgearbeitet. Alles hat dazu gepasst, natürlich auch die Etiketten an Kleidung und Kosmetik. Etiketten zu entfernen steht nicht gerade im Handbuch für Agenten, das wäre viel zu auffällig. Übrigens sind ja gar nicht alle Etiketten entfernt worden, im Gegensatz zu dem, was jetzt wieder so schön in den Zeitungen behauptet wird.«

»Das ist mir auch aufgefallen.« Eva nickte langsam. »Und die Sache mit dem Stuhl, den sie vor ihr Hotelzimmer gestellt hat, und dieses D vom Badezimmerschild neben ihrer Zimmernummer?«

»Was das angeht … Ich habe mir erlaubt, zwei ehemaligen Agenten der HVA von dem Fall zu erzählen. Beide waren sich einig: So wäre ein Agent niemals vorgegangen, er hätte damit viel zu viel Aufmerksamkeit auf sich gezogen. Sie muss einen anderen Grund für die Kennzeichnung ihrer Zimmertür gehabt haben. Aber Ihr Kaffee wird ja kalt.«

Eva blickte auf ihre Tasse und nahm einen Schluck. »Also gut«, sagte sie. »Sie hat also ihre Zimmertür für jemanden gekennzeichnet. Ein anderer Gast, der sie besuchen kam? Jemand, mit dem sie verabredet war? Jemand, der ihr etwas übergeben wollte oder dem sie etwas übergeben wollte?«

Wiesner zuckte mit den Achseln. »Ob sich das jetzt noch herausfinden lässt?«

Da musste Eva plötzlich an das Heiligenbildchen denken. »Wer weiß, vielleicht ja doch.« Dann fragte sie: »Und die Sache mit dem Revolver? Könnte da was dran sein?«

Wiesner winkte ab. »Das glauben Sie doch selbst nicht wirklich. Und ich kann Ihnen sagen, Sie haben recht: Ein Nachrichtendienst händigt einem Privatmann keine Waffe aus. Von so etwas habe ich in meiner gesamten Laufbahn noch nie gehört.«

Auf einmal spürte Eva einen gewaltigen Ärger in sich aufsteigen. »Was da alles für ein Mist behauptet wird«, brach es aus ihr heraus. »Das ist doch nicht zu fassen! Dadurch wird nur alles noch komplizierter.«

»Tja«, sagte Wiesner. »Die Gedanken sind frei. Und die Presse sowieso. Also bleibt jetzt nur noch die Frage, ob Ihre Tante sich tatsächlich mit einem Besatzungsmitglied eines Torpedobootes unterhalten hat. Oder ob auch das zum Seemannsgarn gehört. Nehmen wir mal an, die Beobachtung entspricht den Tatsachen. Dann hatte Ihre Tante vielleicht einfach nur ein Verhältnis mit diesem Mann.«

Wiesner nahm noch einen Schluck Preiselbeersaft, stellte das Glas ab und sah sie mit einem munteren Gesichtsausdruck an.

»Ich habe mir erlaubt, noch ein bisschen mehr in der Polizeiakte herumzustöbern. Was ich halt noch lesen konnte in der kurzen Zeit. Wenn Sie sich die Zeugenaussagen der Hotelangestellten einmal genauer angesehen haben, ist Ihnen die Sache mit dem Gepäck sicher auch aufgefallen?«

»Sie meinen die weiße Reisetasche mit der Aufschrift *California*, mit der Zeugen sie immer wieder gesehen hatten? Sie wurde, soweit ich weiß, nie gefunden.«

»Nein. Ich meine die Anzahl der Koffer, mit denen sie gesehen wurde. Sie müssten das noch mal genau nachprüfen, aber mir ist eines aufgefallen: Anscheinend wurde Ihre Tante in Bergen vor ihrem Tod mal mit einem, mal mit zwei Koffern gesehen. Zuerst dachte ich, die Zeugen hätten möglicherweise nicht genau darauf geachtet. Aber soweit ich das beurteilen kann, haben die Beamten gründlich nachgefragt. Ich rate Ihnen also, sämtliche Zeugenaussagen zur Anzahl der Koffer noch einmal genauestens nachzuprüfen. Wobei dadurch natürlich leider nur eine weitere Frage aufgeworfen wird, auf die es keine Antwort zu geben scheint.«

Auf dem Rückweg nach Hause bretterte Eva im Regen über die Autobahn. Sie erkannte sich gar nicht wieder, denn eigentlich gehörte sie zu den Menschen, denen unwohl wurde, sobald die Tachonadel über 140 wanderte.

Als sie gegen halb neun zu Hause eintraf, saß Justus vor irgendeiner Netflix-Serie und tipselte gleichzeitig auf seinem Smartphone herum, neben sich eine leere Chipstüte. Ihr Angebot, ihm noch etwas zu essen zu machen, lehnte er ab, und so ging sie in die Küche, kochte für sich einen Lindenblütentee und strich sich ein Brot, nur um gleich darauf ihren Rechner hochzufahren und einen ersten Blick auf das »Mysterium der Koffer« zu werfen, wie Dr. Wiesner es beim Abschied genannt hatte.

Eva biss von ihrem Brot ab und kaute mechanisch, während sie auf den Bildschirm starrte. Hinterher hätte sie nicht sagen können, was sie da überhaupt gegessen hatte, so vertieft war sie in die Zeugenprotokolle. Und tatsächlich dauerte es nicht lange, bis Eva auf die von Dr. Wiesner benannte Auffälligkeit stieß.

»Das ist ja komisch«, murmelte sie und las noch einmal sämtliche Aussagen der Zeugen, die Margarete zwischen dem 6. und 18. November in Trondheim, Stavanger und Bergen mal mit einem, mal mit zwei Koffern hatten an- und abreisen sehen. Nach Margaretes Abreise vom »Hotel Neptun« in Bergen am 6. November 1970 war einer der Koffer von der Bildfläche verschwunden, das war eindeutig. Und dieser Koffer war erst am 18. November – also sechs Tage vor ihrem Tod – beim Einchecken im »Hotel Hordaheimen«, ebenfalls in Bergen, wieder aufgetaucht.

Eva wandte den Blick vom Monitor und sah hinaus in die regnerische Nacht. Was konnte das bedeuten? Offenbar hatte dieser eine Koffer die Stadt Bergen nie verlassen. Margarete musste ihn irgendwo deponiert haben. Aber warum? Und vor allem: Bei wem?

Zwei ganze Wochen trug Laurin den Film aus der Kamera seines Vaters mit sich herum, bis seine Neugierde siegte und er ihn zum Entwickeln in ein Labor schickte.

Während dieser Zeit kehrte seine Mutter in ihre Wohnung zurück, zusammen mit einer Pflegerin namens Kaja.

Nach einem Wochenende in Oslo bei seiner Mutter fand er bei seiner Heimkehr einen dicken Umschlag auf der Küchenarbeitsfläche vor. Seine Haushaltshilfe musste den Brief am Freitag entgegengenommen haben, denn er war von der Uni aus direkt nach Oslo geflogen.

Er stellte den Koffer und die Aktentasche ab und öffnete den Umschlag. Heraus kamen ein weiterer Umschlag mit den Abzügen und die CD, die er zusätzlich bestellt hatte.

Er wusch sich die Hände und ging in sein Arbeitszimmer, wo er zunächst einige Zeit am Schreibtisch saß und auf den Umschlag starrte. Ob aus den Aufnahmen überhaupt etwas geworden war? Vielleicht hatte der Film ja zu lange in der Kamera gesteckt. Waren die Negativstreifen nicht mit Silberiodid beschichtet? Weiß der Himmel, wie lange das haltbar war.

Aber es half nichts, er musste sich die Bilder ansehen. Irgendetwas an ihnen war wichtig – so wichtig, dass sein Vater sie eigens im Safe aufbewahrt, aber doch nie entwickelt hatte. Mit klopfendem Herzen holte er die Aufnahmen heraus. Nach dem Stapel zu urteilen, musste es ein 36er-Film gewesen sein.

Langsam blätterte er durch die Bilder – und stellte fest, dass die Aufnahmen nahezu unbrauchbar waren. Sie wirkten wie die Arbeit eines abstrakten Künstlers, lauter mit hellen und dunklen Flecken übersäte Flächen. Die eigentlichen Motive waren nur schemenhaft zu erkennen. Auf dem ersten Bild das Gesicht eines Mannes, mehr oder weniger unkenntlich. Auf dem zweiten eine Gruppe von Leuten, vielleicht zwanzig. Immerhin erkannte man, dass es sich überwiegend um Frauen in altmodischer Schwesterntracht handelte. Das dritte Bild, auf dem drei Männer zu sehen waren, schien in besserem Zustand zu sein. Aber um das zu beurteilen, brauchte er Licht.

Er knipste die Schreibtischlampe an und hielt die ersten drei Fotos in den Lichtkegel. Erst jetzt wurde ihm klar, dass es sich um historische Aufnahmen handeln musste, um Fotos von Fotos. Alte Aufnahmen, wohl aus den dreißiger oder vierziger Jahren.

Er holte seine Lesebrille aus der Aktentasche und betrachtete die drei Bilder genauer, konnte aber außer den Frauen in der ersten Reihe keine Gesichter erkennen. Als er sich dem dritten Bild zuwandte, stieß er einen überraschten Laut aus. Trotz der Flecken erkannte er das Bild sofort wieder aus einem Buch über den norwegischen Widerstand während des Zweiten Weltkriegs. Es zeigte drei Skifahrer in Knickerbockern. Einer der Männer war sein Großvater, William Abrahamsen. Der andere Sigsten Bonnevie Erlend, ein Freund seiner Familie. Der dritte war Jan Andersen, heute ein bekannter Menschenrechtler und Friedensnobelpreisträger, in gewisser Weise Laurins Idol oder jedenfalls eines von ihnen. Der Mann, der ihn inspiriert hatte, sich für die Sache der Kriegskinder zu engagieren.

Er legte das Bild weg und nahm die nächsten Fotos zur Hand. Zwar war die Qualität dieser Bilder – was den Auflösungszustand der Silberiodidbeschichtung anging – bedeutend besser, doch merkte man ihnen an, dass der Fotograf offenbar nicht auf der Höhe seines Könnens gewesen war. Sie waren derart verwackelt, dass man kaum etwas erkennen konnte, und auch das Motiv wirkte uninteressant: Sie zeigten bloß irgendwelche Typen bei einem Waldspaziergang. Das zu sehen deprimierte Laurin so sehr, dass er den Rest gar nicht mehr anschauen wollte. Bei allem, was er sonst gegen ihn einzuwenden hatte – sein Vater war einmal ein exzellenter Fotograf gewesen. Diese Bilder mussten entstanden sein, als die verdammte Zitterkrankheit schon so weit fortgeschritten war, dass er die eigenen Finger nicht mehr unter Kontrolle gehabt hatte. Was für ein Elend.

Er schob den Stapel beiseite und saß eine Weile lang regungslos da. Das also waren die letzten Fotos seines Vaters. Dieser Mann, der zeit seines Lebens von Abenteuerlust getrieben durch halb Europa gejagt war, auf der Suche nach immer neuen spektakulären Motiven, sein Vater, der Draufgänger, das Schwein, der Frauenheld, hatte es am Schluss nicht mal mehr hingekriegt, zwei Typen bei einem Waldspaziergang zu fotografieren. Warum er diese unmöglichen Bilder in dem Safe aufbewahrt hatte, als wären sie wichtig, wussten die Götter, wahrscheinlich war sein Vater da auch geistig nicht mehr auf der Höhe gewesen.

Als Eva an diesem Nachmittag zu ihrer Mutter fuhr, konnte sie ihre Aufregung nur mit Mühe unterdrücken. Wo fünfzig war, ertappte sie sich dabei, mit über siebzig durchzurauschen, und als sie in die Dreißiger-Zone einbog, musste sie immer wieder bremsen, um nicht noch geblitzt zu werden.

Sie hatte Kuchen gekauft, Linzer Schnitten und Ingrids geliebte Marzipantorte von *Wagners Feiner Konditorei seit 1889*, in der Hoffnung, auf diese Weise das Terrain für ein gutes Gespräch zu bereiten – und Ingrid vorsichtig dazu zu bringen, ihr etwas von damals zu erzählen, über ihre Großmutter, die Schwester, und vielleicht auch über ihre Zeit in den Lebensbornheimen: Hurdalsverk, Godthåb und Végimont.

Doch als Eva schließlich vor Ingrids Haustür stand und klingelte, blieb alles still.

Enttäuscht kehrte sie zum Wagen zurück, wo sie einen Moment lang hinter dem Steuer saß und durch die Windschutzscheibe zum Haus hinübersah. Da bemerkte sie hinter dem Küchenfenster eine Bewegung. War Ingrid also doch zu Hause? Rasch stieg sie wieder aus und ging auf die Haustür zu, die sich in dem Moment öffnete, als sie den Treppenabsatz erreichte.

Da stand Ingrid, braun gebrannt, perfekt geschminkt wie immer, in einer beigen Seidenbluse.

»Habe ich dich etwa geweckt?«, fragte Eva, beugte sich vor und umarmte ihre Mutter ungelenk, mit dem Kuchenpaket in der Hand.

»Nein, nein … ich kann sowieso nicht schlafen.«

Eva betrat die Diele und hielt den Kuchen in die Höhe.

»Ich dachte, ich erleichtere dir die Rückkehr in die Kälte mit einer Marzipantorte«, sagte sie lächelnd. Aber Ingrid lächelte nicht zurück, sondern sagte stattdessen irgendwie matt: »Ach … das ist ja lieb.«

Ingrid ging voraus in die Küche, wo sie den Wasserkocher befüllte. »Bodo ist beim Tennis«, sagte sie und löste die Schleife an der Kuchenverpackung. »Was möchtest du trinken? Ich habe da einen ganz wunderbaren Darjeeling.«

Eva beobachtete ihre Mutter, wie sie ungewohnt langsam die Teeblätter in die Kanne gab, nach dem Wasserkocher griff und den Tee bebrühte.

Plötzlich drehte sie sich um.

»Du weißt, was diese Zeitung über mich geschrieben hat.«

Eva erstarrte. Also wusste ihre Mutter doch schon Bescheid.

Dabei hatte sie gehofft, zumindest der Bildzeitungskram würde nicht zu ihr vordringen.

»Natürlich habe ich davon erfahren«, fuhr ihre Mutter fort, als hätte Eva ihre Gedanken laut ausgesprochen.

»Es tut mir leid«, sagte Eva. »Ich hätte nicht gedacht, dass es so einen Medienrummel geben würde.«

Ingrid sah sie schweigend an. »Was unterstellen die mir da? Was wollen die damit sagen?«

Hilflos zuckte Eva die Achseln. »Ach, Mama … nichts … Du weißt doch, wie diese Räuberblätter arbeiten. Die stellen eine Behauptung in den Raum und …« Sie brach ab.

Eine Weile lang sahen sie sich schweigend an. Dann berührte Eva ihre Mutter sanft am Arm und sagte: »Komm, Mama, du setzt dich jetzt schon mal in den Erker … ich mach den Rest.«

Allein in der Küche atmete Eva tief durch, goss den Tee ab und bestückte das Tablett mit dem Lieblingsservice ihrer Mutter, dem elfenbeinfarbenen Sanssouci von Rosenthal. Als ob das jetzt noch etwas ändern würde, dachte sie und trug das Tablett ins Erkerzimmer, wo sie Tee einschenkte und den Kuchen auf die Teller legte. Dann setzte sie sich und sagte etwas hilflos: »Es tut mir so unendlich leid. Ich wollte dich da nicht hineinziehen.«

Auf einmal sagte Ingrid: »So warst du schon als Kind.«

Verblüfft sah Eva ihre Mutter an. »Wie meinst du das?«, fragte sie und griff nach ihrer Tasse.

Fast resigniert zuckte ihre Mutter die Achseln. »Du konntest nie Ruhe geben. Musstest immer alles wissen, ständig hast du mir Fragen gestellt.«

Einen Moment lang hielt Eva inne. »Ist das denn etwas Schlechtes?« Ein leichter Ärger stieg in ihr hoch, denn auch sie erinnerte sich an früher. Immer, wenn es mal etwas unbequemer wurde, war das Thema gewechselt worden. Alles hatte immer heiter sein müssen. Aber damit war jetzt Schluss, Zeitungsartikel hin oder her.

»Mama«, sagte sie bestimmt. »Ich habe gerade erfahren, dass du eine Zwillingsschwester hattest, die einfach verschwunden ist. Da ist es doch nur natürlich, dass ich der Sache nachspüre. Willst du denn selbst gar nicht wissen, was mit ihr passiert ist? Ich meine ...«

»Ich verstehe nicht, was es da noch zu sagen gibt ... nach all den Jahren«, fiel Ingrid ihr ins Wort.

»Was es da noch zu sagen gibt!« Eva musste an sich halten, nicht laut zu werden. »Das will ich dir gerne verraten. Wenn du schon nichts von dem wissen willst, was ich in Erfahrung gebracht habe, dann erzähl du mir stattdessen doch etwas über die Lebensbornheime, in denen deine Mutter gearbeitet hat!«

Jetzt war es heraus. Jetzt wusste Ingrid, dass sie es wusste.

»Woher hast du das?« Ingrid saß da, die Tasse auf halber Höhe schwebend.

»Von Johannes, wenn du's genau wissen willst!«

»Was! Ich ... Also, das ist einfach ... unglaublich. Dass du ihn da auch noch mit reinziehst.«

»Das hätte ich nicht tun müssen, wenn du mit mir gesprochen hättest.«

Mit einem Mal schien Ingrid in sich zusammenzufallen. Augenblicklich tat Eva ihr Ausbruch leid.

»Entschuldige«, sagte sie. »Ich will dir doch nicht wehtun. Aber kannst du denn nicht ein bisschen verstehen, dass mich das alles umgehauen hat?«

Ingrid sagte nichts. Sie saß einfach da, mit einem Gesichtsausdruck, den Eva noch nie zuvor an ihr gesehen hatte.

»Ach, Mama!« Eva griff nach Ingrids blau geäderter Hand mit den schön manikürten Nägeln, die jetzt in einem zarten Roséton schimmerten. »Ich bin's doch nur. Rede doch einfach mit mir.«

»Ich habe noch nie mit jemandem über Margarete gesprochen. Darüber nicht und auch nicht über die Heime ... und alles andere.«

»Was meinst du mit allem anderen?«

»Ich durfte damals nicht darüber reden. Mit niemandem. Die Omi wollte das nicht. Und ich hab ihr versprechen müssen, es keinem zu sagen. An dieses Versprechen habe ich mich gehalten. Immer, mein ganzes Leben lang.« Sie verstummte.

Eva wusste nicht recht, was sie tun sollte. Weiterfragen? Oder einfach abwarten? Als sie schon glaubte, Ingrid würde nichts weiter sagen, richtete die sich plötzlich auf, trank ihren Tee leer und griff nach der Kanne: »Aber das gilt ja nun vielleicht nicht mehr.«

Sie schenkte sich Tee nach, ließ die Tasse aber stehen und begann: »Ich habe dir nie erzählt, dass ich … dass wir uneheliche Kinder waren, Margarete und ich.«

Eva sah sie mit großen Augen an. Sie wollte etwas sagen, doch ihre Mutter hob die Hand, wie um ihr zu signalisieren, dass da noch mehr käme. Dass sie sich ihre Entrüstung oder Überraschung oder Gott weiß was für später aufsparen sollte. Mit einer für sie ungewöhnlich monotonen Stimme fuhr Ingrid fort: »Ich habe das alles selbst erst sehr viel später erfahren. Und auch nicht von meiner Mutter. Meine Oma hat es mir erzählt. Als meine Mutter damals schwanger wurde, hat sie noch studiert. Das war eine … wie soll ich sagen … Katastrophe im doppelten Sinne. Noch in der Ausbildung und dazu die Schande, keinen Ehemann zu haben. *Bankert* hat man solche wie uns damals genannt.«

Beim letzten Satz war Ingrids Stimme ganz leise geworden. Einen Moment lang blickte sie zu Boden, als wüsste sie nicht recht, wie sie weitererzählen sollte. Doch dann richtete sie sich wieder auf und fuhr fort: »Jedenfalls hat meine Mutter von so einem Heim gehört, in dem man entbinden konnte, fernab von zu Hause und anonym. Meine Großmutter wollte das eigentlich nicht, sie war eine mutige Frau und hat meine Mutter gebeten, doch nach Hause zu kommen für die Entbindung. Aber sie hat sich geweigert. Stattdessen hat sie sich um einen Platz beim Lebensborn bemüht und wurde auch genommen. So sind wir im Heim Wernigerode, im Harz, auf die Welt gekommen. Sie hat wohl auch damit geliebäugelt, uns zur Adoption freizugeben. Aber das hat meine Großmutter dann verhindert und uns zu sich genommen.«

Ingrids Blick verlor sich in der Ferne. Wieder schien sie sich kurz sammeln zu müssen, bevor sie weitersprach, im gleichen ausdruckslosen Ton, der so wenig zu ihr passte: »Bis wir vier waren, hatten wir eine ziemlich schöne Kindheit bei meinen Großeltern. In diesen Jahren kam meine Mutter uns nur selten besuchen. Sie hat ihr Studium beendet und ihre erste Anstellung im Lebensbornheim in Steinhöring angetreten. Ich glaube auch, dass es zu der Zeit schon einen Streit um uns Kinder gab. Meine Mutter muss irgendwann ihre Meinung geändert haben und wollte uns bei sich haben, aber unsere Großmutter hat sich erst einmal durchgesetzt. Allerdings sollte es ja nicht auffallen … und so haben wir lange irgendwie geglaubt, die Omi sei unsere Mutter. Doch dann ist unsere Mutter eines Tages gekommen und hat uns einfach mitgenommen. Sie hatte eine Stelle als Ärztin in einem Lebensbornheim in Norwegen angenommen und konnte uns dorthin mitnehmen. Das war in Hurdalsverk. Wir wussten damals gar nicht, wie uns geschah, daran kann ich mich noch gut erinnern.«

Ingrids Blick wanderte durchs Fenster hinaus in den Garten und richtete sich schließlich auf Eva. Zum ersten Mal, seit sie zu erzählen begonnen hatte, sah ihre Mutter sie an. Wieder griff Eva nach Ingrids Hand und drückte sie. Sie wollte etwas sagen, irgendwas, aber ihr fehlten die Worte.

Da fuhr Ingrid fort: »Für uns war es einfach nur … schrecklich. Wir hatten es so gut gehabt bei der Oma. Wir wollten nicht weg. Und … es war dann auch so, dass unsere Mutter viel gearbeitet hat und wir sie eigentlich kaum zu Gesicht bekommen haben. Und dann war da auch noch dieser … Onkel, mit dem wir die wenige Zeit mit ihr teilen mussten. Damals haben wir das natürlich noch nicht kapiert, aber das muss ihr … Liebhaber gewesen sein. Ich weiß nur noch, dass wir ihn nicht mochten. Wir wollten nicht, dass er mitkam, wenn wir schon mal einen Ausflug machten, was selten genug vorkam. Zwischendurch müssen wir auch noch eine Weile in einem anderen Heim gewesen sein, in Godthåb, aber darüber weiß ich so gut wie nichts mehr. Nur dass da eine Menge Kinder in unserem Alter waren. Und irgendwann sind wir dann nach Belgien gegangen. Dort hatte unsere Mutter die Heimleitung übernommen. Aber so genau weiß ich das eigentlich gar nicht. Vieles habe ich mir einfach zusammengereimt.«

Ingrid löste ihre Hand aus der von Eva und griff nach ihrer Teetasse. Wie Eva bestürzt feststellte, zitterte sie dabei.

»In Belgien hatten wir eigentlich die schönste Zeit. Da war eine Frau, eine Küchenhilfe, sie hieß Geeske, die hat sich um uns gekümmert, wann immer sie konnte. Auch mal außerhalb ihrer Dienstzeit, glaube ich. Ja, und dann kam der Tag, an dem auch das wieder vorbei war. Es war noch früh am Morgen, früher als sonst. Ich weiß noch, dass sie uns angetrieben haben, wir sollten schnell machen, schnell, schnell in einen Bus einsteigen, der draußen gewartet hat.«

Sie verstummte und sah wieder hinaus in den Garten, mit irgendwie wackligem Blick. Auch ihre Stimme klang belegt, als sie fortfuhr: »Sie war so lieb und nun sollten wir da auch schon wieder weg. Wir haben uns an sie geklammert. Aber dann kam eine von den Schwestern und hat uns einfach fortgerissen. Und das war's dann. Wir wurden in den Bus verfrachtet, mit unseren Puppen auf dem Schoß. Wieder ein Abschied. Dabei wären wir so gerne bei Geeske geblieben.«

Schweigen senkte sich über das Erkerzimmer. Eva wandte den Blick ab. Auf einmal kam sie sich wie ein Eindringling vor. Ein Eindringling in die Erinnerungen ihrer Mutter. Aus dem Augenwinkel sah sie, wie Ingrid erneut die Hand nach der Tasse ausstreckte. Wieder zitterten ihre Finger. Sie wollte sagen: *Lass gut sein, Mama, ich habe genug gehört*. Doch da erzählte Ingrid schon weiter.

»Ich weiß nicht mehr, wie lange diese Fahrt dauerte. Als Kind kam sie mir wie eine Ewigkeit vor. Als wir dann endlich am Ziel waren, herrschte da ein richtiges Chaos. Das Haus in Lamorlaye war ja viel zu klein für alle zusammen.«

Eva stutzte. »Lamorlaye ... Aber das ist doch ... ist das nicht in Frankreich? Ihr seid von Belgien aus nach Frankreich gefahren?«

»Ja«, sagte Ingrid, »das sind wir. Denn wir mussten ja die Kinder aus dem anderen Heim abholen.«

Eva richtete sich auf. Frankreich. Frankreich und nicht Belgien! Das passte genau zu dem, was Solberg gesagt hatte. Die Passkontrolle auf dem Flughafen von Stavanger. Der Beamte, der sich sicher war, einen französischen Reisepass gesehen zu haben! Doch während sie noch bei diesem Gedanken verweilte, sprach ihre Mutter schon weiter: »In Lamorlaye waren wir eigentlich die ganze Zeit im Weg. Ich weiß nicht mehr, wie es dazu kam, aber Margarete und ich haben uns dann fürchterlich gezankt. Es ging um die Puppen. Jede von uns hatte eine Puppe. Die hatten wir noch von unserer Oma bekommen und waren mächtig stolz darauf. Jedenfalls wollten wir Hochzeit spielen und Margaretes Puppe sollte wie immer der Bräutigam sein.«

Ingrids Stimme wurde leiser, das Weiterreden kostete sie offenbar viel Kraft.

»Aber diesmal wollte sie das nicht. Ihre Puppe sollte nicht wieder der Bräutigam sein. Ich habe ihre Wünsche wie immer ignoriert und damit angefangen, Gänseblümchen zu pflücken für den Brautkranz. Als ich fertig war, hatte sie sich eine Schere geholt und meiner Puppe die Haare abgeschnitten. Ich bin dann zu einer der Schwestern gerannt und habe sie verpetzt, woraufhin die Schwester ihr eine geschallert hat. Und später habe ich sie auch noch bei Mutti verpetzt – ich weiß noch genau, wie ich es genossen habe, als meine Mutter ihr den Hintern versohlt hat. Als sie fertig war, habe ich Margarete die Zunge herausgestreckt und bin in die Küche gegangen, um mir meinen Brei mit Zimt und Zucker abzuholen, als Trost für die verschnittenen Haare.«

Wieder verstummte Ingrid. Sie schien kaum mehr in der Lage, etwas zu sagen. Es dauerte eine Ewigkeit, bis sie sich so weit gefasst hatte, dass sie weitersprechen konnte. »Und das ist das Bild, das ich bis heute nicht loswerde: wie sie da steht, meine kleine Schwester, mit rotzverschmierter Nase und verquollenen Augen. Das war das letzte Mal, dass ich sie gesehen habe.«

Die Stille, die auf Ingrids Worte folgte, wog schwer. Eva saß mit einem dicken Kloß im Hals da und sah, wie ihrer Mutter die Tränen über die Wangen liefen.

Als sie sich erhob und ihre Mutter umarmte, kam sie sich steif und hilflos vor, außerdem irgendwie schuldig. »Das ... ist ganz furchtbar«, flüsterte sie und spürte, wie auch ihr die Tränen übers Gesicht liefen.

Nach einer Weile räusperte sich Eva und sagte: »Es ist nicht deine Schuld.«

»Doch«, sagte Ingrid. Nur dieses eine Wort.

In dem Augenblick fielen Eva die Fotos ein. Die zerknüllten und zerrissenen Fotos, die sie auf ihrem Dachboden gefunden hatte: verzweifelte Versuche ihrer Mutter, den Schmerz, die Trauer, diese unsinnige und zugleich so zerstörerische Schuld endgültig hinter sich zu lassen.

Bergen, Norwegen, März 1970

Nach dem Besuch in Fantoft ist alles anders. Marguerite erinnert sich.

Allein im Hotel setzt sie sich aufs Bett und beginnt zu schreiben. Alles, was sie noch weiß, jede noch so kleine Kleinigkeit hält sie fest. Wie sie und Ingrid den Bogengang dieser putzigen Kirche entlanggehen, Hand in Hand in ihren Sonntagskleidern und mit Zöpfen. Vor ihnen geht die Mutti mit einem Mann. Das andere Bild ist weniger schön. Sie klettert auf dem kleinen Hügel mit dem Steinkreuz herum und fällt aufs Knie. Doch statt sie zu trösten, schimpft die Mutti sie aus. Weil sie da herumgeklettert ist und ihre schönen weißen Strümpfe nun gar nicht mehr weiß sind und noch dazu ein Loch haben. Der Mann in der Uniform steht dabei und lacht. Jetzt erinnert sie sich auch, wie sie ihm die Zunge herausstreckt. Woraufhin er nicht mehr lacht und die Mutti ihr eine schallert.

An alldas erinnert sie sich. Die nächsten Tage verbringt sie damit, systematisch alle Wege und Straßen um die *Fantoft Stavkirke* abzugehen, um noch weitere Bilder heraufzubeschwören. Doch da kommt nichts mehr.

Abends trifft sie sich mit ein paar Männern, mit denen Damiano sie bekannt macht. Für diese Männer heißt sie Geneviève, den Namen hat sie selbst gewählt. Ein Staatsanwalt ist dabei und ein Arzt namens Viggo, ein netter Typ mit schönen braunen Augen, der ihr ein Rezept für eine Salbe aufschreibt, nachdem er ihre wund gekratzten Armbeugen sieht. An einem Mittwoch – sie ist den ganzen Tag herumgelaufen und entsprechend müde – bittet Damiano sie, einem, wie er sagt, *besonders guten Bekannten* Gesellschaft zu leisten, natürlich für ein entsprechendes Entgelt.

Dennoch ist sie nicht recht in Stimmung. Erschöpft und deprimiert, wie sie ist, würde sie viel lieber nur im Hotelzimmer liegen und schlafen. Doch sie braucht das Geld, also reißt sie sich zusammen und bricht noch einmal auf.

Als sie zum verabredeten Treffpunkt kommt, dem Musikpavillon im Stadtpark von Bergen, steht er schon da, mit dem Rücken zu ihr vor einer Rabatte mit goldgelben Narzissen. Jedenfalls nimmt sie an, dass er es ist. Trotzdem stellt sie sich in einiger Entfernung von ihm hin und wartet erst mal ab. Doch irgendwann dreht er sich um, kommt direkt auf sie zu und sagt: »Guten Tag. Ich bin Gunwald.«

Was für eine angenehme Überraschung, denkt sie, denn dies ist wohl der bestaussehende Mann, dem sie bisher Gesellschaft geleistet hat.

»Hallo, Gunwald«, sagt sie und lächelt, aber nicht zu breit. Er soll die Lücke zwischen ihren Vorderzähnen nicht bemerken.

Sie gehen in ein Restaurant in der Innenstadt, vor dem die Leute seltsamerweise Schlange stehen. Sie beide aber nicht, denn Gunwald hat offensichtlich einen Tisch reserviert. Es ist brechend voll, aber das gefällt ihr irgendwie. So müssen sie nicht krampfhaft Konversation betreiben, wenn sie nicht wollen. Doch ziemlich bald merkt Marguerite, dass es mit Gunwald recht unkompliziert ist. Sie unterhalten sich über alles Mögliche, in einer kunterbunten Mischung aus englischen und französischen, sogar ein paar deutschen Sätzen. Er sei Offizier bei der norwegischen Marine, erzählt Gunwald, in Haakonsvern bei Bergen stationiert. Während des Essens mustert sie ihn immer wieder unauffällig. Was stimmt nicht mit ihm, dass er sie für etwas bezahlt, das er leicht auch so haben kann?

Da sagt er: »Es ist schön, mit Ihnen zu reden.«

»Das finde ich auch«, antwortet sie und nimmt einen Schluck Wein. Zum ersten Mal begleitet sie einen Mann, der ihr nicht sofort auf die Brüste starrt.

»Ich bin noch nicht sehr lange wieder in Bergen, erst seit Anfang des Jahres«, erklärt er, winkt den Kellner heran und bittet um die Rechnung. Dann fragt er: »Wo möchten Sie jetzt hin? In eine Bar? Einen Tanzclub? Oder sollen wir ein wenig spazieren gehen? Wonach ist Ihnen?«

Sie verzieht das Gesicht. »Darf ich ganz ehrlich sein? Ich bin heute schon genug herumgerannt.«

Er sieht sie an. »Sie haben sich Sehenswürdigkeiten angeschaut?«

»Na ja, nicht direkt. Ich habe ...«, sie zögert kurz, »... nach etwas gesucht.«

»Und sind Sie fündig geworden?«

»Nein. Leider nicht.«

Er lächelt sie an. »Ich mag einige Zeit weg gewesen sein, aber trotzdem kenne ich diese Gegend sicher besser als Sie. Also sagen Sie schon.«

Sie wird ernst. »Selbst wenn Sie's wollten ... Ich habe etwas gesucht, das ich von früher her kenne.«

»Ach? Dann waren Sie also schon einmal in Norwegen?«

»Ja, aber das ist lange her.«

»Wie lange denn?«

»Sehr lange«, weicht sie aus und zwingt sich zu einem Lächeln. Sie setzt sich aufrecht hin, trinkt aus und hält ihm das Glas hin.

Er greift nach der Flasche und schenkt ihr den Rest ein. In dem Moment gehen ein Mann und eine Frau an ihnen vorbei und setzen sich zwei Tische weiter. Da lächelt Gunwald plötzlich. »Da sind Bekannte von mir«, sagt er und ruft den Leuten zu: »Hey, ihr beiden! Lange nicht gesehen!«

Als Marguerite sich umdreht, blickt sie in Viggos braune Augen. Sie spürt, wie er erstarrt, lässt sich aber nichts anmerken. Wenn sie etwas früh im Leben gelernt hat, dann, wie man sich im Griff hat. Und so nickt sie den beiden zu, der fülligen blonden Frau und ihrem Mann, dem Arzt Viggo Sørensen, der so nett war, ihr danach eine Salbe zu verschreiben.

Nach einem Nachtclub-Besuch landen sie in Gunwalds Wohnung, deren Wände mit Bücherregalen bedeckt sind. Sie liegen auf dem Sofa, nackt unter einer Decke, das Zimmer vom Kerzenlicht erhellt, und teilen sich eine Zigarette.

»Woher kennst du den Typ aus dem Restaurant?«, fragt Marguerite und stößt den Rauch aus.

»Wir sind zusammen auf die Schule gegangen«, sagt Gunwald und nimmt die Zigarette entgegen.

Eine Weile liegen sie so da und rauchen, dann lässt Marguerite ihren Blick über die einzige Wand schweifen, an der kein Bücherregal steht. Dort hängen jede Menge Fotos von Männern in Uniform und Bilder mit maritimen Motiven.

»Wer ist das?«, fragt sie und deutet auf ein gerahmtes Zeitungsfoto von einem Mann in Uniform.

»Mein Vater. Er ist bei der Marine, genau wie ich.«

Sie steht auf und liest mit gerunzelter Stirn die Bildunterschrift: *Sigsten Bonnevie Erlend.* Dann fragt sie Gunwald: »Bist du deshalb zum Militär gegangen? Ist das so was wie eine Familientradition?«

»Das könnte man vielleicht so sagen. Er hat jedenfalls sehr unter der deutschen Besatzung gelitten. Während des Krieges war er im Widerstand.«

Marguerite betrachtet den schlanken, sehr aufrecht stehenden Mann mit dem ernsten Gesicht. »Er sieht aus wie ein wichtiger Mann.«

»Na ja ... er ist Admiral.«

Marguerite geht zurück zum Sofa und zieht sich die Decke über die Schultern. »Was macht man da eigentlich, bei der Marine? Oder besser gesagt, was machst du dort?«

Er nimmt einen Zug, kneift die Augen leicht zusammen und stößt den Rauch aus.

»Tja ... Wir fahren mit einem Boot auf dem Meer herum.« Er grinst.

»Aha. Geht's noch etwas ungenauer?«

»Es ist ein Torpedoboot.«

»Na, besten Dank auch. Dann weiß ich ja jetzt Bescheid.« Sie lacht.

»Und was ist mit dir?«, fragt er. »Was machst du, wenn du nicht in Norwegen bist?«

Sie wendet den Blick ab. Auf diese Frage ist sie nicht gefasst. Immer sind es die Männer, die von sich reden wollen. Die gar nicht mehr aufhören, von sich zu reden. Doch er scheint anders zu sein. Und da rutscht ihr die Frage heraus: »Warum bezahlst du Frauen, damit sie dir Gesellschaft leisten?«

Damit hat er nicht gerechnet. Sie sieht es an seinem Blick, der sich verschließt. Schon tut es ihr leid, ihn das gefragt zu haben. So etwas sollte sie nicht tun, wenn sie beruflich unterwegs ist. Doch da antwortet er: »Ach, weißt du ... ich habe eine Verlobte. Hatte eine.« Er lacht bitter. »Als ich nach einem Manöver nach Hause kam, hat sie die Verlobung gelöst. Ohne Vorwarnung. Durch Zufall habe ich dann erfahren, dass sie schon ein halbes Jahr einen anderen hat.« Er greift nach der Zigarettenpackung auf dem Sofatisch. »Das ist also meine Geschichte. Und was ist deine?«

»Meine?«

»Na ja. Jeder Mensch hat seine Geschichte, oder nicht?« Er lächelt. »Du reist durch Norwegen. Triffst dich mit Männern. Du sprichst Englisch und Französisch, aber du sprichst auch Deutsch.« Er verstummt, scheint zu überlegen, was er noch sagen soll oder darf, und fährt schließlich fort: »Und offensichtlich gibt es da etwas, wonach du suchst. Vielleicht willst du es mir erzählen?«

Sie richtet sich auf, nimmt sich ebenfalls eine Zigarette. Er gibt ihr Feuer, und als sie den ersten Zug genommen hat, sagt sie: »Ich weiß nicht recht ...« Sie stößt den Rauch aus. »Es ist ... ziemlich verworren. Und auch nicht so schnell zu erzählen.«

Er zuckt die Achseln. »Wir haben doch Zeit.«

Sie ist noch unentschlossen, sieht ihn eine Weile lang an. Dann seufzt sie und schildert in wenigen Sätzen die Erinnerungen, die sie seit einiger Zeit nicht zur Ruhe kommen lassen.

»Du glaubst also, du warst schon einmal in Fantoft, als Kind?« Er sieht sie mit hochgezogenen Augenbrauen an.

»Nein«, sagt sie. »Ich *glaube* das nicht. Ich *weiß* es. Ich war dort, mit meiner Mutter und meiner Schwester.«

»Und deine Mutter soll hier als Ärztin gearbeitet haben? Das wäre ... eher ungewöhnlich.« Seine Stimme klingt skeptisch.

»Du musst mir das nicht glauben«, sagt sie daraufhin beinahe patzig und drückt die Zigarette aus. »Aber so war es nun mal. Sie war hier Ärztin, in einem Heim für schwangere Norwegerinnen. Solche Heime gab es auch in Belgien und Frankreich.«

Da verändert sich sein Blick und er sieht sie überrascht an. »*Darum* geht es hier also. Um ein Entbindungsheim für die Deutschenmädchen!«

»Die Deutschenmädchen?«

»Na ja ... so werden sie hier genannt, die Frauen, die sich mit einem Deutschen eingelassen haben. Und das ist noch die freundliche Bezeichnung.«

Marguerite sieht ihn jetzt unverwandt an. »Wie hat man sie denn sonst genannt?«

»Kannst du dir das nicht denken?« Er lacht, aber es klingt freudlos. »Ich weiß noch, sie haben das *horizontale Kollaboration* genannt und den Frauen vorgeworfen, sie hätten den Widerstandsgeist der Norweger geschwächt. Nach dem Krieg kamen sie in Lager. Auf der Insel Hovedøya war das größte.« Er schüttelt den Kopf. »Kein schönes Schicksal. Ich erinnere mich ...« Er verstummt abrupt und macht eine wegwerfende Handbewegung. »Das ist schon so lange her.«

Doch nun will Marguerite es wissen. »Was wolltest du sagen? Woran erinnerst du dich?«

Er reibt sich das Gesicht, zündet noch eine Zigarette an und legt sich wieder hin, den Blick an die Decke geheftet. »Ich habe als kleiner Junge erlebt, wie diese Frauen durch unsere Straße getrieben wurden. Man hatte ihnen die Haare geschoren und sie waren nackt. Ich fand das grässlich, habe geheult. Aber die Leute ... Nachbarn von uns ... haben zu mir gesagt, das ist in Ordnung so. Die haben das verdient. Weil sie uns verraten haben.«

Marguerite atmet hörbar aus. »Das ist ja schrecklich.«

Eine ganze Weile liegen sie so da, bis Gunwald plötzlich sagt: »Ich weiß, wo eines dieser Heime war.«

Sie richtet sich auf, sieht ihn an. »Was?«

»Ja«, fährt er fast tonlos fort. »Eines dieser Heime, in denen norwegische Frauen lebten, die ein Kind von einem Deutschen bekamen. Das Haus ist übrigens ganz in der Nähe der *Fantoft Stavkirke*.«

Sie traut ihren Ohren kaum. »Was?«

»Ja«, sagt er. »Vielleicht ist es das Haus, das du suchst, das kann doch sein.«

Den ganzen Abend musste Eva an ihre Mutter denken. Sie konnte sich auf nichts konzentrieren, nicht auf das Gespräch beim Essen mit Justus, nicht auf den Krimi, den sie sich später ansah in der Hoffnung auf ein bisschen Ablenkung.

Immer wieder kehrten ihre Gedanken zu Ingrid zurück. Sie hatte ja nicht ahnen können, welche schrecklichen Schuldgefühle ihre Mutter das ganze Leben lang mit sich herumgeschleppt hatte. Sehr viel besser verstand sie jetzt aber Ingrids kompliziertes Verhältnis zu deren Mutter.

Was für eine Kindheit mochte das gewesen sein, fragte sich Eva. Wenn man zuerst die eigene Großmutter für seine Mutter hielt und einem dann – ganz plötzlich – eine andere Frau als Mutter vorgesetzt wurde, wenn man dazu auch noch alles Vertraute hinter sich lassen musste und später von einem Ort, von einem Land zum anderen zog.

Stockend hatte Ingrid weitererzählt. Von ihrer Rückkehr nach Zirndorf, wo ihre Großeltern damals noch immer gelebt hatten.

»Von dieser Zeit weiß ich nur noch sehr wenig. Ich glaube, ich habe das alles einfach verdrängt. Ich weiß nur noch, dass ich von da an wieder bei meiner lieben Omi war, und ich glaube, sie hat versucht, es mir so schön wie möglich zu machen.«

»Und deine Mutter?«, hatte Eva zögernd gefragt. »Was war mit ihr?« Eva mochte sich lieber gar nicht ausmalen, was Resi damals empfunden haben musste. Ein Kind zu verlieren – für Eva zumindest gab es nichts Schrecklicheres. Noch immer bekam sie feuchte Handflächen bei der Erinnerung an dieses eine Mal, als Justus nach der Schule nicht nach Hause gekommen war. Sie hatte ihn schließlich auf dem Fußballplatz gefunden, doch in der einen Stunde bis dahin war sie fast irrsinnig geworden, war kreuz und quer durch die Gegend gefahren, kurz vorm Erbrechen und mit zitternden Händen. Und das war nur die winzige Kostprobe eines Albtraums gewesen, der niemals Wirklichkeit werden durfte.

»Mutti ...«, sagte Ingrid nachdenklich. »Das war alles ... ich weiß gar nicht mehr ... ganz komisch. Sie musste ja wieder arbeiten und bei uns ... ja, da war sicher keine Arbeit für sie. Jedenfalls war sie dann weg, in einem Krankenhaus in München, glaube ich. Und später dann, aber da war ich schon in der Mittelschule, hat sie ja eine eigene Praxis in Regensburg aufgemacht.«

»Und du bist irgendwann wieder zu ihr gezogen, weg von den Großeltern?«

»Ja«, sagte Ingrid und verzog das Gesicht zu einem traurigen Lächeln. »Aber das war später. Ein schwerer Abschied. Ich wäre am liebsten bei der Omi geblieben. Aber das ging natürlich nicht. Die Mutti hatte ja nur noch mich.«

Auf einmal glaubte Eva zu verstehen. Das Kind, das nun auch noch den Platz der Schwester einnahm. Eine doppelte Rolle gewissermaßen, die doppelte Last. Ob das der Grund dafür war, dass Ingrid sich zeitlebens nach einer großen Familie, nach einer ganzen Kinderschar gesehnt hatte? Und wie oft hatte sie auf Eva eingeredet, es wäre so wichtig für Justus, mit Geschwistern aufzuwachsen!

Sie hatten dann eine ganze Weile geschwiegen, bis Ingrid plötzlich sagte: »Sie hat nie wieder über sie gesprochen.«

»Wen meinst du, deine Mutter?« Eva betrachtete Ingrid, die an ihr vorbei in den Garten hinaussah.

»Ich habe immer versucht, sie aufzumuntern«, war die Antwort gewesen. »Aber sie hat sich nicht aufmuntern lassen.«

Erschüttert von der Bedeutung hinter diesen Worten war Eva aufgebrochen. Während der Fahrt nach Hause hatte sie sich ungeduldig übers Gesicht gewischt, doch es waren immer neue Tränen nachgekommen. Sie hatte ja keine Ahnung gehabt, was ihre Mutter da all die Jahre mit sich herumgeschleppt hatte.

Und wie das verloren gegangene Kind sich gefühlt haben mochte, konnte sie sich gleich gar nicht vorstellen.

Als sie aus dem Wagen gestiegen war und den Hausschlüssel ins Türschloss gesteckt hatte, waren ihr Margaretes geheime Aufzeichnungen wieder eingefallen. All die Anfangsbuchstaben, die sich mit den Heimen des Lebensborn deckten. Was, wenn der Grund für Margaretes Reisen tatsächlich die ehemaligen Heime gewesen waren? Wenn sie, von Rastlosigkeit getrieben, versucht hatte, ihre Familie wiederzufinden, also das zu tun, wozu sie als Kind nicht die Möglichkeit gehabt hatte?

Am nächsten Tag regnete es. Nachdem Eva Justus zur Bushaltestelle gefahren hatte, setzte sie sich nicht gleich an ihren Rechner, sondern zog sich um, in ihre Laufsachen. Nach einer ausgedehnten Runde im Wald fühlte sie sich ausgepowert, doch nach einer kalten Dusche und dem ersten Becher Kaffee kehrten ihre Lebensgeister zurück.

Mit einem zweiten Becher ging sie in den Wintergarten, wo

auf dem Schreibtisch verteilt die alten Fotos und Papiere vom Speicher lagen sowie mehrere Landkarten, auf denen Eva gestern noch bis spät in der Nacht sämtliche Lebensbornheime eingezeichnet hatte. Einen Moment lang blieb sie stehen und sah hinaus in den Garten, beobachtete, wie der Regen sacht auf Gräser, Herbstastern und roten Ahorn fiel, dann erst begann sie zaghaft die Korrespondenz ihrer Großmutter durchzublättern. Offenbar bestand sie hauptsächlich aus Briefen eines SS-Oberführers Dr. Ebner – Eva begriff erst nach einer Weile, dass dieser Mann offenbar der Leiter des Lebensborn gewesen war. Als sie alles gelesen hatte, nahm sie das Foto zur Hand, auf dem Resi mit einer ganzen Gruppe von Leuten zu sehen war. Wie Eva jetzt wusste, war das die Belegschaft des Lebensbornheims Hurdalsverk, eines der beiden norwegischen Heime, in denen ihre Großmutter Resi 1942 gearbeitet und mit ihren beiden Töchtern gelebt hatte.

In der ersten Reihe stand sie, Dr. Therese Gruber, im weißen Arztkittel, auffallend schön. Die anderen Frauen, allesamt in Schwesterntracht, verblassten vor ihrer Strahlkraft. Auch zwei Männer waren zu sehen, ein älterer mit Brille, und ein gut aussehender junger Mann mit braunen Haaren. Ob das der – wie hatte Ingrid ihn genannt – Liebhaber ihrer Großmutter gewesen war? Evas Blick wanderte zwischen den beiden hin und her. Wenn ja, dann haben sie ein attraktives Paar abgegeben, dachte sie und wünschte sich in dem Moment fast noch dringlicher als sonst, diese fremde Großmutter kennengelernt zu haben, jetzt allerdings mit einem ganz anderen Gefühl als früher. Was hätte mir diese Frau wohl erzählt, wenn ich sie auf die nationalsozialistische Zeit angesprochen hätte? Hätte sie, wie so viele, alles schöngeredet, sich die Wahrheit zurechtgebogen?

Eva war ganz in diese Gedanken versunken, als ihr Smartphone die Ankunft einer neuen Mail meldete. Widerwillig löste sie ihren Blick von dem Foto und griff nach dem Telefon. Post von Moen, wahrscheinlich der letzte Teil der Übersetzung. Sie überflog die Nachricht. Am Ende angekommen, runzelte sie die Stirn und begann noch einmal von vorne.

Liebe Eva, schrieb Moen, *am liebsten hätte ich Ihnen diesen Teil der Übersetzung persönlich überbracht. Ich habe nämlich das Gefühl, auf etwas gestoßen zu sein, das für Sie von Interesse sein könnte. Mir sind beim Übersetzen einige Ungereimtheiten und Widersprüche aufgefallen, und zwar im Zusammenhang mit Ereignissen am zweiten, dritten und vierten Oktober 1970 (siehe markierte Seiten). Es geht um die Zeugenaussagen eines gewissen Kjell Mathisen, Direktor des Turisthotells in Oppdal, sowie eines in Oslo ansässigen Verlegers namens Ragnar Lund. Lesen Sie sich die markierten Passagen bitte genau durch. Liebe Grüße, Moen. PS: Rufen Sie mich an, wenn Sie es gelesen haben, egal wie spät es ist.*

Bergen, Norwegen, März 1970

Gunwald lenkt den Wagen durch den grauen Morgen, die Straßen sind menschenleer. Als er das Tempo verlangsamt, kann Marguerite kaum noch still sitzen bleiben. Ihr Blick gleitet über gelb blühende Forsythien hinter weißen Holzzäunen. Schließlich hält Gunwald an und deutet auf ein mit hellgrauem Holz verkleidetes Haus.

Wie in Trance steigt Marguerite aus dem Wagen, den Blick fest auf das Haus gerichtet.

»Und?«, fragt Gunwald, während er neben ihr die Straße überquert.

Dicht am Zaun bleibt Marguerite stehen, ihr Blick wandert über den großen Garten mit den noch kahlen Apfelbäumen, über die Fassade mit den weißen Sprossenfenstern, die Eingangstreppe, den Erker.

»Nein«, sagt sie endlich. »Nein. Leider ist mir dieses Haus vollkommen fremd. Hier war ich noch nie.«

Als sie wieder im Auto sitzen, legt er den Arm um sie, in einer irgendwie hilflosen Geste.

»Du brauchst mich nicht zu trösten«, sagt Marguerite und dreht sich zu ihm. »Es ist in Ordnung. Ich habe so lange ohne Familie gelebt. Fast wäre es seltsam, plötzlich eine zu bekommen.« Sie lächelt schief.

Eine Weile lang sitzen sie so da, bis Gunwald sagt: »Hast du schon mal daran gedacht, einen Suchantrag beim Roten Kreuz zu stellen?«

Marguerite stutzt kurz. Sie sieht durch die Windschutzscheibe hinaus in den grauen Morgen, dann nickt sie fast abwesend. »Doch, doch, das habe ich.« Adrien hat ja damals diesen Antrag für sie gestellt – so lange her, dass sie es fast vergessen hat. Eigentlich hat ihre Suche schon damals begonnen, vor so vielen Jahren. Da hört sie Gunwald plötzlich sagen: »Und was ist mit einem Privatdetektiv?«

Da blickt sie auf.

»Nein«, antwortet sie leicht zögernd und dreht sich zu ihm. »Daran habe ich noch nicht gedacht.«

Als sie in den Frühstücksraum des Hotels kommt, hält sie Ausschau und entdeckt an einem Fenstertisch einen Mann mit rotbraunen Haaren, der ihr fragend entgegensieht. Das muss Björn Larsen sein, der Privatdetektiv, denkt Marguerite und tritt auf ihn zu. Er steht auf.

»Frau Laurent?«, fragt er auf Deutsch.

Sie hebt eine Augenbraue, mustert ihn kurz. Er ist jünger, als sie erwartet hat, höchstens Mitte dreißig. Sein Anzug ist gut geschnitten, die Krawatte dezent, sein Hemd blütenweiß.

Sie setzt sich ihm gegenüber. Die Bedienung kommt und sie bestellen das Frühstück.

»Haferbrei?«, fragt Larsen erstaunt, als die Kellnerin verschwunden ist.

»Ja ... ja«, sagt sie. »Sollten Sie auch versuchen. Ist gesund.«

»Ich bleibe beim Kaffee«, sagt Larsen und zieht ein zusammengefaltetes Blatt Papier aus der Anzugjacke.

Marguerite spürt, wie ihr Herz anfängt, schneller zu schlagen.

»Der deutsche Verein Lebensborn hatte in Norwegen neun Heime, von denen eines allerdings gar nicht mehr in Betrieb genommen wurde.«

Er klappt das Papier auf und schiebt es ihr über den Tisch.

»Dieses hier«, sagt er und deutet auf ein Heim auf der Liste, »können Sie also außer Acht lassen. Bleiben acht Heime.«

Sie nimmt die Liste, liest. Geilo, Godthåb, Hurdalsverk, Klekken, Stalheim, Trondheim, Oslo. Und Hop bei Bergen. Dort war sie ja schon und hat es nicht wiedererkannt.

»Danke«, sagt sie und will gerade fortfahren, als ein paar Leute hereinkommen und an ihnen vorbeigehen. Deutsche Wortfetzen dringen an ihr Ohr und sie blickt auf. Eine Gruppe von Uniformträgern hat am Nebentisch Platz genommen. Man könnte meinen, dass auch dies ein Zeichen ist, denkt Marguerite und wendet sich wieder Larsen zu.

»Sie meinten am Telefon, Sie hätten noch etwas anderes für mich«, fragt Marguerite.

»Ja«, sagt Larsen. »Ich habe erfahren, dass es auch noch ein Büro des Vereins in Stavanger gab. Eine Außenstelle, die sich wohl ausschließlich um Personalsachen gekümmert hat. Das«, er legt einen weiteren Zettel vor ihr auf den Tisch, »ist eine Frau, die früher dort gearbeitet hat. Allerdings ist es mir bisher noch nicht gelungen herauszufinden, wo sie heute lebt. Ob sie überhaupt noch lebt.«

Marguerite blickt auf die handschriftliche Notiz. *Ylva,* steht da in klaren Druckbuchstaben auf dem Zettel. *Ylva Holm.*

Als Eva eine Stunde später wieder aufblickte, schwirrte ihr der Kopf. Was hatte Moen da bloß für eine Geschichte ausgegraben! Am liebsten hätte sie die Übersetzerin auf der Stelle angerufen, aber die Geschichte war so kompliziert, da musste sie erst einmal sicherstellen, dass sie das überhaupt richtig verstanden hatte.

Es ging um die Aussage dreier Zeugen zu Ereignissen Anfang Oktober 1970. Ein Hoteldirektor aus Oppdal hatte sich bei den Ermittlern gemeldet und behauptet, am 3. Oktober 1970 einen italienischen Bekannten als Gast zum Abendessen gehabt zu haben, der überraschend in Begleitung der Frau auf dem Phantombild erschienen war. Der Bekannte war ein Reisefotograf namens Damiano Lombardi und verdiente sein Geld mit dem Fotografieren für Ansichtskarten und Bildbände. Er hatte die Frau als Touristin aus Johannesburg vorgestellt und behauptet, sie gerade erst kennengelernt zu haben.

Die Geschichte des Hoteldirektors war zwar seltsam, weil diese angebliche Touristin ja wohl Margarete gewesen sein musste, aber in sich nachvollziehbar und verständlich. Die folgenden Aussagen allerdings, wann der Italiener mit wem und wo aufgekreuzt sein wollte, wirkten völlig widersprüchlich. Der norwegische Verleger des Fotografen war relativ zeitnah befragt worden, Lombardi selbst dagegen offenbar erst viel später, im Mai 1971.

»Meine Güte«, murmelte Eva, pfefferte die Unterlagen auf den Stuhl, lief zu einem Korb in der Zimmerecke und holte eine von mehreren alten Tapetenrollen heraus, die sie benutzte, um sich Stammbäume oder auch komplexe Verhältnisse ihrer Hauptfiguren vor Augen zu führen. Sie leerte den Schreibtisch, breitete die Tapetenrolle aus und holte die Norwegenkarte mit den Lebensbornheimen. Ein weiteres Mal vertiefte sie sich in die Unterlagen und schrieb diesmal alles auf, was seltsam und widersprüchlich war. Am Ende lehnte sie sich zurück und betrachtete das Bild: ein Wirrwarr aus Kreisen und Pfeilen.

»Das passt doch hinten und vorne nicht zusammen«, sagte

sie laut zu sich selbst, griff nach ihrem Smartphone und wählte Moens Nummer. Die meldete sich nach dem ersten Klingeln.

»Sie haben recht«, sagte Eva ohne Gruß, einfach so. »Ich habe mir das jetzt mal ganz genau aufgezeichnet und steige immer noch nicht richtig durch.«

Moen lachte. »Gut, dass es nicht nur mir so geht. Also ist das tatsächlich … uneindeutig.«

»Die Daten und Orte passen einfach nicht zusammen«, sagte Eva. »Dieser Damiano Lombardi, der hat doch eindeutig etwas zu verbergen, finden Sie nicht? Die Geschichte mit der Frau aus Südafrika leuchtet mir jedenfalls nicht ein. Was ist das eigentlich für ein Typ gewesen? Ein Reisefotograf, okay, und anscheinend hat er regelmäßig Fototouren durch Skandinavien gemacht.«

»Ja, ich habe nachgeforscht. Lombardi hat eine ganze Reihe von Bildbänden herausgebracht, alle bei *Lund Forlaget*. Offenbar hatte er in Stockholm einen Wagen angemeldet, mit dem er herumgefahren ist.«

»Ach so, dann ist er also deshalb von Stockholm aus losgefahren. Er fliegt also am 1. Oktober 1970 von Rom nach Stockholm, wo er einen Wagen stehen hat, und von dort geht es nach Oslo, wo er sich am 2. Oktober mit seinem Verleger trifft. Der begleitet ihn hinaus und sieht in Lombardis Wagen eine Frau sitzen, die nicht seine Lebensgefährtin ist. Daraufhin bringt Lombardi diese Geschichte mit der angeblichen Touristin aus Südafrika, die irgendwie *chinesischer Abstammung* sei.«

»Das war seine Erklärung dem Verleger gegenüber, ja«, sagte Moen. »Aber bei seiner Vernehmung im Mai 1971 gibt er an, die Frau erst am 3. Oktober in Oppdal kennengelernt zu haben.«

»Was durch verschiedene Zeugenaussagen in Oppdal aber zweifelhaft erscheint: Am 3. Oktober sehen mehrere Personen eine fremdländische Frau auf dem Marktplatz in Oppdal zusammen mit Lombardi. Und anscheinend wirkt es so, als sei das Treffen verabredet gewesen, die beiden müssen sich also da schon gekannt haben. Jedenfalls macht Lombardi einen Tag nach der ersten Vernehmung noch einmal eine Aussage bei der Polizei, ohne das Treffen mit seinem Verleger zu erwähnen. Dafür nennt er jetzt auf einmal den Namen der Südafrikanerin: Liesbeth de Jong. Angeblich ist die Frau eine Angestellte aus Johannisburg, die sechs Monate im Jahr arbeitet und die restliche Zeit reist.«

Eva stellte auf Raumlautsprecher, legte das Telefon auf den Tisch und nahm ihre Aufzeichnungen zur Hand.

»Lombardi will sie also am 3. Oktober in Oppdal kennengelernt haben. Gleichzeitig aber sagt der Verleger in Oslo aus, er habe die Frau am 2. Oktober in Lombardis Wagen sitzen sehen. Wie passt das zusammen?«

»Das passt kein bisschen zusammen«, empörte sich Moen. Eva sah sie vor sich, mit ihrem klaren Gesicht und den hellen Augen.

»Wir haben es also mit einer Menge Ungereimtheiten zu tun«, sagte Eva. »Am seltsamsten finde ich ehrlich gesagt, dass die Ermittler die Angelegenheit nicht weiterverfolgt haben. Es ist doch vollkommen klar, mit diesem Fotografen stimmt irgendwas nicht. Wieso haben die da nichts unternommen?«

»Ja, das ist komisch. Anscheinend haben sie eine Anfrage an die Polizei in Südafrika gerichtet, und als sie die Bestätigung bekamen, dass es diese Liesbeth de Jong wirklich gibt und die Frau noch am Leben ist, war die Sache für sie erledigt.«

»Aber nicht mal das passt bei näherer Betrachtung zusammen. Der Hoteldirektor sagt, die Frau hätte behauptet, *Angestellte* aus *Johannesburg* zu sein. In der Antwort aus Südafrika ging es aber um eine *Studentin* aus *Grahamstown*. Haben Sie sich das mal auf der Karte angesehen?«

»Das hab ich«, erwiderte Moen. »Da liegen fast tausend Kilometer dazwischen.«

»Tja«, sagte Eva. »Diese Geschichte stinkt wirklich zum Himmel.«

»Womit haben wir es also zu tun? Mit zwei identisch aussehenden, allein reisenden Touristinnen, die Lombardi *rein zufällig* aufgegabelt hat, eine in Oslo und eine in Oppdal? Eine nicht sehr wahrscheinliche Variante. Die andere ist …«

»… dass der Fotograf gelogen hat.«

Sie schwiegen eine Weile und Eva hörte Moen auf ihrer Tastatur herumtippen. Dann raschelte es und Moen sagte: »Und dazu gibt es ja auch noch diese andere Zeugenaussage, von einem Organisten aus Ålesund, erinnern Sie sich?«

Eva runzelte die Stirn. »Ich weiß nicht mehr … da war so viel … Ist das der Mann, der Margarete mit dem Auto mitgenommen haben will, nördlich von Bodø?«

»Ja, Anfang August 1970.« Wieder hämmerte Moen auf ihre Tastatur ein.« Und jetzt halten Sie sich fest. Ich habe da etwas gefunden, das ich Ihnen zeigen möchte. Schauen Sie mal in Ihren Posteingang.«

Eva öffnete die Mail, die Moen ihr soeben geschickt hatte, und klickte auf den Anhang. Es war ein Zeitungsausschnitt mit einem Foto, auf dem drei Leute zu sehen waren: in der Mitte ein älterer Mann mit Schildmütze, rechts von ihm eine ausgesprochen hübsche Blondine, links von ihm ein etwa vierzigjähriger südländisch wirkender Typ, der eine Art Gestänge über der Schulter trug. *Filmbesøk I Bodø Småbåthavn* lautete die Überschrift. Darunter stand ein kurzer Text, ebenfalls auf Norwegisch.

»Das ist ein Foto aus der Lokalzeitung in Bodø. Der Mann in der Mitte ist ein Fischer, die Frau rechts ein Model und der Mann links ein italienischer Fotograf: Damiano Lombardi.«

»Sie haben ein Foto von ihm gefunden?«

»Ja«, sagte Moen. »Aber das ist nicht alles. Viel wichtiger ist, wann dieses Foto gemacht wurde, nämlich Anfang August 1970. Also genau zu der Zeit, als der Organist Margarete in der gleichen Gegend gesehen hat. Beide, Lombardi und Margarete, waren Anfang August in Bodø! Anfang Oktober waren sie zusammen bei diesem Hoteldirektor in Oppdal. Und ich fresse einen Besen, wenn nicht auch die Frau in Oslo, die bei dem Verleger, Margarete gewesen ist.«

»Dann sind die beiden also ganz klar zusammen in Norwegen herumgereist«, stammelte Eva. »Und nicht nur so nebenbei, sondern länger.«

»So sieht's aus!«, rief Moen. »Dieser Lombardi und Margarete müssen sich ziemlich gut gekannt haben. Und das will der Herr Fotograf anscheinend um jeden Preis verbergen.«

Mit einem Mann wurde die Isdal-Frau mehrmals gesehen: in Speisesälen, Hotelzimmern, Geschäften. Es ist unklar, ob es immer derselbe war. Stets aber blieb der Eindruck: Ein Paar sind die beiden nicht.

Die Zeit, 10. Januar 2018

Å i Lofoten, Norwegen, August 1970

Marguerite steht am Fenster. Gleich elf am Abend und noch immer so hell, dass sie problemlos die Fischerboote im Hafen erkennen kann. Wenn sie nur nicht so erbärmlich frieren würde in dieser miesen Hütte, und das im August. Sie wünscht sich nach Rom zurück oder nach Südfrankreich, irgendwohin, wo man spürt, dass Sommer ist, irgendwohin, wo die Nächte dunkel sind. Sie möchte nicht hier sein, zweihundert Kilometer nördlich des Polarkreises im Nordatlantik. Es war keine gute Idee, mit Damiano mitzufahren, so weit nach Norden, zu den blöden Lofoten, nur weil er irgendwann mal in die Gegend kommt, in die sie muss. Warum ist sie nicht einfach mit dem Zug nach Bodø gefahren? Dann wäre sie jetzt schon da. Schließlich ist sie monatelang alleine mit dem Zug unterwegs gewesen. Sie legt die Stirn an die kühle Scheibe.

Wenn sie daran denkt, wo sie inzwischen überall gewesen ist, welche Orte sie bereist hat. April, Mai, Juni, Juli. Und alles war ganz anders gewesen, als sie es sich vorgestellt hatte. Aber was zur Hölle hatte sie sich eigentlich vorgestellt? In ihrem Kinderglauben hatte sie dieses Bild unter ihren Lidern getragen, diese kleine Welt, den sonnenbeschienenen Hof ihrer Großeltern, und irgendwie daran geglaubt, dass sich schon alles finden würde, wenn sie erst einmal in Deutschland wäre.

Wenn sie jetzt daran denkt, wie sie im April beim Grenzübertritt in Kiefersfelden im Zug gesessen hat, den Blick starr nach draußen gerichtet, mit dieser Enge in der Brust und zugleich überwältigt von dem Bewusstsein, dass das, was da gerade an ihr vorüberzog, *Deutschland* war, *deutsche* Häuser und *deutsche* Wiesen, dass sie auf einem *deutschen* Gleis fuhr, durch *deutsche* Wälder. Als sie schließlich aus dem Zug gestiegen ist, in Wernigerode zuerst, war sie erschöpft, aber gleichzeitig auch euphorisiert. Diese fast wahnsinnige Euphorie hat über Wochen angehalten, bis in den Schwarzwald hinein, und sich erst auf ihrer zweiten Reise verschlissen, als sie mit Ansbach auch noch das letzte der Lebensbornheime auf ihrer Liste abgeklappert hatte, ohne jedes Ergebnis.

Aber jetzt ist nicht die Zeit, um eine triste Rückschau zu halten. Denn inzwischen hat sie eine wirkliche Spur, einen konkreten Hinweis: die Adresse von Ylva Holm. Als sie nach ihrer zweiten Deutschlandfahrt vollkommen niedergeschlagen nach Rom zurückgekehrt war, hatte dort ein Brief mit großartigen Neuigkeiten auf sie gewartet: Björn Larsen hatte die Frau gefunden, die damals für den Lebensborn in Stavanger gearbeitet hatte, die Frau, die für Personalsachen zuständig gewesen war.

Und deshalb hält sie es hier kaum mehr aus, in dieser gottverdammten Fischerhütte auf den gottverdammten Lofoten, in einem Kaff, dessen Name aus nur einem einzigen Buchstaben besteht. Und Damiano ist mal wieder *draußen*, beim *Fotografieren*. Wahrscheinlich zeigt er dieser amerikanischen Rucksacktouristin aus der Nebenhütte ein paar *ganz besondere Tricks*.

Marguerite geht in die Schlafkammer, holt dicke Socken aus ihrem Koffer und klettert in die obere Koje des Stockbetts. Sie mummelt sich in die Daunendecke und lauscht dem Wind, der das alte Gebälk knacken und knarzen lässt. Wenn sie nur nicht so unruhig wäre. Aber die tagelange Hockerei im Auto lässt ihr zu viel Raum zum Nachdenken. Und diesen Raum füllen irgendwelche Fragmente, Bilder und Wortfetzen, die sie nicht richtig einordnen kann, von denen sie aber weiß, dass sie zu damals gehören, zu ihrer geliebten Großmutter, bei der sie so gerne geblieben wäre. Und über allem erscheint das Gesicht der Großmutter, wie sie noch einmal die Wagentür öffnet und ihr und Ingrid die Postkarten schenkt. Das Einzige, was ihr geblieben ist. Das Einzige, was ihr sagt: Es war real, du bildest dir das nicht alles ein.

Draußen vor der Hütte sind nun Schritte zu hören und auch zu spüren. Die Hütten sind auf Pfählen gebaut, daher vibriert die ganze Bude, wenn jemand über die Planken geht. Sie spitzt die Ohren, ob Stimmen zu hören sind, unterdrücktes Gekicher. Aber da ist nichts. Vielleicht hat sie sich ja getäuscht und Damiano war doch allein unterwegs. Wenig später geht die Tür zur Schlafkammer auf. Leise schlüpft Damiano unter die Decke. Es dauert nicht lang und er ist eingeschlafen. Marguerite ist erleichtert und enttäuscht zugleich. Seit sie auf dieser Reise sind, ist ihr Verhältnis nicht unbedingt besser geworden. Es tut ihnen nicht gut, so aufeinanderzuhocken. Außerdem hat sie den Eindruck, dass er irgendwie wütend auf sie ist, auch wenn sie nicht begreift, wieso. Na ja, denkt sie. Übermorgen sind wir endlich in Bodø. Dann werde ich weitersehen.

Irgendwo auf der Strecke zwischen Narvik und Bodø. Die Straße wirkt mal wieder wie ausgestorben, nur selten kommt ihnen ein anderes Fahrzeug entgegen. Wenigstens regnet es heute nicht. Dafür fällt ihr Blick im Hintergrund immer wieder auf diese schneebedeckten Berge.

»Wie war das Fotografieren gestern? Hast du gute Bilder gemacht?«, fragt Marguerite, um irgendetwas zu sagen. Sie hat den Eindruck, seine Stimmung hätte sich seit gestern noch einmal verschlechtert.

»Ja. Hab ich.«

»Was hast du denn fotografiert?«

Er zuckt die Achseln. »Dies und das.«

Auf einmal wird es Marguerite zu bunt. »Sag mal, was ist eigentlich los mit dir? Warum hast du ständig so miese Laune?«

Sie kann nicht verhindern, dass ihre Stimme aggressiv klingt. Und er macht sie ja auch wirklich aggressiv. Wie er so am Steuer sitzt und vor sich hin brütet, seit Tagen schon, wie ein maulfauler Bauer.

Er sieht kurz zu ihr herüber. »Willst du das wirklich wissen?«

»Ja«, sagt sie patzig. »Ja, das würde ich in der Tat ganz gerne wissen.«

»Wieso hast du zu dieser Amerikanerin gesagt, wir wären ein Paar? Warum erzählst du so einen Mist?«

»Ist das denn so schlimm? Was juckt es dich, was diese Frau denkt?«

Er antwortet nicht auf ihre Frage. Etliche Kilometer fahren sie so vor sich hin. Die Landschaft zieht an ihnen vorbei, Kiefern und Birken und Fjorde und Felsbrocken. Plötzlich sagt er: »Ich werde zwei Wochen in Bodø bleiben.«

»Was?«

»Ja. Ich habe dort einen Auftrag, soll fürs Fremdenverkehrsamt Fischer bei der Arbeit fotografieren.«

»Und was soll ich dann machen? So viel Geld habe ich nicht mehr.«

Er zuckt die Schultern. »Das hättest du dir vorher überlegen müssen.«

Da platzt ihr der Kragen. »*Du* hättest mir das überhaupt erst mal sagen müssen! Ich kann ja nicht riechen, dass du ewig da oben bleiben willst. Dann wäre ich gleich mit dem Zug nach Bodø gefahren, ohne diese irrsinnige Kurve über die Lofoten!«

Ein Muskel zuckt an seinem Kiefer. »Ich habe dich nicht gebeten mitzufahren.«

Minuten vergehen. Dann sagt er: »Hör mal. Es ist sowieso besser, wenn ich Berufliches von Privatem trenne.«

»Was soll denn das jetzt wieder heißen?«

»Ich muss mich in Bodø voll auf meine Arbeit konzentrieren. Ich werde da keine Zeit für dich haben.«

Langsam dämmert es ihr. »Du willst mich loswerden.«

»Ich will nur sichergehen, dass du dich an die Abmachung hältst.«

»Oh, du meinst die Abmachung, wonach ich allen Leuten, die uns über den Weg laufen, Lügengeschichten erzählen soll. Dass ich Geneviève heiße. Oder Claudia. Oder dass ich eine *Studentin aus Südafrika* bin und wir uns *gerade erst kennengelernt haben* oder irgend so einen Quatsch! Das ist doch paranoid!«

Sie sieht, wie seine Kiefermuskulatur arbeitet. Mühsam beherrscht sagt er: »Über die Jahre habe ich hier viele Kontakte geknüpft. Ich habe *Freunde* hier in Norwegen. Und da ist es wichtig …«

Auf einmal kann sie sich nicht mehr beherrschen. »Freunde!«, sagt sie höhnisch und wirft ihm einen provozierenden Blick zu. »Na, allzu fein dürften die ja wohl nicht sein. Immerhin hast du mich mit einer ganzen Reihe von ihnen verkuppelt und Geld dafür bekommen!« Sie lacht abfällig und dann bricht es aus ihr heraus: »Weißt du was, ich habe keine Lust mehr auf diesen Scheiß. In Zukunft werde ich jedem offen sagen, wie ich heiße und was ich mache!«

Da tritt Damiano jäh auf die Bremse. Sie wird nach vorne geschleudert, kann sich gerade noch mit dem Ellenbogen abfangen, ehe sie mit dem Kopf an die Windschutzscheibe stößt.

»Das wirst du nicht tun«, sagt Damiano gefährlich leise, nachdem der Wagen zum Stehen gekommen ist.

»Bist du irre!«, ruft sie und reibt sich die schmerzenden Ellenbogen. Auf einmal ist sie nicht mehr zu bremsen. »Du kannst mir gar nichts befehlen! Ich kann reden, mit wem ich will, und ich werde sagen, was ich ...«

Da öffnet er die Tür und springt aus dem Wagen. In wenigen Sätzen ist er an der Beifahrerseite, reißt die Tür auf, packt Marguerite am Arm und zerrt sie aus dem Auto. Er läuft nach hinten, holt ihr Gepäck und schleudert es die Böschung hinunter.

»Bist du verrückt!«

Sie ist jetzt völlig außer sich, schreit so laut sie kann und beginnt auf ihn einzuschlagen. Doch er packt ihre Oberarme und hält sie fest.

»Wage es nicht«, zischt er, sein Gesicht dicht an ihrem und stößt sie von sich, so fest, dass sie das Gleichgewicht verliert und stürzt. Dann steigt er ein und fährt davon.

Dankbar lächelte Eva der Stewardess zu und nahm den Plastikbecher mit dem Kaffee entgegen. Sie war so müde, nach einer viel zu kurzen Nacht und einem viel zu turbulenten Tag, an dem sie überstürzt einen Flug nach Bergen gebucht und alles für Justus' vorübergehenden Aufenthalt bei Johannes und Vivien arrangiert hatte.

Sie nippte an dem Kaffee, der heiß und stark war, und dachte an Ingrid. Ihren Blick beim Abschied und wie sie Eva völlig unerwartet gebeten hatte, sich zu melden. »Ruf an, wenn du etwas herausfindest, egal was!« Eva konnte es immer noch kaum glauben.

Sie nahm ihr Smartphone zur Hand, wischte über das Display und öffnete das Foto von diesem Italiener. Seit ihrem Gespräch mit Moen hatte Eva fast ständig über den Mann nachgedacht, über die Rolle, die er in Margaretes Leben gespielt haben mochte. Es lag nahe, dass auch Margaretes wiederholte Rom-Aufenthalte mit ihm zu tun hatten. Und dieser Lombardi war ein attraktiver Mann, jedenfalls wenn man auf Latin Lover stand. Eva fragte sich, ob Margarete in ihn verliebt gewesen war. Ob die beiden ein Paar gewesen waren? Aber warum hatte Lombardi die Polizei dann angelogen und behauptet, sie nicht gekannt zu haben? Und dazu der absurde Versuch, sich über diese Südafrikanerin ein Alibi zu verschaffen. Denn darauf lief diese ganze abwegige Geschichte ja wohl hinaus. Oder steckte mehr dahinter, als auf den ersten Blick erkennbar war?

So oder so blieb die Frage, warum die Ermittler diesen derart offensichtlichen Widersprüchen damals nicht nachgegangen waren. Jedenfalls war Solberg ziemlich perplex gewesen, als sie ihm das alles am Telefon dargelegt hatte. Perplex und auch irgendwie zerknirscht, als hätte er persönlich versagt.

Die Stewardess kam und schenkte Kaffee nach. Eva trank den halben Becher leer, zog ihr Notizbuch aus dem Gepäcknetz und blätterte darin herum. Viel hatte sie über diesen Italiener nicht in Erfahrung bringen können. Sie hatte nicht herausfinden können, ob er noch lebte, und wo er damals seinen Wohnsitz gehabt hatte, war auch nicht klar. Durch die Bildbände und Ansichtskarten, die man im Netz fand, ließ sich aber bestätigten, dass Lombardi in den späten sechziger Jahren und auch 1970 tatsächlich in Norwegen herumgereist sein musste.

Das Signal zum Anschnallen ertönte. Bald war Eva wieder in Bergen und konnte mit Solberg und Moen über das reden, was sie beschäftigte. Vielleicht war es nichts als eine fixe Idee, aber Eva war fest entschlossen, sich an die Fersen dieses Italieners zu heften und jede auch noch so winzige Spur zu verfolgen. Wenn es Solberg nicht gelänge, mehr über seinen Aufenthaltsort herauszufinden, musste sie eben diesen Hoteldirektor ausfindig machen oder Lombardis Verleger in Oslo. Einer von denen würde ja wohl noch leben!

Das Flugzeug landete pünktlich, und als Eva eine Viertelstunde später ihre Nachrichten checkte, war Solberg auf der Mobilbox und bat sie um einen Rückruf.

»Sind Sie schon gelandet?«, fragte Solberg und klang ein wenig überrascht.

»Ja, ich stehe an der Gepäckausgabe«, antwortete Eva und hievte ihren Koffer vom Band.

»Gut, ich habe nämlich Neuigkeiten. Gute und weniger gute. Welche wollen Sie zuerst hören?«

»Die weniger guten.«

»Der italienische Fotograf lebt nicht mehr. Er ist schon vor Jahren gestorben.«

Eva stellte ihren Koffer ab. Natürlich hätte sie damit rechnen müssen.

»Und die guten?«, fragte sie und versuchte, nicht allzu enttäuscht zu klingen.

»Er hat zwei Kinder. Eine Tochter, die in Tromsø wohnt. Und einen Sohn. Er lebt in Bergen, heißt Laurin Abrahamsen und ist Professor für Geschichte hier an der Uni. Ich gebe Ihnen mal seine Kontaktdaten. Ach, und übrigens hält er heute Vormittag eine Vorlesung.«

»Was mich gedrängt hat, das Thema der Kriegskinder zu erforschen, ist, auch wenn Sie das vielleicht erstaunt, meine eigene kleine Geschichte.«

Wie immer, wenn Laurin bei seinen Vorlesungen diesen Satz sagte, ging ein unmerklicher Ruck durch die Studenten und alle waren auf einmal ganz Ohr, auch die, die zuvor unter der Bank heimlich auf ihrem Smartphone herumgewischt hatten. Das mit der eigenen Geschichte als Motivation war zwar allenfalls die halbe Wahrheit, aber Laurin verfuhr da getreu dem Motto: *Gossip sells.*

An dieser Stelle lächelte er leise, ein kleines, trauriges Lächeln, auch das gehörte zu seiner Choreografie, die er über die Jahre verfeinert hatte. Sich verletzlich zu zeigen, das hatte er ziemlich bald spitzgekriegt, kam besonders gut bei den Studentinnen an. Wenn sie ihn vorher schon gut aussehend gefunden hatten, dann wollten sie ihn spätestens ab diesem Moment trösten.

»Was, glauben Sie, war in Norwegen in den siebziger Jahren los, wenn eine Frau sich mit einem Südländer einließ? Und dann auch noch von ihm schwanger wurde, gleich zweimal, aber ohne mit ihm in den heiligen Hafen der Ehe zu segeln?«

Langsam ließ er den Blick über die Studierenden schweifen. Wie immer saß Sanna in der ersten Reihe und himmelte ihn an.

»Diese Frau war meine Mutter. Und auch wenn das, was ich erlebt habe, nicht im Entferntesten mit der Ausgrenzung zu vergleichen ist, die diese Kinder nach dem Zweiten Weltkrieg erleben mussten, so lassen meine eigenen Erlebnisse mich doch wenigstens erahnen, was ihnen damals widerfahren ist.«

In der zweiten Reihe ganz außen saß eine dunkelhaarige Frau um die vierzig, eine Gasthörerin offenbar. Sie betrachtete ihn aufmerksam, aber mit einem Stirnrunzeln, was ihn einen Moment lang irritierte. Er wandte den Blick ab und stellte sich in den Mittelgang.

»Rund zwölftausend Kinder sind also aus diesen deutsch-norwegischen Liebesbeziehungen hervorgegangen.« Er setzte sich wieder in Bewegung, schritt die erste Reihe auf und ab. »Was haben sie erlebt, was wurde aus ihnen? Als die Regierung sich im Jahr 2000 bei ihnen entschuldigte, hatten diese Kinder ihr Leben bereits gelebt. Sie waren ins Kinderheim abgeschoben worden oder zu Pflegeeltern. Oder, was nicht selten vorkam, sie wurden von Pflegefamilien wieder zurückgegeben, nachdem diese von ihren deutschen Vätern erfahren hatten. Viele erfuhren körperliche Gewalt, erlitten Demütigungen, Schmähungen, wurden in der Schule gehänselt. Natürlich kommt da eine Entschuldigung reichlich spät. Auch mein Buch über sie ist viel zu spät gekommen.«

Er blickte zu Boden und ließ den Satz wirken. Ganz oben stand jemand auf, der junge Mann mit dem Zopf raschelte mit seinem Rucksack und verließ den Hörsaal. Verärgert stellte Laurin fest, dass der von ihm sorgfältig inszenierte Moment der kollektiven Rührung ruiniert worden war. Idiot, dachte er und nahm sich vor, ihn beim nächsten Mal aufzurufen.

Mit einer abrupten Bewegung drehte er sich um und ging zurück hinter das Pult.

»Aber beginnen wir von vorne. Wie und wo sind diese Kinder auf die Welt gekommen?«

Wieder eine dramaturgische Pause. Die Dunkelhaarige in der zweiten Reihe sah ihn immer noch mit diesem Stirnrunzeln an. Vielleicht war sie eine Ausländerin und ihr Norwegisch nicht gut genug? Er wanderte weiter zwischen den Reihen nach oben und dozierte über die Rassenpolitik der Nationalsozialisten.

»Sprechen wir über das Menschenbild der Nationalsozialisten. Wie Sie alle wissen, verwendeten sie den Begriff *arisch*. Dieser aus der Sprachwissenschaft entlehnte Begriff ist übrigens in diesem Zusammenhang kompletter Unsinn, aber darüber unterhalten wir uns ein anderes Mal. Gemeint ist damit *der nordische Mensch*, den die Nazis und insbesondere Heinrich Himmler als besonders wertvoll ansahen: blond und blauäugig, stark und *erbgesund*.«

Er ließ seinen Blick über die Studenten in der ersten Reihe wandern und fragte: »Schon mal den Begriff Lebensborn gehört?«

Wie er an ihren Blicken unschwer erkennen konnte, hatten sie keinen blassen Schimmer, wovon er sprach.

Den Rest der Vorlesung dozierte er über den Lebensborn e. V., einen von der SS getragenen Verein, der in Norwegen insgesamt neun Heime unterhalten hatte. Dort konnten norwegische

Frauen, die von einem Wehrmachtssoldaten schwanger geworden waren, ihre Kinder zur Welt bringen.

Am Ende angekommen, ließ er die Hände sinken und sagte: »In den letzten Wochen haben wir uns mit einigen Elementen unserer jüngeren Geschichte befasst. Anhand von Texten und Quellen haben wir versucht, das sich verändernde Geschichtsbewusstsein aufzuzeigen, von der frühen Nachkriegszeit bis heute. Das nächste Mal werden wir den Memory-Boom der achtziger Jahre näher betrachten, der Zeit, die zu einem Umbruch in der Gedächtniskultur führte. Vielen Dank.«

Er wandte sich abrupt ab, ging zum Pult zurück und nahm das Ansteckmikro ab. Im Augenwinkel sah er, dass Sanna an ihrem Platz stehen blieb und seinen Blick suchte. Er hatte jetzt keinen Kopf für sie. Und so drehte er ihr den Rücken zu und tat, als würde er die Nachrichten auf seinem Smartphone kontrollieren, in der Hoffnung, sie ließe sich mit den anderen aus dem Saal treiben. Als er glaubte, lange genug gewartet zu haben, steckte er das Smartphone weg und wandte sich zum Gehen.

Vor dem Pult, in diskreter Entfernung, stand die Dunkelhaarige aus der zweiten Reihe, die ihn so kritisch angesehen hatte.

»Herr Abrahamsen? Kann ich Sie kurz sprechen?«, fragte sie auf Englisch.

Neugierig betrachtete er die Frau. Sie war hübsch, auf eine kühle und zurückhaltende Art. Südländischer Typ. Dann sind wir ja schon zwei, dachte er und lächelte sie an.

»Bitte. Worum geht es denn?«

»Ich würde mich gerne mit Ihnen über Ihren Vater unterhalten. Mein Name ist Eva Berghoff. Ich bin Autorin und ich komme aus Deutschland. Ich bin hier, weil ich Näheres über meine Tante in Erfahrung bringen möchte. Sie hat sich 1970 hier in Norwegen aufgehalten und ich weiß, dass sie und Ihr Vater sich kannten.«

Das Lächeln gefror in seinem Gesicht.

»Mein Vater war Fotograf. Er kannte viele Frauen.«

»Das weiß ich … Ich meine, dass Ihr Vater Fotograf war. Es ist so …« Sie schien nach den richtigen Worten zu suchen. Auf einmal senkte sie die Stimme. »Meine Tante hieß Margarete Gruber und ist 1970 im Isdal ums Leben gekommen. Ich versuche, ihre letzten Wochen zu rekonstruieren. Es gibt Zeugenaussagen, die darauf hindeuten …«

Irritiert, aber auch ein wenig verblüfft sah er sie an. »Mein Vater ist seit zwanzig Jahren tot. Selbst wenn ich wollte, könnte ich Ihnen nicht weiterhelfen. Ich weiß nichts darüber. Und jetzt entschuldigen Sie mich bitte.«

Da streckte die Frau ihre Hand aus. Fast gegen seinen Willen nahm er die Visitenkarte entgegen. »Vielleicht fällt Ihnen ja doch noch etwas ein. Bitte denken Sie noch einmal nach. Ich wäre Ihnen wirklich sehr dankbar.«

Sie warf ihm einen letzten langen Blick zu.

»Ich habe mir erlaubt, Ihnen die Polizeiakte zu schicken. An Ihre Mailadresse von der Uni. Bitte lesen Sie sie.«

Dann wandte sie sich ab und ging mit raschen Schritten auf den Ausgang zu.

Laurin ärgerte sich. Über die Frau, die ihn so schräg von der Seite angequatscht hatte. Über sich selbst, dass er überhaupt darüber nachdachte. Er trat hinaus in den Regen, lief zu seinem Wagen und saß dort eine Weile hinter dem Steuer. Eigentlich hatte er heute zum Squash gehen wollen, aber irgendwie war auf einmal die Luft raus. Und das hatte, da brauchte er sich nichts vorzumachen, mit dieser Frau zu tun. Was hatte sie behauptet? Dass sie die letzten Wochen ihrer Tante rekonstruierte? Und dass sie und sein Vater sich »gekannt« hatten. Tja, das wunderte ihn allerdings nicht. Mit zusammengepressten Lippen startete er den Motor. Denn wenn diese Tante auch nur halb so attraktiv wie ihre Nichte gewesen war, dann hatte sein Vater natürlich nicht die Finger von ihr lassen können.

Als er zwanzig Minuten später in seiner Küche stand und überlegte, was er zu Abend essen wollte – Salat mit Thunfisch und Tomaten oder doch lieber mit Avocado? –, hatte er auf einmal Lust auf Rotwein und Nudeln, ein Vergnügen, das er sich nicht allzu häufig gewährte. Und so holte er eine Flasche Chianti aus der Speisekammer und goss sich großzügig ein.

Während die Pasta im Topf brodelte, spielte er mit dem Gedanken, Sanna anzurufen, tat es aber doch nicht.

Er nahm das Weinglas und den Teller Nudeln und machte es sich vor dem Fernseher bequem, zappte durch die Kanäle und blieb bei einem Thriller hängen, in dem entweder gemetzelt oder gebumst wurde. Kauend starrte er auf den Fernseher, doch seine Gedanken wanderten zurück zu der Frau. Seltsamerweise hatte er den Eindruck gehabt, er würde sie von irgendwoher kennen, aber er konnte sich keinen Reim darauf machen.

Wie kam sie überhaupt darauf, dass er etwas über ihre Tante zu sagen wüsste? Konnte sie sich nicht denken, dass er als Sohn nicht scharf darauf war, in dieser trüben Suppe zu rühren? Die Tante, eine gewisse Margarete Gruber, sei im Isdal ums Leben gekommen, hatte sie gesagt. Aber was bedeutete das? War sie bei einer Bergtour verunglückt? Oder hatte sie sich umgebracht? Das Isdal galt ja als ein beliebter Ort für Selbstmörder.

Er stellte den Teller ab, griff nach seinem Laptop und gab Margarete Gruber und Isdal ein.

Was daraufhin auf seinem Bildschirm erschien, verschlug ihm den Atem. *Die Tote vom Isdal. Nach fünfzig Jahren Identität geklärt.*

Auf einmal wurde ihm heiß und kalt. Die Isdal-Frau. Natürlich hatte er von dem Fall gehört, genau wie mindestens jeder zweite Norweger. Die Isdal-Frau war Eva Berghoffs Tante.

Die Gedanken in seinem Kopf überschlugen sich. Wie waren ihre genauen Worte gewesen? Ab dem Moment, in dem sie gesagt hatte, dass sein Vater und diese Margarete sich gekannt hätten, hatte er nicht mehr richtig zugehört. Dieser geile Bock, hatte er gedacht, und dass man ihn mit den Eroberungen seines Vaters bitte schön in Ruhe lassen sollte.

Abrupt stand er auf und trug sein Geschirr in die Küche, befüllte die Spülmaschine und wischte die Flächen. Doch seine Gedanken gaben keine Ruhe. Die Polizeiakte. Sie hatte ihm die Polizeiakte schicken wollen. Auf einmal hatte er es eilig, sein Mailpostfach zu öffnen.

Er las bis zum Morgengrauen. Erst gegen sieben schlich er ins Schlafzimmer, wo er den Wecker ausschaltete und ins Bett sank. Als er Stunden später erwachte, fühlte sein Mund sich so ausgedörrt an wie nach einer durchzechten Nacht.

Im Lauf der Lektüre war er immer fassungsloser geworden. Was Eva Berghoff gesagt hatte, stimmte tatsächlich: Sein Vater hatte die Isdal-Frau gekannt, auch wenn er offenbar versucht hatte, das zu verbergen.

Laurin stand in der Küche und wartete darauf, dass das Kaffeewasser kochte. Durch die regennasse Scheibe sah er hinaus in die gelben Blätter. Später Oktober, dachte er, der Monat, in dem die Frau ihre letzte Reise begonnen hatte. Vor genau neunundvierzig Jahren.

Mit dem Kaffeebecher in der Hand ging er in sein Arbeitszimmer, wo er den Laptop aufklappte und noch einmal jene Stellen las, auf die Eva Berghoff in ihrer Mail hingewiesen hatte. Zwei Leute, die seinen Vater persönlich kannten, hatten ihn mit der geheimnisvollen Frau gesehen, was dann ja wohl hieß, dass er 1970 mit ihr in Norwegen herumgereist war. Margarete Gruber musste also eine weitere Gespielin seines Vaters gewesen sein. Was ihn nicht wirklich überraschte, denn sein Vater hatte ständig Affären gehabt. Als kleiner Junge hatte er noch nicht gewusst, warum seine Mutter seinen Vater so oft angeschrien hatte. Warum sein Vater türenknallend aus dem Haus gelaufen war. Warum seine Mutter schluchzend auf dem Küchenboden gekauert hatte und dann wochenlang wie ein Gespenst durch die Wohnung geschlichen war. Was er allerdings schon damals begriffen hatte: dass sein Vater seine Mutter unglücklich machte.

Weniger leicht war zu erklären, warum sein Vater bei der Befragung durch die Polizei im Mai 1971 gelogen hatte. Wieso hatte er nicht einfach zugegeben, Margarete Gruber gekannt zu haben? Ein unangenehmes Gefühl kroch in Laurin hoch. Wenn sein Vater nichts Unrechtes getan hatte, warum war er dann ein zweites Mal zur Polizei gegangen, mit dieser abenteuerlichen Geschichte über eine Südafrikanerin, die, das sah ja wohl ein Blinder, vorne und hinten nicht stimmen konnte?

Walther Parson, ein Molekularbiologe aus Innsbruck, ist Spezialist für die mitochondriale DNA. Jede Mutter vererbt diese mtDNA an ihre Kinder, nur die Töchter vererben sie weiter. Die mtDNA bleibt über viele Generationen stabil. In unterschiedlichen Regionen der Welt sind unterschiedliche Arten dieser mtDNA verbreitet. Sie zu analysieren ist kompliziert. Nur wenige Labore beherrschen die Technik. Das Institut aus Innsbruck ist dabei führend. Es hat eine mtDNA-Datenbank aufgebaut, in der eine Art genetische Weltkarte gespeichert ist. Parson ist sicher: Die unbekannte Tote stammt aus Europa, wobei Europa auf Parsons Weltkarte bis nach Usbekistan und Nordindien reicht. Auch im Nahen Osten gibt es europäische mtDNA. Aber: Die Isdal-Frau war keine Südafrikanerin und keine Südamerikanerin.

Die Zeit, 10. Januar 2018

Es war wie ein Déjà-vu. Auch wenn Eva dieses Mal nicht im Besprechungszimmer im Polizeipräsidium in Bergen saß, sondern in einer Cafeteria in der Innenstadt, sah sie Solberg zu, wie er ein Tablett mit zwei Bechern Kaffee vor sich herbalancierte. Diesmal pladderte er nicht.

»Sie sehen anders aus«, sagte er grinsend, doch seine Augen blickten ernst.

Eva strich sich über ihr zurückgebundenes Haar und rückte die Brille zurecht. Normalerweise trug sie Kontaktlinsen, hatte aber für diesen Antrittsbesuch ihre Brille aufgesetzt. »Sicher ist sicher«, sagte sie. »Ich will nicht noch einmal eine Horde Journalisten loswerden müssen.«

»Verständlich«, sagte er und stellte die Kaffeebecher auf den Tisch. »Und die Wohnung ist okay?«

»Ja. Sehr gemütlich. Vielen Dank für die Vermittlung.«

Nach ihrer Ankunft vor zwei Tagen hatte Eva eine hübsche Ferienwohnung vorgefunden, im alten Teil von Bergen, ganz in der Nähe der kleinen Pension, in die sie nach dem *VG*-Desaster umgezogen war. Die Wohnung war winzig, ganz anders als die im Hegrenesveien, was Eva sehr recht war. Es gab nur zwei Räume, unterm Dach gelegen, eine Küche mit einem kleinen runden Tisch in der Mitte und eine Schlafkammer, in der gerade mal ein Bett und eine Kommode Platz hatten. Keine Panoramafenster, durch die ein neugieriger Journalist eine Fotostrecke von ihr hätte machen können.

»Das ist das Mindeste«, sagte er und wandte den Blick ab. Ein Moment des Schweigens entstand, der Solberg unangenehm zu sein schien.

Sie sah aus dem Fenster und nippte an ihrem Kaffee. In den Schaufenstern gegenüber brannte Licht. Es regnete, ein nieseliger Novemberregen, und Eva sah einem älteren Ehepaar, offensichtlich Touristen, dabei zu, wie sie mit ihrem Stadtplan kämpften.

»Ja«, sagte Solberg nun gedehnt. »Wie ich schon am Telefon sagte, habe ich noch etwas weiter über unseren italienischen Fotografen nachgeforscht. Ich bin mir allerdings noch unschlüssig, wie das, was ich erfahren habe, einzuordnen ist. Jedenfalls gab es 1968 einen Polizeieinsatz gegen ihn wegen häuslicher Gewalt.«

Eva war verwirrt. »Er lebte in Norwegen?«

»So wie es aussieht, hatte er zwei Wohnsitze, einen in Oslo und einen in Rom.«

Eva starrte ihn an. »Rom! Das passt zu Margaretes Aufzeichnungen. Der Ort, an dem sie sich länger aufhielt. Aber ich habe Sie unterbrochen …«

»Rom, ja, darüber habe ich natürlich auch schon nachgedacht. Ob Ihre Tante und er sich aus Rom kannten? Wie dem auch sei … Hier war er jedenfalls mit einer Norwegerin zusammen. Verheiratet waren sie damals allerdings noch nicht, trotz der beiden Kinder. Im August 1968 ging ein Anruf bei der Polizei ein, von den Schwiegereltern in spe. Lombardi bedrohe ihre Tochter und randaliere in der Wohnung. In dem Bericht steht, die Beamten hätten bei ihrer Ankunft Spuren einer tätlichen Auseinandersetzung bemerkt, zerbrochene Lampen, kaputtes Geschirr und solche Dinge. Als sie Lombardi daraufhin mitnehmen wollten, hat die Ehefrau das allerdings verhindert und behauptet, es bestehe keine Notwendigkeit, ihr Vater habe gegen ihren Willen die Polizei gerufen.«

»Ein Streit unter Liebenden, der außer Kontrolle geraten ist?«

»Könnte man annehmen. Kommt ja in den besten Familien vor.« Er verzog das Gesicht zu einer Grimasse, die zeigte, was er von derartigen Familien hielt. Doch dann sagte er unvermittelt: »Ich habe aber noch etwas herausgefunden.« Er blickte sich um, als wollte er sich vergewissern, dass niemand ihnen zuhörte. Dann schob er den Kaffeebecher zur Seite, legte die Unterarme auf den Tisch und beugte sich zu Eva vor.

»Ich weiß nicht, ob Sie sich daran erinnern«, sagte er leise. »Eine kleine Aktennotiz, die Bezug nimmt auf die Meldescheine?«

»Nein. Ich erinnere mich nicht.«

»Als klar wurde, dass die Frau ... Ihre Tante ... auch in Stavanger gesehen worden war, haben die Ermittler damals sämtliche Hotels in Norwegen überprüft. Mithilfe der Meldescheine und des Codes, der im Gepäck Ihrer Tante gefunden wurde, ist es dann ja gelungen, die Reiseroute zu rekonstruieren. So weiß man, dass sie im Frühjahr in Oslo und Bergen war und im Herbst in Stavanger, Bergen, Trondheim und dann noch mal in Stavanger und Bergen. Außerdem gibt es die Zeugenaussagen, die nahelegen, dass sie im August in Bodø und im Oktober in Oppdal gewesen sein muss. Jedenfalls sind im Zuge dieser Überprüfung die Meldescheine sämtlicher Hotels in Norwegen nach den einzelnen Unterkünften archiviert worden, und zwar geordnet nach Hotels. Können Sie mir folgen?«

Eva nickte konzentriert. »Ja.«

»Ich habe nachgeforscht. Nach Aussage seines damaligen Verlegers war Lombardi in den sechziger und frühen siebziger Jahren regelmäßig zum Fotografieren in Skandinavien unterwegs. Aus dieser Zeit gibt es etliche Bildbände und Ansichtskarten, allesamt im *Lund Forlaget* erschienen. Ich hatte vor, ein Bewegungsprofil von Lombardi im Jahr 1970 zu erstellen, um mögliche Übereinstimmungen mit den Aufenthaltsorten von Margarete zu finden.« Er beugte sich noch etwas weiter vor und sagte dann: »Ich war also im Archiv und habe die Meldescheine von 1970 auch tatsächlich gefunden. Nur waren sie nun nicht mehr nach Hotels sortiert, sondern alphabetisch nach Personennamen. Erst als ich alles zweimal durchsucht hatte und keinen einzigen von Lombardis Meldescheinen finden konnte, wurde ich stutzig.«

»Aber … das hieße ja …«

Solberg nickte. »Ja«, sagte er leise. »Das heißt es wohl. Dass da vor mir jemand schneller war und alle seine Meldescheine entnommen hat.«

Eva starrte ihn an. »Aber was kann das bedeuten? Ich verstehe das nicht.«

»Dann sind wir schon zu zweit«, antwortete Solberg. »Ich verstehe es nämlich auch nicht.«

Nordnorwegen, August 1970

Es ist so still hier. Sie fühlt sich wie der einzige Mensch auf der Welt, allein mit dem Wind, der durch die Birken streicht. Beklommen sieht sie sich um.

Aus ihrer Schockstarre erwacht – sie weint nicht, das nicht –, klettert sie die Böschung hinunter und zerrt erst ihren Koffer nach oben, dann die Tasche. Sie klopft sich den Staub und die

Grashalme von Bluse und Hose und marschiert los, den Koffer in der einen, die Tasche in der anderen Hand. Vielleicht schafft sie es bis zum nächsten Bauernhof. Dann kann sie sich ein Taxi rufen, falls es hier so etwas gibt. Und falls ihr Geld dafür reicht.

Hinter einer Kurve sieht sie etwas auf der Straße liegen, etwas Breitflächiges mit einer Erhöhung in der Mitte. Was soll das sein? Sie kneift die Augen zusammen, kann aber beim besten Willen nichts erkennen, nur dass etwas mitten auf der Fahrbahn liegt, etwas, das sich leicht bewegt. Ein verletztes Tier etwa?

Marguerite atmet tief durch und geht weiter. Langsam kommt sie dem Ding näher und begreift endlich, was da liegt. Es ist ihr Mantel, der immer wieder vom Wind aufgeworfen wird. Damiano hat ihn einfach aus dem Fenster geworfen. Einen Moment lang ist sie sprachlos. Dann beginnt sie zu fluchen. Sie flucht wie ein Droschkenkutscher, benutzt jedes Schimpfwort, das sie kennt, und schöpft für einige Augenblicke neue Kraft. Sie rennt zu dem Mantel, zieht ihn an und stapft weiter, Verwünschungen vor sich hin speiend.

Nach einer guten halben Stunde ist von ihrer Wut nicht mehr viel übrig. Die Hände tun ihr weh und der Schweiß steht ihr auf der Stirn. Da entdeckt sie ein Dach, das rot hinter ein paar Birken aufleuchtet. »Gott sei Dank«, murmelt sie und geht schneller, mit neuer Kraft, folgt einem Schotterweg hinunter zu einem See. Doch kurz bevor sie das Haus erreicht, bemerkt sie, dass die Fenster mit Brettern vernagelt sind. Wider besseres Wissen klopft sie. Doch wie erwartet ist da niemand und so schleppt sie das Gepäck zurück zur Straße.

Nach einer weiteren Stunde mit vielen Verschnaufpausen kommt sie zu einer Art Picknickgelände direkt am Wasser, mit Abfallkörben und fest installierten Tischen und Bänken. Also muss es hier doch ab und zu Menschen geben, denkt sie und entdeckt einen flachen, breiten Felsen am Rande des Platzes. Mit letzter Kraft trägt sie ihr Gepäck dorthin und lässt sich nieder. Sie muss nachdenken. Eine Weile ruht sie sich aus und überlegt, was sie tun kann. Wahrscheinlich wird sie das Gepäck hierlassen müssen. Sie will den Koffer gerade im Gebüsch verstecken, als sie ein Motorengeräusch zu hören glaubt. Kommt da ein Auto? Sie steht ganz still, lauscht angestrengt. Und tatsächlich, das Geräusch wird lauter. So schnell sie kann, zerrt sie den Koffer über den Platz bis an den Straßenrand. Und da sieht sie es, ein weißes Auto, und völlig widersinnigerweise tut ihr Herz einen kleinen Hüpfer. Das ist Damiano. Er ist zurückgekommen, weil es ihm leidtut. Reglos steht sie da und sieht ihm entgegen. Alles ist wieder gut, vergeben und vergessen. Sie will jetzt auch nicht mehr so launisch sein. Sie lächelt ihm entgegen, kann gar nicht anders. Doch dann kommt das Auto näher und sie erkennt, dass das nicht Damiano sein kann.

Der Wagen hält und ein Mann steigt aus. Graues Haar, Brille. Er fragt etwas, das sie nicht versteht. Sie bemerkt die Verwunderung in seinem rotwangigen Gesicht.

»Soll ich Sie mitnehmen?«, fragt er nun auf Englisch, und als Marguerite nickt, nimmt er ihren Koffer und die Reisetasche und lädt beides in seinen Wagen.

»Wohin fahren Sie?«, fragt Marguerite, als sie auf dem Beifahrersitz Platz genommen hat.

Er dreht den Zündschlüssel, legt den Gang ein. »Ich bin auf dem Weg nach Ålesund.«

Marguerite, die keine Ahnung hat, wo das liegt, sieht ihn ratlos an, woraufhin er freundlich lächelt. Väterlich, wie sie findet.

»Tja, wie soll ich Ihnen das am besten erklären. Kennen Sie Bergen?«

»Das kenne ich, ja.«

»Also etwa vierhundert Kilometer nördlich davon.«

»Oh.« Sie sieht ihn betroffen an.

»Ja. Das ist noch ziemlich weit, von hier aus gut tausend Kilometer.« Jetzt grinst er und fügt dann hinzu: »Aber ich fahre nicht in einem Rutsch. Ich übernachte in Bodø.«

Als Marguerite das hört, wird ihr vor Erleichterung ganz weich in den Knien.

»Ah«, sagt sie. »Da möchte ich auch hin.«

»Dann trifft sich das ja gut.«

Sie verfallen in Schweigen.

»Norwegen ist nicht sehr dicht besiedelt«, sagt Marguerite, nur um irgendetwas zu sagen.

»Nein. Das ist es wohl nicht.« Er wirft ihr einen neugierigen Blick zu. »Woher kommen *Sie*?«

Am liebsten würde er sie sicher fragen, was sie da gemacht hat, ganz allein mit Koffer und Reisetasche auf diesem Parkplatz. Und sie sagt, was sie in letzter Zeit oft gesagt hat: »Ich komme aus Südafrika.«

»Südafrika!« Er sieht sie überrascht an. »Ich kenne jemanden aus unserer Kirchengemeinde, der dort als Missionar tätig war. Woher denn genau?«

Sie räuspert sich. »Aus einer Kleinstadt in der Nähe von Johannesburg.« Und ehe er nachfragen kann, fügt sie hinzu: »Ich bin Studentin ... Und was machen Sie?«

Er beginnt zu erzählen. Er sei aus Ålesund, Organist in einer lutherischen Kirchengemeinde. Sie lehnt sich zurück, entspannt sich etwas und hört schon nicht mehr richtig zu. Sie ist so müde. Vom Schleppen des Koffers. Dem Fußmarsch. Dem Herumschreien. Damianos Wut. Sie schließt die Augen.

Auf einmal erscheint ihr das alles unwirklich. Ihr ganzes Leben ist unwirklich. Sie hier im Auto dieses Fremden, auf der Suche nach einer Mutter und einer Schwester, die sie vor langer Zeit einmal hatte. Was tue ich hier?, fragt sie sich und gibt sich im selben Moment das Versprechen, nach Rom zurückzukehren, falls diese Ylva Holm ihr auch nicht weiterhelfen kann. Ja, sagt sie sich, das ist der letzte Versuch, den ich unternehme.

Als Laurin das Zimmer betrat, saß seine Mutter am Fenster und blickte in die beginnende Dämmerung. Früher war sie immer irgendwie beschäftigt gewesen, hatte selbst fotografiert oder gemalt oder in einer Zeitschrift geblättert. Nie hatte sie einfach nur so herumgesessen.

»Hallo, Mama«, sagte Laurin und küsste sie auf beide Wangen.

»Ich hab dich gar nicht kommen hören«, erwiderte sie und deutete auf einen Sessel. »Setz dich zu mir, mein Lieber. Wie war deine Woche?«

Sie sprach immer noch etwas langsamer als früher, was ihn schmerzte. Doch er verdrängte das Gefühl, so gut es ging. Er konnte froh sein, dass sie überhaupt so weit wiederhergestellt war.

»Ermüdend«, hörte er sich plötzlich selbst sagen und rieb sich das Gesicht. Sonst bemühte er sich immer, seine Mutter mit kurzweiligen kleinen Anekdoten aus seinem Unialltag zu unterhalten. Aber die letzten Wochen hatten ihm zu schaffen gemacht, er hatte noch schlechter geschlafen als gewöhnlich.

»Wo ist Kaja?«, fragte er.

»Einkaufen.«

»Wie kommst du mit ihr klar?« Diese Frage stellte er ihr jedes Mal und sie antwortete stets gleich: »Alles in Ordnung, mach dir keine Gedanken.« Immerhin etwas, um das er sich nicht sorgen musste.

»Ich mach uns mal einen Tee. Möchtest du auch schon eine Kleinigkeit essen? Nachher koche ich für uns ... Ich habe alles mitgebracht für eine Lasagne.«

Das war ihr Ritual geworden: Am Freitagabend kochte er.

Etwas, das sie immer besonders gemocht hatte, auch wenn sie dann doch nur wie ein Spatz aß.

Allerdings schien die Aussicht auf seine Lasagne sie im Augenblick nicht besonders zu interessieren, denn sie sah ihn forschend an und sagte wie aus dem Nichts heraus: »Willst du mir nicht sagen, was dich bedrückt?«

Er schrak zusammen. »Wie kommst du darauf, dass mich etwas bedrückt?«

Sie beugte sich vor und strich ihm über die Wange. »Weil ich dich kenne, mein lieber Junge.«

Auf einmal hatte er einen dicken Kloß im Hals. »Es ist nichts, du täuschst dich«, sagte er schnell. Doch seine Mutter ließ sich nicht abwimmeln.

»Du solltest es mir endlich sagen. Ich sehe doch, dass du etwas mit dir herumträgst.«

»Es ist nichts, wirklich nicht.«

Jetzt richtete sie sich auf. »Ich bin zwar alt, aber nicht senil. Also behandle mich auch nicht so.«

Betroffen sah er sie an. »Aber ... nichts liegt mir ferner ... Du weißt genau, dass ich dich nicht für senil halte.«

»Dann zeig es mir auch. Rede mit mir wie mit einem normalen Menschen. Es macht mich irre, wie du um mich rumtänzelst. Lass mich an deinem Leben teilhaben. Lass mich um Himmels willen wenigstens zu *etwas* nütze sein. Ich werde sonst noch wahnsinnig.«

Einen Augenblick lang wusste er überhaupt nicht, was er sagen sollte. Er hatte nicht geahnt, dass sie so empfand. Hatte sich von ihrem Äußeren täuschen lassen, dem zerbrechlichen Körper, der aussah, als könnte ihn ein Windstoß davontragen. Fast staunend musterte er sie nun. Die alte Frau, die da vor ihm saß, war noch immer seine Mutter. Die Frau, die sich mit seinem Vater angelegt hatte, sogar mit den Fäusten auf ihn losgegangen war. Und die alles getan hatte für ihre Kinder. Er schuldete ihr die Wahrheit.

»Es geht um Vater.«

Sie sah ihn an, als hätte sie etwas Derartiges schon fast erwartet.

»Na, dann ... *Dimmi tutto*«, sagte sie wie früher auf Italienisch und lehnte sich zurück.

»Unlängst kam eine Frau zu mir in die Vorlesung«, hob er an und erzählte ihr die ganze Geschichte. Was Eva Berghoff behauptet hatte. Wie er sie abgewimmelt hatte. Was er in der Polizeiakte gelesen hatte. Er verschwieg auch nicht, dass sein Vater Margarete Gruber gut gekannt haben musste, wenn er mit ihr in Norwegen herumgereist war.

Als er geendet hatte, saß sie einfach nur da. Nicht für alles Geld der Welt hätte er sagen können, was sie dachte oder fühlte. Täuschte er sich oder lag da ein Schatten auf ihrem Gesicht?

»Diese Frau ...«, sagte sie, verstummte jedoch gleich wieder. Dann brach es aus ihr heraus: »Dein Vater war vieles. Unzuverlässig. Ein Hallodri. Ja, ein Schwein manchmal. Aber er war kein Mörder.« Wütend funkelte sie ihn an.

Auch wenn er kein Wort in diese Richtung gesagt hatte, trieb ihn genau diese Frage eben doch um, und das hatte sie natürlich gemerkt. Seit Eva Berghoffs Besuch in seiner Vorlesung hatte er sich jede freie Minute mit dieser Akte beschäftigt, auf der Suche nach einer Erklärung für das Verhalten seines Vaters. Warum hatte er nur gelogen, als er im Mai 1971 von der Polizei befragt wurde?

In seine Gedanken hinein fragte seine Mutter: »Was will diese Frau von dir?« Ihr Ton war schneidend geworden.

»Mit mir reden.« Er zuckte die Achseln. »Keine Ahnung. Sie hat mich auch schon zweimal an der Uni angerufen. Anscheinend will sie die letzten Monate ihrer Tante rekonstruieren.«

Seine Mutter wandte den Blick ab und sah aus dem Fenster. »Dein Vater war ... wie soll ich sagen ... kein sehr starker Mann.«

Verblüfft über ihre Wortwahl sah er sie an. »Wie meinst du das?«

Sie seufzte und schien in sich zusammenzusinken. »Diese Lüge. Als er von der Polizei befragt wurde … Ich glaube, er hatte einfach Angst.«

Laurin beugte sich vor. »Angst? Aber wovor denn? Wenn er nichts zu verbergen hatte, warum hat er dann gelogen? Er hätte doch einfach zugeben können, sie gekannt zu haben.«

Sie antwortete nicht gleich und er hatte das Gefühl, dass es besser war, sie jetzt nicht zu drängen.

»Ganz so einfach war das wahrscheinlich nicht«, sagte sie und sah ihn nun direkt an. »Es gab da nämlich etwas. Eine Anzeige bei der Polizei, wegen häuslicher Gewalt.«

Ein ungutes Gefühl kroch in Laurin hoch.

»Das war im Sommer 1968. Wir hatten uns gestritten. Ein ziemlich schlimmer Streit. Dein Vater ist vollkommen ausgeflippt. Er hat mich bedroht. Und mittendrin hat dein Großvater angerufen und ich habe ihm alles erzählt. Dummerweise hat er dann die Polizei verständigt.«

»Was …« Eine ferne Erinnerung regte sich in Laurin. Das wutverzerrte Gesicht seines Vaters. Das Brüllen. Seine Mutter, die geschrien hatte. Geschirr, das zu Bruch gegangen war, Lampen und Vasen, die gegen die Wand geschleudert wurden. Er und Inger hatten sich im Wohnzimmer hinter den Vorhängen verkrochen. Und plötzlich waren da die beiden Polizisten gewesen, die seinen Vater mitnehmen wollten.

»Ich erinnere mich …«, sagte Laurin und spürte, wie sein Herz zu galoppieren begann. Er hatte furchtbare Angst gehabt – erst vor seinem Vater und dann vor den Polizisten.

»Wir haben euch viel zugemutet«, sagte seine Mutter und klang wieder ganz ruhig. Sein Herz aber donnerte weiter. Wie hatte er das nur vergessen können! Aber da fuhr sie auch schon fort: »Na ja, ich habe ihn eben auch unter Druck gesetzt. Ich wollte, dass er aufhört … Diese ständigen Weibergeschichten! Und an dem Tag habe ich ihm mit einer endgültigen Trennung gedroht.«

Sie straffte die Schultern. »Und damit, dass er euch nie mehr wiedersieht, wenn er sich nicht ändert.«

Laurin horchte auf. »Und darum … hat er später bei der Polizei gelogen, glaubst du?«

Sie zuckte die Schultern. »Ich glaube, er hat einfach Angst gehabt, da in etwas hineingezogen zu werden. Wir hatten damals doch gerade erst geheiratet und es lief eigentlich ganz gut. Das wollte er nicht aufs Spiel setzen. Dein Großvater … Er hatte ihm schon mal gedroht. Er würde mir den besten Anwalt besorgen und ihn fertigmachen. Du weißt ja, er hat immer was gegen Damiano gehabt. Für ihn war er nur ein dahergelaufener …«

»Südländer?« Laurin klang erbost.

»Aber *dich* hat er gerngehabt«, beeilte seine Mutter sich zu sagen.

»Mein Großvater hat mich abgelehnt, seit ich denken kann.«

Das Schweigen seiner Mutter war Antwort genug.

Nach einer Weile sagte er: »Du glaubst also nicht, dass Babbo etwas mit dem Tod dieser Frau zu tun hatte.«

»Aber i wo.« Sie beugte sich vor und drückte seine Hand. »Er hat aus Angst gelogen, das ist alles.«

Laurin betrachtete seine Mutter, die aufmunternd lächelte. Er wollte ihr zu gerne glauben. Doch das ungute Gefühl, das mit der Erinnerung an den gigantischen Wutausbruch seines Vaters in ihm aufgestiegen war, blieb. Was, wenn er auch Margarete Gruber gegenüber die Fassung verloren hatte? Wenn das so war, hatte in diesem Fall eben niemand die Polizei gerufen.

Sie hörten, wie die Eingangstür aufgeschlossen wurde. »Kaja«, sagte seine Mutter und drehte sich zur Wohnzimmertür. Dann warf sie Laurin noch einen schnellen Blick zu. »Du sagst, diese Frau ist Autorin. Was hat sie vor? Will sie ein Buch über die Angelegenheit schreiben?«

Er rieb sich die Stirn. Natürlich hatte er Eva Berghoff gegoogelt. Sie verfasste Sachbücher, in erster Linie populärwissenschaftliche

Biografien. Hatte sie tatsächlich vor, ein Buch über den Fall ihrer Tante zu schreiben?

»Du solltest dich mit ihr unterhalten. Finde heraus, was sie vorhat.«

»Ja«, sagte er zerstreut. Doch seine Gedanken wanderten zurück zu seinem tobenden Vater.

Bodø, Norwegen, August 1970

Wenn es irgendwo auf der Welt einen Ort gibt, an dem nicht mal Fuchs und Hase Lust haben dürften, sich Gute Nacht zu sagen, muss das wohl Bodø sein, denkt Marguerite. Kein Wunder, dass das Fremdenverkehrsbüro extra einen Fotografen engagiert, um die Touristen hierherzulocken. Wieder wünscht sie sich zurück nach Rom. Sie vermisst den Lärm, die Einkaufsbummel mit Karin. Noch dieses eine Gespräch, denkt sie wieder. Dann lasse ich es gut sein und fahre zurück nach Rom.

Sie übernachtet in einer Privatpension am Hafen. Am nächsten Morgen bricht sie früh auf. Wenigstens ist es nicht weit bis zur Pedersbakken, wo Ylva Holm wohnt – zumindest wenn Björn Larsen richtig recherchiert hat.

Während sie die stillen Straßen entlanggeht, denkt sie an Damiano und nimmt sich vor, ihn nach ihrem Gespräch suchen zu gehen. Sie will sich Geld für die Rückreise von ihm borgen. Das ist er ihr schuldig nach dem, was er sich am Vortag geleistet hat.

Die Nummer 25, in der Ylva Holm hoffentlich wohnt, ist ein kleines, aber merkwürdig hoch aufragendes graues Holzhaus am Ende der Straße. Der Garten besteht aus einem von Sandflächen durchsetzten Rasenstück, umgeben von einem niedrigen Bretterzaun.

Während Marguerite noch unschlüssig auf dem Bürgersteig herumsteht, geht plötzlich die Haustür auf und eine hochgewachsene, schlanke Frau um die sechzig tritt heraus, einen Handfeger und eine Kehrschaufel in der Hand. Mit flinken Bewegungen beginnt sie die Treppe abzufegen, als sie Marguerite entdeckt. Sie ruft ihr auf Norwegisch etwas zu.

Marguerite antwortet auf Englisch: »Ich suche Frau Holm. Ylva Holm.«

Da legt die Frau Schaufel und Besen beiseite, richtet sich auf und kommt die Treppe herunter.

»Das bin ich«, sagt sie und bleibt etwa zwei Meter vor Marguerite stehen. »Wie kann ich Ihnen helfen?«

Erst als sie vor ihr steht, sieht Marguerite, dass die Frau älter sein muss, als sie zunächst angenommen hat, ein Irrtum, der sicher mit ihrer tadellos aufrechten Haltung zu tun hat.

»Ich heiße Marguerite Laurent. Ich ...« Auf einmal weiß sie nicht recht, wie sie beginnen soll. Den ganzen Weg über hat sie darüber nachgedacht, was genau sie der Frau sagen soll. Und nun steht sie da und bekommt keinen geraden Satz heraus. Sie betrachtet das Gesicht der Frau, das nichts verrät, weder Irritation noch Freundlichkeit noch Interesse. Ylva Holm steht einfach da und wartet ab. Da reißt sich Marguerite zusammen und sagt auf Deutsch: »Ich weiß, dass Sie im Krieg für eine deutsche Organisation gearbeitet haben. Meine Mutter war ... ist ... eine deutsche Ärztin, die während des Krieges hier in Norwegen in einem Entbindungsheim gearbeitet hat, für dieselbe Organisation. Ich ...«

Während Marguerite diese Worte sagt, verändert sich der Ausdruck der Frau. Etwas regt sich in ihrem Gesicht, nicht mehr als ein Aufflackern, und doch hat Marguerite es bemerkt, genauso wie den auffällig unauffälligen Blick, mit dem sie sich rasch umsieht. »Woher haben Sie meinen Namen?«, fragt die Frau schnell. Auch sie spricht nun Deutsch.

»Von einem Privatdetektiv. Können wir uns kurz unterhalten?«

Frau Holm schüttelt den Kopf, vehementer jetzt. »Ich kann Ihnen nicht helfen. Ich weiß nichts. Gehen Sie.«

Doch Marguerite bleibt hartnäckig. »Bitte. Nur ganz kurz. Ich suche meine Mutter. Ich bin als Kind von ihr getrennt worden. Bitte sprechen Sie mit mir.«

»Nein«, zischt die Frau, jetzt offen ungehalten. »Sie müssen gehen!«

In dem Moment geht die Tür des Nachbarhauses auf und eine dicke Frau tritt heraus, mit einem Teppich in der einen Hand und einem Teppichklopfer in der anderen. Sie geht zu einer Stange im Garten, nicht weit von der Grundstücksgrenze entfernt. Marguerite sieht auf den ersten Blick, dass diese Frau die Ohren spitzt.

»Bitte«, raunt Marguerite flehentlich. »Ich bleibe hier so lange stehen, bis Sie mit mir sprechen.«

Einen Augenblick lang ist Ylva Holms Miene wie eingefroren. Dann beginnt sie plötzlich auf Norwegisch zu sprechen, in normaler Lautstärke, und macht eine Handbewegung, aus der Marguerite entnimmt, dass sie sich geschlagen gibt. Während sie Frau Holm in ihr Haus folgt, plappert diese ununterbrochen auf Norwegisch vor sich hin. Erst als sie die Haustür hinter Marguerite zudrückt, platzt es auf Deutsch aus ihr heraus: »Was fällt Ihnen ein? Sie bringen mich in Teufels Küche. Niemand hier weiß, dass ich …« Sie bricht ab.

»Dass Sie für den Feind gearbeitet haben?«, beendet Marguerite den Satz.

Auf einmal lässt die Frau die Hände sinken. Die Geste hat etwas Resigniertes. Dann dreht sie sich wortlos um und verlässt die Diele. Als Marguerite nicht gleich reagiert, ruft sie: »Nun kommen Sie schon herein!«

Marguerite betritt ein helles kleines Zimmer. Ein Büfett

mit Sonntagsgeschirr. Ein Tisch mit vier Stühlen. Blumentöpfe auf der Fensterbank. Ein Sekretär aus honigfarbenem Holz.

»Also, was wollen Sie von mir?«, fragt Frau Holm und beobachtet Marguerite, wie sie den Raum durchquert und sich auf der Stuhlkante niederlässt.

»Der Name meiner Mutter ist Resi Gruber. Sie war Ärztin in einem der norwegischen Lebensbornheime. Ich wurde als Kind von ihr getrennt. Von ihr und meiner Zwillingsschwester Ingrid. Ich weiß, dass Sie für den Verein gearbeitet haben, und wollte Sie fragen, ob Sie sich an sie erinnern.«

Ylva Holm sieht sie unverwandt an. Ihre Augen sind sehr hell, wasserblau, und ihr Gesicht ist von unzähligen Fältchen durchzogen. »Was denken Sie sich denn? Das ist an die dreißig Jahre her.«

Marguerite holt die Liste mit den Heimen aus der Tasche und schiebt sie über den Tisch. »Ich weiß, dass der Verein an diesen Orten Heime unterhielt. Vielleicht erinnern Sie sich ja, in welchem dieser Heime meine Mutter gearbeitet hat.«

Ylva Holm wirft kaum einen Blick auf die Liste. Stattdessen fixiert sie Marguerite mit einem misstrauischen Blick. »Warum suchen Sie hier nach ihr? Wenn es Akten gibt, dann müssten die doch in Deutschland zu finden sein. Warum suchen Sie nicht in Deutschland?«

»Das habe ich natürlich getan!« Marguerite hat Mühe, freundlich zu bleiben. Was denkt diese Frau von ihr. Dass sie dumm ist? In kurzen Worten schildert sie, wie sie von Ende April bis in den Juli hinein kreuz und quer durch Deutschland gefahren ist. »Ich war überall«, sagt sie, »in Hessen, im Schwarzwald, in Bayern …« Sie bricht ab. Es würde zu weit führen, dieser Frau zu erklären, mit welcher Akribie sie ihre Suche betrieben hat. Wie viele Spuren sie verfolgt hat. Mit wie vielen Leuten sie gesprochen hat. Ehemaligen Krankenschwestern, Küchenhilfen, Sekretärinnen. Doch niemand hatte auch nur von ihrer Mutter gehört.

Und nun haben wir August und ich irre immer noch umher, denkt Marguerite. Es ist zum Verrücktwerden.

Sie senkt den Blick auf ihre Hände. Eine weitere Niederlage wird sie nicht verkraften, das weiß sie. Entweder diese Frau kann ihr etwas sagen, irgendetwas, oder Marguerite lässt es ein für alle Mal bleiben. Mit einer fast geisterhaften Ruhe sagt sie: »Ich bitte Sie. Erzählen Sie mir einfach alles, woran Sie sich erinnern. Auch wenn es Ihnen noch so unwichtig erscheint. Vielleicht ist ja etwas dabei, was mir hilft.«

Nach diesen Worten bleibt es still. Es dauert endlose Sekunden, in denen Frau Holm Marguerite ununterbrochen ansieht. Dann steht sie plötzlich auf und geht in die Küche. Eine Weile lang hört Marguerite Geschirrgeklapper, bis die Frau schließlich mit einem Tablett mit Kaffee und Haferkeksen zurückkehrt. Ungefragt stellt sie Marguerite eine Tasse Kaffee hin und tut ihr ein paar Haferkekse auf einen Teller.

»Sie müssen entschuldigen«, sagt sie. »Aber ich kenne Sie ja nicht. Und das ist kein Thema, über das die Norweger gerne reden. Niemand hier …«, sie macht eine ausladende Handbewegung in Richtung Fenster, »weiß davon, dass ich einmal für die Deutschen gearbeitet habe.«

Marguerite nickt. »Das verstehe ich nur zu gut.« Sie muss plötzlich an Adrien denken. Dass er der erste Mensch war, dem sie sich je anvertraut hat.

Ylva Holm atmet tief ein, als müsste sie sich für etwas rüsten. Dann sagt sie: »Also schön. Ja, ich erinnere mich an eine Therese Gruber.«

Marguerite kann nicht glauben, was sie da hört.

»Das … also … das ist ja wunderbar.« Sie betrachtet Ylva Holm, als sei sie die gute Fee.

»Ich weiß ehrlich gesagt gar nicht, wo ich anfangen soll.

Woran erinnere ich mich? Das ist alles schon so lange her. Ich ... na gut. Sie wissen ja offenbar schon, dass ich in Stavanger war. Der Verein hatte dort eine Außenstelle für Personalangelegenheiten. In den Heimen war ich selten, darum habe ich Ihre Mutter auch nicht oft gesehen. Vielleicht drei- oder viermal? Ich will versuchen, das alles ein wenig zu ordnen.«

Ylva Holm fixiert die gegenüberliegende Wand. »Der Leiter des Lebensborns in Deutschland war ein Dr. Ebner. Über ihn ging ein Großteil der Korrespondenz. Wir erhielten immer wieder Durchschriften seiner Briefe. Ein Hauptthema war, dass es immer und überall zu wenig Personal gab. Oder sagen wir mal so, es war nicht leicht, qualifiziertes Personal zu bekommen. Besonders Ärzte waren absolute Mangelware. Aber irgendwann hat Dr. Ebner Ihre Mutter für Norwegen gewinnen können. Sie kam ja aus Steinhöring, wo sie bereits als Ärztin für den Lebensborn gearbeitet hatte. Und so ist sie nach Hurdal Verk gekommen.« Ylva Holm bemerkt Marguerites fragenden Blick. »Der Ort liegt nördlich von Oslo. Vielleicht eine, eineinhalb Stunden Fahrt? Es war das erste Lebensbornheim in Norwegen. Jedenfalls waren alle sehr froh, als die Stelle endlich besetzt werden konnte. Ah ja, und eine Weile hat Ihre Mutter auch noch in einem anderen Heim ausgeholfen ... Aber ich weiß nicht mehr, ob das Trondheim oder Godthåb war.«

Auf einmal verändert sich Ylva Holms Gesichtsausdruck. Sie sieht Marguerite lange an, schließlich räuspert sie sich und sagt: »Es tut mir leid, was Ihnen passiert ist.« Und dann platzt es aus ihr heraus, gerade so, als habe sie das schon sehr lange sagen wollen: »Die Deutschen haben mich immer gut behandelt. Ich denke gerne an diese Zeit zurück.«

Im ersten Moment weiß Marguerite gar nicht, wie ihr geschieht. Dieses Geständnis, denn das ist es doch, kommt so plötzlich, dass sie es gar nicht richtig begreift. Genauso plötzlich geschieht es, dass Ylva Holm aufsteht und ohne ein weiteres Wort zu dem Sekretär geht, die unterste Schublade aufzieht und etwas herausholt. Ein Fotoalbum, sieht Marguerite, als die Frau kurz darauf an den Tisch zurückkehrt.

Zielstrebig schlägt Ylva Holm das Album ganz hinten auf, nimmt ein Foto aus den Ecken heraus und dreht es um. Zu Marguerites Staunen klebt ein zweites Foto auf der Rückseite des Bildes. Und dann sagt Ylva Holm mit einem leisen Tremolo in ihrer Stimme: »Sehen Sie«, und hält Marguerite das Bild hin.

Auf dem Foto sind etwa zwei Dutzend Leute zu erkennen, die meisten von ihnen Frauen in weißer Schürze und Haube, aber auch zwei Männer. Ganz am Rand erkennt Marguerite eine junge Ylva Holm. Ihr Blick wandert weiter zu einer blonden Frau in einem weißen Kittel und Marguerite stockt der Atem.

»Das ist sie«, flüstert sie und zeigt auf die Frau. »Oh Gott, das ist sie, das ist meine Mutter!« Sie schlägt die Hände vor den Mund und starrt auf das Foto: Sie steht in der ersten Reihe, den Blick leicht nach rechts gewandt, am Betrachter vorbei. Sie hat die Hände gefaltet und auf ihrem Gesicht liegt ein leichtes Lächeln.

Nach dem Treffen mit Solberg kaufte Eva sich einen Schirm und lief durch die Stadt, vorbei an hell erleuchteten Schaufenstern und einladend wirkenden Restaurants. Sie fragte sich, wie Margarete das alles hier erlebt haben mochte. War sie gern hier gewesen, hatte sie Norwegen gemocht? Oder hatte sie den Süden vermisst, die Wärme, das ganze pralle Leben, das so eine Stadt wie Rom zu bieten hatte? Der November war nicht gerade die beste Jahreszeit für eine Reise ins regnerische Bergen. Auf einmal wurde ihr bewusst, dass es keine drei Wochen mehr hin war bis zu Margaretes Todestag.

Wieder musste sie an Lombardi denken. Wenn sie nur eine Ahnung hätte, in welchem Verhältnis die beiden zueinander gestanden hatten. Waren sie nun ein Liebespaar gewesen oder hatte etwas anderes sie verbunden? Seitdem Eva wusste, wie Lombardi ausgesehen hatte, glaubte sie eigentlich schon an ein Verhältnis. Das würde auch die abenteuerliche Story von der aufgegabelten Touristin aus Südafrika erklären, die die beiden dem Verleger in Oslo und dem Hoteldirektor in Oppdal aufgetischt hatten. Jedenfalls war Eva gespannt, ob es Solberg gelingen würde, mehr über diese Geschichte herauszufinden. Seitdem er das mit den verschwundenen Meldescheinen entdeckt hatte, schien er fest entschlossen, Lombardi näher unter die Lupe zu nehmen. Auch Eva war sich inzwischen so gut wie sicher, dass Lombardi irgendetwas mit Margaretes Tod zu tun gehabt hatte.

Als sie eine gute Stunde später wieder zu ihrem Wagen kam, hätte sie nicht mehr sagen können, was sie gesehen und wo sie letztlich gewesen war. Immer noch tief in Gedanken hielt sie am nächsten Supermarkt und kaufte ein. Während sie die Lebensmittel hinauf in die kleine Wohnung schleppte, überlegte sie, wie es weitergehen sollte. Sie hatte hier so vieles vor, wusste kaum, was sie zuerst angehen sollte. Sich endlich die beiden ehemaligen Lebensbornheime Hurdal Verk und Godthåb ansehen? Oder zuerst versuchen herauszufinden, ob dieser Verleger, mit dem Lombardi damals zusammengearbeitet hatte, noch lebte? Einen Versuch wäre es auf jeden Fall wert. Und dann war da noch etwas anderes, über das sie gestern mit Moen am Telefon gesprochen hatte. Das Foto einer Cremetube, das ihr schon beim ersten Durchblättern der Polizeiakte vor ein paar Wochen aufgefallen war. Auch Moen hatte bemerkt, dass auf der Salbentube Buchstabenreste erkennbar waren, und die beiden hatten sich gefragt, ob es nicht möglich wäre, die Schrift mithilfe eines Rasters zu rekonstruieren.

Möglicherweise hatte die Polizei das damals ja auch getan und das Ergebnis dann aber lieber verschwinden lassen, genau wie die Meldescheine, wer wusste das schon!

Langsam verlor Eva den Überblick über all die Seltsamkeiten, auf die sie im Laufe ihrer Suche schon gestoßen war. Sie öffnete die Kühlschranktür und machte sich eben daran, die Einkäufe zu verstauen, als ihr Smartphone klingelte. Sie lief zu ihrem Mantel und zog das Telefon aus der Tasche. Ingrid, wie sie nach einem Blick auf das Display sah.

»Mama?«

»Ja. Ich bin's.«

»Ist etwas passiert?«

»Nein, nein, es ist nichts passiert. Ich wollte wissen, wann du wiederkommst.«

Eva stutzte. »Gibt es einen bestimmten Grund, warum du das wissen willst?«

»Ich muss mit dir sprechen.«

Verwundert presste Eva sich den Hörer ans Ohr. Ihre Mutter war vom alten Schlag. Man telefonierte nicht stundenlang *mit dem Ausland*. »Soll ich dich über WhatsApp anrufen? Auf Bodos Handy?«

»Nein. Sag mir nur, wann du wiederkommst.«

»Ehrlich gesagt weiß ich das noch nicht. Ich bin hier mittendrin ... Du glaubst nicht, was ich hier alles ...«

»Dann komme ich dorthin.«

Eva glaubte sich verhört zu haben. »Wie? Du willst nach Bergen kommen?«

Im Hintergrund hörte Eva ein Flüstern, dann eine männliche Stimme. Etwas verwirrt fragte sie: »Was ist denn da los bei euch? Ist Bodo bei dir? Es ist doch nichts mit Justus?« Sie merkte selbst, dass ihre Stimme auf einmal hysterisch klang. Immer diese Angst, ihrem Sohn könnte etwas geschehen.

»Mit Justus ist alles in Ordnung«, sagte da Bodo. Und: »Du

bist auf Raumlautsprecher. Es geht um etwas, das deine Mutter dir sagen muss.«

Was konnte das sein? Eva wurde ungeduldig. »Dann soll sie es jetzt einfach sagen. Sag es, Mama!«

Für einen kurzen Moment war nichts weiter zu hören als Stille. Dann erklärte ihre Mutter überraschend fest: »Nein. Ich werde dir das nicht am Telefon sagen. Ich komme nach Norwegen. Dann kann ich auch gleich das Grab besuchen.«

Nachdem Eva aufgelegt hatte, blieb sie einen Moment lang stehen, mit dem Telefon noch in der Hand und vollkommen verdattert. Woher dieser Sinneswandel? Was konnte so wichtig sein, dass ihre Mutter, nachdem sie zuerst nichts von Evas Suche hatte wissen wollen, sich nun sogar selbst auf den Weg nach Norwegen machte?

Am nächsten Tag saß Eva bereits um vier Uhr früh im Wagen, ausgestattet mit einer Thermoskanne Kaffee und jeder Menge Brote. Nach Ingrids Anruf am Vortag hatte sie sich spontan entschieden, schon heute die ehemaligen Heime in Hurdal Verk und Godthåb zu besichtigen, die beide im Großraum Oslo angesiedelt waren. Ihr war klar, dass diese Brechertour vollkommen irrational war, und doch wollte sie die Orte, an denen ihre Großmutter mit den beiden Mädchen eine Zeit lang gelebt hatte, unbedingt sehen, bevor Ingrid nach Bergen käme.

Als sie am späten Vormittag in Hurdal Verk aus dem Wagen stieg, fühlte sie sich wackelig auf den Beinen, benommen vom vielen Sitzen und vom vielen Kaffee. Sie zog den Mantel an, nahm die beiden Fotos in die Hand und blinzelte in eine schräge Novembersonne. Es ist so still hier, dachte sie, während sie die Straße überquerte und an dem großen Schild mit der Aufschrift *Hurdal Verk Folkehøgskole* vorbeiging. Sie war erleichtert gewesen, als sie erfahren hatte, dass auf dem Anwesen heute eine Art Bildungseinrichtung für junge Erwachsene untergebracht war. Kein Privatbesitz also, was die Wahrscheinlichkeit erhöhte, dass sie sich alles in Ruhe würde ansehen können.

Sie schritt langsam über den von Fichten und kahlen Birken gesäumten Fußweg. Eine Gruppe junger Leute kreuzte ihren Weg, in ein lebhaftes Gespräch vertieft. Ihre Stimmen verklangen, während Eva weiterging, vorbei an einem modernen Wohnhaus und einem lang gestreckten roten Holzhaus. Und dann sah sie die prächtige weiße Villa.

Sie erkannte sie auf den ersten Blick: die weißen Säulen, das weiße Geländer aus Stein, die Treppe. Dort hatten sie gestanden, ihre Großmutter und die Frauen in Schwesterntracht, dazu der gut aussehende junge Mann.

Ohne den Blick abzuwenden, ging Eva auf das Gebäude zu. Vor der Treppe blieb sie stehen. Und obwohl sie auf dem Weg hierher genug Zeit gehabt hatte, sich auf den Anblick vorzubereiten, konnte sie es kaum fassen. Sie war tatsächlich hier, an genau dem Ort, wo ihre Mutter, ihre Tante und ihre Großmutter gewesen waren – im Jahr 1942, vor einer halben Ewigkeit, als Deutschland noch Allmachtsfantasien gehabt hatte. Nur wenige Jahre später hatte alles in Schutt und Asche gelegen. Sie senkte den Blick auf die beiden Fotos. Das Lächeln ihrer Großmutter. Das übermütige Lachen der beiden Mädchen. Was hatte das Leben nur alles für sie bereitgehalten, schon zwei Jahre später. Eva schluckte. Das alles machte sie so unendlich traurig.

Sie setzte sich auf die oberste Stufe und ließ den Blick über den großen Platz vor dem Haus schweifen. In der Mitte einer geteerten Fläche ein Rasenstück, dahinter das rote Holzhaus. Und rechts ein Fahnenmast. Ob das noch derselbe Mast war, an dem damals die Hakenkreuzfahne geweht hatte? Was ihre Großmutter wohl dabei empfunden hatte? Nationalstolz? War sie eine ganz Überzeugte gewesen? Oder einfach nur eine unpolitische Ärztin, darum bemüht, den Kindern und Müttern hier eine bestmögliche Betreuung zu bieten? Wie gerne würde Eva das glauben.

Auf einmal hörte sie Stimmen. Zwei junge Frauen kamen aus einem Nebengebäude, auf dem ein Holzschild mit der Aufschrift *Resepsjon* prangte. Eva stand auf, ging auf die beiden zu und fragte auf Englisch: »Könnten Sie wohl netterweise ein Foto von mir machen?«

»Klar«, sagte die eine, eine hübsche Blonde, während Eva sich wieder auf die Treppe setzte. Die Frau machte ein paar Aufnahmen und gab Eva ihr Smartphone zurück.

»Vielen Dank«, sagte Eva und sah sich die Aufnahmen an. Sie in Hurdal Verk, an genau der Stelle, an der ihre Mutter und Margarete gesessen hatten. Aber Eva lächelte nicht.

In dem Moment verschwand das Foto und ihr Smartphone klingelte. Es war Moen, wie Eva sah. Kurz war sie versucht, den Anruf wegzudrücken, dann nahm sie ihn doch entgegen.

»Hallo, Moen«, begrüßte sie die Übersetzerin und spürte, dass sie irgendwie abwesend klang.

Moen schien das nicht zu bemerken. Mit vor Aufregung bebender Stimme sagte sie: »Ich habe da etwas für Sie. Sie werden es nicht glauben!«

Eva zwang sich, Interesse zu zeigen. »Ja, was ist es denn?«

»Wir haben doch über das Betnovat gesprochen. Die Salbentube, die man bei Ihrer Tante gefunden hat … diese Buchstabenreste auf dem Etikett?«

»Ja, ja … Ich erinnere mich«, sagte Eva zerstreut. »Was ist damit?«

»Ich konnte die Schrift rekonstruieren. Ich weiß den Namen des Arztes, der ihr die Salbe verschrieben hat.«

Eva horchte auf. »Was? Das haben Sie geschafft! Das ist ja …«

»Unglaublich, ich weiß! Ich bin selbst noch ganz baff. Sie hat sich bei dem Arzt als Claudia Tielt ausgegeben.«

»Einer ihrer falschen Namen.«

»Ja genau. Aber etwas ist merkwürdig.«

»Ach ja? Was denn?«

»Dieser Arzt, ein gewisser Viggo Sørensen, stand nicht auf den Notfall-Listen, die in den Hotels auslagen. Außerdem war er weder Hautarzt noch Allgemeinmediziner, wie man eigentlich erwarten könnte.«

»Was für ein Arzt war er denn?«

»Jetzt halten Sie sich fest: Internist in einer kleinen Privatklinik ziemlich ab vom Schuss!«

Eva schaltete nicht gleich. »Was ist daran so bemerkenswert?«

»Na ja, die Frage ist doch: Wie kommt eine Touristin in Kontakt mit einem Internisten einer Privatklinik? Oder umgekehrt: Wie kommt ein Internist dazu, einer Touristin ein Rezept für eine Salbe auszustellen?«

Eva richtete sich auf. »Ja«, sagte sie, »das stimmt allerdings. Sie meinen, wo die beiden sich kennengelernt haben?«

»Genau das meine ich«, sagte Moen.

Eva zögerte kurz. »Wissen Sie, ob er noch lebt?«

»Das ist die noch bessere Nachricht«, antwortete Moen und konnte den Stolz in ihrer Stimme kaum unterdrücken. »Das tut er nämlich. Er ist inzwischen 92 und lebt in Haugesund.«

Bodø, Norwegen, August 1970

»Das war das Entbindungsheim Hurdal Verk«, sagt Ylva Holm. Ihre Stimme hat sich verändert. Sie klingt fast stolz, als würde sie einem interessierten Besucher ein Vorzeigeobjekt präsentieren. »Das Heim konnte bis zu achtzig Kinder aufnehmen. Das Bild wurde auf der Treppe vor dem Haupteingang aufgenommen. Allerdings bemerkt man hier die Eleganz des Gebäudes nicht. Sie hätten es sehen sollen! Es war wunderschön, mit weißen Säulen und hohen Fenstern.«

Ein wenig wundert sich Marguerite über Ylva Holms

schwärmerischen Tonfall. Wenn man ihr so zuhört, käme man nicht auf den Gedanken, dass sie von der Institution einer Besatzungsmacht spricht. Merkwürdig, denkt Marguerite, wendet sich dann aber dem Foto zu.

»Wer sind all diese Leute? Können Sie sich an ihre Namen erinnern?«, fragt sie.

»An ein paar von ihnen erinnere ich mich schon … Besonders an die norwegischen Ortskräfte, weil die Korrespondenz für ihre Einstellung über mich lief. Die meisten auf diesem Bild kamen allerdings aus Deutschland. Lassen Sie mich mal nachdenken.« Ylva Holms Augen wandern von einem Gesicht zum nächsten. Sie zeigt auf eine junge Frau mit braunem Haar, die direkt hinter Marguerites Mutter steht: »Die hier hieß Birte Jørgensen. Sie war Küchenhilfe. Und das hier ist Nora, sie war Schwesternhelferin.«

Marguerite betrachtet die beiden Frauen, die eine ernst, mit dunklen Augen, die andere mit einem pferdeähnlichen Gebiss.

»Die Frauen in der zweiten Reihe, das waren alles Schwestern aus Deutschland, an ihre Namen erinnere ich mich nicht. Die füllige Frau ganz vorne war die Oberschwester, Berta Bruckner hieß die, das weiß ich noch, weil vor ihr alle Angst hatten und ich immer wieder Beschwerden über sie bekam. Die daneben war die Hebamme. Auch eine Deutsche, Luise Helms. Der Mann hinten links, der mit der dicken Brille, war der Verwalter, Anton Meyer, soweit ich weiß. Und der daneben, der jüngere, das war ein Norweger. Den habe auch ich eingestellt. Jan Andersen. Ein richtiger Schwerenöter war das, der hat nichts anbrennen lassen.«

Marguerite betrachtet den jungen Mann, sein gewinnendes Lächeln, das gut geschnittene Gesicht.

Da sagt Ylva Holm: »Ja … Jetzt erinnere ich mich. Da gab es ja Gerüchte. Dass er und Ihre Mutter ein Paar gewesen sein sollen.«

Marguerite schaut den Mann nun noch genauer an. »Ach, wirklich? Und war da was dran?«

Ylva Holm zögert. »Ich denke schon. Offiziell durften die Angestellten der Heime natürlich nichts miteinander anfangen. Aber inoffiziell ... Man war ja froh, dass man überhaupt Personal bekam. Und Ärzte ... das habe ich Ihnen ja schon gesagt ...«

»... waren Mangelware«, beendet Marguerite den Satz.

»Na ja, so war das eben, diese Regel wurde nicht genau genommen. Ich weiß jedenfalls, dass jemand ... eine Schwester ... sie wohl bei etwas erwischt hat, Ihre Mutter und den jungen Mann. ... Verdenken kann man es ihm nicht. Sehen Sie sich Ihre Mutter doch an. Sie war die Hübscheste von allen.«

Wieder blickt Marguerite von ihrer Mutter zu dem Mann in der letzten Reihe. »Er sieht ... jung aus.« Sie stockt. »Jünger als sie.«

»Finden Sie? Ja, jetzt, wo Sie's sagen. Das kann schon sein. Aber das weiß ich nun wirklich nicht mehr.«

»Haben Sie eine Ahnung, wo er jetzt ist?«

Ylva Holm verzieht das Gesicht. »Leider nein«, sagt sie. »Ich weiß nur, dass er ganz aus dem Norden kam. Aus Vadsø ... oder war es Vardø? Ich weiß nicht mehr, irgendwo aus der Finnmark jedenfalls.«

»Vielleicht haben Sie ja noch Kontakt zu jemand anderem aus diesem Heim, der wissen könnte, wo er sich aufhält? Wenn er damals tatsächlich mit meiner Mutter zusammen war, weiß er doch sicher so einiges über sie.« Marguerites Stimme klingt aufgeregt. Aufgeregt und hoffnungsvoll.

Ylva Holm lacht. Aber es ist kein fröhliches Lachen.

»Gott bewahre! Nach der Schließung der Heime hat sich die Belegschaft in alle Winde zerstreut. Ich wage mal zu behaupten, dass heute keiner, der dort gearbeitet hat, damit hausieren geht.« Sie stößt einen leicht verächtlichen Laut aus und greift dann nach der Kanne. Mit einer energischen Bewegung schenkt sie Marguerite und sich selbst Kaffee nach.

»Jedenfalls haben er und Ihre Mutter Hurdal Verk irgendwann verlassen.«

Marguerite richtet sich auf. »Sie meinen *zusammen*?«

Ylva Holm zuckt mit den Schultern. »Das wurde jedenfalls gemunkelt. Andererseits ... kann ich mir das eigentlich nicht vorstellen. Ihre Mutter ist doch sicher zurück nach Deutschland gegangen ... oder nicht? Was hätte er da denn tun sollen? Aber ich erinnere mich beim besten Willen nicht mehr. Ich weiß nur noch, dass sich die Belegschaft das Maul über die beiden zerrissen hat.« Ylva Holm nimmt einen Schluck Kaffee und stellt ihre Tasse ab. »Na ja, gequatscht wird immer. Da darf man nicht so viel drauf geben.«

Marguerite nimmt ebenfalls einen Schluck Kaffee. Sie ist ganz in Gedanken über das eben Gehörte, als Ylva Holm weiterspricht.

»Ach ja ... Ich habe später noch mal von ihm gehört, in den fünfziger Jahren muss das gewesen sein, ich war gerade nach Oslo gezogen ... Na ja, eigentlich weiß ich gar nicht, ob er das wirklich war, Andersen ist ja ein Dutzendname bei uns in Norwegen. Jedenfalls habe ich diesen Namen – Jan Andersen – auf einem Plakat gelesen und mich gefragt, ob er das wohl sein kann.«

»Auf einem Plakat? Was war das für eins?«

»Von einer Buchhandlung. Irgendeine Veranstaltung wird das gewesen sein.« Ylva Holm zuckt die Achseln.

»Dann war er also Schriftsteller?«

»Hm ... wahrscheinlich. Aber das weiß ich leider nicht mehr.«

»Können Sie sich erinnern, wann genau das war? Und in welcher Buchhandlung?« Marguerite sitzt jetzt kerzengerade da und fixiert Ylva Holm gespannt.

»Gegen Ende der Fünfziger, denke ich … vielleicht auch etwas früher. Aber wo genau die Buchhandlung war? Das kann ich Ihnen wirklich nicht mehr sagen.«

In Marguerite steigt Enttäuschung hoch. »Aber wenn Sie noch einmal darüber nachdenken, dann erinnern Sie sich ja vielleicht wieder?«

Ylva Holm wirkt skeptisch. »Das könnte ich versuchen.«

»Bitte«, sagt Marguerite. »Das wäre nett. Ich bin noch ein paar Tage in Bodø. Ich kann noch mal vorbeikommen. Sie müssen mir nur sagen, wann es Ihnen recht ist.«

»Na … ich weiß ja gar nicht, ob ich überhaupt …« Sie bricht ab. Etwas zögerlich fährt sie fort: »Sie könnten mich anrufen. Ich gebe Ihnen mal meine Telefonnummer.«

Marguerite klappt ihre Handtasche auf, holt einen Zettel und einen Stift heraus und sieht Ylva Holm abwartend an. Sie merkt wohl, dass die Frau nicht begeistert ist von der Aussicht auf einen Anruf von Marguerite. Doch dann diktiert sie ihr die Nummer.

»Vielen Dank«, sagt Marguerite und steht sofort auf. Sie hat das Gefühl, sie sollte Ylva Holm jetzt besser nicht weiter auf den Wecker gehen, wenn sie noch etwas von ihr will.

»Ich werd mal nachsehen«, sagt Ylva Holm. »Irgendwo muss ich noch einen Stadtplan von Oslo haben, vielleicht hilft der mir auf die Sprünge.« Sie streicht sich die Kittelschürze glatt und sagt dann unvermittelt: »Wenn Sie mit jemandem über die Angelegenheit sprechen, dann … bitte erwähnen Sie meinen Namen nicht. Niemandem gegenüber. Sie wissen ja …«

Marguerite rückt sich den Riemen ihrer Handtasche zurecht. »Selbstverständlich nicht. Sie können sich darauf verlassen.« Sie öffnet die Haustür und tritt hinaus. »Dann rufe ich Sie in einer Woche an? Ist Ihnen das recht?«

Ylva Holm nickt, nicht mehr ganz so zaghaft wie zuvor,

und gibt Marguerite die Hand. Doch dann lässt sie die Hand plötzlich los, macht auf dem Absatz kehrt und verschwindet im Wohnzimmer. Kurz darauf taucht sie wieder auf. Sie hält etwas in der Hand.

»Ich wünsche Ihnen, dass Sie sie finden«, sagt Ylva Holm und reicht Marguerite das Foto mit ihrer Mutter.

Einen Augenblick lang ist Marguerite ganz stumm. Sie will sich bedanken, kann aber nichts sagen, die Worte stecken in ihrer Kehle fest. Und so schluckt sie nur trocken, nickt Ylva Holm zu und geht rasch die Stufen hinunter, bevor ihr die Tränen aus den Augen treten.

Am nächsten Tag holte Eva ihre Mutter und Bodo vom Flughafen ab. Während sie durch den grauen Morgen fuhr, dachte sie immer wieder an ihr gestriges Telefonat mit Moen, daran, was sie ihr über den Arzt gesagt hatte, diesen Viggo Sørensen. Als sie gestern spät von ihrem Trip nach Hurdal Verk und Godthåb in ihre Ferienwohnung zurückgekehrt war, hatte sie natürlich gleich nachgesehen, wie weit es von Bergen nach Haugesund war, und sich vorgenommen, so bald wie möglich dorthin zu fahren.

Sie parkte auf dem Kurzzeitparkplatz und schon zehn Minuten später saß sie wieder im Wagen, mit Ingrid neben sich und Bodo auf dem Rücksitz. Sie war verwundert, als sie erfuhr, dass die beiden sich im »Rosenkrantz« eingemietet hatten. Ob ihre Mutter wusste, dass Margarete fast auf den Tag genau vor neunundvierzig Jahren hier übernachtet hatte?

Die Stimmung war merkwürdig und Eva erkannte ihre Mutter kaum wieder. Die sonst so heitere und weltzugewandte Ingrid sprach kaum ein Wort, während Bodo immer wieder versuchte, seine Frau ins Gespräch zu ziehen. Aber nichts schien sie auch nur im Entferntesten zu interessieren. Während der Autofahrt schaute sie die ganze Zeit aus dem Fenster, und als Eva später vor dem »Hotel Rosenkrantz« parkte und die beiden nach drinnen begleitete, dachte sie zum ersten Mal, dass man ihrer Mutter ihre einundachtzig Jahre ansah.

An der Rezeption vereinbarten sie, dass Eva Ingrid am frühen Nachmittag, nachdem sie sich ein wenig ausgeruht hätte, abholen würde, um mit ihr zusammen auf den Møllendal-Friedhof zu gehen.

Am Friedhofsparkplatz stieg Eva dann mit dem gleichen beklommenen Gefühl aus dem Wagen wie vor einigen Wochen. Sie schlug die Tür zu, in der Hand den Strauß weißer Fresien, den sie für Ingrid besorgt hatte.

»Bist du bereit?«, fragte sie ihre Mutter, die einen Daunenmantel trug, als befände sie sich auf einem Spaziergang durch Nowosibirsk.

Ingrid nickte stumm und Eva reichte ihr den Strauß.

»Danke«, sagte Ingrid ein wenig krächzend und räusperte sich.

Sie gingen schweigend nebeneinanderher, über einen Teppich aus verwittertem Laub, und Eva wäre sicher an der letzten Ruhestätte ihrer Tante vorbeigelaufen, hätte nicht die Spiegelscherbe dort gestanden, neben dem Kranz aus Moos und Schleierkraut.

Als Eva auf die Stelle deutete, schien ihre Mutter wie aus einer tiefen Trance zu erwachen.

»Hier?«, fragte sie so leise, dass Eva sie kaum verstand, und verfiel dann wieder in dieses für sie so untypische Schweigen. So standen sie dort, wohl eine halbe Ewigkeit, bis Ingrid sich hinkniete und den Strauß vor die Scherbe legte. Und genauso schweigend, wie sie gekommen waren, gingen sie auch wieder. Eva hielt ihrer Mutter die Autotür auf, sie stieg ein und sagte immer noch kein Wort. Erst als Eva sich zu ihr drehte und sie fragend ansah, brach sie ihr Schweigen.

»Dann sollten wir uns jetzt wohl unterhalten«, sagte Ingrid, den Blick noch immer geradeaus gewandt.

»Wollen wir zu mir in die Ferienwohnung?«, fragte Eva sanft und nahm spontan Ingrids Hand. Die Finger waren eiskalt.

Ihre Mutter nickte stumm, sah Eva aber immer noch nicht an.

Eva startete den Motor. »Ich mach uns mal die Heizung an«, sagte sie betont munter und fühlte sich auf einmal wie bei einem Rollentausch. War sonst nicht immer *Ingrid* die Muntere? Jetzt saß sie stumm neben Eva im Wagen, die Schultern hochgezogen, den Blick nach innen gekehrt.

»Ich koche uns erst mal einen schönen starken Tee«, sagte Eva zehn Minuten später, als sie die kleine Holzküche der Ferienwohnung betraten. Immer noch diese verkehrten Rollen. Was konnte so schwerwiegend sein, dass es ihrer Mutter die Sprache verschlug?

Als Eva Ingrid den Tee reichte, einen kräftigen Assam mit Sahne und Honig, wie Ingrid ihn liebte, huschte ein zerstreutes Lächeln über Ingrids Gesicht, verschwand aber so rasch, wie es aufgeblitzt war. Aus dem Augenwinkel beobachtete Eva, wie Ingrid die Hände um den Becher legte, als wäre ihr immer noch kalt, dabei lief die Heizung auf vollen Touren.

Eva setzte sich ihr gegenüber an den kleinen runden Tisch, mit hochgekrempelten Ärmeln, und nippte an ihrem Tee. Sie musste sich zwingen zu schweigen, wollte ihre Mutter weder drängen noch ablenken. Es dauerte lange, bis Ingrid endlich zu sprechen begann.

»Meine ganze Kindheit über habe ich mich nach Normalität gesehnt«, sagte sie und sah Eva direkt an, als würde sie sich gerade erst wieder erinnern, dass sie ja nicht allein war, dass das ja ihre Tochter war, mit der sie da am Tisch saß. »Unser Leben war schon vorher nicht leicht. Die Kindheit in Zirndorf war schön, auch wenn uns die anderen Kinder manchmal gehänselt haben. Ich habe das damals gar nicht richtig begriffen. Als Kind nimmst du ja alles so, wie es ist. Wer unser Vater war, hat uns die Mutti nie gesagt. Kannst du dir das vorstellen?« Sie hielt inne und blickte auf ihre Teetasse. »Und dann hat sie uns da rausgerissen und wir sind mit ihr durch halb Europa getourt. Aber so schlimm das alles auch war, wir hatten immer uns, Margarete und ich.«

Wie auf ein stummes Zeichen hin waren jetzt im Haus unter ihnen laute Kinderstimmen zu hören. Die drei Kinder der Vermieterin, dachte Eva. Sie hörte sie oft und fand den Gedanken, dass da Kinder waren, jedes Mal irgendwie tröstlich.

Auch Ingrid lächelte flüchtig, bevor ihr Gesichtsausdruck wieder ernst wurde. »Aber dann ist sie verschwunden und alles wurde …« Sie brach ab, brauchte eine Weile, um sich zu sammeln, bevor sie fortfuhr: »Ich konnte nicht mehr schlafen, und wenn doch, hatte ich Albträume. Eine Weile waren wir dann in Steinhöring, wo die Mutti gearbeitet hat und ich eigentlich vollkommen mir selbst überlassen war. Als Steinhöring nach Kriegsende aufgelöst wurde, kamen wir wieder nach Zirndorf, zu meinen Großeltern. Nur dass die Mutti dann von heute auf morgen plötzlich weg war. Das war im Sommer. Mir hat man erzählt, sie habe weit entfernt eine Arbeit gefunden und könne mich deshalb nicht besuchen kommen. Aber für mich war klar, dass sie mich nicht mehr haben will. Weil ich ja schuld daran war, dass Margarete weggelaufen ist. Im Winter kam sie wieder und blieb eine Weile bei uns. Irgendwann war sie dann wieder weg, für sehr lange Zeit, und ich war davon überzeugt, dass sie mich endgültig verlassen hatte. Meine Großeltern erzählten mir zwar, die Mutti müsse viel arbeiten, um Geld für uns zu verdienen. Aber ich habe das nie geglaubt.«

Ingrid löste ihre Finger vom Becher und legte die Hände auf den Tisch, wo sie schlaff liegen blieben.

»Erst kurz vor ihrem Tod habe ich erfahren, dass sie in einem Internierungslager war, das erste Mal. Das zweite Mal saß sie in Haft und wartete auf ihren Prozess. Sie war angeklagt, an der Verschleppung und Eindeutschung von Kindern beteiligt gewesen zu sein.«

Ein Ruck ging durch Eva. Sie konnte kaum glauben, was ihre Mutter da erzählte. »Heißt das etwa, dass Oma Resi …« Sie brach ab.

»Ja«, sagte Ingrid, »das heißt es. Meine Mutter war eine von denen, die im Zuge der Nürnberger Prozesse vor Gericht standen, und zwar im Prozess um das Rasse- und Siedlungshauptamt der SS. Sie ist dann aber freigesprochen worden. Man konnte ihr nichts nachweisen. Das wollte ich dir jedenfalls erzählen. Bevor du es selbst herausfindest.«

Bodø, Norwegen, August 1970

Früh am nächsten Morgen macht sich Marguerite auf die Suche nach Damiano. Sie geht davon aus, dass er die Fotos, die er machen soll, im Morgenlicht schießt. Damiano fotografiert nämlich ausschließlich am Morgen und am Abend, weil das Licht dann die richtige Qualität hat, das hat sie auf dieser Reise kapiert. Wenn sie an Damiano denkt, wie er sie vorgestern aus dem Wagen geschmissen hat, so ist ihre Empörung inzwischen gänzlich verpufft. Das war nicht ihr erster Streit und Damiano ist eben Italiener. Die empfinden alles ein bisschen stärker, denkt Marguerite, und schließlich haben sie sich bisher noch jedes Mal versöhnt. Sie mögen kein Paar sein, aber sie sind doch Freunde, und das nun schon seit recht langer Zeit. Jedenfalls kann Marguerite es kaum erwarten, ihn wiederzusehen, um ihm so schnell wie möglich von Ylva Holm zu erzählen und dass sie vielleicht endlich eine Spur gefunden hat.

Im Hafen angelangt, hält sie nach einer Gruppe von Fischern Ausschau, die für einen Fotografen posieren. Aber da ist niemand. Wahrscheinlich ist er mit ihnen aufs Meer hinausgefahren, denkt sie und setzt sich auf einen Poller. Die Morgensonne liegt wie ein wärmendes Tuch auf ihrem Hinterkopf, und obwohl es noch recht frisch ist, lullen die Schreie der Möwen und der Geruch nach Salz sie einen Moment lang ein.

Als die ersten Boote in den Hafen zurückkehren, tritt Marguerite vom Kai zurück und beobachtet die Fischer, wie sie ihre Boote vertäuen und die Kisten mit Fisch an Land schaffen. Manche verkaufen direkt vom Boot aus. Aber wo ist Damiano? Gibt es in diesem Kaff noch einen anderen Hafen?

Sie will sich schon abwenden, als ein weiteres Boot in den Hafen einfährt. Etwas darauf ist anders: eine Frau mit wehendem blondem Haar, die sich lachend vor einem Mann mit einer Kamera bewegt. Vor Damiano.

Deshalb hat er mich also aus dem Auto geschmissen, denkt Marguerite halb verärgert, halb belustigt. Hatte er etwa Angst, sie würde seine Chancen bei der Blonden schmälern? Von Weitem beobachtet sie, wie die beiden von Bord gehen, wie die Blonde sich etwas abseits stellt, sich das Haar bürstet und ihr Make-up auffrischt. Kurz darauf kehrt sie an Bord zurück und Damiano beginnt wieder zu fotografieren. Dann soll auch noch ein Fischer mit aufs Foto, ein bärtiger Typ, der wie sein eigenes Klischee aussieht, mit Rauschebart und Pfeife. Je länger Marguerite dem Spektakel zusieht, desto amüsanter findet sie es. Das hätte Damiano ihr doch auch einfach sagen können! Sie hätte ihn auf jeden Fall in Ruhe »arbeiten« lassen.

Am Ende verlassen Damiano und die Blonde das Boot und schlendern die Mole entlang. Wohin sie jetzt wohl gehen, zum Hotel? Doch dann sieht sie, wie die beiden sich am Hafenkiosk einen Kaffee holen und sich an einen der Holztische setzen. Marguerite geht etwas näher heran und beobachtet, wie sie sich gegenübersitzen und unterhalten. Sie findet die Frau ein bisschen eingebildet, wie sie sich in Positur setzt und immer wieder ihr Haar in den Nacken wirft. Doch Damiano scheint das nicht zu stören, ganz im Gegenteil. Er wirkt fasziniert und lässt die Blonde keine Sekunde aus den Augen. Auch er selbst hat jetzt wieder dieses perlweiße Frauenbetörer-Lachen aufgesetzt.

Irgendwann kann Marguerite nicht länger an sich halten. Sie marschiert bis direkt an den Tisch und baut sich lächelnd vor ihm auf.

»Sieh an«, sagt sie auf Französisch und macht eine Bewegung mit dem Kinn in Richtung der Blonden. »Ist das einer der *Fischer*?«

Im ersten Moment schaut Damiano sie an, als sei sie seine Mutter und habe ihn bei etwas Unanständigem ertappt. Doch dann ändert sich sein Gesichtsausdruck.

»Was soll das?«, fragt er abweisend.

Marguerite lässt sich nicht beirren. »Hast du mich deshalb aus dem Wagen geschmissen?«, fragt sie beinahe schelmisch. »Das hättest du mir doch sagen können. Ich habe nicht vor, hier die Anstandsdame zu spielen. Du weißt genau, dass das kein Problem für mich ist.«

Sie bemerkt, wie sein Blick zu der Blonden huscht, die Marguerite zuerst freundlich, dann zunehmend verwirrt anlächelt. Damiano dagegen kommt ihr auf einmal richtiggehend nervös vor.

»Ich *arbeite* hier.« Seine Stimme klingt gepresst, er steht abrupt auf und fasst sie am Arm. Gefährlich leise zischt er ihr zu: »Du solltest jetzt abhauen.«

Sie macht sich los und tut einen Schritt zurück. »Jetzt mach mal halblang. Ich ...«

In dem Moment hört Marguerite Kinderrufen hinter sich und plötzlich ist da ein Mädchen, vielleicht drei Jahre alt, das zu der Blonden hopst und ihr auf den Schoß klettert. Ein Mann kommt hinterhergeschlendert, beugt sich zu der Frau hinunter und küsst sie. An Damiano gewandt, sagt er: »Hi, Damiano«, wobei er den Namen wie *Demmjääno* ausspricht. Offensichtlich ein Amerikaner.

Marguerite sieht von einem zum anderen, wendet sich ohne ein weiteres Wort ab und geht davon.

Es dauert nicht lange, da hört sie Schritte, die sich nähern, und wendet den Kopf. Es ist Damiano.

»Bist du jetzt zufrieden?«

Sie bleibt stehen. Sie wird nicht schlau aus ihm. Bis eben hat sie sich noch vollkommen im Recht gefühlt, und das ist sie ja auch irgendwie. Oder etwa nicht? So wie er sie behandelt hat, sie einfach ausgesetzt hat, mitten im Nirgendwo.

»Was ist eigentlich mit dir los?«, fragt sie und versucht in seinem Gesicht zu lesen. Seine Miene ist noch immer kühl. Unbewegt. Offensichtlich hat er doch gar nichts mit dieser Blonden, warum dann die Geheimnistuerei?

Sie gibt sich einen Ruck und sagt: »Nun komm schon, sei nicht sauer auf mich! Ich habe Neuigkeiten. Du wirst staunen, was ich herausgefunden habe.«

Doch er geht nicht auf sie ein, sondern sagt düster: »Wir müssen uns unterhalten.«

»Was ist denn, was hast du?« Erst jetzt dämmert ihr, dass Damiano tatsächlich böse auf sie sein könnte. Was ist bloß mit ihm los?

Inzwischen sind sie in seiner Bleibe angekommen, einer Hütte, die ihm das Fremdenverkehrsbüro zur Verfügung gestellt hat. Er geht an ihr vorbei in ein Zimmer, das wie eine überdimensionale Sauna aussieht: überall Holz, auf dem Boden, an den Wänden, sogar an der Decke.

»Jetzt komm schon rein.«

Marguerite sieht sich um. Eine Kochecke, ein Tisch mit zwei Stühlen, ein Bett. Noch vor einer halben Stunde habe ich geglaubt, ich sei die mit den Neuigkeiten, denkt sie und kann sich beim besten Willen nicht vorstellen, warum Damiano so eine Leichenbittermiene aufhat. Nur weil sie ein paar schräge Worte hat fallen lassen? Sie wollte ihn doch bloß ein bisschen necken.

Da sagt er: »Es ist Zeit, dir etwas zu sagen. Dein Eindruck war richtig, ich wollte dich wirklich loswerden. Aber es ist nicht so, wie du denkst.«

»Was? Na, da bin ich ja mal gespannt!« Marguerite steht da, die Hände in die Hüften gestemmt.

Damiano lässt sich auf der Bettkante nieder und sagt so leise, dass sie ihn kaum versteht: »Ich habe eine Frau ... und Kinder.«

Einen Moment lang ist Marguerite völlig baff. Was redet er denn da? Das soll sein Geheimnis sein? Sie hat ja schon so einiges gehört. Als Begleiterin ist sie eine Frau, der Männer sich anvertrauen. Und dieses Geständnis ist wirklich nicht außergewöhnlich.

Während sie sich bemüht, nicht unangemessen zu grinsen, spricht er schon weiter: »Zwei Kinder, um genau zu sein. Ein Mädchen ... und einen Jungen, Inger und Laurin.« Er atmet tief durch, wie um sich zur Ruhe zu zwingen. »Es ist unglaublich schwierig. Meine Frau und ich, wir verstehen uns schon länger nicht mehr. Und es wird immer schlimmer. Sie schreit herum und wirft mir meine Reisen vor, dabei wusste sie ja schon vorher, dass das Fotografieren mein Broterwerb ist ...«

Er senkt den Kopf, bedeckt das Gesicht mit beiden Händen und beginnt allen Ernstes zu weinen.

Marguerite ist ziemlich baff. Der Mann, den sie für frei und vogelwild und unkonventionell gehalten hat, ist ein Pantoffelheld auf Urlaub!

Sie versteht kaum, was er sagt, als es nun aus ihm herausbricht: »... Solveig ist Norwegerin ... in Mailand bei einem Fotoshooting ... eine Weile in Rom ... ist aber nicht zurechtgekommen … nach Laurins Geburt wieder nach Norwegen … jetzt ist sie in Oslo mit den Kindern.«

Noch immer hat Marguerite keine Ahnung, wohin dieses Gespräch, diese Beichte, führen soll. Macht er gerade mit ihr Schluss oder was? Sie haben doch gar keine richtige Beziehung. Sie sind … ja, was sind sie eigentlich … Geschäftspartner? Reisegefährten? Freunde? Nur eines weiß Marguerite ganz genau: Sie sind kein Paar. Warum also hat er ihr das alles nie erzählt? Hat er etwa geglaubt, sie würde sich eine Zukunft mit ihm ausmalen? Fassungslos betrachtet sie ihn. Was sind Männer doch für Narzissten! Bildet er sich wirklich ein, ihr ganzes Denken kreise um ihn? Fast wird sie wieder wütend bei dieser Vorstellung. Aber ein bisschen tut er ihr doch auch leid. Und so setzt sie sich neben ihn auf die Bettkante und streicht ihm über den bebenden Rücken.

»Sie will, dass ich fest zu ihr nach Oslo ziehe. Aber das kann ich nicht. Sie macht unsere Beziehung systematisch kaputt mit ihrer Eifersucht. Sie ist paranoid. Hinter allem und jedem sieht sie etwas. Ich darf eine andere Frau noch nicht einmal ansehen.«

Jetzt richtet er sich auf, wischt sich das Gesicht mit dem Ärmel trocken.

»Mit uns war es von Anfang an ganz anders … so unkompliziert. Du hast keine Fragen gestellt. Wie lang ich weg sein werde. Wo ich hinfahre. Mit wem ich mich treffe. Ob Frauen dabei sein werden.«

Jetzt sieht er sie zum ersten Mal direkt an.

»Jedenfalls … auf dieser Reise … hast du genauso angefangen wie sie. Warst ständig unzufrieden. Hast herumgenörgelt …«

Jäh schüttelt er ihre Hand ab und steht auf, tut ein paar Schritte in den Raum hinein und dreht sich dann wieder zu ihr.

»Als du unterwegs gedroht hast, mich zu verpfeifen … da

habe ich rotgesehen. Die Szene, in der ich mich bewege, ist wie ein Dorf. Solveig ist auch Model, sie kennt Jonna, verdammt noch mal. Wenn die Geschichte mit dir rauskommt, fliegt mir hier alles um die Ohren. Du hast ja keinen blassen Schimmer, wozu Solveig fähig ist. Ihre Familie, das sind beschissene Bonzen, die haben überall ihre Finger drin!«

Oha, denkt Marguerite. Was für ein Bleigepäck er da mit sich herumschleppt. Dass er so heftig reagiert, macht ihr fast Angst, trotz seiner Tränen. Abgesehen davon weiß sie immer noch nicht, warum er ihr das alles überhaupt erzählt. Was will er von ihr? Mitleid? Unterstützung?

Etwas hilflos sagt sie das Erstbeste, was ihr in den Sinn kommt: »Aber ... warum lässt du dich denn nicht scheiden? Ich meine ... Das ist doch kein Leben, in so einer Ehe.«

Er macht eine ungeduldige Geste.

»Du verstehst das nicht! Bei meinem letzten Besuch hat sie damit gedroht, mir die Kinder wegzunehmen. Sie hat wortwörtlich gesagt: ›Wenn ich mitkriege, dass du was mit einer anderen hast, sorge ich dafür, dass du die Kinder nie mehr wiedersiehst.‹«

Da erst dämmert es ihr. Sie tritt zu ihm, nimmt sein Gesicht in beide Hände und zwingt ihn, sie anzusehen: »Du hast also einfach Angst, dass uns jemand, den du kennst, zusammen sieht?«

Er antwortet nicht. Aber das ist auch gar nicht nötig. Sie weiß die Antwort auch so.

»Na, wenn das dein Problem ist«, sagt sie und bemüht sich um einen begütigenden Unterton in der Stimme. »Da sei ganz beruhigt. Ich werde mich in Zukunft vollkommen im Hintergrund halten. Ich werde mehr als diskret sein.«

Die Erleichterung in seinem Blick ist fast schon unwürdig. Wie schwach er ist! Wie damals Henry, dessen größte Sorge es war, seine Frau könnte verfrüht von ihrem Bootsausflug zurückkehren. Oder Adrien, der vor Muffensausen schier umgekommen ist, nachdem Valérie sie zusammen gesehen hat, damals bei der Gärtnerei. Sind alle Männer so schwach?

Sie betrachtet Damiano, sein schön geschnittenes Gesicht, das kräftige Kinn, die braunen Augen. Doch mit einem Mal hat sie das Gefühl, dass da noch etwas anderes ist, hinter dieser offenkundigen Erleichterung. Was ist es? Unterdrückte Wut? Unberechenbarkeit? Es ist nur eine vage Ahnung, die ihr jedoch das Gefühl vermittelt, es in Zukunft lieber nicht darauf ankommen zu lassen.

Und so greift sie nach seiner Hand, lächelt entwaffnend und zieht ihn aufs Bett. Einen Moment lang liegen sie so da, Gesicht an Gesicht, bis er sich sichtlich entspannt und schließlich leise, fast flüsternd fragt: »Was wolltest du mir denn sagen?«

Kurz erwägt sie, ihm jetzt von ihrer neuen Spur zu erzählen. Und von dem Foto, das sie in ihrer Handtasche hat. Doch das Gefühl von eben ist noch immer da und so beschließt sie, es auf morgen zu verschieben.

Laurin saß im Taxi, tief in Gedanken. Den ganzen Rückflug über waren Erinnerungen aus seiner Kindheit über ihn hereingebrochen. Erinnerungen, von denen er nicht gewusst hatte, dass sie immer noch irgendwo lauerten.

Unschöne Szenen, die er als Kind nicht verstanden hatte, ergaben nun mehr Sinn. Ein Verwandtentreffen im Haus der Großeltern zum Beispiel. Er und Inger hatten Verstecken gespielt, er war ins Arbeitszimmer seines Großvaters geschlüpft und in eine alte Truhe gekrochen. Da hatte jemand den Raum betreten – Inger, glaubte er. Doch dann hatte sein Großvater zu reden begonnen, barsch und ernst, und irgendwann hatte er gesagt: »… siehst du deine Kinder nie mehr wieder.« Laurin erinnerte sich noch genau an sein Erschrecken, als ihm klar wurde, wer die andere Person im Raum war: sein Vater.

Jetzt ergab das alles natürlich mehr Sinn, dachte er, während das Taxi an einer Ampel hielt. Er sah aus dem Fenster, verschwommene Lichter hinter einer verregneten Scheibe.

Aber da war noch mehr gewesen: Sein Vater, weinend auf dem Sofa. Seine Mutter, mit den Fäusten auf ihn einprügelnd. Eine Party im Haus seiner Eltern, die Musik so laut, dass er und Inger nicht hatten schlafen können. Sie waren aus ihren Zimmern geschlichen, auf allen vieren, zwei Indianer auf dem Kriegspfad. Von unter dem Tisch aus hatten sie beobachtet, wie ihr Vater einer anderen Frau zwischen die Beine gefasst hatte.

Angewidert verzog Laurin das Gesicht. Aus was für einer Scheißfamilie er doch stammte. Ein Wunder, dass er und Inger das alles halbwegs unbeschadet überstanden hatten.

Und sein Großvater, der war ja *ein Held* gewesen. Zumindest hatten ihn alle so behandelt. Ein Mann, der sich dem Feind mutig entgegengestellt hatte. Der Mann, der Sprengladungen an deutschen Schiffen angebracht hatte.

In Wirklichkeit war er ein derartiges Ekel gewesen, dass seine einzige Tochter mit achtzehn von zu Hause fortgelaufen war. Erst später, als sie eine der erfolgreichsten Fotomodelle ihrer Zeit geworden war, hatten die beiden sich wieder versöhnt. Aber Laurins Vater hatte der Alte nie akzeptiert, hatte ihn die ganze Wucht seiner Verachtung spüren lassen.

Als Kind hatte Laurin das alles nicht recht begriffen. Dieses vergiftete Klima aus unterdrückter Feindseligkeit und unausgesprochener Geringschätzung. Die Anspannung seines Vaters im Beisein des Schwiegervaters. Seine Wortkargheit. Die giftigen Bemerkungen des Vaters vor jedem Familientreffen. Doch als er älter wurde, hatte er, Laurin, die Rolle seines Vaters übernommen. Unfreiwillig und auch nur deshalb, weil sein Vater sich im Laufe der Jahre immer rarer machte, bis er den Familienzusammenkünften schließlich ganz fernblieb. Sodass sich die großväterliche Missbilligung stattdessen über Laurin ergoss, der seinem Vater wie aus dem Gesicht geschnitten war.

Aber *er* hatte nicht geschwiegen. Hatte nicht wie ein begossener Pudel dagesessen und die Sticheleien auf sich herabregnen lassen. Anfangs war seine Haltung nur die eines pubertierenden Schwachkopfs gewesen, eines Jungen, der seinen Großvater mit schwarzer Lederjacke und einer frechen Klappe provozierte.

Er konnte sich noch genau an den Tag erinnern. Es war im Sommer gewesen, ein Kaffeetrinken in großer Runde. Der siebzigste Geburtstag seiner Großmutter. Ausnahmsweise war sein Vater auch mal wieder dabei gewesen, der Schwiegermutter zuliebe, die er nicht vor den Kopf stoßen wollte. Allerdings hatte er sich recht bald zum Rauchen in den hintersten Winkel des Gartens zurückgezogen, zusammen mit Onkel Gunwald, dessen Vater Sigsten genau wie Laurins Großvater im Widerstand gekämpft hatte. Jedenfalls hatten Gunwald und sein Vater eine Zigarette nach der anderen gepafft, während Laurin am Tisch der Großeltern herumsitzen und dem Großvater beim Schwadronieren zuhören musste. Und obwohl alle wussten, dass der wirkliche Held des Widerstands Sigsten gewesen war – der, der beim Anbringen der Sprengladung sein Leben riskiert hatte –, hielten die Erwachsenen die Klappe und nickten, während dieser Großkotz erzählte. Als er seinen Monolog kurz unterbrach, um einen Schluck Kaffee zu trinken, hatte Laurin ihn laut und deutlich gefragt, ob er denn überhaupt jemals einen einzigen Sprengsatz selbst angebracht habe. Oder ob das nicht vielmehr auf das Konto seines Freundes Sigsten gegangen sei, während der Großvater nur Schmiere gestanden habe.

Der Großvater hatte ihm daraufhin eine Ohrfeige verpasst, daran konnte sich Laurin noch gut erinnern. Und auch die Reaktion seines Vaters hatte er nie vergessen: Der war nämlich auf einmal aus seiner Raucherecke geschossen, hatte den Großvater am Schlafittchen gepackt und auf Italienisch angebrüllt. Man konnte seinem Vater vorwerfen, was man wollte, aber er hatte niemals seine Kinder geschlagen und auch nie tatenlos zugeschaut, wenn jemand anderes das tat.

Im Laufe der Zeit war Laurins Revolte gegen den Großvater raffinierter geworden. Er begann sich mit der Geschichte des Zweiten Weltkriegs auseinanderzusetzen, sodass er den Großvater *korrigieren* konnte, wenn dieser etwas Unzutreffendes sagte. Als Laurin eines Tages durch Zufall von den Deutschenmädchen und deren Kindern hörte, begriff er ziemlich schnell, dass es wohl kein Thema gab, das den Alten mehr in Rage brachte. Die Kollaboration mit den Deutschen war für ihn ein rotes Tuch. Von da an gab es keine Geburtstagsfeier, kein Kaffeetrinken mit den Großeltern mehr, ohne dass Laurin fiese Fragen zu diesem Thema stellte. Vielleicht hatte er ja auch nur deshalb den Finger in die Wunde gelegt, weil er selbst ein uneheliches Kind war.

Das war der Anfang seiner Berufung als Historiker gewesen. Er wollte den Dingen auf den Grund gehen und seinem Großvater zeigen, was Sache war.

Das Taxi hielt. Er bezahlte den Fahrer und überquerte die Straße. Der Regen war stärker geworden und er schüttelte sich die Tropfen aus dem Haar, während er an der Haustür stand. Auf dem Weg die Treppen hoch kam ihm wieder in den Sinn, was seine Mutter ihm geraten hatte: sich mit Eva Berghoff zu treffen, um herauszufinden, was sie vorhatte. Irgendwas an dieser Vorstellung gefiel ihm nicht. Es kam ihm so vor, als wollte seine Mutter, dass er auf diese Frau einwirkte. Anscheinend fand sie, er sollte verhindern, dass Eva Berghoff die Wahrheit über seinen Vater herausbekam.

Doch für so etwas, überlegte er, bevor er den Schlüssel ins Schloss steckte, wäre er niemals zu haben, das musste sie doch wissen. Er nahm schließlich seit jeher für sich in Anspruch, im Dienste der Wahrheit zu stehen – auch und gerade dann, wenn die Wahrheit unangenehm war.

Stirnrunzelnd drückte er die Tür auf, betrat seine Wohnung und drehte, immer noch in Gedanken, die Heizkörper hoch.

Aber wie prinzipientreu war er wirklich? Würde er für die Wahrheit den Ruf seiner Familie opfern? Einen Schwätzer als Großvater zu haben, dem man vor versammelter Mannschaft einen Schuss vor den Bug gab, war eine Sache. Aber in aller Seelenruhe zuzusehen, wie jemand versuchte, den eigenen Vater als Mörder zu entlarven, war dann doch noch einmal etwas anderes.

Während er seinen Koffer auspackte, musste er sich eingestehen, dass er selbst auch zu gerne wüsste, ob sie etwas Handfestes herausgefunden hatte. Etwas, das ihm beim Studieren der Fallakte entgangen war. Fast unheimlich fand er die Ähnlichkeit der Frau mit dem Phantombild ihrer Tante. Er dachte daran, wie sie da im Hörsaal gesessen und ihn unverwandt angeschaut hatte. Und auf einmal hatte er das Gefühl, etwas zu übersehen.

Da fiel es ihm ein. Aber war das denn möglich?

Er legte die Schmutzwäsche aus dem Koffer wieder weg und ging in die Diele, einen Stuhl vor sich hertragend, öffnete die Türen des Einbauschranks und stieg auf den Stuhl, um einen Karton hervorzuholen, den er ganz hinten aufbewahrte. Noch auf dem Stuhl hob er den Deckel ab und zog die Bilder von damals aus dem Umschlag.

Und tatsächlich. Er hatte sich richtig erinnert.

Fast hätte er das Gleichgewicht verloren, konnte sich aber noch am Schrank abstützen. Er stieg vom Stuhl und ging ins Esszimmer, wo er die Fotos auf dem Tisch auslegte, eines neben dem anderen.

Die Frau auf den Sexbildern, die er nach dem Tod seines Vaters im Sommerhaus der Eltern gefunden hatte, sah genauso aus wie Eva Berghoff. Wie Eva Berghoff und die Isdal-Frau.

Die Frau auf den Fotos *war* die Isdal-Frau.

Er sank auf den Stuhl.

Damit war es wohl eindeutig, dass sein Vater sie gekannt hatte. Sein Vater, genau wie jede Menge anderer Männer auch, also bewies das im Grunde rein gar nichts.

Irgendwo, denkt er, könnte ein Polizist in einem alten Handarchiv nachsehen, in einer Kartei, die noch nicht im Computersystem von Interpol erfasst ist, und vielleicht den Namen einer Frau finden, die zwischen 1926 und 1944 geboren wurde und die 1970 verschwand.

Die Zeit, 10. Januar 2018

Die Fahrt nach Haugesund dauerte vier Stunden. Vier Stunden, in denen Eva das Gefühl hatte, nichts zu tun, außer zu sitzen und zu grübeln.

Nach dem Gespräch mit ihrer Mutter am Vortag war Eva regelrecht benommen gewesen. Sie hatte Ingrid ins Hotel zurückgefahren und war in der Stadt herumgelaufen, durch Regen und Wind, bis das Dröhnen in ihrem Kopf nachließ. Doch danach war es erst richtig losgegangen: Zurück in ihrer Ferienwohnung hatte sie gegoogelt, was das Zeug hielt.

Sie setzte den Blinker und verließ die Autobahn. Hinter ihr hupte jemand, wohl weil sie viel zu langsam fuhr. Sie sah auf ihr Navi und stellte fest, dass sie fast am Ziel war. Noch fünf Kilometer. An einer Ampel bremste sie und ordnete sich, wie von ihrem Navi angewiesen, rechts ein.

Sie hatte keinen blassen Schimmer gehabt. Immer noch konnte sie es nicht glauben. Aber wie hätte sie es denn auch erfahren sollen, wenn niemand ihr davon erzählte. Selbstverständlich hatte sie nie daran gedacht, ihre eigene Großmutter zu googeln. Und selbst wenn sie es getan hätte: Sie wäre doch niemals darauf gekommen, dass diese Therese Gruber, von der da die Rede war, ihre Großmutter Resi war: Angeklagte bei den Nürnberger Prozessen.

Nach Kriegsende war Therese Gruber Ende Juli 1945 verhaftet und für sechs Monate interniert worden. Im Januar 1947 wurde sie erneut verhaftet. Im Prozess um das Rasse- und Siedlungshauptamt der SS wurde sie am 1. Juli 1947 angeklagt, an der Verschleppung von Kindern aus dem Ausland sowie deren zwangsweisen Eindeutschung beteiligt gewesen zu sein. Im Laufe des Prozesses gelang es ihr und den dreizehn Mitangeklagten jedoch, den Lebensborn als Fürsorgeeinrichtung darzustellen, und so war sie am 10. März 1948 letztlich freigesprochen worden.

Eigentlich hätte Eva an dieser Stelle aufhören können, mit dem Freispruch ihrer Großmutter. Sie hätte Ruhe geben können, doch stattdessen hatte sie weitergesucht und war auf diesen Artikel im *Spiegel* gestoßen. Bei der bloßen Erinnerung daran wurde ihr übel. Denn in Wirklichkeit war ihre Großmutter ganz und gar nicht unschuldig gewesen.

In Wirklichkeit war Dr. Therese Gruber maßgeblich und aktiv an der Verschleppung von tschechischen Kindern beteiligt gewesen. Im Juni 1943 war ihre Großmutter in die besetzten Ostgebiete gereist und hatte sich um die »Eindeutschung« von 98 Kindern »gekümmert«, deren Eltern bei dem Massaker von Lidice umgebracht worden waren. Die Kinder wurden von Dr. Therese Gruber einer rassischen Beurteilung unterzogen und 13 von ihnen für *gutrassig* genug befunden, um sie in deutsche Familien zu vermitteln. Den Kindern waren daraufhin neue deutsche Namen zugeteilt worden, und als wäre das noch nicht genug, sorgte der Lebensborn, der ja über geheime Standesämter verfügte, dafür, dass die Kinder auch noch andere Geburtstage und -orte bekamen. Und die anderen 85 Kinder waren in ein Kinderlager gekommen.

Ihr Navi riss Eva aus ihren Gedanken. Noch zweihundert Meter, dann war sie am Ziel. Sie sah sich um und hatte das Gefühl, wie aus einem dunklen Traum zu erwachen. Die ganze Fahrt über hatte sie durch die Windschutzscheibe gestarrt, ohne irgendetwas von der Landschaft zu sehen, die da an ihr vorbeiglitt.

Als sie nun vor dem *Rødberget Sykehjem* aus dem Wagen stieg, war es zwei Uhr. Die Nachmittagssonne leuchtete von einem tiefblauen Himmel und Eva blieb einen Augenblick lang stehen, um die kühle Herbstluft einzuatmen. All die Verbrechen aus der Vergangenheit, sie sind immer noch irgendwo da, dachte sie. Vor drei Tagen war ich an zwei Orten, die die Nazis in Beschlag genommen hatten. Und nun bin ich hier, um mit einem Zweiundneunzigjährigen zu sprechen, in der Hoffnung, dass er mir etwas über meine Tante erzählt, die in einem einsamen Tal ermordet worden ist.

Das Pflegeheim, in dem Dr. Viggo Sørensen seinen Lebensabend verbrachte, lag in einem ruhigen Vorort von Haugesund, in leichter Hanglage inmitten eines Birkenwäldchens. Nach ihrem Besuch in Hurdal Verk, direkt nach dem Anruf von Moen, hatte Eva kurz entschlossen dort angerufen. Auf gut Glück hatte sie sich als alte Bekannte ausgegeben und gefragt, ob es sein Gesundheitszustand erlaube, ihm einen Besuch abzustatten. Zu ihrer Überraschung hatte man ihr ohne Weiteres Auskunft erteilt und ihr gesagt, dass es ihm *den Umständen entsprechend* gut gehe und er sich über jeden Besuch freue.

Als Eva nun an die Pforte kam, war sie dann doch etwas nervös. Was, wenn sie sich ausweisen musste oder gefragt wurde, woher sie Viggo Sørensen eigentlich kannte? Doch ihre Sorge war unbegründet. Die junge Frau am Empfang wollte weiter gar nichts von ihr wissen und gab ihr nur allzu bereitwillig Auskunft, wo sie ihn finden würde.

Dennoch wurde sie die Sorge nicht los, gleich bei etwas Unrechtem ertappt zu werden, während sie den Korridor entlangging und kurz darauf an die Tür von Zimmer 19 klopfte. Was, wenn der alte Mann ein schwaches Herz hatte und einen Schock erlitt? Doch sie schob den Gedanken beiseite. Nun war sie schon einmal hier. Und alles war besser, als wieder mit sich und ihren Gedanken allein zu sein.

Niemand antwortete und so klopfte sie noch einmal und noch einmal, bis ein Pfleger vorbeikam und ihr etwas zurief. Als der Mann begriff, dass sie ihn nicht verstand, wiederholte er seine Worte auf Englisch. »Gehen Sie nur hinein. Viggo sitzt auf dem Balkon.« Trotz der freundlichen Aufforderung öffnete sie die Tür widerstrebend.

Tatsächlich hatte man Dr. Sørensen in einem Rollstuhl auf dem Balkon platziert. In eine Decke gehüllt saß er da, mit geschlossenen Augen. Eva trat auf den Balkon. Sie räusperte sich und er schlug die Augen auf.

»Guten Tag, Herr Sørensen. Ich heiße Eva Berghoff. Ich komme aus Deutschland. Es geht um meine Tante, die 1970 Patientin bei Ihnen war.«

Er war dünn, hatte so gut wie keine Haare mehr auf dem Kopf und seine Haut war mit Altersflecken übersät und von unzähligen Fältchen durchzogen.

Er machte ein amüsiertes, leicht ersticktes Geräusch. »1970? Da müssen Sie mir schon etwas mehr sagen.«

Eva versuchte ihn einzuschätzen. Er sah zwar gebrechlich aus, aber irgendwie auch ausgebufft. Und eines war wohl klar: Dass er damals einen Grund gehabt haben musste, sich nach Margaretes Tod nicht mit der Polizei in Verbindung zu setzen. Und so sagte sie, ohne ihn aus den Augen zu lassen: »Sie hieß Margarete Gruber. Aber der Name, unter dem Sie sie kannten, war Claudia Tielt.«

Schlagartig veränderte sich sein Gesichtsausdruck. »W… was sagen Sie da?«, krächzte er. Vollkommen fassungslos saß er da und sah Eva an. Und dann trat so etwas wie ein Wiedererkennen in seinen Blick. Während er sie genau in den Blick nahm, sagte er: »Die Ähnlichkeit …«

Eva nahm das als gutes Zeichen. »Sie erinnern sich also an sie.«

Sie merkte wohl, wie es in ihm arbeitete. Ihr Gefühl sagte ihr auch, dass dieser Mann Margarete nicht nur als Patientin gekannt hatte. Umso wichtiger war es, nun behutsam vorzugehen.

Endlich nickte er. »Ja. Ich habe sie behandelt.«

»Sie waren damals Internist in einer kleinen Privatklinik, nicht wahr?«

Er schwieg und sah sie mit einem Gesichtsausdruck an, als fände ein stummer Kampf in ihm statt.

»Ich weiß, dass die Hotels über Erste-Hilfe-Listen mit Ärzten verfügen, an die die Gäste sich im Notfall wenden können.«

Immer noch keine Reaktion.

»Die Polizei damals hat alle auf dieser Liste aufgeführten Ärzte kontaktiert, leider ohne Erfolg. *Sie* waren meines Wissens nicht dort gelistet. Wie kam sie zu Ihnen?«

Mit einem Mal seufzte er laut auf. »Ja, ich habe sie gekannt. Wir haben uns ein paarmal ...«, er zögerte, »... getroffen. Bei einem dieser Treffen habe ich ihr Betnovat verschrieben.«

»Also kannten Sie sie näher?«, fragte Eva.

Plötzlich hob er die Hände, in einer fast entschuldigenden Geste. »Ja«, sagte er schlicht. »Ja, ich kannte sie ... näher.«

Eva war so perplex über dieses unverhoffte Einlenken, dass sie ihn nur anschauen konnte. »Entschuldigen Sie ... das ist ...« Erst nach einer Weile fragte sie: »Aber wenn Sie sie gekannt haben, warum haben Sie sich damals nicht bei der Polizei gemeldet?«

Er zuckte die Achseln. »Können Sie sich das nicht denken? Ich war verheiratet, hatte drei Kinder. Ich konnte es mir nicht erlauben, in etwas verwickelt zu werden. Meine Frau hätte sich sofort von mir scheiden lassen.«

»Darf ich fragen, wie Sie sich kennengelernt haben?«

»Na ja, das war über einen ...«, wieder dieses Zögern, »... gemeinsamen Bekannten. Damiano Lombardi hieß er. Ein Italiener, der viel in Skandinavien unterwegs war. Er war Reisefotograf.«

Eva glaubte ihren Ohren nicht zu trauen. Schon wieder dieser Italiener.

»Woher kannte dieser Lombardi meine Tante? Wissen Sie das?«

»Nein. Keine Ahnung. Wie gesagt, er kam ziemlich viel rum. Sagen wir mal so: Er kannte viele Leute, war einer von diesen Cleveren, wenn Sie verstehen, was ich meine?«

»Das verstehe ich wohl eher nicht.«

»Damiano war einer dieser Typen, die überall mitmischen. Er hatte viele Kontakte und wusste sie auch zu seinem Vorteil zu nutzen, um es mal so zu sagen. Durch seine Frau bewegte er sich ja in gewissen Kreisen. Sie war Fotomodell gewesen, ein sehr erfolgreiches. Ihr Vater war ein einflussreicher Mann in Norwegen. Durch seine Reisen, aber auch durch seine Tätigkeit als Fotograf traf Damiano eben auch viele attraktive Frauen. Und die eine oder andere war froh, sich ein bisschen Geld dazuzuverdienen.«

Im ersten Moment glaubte Eva, sich verhört zu haben. Doch der listige Gesichtsausdruck, mit dem der Alte sie jetzt ansah, ließ eigentlich keinen Zweifel zu.

»Sie meinen, Lombardi hatte mit Prostitution zu tun?«

»Prostitution ist ein hässliches Wort«, sagte Sørensen. »Ich würde eher von einem Kontaktservice für Begleiterinnen sprechen. Damiano wusste um die … Vorlieben gewisser Männer. Und die Frauen haben davon ja auch profitiert. Die Männer freuten sich über die Gesellschaft einer attraktiven Frau. Und die Frauen freuten sich über einen großzügigen Mann. So war das.«

Eva musste an sich halten, ihre aufflammende Abneigung zu verbergen. »Haben Sie sich denn nie gefragt, ob Lombardi etwas mit ihrem Tod zu tun hatte?«

Sørensen verzog das Gesicht. »Aber nein. Warum hätte er so etwas tun sollen?«

»Na ja … vielleicht wollte sie irgendwann nicht mehr so, wie er wollte. Das wäre schließlich nicht das erste Mal.«

»Sie verstehen das immer noch nicht. Sie war … Es hat ihr nichts ausgemacht. Ich glaube sogar, sie hat es ein Stück weit genossen. Kommen Sie, so etwas ist nie ganz schwarz oder ganz weiß, das wissen Sie doch auch. Es geht dabei immer auch ein bisschen um Macht. Und Sie können mir nicht sagen, dass eine Frau es nicht auch ein wenig genießt, diese Macht über einen Mann zu haben.«

Eva ging nicht darauf ein. »Sie sagen, Lombardi hatte einen großen … Bekanntenkreis. Wissen Sie, wer noch Kontakt zu ihr hatte? Andere Männer, denen sie … Gesellschaft geleistet hat?«

»Sie können sich ja denken, dass man das als verheirateter Mann nicht an die große Glocke hängt. Diskretion war Damianos große Stärke. Ich meine, wenn Sie …« Plötzlich brach er ab und blickte vor sich hin, so als habe er gerade etwas aufblitzen sehen. Dann sagte er: »Tatsächlich erinnere ich mich da an etwas … Es muss im Frühjahr 1970 gewesen sein. Am 28. März, um genau zu sein. Das war der Geburtstag meiner Frau. Wir waren in einem Restaurant in der Innenstadt, bei ›Hansens‹. Und da saß sie zusammen mit einem Mann, den ich kannte. Er war ein Freund von Damianos Familie, also der Familie seiner Frau. Ich weiß noch, dass ich mich gefragt habe, ob das ein privates Abendessen war. Ich meine, ob sie da in ihrer Eigenschaft als Begleiterin saß. Oder ob sie den Kerl privat kannte.«

»Wie hieß der Mann?«

»Das war Gunwald Bonnevie. Er war beim Militär, wie sein Vater seinerzeit auch. Eine ziemlich bekannter Mann in Norwegen, der Vater, meine ich.«

»Wissen Sie, ob er noch lebt?«

»Keine Ahnung. Ich habe ihn im Laufe der Jahre immer mal wieder gesehen. Aber in letzter Zeit war ich weniger mobil, wenn

Sie verstehen …« Er verzog das Gesicht zu einer spöttischen Grimasse.

Eva sah ihn ausdruckslos an. Sie mochte ihn nicht. Mochte die Art nicht, wie er über Margarete gesprochen hatte. Aber natürlich musste sie ihm zugutehalten, dass er ihr das alles überhaupt erzählt hatte. Im Grunde konnte sie sich überhaupt kein Urteil erlauben. Weder über diese Männer, die ihre Frauen betrogen, noch über Margarete, die damit offensichtlich kein Problem gehabt hatte.

»Sagen Sie, was hat sie eigentlich hier gemacht? Ich meine, warum war sie in Norwegen?«

Die Frage schien ihn zu überraschen. »Ich dachte, das Reisen an sich war der Zweck. Diese Art des Geldverdienens …« Er zuckte die Achseln.

»Was war mit Lombardis Frau? Glauben Sie nicht, dass sie von dieser kleinen Nebentätigkeit ihres Mannes wusste?«

»Oh, die beiden waren nicht verheiratet. Sie lebten ja noch nicht einmal permanent zusammen. Sie wohnte in Oslo und er pendelte eigentlich immer zwischen Italien und Stockholm, wo er sich einen Wagen gekauft hatte, der dort irgendwo untergestellt war. Er ist ja nicht nur durch Norwegen getourt. Er war in ganz Skandinavien unterwegs.«

»Stockholm?« Eva stutzte. Aus irgendeinem Grund, den sie nicht benennen konnte, regte sich etwas in ihr. Doch Sørensen redete bereits weiter und so verflüchtigte sich das Gefühl wieder.

»Aber da waren doch die beiden Kinder. Inger und Laurin.«

»Donnerwetter, Sie scheinen ja alles zu wissen.«

»Dann hat sie die Kinder sozusagen allein großgezogen?«

»Damiano kam und ging, wie es ihm gefiel. Das war mein Eindruck. Sesshaft wurde er erst später. Vielleicht hing das da aber auch mit seiner Krankheit zusammen. Parkinson.«

»Wissen Sie, wie die Beziehung der beiden war?«

Sørensen schien zu überlegen. »Schwer zu sagen, man kann ja

nicht in die Köpfe der Leute hineinsehen. Sie muss ihn sehr geliebt haben. Sonst hätte sie sich doch von ihm getrennt. Ich meine, so eine schöne Frau. Die hätte doch auch noch einen anderen abbekommen.«

Wieder spürte Eva Unmut in sich aufsteigen. In was für beschissenen Macho-Kategorien dieser alte Zausel dachte!

»Ich habe Informationen, dass Lombardi zu körperlicher Gewalt neigte. Können Sie mir darüber etwas Näheres sagen?«

Etwas zuckte in Sørensens Gesicht. »Davon weiß ich nichts.«

Gleichmütig sagte Eva: »Es gab da eine Anzeige wegen häuslicher Gewalt, 1968. Lombardis Schwiegervater hatte die Polizei gerufen.«

Einen Augenblick lang schien Sørensen zu überlegen, dann zuckte er die Schultern. »Ehrlich gesagt wundert mich das nicht sonderlich. Er und sein Schwiegervater waren nie die besten Freunde. Mit den Jahren hat sich das noch zugespitzt.«

»Also glauben Sie nicht, dass da was dran war?«

»Dass Damiano zu Hause randaliert hat?« Sørensen blies die Backen auf. »Na ja, er war ein Hitzkopf. Er hatte ein aufbrausendes Temperament. Aber dass er seine Frau und seine Kinder geschlagen hätte ... Nein, das kann ich mir nicht vorstellen.«

Eva sah ihn immer noch an. Dann fragte sie übergangslos: »Sagt Ihnen der Name Liesbeth de Jong etwas?« Sie ließ ihn nicht aus den Augen, konnte jedoch keine Reaktion in seinem Gesicht erkennen.

»Nein. Wer ist das?«

»Eine Südafrikanerin, mit der Damiano Lombardi zur gleichen Zeit in Norwegen unterwegs gewesen sein will.«

»Ach ja? Ich kenne sie jedenfalls nicht. Aber das hat ja nichts zu sagen.«

Er verstummte. Sie konnte ihn einfach nicht richtig einschätzen. Er sprach zwar ganz offen mit ihr, aber inwieweit er die Wahrheit sagte, konnte sie einfach nicht beurteilen.

Sie griff nach ihrer Tasche, die sie auf dem Boden neben sich stehen hatte, und nahm sie auf den Schoß. »Wie war sie?«, fragte sie plötzlich und sah Sørensen direkt an.

Auf einmal schien er sich unbehaglich zu fühlen, so als würde er erst in diesem Moment begreifen, dass er die Frau, über die sie hier sprachen, ja wirklich gekannt hatte. Dass er ihre Stimme gehört, sie angesehen, ihr Lachen gehört, sie berührt hatte. Früher einmal. Er senkte den Blick und sagte mit irgendwie zittriger Stimme: »Sie war ... schön.«

Eine ganze Weile wartete Eva darauf, dass er weitersprechen, noch etwas hinzufügen würde. Doch das tat er nicht. Und mit einem Mal merkte sie, dass er Mühe hatte, die Fassung zu bewahren. Sie stand auf.

»Dann werde ich Sie nicht weiter aufhalten.« Sie hielt ihm die Hand hin.

»Das ist sehr rücksichtsvoll von Ihnen«, sagte er, nun wieder in diesem ironischen Ton, und blinzelte ihr zu. »Ich hatte schon Sorge, keine Zeit mehr zum Herumsitzen zu haben.«

So übel ist er gar nicht, dachte Eva und wollte sich gerade abwenden, als es ihr plötzlich wieder einfiel.

Die Polizeiakte, dachte sie. Die Zeugenaussage über den 23. November 1970. Der Wanderer, der ausgesagt hatte, im Isdal einen beigen Volvo mit dem Länderkennzeichen Schweden gesehen zu haben. Kurz bevor die Rauchsäule aufstieg.

»Sie haben da vorhin etwas gesagt. Habe ich das richtig verstanden: dass Lombardi einen Wagen in Stockholm stehen hatte?«

»Ja«, sagte er und schien plötzlich verwirrt. »Das hatte er.«

»Wissen Sie zufällig, wo er den Wagen angemeldet hatte?«

»In Schweden natürlich. Er kannte da jemanden, auf dessen Grundstück er billig parken konnte.«

»Und wissen Sie auch noch, was für ein Wagen das war?«

»Aber ja«, sagte Sørensen. »Das war ein beiges Volvo Coupé.«

Oppdal, Norwegen, Oktober 1970

Manchmal weiß Marguerite nicht mehr, wofür sie das alles auf sich nimmt, dieses Herumgefahre. Wie eine Irre kurvt sie kreuz und quer durch Europa und jagt einem Phantom nach. Und doch ist es die Hoffnung, die zuletzt stirbt.

Es ist Anfang Oktober, sie steigt in Oppdal aus dem Zug, mit der Adresse des Buchhändlers in der Tasche, der vor Jahrzehnten den Buchladen im Osloer Trondheimsveien geführt hat. Morten Brekke soll jetzt permanent in seinem Sommerhaus wohnen. Jedenfalls hofft Marguerite, dass er das tut, sonst hätte sie die weite Reise umsonst gemacht. Seit dem August – seit ihrem Gespräch mit Ylva Holm – ist viel passiert. Und dann auch wieder nicht.

Damiano und sie sind jedenfalls inzwischen perfekt aufeinander eingespielte Reisegefährten. Wann immer sie jemandem begegnen, den Damiano kennt, führen sie ihre kleine Charade auf. Sie sei aus Südafrika, erzählt sie dann, und trampe durch Skandinavien. Und Damiano fügt hinzu, er habe sie gerade erst aufgegabelt. Wie kommst du eigentlich ausgerechnet auf diese Geschichte, hat Marguerite ihn einmal gefragt. Und als Damiano bei der Antwort herumdruckste, hat sie begriffen, dass es diese Frau vermutlich wirklich gibt – auch mit ihr muss er etwas gehabt haben. Gott, bin ich froh, dass ich nicht mit ihm verheiratet bin, denkt Marguerite nicht zum ersten Mal. Seine Frau hat wirklich allen Grund, sich Sorgen zu machen. Aber das ist nicht ihr Problem. Als Reisegefährte ist Damiano Gold wert. Nicht zuletzt deshalb, weil er ihr auf unkomplizierte Art hilft, ihre Finanzen aufzubessern. Als exotische Schöne – so nennt Damiano sie mit einem schiefen Grinsen – stellt er sie immer mal wieder ganz diskret einem Herrn vor, der für eine Nacht Gesellschaft sucht. Erst mit der Zeit ist Marguerite aufgegangen, wie viele Leute er hier eigentlich kennt. Und durch Zufall hat sie erfahren, dass er sogar schon einmal die königliche Familie fotografiert hat.

Manchmal denkt sie, dass dieser Mann die perfekte Lösung für sie ist: Sie hat jemanden, ist aber gleichzeitig nicht gebunden; sie kann ungestört nach ihrer Mutter suchen und bekommt die Reisen auch noch finanziert. Sie weiß auch nicht wieso, aber seit ihrem Telefonat mit Ylva Holm ist sie fest davon überzeugt, dass es ihr gelingen wird, ihre Mutter zu finden, wenn sie nur diesen Jan Andersen ausfindig machen kann. Daher hofft sie inständig, von dem Mann, den sie gleich aufsuchen wird, etwas Brauchbares zu erfahren. Wie dankbar sie dafür ist, diese Ylva Holm getroffen zu haben. Dankbar, aber zugleich auch ein wenig ängstlich, ob es sich bei diesem Morton Brekke wirklich um den Buchhändler handelt, bei dem Jan Andersen damals einen Vortrag gehalten hat.

In Rom ist es jetzt noch warm, denkt sie, während sie ihren Koffer den Bahnsteig entlangträgt und ihr ein schneidender Wind unter den Kragen fährt. Im Bahnhofsgebäude steuert sie gleich die Gepäckaufbewahrung an und setzt sich dann eine Weile in den Wartesaal. Es ist noch zu früh, um jetzt schon zu der angegebenen Adresse zu fahren.

Um kurz nach neun steigt sie in ein Taxi. Herbstliche Heidelandschaft zieht an ihr vorbei, mit goldenen Birken und roter Erika. Doch statt von der Weite und Unberührtheit der Landschaft beeindruckt zu sein, denkt sie nur, dass das hier alles nichts für sie ist. Sie ist kein Nordmensch und freut sich schon wieder auf Italien. Im Gegensatz zu Damiano, der von Norwegen den Hals offenbar nicht vollkriegen kann. Na ja, dann hofft sie mal, dass er hier heute auf die richtigen Motive stößt, auf seiner Fotosafari. Ein merkwürdiger Ausdruck, wie sie findet. Bisher war sie der Meinung, eine Safari habe grundsätzlich in Afrika stattzufinden. Aber was weiß sie schon? Den Anblick von Bergen und Seen genießt sie jedenfalls am liebsten von einer gepflegten Hotelterrasse aus, mit einem Glas Wein in der Hand.

Als das Taxi vor einem Blockhaus zum Stehen kommt, bittet sie den Fahrer zu warten. Wieder diese Totenstille, denkt sie, während sie auf das Haus zugeht und einen missmutigen Blick auf das grasbewachsene Dach wirft. Alles zu rustikal für ihren Geschmack. Und weit und breit keine Menschenseele, nur die Berge und der Wind, der leise über Gräser und Heide streicht. Marguerite klopft an die Tür. Wie kann sich einer freiwillig in diese Einöde zurückziehen? Als sie nichts hört, klopft sie ein weiteres Mal und sieht über die Schulter zur Straße, wo das Taxi steht und auf ein Zeichen von ihr wartet. Vielleicht war es ja eine dumme Idee, einfach so hierherzufahren? Dieser Brekke kann schließlich wer weiß wo sein.

Doch da hört sie im Inneren Schritte und die Tür geht auf. Marguerite weiß nicht, was sie erwartet hat, aber einen ehemaligen Buchhändler hat sie sich irgendwie anders vorgestellt. Schmächtiger vor allem. Ganz bestimmt hat sie keinen bärtigen Holzfällertypen erwartet.

»Guten Tag. Sind Sie Morten Brekke?«

Als der Mann nickt und in gutem Englisch antwortet: »Der bin ich. Was kann ich für Sie tun?«, passt er für Marguerite dann aber doch in einen Buchladen.

»Ich würde mich gerne kurz mit Ihnen unterhalten. Wenn Sie ein paar Minuten für mich haben?«

Da lächelt er schief und sagt: »Ich bin siebzig Jahre alt. Wenn ich jetzt keine Zeit für eine schöne Frau habe, dann weiß ich auch nicht.« Er tritt zur Seite und bittet sie herein. Als Marguerite den Raum betritt, bleibt sie überrascht stehen. Nicht dass sie eine besonders große Bücherfreundin wäre, zum Lesen hat sie einfach zu wenig Geduld. Doch die von der Decke bis zum Boden mit Bücherregalen bedeckten Wände versetzen sogar sie in ein gewisses Staunen.

»Sie sehen, ich laufe kaum Gefahr, dass mir der Lesestoff ausgeht«, sagt Brekke. »Möchten Sie etwas trinken, einen Kaffee?«

Marguerite schüttelt den Kopf. »Nein danke. Ich möchte nichts.«

Brekke räumt einen Stuhl frei. Auch auf dem einzigen Tisch, der an einem Fenster mit Blick auf einen kleinen See steht, stapeln sich die Bücher. In der Mitte zwischen den Stapeln eine Schreibmaschine, darin ein Blatt Papier. »Ich habe die Seiten gewechselt und versuche mich jetzt selbst als Schriftsteller. Aber setzen Sie sich doch.«

Marguerite lässt sich auf dem Stuhl nieder, ihre Handtasche auf dem Schoß.

»Tja ... mein Anliegen ist etwas ungewöhnlich. Ich suche einen Mann, er heißt Jan Andersen. Er war einmal in Ihrer Buchhandlung zu Gast. Vor etwa zehn Jahren muss das gewesen sein.« Marguerite will noch näher darauf eingehen, als Brekke sie unterbricht.

»Aber ja ... Der war bei mir. Hat einen Vortrag gehalten über seine Erlebnisse während des Krieges ... und seine Zeit im KZ.«

Marguerite ist verblüfft und erschrocken zugleich. »Er war im KZ?«

»Ja. Während des Krieges war er im Untergrund aktiv, im norwegischen Widerstand. Nach einer missglückten Aktion gegen die Deutschen ist er verhaftet worden. Er saß zunächst in verschiedenen Zuchthäusern und kam dann nach Neuengamme.«

Marguerite traut ihren Ohren nicht. Was erzählt dieser Brekke da? Aber da spricht er schon weiter: »Im April 1945 kam er zurück nach Norwegen, im Zuge der Rettungsaktion der Weißen Busse. Aber ... verzeihen Sie ... können Sie mir folgen?«

Marguerite reagiert nicht gleich. Sie hat in der Tat Mühe, das Gesagte zu verstehen, aber das liegt diesmal nur zum Teil an ihren mittelmäßigen Englischkenntnissen. Sie ist verwirrt, denn für sie passt das alles nicht recht zusammen. Einerseits hat dieser Andersen für die Deutschen gearbeitet, andererseits soll er im Widerstand aktiv gewesen sein? Doch dann kommt ihr ein Gedanke: Vielleicht war das ja Absicht. Vielleicht hat er bewusst den Kontakt zu den Deutschen gesucht, um sie in Ruhe, gewissermaßen aus ihrer Mitte heraus, auszuspionieren. Sie weiß nichts über Spione, aber das würde doch irgendwie Sinn ergeben.

»Darf ich fragen, warum Sie ihn suchen?«

»Das ist eine lange Geschichte«, antwortet Marguerite zögernd. »Kurz gesagt hoffe ich, dass er mir bei der Suche nach jemandem helfen kann, den ich während des Krieges verloren habe. Vielleicht wissen Sie ja, wo ich diesen Andersen finden kann.«

»Na ja«, sagt er zögernd. »Es wird wohl nicht so ganz einfach werden, mit ihm zu reden. Er ist in die Politik gegangen. Ein sehr engagierter Mann, Mitglied der *Arbeiderpartiet* und in verschiedenen Organisationen, die sich für Menschenrechte und mehr soziale Gerechtigkeit einsetzen ... solche Themen eben.«

Zurück in Oppdal weiß Marguerite nicht, was sie von Brekkes Geschichte halten soll. Sind das nun gute oder schlechte Nachrichten? Gut ist natürlich, dass dieser Andersen noch lebt. Weniger gut ist die Tatsache, dass er ein wichtiger Mann zu sein scheint. Wie soll es ihr nun gelingen, mit ihm zu sprechen? Und was, wenn er am Ende gar nicht der richtige Jan Andersen ist? Sie sollte sich da besser nicht so hineinsteigern. Hat Ylva Holm nicht gesagt, Andersen sei ein Dutzendname? Und doch ist es die einzige Spur, die sie hat. Sie muss sie verfolgen.

Als das Taxi sie auf dem Marktplatz absetzt, ist es erst später Vormittag, bis zu ihrer Verabredung mit Damiano dauert es noch Stunden. Und so verbringt sie die restliche Zeit damit, auf dem Marktplatz auf und ab zu gehen und zu grübeln, was sie nun tun soll. Wie kann es ihr gelingen, an diesen Mann heranzukommen?

Als Damiano nachmittags endlich auftaucht, ist er gut gelaunt und nicht davon abzubringen, zuerst ein paar Fotos von ihr vor dem Oppdal-Troll zu machen, einer absurden Figur, der sie ganz und gar nichts abgewinnen kann. Außerdem ärgert sie sich ein bisschen, dass er an diesem Abend eine Einladung von einem Bekannten zum Abendessen angenommen hat. Nun muss sie weitere Stunden warten, bevor sie ihm in aller Ausführlichkeit von ihrem Treffen mit Brekke erzählen kann.

Der Bekannte ist der Direktor des »Turisthotell«, das unmittelbar am Bahnhof liegt, und als Damiano später wieder einmal die Story von ihr als Anhalterin zum Besten gibt, hat sie auf einmal Mühe, das Theater mitzumachen. Aber dann spielt sie doch mit und erzählt die übliche Geschichte von der Touristin aus Südafrika. Sie ist nur halb bei der Sache, und als die beiden anfangen, Abzüge von Damianos neuesten Arbeiten durchzusehen, hält sie es vor Unruhe kaum mehr aus. Am Ende drückt der Hoteldirektor ihr noch eine von Damianos Postkarten in die Hand – eine von diesen Winterlandschaften, die er schon tausendmal fotografiert hat. Immerhin springt eine Gratisübernachtung dabei heraus: Der Mann lädt sie ein, die Nacht in seinem Hotel zu verbringen. Als sie endlich im Bett liegen, ist es schon so spät, dass sie keine Lust mehr hat, Damiano von ihrem Besuch bei Brekke zu erzählen.

Erst am nächsten Morgen im Auto auf dem Weg nach Loen beginnt sie zu erzählen. Als sie ihm erklären will, wie berühmt dieser Jan Andersen anscheinend ist, fährt Damiano rechts ran und dreht sich zu ihr um: »Was redest du denn da?«

»Ich kann es ja selbst kaum glauben«, sagt sie und sieht

durch die Windschutzscheibe hinaus in einen trüben Morgen.

»Aber ist es nicht komisch, dass diese Ylva sich einerseits an das Plakat von damals erinnert, dann aber nicht weiß, dass der Mann in die Politik gegangen ist?«

Sie zuckt die Achseln. »Ich habe schließlich auch keine große Ahnung von Politik.«

»Da hast du recht. Trotzdem habe ich das Gefühl, da passt irgendwas nicht. Einerseits arbeitet er für die Deutschen, andererseits soll er Partisan gewesen sein …« Damiano sieht sie an. »Was wirst du jetzt tun?«

Marguerite zuckt die Achseln. »Einen Brief schreiben? Vielleicht kann mir dieser Privatdetektiv noch einmal helfen … Ich weiß es nicht. Wenn dieser Andersen wirklich ein wichtiger Mann ist, werde ich kaum einfach so bei ihm zu Hause aufkreuzen können.«

Den Rest der Fahrt verbringen sie schweigend. Erst als sie in Loen beim Mittagessen sitzen, kommt Damiano erneut darauf zu sprechen.

»Ich könnte versuchen, dir den Kontakt herzustellen.«

Marguerite lässt die Gabel sinken.

»Wie willst du das denn anstellen? Ich weiß ja, dass du hier viele Leute kennst, aber …«

Damiano reagiert nicht. Er schiebt sich einen Bissen Fleisch in den Mund und kaut.

Marguerite betrachtet ihn. Unter den Männern, mit denen er sie bekannt gemacht hat, war so mancher wichtige Typ, oder was man halt so wichtig nennt, das stimmt natürlich. Aber ein hochrangiger Politiker?

Doch dann fällt ihr plötzlich ein, was er vor einer Weile zu ihr gesagt hat. Ist da nicht die Rede davon gewesen, wie viel Einfluss seine Schwiegereltern haben? Das sind Bonzen, so hat es Damiano formuliert. Ob die ihm wohl die ganzen Kontakte verschaffen? Abwesend spießt Marguerite eine Erbse auf. Erst in dem Moment wird ihr klar, wie wenig sie eigentlich über sein anderes Leben weiß.

Die Toilettenräume des Pflegeheims waren groß und von der Sorte, wie man sie sonst nur in Museen fand. Eva verriegelte die Tür hinter sich und stand einen Augenblick da, ohne zu wissen, was sie hier eigentlich wollte. Um etwas zu tun, trat sie ans Waschbecken, stellte den Wasserhahn an und hielt ihre Hände unter den Strahl. Dann sah sie auf und begegnete ihrem Spiegelbild.

Und fragte sich, wohl zum ersten Mal im Leben, wer sie eigentlich war. Beim Blick in den Spiegel hatte sie nie ein schlechtes Gefühl gehabt. Sie war zufrieden mit ihrem Aussehen. Das Schicksal oder die Gene oder was auch immer hatten es gut mit ihr gemeint, das war ihr klar. Im Gegensatz zu ihren Freundinnen hatte sie nie mit ihrem Äußeren gehadert, hatte nicht mitreden können, wenn es um Diäten ging oder um Hosen, die möglichst schwarz oder so geschnitten sein mussten, dass sie schlank machten. Weder hatte sie sich Gedanken um den Umfang ihrer Oberschenkel machen müssen noch um die Tiefe ihrer Augenringe. Selbst als sie erfahren hatte, dass Johannes mit der glamourösen Vivien im Bett gewesen war, hatte sie sich selbst, ihr Aussehen und ihre Identität nie infrage gestellt. Aber jetzt stand sie hier, in der Toilette eines norwegischen Pflegeheims, und hatte das Gefühl, diese Frau im Spiegel sei gar nicht sie selbst, sondern eine andere, eine Fremde. Was sie in den letzten Tagen über ihre Großmutter und ihre Tante erfahren hatte, zwang Eva eine beunruhigende Frage auf: Was machte das aus ihr, wenn das Blut dieser beiden Frauen in ihren Adern floss? Die eine von ihnen hatte sich prostituiert. Die andere war offensichtlich eine überzeugte Nationalsozialistin gewesen, hatte sich vor Kinder hingestellt, vielleicht ihre kleinen

Köpfe vermessen, den Abstand ihrer Augen voneinander oder was auch immer diese Irren damals getrieben hatten, um ihre Vorstellung eines *rassisch wertvollen Volkes* zu verwirklichen. Das alles war Wahnsinn gewesen, eine Welt voller Grauen und Schrecken – aber bisher war es eine weit entfernte Welt gewesen, mit der sie nichts zu tun gehabt hatte. Jetzt war das alles plötzlich ganz nah gerückt. Nicht mehr die anderen, irgendwelche Fremden, hatten diese Verbrechen begangen, sondern ihre eigene Großmutter. Und dann war ihre kleine Tochter in diesem ganzen Kriegschaos verloren gegangen und später durch halb Europa geirrt, eine Heimatlose, immer auf Achse, und hatte sich ihre Brötchen als – wie hatte Sørensen das genannt? – Begleiterin verdient. Also hatte Eva sich womöglich geirrt und Margaretes geheime Aufzeichnungen dokumentierten nur die Reisen im Zusammenhang mit ihren verschiedenen Jobs? Eva war sich so sicher gewesen, dass sich die Buchstabenkürzel auf die Lebensbornheime bezogen hatten.

Ingrid und Bodo saßen schon da, an einem Tisch am Fenster, als Eva das Restaurant des »Rosenkrantz« betrat. Sie blieb kurz stehen und sah hinüber zu ihrer Mutter. Täuschte sie sich oder wirkte Ingrid nicht mehr so teilnahmslos wie in den letzten Tagen, so wie sie dasaß und sich mit Bodo unterhielt?

Eva umarmte erst ihren Stiefvater, dann einen Augenblick länger ihre Mutter und setzte sich den beiden gegenüber. In der Tat schien Ingrid etwas gelöster als bei ihrem letzten Gespräch. Augenblicklich bekam Eva Beklemmungsgefühle bei dem Gedanken an das, was sie inzwischen herausgefunden hatte. Über ihre Großmutter. Über Margarete. Würde Ingrid jetzt auch noch diese Wahrheiten hören wollen? Eva versuchte zu verstehen, ob der Zustand ihrer Mutter eine Rückkehr zu ihren Gewohnheiten war – zu der Eigenart also, alles Unschöne auszublenden – oder ob sie inzwischen dabei war, das Unerfreuliche anzunehmen und der Wahrheit ins Auge zu sehen.

Sie bestellten Lachs, Kartoffeln und Salat, und während sie auf den Wein warteten, begann Ingrid zu erzählen, dass sie sich an diesem Tag alle Hotels angesehen hatten, in denen Margarete seinerzeit abgestiegen war.

Das hört sich nicht nach Verdrängung an, dachte Eva erleichtert und betrachtete ihre Mutter.

»Es ist wie … ich weiß auch nicht … eine Pilgerreise?«, sagte Ingrid. »Die Leute von den Hotels waren sehr nett. Natürlich konnten wir nicht in alle Zimmer sehen. Aber allein dort zu sein hat mir irgendwie … Ach, ich weiß auch nicht …«

Eva sah sie aufmerksam an. »Ich habe das auch gemacht. Das letzte Mal, als ich hier war.«

»Aber *du* musst nicht Abbitte leisten.«

»Du doch auch nicht, Mama!«

»Doch, das muss ich irgendwie.«

Darauf wusste Eva nichts zu sagen, also schwieg sie. Ihrer Mutter schien dieser Pilgerweg jedenfalls gutzutun.

Die Kellnerin schenkte ihnen Wasser und Wein ein und sie verfielen in Schweigen. Erst nach einer Weile kam wieder ein Gespräch in Gang.

»Und was hast du heute gemacht?«, fragte Bodo. Eva zögerte kurz. Sie war sich immer noch nicht sicher, ob sie ihre Mutter in ihre Nachforschungen einweihen sollte. Ingrid schien gerade so ausgeglichen – war es da klug, sie mit dem zu konfrontieren, was Sørensen erzählt hatte? Sie wusste es einfach nicht. Doch da legte ihre Mutter plötzlich die Hand auf Evas Hand und meinte: »Du musst mir alles sagen.«

»Kannst du neuerdings Gedanken lesen?«, fragte Eva mit einem schiefen Lächeln.

Einen kurzen Augenblick saßen sie so da, Ingrid mit ihrer Hand auf der von Eva. Dann lehnte Ingrid sich wieder zurück und Eva war sich auf einmal sicher. Sie würde wirklich alles sagen können. Auch das, was sie über ihre Großmutter herausgefunden hatte.

Und so begann sie zu erzählen. Von dem Artikel im *Spiegel.* Von ihrer Fahrt nach Hurdal Verk und Godthåb. Von Margarete und den Männern, mit denen sie sich getroffen hatte. Von dem Arzt Viggo Sørensen und einem Unbekannten namens Gunwald Bonnevie. Von einem Koffer, der Bergen nie verlassen hatte. Und von dem beigen Volvo und ihrem Verdacht gegenüber Damiano Lombardi. Es war ein ungewohntes Gefühl, dass ihre Mutter ihr zuhörte, ohne sie zu unterbrechen, und sie bemerkte wohl, wie Bodo die Hand seiner Frau nahm und sie festhielt, doch sie erzählte einfach weiter. Und weil es guttat, endlich ganz offen zu sprechen, hielt sie auch nicht damit hinterm Berg, dass sie inzwischen ziemlich ratlos war.

»Die einzigen Spuren, die noch bleiben, sind dieser Mann, mit dem Margarete gesehen wurde, Gunwald Bonnevie. Ich weiß allerdings nicht, ob er überhaupt noch lebt ... Und vielleicht diese Südafrikanerin, Liesbeth de Jong ... Wenn es sie wirklich gibt ... oder gab ... könnte man doch versuchen, sie ausfindig zu machen. Vielleicht lässt sich sogar beweisen, dass nicht sie es war, die damals mit Lombardi gereist ist. Überhaupt bin ich mir jetzt so gut wie sicher, dass er etwas mit Margaretes Tod zu tun hatte. Das mit dem Wagen ist doch ein glasklarer Beweis!« Evas Blick wanderte aus dem Fenster, wo eine Gruppe Asiaten vorbeiging, plappernd unter ihrem Mundschutz.

Da hörte sie Ingrid sagen: »Egal was du noch herausfindest, du musst mir alles sagen.«

Überrascht schaute Eva ihre Mutter an. Ingrids Stimme klang so fest. Wie sehr sie sich verändert hatte! Als hätte sie durch die Vorkommnisse der letzten Wochen nicht nur die Kraft bekommen, sich mit ihrer eigenen Vergangenheit auseinanderzusetzen, sondern dem Leben insgesamt ins Auge zu sehen.

In dem Moment klingelte Evas Smartphone. Sie wollte den Anruf schon wegdrücken, als sie die Nummer erkannte. War das etwa ...?

»Entschuldigt mich. Da muss ich rangehen«, sagte sie und nahm den Anruf entgegen. Und tatsächlich, er war es.

»Abrahamsen hier. Sie haben versucht, mich zu erreichen.«

Raum Stavanger, Norwegen,
Ende Oktober 1970

Marguerite hat sich eine Brille mit Fensterglas und ein Kostüm gekauft. Es ist dunkelblau, schmal geschnitten, ohne eng zu sein. Sie fühlt sich darin wie eine Büroangestellte, irgendwie verkleidet. Wenigstens wird sie darin langweilig genug aussehen, um bei der Veranstaltung nicht weiter aufzufallen.

Sie sieht auf die Uhr. Kurz vor sieben. Damiano wird sicher gleich kommen. Aber sie hat nicht vor, unten in der Lobby herumzustehen und auf ihn zu warten. Das hat sie schon viel zu oft mitgemacht. Also setzt sie sich noch einmal hin und blättert in einer Zeitschrift.

Wie erwartet ist es schon fast halb acht, als das Zimmertelefon klingelt. Der Rezeptionist teilt ihr mit, dass jemand da sei, um sie abzuholen.

In aller Ruhe pudert sie sich noch einmal die Wangen und kontrolliert den Lippenstift. Die Nachttischlampe lässt sie brennen. Sie möchte später nicht in ein dunkles Zimmer zurückkehren. In der Lobby gibt der Rezeptionist ihr mit einer Handbewegung zu verstehen, dass ihr Begleiter draußen auf sie wartet. Sie bedankt sich und verlässt das Hotel.

Doch als sie in den kühlen Abendwind hinaustritt, bleibt sie auf dem Absatz stehen, denn vor dem Hotel steht nicht Damiano, sondern ein Fremder vor einer schwarzen Limousine, der ihr die Tür aufhält. »Sie hatten ein Taxi bestellt?«

Sie ist irritiert, lässt sich aber nichts anmerken, steigt grazil in den Wagen und versucht sich zu erinnern, was Damiano ihr am Telefon gesagt hat. Wollte nicht er sie abholen? Sie ist sich sicher, dass er das gesagt hat. Aber wahrscheinlich hat sie es falsch verstanden.

Es dauert nicht lange, da haben sie die Stadt hinter sich gelassen. Die Scheinwerfer tasten sich ihren Weg durch die Dunkelheit. Rechts unter ihnen vermutet sie das Meer, was bedeutet, dass sie nach Süden fahren. Sie spürt die Kraft des Windes, wie er gegen den Wagen drückt; der Taxifahrer muss dagegenlenken, um die Spur zu halten. Auch biegen sich die Fichten am Straßenrand und das farblose Gras sieht aus wie in eine Richtung gekämmt. Immer wieder tauchen Häuser auf, die hell erleuchteten Fenster wie Inseln in der Dunkelheit, und Marguerite dreht jedes Mal sehnsüchtig den Kopf. Natürlich weiß sie, dass es hinter diesen Fenstern auch nicht viel besser aussieht als überall sonst, und doch hat der Anblick etwas Tröstliches für sie. Die Illusion von Trost.

Nach etwa einer halben Stunde Fahrt sind keine Häuser mehr zu sehen. Der Taxifahrer setzt den Blinker und biegt ab. Marguerite fühlt, wie die Aufregung in ihr stärker wird. Ob es ihr wohl gelingen wird, diesen Andersen allein abzupassen? Sicher wird es schwierig. Sie stellt sich vor, dass alle sich um ihn drängen werden. Einen Moment lang schließt sie die Augen und zwingt sich, an ihre Mutter zu denken, an Ingrid. Deshalb macht sie das schließlich. Um die beiden zu finden.

Da sieht sie Lichter in der Ferne. Eine Kleinstadt in der Provinz. Kurze Zeit später hält der Wagen vor einer Art Gemeindesaal. Oder ist es eine Turnhalle? Jedenfalls ein hässlicher Klotz. Als sie nach dem Fahrpreis fragt, ärgert sie sich über Damiano. Warum hat er sie nicht mitnehmen können? Dann hätte sie eine Menge Geld gespart. Aber er will wohl mal wieder nicht, dass jemand sie zusammen ankommen sieht.

Als sie aussteigt, sieht sie sich nach dem beigen Volvo mit

dem Schweden-Kennzeichen um, kann ihn aber nirgends entdecken. Damiano versetzt sie doch nicht etwa? Nicht heute Abend, das wird er nicht wagen.

Vor dem Eingang warten ein paar Leute und rauchen. Sie beschließt, hineinzugehen und drinnen nach Damiano Ausschau zu halten. Im Foyer sind Stehtische aufgebaut und vor der Tür zum Saal hat man ein Plakat aufgestellt: *Jan Andersen* steht da und über dem Namen etwas auf Norwegisch, das sie nicht versteht.

»Nachher gibt es noch einen Umtrunk«, raunt ihr eine Stimme ins Ohr. Damiano!

Marguerite ist so erleichtert, dass sie ihm den Gefallen tut und ohne ein weiteres Wort in den Saal geht, um sich einen Platz zu suchen. Er hat sie nicht versetzt. Er wird ihr helfen, mit diesem Andersen ins Gespräch zu kommen. Etwa zehn Minuten später, der Saal ist inzwischen bis auf den letzten Stuhl besetzt, tritt Andersen ans Rednerpult. Marguerite spürt, wie ihr Herz schneller zu schlagen beginnt. Sie beugt sich vor, um ihn besser sehen zu können. Doch da ist nichts zu machen, sie sitzt zu weit entfernt.

Während der gesamten Veranstaltung lässt sie Jan Andersen keine Minute aus den Augen. Ununterbrochen versucht sie in dem übergewichtigen Herrn mit grauem Bart und Brille den gut aussehenden jungen Mann auf Ylva Holms Foto zu erkennen. Doch sosehr sie es sich auch schönzureden versucht, von hier aus kann sie keinerlei Ähnlichkeit erkennen. Andererseits weiß man ja nie. Fast dreißig Jahre sind vergangen, das ist eine lange Zeit, da kann sich ein Mensch schon verändern.

Damiano, der währenddessen drei Reihen vor ihr neben einem kräftigen Typen mit aschblondem Haar sitzt, mit dem er immer mal wieder ein paar Worte wechselt, lässt sich nach der Veranstaltung wie zufällig neben sie treiben und beginnt mit ihr ein Gespräch, wobei er peinlich darauf achtet, so zu tun, als hätten sie sich gerade erst kennengelernt.

Es dauert wohl eine gute Stunde, bis die ersten Leute gehen. Doch auch danach weiß Marguerite nicht recht, wie sie sich Andersen nähern soll, denn er ist noch immer permanent von einer ganzen Traube Menschen umringt. Und Damiano macht auch keine Anstalten, ihr irgendwie zu helfen. Sie steht am Rand, neben der Garderobe, eine unauffällige Gestalt in einem unauffälligen Kostüm, und lässt Andersen nicht aus den Augen.

Es ist schon spät und Marguerite hat die Hoffnung inzwischen fast aufgegeben, als Andersen sich aus der Gruppe herauslöst und in Richtung der Toiletten geht. Kurz entschlossen stellt Marguerite ihr Glas auf einen der Stehtische und folgt ihm. Sie hat es eilig, läuft fast, sie will ihn unbedingt erreichen, bevor er im Klo verschwindet. Doch dann ist da wieder einer, der ihn anspricht, und so dauert es weitere Minuten, bis er sich auch von diesem Gesprächspartner befreit hat und endlich den Weg zur Toilette fortsetzt. Er ist schon an der Tür, will sie gerade öffnen, da tritt Marguerite von hinten an ihn heran und sagt auf Deutsch: »Herr Andersen, kann ich Sie einen Augenblick sprechen?«

Er bleibt auf dem Absatz stehen und dreht sich um.

»Ich … Guten Abend! Ich heiße Marguerite Laurent. Es geht um eine Frau, die Sie einmal kannten.«

»Guten Abend«, antwortet er mit einem Lächeln im Gesicht und sieht sie abwartend an.

»Sie heißt Therese Gruber und … sie war Ärztin in Hurdalsverk. Ich …« Sie verstummt, weiß plötzlich nicht mehr, wie sie fortfahren soll. Sein Blick hinter den dicken Brillengläsern ist immer noch freundlich, nun allerdings auch reichlich verwirrt. »Sie waren doch auch in Hurdalsverk … Das hat man mir zumindest gesagt.«

»Ich bedaure«, sagt er, »aber Sie müssen mich verwechseln.« Er zögert, will sich schon abwenden, fügt dann aber hinzu: »Sie können das wohl nicht wissen, aber Andersen ist in etwa der häufigste Nachname bei uns in Norwegen.«

Vor Enttäuschung wird Marguerite ganz mürbe in den Knien. Sie schwankt etwas. Und obwohl sie damit hat rechnen müssen, ist es doch ein Schock, es so deutlich aus seinem Munde zu hören. Und da spürt sie, wie ihr die Tränen in die Augen treten. Sie ist ganz sicher keine Frau, die nah am Wasser gebaut hat. Aber in diesem Moment wird ihr die Aussichtslosigkeit ihrer Lage derart deutlich bewusst, dass sie nicht anders kann. Sie schluckt trocken, hört hinter sich Schritte, da ist ein Mann, der den Korridor entlangkommt und an ihnen vorbeigeht, er dreht sich neugierig nach ihr um, bevor er durch die Toilettentür verschwindet. Sie senkt den Kopf, will nicht, dass jemand ihre Tränen sieht. Unbeholfen wischt sie sich über die Augen und will sich schon abwenden, als Andersen sie an der Schulter berührt.

»Kommen Sie«, sagt er begütigend, und ehe Marguerite weiß, wie ihr geschieht, führt er sie durch eine Tür, auf der *Ingen tilgang* steht. Durch ihren Tränenschleier sieht Marguerite einen vollgeladenen Tisch und jede Menge Kartons, die herumstehen.

»Setzen Sie sich«, sagt Andersen sanft und drückt ihr ein großes weißes Stofftaschentuch in die Hände.

»Das ist sehr freundlich von Ihnen.«

Marguerite tupft sich vorsichtig die Augen trocken, aber es kommen immer neue Tränen nach. Es dauert lange, bis sie sich endlich beruhigt.

Da sagt Andersen: »Es muss sehr wichtig für Sie sein, diesen Mann zu finden.«

Marguerite sieht auf. Dann schüttelt sie den Kopf. »Eigentlich suche ich überhaupt nicht ihn.« Ermuntert durch seinen mitfühlenden Blick erzählt sie in knappen Worten ihre Geschichte und warum dieser andere Jan Andersen ihre letzte Hoffnung war. Sie kommt gerade bei Ylva Holm an, als die Tür aufgeht. Ein großer, bulliger Mann in einem dunkelgrauen Anzug steht da, blickt von Andersen zu ihr und wieder zu Andersen. Die beiden Männer wechseln ein paar Worte auf Norwegisch, sehr gedämpft, woraufhin der Mann wieder hinausgeht. Doch Marguerite hat begriffen, dass er wissen wollte, wann Andersen zurückkommt.

»Sie müssen gehen ...«, sagt Marguerite und steht auf.

»Ja, leider ... Das ist gerade ein schlechter Zeitpunkt. Aber ich würde Ihnen gerne helfen. Vielleicht kann ich etwas über den Verbleib von meinem Namensvetter herausfinden? Oder von ... Therese Gruber.«

»Das würden Sie tun?«

»Ich kann es zumindest versuchen. Am besten, Sie geben mir alle Informationen zu den beiden, die Sie haben. Daten, Orte, Namen ... alles, woran Sie sich noch erinnern.«

»Ja, das mache ich.« Da fällt ihr das Foto ein. Sie holt es aus ihrer Tasche und hält es ihm hin.

»Das ist meine Mutter«, sagt Marguerite. »Und das ist ...«

»Jan Andersen«, sagt Jan Andersen und lächelt ein wenig schief. Doch dann wird er schlagartig ernst und betrachtet den jungen Mann stirnrunzelnd.

»Was ist?«, fragt Marguerite.

Er gibt ihr das Foto zurück und sagt. »Das Bild ist natürlich besser als nichts. Aber besonders gut zu erkennen ist er nicht gerade.«

Sie nickt ein wenig enttäuscht. Da kommt ihr ein Gedanke. »Vielleicht gelingt es mir, ein besseres Foto zu beschaffen.«

»Das wäre natürlich hilfreich.« Andersen geht zur Tür. »Ich muss jetzt leider ...«

»Ja ... ja, natürlich. Ich ... Ich weiß gar nicht, wie ich Ihnen danken soll.«

Der Mann macht eine abwehrende Handbewegung. »Danken Sie mir nicht. Noch habe ich ja nichts gemacht.«

»Trotzdem ... Ich ... Sie sind wirklich meine letzte Hoffnung.«

Mit einer ungeduldigen Handbewegung wischt er ihre Dankesbezeigungen weg. »Gut. Ich weiß jetzt nur nicht, wie wir am besten verbleiben sollen. Ich bin zurzeit viel unterwegs. Wie kann man Sie erreichen?«

Sie überlegt ein wenig. In den nächsten Tagen wird sie verschiedenen Herren Gesellschaft leisten, erst in Stavanger und dann in Bergen. Sie nennt ihm zwei Hotels, eines in Bergen, eines in Stavanger, in denen sie aller Voraussicht nach wohnen wird. Sie holt einen Zettel und einen Stift aus ihrer Handtasche und notiert die Namen der Hotels. Dann hält sie kurz inne. Zur Sicherheit sollte sie ihm vielleicht auch noch Gunwalds Telefonnummer und seine Adresse geben. Der wird schon nichts dagegen haben, denkt sie und schreibt Gunwalds Namen unter die Hotels, wobei sie sich, wie sie jetzt merkt, nur noch an den zweiten Teil seines Nachnamens – Erlend – erinnert. Ach, das wird schon genügen, denkt sie und reicht Jan Andersen den Zettel.

Um Laurin herum war ein ständiges Kommen und Gehen. Hotelgäste, meist Geschäftsleute, die sich ihre Schlüssel am Empfang abholten oder sich mit Geschäftspartnern im Foyer trafen, um noch einmal auszugehen. Er selbst saß an einem der Tische am Fenster, die Aktentasche mit den Fotos neben sich. Wenn es hart auf hart käme, würde er sie ihr zeigen. Mal sehen, wie sie reagieren würde, wenn sie sähe, was ihre feine Tante da so alles getrieben hatte, im wahrsten Sinne des Wortes.

Er sah durch die Glasfront nach draußen. Seit seinem Telefonat mit Eva Berghoff waren kaum 24 Stunden vergangen. 24 Stunden, in denen er ständig darüber nachgedacht hatte, wie er weiter vorgehen sollte. Nachdem sie ihm in den vergangenen Tagen noch einmal auf Mobilbox gesprochen hatte, hatte er sie zurückgerufen und war ihrem Wunsch nach einem Treffen nachgekommen. Er wollte herausfinden, was sie inzwischen wusste und ob da eine weitere böse Überraschung auf ihn wartete.

Schon bevor sie das Hotel betrat, sah er sie die Straße überqueren. Sie ging mit schnellen Schritten, den Regenschirm schräg über sich haltend, gegen Wind und Nässe. An der Tür machte sie halt, klappte den Schirm zu und stellte ihn in den Schirmständer. Dann erst sah sie sich um. Er stand auf und winkte. Ihre Wangen waren gerötet und ihre Hand, als sie sich begrüßten, war eiskalt.

»Sollen wir uns hier unterhalten?«, fragte er. »Oder möchten Sie etwas trinken gehen?«

Sie schüttelte den Kopf. »Gerne hier«, antwortete sie und knöpfte ihren Trenchcoat auf. Er wollte ihr aus dem Mantel helfen, aber sie sagte nur: »Das geht schon«, und hängte den Mantel an die Garderobe.

Sie sah genauso aus, wie er sie in Erinnerung hatte. Die Ähnlichkeit mit der Toten war wirklich verblüffend.

Sie kam sofort zur Sache. »Hatten Sie Gelegenheit, sich die Polizeiakten anzusehen?«

Er nickte zögerlich. Was war denn das für ein Tempo? Musste wohl typisch deutsch sein, dachte er, keine Zeit zu verlieren.

»Dann haben Sie sich auch mit den Ereignissen im Oktober 1970 befasst, nehme ich an?«

Er lehnte sich zurück. »Ich habe alles gelesen«, sagte er gemächlich.

Sie beugte sich vor. »Ich weiß nicht, wie Sie das sehen, aber für mich ist klar, dass die Frau, die im Oktober 1970 mit Ihrem Vater gesehen wurde, meine Tante war.«

Er runzelte die Stirn. »Na ja, so klar ist das nun nicht. Mein Vater hat doch ausgesagt, dass es sich bei seiner Begleitung um eine Südafrikanerin handelte ... wie hieß sie noch ... Liesbeth de Jong. Und – korrigieren Sie mich, wenn ich etwas Falsches sage – das wurde meines Wissens auch von der Polizei in Südafrika bestätigt, oder nicht?«

Sie sah ihn an, als habe sie gerade etwas sehr Unappetitliches entdeckt.

»Sind Ihnen denn nicht die Widersprüche in den Aussagen Ihres Vaters aufgefallen? Was er da zu Protokoll gegeben hat, passt doch hinten und vorne nicht zusammen!«

Jetzt lächelte er nachsichtig. »Ich bitte Sie. Als mein Vater von der Polizei befragt wurde, war das Ganze mehr als ein halbes Jahr her. Können *Sie* sich noch genau erinnern, wo Sie vor sieben Monaten herumgefahren sind?«

Eva Berghoff richtete sich auf und saß nun sehr gerade. »Jedenfalls wüsste ich es noch, wenn ich mit einer Südafrikanerin auf dem Beifahrersitz herumgefahren wäre«, sagte sie und musterte ihn kühl. Und dann begann sie, minutiös sämtliche Widersprüche aufzuzählen, in die sein Vater sich damals verwickelt hatte, einen nach dem anderen. Am Schluss sagte sie: »Sie wissen doch so gut wie ich, dass Ihr Vater gelogen hat. Selbst mit gutem Willen kann man nicht übersehen, dass das ein paar Widersprüche zu viel sind.«

Er erwiderte nichts, hielt ihrem Blick aber stand. Endlich fragte er: »Was haben Sie vor? Warum tun Sie das alles?«

Sie ging nicht auf seine Frage ein. Stattdessen sagte sie: »Ich habe zwei Ihrer Bücher gelesen. Über die Deutschenmädchen und deren Kinder. Ich weiß, es war maßgeblich Ihr Verdienst, dass diesen Menschen Gerechtigkeit widerfahren ist.«

Er setzte sich bequemer hin, schlug die Beine übereinander, um Entspanntheit zu signalisieren.

»So wie ich es verstanden habe, waren Sie seinerzeit so eine Art

Enfant terrible der norwegischen Historikerzunft. Sie haben gegen den Widerstand der herrschenden Lehrmeinung angearbeitet und keine Ruhe gegeben, bis die norwegische Regierung sich bei diesen Kindern und später auch bei den Frauen entschuldigt hat. Ich halte Sie für einen Menschen, dem es um die Wahrheit geht. Oder macht die Wahrheitssuche vor Ihrer Wohnungstür halt?«

Er betrachtete sie verblüfft. Wie zur Hölle war es möglich, dass diese Frau in seinen Kopf sehen konnte?

Langsam erwiderte er: »Ich habe da etwas gefunden, das für Sie von Interesse sein könnte.« Er beugte sich vor, klappte die Aktentasche auf und zog den Umschlag heraus. Das hatte er zwar nicht unbedingt vorgehabt, aber da sie in die Offensive gegangen war, musste er es eben tun. »Wenn wir schon von der Wahrheit sprechen, dann sollten Sie sich vielleicht auch diese Wahrheit hier ansehen. Ich habe diese Fotos nach dem Tod meines Vaters im Safe gefunden.«

Damit zog er die Bilder aus dem Umschlag und reichte sie ihr.

Er hätte nicht sagen können, was sie dachte, während sie langsam durch die Fotos blätterte. Mit neutralem Gesichtsausdruck, als ginge es um irgendwelche Zahlenkolonnen, betrachtete sie die Fotos, die ihre Tante mit immer anderen Männern beim Sex zeigten. Als sie auch das letzte Bild gesehen hatte, legte sie die Fotos auf den Tisch, mit der Rückseite nach oben.

»Warum zeigen Sie mir das?«

»Ich dachte, Sie wollen herausfinden, was mit ihr geschehen ist. Diese Bilder sind wohl ziemlich eindeutig«, erklärte Laurin und sah sie herausfordernd an. »Sieht fast so aus, als hätte Ihre Tante da ein kleines Business laufen gehabt.«

Da kniff Eva die Augen zusammen und sagte gefährlich leise: »Also brauche ich mich nicht zu wundern, dass sie umgebracht wurde. Ist es das, was Sie mir damit sagen wollen?«

Lässig zuckte er die Schultern. »Na ja, so abwegig ist dieser Gedanke nicht.«

Einen Moment lang funkelte sie ihn wütend an. Dann brach es aus ihr heraus: »Auch wenn Sie sich das nur schwer vorstellen können: Aber vielleicht hatte meine Tante ja einen ganz anderen Grund dafür, sich in Norwegen aufzuhalten!«

Er blinzelte überrascht und sah zu, wie sie in ihre Handtasche griff und ihr Smartphone herausholte.

»Heute scheint internationaler Fototag zu sein«, sagte sie bissig und hielt ihm ein Foto auf ihrem Smartphone hin.

Eine alte Schwarz-Weiß-Aufnahme. Darauf war eine auffallend hübsche blonde Frau zu sehen, die zwei kleine dunkelhaarige Mädchen an der Hand hielt. Er sah genauer hin und stutzte.

»Das war sie«, sagte Eva Berghoff und zeigte auf das Kind links von der blonden Frau. »Meine Tante. Margarete Gruber. Das andere Kind ist meine Mutter.«

Auf einmal dämmerte es ihm. Die blonde Frau. Er hatte sie schon einmal gesehen. Aber ja! Das musste dieselbe Frau sein wie die auf dem fleckigen Gruppenbild. Nur dass sie hier mit ihren beiden Töchtern zu sehen war.

»Und das war meine Großmutter«, erklärte Eva Berghoff weiter. »Sie hieß Therese Gruber und war Ärztin in einem Lebensbornheim, besser gesagt, in zwei verschiedenen norwegischen Heimen.«

Er war so auf das Bild konzentriert, dass er gar nicht richtig begriff, was sie da sagte. »Wie bitte?«, fragte er.

»Das Foto wurde in Hurdal Verk aufgenommen. Ich habe noch mehr solcher Bilder. Hier, sehen Sie.«

Und plötzlich hielt sie ihm genau die Aufnahme hin, an die er gerade gedacht hatte.

»Sie war nicht nur in Hurdal Verk«, sagte sie, »sondern auch in Godthåb. Später ist sie mit den Kindern nach Belgien gegangen, nach Végimont, das wird Ihnen auch etwas sagen. Als die Alliierten näher rückten, ist das ganze Heim evakuiert worden, nach Lamorlaye in Frankreich.«

Und während Eva Berghoff immer weiterredete und die Worte an ihm vorbeirauschten, war er fassungslos, wie erstarrt. Es war das gleiche Foto, daran gab es nicht den geringsten Zweifel. Das Gruppenbild aus der Kamera seines Vaters. Nur ohne Flecken.

Bergen, Norwegen, November 1970

Marguerite steht in Gunwalds Diele, den Telefonhörer in der Hand. Im Wohnzimmer nebenan hört sie Gunwald und Damiano miteinander sprechen.

Sie haben zusammen zu Abend gegessen, Damiano hat gekocht, ein italienisches Essen mit viel Knoblauch. Gunwald hat gesagt, sie könne so lange telefonieren, wie sie wolle. Das ist wirklich nett, findet Marguerite. Während sie das leise Murmeln der Stimmen durch die Wohnzimmertür hört, nimmt sie den Hörer ab und wählt.

»Hier ist Marguerite Laurent«, meldet sie sich.

Am anderen Ende der Leitung ist es kurz still. Dann raschelt es und eine gedämpft klingende Ylva Holm antwortet: »Ich kann jetzt nicht reden. Rufen Sie in einer Stunde wieder an.«

Marguerite legt den Hörer auf die Gabel. Das war ja zu erwarten. Wahrscheinlich ist ihr Mann in der Nähe, der nicht weiß, dass sie einmal für die Deutschen gearbeitet hat.

Nach exakt einer Stunde unternimmt Marguerite einen erneuten Versuch. Ylva Holm meldet sich nach dem ersten Klingeln.

»Es tut mir leid«, sagt sie. »Aber Sie müssen das verstehen.«

Marguerite versichert ihr, das tue sie, und kommt dann schnell zur Sache.

»Ich möchte Sie um etwas bitten.« Sie verstummt. Sie hat keine Ahnung, wie Ylva Holm reagieren wird. Aber sie muss es versuchen. »Ich wollte Sie fragen, ob Sie nicht noch ein zweites Foto von diesem Jan Andersen haben, eines, auf dem er besser zu sehen ist.«

Zunächst sagt Ylva Holm nichts, dann antwortet sie mit einem Seufzen: »Wie merkwürdig, dass Sie gerade jetzt anrufen! Ich habe tatsächlich noch einmal nachgesehen und noch etliche Fotos von damals entdeckt. Auch eins von diesem Andersen, stellen Sie sich vor! Und als ich das Foto von ihm gesehen habe, ist mir auch wieder eingefallen, wohin er gegangen ist ... damals. Er hat sich freiwillig zur Norske Legion gemeldet!«

Marguerite ist verwirrt. Sie weiß nicht, was das ist, die Norske Legion, und warum das hilfreich sein soll. Doch noch bevor sie nachfragen kann, spricht Ylva Holm schon weiter.

»Die Norske Legion war ein norwegischer Verband der Waffen-SS. Und die haben meines Wissens nach an der Ostfront gekämpft.«

»Ach«, sagt Marguerite ratlos. Warum bloß klingt Ylva Holm so, als wären das sensationelle Neuigkeiten?

Da sagt Ylva Holm: »So ist mir eingefallen, dass Ihre Mutter, bevor Sie nach Belgien ging, kurzfristig nach Osten abgeordnet wurde. Na ja, das könnte doch bedeuten, dass die beiden zusammen in diese Gegend wollten?«

Nun horcht Marguerite auf. »Das könnte natürlich sein. Aber was für eine Abordnung soll das gewesen sein? Gab es denn im Osten auch solche Heime?«

»Ich glaube schon, eines zumindest gab es. Allerdings weiß ich nicht mehr wo. Am besten, ich schicke Ihnen mal die ganzen Fotos, auch die aus Godthåb, ich brauche sie ja nicht mehr. Da sind auch Bilder Ihrer Mutter dabei, eines ist sehr nett ... Da ist sie zu sehen, wie sie einen Säugling untersucht ... Na ja, und dann ist da eben auch das Foto von diesem Andersen in Uniform. Darauf ist er ziemlich gut zu sehen.«

»Das ist sehr nett von Ihnen«, sagt Marguerite und nennt ihr Gunwalds Adresse. Sie weiß noch nicht genau, wo sie in den nächsten Tagen sein wird. Damiano hat eine ganze Reihe von Terminen für sie arrangiert, schließlich muss sie die Rumreiserei ja irgendwie finanzieren.

Als sie das Wohnzimmer betritt, verstummen Gunwald und Damiano und sehen ihr entgegen.

»Und?«, fragt Damiano.

Ermattet sinkt sie in einen Sessel und erzählt in knappen Worten. »Ach, und sie hat noch mehr Fotos von früher gefunden, die sie mir schicken will. Von meiner Mutter, aber auch von diesem Andersen in Uniform.«

»Das ist doch immerhin etwas.« Damiano beugt sich vor, greift nach der Zigarettenpackung. Gunwald schweigt. Erst nach einigen Minuten sagt er mit angespannter Stimme: »So einer war das also.«

Marguerite blickt auf. »Was meinst du?«

»Na, dieser Andersen. Ein Vaterlandsverräter war das.«

Marguerite zuckt die Achseln, während Damiano und Gunwald zu einer längeren Diskussion über Vidkun Quisling, die Kollaborationsregierung und die norwegischen Nazis anheben. Sie hört nicht mehr zu. Politik interessiert sie nicht, hat sie noch nie interessiert. Sie verfolgt ihre eigenen Ziele, denkt an ihr Treffen morgen mit dem anderen Jan Andersen, der so freundlich ist, ihr zu helfen. Ihre ganze Hoffnung liegt jetzt auf ihm.

Irgendwann sagt Damiano: »Warum versteifst du dich eigentlich so auf diesen Typen? Woher willst du wissen, dass das Getratsche von damals stimmt und er wirklich was über deine Mutter weiß?«

»Du bist gut«, sagt Marguerite. »Das ist doch der einzige Strohhalm, den ich habe.«

»Ich finde auch, dass das mit diesem Typen eine ziemlich

vage Spur ist«, stimmt Gunwald ein. »Wer weiß, ob es nicht einfach nur Zufall war, dass die beiden damals zeitgleich gegangen sind. Und überhaupt: Wäre es nicht klüger, du würdest deine Suche in Deutschland fortsetzen?«

Mit einem Mal hat Marguerite genug. Von dem Gerede, den gut gemeinten, aber sinnlosen Ratschlägen, der abgestandenen Luft. Sie herrscht die beiden an: »Ja, was denkt ihr denn, was ich in Deutschland gemacht habe? Monatelang bin ich da herumgefahren und habe jeden Stein umgedreht!« Abrupt steht sie auf und geht hinaus.

Im Bad dreht sie den Hahn auf, hält beide Hände unter den kalten Strahl und schöpft sich Wasser ins Gesicht. Sie bringt ihr Make-up in Ordnung und öffnet dann auf der Suche nach einer Alka Seltzer den Alibertschrank über dem Waschbecken. Da fällt ihr Blick auf zwei Cremetiegel und einen Lippenstift. Hoppla, denkt sie, da hat jemand wohl außer mir noch weiteren Damenbesuch. Einen Moment lang betrachtet sie die Sachen. Dann greift sie nach den Alka Seltzer und drückt eine Tablette aus der Verpackung.

Später, Damiano ist inzwischen gegangen, liegt Marguerite in Gunwalds Armen.

»Hast du eigentlich noch Kontakt zu deiner Verlobten?«, fragt sie.

Sie merkt, wie er stutzt. »Nein, wie kommst du denn darauf?«

»Nur so ...«, antwortet Marguerite und fragt sich, wem die Cremetiegel und der Lippenstift dann gehören. Mit einem Mal hat sie das Gefühl, ihn gar nicht zu kennen.

Eine allein reisende junge Frau fiel damals auf. Viele Augenzeugen, die 1970 von der Polizei befragt wurden, wie der Schuhverkäufer, leben noch. Sie haben die Begegnung mit der Frau nicht vergessen. Wenn sie von ihr reden, verwenden sie Wörter wie »exotisch« und »Aura«. Eine schlanke Frau mit betonten Hüften, der nicht nur Männer hinterherschauten.

Die Zeit, 10. Januar 2018

»Hören Sie mir überhaupt zu?« Eva warf Laurin einen irritierten Blick zu.

»Was? Entschuldigen Sie bitte.« Abrahamsen wirkte auf einmal irgendwie abwesend, fast desinteressiert. Immerhin schien ihm seine Unaufmerksamkeit ein wenig peinlich zu sein.

»Ich sagte gerade: Ich bin davon überzeugt, dass es einen triftigen Grund gegeben haben muss, warum meine Tante immer wieder in Norwegen unterwegs war.«

Abrahamsen hatte jetzt wieder diesen ironischen Gesichtsausdruck aufgesetzt. Eigentlich hatte Eva ihn ja um seine Meinung zu ihrer Theorie bitten wollen. Sie war inzwischen vollkommen sicher, dass Margarete gezielt all diese Heime abgeklappert hatte, auf der Suche nach ihrer Vergangenheit. Doch so wie Abrahamsen sie ansah, mit hochgezogenen Augenbrauen, verwarf sie dieses Vorhaben wieder. Auch wenn er eigentlich ein ausgewiesener Experte für solche Themen war – dieser Mann wollte die Wahrheit einfach nicht sehen. Oder aber er sah sie und hatte Angst davor. Und genau deshalb, vermutete Eva, führte er hier auch so ein kleines Schauspiel auf: Er wollte sie von irgendetwas ablenken.

Dieser Eindruck verstärkte sich, als er wieder auf diese dubiosen Fotos zu sprechen kam, die er ihr eben gezeigt hatte. Was erwartete er eigentlich – dass sie wie eine Gouvernante aus dem alten England die Hand auf die Stirn legen würde und *zutiefst schockiert* wäre?! Sie funkelte ihn an.

»Frau Berghoff«, sagte er mit einem überlegenen Gesichtsausdruck und beugte sich vor. »Ich möchte ja nicht unhöflich erscheinen, aber sind diese Bilder nicht Erklärung genug? Für das, was ihre Tante hier … wollte?«

Doch diesmal ließ Eva sich nicht beirren. Sie faltete die Hände in ihrem Schoß und fragte: »Ich habe den Eindruck, dass Sie sich alles so zusammenbasteln, wie es Ihnen passt. Die Frau im Auto soll also diese Südafrikanerin gewesen sein. Die Frau auf Ihren Schmuddelbildern dann aber wieder meine Tante! Nur mal angenommen, das ist wirklich der Fall, dann wäre damit ja wohl auch klar, dass Ihr Vater sie gekannt hat.« Sie war so wütend auf diesen Mann, dem es nur darum ging, seinen Vater aller Plausibilität zum Trotz in einem möglichst guten Licht erscheinen zu lassen.

Einen Moment lang sah er sie irritiert an. Dann beugte er sich vor und benutzte schon wieder ihren Namen, wie ein verzweifelter Immobilienmakler.

»Frau Berghoff. Was Sie über meinen Vater sagen, sind reine Vermutungen. Diese Bilder dagegen beweisen für mich, dass Ihre Tante sich in einem … ich will es mal so sagen … gefährlichen Milieu bewegte. Liegt es da nicht viel näher, dass eine ihrer … Herrenbekanntschaften sie getötet hat?«

»Wie schon gesagt: Wir wissen ja gar nicht sicher, ob sie das überhaupt ist. Und wenn doch, dann stellt sich natürlich vor allem eine Frage: Wer hat diese Fotos gemacht und zu welchem Zweck?« Sie sah ihn jetzt durchdringend an. »Und in dem Punkt liegt ja wohl nahe, dass das Ihr Vater war.«

Sie bemerkte, wie er kurz ins Schleudern kam, doch er fasste sich rasch und winkte ab.

»Männer und Pornografie … Da wäre er ja wohl nicht der Erste, der solche Bildchen besitzt. Außerdem waren das die späten Sechziger. Die sexuelle Revolution war in vollem Gange. Und mein Vater, das kann ich Ihnen sagen, war sehr … progressiv, was Sexualität anging.«

Der bittere Zug um seinen Mund, als er diesen Satz sagte, entging Eva nicht.

»Sie behaupten also, das sind ›normale‹ Pornobildchen? Die wilden Sechziger und so? Der Meinung bin ich nicht. Schauen Sie sich die Bilder doch an.« Eva griff nach dem Stapel auf dem Tisch und hielt ihm die Fotos vors Gesicht. »Auch wenn ich mich in dem Metier nicht so wahnsinnig gut auskenne, wage ich doch zu behaupten, dass diese Fotos hier …«, sie wedelte mit den Bildern in ihrer Hand, »nicht von der … ich sage jetzt mal *Qualität* sind, wie der geneigte Konsument sie gerne hätte.«

Sie legte den Stapel zurück auf den Tisch.

»Wissen Sie, was ich glaube? Diese Fotos sehen für mich so aus, als hätte er sie heimlich gemacht. Und da kann ich mir nur einen Grund denken.« Sie machte eine Pause, bevor sie fortfuhr: »Vielleicht wollte er mit diesen Aufnahmen seine Kasse aufbessern?«

»Erst machen Sie aus meinem Vater einen Mörder. Und weil das noch nicht genügt, unterstellen Sie ihm jetzt auch noch Erpressung.«

Sie musterte ihn kühl. »*Sie* haben mir diese Fotos gezeigt. Ich ziehe nur meine Schlüsse.« Etwas verbindlicher fügte sie hinzu: »Hören Sie, ich will niemandem etwas unterstellen. Ich möchte einfach nur herausfinden, was damals geschehen ist.« Sie machte eine Pause, überlegte, ob sie weitersprechen sollte, entschied sich nach einigem Zögern dafür. Was hatte sie schon zu verlieren? Und so sagte sie: »Ich glaube, dass meine Tante und Ihr Vater sich aus Rom kannten.«

»Das wird ja immer besser. Darf ich fragen, wie Sie zu dieser abenteuerlichen Hypothese gelangt sind?«

Sie ignorierte seinen geringschätzigen Tonfall und fragte zurück: »Sie erinnern sich an den Code mit den abgekürzten Ortsnamen, den man in ihrem Koffer gefunden hat?«

Als Abrahamsen nickte, klappte Eva ihre Handtasche auf und holte ein paar Papiere heraus, von denen sie ihm eines reichte.

»Sehen Sie hier«, sagte sie. »Fällt Ihnen auf, dass es einen Ort gibt, an dem sie sich länger als an den anderen Orten aufgehalten hat?«

Seine Augen wanderten über die Zahlen- und Buchstabenkombination und sein Blick veränderte sich.

»Also sehen Sie es auch.« Sie legte das Blatt auf den Tisch. »Es gibt noch weitere Hinweise auf Rom. Die Tüte aus dem Schuhgeschäft in Rom. Die Fahrkarte nach Basel. Basel ist ein Verkehrsknotenpunkt bei Reisen von Norden nach Süden.«

Abrahamsen verzog das Gesicht. »Diese Hinweise sind doch ein bisschen dünn, finden Sie nicht?«

»Sie leugnen doch nur das Offensichtliche.« Eva lehnte sich in ihrem Sessel zurück und sah ihn lange an. Dann beschloss sie, ihren letzten Trumpf auszuspielen.

»Sie dürfen mich jetzt nicht missverstehen«, hob sie an. »Ich möchte Ihnen wirklich nicht schaden ... oder das Andenken Ihres Vaters verunglimpfen. Ich will einfach nur die Wahrheit herausfinden.« Sie beugte sich vor, nahm ein anderes Blatt Papier vom Tisch und hielt es hoch. »Ich bin noch einmal alle Zeugenaussagen durchgegangen, die ganze Akte. Und habe mich außerdem mit jemandem unterhalten, der Ihren Vater kannte. Und da ist mir etwas aufgefallen.«

Abrahamsens Blick lag jetzt wie ein Gewicht auf ihr. Ihr war ein wenig unbehaglich zumute, aber sie sah ihm direkt in die Augen, während sie weitersprach: »Bestimmt erinnern Sie sich, was in der Polizeiakte steht. Dass mehrere Zeugen unabhängig voneinander aussagten, am 23. November gegen 12.00 Uhr mittags eine Rauchsäule über dem Isdal bemerkt zu haben. Der Todeszeitpunkt steht ja nicht genau fest, aber aufgrund dieser Beobachtungen geht man davon aus, dass sie zu dem Zeitpunkt starb. Das ist das eine.« Sie wartete auf irgendeine Regung von ihm, aber er schaute sie nur weiter an. Also fuhr sie fort: »Es gibt noch eine weitere Zeugenaussage, die ich beim ersten Mal übersehen habe, weil mir die Bedeutung zu dem Zeitpunkt noch nicht klar sein konnte.«

Sie reichte ihm das Blatt. »Ein Wanderer hat ausgesagt, er habe am 23. November gegen Mittag ein beiges Volvo Coupé mit dem Länderkennzeichen S an der Zufahrt zum Isdal bemerkt.«

Für einen kurzen Augenblick sah Abrahamsen verwirrt aus. Er schien wirklich nicht zu verstehen.

»Sie wissen also nicht, dass Ihr Vater zum damaligen Zeitpunkt so einen Wagen fuhr?«

Endlich reagierte er. »Was reden Sie denn da? Mein Vater pendelte zwischen Norwegen und Italien. Mit Schweden hatte er nichts am Hut.«

»Das stimmt nicht«, sagte sie nun fast bedauernd. »Ich weiß aus sicherer Quelle, dass Ihr Vater damals einen Wagen in Schweden angemeldet hatte, ein beiges Volvo Coupé, das er für seine Reisen durch Skandinavien benutzte. Er flog nicht zwischen Italien und Oslo hin und her, sondern immer zwischen Italien und Stockholm. Das geht ja im Übrigen auch aus den Ereignissen um den 2. Oktober 1970 hervor. Im Mai 1971 hat er selbst ausgesagt, in Stockholm gelandet zu sein.«

Trondheim, Norwegen, November 1970

Es ist noch dunkel, als Marguerite auf dem Bahnhofsvorplatz in Trondheim aus dem Taxi steigt. Es regnet leicht. Sie fröstelt, spannt den Schirm auf. Ein Auto fährt zischend vorbei, hält am anderen Ende des Platzes. Ob er das ist?, fragt sie sich kurz. Aber dann würde er sich doch bemerkbar machen? Sie sieht sich unbehaglich um. Um diese frühe Stunde ist es hier wie ausgestorben.

Sie spielt mit dem Gedanken, in den Wartesaal zu gehen, entscheidet sich aber dagegen. Er soll sie nicht erst suchen müssen. Sie ist froh, dass sich Andersen überhaupt Zeit für sie nimmt. Er müsse sich ein Bauprojekt außerhalb Trondheims ansehen, hat er gesagt, und könne die beiden Termine verbinden. Auch Marguerite kann auf die Art zwei Fliegen mit einer Klappe schlagen: das Gespräch mit Andersen und einen Ausflug in die Nedre Alle 16, um sich *Singsaker Gård* anzusehen, das Anwesen, in dem damals der Lebensborn untergebracht war.

Nach einiger Zeit hört es auf zu regnen. Sie schüttelt den Schirm aus und klappt ihn zu, verstaut ihn in ihrer Tasche. Der Wagen am anderen Ende des Bahnhofsplatzes steht immer noch da. Da kommt ein zweiter Wagen herangefahren und hält direkt neben ihr. Ein Mann steigt aus, den sie wiedererkennt: Es ist der Hüne im dunkelgrauen Anzug, der zur Tür hereingesehen hat, als sie nach der Wahlveranstaltung mit Andersen gesprochen hat.

»Mrs ...«, er zögert kurz, »Laurent?« Sie ist überrascht über seine Stimme, die viel zu sanft scheint für einen Mann seiner Statur. Auch spricht er ihren Namen irgendwie eigenartig aus.

»Ich bin Hallvard, Jan Andersens Chauffeur«, sagt er und hält ihr die hintere Tür auf. »Ich habe den Auftrag, Sie zu Herrn Andersen zu bringen.«

Erst jetzt begreift sie, dass Andersen gar nicht in dem Wagen sitzt. Und so lächelt sie entschuldigend und öffnet die vordere Tür. »Ich hoffe, Sie haben nichts dagegen«, sagt sie. »So bin ich näher an der Heizung.«

»Wie es Ihnen lieber ist«, sagt er und hilft ihr beim Einsteigen.

Nach etwa einer Viertelstunde Fahrt kommen sie an einen riesigen Parkplatz im Nirgendwo. Hallvard stellt den Motor ab und Marguerite wird klar, dass sie offenbar auf eine Fähre warten. Sie sind die Ersten, doch nach einigen Minuten kommen noch weitere Autos.

Auf der Fähre dreht Hallvard sich um, greift hinter den Beifahrersitz und holt eine Thermoskanne hervor. »Darf ich Ihnen ein wenig Tee anbieten?«, fragt er. Als sie nickt, reicht er ihr einen Becher.

»Danke«, sagt Marguerite fast gerührt. Sie ist es nicht gewohnt, umsorgt zu werden. »Aber ich will Ihnen nichts wegtrinken. Sie sind doch sicher noch eine Weile unterwegs ...«

»Da machen Sie sich mal keine Sorgen«, erwidert er.

Der Tee ist heiß und viel zu süß, doch Marguerite trinkt den Becher trotzdem leer, einfach weil der Mann so nett zu ihr ist.

Auf der anderen Seite angelangt, dauert es immer noch eine ganze Weile, bis Hallvard von der Landstraße auf eine unbefestigte Allee abbiegt und sagt: »Jetzt ist es nicht mehr weit.« Blattlose Bäume ziehen vorbei, dann fällt Marguerites Blick auf ein langes weißes Gebäude, das wie ein Gutshof aussieht.

Der Wagen hält vor dem Eingang, Hallvard steigt aus und öffnet ihr wieder die Wagentür. Doch statt sie ins Haus zu begleiten, tippt er sich an seine Mütze und fährt davon. Marguerite steht alleine da, ein bisschen wie ein begossener Pudel. Dann geht sie auf die große Eingangstür zu, und als sie keine Klingel entdeckt, klopft sie. Sie klopft einmal, zweimal, doch nichts geschieht. Als sie dann geradezu an die Haustür hämmert, bemerkt sie, dass diese Tür gar nicht richtig zu ist. Irritiert weicht sie zurück und sieht sich um. Weit und breit kein Mensch zu sehen, ringsum nur die uralten Bäume des Parks. Die Einsamkeit des Ortes ist für sie fast körperlich spürbar. Warum kann Andersen sie nicht einfach im Hotel treffen? Das wäre doch für alle bedeutend leichter.

»Hallo!«, ruft sie und hört selbst, wie harsch ihre Stimme klingt. Schließlich hat sie genug und betritt das Haus.

»Hallo, jemand zu Hause?«, ruft sie und geht, nein, sie stampft durch leere Räume, lässt absichtlich ihre Absätze auf dem Parkettboden knallen. Auf einmal hört sie jemanden rufen: »Ich bin hier!«

Und da kommt er auch schon durch die Tür. Diesmal trägt er eine Cordhose und ein braunes Tweedjackett.

»Sie müssen entschuldigen«, sagt er und kommt auf sie zu, die rechte Hand ausgestreckt, »dass ich Sie um diese unchristliche Zeit hierherbemühen musste. Aber es war die einzige Möglichkeit für ein Treffen. Mein Terminkalender ist zurzeit dermaßen vollgestopft. Und diesen Ort ...«, er dreht sich um, macht eine ausladende Handbewegung, »... musste ich mir in Ruhe ansehen. Wie finden Sie ihn? Hier soll eine *Folkehøgskole* entstehen.«

Marguerite ist ratlos, was sie erwidern soll. Weder weiß sie, was eine *Folkehøgskole* ist, noch warum er sich das hier ansehen soll. Und so nickt sie nur und sagt diplomatisch: »Das ist ein sehr schöner Ort.«

Er sieht sich noch einen Moment lang um. Dann führt er sie in ein Zimmer, das einzige, in dem sich eine Art Möblierung befindet, einschließlich eines Kanonenofens. Eine Baulampe hängt an der Wand und verbreitet ein grelles Licht.

Sie setzen sich an einen Tapeziertisch und Andersen sagt: »Wir haben eine halbe Stunde, die sollten wir gut nutzen. Dann holt Hallvard Sie wieder ab. Am besten, Sie erzählen einmal alles, was Sie wissen.«

In genauen Worten schildert Marguerite ihre Geschichte, wobei Andersen sich Notizen in einem kleinen schwarzen Buch macht. Den Namen ihrer Mutter, ihren und Ingrids Namen, die Heime in Végimont und Lamorlaye, in Hurdalsverk und Godthåb. Auch die Abordnung in den Osten erwähnt sie.

Und das Verhältnis ihrer Mutter mit diesem Andersen und dass sie vielleicht zusammen im Osten waren. Als sie allerdings von der Norske Legion zu sprechen beginnt, verändert sich sein Gesicht. Genau wie bei Gunwald, denkt sie bestürzt, derselbe angespannte Ausdruck, als sie erzählt, dass dieser Mann, dieser andere Andersen, auf der Seite der Deutschen in einem Verband der Waffen-SS gekämpft hat. Erst in dem Moment fällt es ihr wieder ein: Der, der da vor ihr sitzt, war ja im KZ. Sie kann sich nicht einmal vorstellen, was er alles erlebt haben mag.

Einen Moment lang ist sie wie gelähmt von dieser Erkenntnis. Was wird er jetzt tun, wie wird er reagieren? Wird er ihr trotzdem helfen? Fast furchtsam beobachtet sie ihn. Bestimmt steht er gleich auf und sagt ihr, dass er sie doch nicht unterstützen kann bei ihrer Suche. In diesem Fall nicht. Doch er bleibt sitzen und betrachtet sie nur. Schließlich sagt er in sehr ernstem Ton: »Ich weiß nicht, ob Ihnen klar ist, was das bedeutet? Dass dieser Andersen unter der Waffen-SS gekämpft hat ...«

Marguerite nickt zögerlich. Doch, sagt sie, das wisse sie.

»Ich glaube nicht«, antwortet er. »Denn wenn er tatsächlich bei der Norske Legion war, wird er auf keinen Fall erfreut sein, wenn wir jetzt daherkommen und ihn darauf ansprechen. Möglicherweise hat er sogar seinen Namen geändert. Haben Sie daran schon gedacht?«

Marguerite schüttelt stumm den Kopf. Daran hat sie ganz und gar nicht gedacht.

Andersen legt den Stift aus der Hand. Er sieht sehr ernst aus, als er fortfährt: »Ich will ganz ehrlich zu Ihnen sein. Sie sollten sich nicht auf diesen Andersen versteifen. Vielleicht lebt er ja gar nicht mehr. Es gibt auch andere Wege, nach Ihrer Mutter zu suchen. Haben Sie es denn schon beim Roten Kreuz versucht, mit einem Suchantrag?«

Marguerite nickt. »Ja«, sagt sie. »Ja, natürlich habe ich das. Schon Mitte der fünfziger Jahre. Und dann war ich dieses Jahr in Deutschland unterwegs und hab ein paar ehemalige Lebensbornheime abgeklappert.« Sie zuckt mit den Achseln. »Aber ... das hat alles nichts genützt. Deshalb bin ich jetzt hier.« Sie macht eine Pause. Dann strafft sie die Schultern, denn ihr ist etwas eingefallen. »Ach ja, vielleicht hilft das weiter. Jedenfalls habe ich mit ...« Sie zögert, den Namen darf sie ja nicht nennen. »Ich habe mit jemandem gesprochen, der mir noch mehr Fotos geben kann ... Fotos von damals, von meiner Mutter und von diesem Andersen.«

»Oh«, sagt er. »Und das erzählen Sie zum Schluss? Das könnte in der Tat sehr hilfreich sein!«

In dem Moment hören Sie einen Wagen vor dem Haus vorfahren.

»Das ist Hallvard«, sagt Andersen und sieht auf seine Armbanduhr. »Leider wartet schon der nächste Termin auf mich.«

Nebeneinander gehen sie durch die leeren Räume der künftigen *Folkehøgskole.* Auf dem Treppenabsatz vor der Eingangstür bleiben sie stehen.

»Ich ... bin Ihnen wirklich sehr dankbar. Ich weiß gar nicht, warum Sie das für mich tun.« Sie sieht ihn an, hat den Eindruck, dass er etwas sagen will, jedoch aus irgendeinem Grund zögert. Da hebt er an: »Ich ... ich habe schlimme Dinge erlebt ... im Krieg, in Deutschland. Aber das Schlimmste, was ich je erlebt habe, war, meine Mutter zu verlieren. Sie starb, als ich sechs Jahre alt war.«

Dann reicht er ihr mit einer fast abrupten Geste die Hand, als wollte er auf keinen Fall, dass sie ihn bemitleidet. Und das tut Marguerite auch nicht. Sie schluckt ihr Mitgefühl hinunter, ergreift seine Hand und drückt sie kurz.

»Die Bilder ... Wenn ich die bekomme ... Wie kann ich Sie erreichen?«

Er zögert kurz. »In den nächsten Wochen werde ich viel unterwegs sein …« Doch dann macht er eine wegwerfende Handbewegung. »Das kriegen wir schon hin. Hallvard wird Ihnen die Nummer meines Büros geben. Dann können Sie mich einfach anrufen.«

Sie geht die Stufen hinunter und öffnet die Beifahrertür. Sie will gerade einsteigen, als er sagt: »Passen Sie gut auf sich auf. Auch hier in Norwegen gibt es die alten Seilschaften noch, Sympathisanten der Nazis. Sie sollten wirklich vorsichtig sein.«

Laurin saß im Taxi, auf dem Weg zu seiner Mutter. Wie so oft in den letzten Tagen kreisten seine Gedanken um die Sache mit dem Wagen. Was war dran an Eva Berghoffs Behauptung, sein Vater habe damals einen beigen Volvo mit schwedischem Kennzeichen gefahren? Ein beiger Volvo, das ließ er sich ja noch gefallen, an solch einen Wagen glaubte er sich tatsächlich zu erinnern. Aber dass der in Schweden angemeldet gewesen sei, das war doch kompletter Unsinn, oder?

Ein bisschen ärgerte sich Laurin auch über sich selbst, dass er der Berghoff nicht mehr auf den Zahn gefühlt hatte. Was sollte das denn für eine »sichere Quelle« sein, auf die sie sich bezog? Aber jede Nachfrage hätte womöglich den Eindruck erweckt, er zweifele an der Unschuld seines Vaters. Sehr zuverlässig konnte die Quelle nicht sein, wenn von dieser Sache nichts, aber auch gar nichts in der Polizeiakte zu lesen war! Die Ermittler hatten doch bestimmt alles überprüft. Am meisten aber machte Laurin die Frage zu schaffen, was er seiner Mutter von dem Gespräch erzählen sollte.

Es war schon nach neun, als er ankam. Nachdem er den Taxifahrer bezahlt hatte, blieb er noch einen Augenblick vor der Haustür stehen. Noch immer war er zu keinem Schluss gekommen, ob er seiner Mutter alles sagen oder noch abwarten sollte. Er hatte die vage Hoffnung, dass sich vielleicht alles von selbst erledigen würde. Falls die Berghoff allerdings vorhatte, die Geschichte in einem Buch auszuschlachten, konnte er das vergessen. Und dann war da ja auch noch das mit den Sexbildern aus dem Sommerhaus. Warum hatte sein Vater die weggesperrt? Hatte er damit vielleicht wirklich ein krummes Ding abgezogen, so wie die Berghoff das unterstellte?

Als er die Wohnung betrat, saßen Kaja und seine Mutter im Wohnzimmer und spielten Rommé.

»Ich hoffe, Sie wissen, worauf Sie sich da einlassen«, sagte er mit einem schiefen Grinsen an Kaja gewandt.

Die lachte nur, stand auf und ging in die Küche.

Er beugte sich vor und küsste seine Mutter auf die Wange.

»Möchtest du etwas trinken? Ein Glas Wein? Oder Blümchentee wie ich?«, sagte sie mit einem feinen Lächeln. Auch wenn sie sich betont harmlos gab, spürte er die stumme Frage: Seine Mutter wollte wissen, ob er schon etwas herausgefunden hatte.

Er holte sich eine Tasse und schenkte sich von dem Tee ein, der auf einem Stövchen bereitstand. Vielleicht sollte er erst einmal versuchen herauszufinden, was für einen Wagen sein Vater im Herbst 1970 wirklich gefahren hatte. Also fragte er wie nebenbei: »Sag mal, wie wär's, wenn wir uns ein paar alte Fotos ansehen? Oder bist du schon zu müde?«

Sie sah ihn durchdringend an. Durchschaute sie ihn etwa? »Du weißt doch, dass ich vor zwölf nie ins Bett gehe«, sagte sie, erhob sich ein wenig mühsam und ging zum Vitrinenschrank, öffnete die Tür und kehrte mit drei Fotoalben zurück.

Dann ließ sie sich auf der Couch nieder und er setzte sich neben sie. »Ich habe schon Ewigkeiten nicht mehr da reingeschaut«, sagte sie und schlug das erste Album auf. Schwarz-Weiß-Bilder mit gezacktem Rand, er selbst als Baby mit einer hellen Strickmütze, dann schon etwas größer mit Inger auf dem Arm. Seine Mutter im Minikleid, sein Vater im dunklen Anzug. Am liebsten hätte er das Album im Schnellverfahren durchgeblättert. Aber das wäre zu auffällig gewesen, also zügelte er seine Ungeduld.

Das Bild, an das er sich vage erinnerte, kam im zweiten Album. Sein Vater neben einem beigen Volvo Coupé. Unwillkürlich hielt er den Atem an.

»Wann war das denn?«, fragte er.

»Hm …« Seine Mutter blätterte noch einmal zurück. »Du warst wohl so um die fünf. Also muss das 1970 gewesen sein.«

»Und das war Babbos Auto?« Er kannte die Antwort zwar, wollte aber ganz sichergehen.

Sie nickte. »Ja. Er war ja schon immer ein Volvo-Fan. Das war sein erster damals.«

»Und mit dem ist er die ganze Strecke von Italien bis hoch nach Norwegen gefahren?«

Sie lachte. »Dafür wäre er ja allein schon mindestens drei Tage unterwegs gewesen. Nein. Er hat doch damals diese Fotoreisen durch ganz Skandinavien gemacht und sich dafür einen Wagen in Schweden gekauft. Den hat er privat untergestellt, bei einem Cousin von mir, und ist dann immer von Rom nach Stockholm geflogen und von dort aus losgefahren.«

Laurin erstarrte und schloss die Augen. Als er sie wieder aufschlug, spürte er, wie seine Mutter ihn von der Seite her ansah.

»Was ist denn mit dir? Du wirkst auf einmal so … angespannt. Du solltest dir diese alten Sachen nicht so zu Herzen nehmen, du …« Doch dann verstummte sie und fragte: »Es geht um diese Frau, nicht wahr? Du hast etwas herausgefunden?«

Er wandte den Kopf und schaute sie an. Wie würde sie reagieren, wenn er ihr sagte, dass ihr Mann exakt zu dem Zeitpunkt im Isdal gewesen war, als Margarete Gruber getötet wurde? Würde sie das so bald nach ihrem Schlaganfall überhaupt verkraften? Das Risiko konnte er nicht eingehen. Und so legte er seine Hand auf ihre und sagte mit so viel Überzeugungskraft, wie er aufbringen konnte: »Ich hab mich mit der Frau getroffen, ja. Aber es ist alles in Ordnung, Mama, glaub mir, nichts als heiße Luft. Früher oder später wird sie Ruhe geben und wieder nach Hause fahren.«

Seine Mutter nickte zwar nach einer Weile, doch an ihrem Zögern spürte er, dass sie ihm nicht wirklich glaubte.

Bergen, Norwegen, November 1970

Marguerite weiß nicht mehr recht, wann sie zum ersten Mal das Gefühl hatte, verfolgt zu werden. Das muss in Trondheim gewesen sein – vor ihrem Treffen mit Andersen oder doch erst später, als sie vor dem Gebäude stand, in dem früher einmal das Heim untergebracht gewesen war? Seit sie auf der Vingtor, diesem Tragflügelboot, von Bergen nach Stavanger gefahren ist, ist sie sich ganz sicher: Jemand beobachtet sie. Deshalb lässt sie das Taxi ein paar Blocks entfernt halten und bittet den Fahrer, sie in einer Viertelstunde vor Gunwalds Wohnung in der Strandgaten abzuholen. So hofft sie, ihren Verfolger, sofern es ihn denn gibt, in die Irre zu führen.

Bevor sie dem Fahrer das Geld in die Hand drückt, sieht sie sich noch einmal nach allen Seiten um, steigt schnell aus und läuft im Zickzack durch einen kleinen Park. Dann verschwindet sie in einem Laden und wartet dort ein paar Minuten, bevor sie sich wieder auf die Straße wagt. Erst als sie sicher ist, dass niemand ihr folgt, begibt sie sich zu Gunwalds Haus, wo sie die Eingangstür, die wie immer nur angelehnt ist, aufdrückt und in den dritten Stock hinaufsteigt. Dem Fahrstuhl traut sie nicht – dieser klappernde Metallkäfig mit den Jugendstilornamenten ist zwar recht hübsch, wirkt aber so, als könnte er jeden Moment eine rasante Talfahrt antreten.

Ihre Absätze hallen durchs Treppenhaus. Sie kommt sich wie ein Eindringling vor, als würde sie unbefugtes Terrain betreten, dabei hat sie doch alles mit Gunwald abgesprochen: Er hat den Koffer, den sie bei ihm untergestellt hatte, vor seiner Wohnungstür platziert, damit sie ihn in seiner Abwesenheit holen kann.

Ein wenig hat sich Marguerite ja gewundert, dass er es auf einmal so eilig hat, den Koffer aus dem Haus zu kriegen. Vermutlich hängt das mit den Cremetiegeln und dem Lippenstift zusammen – er hat sich wohl wieder mit seiner Verlobten, oder wem auch immer, zusammengerauft. Aber das ist ihr im Grunde egal. Hauptsache, er hat ihr den Brief von Ylva Holm in den Koffer gelegt. Marguerite kann kaum erwarten, ihn zu öffnen.

Sie ist gerade oben angekommen, als sie hört, wie unten die Haustür aufgedrückt wird. Einen Moment lang ist es still, jemand scheint bei geöffneter Tür dort unten im Eingang zu stehen, denn es sind weder Schritte auf der Treppe zu hören, noch schlägt die Haustür wieder zu. Wie merkwürdig, denkt Marguerite, während sie so dasteht, eine Hand um den Koffergriff. Da hört sie Schritte auf der Treppe, ganz sachte nur, so als bemühte sich jemand, möglichst kein Geräusch zu machen.

Da kommt Leben in sie. Sie lässt den Koffer, wo er ist, schlüpft aus ihren Schuhen und schleicht die Steintreppe nach oben, bis an die Tür zum Dachboden. Hier hängen die Bewohner ihre Wäsche auf, das weiß sie. Sie geht hinein, und während sie bei geöffneter Tür nach unten lauscht, kommt sie sich töricht vor – wie ein Schulmädchen, das zu viele Gruselromane gelesen hat. Doch die Erinnerung an den Mann auf der Vingtor ist noch zu frisch, und hat nicht auch Andersen gesagt, sie solle sich in Acht nehmen?

So steht sie da, wohl an die zehn Minuten, bis das Geräusch der zuschlagenden Eingangstür und eine plappernde Stimme im Treppenhaus sie aus ihrer Erstarrung befreit. Als die Stimme verklingt, geht sie nach unten, zurück zu ihrem Koffer, der immer noch unberührt vor Gunwalds Wohnungstür steht.

Sie nimmt den Koffer und steigt über die Treppe nach unten. Zaghaft steckt sie den Kopf durch die Haustür und ist erleichtert, den Taxifahrer vor dem Haus stehen zu sehen. Kaum hat sie Platz genommen, fragt sie ihn, ob er jemanden aus dem Haus hat kommen sehen. Aber er schaut sie nur verständnislos an und schüttelt den Kopf. Offenbar ist sein Englisch nicht besonders gut.

Die kurze Fahrt zum »Hotel Hordaheimen« über sieht sie sich ständig um, immer in der Furcht, plötzlich den Mann von der Vingtor zu entdecken. Ich werde langsam verrückt, denkt sie und fragt sich mit einem Mal, wie lange sie das alles eigentlich noch durchhält: dieses unstete Leben, diese vergebliche Suche und jetzt auch noch die Angst, jemand könnte hinter ihr her sein.

Als sie im »Hotel Hordaheimen« ankommt, ist sie so fahrig, dass sie kaum den Stift ruhig halten kann. Zudem bemüht sie sich, ihre Schrift zu verstellen, auch wenn das wohl überflüssig ist, weil sie sich seit geraumer Zeit sowieso nur noch unter ihrem jeweiligen Pseudonym anmeldet. Diesmal aber geht sie lieber auf Nummer sicher.

Sie ist froh, als der Rezeptionist sich anbietet, ihr die beiden Koffer aufs Zimmer zu tragen. Die ganze Lauferei hat sie so erschöpft, und auch die schlaflose Nacht steckt ihr noch in den Knochen. Auf dem Zimmer angekommen, verriegelt sie sofort die Tür und klappt den Koffer auf.

Und da ist er, der lang ersehnte Brief von Ylva Holm. Ungeduldig reißt Marguerite ihn auf und schüttelt den Inhalt aufs Bett, heraus fallen mehrere Bilder. Noch in Mantel und Stiefeln lässt sie sich auf der Bettkante nieder. Mit großen Augen und klopfendem Herzen blättert sie die Bilder durch. Und da ist sie, ihre Mutter, gleich auf drei Bildern. Das bekannte aus Hurdalsverk, dann eines, das vermutlich aus dem anderen Heim, aus Godthåb stammt und ihre Mutter inmitten einer Kinderschar zeigt. Auf dem dritten Bild untersucht ihre Mutter gerade einen Säugling, sie hat ein Stethoskop um den Hals.

Marguerite bleibt ewig sitzen und kann sich nicht sattsehen an diesen Bildern, die noch einmal beweisen, dass es sie wirklich gegeben hat, ihre hübsche blonde Mutti im weißen Kittel. Wie ein Engel sieht sie aus.

Schließlich wird ihr zu warm und sie zieht Mantel und Stiefel aus, dann macht sie sich daran, auch die restlichen Bilder zu betrachten. Eines neben dem anderen legt sie sie auf dem Bett aus. Ihr Blick gleitet über die Gesichter der Männer und Frauen. Beim letzten Bild angekommen, stutzt sie. Wo ist denn das angekündigte Foto von diesem Andersen? Ylva Holm hatte doch von einem Bild gesprochen, das ihn in seiner Uniform zeigt. Nur durch dieses Bild ist der Frau schließlich wieder eingefallen, dass er sich für die Norske Legion gemeldet hat. Aber Marguerite kann so ein Bild nirgends entdecken. Noch einmal schüttelt sie den Umschlag aus, doch er ist leer. Verwirrt sucht sie ein zweites Mal alle Gesichter ab. Doch ein Mann in Uniform ist nirgends zu sehen.

Eva hatte den Eindruck, in einem anderen Leben zu stecken, das mit ihrem alten nichts gemein hatte. Nie hatte sie sich ihrer Mutter so nahe gefühlt wie in diesen Tagen, an denen sie gemeinsam in »der Akte« lasen und zusammen die Orte aufsuchten, die auf Margaretes letzter Reise eine Rolle gespielt hatten. Sie sprachen mit Zimmermädchen, Rezeptionistinnen, dem Hoteldirektor aus Oppdal, noch einmal mit dem Schuhverkäufer aus Stavanger, kurzum mit allen, mit denen Margarete zusammengetroffen war, und war es auch noch so flüchtig. Und dann fuhren sie zusammen nach Hurdal Verk und Godthåb, eine Fahrt, die Ingrid immer wieder verschoben hatte, bis sie sich endlich dafür bereit fühlte. Als Eva dann in Hurdal Verk neben ihrer Mutter stand, den Arm um ihre schmalen Schultern gelegt, hatte sie alle Mühe, die Tränen zurückzudrängen. Ingrid dagegen blieb still, ganz in sich gekehrt, und hing offenbar ihren Erinnerungen nach.

Überhaupt kam sie Eva wie ausgewechselt vor. Aus der heiteren, flötenden Ingrid, die sich stets alles schönmalte, war eine Frau geworden, die besessen davon schien, der Realität ins Auge zu sehen.

An den Abenden telefonierte Eva mit Justus. Es tat gut, kleine Episoden aus der Normalität zu hören, Erlebnisse vom Pausenhof oder aus dem Klassenzimmer, und sich die neuesten *Memes* erklären zu lassen, die Justus über WhatsApp mit ihr geteilt hatte. Doch auch er machte sich jetzt Gedanken über die merkwürdige Geschichte um Margarete.

»Wenn jemand den Volvo von diesem Italiener dort gesehen hat, warum hat die Polizei den Typen dann nicht näher unter die Lupe genommen?«, wollte er an einem Abend wissen.

»Tja«, antwortete Eva. »Genau das habe ich den von der Kripo gestern auch gefragt. Aber Solberg konnte sich das selbst nicht erklären. Genauso wenig wie die Sache mit den verschwundenen Meldescheinen.«

»Und was ist mit dieser Südafrikanerin?«, fragte Justus und klang genauso aufgeregt, wie Eva sich fühlte. »Da wollte die Übersetzerin doch nachforschen, oder? Hat sie schon was rausgekriegt?«

»Sie ist da wohl nah dran. Anscheinend hat sie einen Bruder der Frau gefunden, wartet aber noch auf eine Antwortmail.«

Nachdem Eva aufgelegt hatte, kontrollierte sie gleich noch mal ihr Postfach und vertiefte sich, als es leer war, auch an diesem Abend wieder in die Akte. Inzwischen konnte sie sämtliche Details im Schlaf aufsagen. Sie hatte verschiedene Dateien erstellt und sämtliche Gespräche protokolliert, die sie bisher geführt hatte, dazu hatte sie eine Art Zeitstrahl erstellt, in den sie eingetragen hatte, was die Polizei zu welchem Zeitpunkt herausgefunden hatte, und auch ein Bewegungsprofil, um zu verstehen, wann Margarete sich wo aufgehalten hatte.

Vor allem hatte sie mit Solbergs Hilfe in Erfahrung gebracht, dass Gunwald Bonnevie noch lebte – eine Neuigkeit, die sie aufwühlte. Denn dieser Bonnevie war Offizier bei der Marine gewesen und offenbar Teil der Besatzung eines Torpedobootes, das damals an der Küste vor Tananger Schießübungen durchgeführt hatte. Und als ob das noch nicht genug wäre, hatte er offenbar schon damals eine Wohnung in Bergen gehabt, anscheinend war er zwischen Tananger und Bergen hin- und hergependelt. Das musste der Mann sein, den der Fischer Jesper Paulsen mit Margarete hatte sprechen sehen! Jedenfalls passte das zu den Zeugenaussagen, wonach Margarete mehrere Male auf der Vingtor gesehen wurde, einem Tragflügelboot, das auf dieser Strecke verkehrte.

Eva stand auf, ging ins Bad und drückte Zahnpasta auf die Bürste. Beim Zähneputzen dachte sie erneut über Gunwald Bonnevie nach. Leider waren ihre Versuche, ihn telefonisch zu erreichen, bisher erfolglos gewesen. Gleich morgen würde sie es noch einmal versuchen. Vielleicht konnte dieser Bonnevie ihr ja irgendetwas sagen, das sie weiterbrachte. Auch wenn es natürlich verdächtig war, dass er sich genau wie Viggo Sørensen damals nicht bei der Polizei gemeldet hatte. Denn von Margaretes Tod musste er ja auf jeden Fall erfahren haben, davon konnte man ausgehen.

Eva spülte sich den Mund aus und richtete sich wieder auf. Eine Weile lang stand sie so vor dem Spiegel und betrachtete ihr Gesicht. Inzwischen dachte sie nicht mehr über ihre Ähnlichkeit mit Margarete nach. Dennoch gab es immer wieder Momente, in denen ihr klar wurde, wie zufällig das ganze Leben ist. So viel hängt davon ab, wo man hineingeboren wird, in welche Familie, in welche Konstellation. Und auch wenn Eva selbst nicht in einer ganz klassischen Familie aufgewachsen war, mit einer Mutter, die zu Hause war, für sie kochte und sie auch sonst umsorgte, so waren da doch immer liebe Menschen gewesen, die auf sie gewartet hatten, wenn sie von der Schule heimgekommen war, und sich um sie gekümmert, für sie interessiert hatten. Was wäre aus Margarete geworden, wenn sie damals nicht verloren gegangen wäre? So war sie eine Reisende gewesen, ein unruhiger Geist, der nicht nur von einem Ort zum anderen trieb, sondern auch von einem Mann zum anderen. Ihre Beziehungen mussten so oberflächlich, so flüchtig gewesen sein, dass sie nach ihrem Tod nicht einmal als vermisst gemeldet worden war. Dennoch musste es irgendwen gegeben haben, dem sie etwas bedeutet hatte, davon war Eva überzeugt. Oder war das eher ein Wunschgedanke?

Sie löschte das Licht und verließ das Badezimmer. Ganz abgesehen von der Sache mit dem Tragflügelboot und Gunwald Bonnevie, dem in Bergen lebenden Torpedoboot-Besatzungsmitglied, gab es ja auch noch diesen Koffer, der Bergen nie verlassen hatte.

Zurück in der Küche wollte Eva eben noch einmal in ihr Postfach sehen, als plötzlich ihr Handy klingelte. Es war Moen.

»Hallo, Moen. Hat der Bruder von Liesbeth de Jong sich gemeldet?«, fragte Eva und hielt den Atem an.

»Ehe Sie sich Hoffnungen machen: Ich habe nicht mit ihr sprechen können.« Moen klang gedämpft, wie Eva fand. Sie presste das Handy an ihr Ohr. »Es ist alles sehr merkwürdig, ich weiß nicht, was ich davon halten soll. Es war ein ziemliches Hin und Her. Ich sagte ihm, ich recherchiere für ein Buch und würde dazu gerne seine Schwester interviewen. Da war er gleich bereit, mir den Kontakt herzustellen, sagte, seine Schwester würde sicher gerne helfen, ich solle ihm doch einfach eine Mail schreiben und noch mal alles schildern. Das habe ich getan und ihm auch erklärt, dass ich in einem Vermisstenfall von 1970 recherchiere. Tja, und daraufhin war dann Funkstille. Ich habe ihm noch zweimal gemailt und auch noch mal angerufen. Da war er wie ausgewechselt, hat total abgeblockt und behauptet, seine Schwester könne mir nicht weiterhelfen, sie sei ein Pflegefall und habe Alzheimer.«

Eva war perplex. »Was? Aber wie ist das denn zu verstehen … Erst will er … Was bedeutet das?«

»Ich kann es mir nur so erklären, dass Lombardi diese de Jong tatsächlich von irgendeiner Reise her kannte, und wahrscheinlich hat sie ihm damals ein Alibi verschafft. Aber jetzt hat sie Angst, irgendwie Ärger zu kriegen, und will nichts mehr mit der Sache zu tun haben.«

»Ja«, sagte Eva nachdenklich. »Genau so hört sich das an.«

Sie schwiegen eine Weile, dann fragte Moen: »Was bleibt denn jetzt übrig? An Spuren, denen man nachgehen kann?«

Eva seufzte. »Das Einzige, was ich noch habe, ist dieser Gunwald Bonnevie.«

Tananger, Norwegen, November 1970

Die Möwen kreischen über ihrem Kopf, ein störendes Geräusch an diesem sonst so stillen Vormittag am Meer. Marguerite verschränkt die Arme vor dem Körper, kratzt sich die juckenden Armbeugen. Außerdem friert sie schon wieder. In diesem Land friere ich ständig, denkt sie. Und dabei weht heute noch nicht einmal ein Wind. Doch die feuchte Kälte kriecht unter ihre Kleidung und lässt sie frösteln.

Sie sieht auf die Uhr. Seit fast einer Stunde steht sie nun hier, in dem kleinen Fischerhafen von Tananger, und wartet auf Gunwald. Vielleicht hat sie es ja falsch in Erinnerung und er ist diese Woche gar nicht auf dem Torpedoboot? Unsicher sieht sie sich um. Direkt in die Augen von diesem Fischer. Warum glotzt der mich die ganze Zeit über an? Man könnte meinen, er tut nur so, als würde er sein Netz flicken. Und mit einem Mal ist sie sich der Einsamkeit dieses Ortes nur allzu bewusst: dass außer ihnen beiden weit und breit kein Mensch zu sehen ist, hier am Ende der Kaimauer.

Sie wendet sich ab, wieder dem Meer zu, stellt sich nun aber nicht mehr mit dem Rücken zu dem Fischer, sondern leicht seitlich. Vielleicht wird sie ja langsam verrückt? Der vergangene Nachmittag fällt ihr ein, wie sie in der Telefonzelle stand und mehrere Male vergeblich versucht hat, Ylva Holm zu erreichen. Fröstelnd stand sie da, den Hörer ans Ohr gepresst, sich immer wieder umblickend, jeden Moment gewahr, dem Mann von der Vingtor gegenüberzustehen. Am Ende war sie dermaßen durch den Wind, dass sie ein vorbeigehendes Pärchen nach dem nächsten Vinmonopolet fragte, wo sie sich dann mit zwei Flaschen Wein und einem Blue Curaçao eindeckte, um wenigstens mal ein paar Stunden Ruhe vor ihren eigenen Gedanken zu haben.

Heute Morgen hat sie dann versucht, den Schaden mit einem gesunden Frühstück wiedergutzumachen, und wieder einmal Haferbrei bestellt, den sie hastig heruntergewürgt hat, nur um gleich darauf wieder in die Telefonzelle zu gehen. Doch auch diesmal hat sie Ylva Holm nicht erreicht.

Jetzt steht sie hier und wartet auf Gunwald. Es ist schon so, wie Damiano bei ihrem letzten Streit gesagt hat: Sie dreht langsam durch. Aber inzwischen ist alles besser, als nichts zu tun, und so hat sie heute Morgen kurzfristig beschlossen, hierher nach Tananger zu fahren, um mit Gunwald zu sprechen.

Auf einmal taucht ein Schemen aus dem Dunst auf. Sie hat keine Ahnung, wie ein Torpedoboot aussieht, doch als das kittgraue Boot mit den Rohren an der Seite näher kommt, weiß sie: Das muss es sein. Als das Boot ein paar Minuten später die gegenüberliegende Seite des Kais ansteuert, umrundet sie das Hafenbecken mit schnellen Schritten. Sie sendet ein Stoßgebet zum Himmel. »Bitte lass ihn da sein«, murmelt sie. »Ich muss mit ihm sprechen, unbedingt.«

Außer Atem erreicht sie die andere Seite des Kais und bleibt dort stehen, etwas abseits an einer Mauer, die Augen fest auf das Boot gerichtet. Eine ganze Weile lang geschieht gar nichts. Ein paar Matrosen huschen an Bord hin und her, doch Gunwald ist nirgends zu entdecken. Dann gehen die Ersten von Bord. Unverwandt blickt sie die Männer an, die einer nach dem anderen die Gangway überqueren. Und auf einmal ist er da.

Sie löst sich von der Mauer, geht auf ihn zu. Er scheint sie nicht zu bemerken, obwohl er doch in ihre Richtung schaut. In der Manteltasche ballt sie die Hände zu Fäusten. Da endlich hebt er den Kopf. Ungläubig weiten sich seine Augen. Er sieht nicht gerade erfreut aus und Marguerite muss alle Kraft aufbieten, nicht stehen zu bleiben. Während die anderen Besatzungsmitglieder auf einen Bus zugehen, löst Gunwald sich aus der Gruppe und kommt schnell auf sie zu.

»Marguerite«, sagt er halblaut. »Was machst du hier?«

»Ich muss mit dir sprechen«, sagt sie. »Es ist ... Ich glaube, da ist jemand hinter mir her. Ich habe Angst.«

Irritiert sieht er sie an und wirft dann einen raschen Blick hinter sich. »Ich kann jetzt nicht reden. Ich bin im Dienst.«

»Ich werde verfolgt. Da ist ein Mann, den ich immer wieder sehe. Schon seit zwei Wochen ... Ein dunkelhaariger Mann in einer braunen Jacke. Und als ich gestern den Koffer bei dir abgeholt habe, da ist mir jemand ins Treppenhaus gefolgt. Ich habe mich dann oben versteckt ... auf dem Dachboden.«

»Aber ... was redest du denn da?« Er sieht sie an, als traue er seinen Ohren nicht.

»Es ist so«, sagt sie, um einen ruhigen Ton bemüht. »Als ich den Umschlag im Hotel aufgemacht habe, da habe ich gemerkt, dass ein Foto fehlt.«

»Was? Aber ... ich verstehe nicht ganz. Also der Umschlag war da, aber das eine Foto war nicht dabei?«

»Ja«, sagt sie ungeduldig. »Der Umschlag ist da. Aber ein Foto fehlt.«

Jetzt schüttelt er den Kopf. »Ich verstehe nicht ganz ... Diese Frau ... wie heißt sie noch mal ... egal ... sie wird halt vergessen haben, das Foto hineinzutun. Was spielt das überhaupt für eine Rolle? Wenn die anderen Bilder doch da sind.«

»Aber verstehst du denn nicht? Wir haben genau über dieses Foto gesprochen. Das Foto von diesem Andersen in Uniform. Und jetzt ist ausgerechnet dieses Bild nicht da.«

»Na ja ... Sie ist eine alte Frau. Wahrscheinlich hat sie's einfach vergessen.« Er zuckt mit den Achseln. »Warum rufst du sie nicht einfach an, dann weißt du's.«

»Ich erreiche sie nicht.«

»Dann probier's einfach weiter. Irgendwann kriegst du sie schon an die Strippe.«

»Es ist ... Ich bin ... Ich weiß nur eins: dass Ylva Holm mir das Foto ganz sicher geschickt hat und dass es jetzt nicht mehr da ist.«

Er schüttelt den Kopf und Marguerite merkt, wie er die Geduld verliert. »Was willst du eigentlich damit sagen? Dass dieser Typ im Treppenhaus das Bild genommen hat oder was?«

»Na ja ... Das ist es ja gerade.« Sie sieht ihn fast beschwörend an. »Ich habe mir den Umschlag genau angesehen. Ich habe den Eindruck ... Es sieht so aus, als hätte ihn jemand über Wasserdampf geöffnet, das Foto genommen und ihn wieder zugeklebt.«

Jetzt tritt Gunwald einen Schritt zurück. Sein Gesicht ist kühl, als er sagt: »Du bist ja vollkommen durch den Wind. Was behauptest du denn da? Dass ich ... Also, ich glaub's ja nicht!«

Marguerite erschrickt. »Aber nein ... Das wollte ich doch damit gar nicht sagen. Es ist nur ... dass ich versuche, das alles zu verstehen: dieser Mann, der mich verfolgt, das Foto, das fehlt … Ich …«

In dem Moment ruft jemand Gunwalds Namen. Er antwortet etwas. Einen kurzen Moment scheint er mit sich zu ringen. Doch dann sagt er plötzlich: »Hast du schon mal darüber nachgedacht, dass du Damiano vielleicht nicht ganz so blind vertrauen solltest?«

Völlig verdutzt sieht sie ihn an. »Was meinst du damit? Dass er es war? Dass er das Bild genommen hat? Aber … warum? Das ergibt doch gar keinen Sinn!«

»Ich weiß es nicht. Lass uns nächste Woche reden. Dann bin ich wieder zurück in Bergen.«

In dieser Nacht kam es Laurin so vor, als würde er überhaupt nicht schlafen. Stunde um Stunde wälzte er sich im Bett herum und lauschte auf die Geräusche seiner Kindheit: dem Gurgeln der Luft in den Heizkörpern, den Schritten in der Wohnung über ihnen. Hin und wieder knipste er das Licht an und versuchte zu lesen. Doch immer wieder ertappte er sich dabei, wie seine Augen im Zimmer umherwanderten und schließlich an den Fotos seiner Mutter an der Wand hängen blieben. Er steckte in einem Dilemma. Zwar wollte er seine Mutter nicht anlügen, doch die Vorstellung, ihr die Wahrheit zu sagen, machte ihm große Angst. Wenn sie erfuhr, dass sein Vater zum Zeitpunkt des Mordes an Margarete Gruber im Isdal gewesen war und dass Eva Berghoff das wusste, bekäme sie womöglich einen zweiten Schlaganfall und würde tot umfallen.

Er betrachtete die Bilder mit seiner Mutter – die Fotos im weißen Kampfanzug, die sein Vater in London gemacht hatte, und das mit den Fesseln aus Paris. Seine Mutter hatte viel erlebt, dachte er und fragte sich plötzlich, ob er sie nicht vielleicht unterschätzte. Immerhin hatte sie es geschafft, sich in der Modewelt zu behaupten, und das über Jahre. Vielleicht konnte er ihr ja doch reinen Wein einschenken.

Als er Stunden später das Esszimmer betrat, saß seine Mutter mit Kaja beim Frühstück, die sich gerade an der Sieben-Tage-Pillenbox zu schaffen machte und zwei Tabletten herausholte, eine rosarote und eine blaue.

»Wenn mich der nächste Schlaganfall nicht umbringt, dann garantiert diese Pillenfresserei«, sagte Solveig und nahm die beiden Tabletten entgegen.

»Ach, Mama«, sagte Laurin und grüßte beide, seine Mutter mit einem Kuss auf die Wange und Kaja mit einem Nicken. Dann setzte er sich an den Tisch, wo auch für ihn ein Gedeck bereitstand.

Kaja schenkte zuerst seiner Mutter, dann ihm Kaffee ein und verließ wenig später die Wohnung, um einkaufen zu gehen.

Kaum war sie gegangen, begann seine Mutter, sich über das heute geplante Bridgetreffen auszulassen und über Katrine Persson zu beklagen, ihre Hassfreundin seit Kindertagen. Kein Wort über das Gespräch am vergangenen Abend.

Es dauerte zwei Tassen Kaffee und eine Scheibe Roggenbrot, bis Laurin sein Vorhaben in die Tat umsetzen konnte. Zu seiner Überraschung wich seine Mutter dem Gespräch nicht aus.

»Dachte ich's mir doch, dass du was vor mir verheimlichst«, sagte sie seufzend. Sie umschloss die Kaffeetasse mit ihren mageren Fingern und setzte ein schiefes Lächeln auf.

Er erzählte ihr von den Bildern, die er seinerzeit im Safe im Sommerhaus gefunden hatte. Auch den letzten Film in der Kamera des Vaters erwähnte er, den mit diesen mysteriösen verschwommenen Fotos. Doch zu seiner Verwunderung schienen diese Neuigkeiten sie vollkommen kaltzulassen.

»Sag mal, wusstest du etwa davon?«

»Von dem Film in der Kamera? Nein. Das wusste ich nicht.«

»Und die Fotos aus dem Sommerhaus?«, fragte er zögerlich.

Sie warf ihm einen langen Blick zu, bevor sie antwortete: »Natürlich wusste ich davon. Wofür hältst du mich!«

Er brauchte einen Moment, um diesen Schlag zu verkraften. »Du meinst, du … kanntest die Bilder mit dieser Frau?«

»Ich wusste davon, ja. Auch wofür dein Vater sie verwenden wollte. Aber das habe ich zu verhindern gewusst. Nun sieh mich nicht so an. Dachtest du allen Ernstes, ich hätte nie in diesen Safe geschaut?«

Es verschlug ihm buchstäblich die Sprache. Er, der nie um Worte verlegen war und nichts anderes tat, als mit Worten zu arbeiten, brachte auf einmal keinen zusammenhängenden Satz mehr heraus. Seine Mutter lächelte, fast mitleidig.

»Mein Junge«, sagte sie, beugte sich über den Tisch und nahm seine Hand. »Ich bin nicht das Opfer, für das du mich immer gehalten hast. Ich bin auch nicht schwach oder hilfsbedürftig. Na ja, jetzt vielleicht schon. Aber damals war ich es nicht. Ich habe mich zu wehren gewusst gegen deinen Vater. Und ich habe ihm jeden Schlag, den er mir versetzt hat, doppelt zurückgegeben, das kannst du mir glauben. Noch Kaffee?«

Statt zu antworten sah er nur zu, wie sie nach der Kanne griff und sich noch eine Tasse einschenkte. Sie sah so aristokratisch aus, in ihrer Seidenbluse und mit ihrem Silberhaar – im Gegensatz zu dem von Katrine Persson hatte es nicht diesen lila Schimmer, den seine Mutter so verabscheute.

»Ich wusste von dieser Frau. Dass er mit ihr unterwegs war damals. Jemand hatte sie zusammen gesehen und mir davon erzählt. Ich wollte wissen, mit wem ich es zu tun habe. Ob eine reale Gefahr besteht, dass er uns für diese Frau verlässt. Also habe ich einen Privatdetektiv auf sie angesetzt.« Sie nahm einen Schluck Kaffee, tupfte sich den Mund mit der Serviette ab. »Und rate mal, was der dann herausgefunden hat?«

Sie machte eine Kunstpause, betrachtete ihn mit ihren noch

immer veilchenblauen Augen, bevor sie fast heiter fortfuhr: »Dein Vater war einer von vielen! Diese Frau hatte jede Menge Männerbekanntschaften, sie scheint überaus kontaktfreudig gewesen zu sein. Mit Onkel Gunwald war sie übrigens auch ganz dicke.«

»Das hast du alles gewusst?« Er hatte sie immer für zart gehalten, für zerbrechlich. Für jemanden, den man schützen musste. Dabei hatte sie die Sache längst selbst in die Hand genommen.

»Ach, Junge. Du siehst ja ganz blass aus. Es tut mir leid, dass ich dir das sagen musste. Aber du hast ja keine Ruhe gegeben. Hast dich von dieser Deutschen aufscheuchen lassen. Jedenfalls kann ich dir eines sagen: Diese Frau hat ein gefährliches Leben geführt. Mich hat es ehrlich gesagt nicht gewundert, dass es so ein Ende mit ihr genommen hat.«

Langsam erwachte Laurin aus seiner Erstarrung. Er betrachtete seine Mutter, ihr schmales Gesicht, die wachen Augen, die ihn so besorgt ansahen. Dann sagte er: »Onkel Gunwald also auch. Das ist alles so unglaublich. Diese ganze Geschichte ist für mich …« Er brach ab. »Und du hast nie etwas gesagt. Mir nicht und auch niemandem sonst.«

Da zuckte sie mit den Achseln und sagte fast gleichgültig: »Damit sie deinen Vater in die Mangel nehmen? Oder Gunwald? Wieso hätte ich das tun sollen? Wegen so einer … Entschuldige mal! So was passiert doch jeden Tag.«

Nun spürte er, wie leises Entsetzen in ihm hochstieg.

»Aber Mama!«, sagte er. »Das kannst du doch nicht ernst meinen. Da ist ein Mensch ums Leben gekommen.« Er konnte seine Bestürzung nicht mehr verbergen.

Doch sie schien völlig unbeeindruckt von seiner Reaktion. »Nun spiel hier mal nicht den Moralapostel. Das begreift doch jede, die auch nur über einen Funken Verstand verfügt: Wie das ausgehen kann, wenn man so ein Leben führt.«

Er saß da wie vor den Kopf geschlagen. Fünfundfünzig Jahre

alt hatte er werden müssen, um seine Mutter richtig kennenzulernen.

»Jetzt mach doch nicht so ein Gesicht. Hätte ich zusehen sollen, wie die schmutzige Wäsche deines Vaters in aller Öffentlichkeit gewaschen wird? Was denkst du, wie die Leute sich gefreut hätten! Und was das für deinen Großvater bedeutet hätte. Für unsere ganze Familie. Wir sind ja schließlich nicht irgendwer! Und Katrine hätte sich ins Fäustchen gelacht, da kannst du sicher sein …«

Noch immer blickte er sie an. »Katrine? *Das* ist es, worauf es dir ankommt, was *Katrine* sagt!«

»Ja, was denkst du denn … Ich musste schließlich in dieser Stadt leben. Und ich hatte nicht vor – und habe es immer noch nicht –, für das zu büßen, was dein Vater angerichtet hat.«

Langsam schüttelte er den Kopf. Also glaubte sie es selbst? Seine Mutter glaubte, dass sein Vater womöglich einen Mord begangen hatte? Er wollte sagen: Was du getan hast, ist unverzeihlich, doch er schwieg weiter. Plötzlich kam ihm ein Gedanke.

»Dieser Detektiv, den du damals beauftragt hast. Der hat dir doch sicher Unterlagen gegeben … Berichte, Fotos.«

Sie sah ihn an, mit schmalen Lippen.

»Hast du diese Unterlagen noch?«

Sie schwieg verstockt. In ihrem Gesicht war keine Regung zu erkennen.

Da sprang er auf: »Verdammt noch mal, jetzt reicht's mir aber. Hast du diese Unterlagen noch?«

Sie zuckte nicht einmal mit der Wimper, sondern erhob sich nur wortlos und verließ das Zimmer.

Was sollte er jetzt tun? Ihr hinterhergehen und sie so lange bearbeiten, bis sie nachgab? Abreisen und sich erst einmal nicht mehr melden? Da hörte er wieder ihre Schritte auf dem Korridor. Sie betrat das Zimmer, einen Schuhkarton in der Hand, den sie vor ihm auf den Tisch knallte.

»Und jetzt entschuldigst du mich bitte. In einer halben Stunde kommen meine Bridgefreundinnen.«

Bergen, Norwegen, November 1970

Die Landschaft gleitet an ihr vorüber, Tannenwälder und Birken, Felsen und Moose, blutrote Häuser mit weiß umrandeten Fenstern. Und die ganze Zeit über sitzt sie da und kratzt sich die Armbeugen, die wieder so entsetzlich jucken, und grübelt darüber nach, was sie denn nun glauben soll. Ist es wirklich möglich, was Gunwald da angedeutet hat, dass nämlich Damiano den Umschlag geöffnet und das Bild genommen hat? Doch da fällt ihr ein, wie Gunwald sie neulich angelogen hat, als sie ihn auf die Kosmetik in seinem Badezimmerschrank angesprochen hat. Und wie leicht ihm das gefallen ist. Also gut, denkt sie. Dann war es also entweder Damiano oder Gunwald. Der Typ, der ihr ins Treppenhaus gefolgt ist, war es jedenfalls nicht. Der hätte den ganzen Umschlag eingesteckt und fertig.

Da kommt ihr ein anderer Gedanke. Was, wenn der Mann im Treppenhaus eine ihrer Herrenbekanntschaften war? Das zumindest wäre plausibel. Hat Damiano sie nicht immer wieder gemahnt, vorsichtig zu sein?

Wenn du als Begleiterin arbeitest, musst du absolut diskret sein. Auch mit dir selbst und mit dem, was du von dir preisgibst. Es gibt immer wieder Männer, die eine Frau nicht in Ruhe lassen können. Dann ist es gut, wenn sie nichts über dich wissen. Nicht deinen Namen, nicht deine Adresse, nicht mal deine Nationalität.

Sie hat gelacht und ihn paranoid genannt, als er ihr geraten hat, die Etiketten an ihren Kleidern abzutrennen. Sogar die Schrift auf der Salbentube, die Viggo Sørensen ihr verschrieben hatte, sollte sie abkratzen. Was sie dann auch schön brav gemacht hat. Jetzt fragt sie sich allerdings, ob Damiano damit noch ein anderes Ziel verfolgte. Aber welches?

Sie sieht aus dem Fenster, in die hereinbrechende Dämmerung. Noch nicht einmal vier und es wird schon dunkel. Sie betrachtet ihr Spiegelbild in der Scheibe. Am Ende ist es tatsächlich so, dass Ylva Holm einfach vergessen hat, das Foto in den Umschlag zu tun. Das wäre wirklich zum Lachen.

Der Zug bremst und kommt an einem Bahnhof zum Stehen. Ein paar Leute steigen aus. Ein Mann geht an ihrer Abteiltür vorbei, sieht kurz zu ihr herein und geht weiter. Wieder steigt ein ungutes Gefühl in ihr hoch. Meine Güte, denkt sie und zieht die Ärmel ihres Pullovers wieder herunter. Sie ist froh, als gleich darauf eine Frau die Tür aufschiebt und sich zu ihr ins Abteil setzt.

Als sie schließlich im Hotel ankommt, ist es dunkel geworden. Ein kalter, regnerischer Herbstabend. Sie ist froh, endlich da zu sein, und hat eigentlich überhaupt keine Lust mehr, Damiano heute noch zu sehen. Aber es ist zu spät, um abzusagen, und so bringt sie das Zeichen außen an ihrer Hotelzimmertür an, so wie sie es vereinbart haben, auch wenn ihr diese dumme Geheimniskrämerei inzwischen nur noch auf die Nerven geht.

Doch kaum betritt sie ihr Zimmer, da klingelt das Telefon.

»Ja?«, antwortet sie, in der Annahme, es wäre Damiano.

Doch statt Damianos Stimme hört sie Hallvard sagen: »Guten Abend. Ich hoffe, ich störe nicht?«

»Nein, ganz und gar nicht.«

»Ich rufe im Auftrag von Herrn Andersen an. Er ist gerade in der Stadt und lässt fragen, ob Sie kurz Zeit hätten?«

Sie umklammert den Hörer fester. »Aber ja, natürlich habe ich Zeit.«

»Gut«, sagt Hallvard. »Kennen Sie den Imbisswagen am

Ende der Sundtsgate?« Er beschreibt ihr den Weg und sie vereinbaren, sich in zehn Minuten dort zu treffen.

Als sie den Hörer auflegt, überlegt sie kurz. Was, wenn Damiano inzwischen kommt? Sie kann die Zimmertür ja nicht einfach unverschlossen lassen, nicht nach der Erfahrung der letzten Tage. Sie überlegt noch eine Weile hin und her, dann steht sie auf und schlüpft in ihren Mantel und in die Gummistiefel. Im Gehen schließt sie das Zimmer doch ab. Wenn er jetzt eintrudelt, muss er eben warten. Wie viele Stunden sie schon auf ihn gewartet hat!

Als sie aus dem Hotel tritt, regnet es noch immer. Marguerite spannt den Schirm auf und eilt die Sundtsgate entlang. Zwei Minuten später steht sie unter dem Vordach des Imbisswagens und hält Ausschau nach Hallvard.

Und da entdeckt sie ihn auch schon vor einem parkenden Wagen. Er winkt ihr zu und hält die Tür auf.

»Guten Abend!«, sagt Andersen, als sie in den Wagen steigt.

Sie erwidert seinen Gruß, noch ein wenig außer Atem.

»Es tut mir leid, dass wir Sie so überfallen.«

»Aber ich bitte Sie. Ich bin ja froh, Sie zu sehen. Allerdings ...« Sie spielt mit dem Gedanken, ihm von dem verschwundenen Foto zu erzählen, tut es dann aber doch nicht und sagt nur: »Das Foto von diesem ... Freund meiner Mutter. Ich habe es leider noch nicht bekommen.«

»Ach, machen Sie sich da mal keine Gedanken. Vielleicht brauchen Sie den Mann gar nicht mehr.« Und damit drückt er ihr einen ganzen Stapel Papiere in die Hand. »Ich kenne einen Mitarbeiter des Staatsarchivs in Oslo, wo die Akten des Vereins Lebensborn aufbewahrt werden. Er hat das hier gefunden: Unterlagen, in denen eine gewisse Dr. Therese Gruber namentlich genannt wird. Ich habe mir erlaubt, das Ganze durchzusehen, und dabei festgestellt, dass fast die gesamte Korrespondenz der norwegischen Lebensbornheime über die

Zentrale des Vereins in Deutschland lief. Genauer gesagt über einen gewissen Dr. Ebner, den Leiter der Vereinigung. Wie es aussieht, hat er sich intensiv um die Belange der deutschen Mitarbeiter gekümmert, besonders um die der Ärzte.«

Fassungslos blickt Marguerite auf die Papiere in ihrem Schoß. Im funzeligen Licht der Straßenlaterne sieht sie gelbliches, mit Schreibmaschine beschriftetes Papier.

»Ja, und wie Sie sehen werden, geht aus dieser Korrespondenz tatsächlich hervor, dass Ihre Mutter, bevor sie nach Végimont kam, in den Osten abgeordnet wurde. Wie lang sie dort blieb und was sie dort tat, weiß ich leider nicht. Aber das ist für Sie wohl auch gar nicht relevant. Ich habe jedenfalls noch etwas weiter nach diesem Dr. Ebner geforscht und herausgefunden, dass er 1948 bei den Nürnberger Prozessen zu einer Haftstrafe von zwei Jahren und acht Monaten verurteilt wurde, die er auch abgesessen hat. Danach ist er an seinen Heimatort Kirchseeon zurückgekehrt, wo er heute wieder praktiziert. Das ist irgendwo im Bayrischen. Und jetzt komme ich zum Wichtigsten überhaupt: Die Korrespondenz gibt allen Grund zur Annahme, dass er wusste, aus welchem Ort Ihre Mutter stammte!«

Schlagartig ist Marguerite hellwach. Mit großen Augen sitzt sie da und kann nicht glauben, was sie gerade hört. Sollte es so einfach sein? Muss sie nur nach Bayern fahren und zu diesem Dr. Ebner in die Praxis marschieren, um den Herkunftsort, ja vielleicht sogar den aktuellen Wohnort ihrer Mutter zu erfahren?

»Ich ... weiß gar nicht, was ich sagen soll. Wie kann ich Ihnen danken!« Eine unfassbare Erleichterung überkommt sie: Es ist egal, dass jemand dieses dumme Foto gestohlen hat. Sie braucht das Foto gar nicht! Und wer auch immer hinter ihr her ist, der kann sie jetzt mal. Sie wird ihre Zelte hier endlich abbrechen. Sie wird nach Deutschland fahren und diesmal dort nicht im Nebel stochern. Sie wird ihre Mutter finden und ihre Schwester. Sie wird wieder eine Familie haben!

Und da sagt sie vor lauter Überschwang: »Ich bin so froh, dass Sie das Foto nicht mehr brauchen. Ich will ehrlich zu Ihnen sein, es ist etwas Merkwürdiges passiert: Ich glaube, jemand hat es gestohlen.«

»Ach ja? Sie meinen das Foto von meinem Namensvetter?«

»Diese Frau, Ylva Holm aus Bodø, wollte mir Bilder schicken, auch eines von Jan Andersen in Uniform. Jedenfalls hat sie mir das am Telefon zugesagt. Doch als die Bilder dann kamen, fehlte ausgerechnet dieses eine Foto.«

»Wahrscheinlich hat sie einfach vergessen, es mitzuschicken.«

»Das dachte ich zuerst auch. Aber dann ... Ich weiß auch nicht, das hört sich verrückt an, aber ich habe den Eindruck, als ob jemand den Umschlag manipuliert hat.«

»Sie meinen, irgendwer hat ihn geöffnet, das eine Bild herausgenommen und wieder zugeklebt?«

»Ja. So seltsam das auch klingen mag ...«

»Das klingt in der Tat seltsam. Ich meine ... Warum sich die Mühe machen ... Er hätte den Umschlag doch einfach nehmen können.«

Marguerite sieht ihn an. Sie ist versucht, ihm zu erzählen, dass jemand hinter ihr her ist. Doch dann lässt sie es. Er soll sie auf keinen Fall für hysterisch halten. Und so sagt sie nur: »Wahrscheinlich haben Sie recht. Sie wird es vergessen haben.«

Doch Andersen betrachtet sie aufmerksam. Und dann fragt er: »Haben Sie Frau Holm dieselbe Kontaktadresse gegeben wie mir?«

»Ja. Dieselbe Adresse ... Gunwald Bonnevie Erlend in Bergen.«

Auf einmal stutzt Andersen. »*Das* ist sein voller Name, Bonnevie Erlend?«

»Ja«, antwortet Marguerite ein wenig verwundert und sieht, wie Andersen den Blick abwendet.

»Ich kannte mal einen Sigsten Bonnevie Erlend. Während des Krieges«, sagt er und seine Stimme klingt belegt.

»Soweit ich weiß, ist das Gunwalds Vater. Aber ... was ist denn?«, fragt Marguerite und lässt ihn nicht aus den Augen.

»Es ist nichts ... Ich ...« Er verstummt. Plötzlich fragt er: »Wie gut kennen Sie diesen Gunwald?«

»Wie gut ich Gunwald kenne? Ich ... also ... er ist ein Freund.« Sie denkt noch einmal nach. »Na ja ... ein Bekannter eines Freundes. Warum? Was ist denn los?«

»Es ist nichts«, sagt er langsam. Einen Augenblick lang scheint er mit sich zu ringen. Doch dann sagt er nur: »Ich fürchte, ich muss weiter.«

Widerstrebend öffnet Marguerite die Tür und steigt aus. Sie hat das Gefühl, etwas Wichtiges sei ungesagt geblieben.

In Blut und Magen der Toten: große Mengen des Schlafmittels Fenemal, eingenommen in zwei bis drei Portionen. Es handelte sich um 50 bis 70 pinkfarbene Tabletten. In dieser Farbe wurde Fenemal in Norwegen nicht verkauft, sehr wohl aber in Großbritannien.

Die Zeit, 10. Januar 2018

Eva pfefferte die Übersetzung des Autopsieberichts auf den Boden und drehte sich auf den Rücken. Sie hatte die Nase voll. Sie wollte wieder in ihrem eigenen Bett schlafen, morgens Justus auf den Weg bringen und dann nichts als in ihrem Arbeitszimmer sitzen. Ein bisschen schreiben, ein bisschen Fenster putzen. Normalität. Stattdessen hockte sie immer noch in einer Ferienwohnung in Norwegen und jagte einem Phantom hinterher, einer Frau, die sie nie kennengelernt hatte, auch wenn sie zugegebenermaßen mit ihr verwandt war – eine Tatsache, die ihr jedoch auch nicht dabei geholfen hatte, die Umstände ihres Todes in irgendeiner Weise zu verstehen. Sie hatte genug davon, im Nebel herumzustochern, genug davon, dass sich mit jeder neuen Information, die sie erhielt, nur ein weiteres Rätsel auftat, ein weiteres Puzzlestück dazukam. Inzwischen saß sie vor so vielen Einzelteilen, dass sie noch nicht einmal sagen konnte, ob die alle überhaupt zu ihrem Puzzle gehörten. Besser sie akzeptierte das. Sie hatte sich festgefahren.

Auch die feste Überzeugung, dass Damiano Lombardi etwas mit Margaretes Tod zu tun gehabt hatte, brachte ihr nichts. Vielleicht steckte da ja auch dieser Gunwald mit drin? Aber damit kam sie auch nicht weiter, den erreichte sie ja nicht. Sie wusste noch nicht einmal, ob die Nummer, die sie von ihm hatte, überhaupt noch aktuell war. Ich sollte nun wirklich nach Hause fahren, dachte sie. Es gut sein lassen. So wie Ingrid, die gestern mit Bodo zurückgeflogen war.

Seufzend nahm sie die Blätter wieder zur Hand und las weiter. Im Grunde war das alles absurd. Noch nicht einmal den Todeszeitpunkt hatte der Pathologe eindeutig feststellen können. Dass Margarete am 23. November umgekommen sein musste, war eigentlich nur eine Annahme, konstruiert aufgrund von Zeugenaussagen. Auch die Todesursache hatte der Pathologe nicht klar bestimmen können. Letztendlich war er zu der Annahme gelangt, Margarete müsse an einer Kombination aus Barbituraten, Kohlenmonoxidvergiftung und Verbrennungen gestorben sein. Unbestritten war in diesem Zusammenhang nur, dass in Margaretes Organismus eine beträchtliche Menge an Fenemal festgestellt werden konnte, ein Barbiturat, das ihr in zwei Schritten verabreicht worden war: die erste Dosis ein bis zwei Stunden vor ihrem Tod, da das Schlafmittel zum Todeszeitpunkt schon in den Blutkreislauf gelangt war. Die zweite Dosis mehr oder weniger kurz vor ihrem Tod, da sich in ihrem Magen zwölf noch weitgehend intakte rosafarbene Tabletten befunden hatten.

In einer Fußnote hatte Moen noch ein paar Informationen zu Fenemal zusammengetragen. So war Fenemal bis in die siebziger Jahre hinein eines der gebräuchlichsten Schlafmittel gewesen. Allerdings – das las sie mit einem Stirnrunzeln – war das damals in Norwegen vertriebene Fenemal von weißer Farbe. Rosarote Tabletten waren zu der Zeit nur in England erhältlich gewesen. Also musste derjenige, der sie umgebracht hatte – wer auch immer das war –, die Tabletten in England gekauft haben.

Eva stand auf und ging zum Fenster. Im Zimmer war es warm und muffig, zu warm, um einen klaren Gedanken zu fassen. Sie zog das Fenster einen Spalt auf und holte sich in der Küche ein Glas Wasser. Eine Minute später saß sie wieder auf dem Bett, diesmal mit dem Laptop auf dem Schoß, und gab Fenemal ins Google-Suchfenster ein.

Schnell wurde sie fündig. In den Angaben zu dem Präparat, das damals von dem britischen Unternehmen May & Baker hergestellt worden war, stand auch, dass Fenemal einen auffällig bitteren Geschmack aufwies.

Plötzlich fröstelte Eva. Sie stand auf und schloss das Fenster.

Wenn das Zeug rosa war und außerdem so bitter schmeckte, dann hatte der Täter es wohl in einer Flüssigkeit auflösen müssen, die sowohl Farbe als auch Geschmack übertünchte, überlegte Eva und dachte an die Flasche Klosterlikør, die am Tatort gefunden worden war. Allerdings war darin keine Spur von einer fremden Substanz festgestellt worden. Vielleicht war die Flasche nur ein Ablenkungsmanöver gewesen? Trotzdem musste der Täter das Fenemal in etwas Derartigem aufgelöst haben, zumindest die erste Dosis. Wenn das Zeug nur halb so scheußlich schmeckte wie Jägermeister, dann war ihr klar, wieso Margarete das Schlafmittel nicht bemerkt hatte. Eva schauderte. Aufgrund der Menge an Fenemal, sowohl in ihrem Blutkreislauf als auch im Magen, ging man davon aus, dass Margarete zwischen fünfzig und siebzig Tabletten geschluckt haben musste. Und dann war da ja auch noch das Hämatom. Der Pathologe hatte eine Verletzung am Hals festgestellt, die aller Wahrscheinlichkeit nach von einem sogenannten Handkantenschlag herrührte.

Wie hatte er es getan? Wie hatte er ihr die zweite Dosis Tabletten eingeflößt? Hatte er ihr die Nase zugehalten, bis sie keine Luft mehr bekam und den Mund aufriss, ihr dann die Tabletten eingetrichtert und den Hals mit Wasser geflutet? Und wer war es gewesen? Lombardi? Der Mann, der mit ihr unterwegs gewesen war, offenbar über Monate?

Eva rieb sich die Stirn. Auf einmal war ihr schlecht. Die ganzen letzten Wochen hatte sie sich darauf konzentriert, so viele Informationen wie möglich zusammenzutragen, um zu verstehen, was Margarete in Norwegen gewollt hatte. Dabei hatte sie aus den

Augen verloren, worum es eigentlich ging: um ein fürchterliches Gewaltverbrechen.

Um ein Gewaltverbrechen und um einen Mörder, der einfach so davongekommen war. Ein Mensch, der fähig war, eine Frau dazu zu zwingen, siebzig Tabletten hinunterzuwürgen, und sie dann, vielleicht weil es ihm nicht schnell genug gegangen war, niedergeschlagen und in eine Art Rinne gezogen hatte, wo er sie mit Benzin übergossen und angezündet hatte.

Eva wischte sich über die Augen, wie um dieses Bild loszuwerden, doch das war vergeblich, es verschwand einfach nicht. War es etwa um Hass gegangen, fragte sie sich, darum, Margarete mit allen zur Verfügung stehenden Mitteln zu vernichten, sie physisch auszulöschen?

Auf einmal hielt Eva es nicht länger aus in der Enge der kleinen Wohnung. Sie musste raus, musste irgendetwas tun.

Sie griff nach ihrem Mantel, schlüpfte in ihre Nikes und zog die Tür hinter sich zu. Der Himmel hatte eine Pause eingelegt, doch es sah nicht so aus, als würde dieser Zustand von Dauer sein, und sie hatte keine Lust, wieder einmal bei Regen in der Stadt herumzulatschen. Also stieg sie in den Wagen.

Sie fuhr durch die Stadt, am Hafen vorbei, und fand sich schließlich in der Straße wieder, in der das »Hordaheimen« war, Margaretes letzte Bleibe. Eine Weile lang saß sie so da, hinter dem Steuer, und betrachtete das schlichte Gebäude. Hier war Margarete zuletzt gesehen worden, am 23. November um 10.30 Uhr. Danach verlor sich ihre Spur. Wie lange man von hier aus wohl zum Bahnhof fuhr, fragte sich Eva mit einem Mal, gab die Adresse in ihr Navi ein und startete den Wagen. Knapp zehn Minuten später war sie am Ziel.

Sie parkte in der Nähe des Taxistands vor dem Nebeneingang, überquerte die Straße, nicht allzu schnell, denn sie stellte sich vor, wie Margarete ihre Sachen schleppte. Zwei Koffer und eine Reisetasche. Sie sah auf die Uhr. Nach weiteren drei Minuten hatte sie die Gepäckaufbewahrung erreicht. An jenem letzten Vormittag hatte Margarete demnach etwa eine Viertelstunde gebraucht, um vom »Hotel Hordaheimen« zum Bahnhof zu gelangen und das Gepäck ins Schließfach zu sperren. Zu dem Zeitpunkt war es 10.45 Uhr gewesen. Um 12.00 Uhr hatten die drei Zeugen unabhängig voneinander die Rauchsäule im Isdal aufsteigen sehen.

Eva ließ ihren Blick durch die Bahnhofshalle schweifen. Das gewölbte Glasdach, die überdimensionale Schrift *Bergens Tidende* mit der Uhr in der Mitte. Ob damals hier auch schon so ein buntes Treiben geherrscht hatte? Immerhin musste so viel los gewesen sein, dass sich niemand an eine Frau erinnerte, die zwei Koffer in einem Schließfach deponiert und mit einer weißen Reisetasche über der Schulter davongegangen war. Ab diesem Moment waren Margarete noch eine Stunde und fünfzehn Minuten geblieben, um vom Bahnhof ins Isdal zu gelangen. Ausgeschlossen, dass sie das zu Fuß geschafft hätte. Eva erinnerte sich, dass sie allein für den Weg am Svartediket-See entlang eine knappe Stunde gebraucht hatte und eine weitere Viertelstunde, um den Berg hinaufzugehen. Also musste jemand sie gefahren haben und ihr angesichts der knappen Zeit gleich zu Beginn der Fahrt das Fenemal verabreicht haben.

Eine Reisegruppe ging an Eva vorüber, fröhlich schwatzend, was ihr Unbehagen noch verstärkte. Allein unter Menschen, dachte sie. Jeder hat sein eigenes Leben, seine eigenen Freuden und Sorgen. Wie mochte Margarete sich an jenem letzten Morgen gefühlt haben? War sie einsam gewesen unter diesen Fremden? Oder im Gegenteil zuversichtlich? Hatte sie einen Plan gehabt, ein Ziel, das sie hatte erreichen wollen? Wohin war sie unterwegs gewesen?

Eva wandte sich um und verließ den Bahnhof durch den Haupteingang. Erwartungsgemäß tröpfelte es schon wieder und ein scharfer Wind fuhr ihr unter den Kragen. An der Ecke blieb sie stehen und sah sich um. Der Platz war leer bis auf drei Fußgänger, die die Straße überquerten. Am anderen Ende des Platzes stand ein Auto, doch die Entfernung war zu groß und die Scheiben spiegelten zu stark, sodass sie nicht erkennen konnte, ob jemand darin saß.

War es so gewesen, fragte sie sich. Hatte der Mörder in einem Wagen gesessen und darauf gewartet, dass sie gleich einsteigen würde? Aber warum hatte sie so gar keinen Verdacht geschöpft? Weil sie den Täter gut kannte, ihm vertraute? Oder weil er nicht so wirkte, als könnte er eine Gefahr für sie darstellen? Es musste Lombardi gewesen sein, natürlich. Der beige Volvo, der um die Mittagszeit beim Isdal gesichtet worden war.

Bergen, Norwegen, 1970

Wieder im Hotelzimmer, verriegelt Marguerite die Tür und macht sich sofort daran, die Papiere durchzulesen, die Andersen ihr gegeben hat. Der Ton der Korrespondenz kommt ihr ausgesprochen freundlich vor. Das deckt sich mit dem, was Ylva Holm ihr gesagt hat, nämlich dass der Verein sehr darum bemüht gewesen sei, die Ärzte zu halten. Und dann stößt Marguerite auf den Brief, den Andersen gemeint haben muss:

Liebe Frau Dr. Gruber,

haben Sie vielen Dank für Ihre Nachricht, dass die Keuchhusten-Epidemie in Ihrem Heim inzwischen gebannt ist und keine Ansteckungsgefahr mehr besteht. Insofern spricht nichts mehr gegen die Aufhebung der Heimsperre.

Weiterhin kann ich Ihnen die freudige Mitteilung machen, dass es uns gelungen ist, eine vierwöchige Vertretung für Sie für das Heim Hurdalsverk zu finden. Ihrem Heimaturlaub steht also nichts mehr im Wege. Übrigens kommt Ihre Vertretung, Frau Dr. Thomas, wie Sie aus dem Bayrischen, ganz aus der Nähe Ihres schönen Heimatstädtchens.

Heil Hitler!
gez. Dr. Ebner
SS-Oberführer

Das ist es. *Ganz aus der Nähe Ihres schönen Heimatstädtchens.* Ja, denkt sie und spürt, wie eine ungeheure Aufregung von ihr Besitz ergreift. Das hört sich wirklich so an, als wüsste dieser Dr. Ebner, woher ihre Mutter stammte. Sie steht auf, geht im Zimmer umher und liest die Zeilen ein weiteres Mal. In dem Moment klopft jemand an ihre Zimmertür.

Sie bleibt stehen, mucksmäuschenstill, den Brief in der Hand. Das kann ja nur Damiano sein, denkt sie. Vielleicht liegt es an der Stille oder an der Dunkelheit oder daran, was Gunwald über ihn gesagt hat, jedenfalls fühlt sie in diesem Moment eine tiefe Verunsicherung. *Hast du schon mal darüber nachgedacht, dass du Damiano vielleicht nicht ganz so blind vertrauen solltest?* Das waren Gunwalds Worte gewesen.

Wieder klopft es, ungeduldiger nun. Und da hört sie auch schon seine Stimme: »Marguerite? Verdammt noch mal, mach die Tür auf!«

Einen kurzen Moment lang ringt sie noch mit sich, ob sie ihm öffnen soll. Doch dann wird aus dem Klopfen ein Poltern und so dreht sie den Schlüssel um. Kaum dass sie die Tür öffnet, drängt er sich auch schon ins Zimmer und pfeffert seine Tasche auf den Boden. Wütend herrscht er sie an: »Sag mal, bist du von allen guten Geistern verlassen? Wo hast du dich rumgetrieben?«

Doch Marguerite zuckt nur die Achseln. Mit säuerlicher Miene sagt sie: »Was denkst du, wie oft *ich* schon auf *dich* gewartet habe!«

Da packt er sie grob am Arm.

»Du tust mir weh«, zischt sie und windet sich aus seiner Umklammerung. Und so stehen sie da, eine gefühlte Ewigkeit, und funkeln sich an, bis Damiano schließlich von ihr ablässt und auf einen Sessel sinkt.

»Also, wo warst du?«

»Mir was zu essen besorgen. Was denkst *du* denn!«

Er mustert sie misstrauisch, so als wüsste er, dass sie ihm etwas verschweigt, doch sie tut so, als würde sie es nicht bemerken, und fängt an zu plaudern, unverfängliches Zeug, bis sein Groll verflogen ist. Am Ende schlägt sie ihm vor: »Du solltest ein schönes langes Bad nehmen. Die Wanne hier ist gar nicht schlecht.«

Und tatsächlich schnappt er sich kurz darauf seinen Kulturbeutel und verlässt das Hotelzimmer. Sie lauscht, bis seine Schritte auf dem Korridor verklingen, und sieht auf die Uhr. Sie kann nicht sicher sein, dass er wirklich länger wegbleibt, also muss sie schnell sein.

Sie läuft zu seiner Tasche in der Zimmerecke und zieht den Reißverschluss auf. Nacheinander holt sie alles heraus, Kleidung, Brieftasche, Zigaretten, Kameras, die Autoschlüssel, dann tastet sie auch noch den Boden der Tasche ab. Als sie nichts weiter findet, überlegt sie. Sie hat nicht viel Zeit, doch wer weiß, wann sie wieder Gelegenheit dazu hat. Und so wirft sie, abgesehen vom Autoschlüssel, alles wieder in die Tasche, schlüpft in ihre Strumpfhose und zieht sich den Mantel über das Nachthemd. In Gummistiefeln verlässt sie das Zimmer, nickt dem Nachtportier zu und tritt hinaus. Im strömenden Regen läuft sie die Straße entlang, erst in die eine, dann in die andere Richtung und entdeckt einen beigen Volvo, der vor einer Reinigung geparkt ist. Ein kurzer Blick genügt, um zu wissen, dass es Damianos Wagen ist.

Sie beginnt ihre Suche im Handschuhfach, in den Fächern

hinter den Vordersitzen, durchwühlt dann sämtliche Taschen und Tüten im Kofferraum. Sie findet nichts außer Probeabzügen von langweiligen Landschaften. Entmutigt schlägt sie die Klappe wieder zu. Sie will die Suche schon aufgeben, als ihr ein Gedanke kommt. Noch einmal öffnet sie die Fahrertür, bückt sich und greift unter den Sitz. Und da ertasten ihre Finger eine Plastiktüte mit etwas Festem darin. Sie zieht die Tüte heraus und sieht hinein. Ein Buch. Im ersten Moment ist sie enttäuscht. Das ist alles?, denkt sie, knipst die Innenbeleuchtung an und sieht, dass es sich um einen norwegischen Titel handelt. Verwundert schlägt sie die Autotür zu und tritt in den gut beleuchteten Hauseingang der Reinigung. Sie blättert in dem Buch, immer noch enttäuscht. Es ist bebildert, Fotografien von Landschaften, auch ein paar Männer sind zu sehen. Und da rutscht etwas heraus, das sie gerade noch auffangen kann. Ein Foto, das zwischen den Seiten steckte. Ihr Blick fällt auf das Gesicht eines gut aussehenden jungen Mannes in Uniform.

Einen Moment lang ist Marguerite wie erstarrt. Das ist es, das ist das Bild, das Ylva Holm *ihr* geschickt hat. Ihre Augen wandern über das Gesicht, die hellen Augen, den siegesgewissen Ausdruck. Auf diesem Foto ist er tatsächlich sehr viel besser zu sehen als auf dem Gruppenfoto von Hurdalsverk. Jan Andersen. Der andere Jan Andersen. Und auch die Uniform ist genau zu erkennen: ein aufgerichteter Löwe mit einem Beil. Das müssen die Abzeichen der norwegischen Waffen-SS sein.

Wie betäubt steht Marguerite da. Sie begreift nicht, was das bedeutet, warum Damiano das getan hat. Dann erwacht sie aus ihrer Starre, steckt das Foto wieder ins Buch und schiebt sich beides in den Bund ihrer Strumpfhose. Sie geht zurück zum Wagen, verschließt ihn, läuft durch den Regen und stopft die Plastiktüte in einen Mülleimer. Zurück im Hotel durchquert sie die Lobby, geht, ohne den Portier noch einmal anzusehen, am Tresen vorbei.

An ihrer Zimmertür bleibt sie stehen und lauscht. Als nichts zu hören ist, öffnet sie vorsichtig die Tür und schlüpft hinein. In rasendem Tempo zieht sie den nassen Mantel aus und verstaut ihn zusammen mit den Gummistiefeln und dem Buch im Schrank. Sie schafft es gerade noch, sich die Strumpfhose vom Leib zu reißen, als sie Schritte auf dem Korridor hört. Erst da fällt ihr ein, dass ihre Haare ja vom Regen nass sind. Hektisch sieht sie sich um. Was soll sie nur tun? In letzter Sekunde kommt ihr ein Gedanke.

»Was machst du denn da?«, fragt Damiano und bleibt in der geöffneten Tür stehen.

»Wonach sieht das für dich aus?«, fragt sie zurück, den Kopf unter dem Wasserhahn.

»Seit wann wäschst du dir nachts die Haare?«

»Seit jetzt«, antwortet sie patzig, doch ihr Herz schlägt zum Zerspringen.

In dieser Nacht liegt sie lange wach und grübelt, wie sie sich Damiano gegenüber jetzt verhalten soll. Am Ende kommt sie zu dem Schluss, ihn mit ihrer Entdeckung zu konfrontieren. Allerdings nicht hier im Hotelzimmer, denn sie weiß ja, was für ein aufbrausendes Temperament er hat. Am Ende wirft er noch die Flasche Blue Curaçao an die Wand und sie kann die Sauerei dann beseitigen oder bleibt sogar auf den Reinigungskosten sitzen! Nein, sie wird das an einem neutralen Ort ansprechen.

Die Gelegenheit kommt erst am übernächsten Tag. Nach einem Mittagessen in der Stadt ist Damiano in aufgeräumter Stimmung und so schlägt sie ihm einen kleinen Spaziergang an der frischen Luft vor.

Sie fahren zum Svartediket, einem Stausee in unmittelbarer Nähe der Stadt, der wohl so eine Art Naherholungsgebiet für die Bergener darstellt. Jedenfalls sind an diesem Samstag außer ihnen noch andere Spaziergänger unterwegs, was Marguerite ermutigt, ihn bald nach dem Losgehen auf ihre Entdeckung anzusprechen.

»Frau Holm hat mir übrigens die Fotos geschickt«, sagt sie und sieht ihn von der Seite an, wie er neben ihr hergeht, wie immer gut angezogen in seinem italienischen Anzug und dem eleganten Wollmantel. Ein Bild von einem Mann.

»Das ist doch gut«, sagt er und lächelt vor sich hin.

»An sich schon. Es ist nur so, dass leider eines der Bilder fehlt.«

»Ach ja? Welches denn?«

»Das Bild meiner Mutter.«

Bei dieser Lüge, so bemerkt sie voller Befriedigung, huscht für einen Moment lang ein Ausdruck ehrlicher Verwirrung über sein Gesicht.

»Ist das nicht merkwürdig?«

»Ja«, sagt er gedehnt. »Das ist in der Tat merkwürdig.«

Eine Weile lang gehen sie nebeneinanderher, bis Marguerite es nicht mehr aushält. »Du weißt, dass das nicht stimmt.« Sie macht eine Pause und wartet ab. Als er nicht reagiert, fährt sie fort: »Und *ich* weiß, dass du mir das Foto von Andersen geklaut hast. Aber ich hab's mir schon zurückgeholt.«

Wenn jemand uns jetzt von außen betrachtet, denkt Marguerite plötzlich, so sieht er zwei Menschen, die bei einem Spaziergang miteinander plaudern, nichts weiter.

Eine gefühlte Ewigkeit lang sagt Damiano kein Wort. Nur der gleichmäßige Rhythmus ihrer beider Schritte ist zu hören.

Dann endlich bleibt er stehen, wendet sich ihr zu und sagt gefährlich leise: »Du hast in meinen Sachen gekramt.«

Sie atmet ein und wieder aus und sagt dann mühsam beherrscht: »*Du* hast mich beklaut.«

Einen Moment lang stehen sie sich so gegenüber. Marguerite betrachtet das Mienenspiel auf seinem Gesicht: eine Mischung aus mühsam unterdrückter Wut und schlechtem Gewissen. Doch plötzlich ändert sich sein Ausdruck schlagartig und er sagt, nun beinahe eindringlich: »Hör mal zu: Es ist nicht so, wie du denkst. Ich ...« Er scheint um die richtigen Worte zu ringen. »Ich habe das Foto genommen, weil ich ...« Ein Wanderer taucht auf, grüßt und geht an ihnen vorbei. Als der Mann außer Hörweite ist, bricht es aus Damiano heraus: »Ich habe das getan, weil ... Du hast ja keine Ahnung, was es mit diesem Foto auf sich hat. Dieses Foto ist wie eine Bombe!«

»Was?« Marguerite ist perplex. »Du behauptest jetzt aber nicht allen Ernstes, du hast mir dieses Foto geklaut, um mich zu *schützen*!«

»Ich ... ich weiß, wer der Mann auf dem Foto ist.«

Sie sieht ihn an, vollkommen fassungslos.

»Du weißt es!« Ihre Stimme überschlägt sich vor Empörung. Und da, plötzlich, meldet sich in ihrem Hinterkopf ein Gedanke, der jedoch so schnell wieder verschwindet, wie er gekommen ist. Einen Moment lang hängt sie ihm noch nach, versucht ihn zu greifen, doch da ist nichts mehr, er ist verschwunden. Ungeduldig sagt sie: »Herrgott noch mal, ich habe ein Recht darauf, dass du mir sagst, was los ist! Das bist du mir schuldig!«

Er macht eine beschwörende Geste. »Hör mal, Marguerite: Du musst mir das Bild wiedergeben. Ich kann dir das im Moment noch nicht sagen, aber ... Ich bin da an einer Sache dran. Hab noch ein wenig Geduld. Nur ein paar Tage, dann ...«

Unwillkürlich macht sie einen Schritt rückwärts. »Was soll das heißen? Was hast du vor?«

Aber er schüttelt nur den Kopf. Er geht auf sie zu, legt ihr die Arme um die Schultern und sieht ihr fest in die Augen: »Ich kann dir das im Moment noch nicht sagen. Du musst mir einfach vertrauen. Ich ...«

Doch sie reißt sich los und geht davon.

Allein zurück im Hotel, hängt sie das *Nicht-stören*-Schild an die Klinke und verriegelt die Tür. Einen Augenblick lang steht sie so da, sieht sich im Zimmer um, ohne es wirklich zu sehen. Als ihr Blick auf die Flasche Blue Curaçao auf dem Tisch fällt, holt sie das Zahnputzglas und schenkt sich einen ordentlichen Schluck ein. Sie kippt den Inhalt in einem Zug hinunter und schenkt sich noch einmal nach, stellt das Glas auf den Nachttisch und zieht dann den Umschlag mit den fünfhundert Mark aus der Manteltasche, die sie vorhin noch bei der Bank eingetauscht hat. Sie wird nach Deutschland fahren und diesen Dr. Ebner aufsuchen. Hier hält sie nichts mehr.

Dann zündet sie sich eine Zigarette an, holt das Buch unter der Matratze hervor und lässt sich auf dem Bett nieder, den Blick unverwandt auf die fremden Worte gerichtet. *Norsk motstandsbevegelse under andre verdenskrig* steht da und sie kapiert kein Wort, hat aber das Gefühl, dass sie es besser verstehen sollte. Auf einmal bereut sie es, den Likör getrunken zu haben. Sie sollte einen klaren Kopf behalten.

Sie steht auf, hat das Bedürfnis, mit jemandem zu sprechen. Jemandem, dem sie vertrauen kann und der ihr den Titel des Buches übersetzt. Aber wer soll das sein? Nach einigem Überlegen beschließt sie, es noch einmal bei Ylva Holm zu versuchen.

Sie geht ins Etagenbad, schöpft sich Wasser ins Gesicht, immer noch mal und noch mal, bis sie wieder klar denken kann. Dann setzt sie sich die Perücke auf, die sie manchmal als Begleiterin trägt, dazu sicherheitshalber auch noch die Fensterglasbrille, und verlässt das Hotel.

Auch jetzt regnet es wieder und schon nach kurzer Zeit bereut Marguerite, nicht die Gummistiefel angezogen zu haben. Nach etwa einer halben Stunde, in der sie kreuz und quer durch die Stadt gelaufen ist und sich immer wieder unauffällig umgesehen hat, fällt ihr Blick auf eine Telefonzelle auf der anderen Straßenseite. Sie tritt in einen Hauseingang und schaut sich wieder um. Als nach einer Weile noch immer niemand zu sehen ist und sie sich sicher fühlt, überquert sie die Straße und schiebt die Tür der Telefonzelle auf. In der Zelle riecht es schal, nach kaltem Zigarettenrauch und ungewaschenen Haaren. Marguerite beeilt sich, die Münzen aus ihrem Portemonnaie zu holen, steckt sie in den Apparat und wählt. Bitte, denkt sie, bitte geh diesmal ans Telefon. Ich muss mit dir sprechen. Doch als sich wenig später eine Stimme meldet, ist es nicht die von Ylva Holm. Ihr Ehemann, denkt Marguerite und entscheidet blitzschnell, dass sie diesmal keine Rücksicht nehmen kann. Und so sagt sie auf Englisch: »Ich möchte mit Ylva Holm sprechen.«

Am anderen Ende der Leitung bleibt es einen Augenblick lang still. Dann fragt der Mann, ebenfalls auf Englisch: »Wer spricht da?«

Marguerite ist versucht, ihre Bitte einfach so zu wiederholen. Doch sie fürchtet, der Mann könnte dann einfach auflegen. Er hört sich nicht besonders umgänglich an. Und so nennt sie ihm einen Namen und fügt eine Erklärung hinzu. Eine Bekannte aus Oslo.

Da sagt der Mann: »Sie ist tot. Ylva ist tot.«

Marguerite stößt einen erschreckten Laut aus. »Was? Aber was ist denn passiert? Ich ... erst letzte Woche habe ich noch mit ihr telefoniert.«

Der Mann antwortet erst spät. Er ringt hörbar um Fassung, als er sagt: »Jemand hat sie erschlagen ... Ein Einbrecher. Sie muss ihn überrascht haben. Ich ... Ich kann es immer noch nicht glauben. Wir sind ...« Sie hört ein ersticktes Schluchzen. »Wir sind nicht reich. Bei uns gibt es nichts zu holen.«

Wie ferngesteuert läuft Marguerite durch die Stadt, kreuz und quer, und versucht, sich darüber klar zu werden, was sie tun soll. Ylva Holm ist tot. Ein Einbrecher soll sie getötet haben. Doch Marguerite glaubt es nicht.

Am Ende ist sie so verzweifelt, dass sie sich nicht anders zu helfen weiß, als zurück zur Telefonzelle zu laufen und Jan Andersens Nummer zu wählen. Doch auch er ist nicht erreichbar. Stattdessen ist da ein Mann, der ihr anbietet, eine Nachricht zu hinterlassen. Sie will das Angebot schon ablehnen, hinterlässt ihm dann aber doch die Durchwahlnummer für ihr Hotelzimmer und fügt in ihrem schlechten Englisch hinzu: »Bitte richten Sie ihm aus, dass es um Ylva Holm geht. Und dass ich nur noch bis morgen Vormittag erreichbar bin. Danach ist es zu spät.«

Zurück im Hotel, schiebt sie den Tisch vor die verriegelte Zimmertür und legt sich aufs Bett. Ihre Gedanken rasen hin und her, ein kleines Tier in einem Käfig, und jedes Mal, wenn draußen auf dem Korridor die Fahrstuhltür auffährt, hält sie den Atem an.

Irgendwann klopft es an ihrer Tür. Das hätte sie sich ja denken können: Damiano, der eingelassen werden will. Doch Marguerite rührt sich nicht, lässt ihn klopfen, bis er endlich abhaut. Zwar schuldet er ihr noch Geld, aber dann soll er es eben behalten. Sie hat genug von ihm, von seinen Lügen und Ausflüchten. Ylva Holm ist tot, erschlagen. Das Ganze ist so schrecklich, sie kann sich gar nicht mehr beruhigen.

Sie lässt sich auf die Bettkante sinken. So sitzt sie eine ganze Weile da, bis sie zu dem Schluss kommt, dass es ihr ja auch nicht hilft, hier herumzuhocken und immer mehr in Panik zu geraten. Sie muss Ordnung in ihre Gedanken bekommen. Was wollte Damiano mit dem Bild? Und was hat es mit diesem Buch auf sich?

Noch einmal nimmt sie das Buch zur Hand und beginnt es durchzublättern, wobei sie sich die Fotografien darin genau ansieht. Auf einmal stutzt sie. Aber das ist doch …

Sie hält das Buch in den Lichtkegel der Nachttischlampe. Ja, das ist er, keine Frage. Und da steht es ja auch, unter dem Bild. Jan Andersen. Doch es sind die beiden anderen Namen, die sie einen überraschten Laut ausstoßen lassen.

Sigsten Bonnevie Erlend. Und William Abrahamsen. Gunwalds Vater und Damianos Schwiegervater. Was hat das zu bedeuten? Hat es überhaupt etwas zu bedeuten? Und da fällt ihr auf einmal ein, was Jan Andersen, ihr Jan Andersen, zu ihr gesagt hat. Sie solle sich in Acht nehmen. Vor den alten Naziseilschaften. Aber kann das sein?

In dieser Nacht schläft sie wenig, und wenn, dann sind es schwarze Träume, in die sie stürzt, um gleich darauf wieder hochzuschrecken, voller Angst, jemand könnte neben ihrem Bett stehen, im Dunkeln.

Als endlich der Morgen dämmert, mit seinem dicken grauen Licht, ist sie erleichtert. Sie kann es kaum erwarten, Norwegen endlich hinter sich zu lassen.

Es ist kurz nach halb acht, als sie mit unendlich schweren Gliedern aufsteht, um ins Etagenbad zu gehen. Im nächsten Leben wird sie nur Zimmer mit Bad bewohnen, denkt sie und schlüpft in ihre Schuhe, doch die sind noch immer nass und so steigt sie in die Gummistiefel. Eine ganze Weile steht sie so vor der verschlossenen Tür, den Kulturbeutel in der Hand, und lauscht hinaus. Erst als sie das Zimmermädchen mit dem Putzwagen über den Gang zuckeln hört, wagt sie sich nach draußen auf den Korridor.

Später beim Frühstück muss sie sich zwingen, etwas zu essen. Doch sie schafft nicht mehr als ein halbes Knäckebrot. Und auch der Kaffee will ihr heute nicht recht schmecken.

Sie kommt gerade zurück auf ihr Zimmer, da klingelt das Telefon. Als sie zwei Minuten später den Hörer auflegt, zittern ihre Hände. Ist das möglich?

Wohl eine Viertelstunde saß Laurin mit dem Schuhkarton auf den Knien untätig da und versuchte zu begreifen, was seine Mutter alles gewusst haben musste. Erst als er den Schlüssel in der Tür hörte und Kaja kurz darauf die Wohnung betrat, stand er auf und ging mit dem Karton in sein Zimmer, wo weitere Minuten verstrichen, bis er den Deckel anhob und in einer Art widerwilliger Wissbegierde hineinsah.

Die Türklingel schrillte und kurz darauf hörte er Stimmen auf dem Korridor. Die Bridgefreundinnen seiner Mutter. Er hoffte inständig, dass niemand ihn belästigen würde, rechnete nach dem Streit mit seiner Mutter aber nicht wirklich damit. Tatsächlich ebbten die Stimmen ab, als er den Deckel zur Seite legte, nach einer durchsichtigen Plastiktüte mit Bildern griff und sie langsam aus der Tüte holte.

Es war unheimlich, diese Bilder zu betrachten. Die Fotos zeigten Margarete Gruber auf einem Tragflügelboot. Dann offensichtlich in einem Hafen, zusammen mit einem Mann in Uniform. War das etwa Gunwald? Die beiden sprachen miteinander, aber es schien kein sehr erfreuliches Gespräch zu sein. Weitere Bilder folgten. Margarete an einem Bahnhof, wie sie in einen Zug stieg. Margarete, die unter einer Laterne stand, neben einem großen Mann mit Schiebermütze, der ihr die Wagentür aufhielt. Dann ein Foto im strömenden Regen, vor einem hellen Wagen, den Laurin als den Volvo seines Vaters identifizierte. Auf einem anderen Bild stand sie vor einer Reinigung. Was hielt sie denn da in der Hand, ein Buch? Auf dem nächsten Bild hätte er sie fast nicht erkannt, denn nun trug sie eine Kurzhaarperücke und stand in einer Telefonzelle, mit einem derart entsetzten Gesichtsausdruck, dass es Laurin selbst schauderte. Doch als er die beiden letzten Bilder sah, hielt er vor Schreck die Luft an: Margarete und sein Vater auf einem Spaziergang, im Hintergrund ein See. Und es war klar, dass die beiden eine heftige Auseinandersetzung austrugen.

Mit zitternden Fingern legte er die Bilder zurück in den Karton und machte sich daran, den Bericht zu lesen. Die Fotos, das sah er nun, dokumentierten Margarete Grubers Aktivitäten vom 15. bis 21. November 1970, endeten also zwei Tage vor ihrem Tod.

Drei Stunden später hörte er erneut Stimmen auf dem Korridor: das Geschnatter von Katrine Persson, seine Mutter, aufgeräumt und fröhlich, sowie zwei weitere Frauen, die er aber nicht erkannte. Die Bridge-Damen verabschiedeten sich. Zeit für ihn, seine Höhle zu verlassen und das Gespräch mit seiner Mutter fortzusetzen. Er wusste noch immer nicht, wie er ihr begegnen sollte.

Als er das Wohnzimmer betrat, bemerkte er sie zunächst nicht. Erst als er den Raum schon wieder verlassen wollte, sah er sie in ihrem beigen Sessel sitzen, mit geschlossenen Augen. Er zögerte. Sie wirkte erschöpft, gar nicht wie die Frau, deren Stimme er eben noch durch die Tür gehört hatte. Auf einmal kam er sich ungerecht vor, wie ein undankbarer Bengel, der seine Mutter mit den immer gleichen nervigen Wünschen traktiert. Auf Zehenspitzen zog er sich zurück. Doch da öffnete sie die Augen und sagte: »Komm rein.«

»Bist du sicher? Du siehst müde aus.«

»Das bin ich auch.«

»Dann reden wir später.«

»Nein.« Nur dieses eine Wort. Seine Mutter straffte sich, die Hände auf der Sessellehne. Aus der Küche waren Geräusche zu hören. Kaja, die Schubladen öffnete und die Dunstabzugshaube einschaltete. »Lass es uns hinter uns bringen.«

Ohne seinen Blick von ihr zu nehmen, zog er einen Stuhl heran und setzte sich ihr gegenüber.

»Mama«, sagte er sanft. Er verstand nicht, was sie getan hatte und warum. Aber er wollte es so gerne begreifen. »Diese Unterlagen, die du mir da gegeben hast. Warum hast du sie damals nicht der Polizei ausgehändigt? Ich meine … ich verstehe ja, dass du Babbo nicht … Aber auf den Bildern sind eine ganze Menge anderer Leute drauf. Und du glaubst ja selbst nicht, dass Babbo …«

»Dein Vater war ein schwacher Mensch. Er hätte nie den Mumm gehabt, dieser Frau etwas anzutun.«

Er schluckte trocken und nickte. Doch im Gegensatz zu ihr war er sich inzwischen ganz und gar nicht mehr sicher.

»Warum hast du die Sachen dann nicht der Polizei übergeben?«

»Ach, Junge … Du verstehst es wirklich nicht.« Sie seufzte. »Hol mir doch bitte mal ein Glas Wasser.«

Er ging ins Esszimmer, wo eine Karaffe mit Wasser stand, schenkte ihr ein und brachte ihr das Glas. Sie trank einen Schluck, mit zitternden Fingern, und behielt das Glas in der Hand.

»Nach dem Tod dieser Frau wurde doch alles anders. Dabei habe ich erst nach einer Weile verstanden, was da passiert war. Dein Vater hat sich von einem Tag auf den anderen vollkommen verändert. Er war … nicht mehr derselbe. Er war … ich weiß auch nicht … ängstlich und nervös. Konnte nicht mehr schlafen. Aber dann … ganz plötzlich … hat er eines Tages um meine Hand angehalten!«

Laurin war bestürzt über den plötzlichen Wechsel auf ihrem Gesicht. Sie lächelte und wirkte auf einmal geradezu beseelt.

»Hol mir doch mal das Album, bist du so lieb?«

Zögerlich erhob er sich, ging zur Anrichte.

»Das dritte von links.«

Sie schlug es auf und sein Blick fiel auf seine Eltern. Eine standesamtliche Hochzeit, doch die Feier war deswegen nicht weniger prachtvoll gewesen.

»Das habe ich mehr als alles andere gewollt«, sagte seine Mutter leise, während sie durch die Seiten blätterte. Erst in dem Moment bekam Laurin wirklich eine Ahnung davon, wie die Beziehung zwischen seinen Eltern gewesen sein mochte. Er musste an einen befreundeten Psychologen denken, der einmal zu ihm gesagt hatte, niemand außer dem Paar selbst könne das Gelingen einer Beziehung beurteilen. Laurin hatte die Ehe seiner Eltern immer für unglücklich gehalten. Erst jetzt begriff er, dass er sich vielleicht geirrt hatte.

»Wir waren endlich eine Familie. Eine richtige Familie. Ich habe das auch für euch getan.«

»Was hast du getan, Mama? Was meinst du damit?«

»Na, der ganze Aufwand. Dieser Privatdetektiv ... Und dazu kam ja auch noch die Sache mit Sven.«

Irritiert hob Laurin die Hand. »Moment, Moment. Wovon sprichst du?«

»Der Privatdetektiv, den ich beauftragt hatte. Nachdem er das Phantombild in der Zeitung gesehen hatte, war er drauf und dran, zur Polizei zu gehen und ihnen von seinem Überwachungsauftrag zu erzählen. Ich musste ihm Geld geben, damit er den Mund hält.«

»Und was war das mit diesem ... Sven?«

Sie blätterte um und zeigte auf einen der Hochzeitsgäste. »An den erinnerst du dich bestimmt nicht mehr. Der war damals unser Trauzeuge. Er war bei der Polizei. Als dein Vater im Mai 71 befragt wurde, habe ich Sven um einen Gefallen gebeten. Ich war mir damals sicher, dass sie deinem Vater etwas anhängen wollten. Ist doch klar. Ein Ausländer. Ein gefundenes Bauernopfer. Ich wollte kein Risiko eingehen und habe mich an Sven gewandt ... Na ja, er hatte eine kleine Schwäche für mich ... Jedenfalls habe ich ihn gebeten, dafür zu sorgen, dass man zwischen ihr und deinem Vater keinen Zusammenhang herstellen kann.«

»Was? Du hast einen Polizisten überredet ... Was genau hat er getan?«

Seine Mutter machte eine wegwerfende Handbewegung. »Nichts Schlimmes ... Er hat diese Meldescheine verschwinden lassen, das war alles. Warum guckst du so? Wir waren doch endlich eine richtige Familie geworden. Das wollte ich nicht wieder verlieren.«

Er konnte es nicht glauben. Natürlich hatte er schon immer gewusst, dass sie die Angewohnheit hatte, sich hässliche Wahrheiten durch ein bisschen Wortkosmetik aufzuhübschen. Doch was sie ihm da gerade erzählt hatte, war eine völlig andere Nummer. Das war kriminell.

Und wie ein Blitz traf ihn noch ein viel schlimmerer Gedanke, den er am liebsten gleich wieder weggedrückt hätte. Was, wenn gar nicht sein Babbo an jenem 23. November mit dem Volvo am Isdal unterwegs gewesen war? War es denkbar, dass *sie* Margarete Gruber – die Frau, die ihrem Eheglück im Weg gestanden hatte – unter einem Vorwand ins Isdal gelockt hatte? Ein Foto erschien vor seinem geistigen Auge, seine Mutter im Karateanzug. Was hatte im Polizeibericht gestanden? Soweit er sich erinnerte, war die Frau doch niedergestreckt worden, mit einem Handkantenschlag, nachdem ihr jemand ein Schlafmittel verabreicht hatte, rosarote Pillen – genau solche Pillen, wie seine sie Mutter jahrelang geschluckt hatte.

Er starrte sie an, als sähe er sie zum ersten Mal. Wie sie dasaß, in ihrer fliederfarbenen Seidenbluse, zerbrechlich wie ein Vögelchen, mit diesem leisen Lächeln, das ihre Lippen umspielte. Diese Frau sah aus wie seine Mutter, sie lächelte wie seine Mutter, sie sprach wie seine Mutter. Und doch kam es ihm in dem Moment vor, als säße da eine völlig Fremde. Die Mutter, die er gekannt hatte, war verschwunden.

Das ist der Ort, den die Frau sich zum Sterben aussuchte – oder den ein anderer für sie zum Sterben ausgesucht hat.

Die Zeit, 10. Januar 2018

Er stand schon da, in der geöffneten Tür, und blickte ihr entgegen, während sie die restlichen Treppenstufen erklomm. Eva wusste nicht, wen oder was sie erwartet hatte, einen Tattergreis? Jedenfalls nicht diesen sehr aufrecht stehenden, drahtig wirkenden Herrn, der ihr so freundlich entgegenlächelte. Wie schon am Telefon spürte sie auch jetzt, wie das schlechte Gewissen in ihr hochstieg. Er hatte so erfreut geklungen, so erfreut und arglos, als sie sich ihm am Telefon als eine Bekannte von Professor Laurin Abrahamsen vorgestellt hatte, eine Autorin aus Deutschland, die eine Biografie über dessen Vater, den Reisefotografen Damiano Lombardi, und sein Schaffen schreiben würde und sich deshalb gerne mit seinen Freunden und Bekannten unterhalten wollte.

»Herr Bonnevie«, sagte sie ein wenig außer Atem und streckte ihm zur Begrüßung die Hand entgegen.

Einen kurzen Moment hatte sie den Eindruck, dass er sie irritiert ansah, bevor er einen Schritt zur Seite tat und sie hereinbat.

»Möchten Sie ablegen?«, fragte er, ganz Kavalier der alten Schule, half Eva aus dem Mantel und führte sie in ein Wohnzimmer, wo auf einem Couchtisch für zwei Personen gedeckt war, mit Platzdeckchen und Servietten und einer Platte mit Kuchen. Erneut kämpfte Eva mit sich. Noch nie hatte sie sich bei ihren Recherchen unter einem falschen Vorwand Zutritt verschafft und nun tat sie es schon das zweite Mal.

»Bitte nehmen Sie doch Platz«, sagte er mit formvollendeter Geste und fragte sie, ob sie Kaffee oder Tee wolle.

»Gerne Kaffee«, sagte sie und drängte ihre Bedenken beiseite. Es ging jetzt schlicht um die vielleicht letzte Möglichkeit, doch noch Licht in die Angelegenheit zu bringen.

Er verschwand in der Küche, was Eva die Gelegenheit gab, den Blick über die Bücherregale und zu einer Wand schweifen zu lassen, die über und über mit Bildern und Fotos bedeckt war. Schiffsmotive, Männer in Uniform, drei Männer in Knickerbockern, auf Skiern. Sie kniff die Augen zusammen, um besser sehen zu können. Doch da betrat Bonnevie schon wieder den Raum und sie wandte sich ab.

»Sie sind also Autorin?«, fragte er, nachdem er ihnen beiden Kaffee eingeschenkt hatte und sie mit Kuchen versorgt war.

Eva räusperte sich. Sie hielt die Spannung inzwischen kaum mehr aus. »Ja«, sagte sie und versuchte, sich in dem Sessel möglichst aufrecht zu halten. »Ich schreibe Biografien.«

»Das ist ein interessantes Gebiet. Da lernt man sicher viel. Und nun haben Sie sich also Damiano Lombardi vorgenommen. Ich hatte ja keine Ahnung, dass er so bekannt ist. Wie kann ich Ihnen helfen?«

Evas Herz klopfte wie wild, als sie nun sagte: »Genauer gesagt interessiere ich mich für das Jahr 1970 und seine Beziehung zu einer Frau, die Sie, soweit ich weiß, ebenfalls kannten. Diese Frau ist im November 1970 im Isdal ums Leben gekommen und war meine Tante.«

Bonnevie saß da wie vom Donner gerührt und starrte sie an. Sein Gesicht hatte alle Farbe verloren, sodass Eva es auf einmal mit der Angst zu tun bekam. Was, wenn er ein schwaches Herz hatte und einen Infarkt erleiden würde? Dann wäre sie schuld.

Etwa eine Minute verging, in der keiner von beiden etwas sagte. Eva nicht, weil ihr eigenes Herz sich inzwischen so anfühlte, als wollte es gleich davongaloppieren, und weil sie Angst hatte, jedes weitere Wort würde ihn vom Stuhl kippen lassen. Und er, weil er sichtlich um Fassung rang.

Endlich sagte er mit wackliger Stimme: »Ich hatte gleich so ein komisches Gefühl ... als Sie zur Tür hereinkamen. Aber es ist schon so lange her. Da dachte ich, das kann ja nicht sein. Wie haben Sie davon erfahren ... nach all den Jahren?«

Eva war erleichtert. Weder sah es so aus, als würde er gleich kollabieren, noch machte er Anstalten, sie hinauszuwerfen. Sie nahm einen großen Schluck Kaffee, stellte die Tasse auf den Unterteller, lehnte sich in ihrem Sessel zurück und überlegte, wie viel sie ihm erzählen sollte.

»Sie werden es kaum glauben, aber ich habe das Bild meiner Tante in einer deutschen Zeitung gesehen«, hob Eva an und erzählte ihm, wie fassungslos sie gewesen war, als sie das Ergebnis des DNA-Tests in Händen gehalten hatte.

Sie sprach eine gute Viertelstunde, und als sie geendet hatte, fragte Bonnevie: »So haben Ihre Recherchen Sie also zu Viggo Sørensen geführt?« Er hob die Augenbrauen und schüttelte den Kopf. »Das Leben geht seltsame Wege. Und nun sind Sie hier ...«

Eva nickte, froh, dass er den Schock offenbar überwunden hatte und bereit schien, mit ihr zu sprechen. Doch dann stand er plötzlich auf: »Ich weiß nicht, wie es Ihnen geht. Aber ich brauche jetzt erst mal einen Schluck.«

Er verließ den Raum und Eva hörte ihn den Korridor entlanggehen. Leicht beunruhigt fragte sie sich, was das denn zu bedeuten hatte, und war erleichtert, als er nach einiger Zeit mit einer Flasche Cognac in der Hand zurückkehrte.

Aus einer Anrichte holte er zwei Gläser, schenkte beide reichlich voll und reichte Eva eines davon. Als er ihr gegenüber wieder in seinem Sessel saß, nahm er einen Schluck.

»Ich habe sie im Frühjahr 1970 kennengelernt«, hob er an. »Am tiefsten Tiefpunkt meines Lebens. Meine Verlobte hatte mich gerade sitzen lassen und um mich abzulenken oder aufzumuntern, hat Damiano mich ihr … vorgestellt.«

Er nahm noch einen Schluck Cognac und stellte das Glas dann ab. »So haben wir uns kennengelernt. Bei unserem ersten Treffen wollte ich tatsächlich nur ein bisschen Ablenkung. Doch mit der Zeit wurde mehr daraus.«

»Also waren Sie mit ihr zusammen?« Eva spürte, wie sie sich innerlich aufrichtete.

Jetzt lächelte er. »Ehrlich gesagt weiß ich gar nicht, was ich Ihnen darauf antworten soll. Aber nein, ich glaube nicht, dass man das so sagen kann. Ich meine, Sie haben ja offensichtlich schon mit Viggo gesprochen. Da hat er Ihnen sicher gesagt, was sie …« Er verstummte, wusste wohl nicht, was er ihr zumuten konnte.

»Sie können ganz offen mit mir sprechen. Ich weiß, dass sie sich mit Männern getroffen hat, gegen Geld.«

Er schien erleichtert. »Heute würde man sie vermutlich als Escortdame bezeichnen, nicht wahr? Jedenfalls sind wir uns danach ein bisschen nähergekommen. Über das rein Berufliche hinaus.«

Eva dachte nach. »Und in welcher Beziehung stand sie zu Lombardi? War er für sie so eine Art … Vermittler?« Eva verkniff sich das Wort, das sie eigentlich verwenden wollte.

»Ja. So kann man das wohl sagen. Aber die beiden waren irgendwie auch miteinander befreundet. Es war … vielschichtig. Was waren sie füreinander? Eine Zweckgemeinschaft? Reisegefährten?«

»Reisegefährten?« Sie sah ihn ungläubig an.

»Das klingt für Sie vielleicht verdreht. Eine verkehrte Welt, wenn man von den Moralvorstellungen der Gesellschaft ausgeht. Aber sie war … ich weiß auch nicht … Sie war frei. Ja, das war sie. Sie scherte sich nicht darum, was die Gesellschaft für verwerflich hielt. Aber die Kehrseite dieser Freiheit war eben auch, dass sie … niemanden hatte.«

Eva wandte den Blick ab und dachte über das nach, was Gunwald Bonnevie gesagt hatte. Es klang so traurig. Traurig, weil es wahr war. Sie nippte an ihrem Cognac, verzog das Gesicht.

»Wie gut kannten Sie Lombardi eigentlich?«

Wenn ihn die plötzliche Frage irritierte, so zeigte er es nicht.

»Na ja, kennengelernt haben Damiano und ich uns über seine Frau, Solveig. Unsere Familien, Solveigs und meine, sind schon lange befreundet. Schon unsere Väter waren Freunde. Ich weiß, das klingt sonderbar. Dass ich gewissermaßen mit beiden befreundet war, mit Solveig und mit Damiano. Ihre Beziehung war ja nicht einfach, das wissen Sie vermutlich.«

Eva fand das auch sonderbar, bemühte sich aber, ihre Gefühle nicht allzu deutlich zu zeigen.

»Also war Lombardi Ihr Freund?«

Bonnevie nickte. »Warum wollen Sie das wissen? Ist das wichtig?«

Einen Augenblick lang betrachtete Eva ihn. Sie wurde nicht richtig schlau aus ihm, konnte ihn einfach nicht einschätzen. Er war ihr sympathisch. Aber war er auch aufrichtig? Und wem galt seine Loyalität? Nach einem kurzen inneren Kampf beschloss Eva, es darauf ankommen zu lassen.

»Ich weiß nicht, ob Sie das wissen ... Aber im Mai 1971 wurde Lombardi von der Polizei vernommen. Sie wollten wissen, ob er sie kannte und mit ihr herumgereist war. Er hat das damals bestritten. Er hat sogar bestritten, sie gekannt zu haben. Doch Zeugen hatten ihn mit ihr gesehen. Und dann hat er eine gewisse Liesbeth de Jong als sein Alibi genannt. Eine Südafrikanerin, mit der er damals unterwegs gewesen sein wollte. Für einen Unschuldigen kommt mir das ein wenig ... verdächtig vor.«

Er sah sie an, ohne die geringste Regung im Gesicht. Leise sagte er: »Damiano hatte mir davon erzählt. Das war alles gelogen. Er hatte Angst, man könnte ihm etwas anhängen. Das war das eine. Das andere war die Sorge, seine Kinder zu verlieren. Solveig, seine Frau, deren ganze Familie setzte ihn derart unter Druck. Noch einen Fehltritt … irgendetwas … und er hätte seine Kinder nie wiedergesehen.«

Eva beobachtete ihn schweigend und sagte dann: »Sie wissen, dass sein Wagen dort gesehen wurde, beim Isdal, am 23. November gegen zwölf Uhr?«

Sein entsetzter Blick war Antwort genug. »Das kann nicht sein …«, sagte er. »Damiano hätte ihr niemals etwas angetan. Er hat es zwar mit dem Gesetz nicht allzu genau genommen, aber so etwas … niemals. Außerdem hätte er gar keinen Grund gehabt, so etwas zu tun. Das ist vollkommen wirr. Und so war ihr Verhältnis auch nicht. So war *sie* nicht. Sie wollte nicht, dass er seine Familie für sie verließ … falls Sie das denken. Sie war autonom. Eine starke Frau, die stärkste Frau, die ich kannte.«

Und doch ist sie ermordet worden, dachte Eva und atmete tief ein und wieder aus. Leise sagte sie: »Die beiden waren also gute Bekannte. Reisegefährten, wie Sie sagen …«

»Ja«, antwortete er. »Es kam ihr entgegen, dass er viel herumreiste. Sie war ja auf der Suche nach ihrer Familie.«

Evas Hände, die in ihrem Schoß lagen, zuckten. *Sie war auf der Suche nach ihrer Familie.* Sie hatte also recht gehabt. Margarete war in Norwegen unterwegs gewesen, um eine Spur zu finden. Sie ballte die Hände zu Fäusten und versuchte, sich ihre Bewegtheit nicht anmerken zu lassen. Ich bin hier, um die Wahrheit herauszufinden, dachte sie, nicht um vor einem Fremden zu heulen.

Doch er schien sie zu durchschauen, denn er sah sie mitfühlend an und sagte: »Marguerite war besessen davon, ihre Mutter zu finden … ihre Mutter und ihre Schwester. Sie ist zu all diesen Heimen gefahren … hat immer wieder versucht, sich an irgendetwas zu erinnern.«

Eva sah ihn an. »Wie haben Sie sie eben genannt?«

»Marguerite. Warum?« Er blickte sie unsicher an.

»Margarete. Ihr Name war Margarete«, sagte sie und schluckte schwer. Sie wusste auch nicht, warum sie das so traf. Marguerite. Aber in diesem Namen, der so ähnlich und doch ein anderer war, lag für Eva auf einmal die ganze Tragik dieses viel zu kurzen Lebens. Das kleine deutsche Mädchen, das wegen einer Puppe davonläuft. Und plötzlich ganz allein ist unter Menschen, die es nicht verstehen, in einem fremden Land. Ein verirrtes Kind, das irgendwann durch halb Europa reisen und seine Mutter suchen wird. Ohne sie jemals zu finden.

»Ja«, sagte Bonnevie nach einer Weile. »Und dann hat sie diese Frau in Bodø gefunden, die ihre Mutter gekannt hat. Eine Mitarbeiterin des Lebensborn. Sie wissen, dass ihre Mutter in einem dieser Heime gearbeitet hat?«

Eva nickte. »Doch, ja«, sagte sie, nun wieder ganz gefasst. »Das weiß ich. Sie erinnern sich nicht zufällig an den Namen dieser Frau?«

Er schüttelte den Kopf. »Leider nein. Ich weiß nur noch, dass die Frau ihr ein Foto gegeben hatte, von ihrer Mutter. Dieses Foto war ihr Augenstern. Aber dann ist etwas Merkwürdiges passiert.« Er verstummte, wie um sich zu sortieren. »Das war wirklich komisch. Die Frau wollte ihr noch andere Fotos schicken, unter anderem von einem Mann, der ihre Mutter gut gekannt haben soll. Ein Norweger muss das gewesen sein, einer, der auch in diesem Heim arbeitete und mit dem die Mutter ein Liebesverhältnis gehabt haben soll. Jedenfalls hatte Marguerite die Hoffnung, diesen Mann zu finden. Sie war völlig fixiert auf ihn, weil sie glaubte, er würde wissen, woher aus Deutschland ihre Mutter stammte. Sie hat der Frau aus Bodø meine Adresse gegeben. Weil sie ja nie im Voraus wusste, wo sie als Nächstes sein würde. Doch dann … Das Foto ist nie angekommen. Und das hat sie völlig aus der Bahn geworfen.«

»Was? Also ist der Brief verloren gegangen?«

»Nein, das war ja das Merkwürdige. Der Brief, der noch ein paar andere Fotos enthielt, kam an. Aber das *eine* Foto fehlte. Das von dem Liebhaber.«

»Dann hat diese Frau vergessen, das Bild mitzuschicken?«

»Das habe ich ihr auch gesagt. Aber davon wollte sie nichts wissen. Ich war zu der Zeit öfters auf einem Torpedoboot unterwegs. Und da hat sie im Hafen auf mich gewartet. Ich weiß noch, wie wir da standen … es war ja das letzte Mal, dass ich sie gesehen habe.«

Eva fühlte, wie ein Adrenalinstoß durch ihren Körper fuhr. Also sagte er die Wahrheit.

»Der Hafen von Tananger«, murmelte sie.

Gunwald sah sie überrascht an. »Das wissen Sie?«

Eva nickte und er schien einen Augenblick darüber nachzudenken. Doch dann fuhr er auch schon fort: »Sie war, wie gesagt, völlig durch den Wind. Hat mich halb beschuldigt, dieses Bild genommen zu haben, halb hat sie behauptet, jemand würde sie verfolgen.«

»Jemand hat sie verfolgt?« Eva konnte nicht verhindern, dass ihre Stimme schrill klang. Entgeistert sah sie ihn an.

Er wich ihrem Blick aus, beugte sich vor und stützte sich mit den Ellbogen auf den Knien ab, die Augen zu Boden gerichtet. Fast tonlos sagte er: »Sie glauben nicht, wie oft ich über dieses letzte Treffen nachgedacht habe. Was sie gesagt hat. Was sie nicht gesagt hat. Bis heute mache ich mir Vorwürfe, dass ich ihr nicht geholfen habe. Dass ich ihr nicht angeboten habe, bis zu meiner Rückkehr bei mir zu wohnen. Aber ich habe das damals nicht ernst genommen. Wissen Sie, dass ich mich bis heute frage, ob ich es hätte verhindern können? Und ob ihr Tod irgendwie mit diesem Typen auf dem Bild zu tun hatte. Dem von der Norske Legion. Ob sie da, ohne es zu wissen, in irgendetwas hineingestochen hat.«

Verwirrt blickte Eva ihn an. »Was für ein Typ? Wovon sprechen Sie?«

»Na, von diesem Mann auf dem Foto. Dem Liebhaber ihrer Mutter.«

»Ich verstehe nicht ganz, wie Sie auf den Gedanken kommen.«

»Was glauben Sie denn, wie die Norweger damals auf Leute zu sprechen waren, die für den Feind gekämpft haben?«

Eva runzelte die Stirn. Etwas fiel ihr ein. Das Foto vom Dachboden. Der gut aussehende junge Mann in Uniform.

»Sagen Sie, was trugen die Soldaten der Norske Legion denn für eine Uniform?«

»Sie meinen, welche Farbe? Grau …«

»Ich meine, welche Effekten trugen sie?«

»Den Löwen mit dem Beil auf dem rechten Kragenspiegel. Den Rang auf dem linken. Warum fragen Sie?«

Eva beugte sich vor und griff in ihre Tasche, um ihr Smartphone zu holen. In dem Moment klingelte es.

»Entschuldigen Sie mich bitte«, sagte Bonnevie und erhob sich, während Eva ihr Smartphone zur Hand nahm, um das Foto zu suchen. Das Foto eines Mannes in der Uniform der Norske Legion. Sie wischte über den kleinen Bildschirm, irgendwo musste es sein. Sie hatte die Bilder doch alle abfotografiert.

Sie betrachtete das Bild so eingehend, dass sie Gunwalds Rückkehr kaum bemerkte. Doch als sie aufblickte, stand nicht Gunwald vor ihr, sondern Laurin Abrahamsen.

Entgeistert ließ sie das Smartphone sinken, legte es auf den Couchtisch.

»Sie?«, fragte sie und blickte von Abrahamsen zu Bonnevie, der hinter Abrahamsen den Raum betreten hatte.

Bonnevie sah zerknirscht aus, als er sich nun räusperte und sagte:

»Es tut mir leid. Ich musste ihn anrufen. Ich wusste ja nicht, ob ich Ihnen trauen kann. Und da Sie mich auch getäuscht haben … Jedenfalls dachte ich, er als Damianos Sohn sollte hören, was Sie zu sagen haben.«

»Ich danke dir, Gunwald. Das war sehr anständig von dir«, sagte Abrahamsen und kam langsam näher.

»Wie du siehst, sind wir schon beim Cognac angekommen.« Bonnevie lächelte. »Ich gehe davon aus, du wirst dich uns anschließen?«

Abrahamsen nickte und ließ sich auf dem Sofa nieder. Bonnevie ging zur Anrichte, um einen weiteren Cognacschwenker zu holen. Da bemerkte Eva, dass etwas auf dem Tisch Abrahamsens Aufmerksamkeit erregte. Ihr Smartphone, das immer noch das Porträtfoto des Soldaten zeigte. Er beugte sich vor und betrachtete das Gesicht.

Auf einen Schlag änderte sich seine Miene frappierend. Eben noch hatte er wie ein Mann ausgesehen, der auf der Hut war, jetzt starrte er mit geweiteten Augen auf das Bild.

»Aber ... das ist doch nicht möglich«, flüsterte er und griff nach dem Smartphone.

Bonnevie trat an den Tisch, nahm die Flasche und war im Begriff einzuschenken, als Abrahamsen ihm das Smartphone entgegenstreckte.

Etwas verwirrt sah Bonnevie zunächst Abrahamsen an. Dann erst richtete sich sein Blick auf das Foto. Und wie Abrahamsen kurz zuvor starrte nun auch er auf das Gesicht des Soldaten, mit einem Ausdruck vollkommener Fassungslosigkeit.

Bergen, Norwegen, 23. November 1970

Ihre Hände zittern noch immer, als sie das Buch aus Damianos Auto mitsamt Andersens Foto in ihre weiße Reisetasche packt. Die feuchten Lederschuhe steckt sie vorsorglich in zwei Plastiktüten, bevor sie sie in den Koffer legt. Sie holt den Umschlag mit den fünfhundert Mark aus der Nachttischschublade und schiebt ihn hinter eine Kartonecke im Koffer. Das Geld braucht sie ja erst, wenn sie in Deutschland ist. Zum Schluss greift sie nach der Karte, die sie zwischen die Seiten ihres Notizbuchs gesteckt hat. Der Karte mit der heiligen Elisabeth, bis vor Kurzem das Einzige, was ihr von damals geblieben war. Und nun werde ich sie vielleicht bald alle wiedersehen!

Sie sieht auf die Uhr. Gleich zwanzig nach zehn. Es wird Zeit. Sie tritt vor den Spiegel und betrachtet sich einen Augenblick lang, das blasse Gesicht, die dunklen Augenringe. Sie hätte sich die Haare waschen sollen. Aber dafür ist es zu spät. Sie greift in ihre Anoraktasche, holt die hellblaue Haarschleife heraus und bindet sich das Haar zu einem Pferdeschwanz. So ist es besser. Sie überlegt kurz, ob sie jemanden zum Tragen rufen soll. Doch sie hat keine Lust zu warten und befördert das ganze Gepäck selbst nach unten, wo sie den Portier bittet, ihr ein Taxi zu rufen.

Die Luft draußen ist kalt. Sie schlingt sich den grün-blau karierten Schal um den Hals und setzt sich die Fellmütze auf den Kopf. Ihre Füße sind kalt. Es war ein Fehler, die Gummistiefel anzuziehen.

In den drei Minuten, die es dauert, bis das Taxi kommt, sieht sie sich immer wieder um, entdeckt aber niemanden, der ihr irgendwie auffällt. Was soll ihr auch jetzt noch passieren? In einer Stunde wird sie den Mann treffen, der damals mit ihrer Mutter zusammen war, Jan Andersen, der seinen Namen geändert hat und inzwischen Jonar Andresen heißt.

Am Bahnhof geht die Schlepperei von Neuem los und so ist sie ziemlich verschwitzt, als sie endlich bei den Schließfächern ankommt. Auch zeigt ein Blick auf die Uhr, dass sie spät dran ist. Schnell schiebt sie die beiden Koffer ins Gepäckfach und knallt die Tür zu. Noch immer ist sie aufgeregt, ihre Finger scheinen ihr nicht recht zu gehorchen, als sie eine Krone aus dem Geldbeutel fischt und in den Schlitz des Gepäckfachs steckt.

Sie schultert erst ihre Reisetasche, dann die Handtasche

und eilt hinaus in den Nieselregen. Gegenüber vom Haupteingang, hat er gesagt. Sie überquert den Bahnhofsvorplatz mit schnellen Schritten. Und da steht auch schon der Wagen. Ehe er noch Gelegenheit hat auszusteigen, öffnet sie die hintere Tür, legt die Reisetasche auf den Rücksitz und öffnet die Beifahrertür.

»Guten Tag, Hallvard!«, japst sie und lässt sich auf den Sitz plumpsen. Sie reißt sich die Fellmütze vom Kopf und löst den Schal. Im Auto ist es warm.

»Was ist denn los? Sie sind ja vollkommen durch den Wind!«, sagt er und wieder staunt sie über die Sanftheit seiner Stimme. »Nur ruhig Blut!« Er wirft ihr einen väterlichen Blick zu, dann setzt er den Blinker und fädelt sich in den Verkehr ein.

»Ich bin tatsächlich etwas aufgeregt.« Marguerites Hände liegen auf ihrer Handtasche und zucken unruhig, während sie durch die regennasse Scheibe blickt, die Schultern hochgezogen.

»Sie sehen so aus, als könnten Sie einen Schluck vertragen.« Er langt an die Seite und zieht einen silbernen Flachmann hervor.

Marguerite zögert nur ganz kurz. »Da haben Sie recht.« Sie nimmt die Flasche und trinkt einen großen Schluck. Der Likör schmeckt bitter und süß zugleich und fast augenblicklich spürt sie, wie sich eine angenehme Wärme in ihr ausbreitet.

Eine Weile fahren sie schweigend durch den grauen Vormittag, das einzige Geräusch ist das monotone Hin und Her der Scheibenwischer. Nach einiger Zeit wird die Bebauung weniger. Gepflegte Häuser mit hübschen Erkern ziehen an ihr vorbei, bis sie schließlich an eine Schranke quer über der Straße kommen, die Hallvard jedoch ohne zu zögern öffnet und hinter ihnen wieder schließt. »Der Förster hier ist ein scharfer Hund. Wenn er sieht, dass der Schlagbaum oben ist … eieiei!« Er macht eine Bewegung mit der Hand.

Marguerite lächelt, nun schon weniger nervös. Sie sieht wieder aus dem Fenster. Rechts unter ihr, hinter dem kahlen Geäst der Bäume, liegt dunkel und still der See.

»Hier bin ich neulich spazieren gegangen«, sagt sie. »Das ist doch dieser Stausee, wie heißt er noch mal?«

»Svartediket«, sagt Hallvard.

»Im Sommer ist es hier sicher schön. Zum Schwimmen, meine ich.«

»Oh, hier darf man nicht baden. Das ist der Trinkwasserspeicher der Stadt«, sagt Hallvard.

Die Landschaft gleitet an ihnen vorüber, grauer Fels und Fichten und hin und wieder die weißen Stämme der Birken. Marguerite merkt, wie sie sich zusehends entspannt. So fühlt es sich also an, wenn eine Irrfahrt zu Ende geht, denkt sie.

»Wie weit ist es noch?«

»Keine fünf Minuten mehr. Wie Jan Ihnen sicher schon gesagt hat: Der Typ will auf keinen Fall mit uns zusammen gesehen werden. Ich persönlich halte das ja für reichlich übertrieben. Aber er hätte sich sonst nie auf ein Treffen eingelassen. So ist es nun mal.«

Marguerite denkt über diese Worte nach. »Ja«, sagt sie. »Vielleicht hat er ja recht. Ehrlich gesagt hatte ich in den letzten Tagen selbst den Eindruck, dass jemand mich beobachtet.«

»Tatsächlich?« Hallvard wirft ihr einen kurzen Blick zu. »Sind Sie sicher?«

Marguerite überlegt kurz. »Eigentlich ja«, sagt sie. »Ja. Da war jemand.«

»Puh«, sagt Hallvard. »Vielleicht ist das Ganze ja doch nicht so übertrieben, wie ich dachte. Mögen Sie noch einen Schluck?«

»Warum nicht?«, sagt Marguerite und nimmt den Flachmann.

Nach einiger Zeit bemerkt sie, dass der Weg eine lange Rechtskurve beschreibt.

»Ist das da drüben der Weg, auf dem wir gefahren sind?«, fragt sie und deutet auf die andere Seite des Sees.

»Ja«, sagt Hallvard. »Und jetzt sind wir auch schon fast da.« Kurz darauf bremst er und stellt den Motor ab. »So. Von hier aus ist es nicht mehr weit.«

»Wo müssen wir denn jetzt noch hin?«, fragt Marguerite und dreht sich zu Hallvard, der das Gesicht zu einer komischen Grimasse verzieht. Er macht eine unbestimmte Bewegung mit dem Kinn. »Ich will ja nicht indiskret sein. Aber dieser Mann macht sich, wenn Sie mich fragen, reichlich wichtig. Er will zu Fuß kommen.«

Marguerite ist verwirrt. »Wie, zu Fuß? Von Bergen aus? Das ist doch viel zu weit.«

Hallvard zuckt die Schultern. »Soweit ich weiß, will er mit der Seilbahn auf den Ulriken fahren und von dort absteigen.« Er rollt die Augen und das sieht so komisch aus, dass Marguerite lachen muss.

Sie steigen beide aus. Doch als Marguerite zum Stehen kommt, ist die frische Luft wie ein Schock. Sie hätte den Kräuterlikör wohl lieber nicht trinken sollen, so wenig, wie sie gefrühstückt hat. Sie atmet tief durch, setzt sich die Fellmütze auf und windet sich den Schal um den Hals. Zögernd tut sie ein paar Schritte in Richtung einer kleinen Brücke. Doch Hallvard ruft ihr übers Wagendach hinweg zu: »Wir müssen hier entlang!«, und deutet nach oben.

Als sie zu ihm aufgeschlossen hat, zuckt er entschuldigend die Achseln und sie lächelt wieder, obwohl ihr eigentlich gar nicht mehr danach zumute ist.

»Bitte nach Ihnen«, sagt Hallvard und Marguerite geht voran, folgt dem schmalen Pfad, der sich den Berg hochwindet, zwischen Gras und Felsbrocken und ein paar Fichten. Ihre

Füße in den Gummistiefeln fühlen sich klobig an, wie mit Blei beschwert. Ein paarmal rutscht sie fast aus, so glatt ist die Sohle dieser verdammten Dinger, und Hallvard kann sie beim letzten Mal gerade noch auffangen.

»Ist wohl nicht das geeignete Schuhwerk für eine Bergwanderung«, sagt sie, bemüht, ihre Atmung wieder unter Kontrolle zu bringen. Sie ist kein Wandervogel, schon unter normalen Umständen nicht.

»Es tut mir wirklich leid«, sagt Hallvard, der neben sie getreten ist. »Das ist eine Zumutung für Sie. Aber es ist nicht mehr weit. Vielleicht darf ich Ihnen helfen?«

Sie sieht zu ihm hoch und hakt sich unter, dankbar für das Angebot.

So gehen sie dicht nebeneinander und Hallvard hat alle Hände voll zu tun, sie auf den Beinen zu halten.

Nach einigen Minuten oder vielleicht auch nach einer halben Stunde - sie hat jegliches Zeitgefühl verloren - entdeckt sie eine Gestalt, die etwas abseits auf einem Felsbrocken am Waldrand sitzt. Beim Näherkommen erkennt sie Jan Andersen. Fast hätte sie ihn nicht erkannt, im dunklen Anorak und mit Mütze.

Als er sie kommen sieht, erhebt er sich und streckt ihr zur Begrüßung die Hand entgegen. Marguerite ergreift sie, sieht sich dabei aber suchend um.

»Setzen Sie sich«, sagt er und zeigt auf den Felsbrocken neben sich. »Es tut mir wirklich leid, dass wir Sie hier hinaufscheuchen mussten. Aber ...« Auch er dreht sich um, »... unser ... ich sage jetzt mal Informant ... scheint sich zu verspäten. Er müsste längst hier sein!«

Täuscht Marguerite sich oder klingt er auf einmal besorgt? Besorgt und beunruhigt. Wenn ihr nur nicht so heiß wäre. Sie zerrt sich den dicken Schal vom Hals, breitet ihn über den Felsbrocken und lässt sich erschöpft darauf nieder.

»Ich halte mal Ausschau, wo er bleibt«, sagt Hallvard und geht davon.

»Ist Ihnen nicht gut?«, fragt Andersen und betrachtet Marguerite besorgt. »Möchten Sie vielleicht etwas Wasser? Oder noch einen Schluck Kräuterbitter?«

Marguerite winkt ab. »Ich ... Nein danke«, sagt sie und wischt sich den Schweiß von der Stirn.

So sitzen sie eine Weile da und Marguerite ist Andersen dankbar, dass er nicht versucht, ein Gespräch in Gang zu bringen. Sie hat mit sich zu tun, kämpft gegen dieses bleierne Gefühl an, das immer stärker wird. Irgendwann hört sie Schritte. Sie blickt auf, aber es ist nur Hallvard, der Andersen zunickt.

Und es ist dieses Nicken, das ein unangenehmes Gefühl in ihr aufsteigen lässt. Und ehe sie noch darüber nachdenken kann, was hier gerade geschieht, sagt Andersen plötzlich: »So. Und jetzt reden wir mal Klartext. Wo ist das Foto?«

Marguerite starrt ihn an, vollkommen entgeistert über den groben Tonfall, in dem er mit ihr spricht.

»Wo ist das Foto?«, wiederholt er.

Marguerite überlegt fieberhaft, was sie antworten soll. Wenn sie doch nur klar denken könnte, aber alles in ihrem Kopf fühlt sich auf einmal so dumpf an, so wattig. Also fragt sie nur: »Was für 'n Foto?« Sie merkt selbst, dass ihre Stimme ihr nicht mehr gehorchen will.

»Das, mit dem du mich erpresst.«

»Aber ... ich versteh nich ... ich erpress kein ...«

Da reißt ihr jemand, es ist Hallvard, die Handtasche von der Schulter. Sie schwankt, hat Mühe, sich aufrecht zu halten. Irgendwo im Nebel hört sie, wie ihre Sachen auf den Boden fallen.

»Es ist nicht da«, sagt Andersen.

Im nächsten Augenblick packt Hallvard sie am Arm. Sie versucht, sich aus seinem Griff zu winden, will schreien, doch aus ihrer Kehle dringt nur ein heiseres Röcheln.

Und in dem Moment wird ihr klar, dass niemand kommen wird, kein Jonar Andresen. Und auch sonst niemand.

Wie aus weiter Ferne hört sie die beiden Männer miteinander sprechen.

»... ihre Reisetasche noch im Wagen ... wahrscheinlich da drin ... oder jemand anderes ... dieser Italiener ... die Tabletten ...«

Und dann geht alles ganz schnell. Sie kann nicht mehr atmen, weil jemand ihr die Nase zuhält. Sie hat das Gefühl zu ersticken, japst nach Luft, sieht Andersens Gesicht dicht vor sich. Und dann hat sie plötzlich den Mund voller Tabletten. Sie spuckt, würgt, doch jemand presst ihr den Kiefer auseinander.

»Trink das, verdammt noch mal«, herrscht Andersen sie an und hält ihr den Becher an die Lippen. Immer mehr Tabletten werden ihr in den Mund gestopft und Wasser flutet ihre Kehle. Sie hustet und schluckt und schluckt.

Als sie endlich von ihr ablassen, ist ihre Kehle ganz wund. Langsam sackt sie auf den Stein, wo sie Mühe hat, das Gleichgewicht zu halten. Sie blinzelt benommen, ihr ist so schwindlig.

Stimmen dringen an ihr Ohr, wie aus weiter Ferne. Betäubt dreht sie sich zu dem Mann um, der neben ihr steht. Jan Andersen, der Freund ihrer Mutter.

»Sie sind das«, sagt sie und ihre Zunge ist so schwer. Im nächsten Moment spürt sie einen scharfen Schmerz am Hals.

Und dann nichts mehr.

Die beiden Männer wechselten einen Blick. Dann sprang Abrahamsen auf, murmelte etwas, das sich wie »bin gleich wieder da« anhörte, und lief aus der Wohnung. Bonnevie wirkte immer noch mitgenommen.

»Möchten Sie mir nicht sagen, was hier los ist?« Eva musste an sich halten, den alten Mann nicht anzuschreien.

Fast mühsam, so schien es Eva, richtete er sich auf, atmete tief ein und sagte stockend: »Dieser Mann ... ist Jan Andersen.«

Eva verstand nicht. Na und, dachte sie und wollte ihn am liebsten schütteln. Wer zur Hölle war Jan Andersen? Und warum waren die beiden so durch den Wind?

»Sie kennen ihn nicht ... Natürlich nicht. Aber Jan Andersen ist für uns so etwas wie ein Nationalheiliger. Er ...« Bonnevie brach ab, als er Schritte auf dem Gang hörte und Abrahamsen kurz darauf den Raum betrat, eine Aktentasche in der Hand. Sein Haar war nass vom Regen und er wischte die Tropfen von der Tasche, bevor er sie öffnete und einen Umschlag herausholte.

»Woher haben Sie dieses Foto?« Er deutete auf das Smartphone, dessen Bildschirm inzwischen dunkel war.

»Es stammt aus den Unterlagen meiner Großmutter. Es gibt noch ein Foto, ein Gruppenbild aus Hurdal Verk. Auch dort ist er zu sehen.«

»Sie meinen, Sie haben ein Foto aus dem Lebensbornheim in Hurdal Verk, mit diesem Mann hier?«, fragte Abrahamsen. »In der gleichen Uniform?«

Eva nickte.

Wieder tauschten Bonnevie und Abrahamsen einen Blick.

»Wenn das an die Öffentlichkeit kommt, dann ...« Abrahamsen verstummte, suchte vergeblich nach den richtigen Worten und setzte sich schließlich wortlos hin.

»Dann kannst du schon mal anfangen, die Geschichtsbücher umzuschreiben.« Bonnevie presste die Lippen aufeinander.

Und dann begannen die beiden zu erzählen.

Vom Helden Jan Andersen, der im norwegischen Widerstand gekämpft hatte, bevor er 1940 von den Deutschen verhaftet worden war. Von seiner Verurteilung zu einer Zuchthausstrafe und der Haft in verschiedenen Gefängnissen und Lagern. Er war im KZ Neuengamme gewesen und durch die »Rettungsaktion der Weißen Busse« im April 1945 befreit worden. Das zumindest war die Legende, an die die beiden bis vor fünf Minuten noch geglaubt hatten. Doch jetzt saßen sie hier und starrten auf das Bild ihres Nationalhelden in einer Naziuniform.

Gunwald drehte sich zur Wand um und zeigte auf das Foto der drei jungen Männer in Knickerbockern, das Eva vorhin schon betrachtet hatte.

»Das waren sie«, sagte er. »Mein Vater Sigsten, Laurins Großvater William Abrahamsen. Und Jan Andersen.« Dann stand er plötzlich auf, lief zum Bücherregal und kehrte mit einem ganzen Stapel Bücher zurück. Eines nach dem anderen schlug er auf, zeigte Eva weitere Fotos von Jan Andersen. Vor einem Fischerboot. Zwischen anderen jungen Männern, die den Arm um ihn legten. Und später dann, als er schon älter war, bei einer Rede vor dem Parlament. Dicker nun, mit Brille und Stirnglatze. Für Eva war er nicht wiederzuerkennen.

»Dieser Mann hat den Friedensnobelpreis bekommen«, sagte Gunwald.

»Das alles klingt ... unfassbar«, sagte Eva, während sie das Buch zurück auf den Tisch legte.

»Und dabei hat er offenbar die ganze Zeit mit den Deutschen sympathisiert.« Abrahamsen zeigte auf Evas Smartphone.

»Aber ... «, Eva war verwirrt. »Was wollen Sie denn damit sagen? Glauben Sie, er hat irgendetwas mit dem Tod meiner Tante zu tun? Tut mir leid, aber so ein altes Foto allein beweist doch gar nichts.«

Da griff Abrahamsen nach dem Umschlag und zog einen Stapel Fotos heraus. Mit wenigen Handgriffen stellte er das Geschirr zusammen und machte sich daran, die Fotos auszulegen, eines neben dem anderen. Eva verstand erst nicht, was das für Fotos sein sollten. Verwirrt blickte sie auf die Folge von Bildern, die vor ihr auf dem Tisch lagen. Dann packte sie eisiges Entsetzen.

Wie aus weiter Ferne hörte sie Abrahamsens Stimme.

»Die habe ich auf einer alten Kamera meines Vaters gefunden, noch gar nicht lange her. Ich habe nicht verstanden, was es mit den Bildern auf sich hatte ... warum er sie überhaupt gemacht hat. Mein Vater war krank, er hatte Parkinson, also dachte ich, er hat es einfach nicht mehr besser hinbekommen ... Außerdem war der Film, wie man sieht, nach all den Jahren teilweise verdorben. Letztlich habe ich mir die Fotos deshalb auch gar nicht mehr alle genau angesehen. Aber jetzt ist mir klar, was er da fotografiert hat. Er muss da gewesen sein, er muss es beobachtet haben ...«

Er hatte immer schneller gesprochen, schien selbst nicht recht zu begreifen, was er da gerade sagte. Eva blickte ihn an. Sein Gesicht spiegelte das Grauen, das sie empfand.

Die Bilder zeigten zwei Männer. Zwei Männer an einem Waldrand, die an einem Lagerfeuer standen, aus dem ein brennender Ast herausragte. Zumindest hatte sie das im ersten Moment geglaubt. Die meisten Bilder waren von schlechter Qualität, zu dunkel, verwackelt, mit Flecken darauf. Doch das letzte Bild ließ keinen Zweifel mehr, was der Fotograf da abgelichtet hatte: Der Ast, den Eva zu sehen geglaubt hatte, war ein menschlicher Arm.

Und das Lagerfeuer eine brennende Frau.

Später

Laurin steckte den Umschlag in die Jackentasche und stieg aus dem Wagen. Es schneite, dünne Flocken, die der Wind vor sich hertrieb und die nirgends liegen blieben. Er umrundete die Schranke und schritt dann rasch aus. Rechts unter ihm der Svartediket, stahlgrau und reglos. Der Weg vor ihm menschenleer.

Nach dem Gespräch mit Gunwald und Eva Berghoff hatte er lange mit sich gerungen, was er nun tun sollte – sich an die Polizei wenden? –, und war zu dem Schluss gekommen, dass er alles öffentlich machen würde, aber auf seine Weise. Und so hatte er für die kommende Woche zu einem Vortrag an der Uni eingeladen. Er würde die Enthüllung der Geschichte in einen größeren Kontext einbinden und zwei Fragen miteinander verknüpfen: was die Aufdeckung dieses Falles für ihn persönlich bedeutete und welche Folgen sich für die Erinnerungskultur des Landes insgesamt ergaben. *Weil wir sind, was wir erinnern, stellt sich generell die Frage, was ist, wenn sich das, was wir erinnern, als falsch herausstellt.*

Jan Andersen also, dachte er, und schlang sich den Schal enger um den Hals. Der Wind war unangenehm, die dünnen Schneeflocken wie feine Nadelstiche. Er senkte den Kopf.

Noch immer konnte er es nicht fassen. Dass er auf der unendlichen Zeitachse der Geschichte gerade in dem Augenblick in Gunwalds Wohnzimmer getreten war, als Eva Berghoffs Bildschirm dieses Gesicht zeigte: Andersen in der Uniform der Norske Legion. Der Mann, den er für einen Helden gehalten hatte, dessen Leben er in- und auswendig zu kennen glaubte. Inzwischen wusste Laurin es besser.

Geboren wurde Andersen 1918 in der Finnmark. Nach Abschluss des Gymnasiums zog er nach Oslo, wo er seinen Wehrdienst ableistete und ein Studium der Sozialökonomie absolvierte. Während dieser Zeit war er seiner Leidenschaft für Bergtouren und das Skifahren nachgegangen, was ihn in Kontakt brachte zu Sigsten Bonnevie und William Abrahamsen, Laurins ach so tollkühnem Großvater. Andersen, politisch zunächst uninteressiert, schloss sich nach der Besetzung Norwegens durch die deutschen Truppen am 9. April 1940 norwegischen Einheiten im Osten des Landes an, wurde jedoch verwundet und kam in ein Krankenhaus. Noch im selben Jahr begann Andersen, sich in der aufkeimenden Widerstandsbewegung zu engagieren. Er war – unter anderem mit Sigsten Bonnevie – auch an der Herausgabe einer Untergrundzeitung beteiligt gewesen. Wann und warum er begonnen hatte, sich innerlich auf die Seite der Besatzer zu schlagen, hatte Laurin noch nicht herausfinden können. Vielleicht hatte es damit zu tun, dass er 1941 bei einer Sabotageaktion aufflog und für einige Monate in Haft kam. In seinen Memoiren schrieb er, es sei ihm nach dreimonatiger Inhaftierung gelungen, die Besatzer davon zu überzeugen, dass er nicht der Gesuchte sei. Man konnte aber nicht ausschließen, dass er schon vorher mit ihnen zusammengearbeitet und sie über die Widerstandsbewegung auf dem Laufenden gehalten hatte. Weiter stand in seinen Memoiren, er sei im März 1942 bei dem Versuch, ein deutsches Schiff in die Luft zu sprengen, erneut verhaftet und deportiert worden. Eine Lüge, wie Laurin nun wusste. Weder war Andersen zu dem Zeitpunkt in irgendeiner Haftanstalt gewesen noch wie behauptet im KZ Neuengamme. Denn das Foto aus Hurdal Verk bewies, dass er sich im Sommer 1942 im dortigen Lebensbornheim aufgehalten hatte, wo er bis zu seiner Abkommandierung an die Ostfront als Verwalter tätig gewesen war. In Hurdal Verk hatte er auch die hübsche deutsche Ärztin Dr. Therese Gruber kennengelernt, die sich später bei den Nürnberger Prozessen wegen Verschleppung von Kindern aus dem Ausland verantworten musste. Danach verlor sich Andersens Spur. Erst 1945 tauchte er wieder auf, diesmal wirklich im KZ Neuengamme. Wie Andersen dort gelandet war, blieb unklar. War er desertiert und tatsächlich inhaftiert worden? Oder hatte er dort sogar als Wärter gedient? Das würde man vielleicht niemals herausfinden. Sicher war bisher nur, dass Andersen im April 1945 durch die Aktion Bernadotte »gerettet« und zusammen mit 15 000 skandinavischen Häftlingen nach Hause zurückgebracht worden war. Und nach dem Krieg war es dann bald losgegangen mit seiner Karriere als Politiker und Gewerkschafter, der sich unermüdlich für die Belange des gemeinen Volkes eingesetzt hatte. Es hatte kaum ein Komitee oder einen Verein gegeben, in dem er nicht mitgemischt hatte. Dann war sein Schaffen auf einen Höhepunkt zugesteuert, die Nominierung zum Friedensnobelpreis, den er am Ende auch tatsächlich erhalten hatte. Und das alles, diese ganze feine Lebensgeschichte, hatte Margarete in Gefahr gebracht.

Laurin kam an eine kleine Brücke, die über einen Bach führte. Hier musste es abgehen. Er schlug den Pfad ein, der nach oben führte. Wieder tastete er seine Jacke ab. Er war noch da, der Umschlag mit der Todesanzeige und dem kleinen Kreuz, das seine Großmutter ihm geschenkt hatte. Väterlicherseits, versteht sich. Mütterlicherseits hatten sie es nicht so mit dem Glauben.

Nach etwa zehn Minuten Aufstieg blieb er stehen und sah sich um. Die Landschaft kam ihm fremd vor. Nichts war so wie auf den Fotos aus der Kamera seines Vaters. Die Bäume waren abgeholzt worden, die Landschaft hatte sich völlig verändert. Dennoch: Irgendwo hier musste sein Vater gestanden haben, hinter einem Baum. Hier hatte er gestanden und mit angesehen, wie Margarete Gruber getötet wurde. Einen Moment lang spürte Laurin, wie das Grauen in ihm hochstieg. Unfassbar, dachte er. Es war unfassbar, dass sein Vater nichts getan hatte, um sie zu retten, die Frau, die er unter dem Namen Marguerite gekannt hatte und mit der er monatelang unterwegs gewesen war. Und immer noch wusste Laurin nicht genau, was sie für ihn gewesen war.

Er wandte sich ab und verließ den Pfad, ging jetzt querfeldein, bahnte sich seinen Weg zwischen altem Baumverschnitt und verwitterten Farnen. Nach etwa zehn Minuten machte er halt. Sein Blick wanderte suchend hin und her und blieb schließlich an einer Anordnung vermooster Felsbrocken hängen, die eine Art Rinne bildeten. Er atmete tief durch. Hier musste es gewesen sein.

Er griff in seine Anoraktasche, holte das kleine Kreuz und die Karte aus dem Umschlag. Er verstand kein Deutsch, hatte sich den kurzen Text aber im Internet übersetzen lassen.

Margarete Gruber, geliebte Schwester
Geboren am 14. August 1938 in Wernigerode
Verloren gegangen am 10. August 1944 in Frankreich
Gestorben am 23. November 1970 in Bergen, Norwegen
Heimgekehrt am 14. Dezember 2019

Es gibt auf dieser Erde keinen Ort, der uns ewige Heimat ist. Also sind wir unterwegs zu einer Stadt, die im Himmel für uns bereitet ist. (Hebräer 13,14)

Verloren gegangen. Heimgekehrt. Hier, an diesem Ort, traf ihn die Wahrheit über diese Frau mit einer fast physischen Gewalt. Das Leben eine Odyssee, von Anfang an. All die Orte, all die Länder. Deutschland, Norwegen, Belgien, Frankreich, Belgien, Rom, Deutschland, Norwegen. Auf dieser langen, langen Reise hatte sie nichts anderes getan, als sich zu erinnern. Oder es zumindest zu versuchen. Und mit welchem Ergebnis? Dass am Ende ihrer Reise der Tod auf sie wartete. Der Tod in Gestalt eines Mannes, der nichts mehr fürchtete, als dass die Erinnerungen ihn von seinem Thron stoßen würden.

Was Laurin nicht recht begriffen hatte, war, warum sein Vater den Film nie hatte entwickeln lassen. Warum hatte er nichts unternommen gegen diese beiden Mörder? Er hätte doch den Beweis gegen sie an der Hand gehabt. Allerdings hatte er in dem Zusammenhang noch genau die Worte seiner Mutter in den Ohren: *Dein Vater war ein schwacher Mensch.* So hatte sie sich ihm gegenüber ausgedrückt und auch gesagt, er sei in jener Zeit – also nach dem Auffinden der Leiche – ganz verstört gewesen und gar nicht mehr er selbst. Sein Vater, dachte Laurin jetzt, hatte wohl einfach Angst gehabt. Davor, selbst umgebracht zu werden. Oder aber in Verdacht zu geraten. In diesem Fall schien der Film für ihn eine Art Rückversicherung gewesen zu sein, weshalb er ihn in seinem Safe deponiert hatte. Und was Laurin auch klar geworden war: Sein Vater war traumatisiert gewesen von diesen Erlebnissen und derart verängstigt, dass er es nie wieder über sich gebracht hatte, die Kamera mit ihrem schrecklichen Inhalt in die Hand zu nehmen. Auch hier ging es wieder ums Erinnern. *Wir sind zu einem wesentlichen Teil das, was wir erinnern und vergessen.*

Ja, dachte er und steckte die Karte und das kleine Kreuz wieder in den Umschlag. Dann bückte er sich und schob ihn tief hinunter zwischen Felsen und Moos.

Sie waren zu sechst. Eva und Ingrid, Bodo, Johannes und Justus. Und der Pfarrer, ein sanftmütiger Mann mittleren Alters, dessen Haare so lang waren, dass sie fast seine Schultern berührten. Sahen so heutzutage Pfarrer aus? Sie wusste es nicht, hatte aber das Gefühl, dass sie keinen geeigneteren Vertreter der Kirche hätten bekommen können, um Margarete diesen letzten Gruß zu erweisen. Noch immer kam es Eva unwirklich vor, dass da vorne in dem Sarg die sterblichen Überreste ihrer Tante liegen sollten.

»Nun kommt sie doch noch heim«, hatte Ingrid heute Morgen geflüstert, so leise und so heiser, dass Eva sie kaum verstanden hatte.

Eva hatte die Adventszeit immer gemocht. Sie mochte die Lichter und die Lieder, ihren Adventskranz, den sie jedes Jahr selbst wand. Im Gegensatz zu den meisten anderen Menschen mochte sie jedoch auch die blattlosen Bäume, ja sogar die frühe Dunkelheit. Auch an diesem Tag dämmerte es bereits, obwohl es noch nicht einmal drei Uhr war. Sie sah hinauf in den wolkenverhangenen Himmel. Vielleicht war es ja gar nicht erst richtig hell geworden?

Eva steckte die Hände in die Manteltaschen. Etwas raschelte, ein Stück Papier. Erst fragte sie sich zerstreut, was das wohl sein mochte, dann fiel es ihr ein: der Entwurf für Margaretes Todesanzeige.

Es gibt auf dieser Erde keinen Ort, der uns ewige Heimat ist. Also sind wir unterwegs zu einer Stadt, die im Himmel für uns bereitet ist.

Eva spürte einen dicken Kloß im Hals und schloss die Finger um das Papier.

Drei Wochen waren vergangen seit ihrer Rückkehr aus Norwegen. In dieser Zeit war viel geschehen. Ingrid war wieder in die Kirche eingetreten und hatte mit ihren über achtzig Jahren eine Gesprächstherapie begonnen. Johannes und Vivien hatten sich getrennt. Ein wahres Mediengewitter war über Norwegen hereingebrochen, ausgelöst durch das Foto eines Mannes in der Uniform der Norske Legion.

Friedensnobelpreisträger Jan Andersen ein Vaterlandsverräter, das war nur eine der Schlagzeilen, die Laurin Abrahamsen gestern am Telefon für sie übersetzt hatte. Auch er mochte die Boulevardpresse nicht besonders, das hatten sie offensichtlich gemeinsam. Aber in diesem Fall hatte er nicht gezögert, ein Interview zu geben, bis in die bittersten familiären Details hinein, schonungslos. Minutiös hatte er versucht, den Tathergang zu rekonstruieren und dabei alles offengelegt: Dass sein Vater versucht hatte, Jan Andersen zu erpressen, und den Mord mit angesehen haben musste, aber aus Angst nicht eingegriffen hatte. Was seine Mutter getan hatte. Was sie gewusst und nie gesagt hatte. Was sein Vater nie gesagt hatte, aus Angst, selbst ins Fadenkreuz der Ermittler zu geraten, mit all seinen krummen Geschäften. Wahrscheinlich war das für Abrahamsen eine Art von Buße. Oder doch nur Selbstzweck? Denn wenn Eva es richtig einschätzte, war er in seiner Heimat so etwas wie der Bürgerschreck der Geschichtswissenschaft, der gern provozierte und immer mal wieder eine kleine Bombe hochgehen ließ. Vielleicht tat sie ihm da aber auch Unrecht. Sie selbst wusste noch nicht, ob sie die Kraft haben würde, tatsächlich ein Buch über all das zu schreiben. Ingrid allerdings hatte ihr signalisiert, dass sie es auf jeden Fall tun sollte.

»Es ist gut, wenn alles einmal ausgesprochen wird«, hatte sie erst heute Morgen gesagt.

Eva warf einen Seitenblick auf ihre Mutter, die am Arm von Bodo neben ihr stand, blass und ungewohnt fremd in ihrem schwarzen Mantel. Wann hatte sie Ingrid zum letzten Mal in Schwarz gesehen? Sie erinnerte sich nicht.

»Ihr seid jetzt traurig, aber ich werde euch wiedersehen. Dann wird euer Herz sich freuen, und eure Freude wird euch niemand nehmen.« Der Wind trug die Worte des Pfarrers davon. Eva sah, wie Tränen über Ingrids Gesicht liefen.

Aber ich werde euch wiedersehen.

Ob Ingrid das jetzt glaubte? Eva wünschte es ihr von Herzen. Und die Tatsache, dass ihre Mutter wieder in die Kirche eingetreten war, ließ diese Hoffnung ja auch zu. Überhaupt hatte sich Ingrid in den letzten Wochen sehr verändert. Sie hatte das Marie-Kondo-Buch ins Altpapier getan und war, wie Bodo es vorhergesagt hatte, inzwischen froh, dass die Kartons mit all den Fotos noch existierten. Nun war sie dabei, die alten Bilder zu rahmen und im Wohnzimmer eine Art Ahnengalerie zu schaffen. Mit Kinderbildern von Margarete und ihr, von Therese, ihren Großeltern aus Zirndorf, von Eva, aber auch von Bodos Familie.

Warum wir sind, wer wir sind – diese Frage schien sie nun ständig zu beschäftigen. Und Eva war sich sicher, dass sie auch diese Phase ihres Lebens mit der ihr eigenen Gründlichkeit aufarbeiten würde.

Eine Bö bauschte die Soutane des Pfarrers, während er sich umdrehte und mit feierlicher Geste den Sarg besprengte.

Eva stopfte sich Justus' Schal zurecht. Sie hatte ein wenig gezögert, ob es angemessen war, einen grau-grünen Schal zu einer Beerdigung zu tragen. Aber dann hatte sie es doch getan. Denn dieser Schal bot ihr Trost, und Trost konnte sie an diesem Tag gut gebrauchen.

Sie musste an Abrahamsen und Bonnevie denken. Wie sie zu dritt dort gesessen hatten und das Unfassbare zu begreifen versuchten. Wobei es für Eva als Deutsche vielleicht leichter zu fassen war als für die beiden Norweger. Für sie war Andersen ja nur ein Name. Doch für die beiden Männer war vor ihren Augen ein Idol zu Staub zerfallen.

Nachdem die Erkenntnis sie alle wie ein Keulenschlag getroffen hatte, war Abrahamsen zu seinem Auto gegangen, um den Laptop zu holen. Im Internet hatte er dann nach weiteren Fotos von Jan Andersen gesucht und war schließlich auf drei Fotos gestoßen, die Andersen neben einem auffällig großen Mann mit Schiebermütze zeigten, der ihm die Wagentür aufhielt. Es war derselbe Mann, der auf Damiano Lombardis Fotos im Wald zu sehen gewesen war, neben der brennenden Margarete – das ließ sich zweifelsfrei an der Statur erkennen. Dieser Mann, so hatte sich herausgestellt, war über viele Jahre Andersens persönlicher Chauffeur und Assistent gewesen. Vielleicht sogar ein Freund. Auf jeden Fall aber ein Vertrauter.

Inzwischen hatte in Norwegen eine umfassende Untersuchung begonnen. Wie Solberg Eva mitgeteilt hatte, war der Fall mit den neu aufgetauchten Beweismitteln wiederaufgerollt worden. Und die Presse war dabei, das Leben von Jan Andersen auseinanderzunehmen. Soweit Eva wusste, suchten auch Historiker im Reichsarchiv in Oslo bereits nach weiteren Beweisen dafür, dass dieser Mann eine unrühmliche Vergangenheit als Soldat bei der Waffen-SS wie auch als Verwalter im Lebensbornheim Hurdal Verk hatte. Zur Rechenschaft gezogen würde er allerdings nicht mehr, denn wie sein Chauffeur war auch Andersen schon in den neunziger Jahren gestorben.

Aber mit dem Nachruhm war es jetzt vorbei, in den öffentlichen Gebäuden wurden die ehrenden Bilder entfernt. Erst gestern hatte Eva auf der Website der *VG* ein reißerisches Pressefoto entdeckt, das zeigte, wie Arbeiter ein überdimensioniertes Gemälde mit Andersens Konterfei abgenommen hatten.

Eva spürte einen sanften Druck an der Schulter. Johannes, der ihr bedeutete, dass es Zeit war, Abschied zu nehmen.

Sie nahm das Schäufelchen, stach in die Erde. Es klang dumpf, als die schwere Erde auf den Sarg fiel. Eva sah noch einen Augenblick lang hinunter, dann steckte sie die Hände in die Manteltaschen. Wieder das Papier.

Sie spürte, wie sich ihr Herz zusammenzog bei der Erinnerung an die Worte, die ihre Mutter gewählt hatte.

Margarete Gruber
Heimgekehrt am 14. Dezember 2019

Danksagung

Mein großer Dank gilt Dennis Zacher Aske, Jurist und Autor des Buches *Kvinnen i Isdalen,* für alle diesem Buch zugrunde liegenden Informationen über den Fall der Isdal-Frau. In beispielloser Gründlichkeit hat er mir die Details und seine Gedanken hierzu erläutert und mir einen tiefen Einblick in seine akribische Recherche vermittelt. Über Monate ist er nicht müde geworden, mir meine Fragen zu beantworten, und hat mich überdies mit einer Fülle an Material versorgt: Von ihm bekam ich Fotos von Originaldokumenten aus der Ermittlungsakte, selbst erstellte Tabellen, Listen und Bewegungsprofile, eine Übersetzung der Aufstellung des Inhalts der beiden Reisekoffer, ein Zeitungsfoto des italienischen Fotografen, eine chronologische Darstellung der Ermittlungsarbeit der Polizei sowie der durch die Presse verbreiteten Mythen, außerdem eine Originalansichtskarte des italienischen Fotografen mit dem Motiv der *Fantoft Stavkirke* in Bergen. Auch wenn die Geschichten des Buches selbst Fiktion und alle Figuren letztlich Erfindungen sind – den Unterbau von Fakten und Deutungen zum realen Kriminalfall der Isdal-Frau verdanke ich im Wesentlichen Dennis Zacher Aske.

Ich danke außerdem Tore Osland, dem Sohn des damaligen Ermittlers im Fall der Isdal-Frau, der in seinem Buch *Isdalskvinnen* eine andere Theorie vertritt, sowie Carl Halvor Aas, dem Staatsanwalt, der 1970 zum Tatort gerufen wurde, für das Gespräch und die Informationen.

Ferner danke ich Martin Kriwet von den Arolsen Archives (ehem. *International Tracing Service*) in Bad Arolsen.

Danken möchte ich auch meiner Freundin Constanze Funke, die mir von ihrem Fund in einer alten Kamera ihres Vaters berichtet und mich so zur Auflösung dieses Romans inspiriert hat.

Ich danke meinem Mann, dass er mich nach Norwegen begleitet hat. Ich danke meinen Töchtern Laura und Marlene sowie meiner Mutter fürs Lesen und Kommentieren des Manuskripts.

Besonders danken möchte ich meiner Tochter Astrid: fürs gründliche und schnelle Durcharbeiten des Manuskripts, für die vielen Gespräche über den Fall – vor allem aber fürs Mutmachen in einer Zeit, als ich es nötig hatte.

Zu guter Letzt danke ich meiner Lektorin Beate Schäfer, die wie immer bis zum Schluss nicht lockergelassen hat.

Nachwort der Autorin

Eigentlich hatte ich schon mit dem Schreiben eines anderen Romans begonnen, als ich auf den Fall der Isdal-Frau stieß. Ich weiß noch, dass mich die Sache vom ersten Moment an aufwühlte. Als kurze Zeit später der zehnteilige BBC-Podcast *Death in Ice Valley* startete, wurde mir schnell klar, dass der Fall nicht nur zu den mysteriösesten Kriminalfällen Norwegens zählt, sondern über die Ländergrenzen hinaus Aufsehen erregt hat. Doch erst als ich von den Hinweisen erfuhr, die auf eine Verbindung der Unbekannten zu Deutschland hindeuteten, rückte der Gedanke an ein Buchprojekt in greifbare Nähe und ich begann, systematisch alle Informationen über den Fall der Isdal-Frau zusammenzutragen und zu katalogisieren, um anhand der Puzzleteile ein Bild oder zumindest eine Art Muster zu erkennen. Bald jedoch wurde mir klar, dass das vorhandene Material nicht genügte: Zum einen waren die Informationen zu unterschiedlich und lückenhaft; zum anderen wirkten die Theorien, wie die Frau zu Tode gekommen sein könnte, völlig widersprüchlich.

Also tat ich, was ich immer tue, wenn ich mich für ein Buchprojekt entschieden habe: Ich nahm Kontakt auf zu Personen, die sich auskannten, und bat sie um Hilfe. Im April 2018 reiste ich nach Norwegen, wo ich Tore Osland, den Sohn des damals mit der Ermittlungsleitung betrauten Kripobeamten Harald Osland, befragte sowie Carl Halvor Aas, den Staatsanwalt, der am 29. November 1970 als Erster zum Fundort der Leiche gerufen worden war. Mein wertvollster Informant aber wurde der Jurist Dennis Zacher Aske, dessen akribisch recherchierte Sachinformationen mir als Grundlage für diesen Roman dienten. In einem weiteren Schritt verfolgte ich die Spuren der Frau und besuchte die Orte, an denen sie gesehen worden war, die Hotels in Bergen, Stavanger und Trondheim, den Hafen von Tananger. Im Stadtarchiv von Bergen ließ ich mir den sogenannten Secret Code zeigen: die Aufzeichnungen, die im Koffer der Toten gefunden worden waren. Wie meine Hauptfigur im Roman wanderte ich um den Svartediket herum bis nach Isdalen, und genau wie Eva im Roman Margaretes letzte Ruhestätte auf dem Møllendal-Friedhof nur mit Solbergs Hilfe findet, fand auch ich das namenlose Grab nur mit der Hilfe von Tore Osland. Dass sich dort überhaupt irgendetwas außer einem Hochbeet befindet, ist tatsächlich nur an der Spiegelscherbe zu erkennen. Warum jemand sie dort platziert hat und wer das gewesen sein mag, habe ich nicht herausfinden können.

Bis heute ranken sich die verschiedensten Theorien um diesen Todesfall. Die Frau sei Jüdin gewesen, eine Spionin des Mossad. Mitglied einer Verbrecherbande. Die Theorie, die sich bisher am hartnäckigsten gehalten hat, dichtet ihr eine Tätigkeit als Agentin eines Geheimdienstes an. Im Widerspruch dazu steht meines Erachtens die Tatsache, dass sowohl die DDR als auch die Sowjetunion ihre Agenten mit nur einer, höchstens zwei Identitäten ausstatteten, die zudem perfekt aufgebaut waren. Auf keinen Fall hätte ein Geheimdienst seine Mitarbeiter dazu angehalten, Etiketten von Kleidern und Kosmetikprodukten zu entfernen und so unnötig Aufmerksamkeit zu erregen. Die Agententheorie hat übrigens ihren Ursprung in einem Artikel der *Verdens Gang*, die als Erste Spekulationen über einen Spionagehintergrund anstellte, eine Mutmaßung, die daraufhin von anderen Medien übernommen wurde.

Man sollte denken, dass nach solch aufwendiger Recherche das Buch schon halb geschrieben ist, die Schreiberei flott von der Hand gehen würde. Doch als ich dann am Schreibtisch saß und es ans Ausarbeiten des Plots ging, merkte ich ziemlich schnell, dass die schiere Fülle an ungewöhnlichen, rätselhaften, unbedingt erwähnenswerten Details erdrückend war und für drei Spannungsromane ausgereicht hätte. Worauf also verzichten?

Eine weitere Schwierigkeit war die Auflösung der Geschichte. Dennis Zacher Aske kommt nach akribischer Analyse des Falles zu dem Schluss, die Isdal-Frau müsse den italienischen Reisefotografen gekannt haben und in einer wie auch immer gearteten persönlichen Beziehung zu ihm gestanden haben. Auch vertritt er die Theorie, dass die Frau als Reiseprostituierte gearbeitet haben könnte. Im Gegensatz zur heutigen Rechtslage war Prostitution im Norwegen von 1970 zwar legal. Dennoch war es laut Dennis' Recherche gang und gäbe, dass Reiseprostituierte ihre Identität verschleierten, aus Sicherheitsgründen und um zu verhindern, in einem Hotel Hausverbot zu bekommen. Für eine Spannungshandlung mit derart vielen Rätseln erschien mir allein dies als Hintergrund jedoch unbefriedigend. Ich suchte also nach einer alternativen Auflösung, die Dennis' Theorie dennoch berücksichtigen würde, sowie nach einem alles verbindenden Element. Und hier kommt die Fantasie ins Spiel.

Als Schriftsteller ist man ja immer auch die Summe seiner zuvor geschriebenen Bücher. In diesem konkreten Fall beziehe ich mich auf meinen 2010 erschienenen Roman *Herbstvergessene,* der sich mit dem Thema *Lebensborn e. V.* befasst, dem 1935 auf Initiative Heinrich Himmlers gegründeten Verein, der ledigen Müttern die Möglichkeit einer anonymen Geburt bieten und eine Steigerung der Geburtenziffer »arischer« Kinder herbeiführen sollte. Ich wusste, dass der Lebensborn besonders in Norwegen aktiv gewesen war, aber auch in anderen Ländern wie Frankreich und Belgien Heime betrieben hatte, und so stachen mir sofort die Orte Oslo, Trondheim, Stavanger und Bergen ins Auge sowie der handschriftliche Vermerk des Ortes Geilo auf einer Landkarte, die im Gepäck der Frau gefunden worden war: An all diesen Orten hatte der Lebensborn während der deutschen Besatzung ein oder mehrere Heime beziehungsweise Niederlassungen betrieben. In Verbindung mit den gefälschten belgischen Identitäten und der französisch geprägten Handschrift hatte ich nun mein verbindendes Element gefunden.

Weiterhin blieb allerdings herausfordernd, wie ich den Plot im Einzelnen konstruieren könnte, ohne die Geschichte mit all den Einzelinformationen hoffnungslos zu überfrachten: die Reisen durch Norwegen, die acht belgischen Identitäten, die französisch geprägte Handschrift, die auf Deutsch ausgefüllten Meldezettel, die Aussage des Hoteldirektors aus Oppdal; den Organisten aus Ålesund, der nördlich von Bodø eine Anhalterin mitgenommen hatte, genau zu der Zeit, als sich der italienische Fotograf dort für ein zweiwöchiges Fotoshooting aufgehalten hatte; die Aussage seines Verlegers in Oslo, der eine irgendwie chinesisch wirkende Frau gesehen hatte; Dennis Zacher Askes Recherchen zu Loretta Junkin in Südafrika, seine Analyse des »Secret Code« und seine Schlussfolgerung zum Buchstaben »R« = Rom; seine Rekonstruktion der Schrift auf der Tube Betnovat, die zu einem Arzt in einer Privatklinik führte.

Die meisten dieser bemerkenswerten Details konnte ich tatsächlich unterbringen. Von manchen (wie beispielsweise der Streichholzschachtel von Beate Uhse oder dem Artikel im *Dagbladet* über ein Montessori-Kinderheim in Rom, die beide im Gepäck der Frau gefunden wurden und sicher auch einen näheren Blick wert gewesen wären) musste ich mich verabschieden, habe mich aber bemüht, sie zumindest im Hintergrund der Geschichte plausibel erscheinen zu lassen. Anderes – zum Beispiel Marguerites Treffen mit dem Privatdetektiv – musste ich verschieben. So findet die Begegnung im Roman im Frühjahr 1970 statt; in Wirklichkeit ereignete sich das Gespräch mit einem unbekannten Mann, das die Frau im Frühstücksraum des Hotel Neptun laut einer Zeugin auf Deutsch führte, am 30. Oktober 1970. Für die Entwicklung des Plots veränderte ich auch das Motiv der

Ansichtskarte, die in Wirklichkeit das Wintermotiv »Schlittenfahrt« zeigt und nicht die *Fantoft Stavkirke*. Beide Fotos existieren jedoch und stammen auch beide von dem italienischen Reisefotografen.

Ergänzend noch ein Hinweis zur Tätigkeit von Ärztinnen im Verein Lebensborn. Bei der Recherche in den Arolsen Archives (ehem. *International Tracing Service*) in Bad Arolsen, wo ein Großteil der Akten des Lebensborn aufbewahrt wird, stieß ich auf Dokumente, aus denen hervorgeht, dass es beim Lebensborn etliche Ärztinnen gegeben hat, sowie auf zwei Stellengesuche im *Amtlichen Stellennachweis für Ärzte* der *Kassenärztlichen Vereinigung Deutschlands*, in denen zwei Ärztinnen für sich – und für ihre Kinder – eine Stelle in einem »nichtluftgefährdeten Gebiet« suchten, woraufhin der SS-Oberführer und ärztliche Leiter des Vereins, Dr. med. Ebner, diesen Frauen eine Stelle in einem Lebensbornheim in Oslo anbot. Zum Hintergrund von Dr. Therese Grubers Tätigkeit im Roman: Als Vorbild hierzu diente die Lebensborn-Mitarbeiterin Inge Viermetz, die von Dezember 1942 bis Sommer 1943 Beauftragte für Belgien und Nordfrankreich war und das Kinderheim Ardennen in Végimont leitete. Im Zuge einer Eindeutschungsaktion war Viermetz zudem eine der Hauptverantwortlichen bei der Verschleppung slowenischer Kinder, deren Väter im Rahmen der *Aktion Enzian* erschossen und deren Mütter in Konzentrationslager gebracht worden waren. Sechshundert »rassisch hochwertige« Kinder im Alter von sechs bis zwölf Jahren wurden daraufhin dem Lebensborn übergeben. Neben dem »Eignungsprüfer« SS-Hauptsturmführer Georg Rödel war für diese Aufgabe die Sonderbeauftragte Inge Viermetz zuständig. Auch um Kinder aus dem Warthegau sowie um die sogenannten Lidice-Kinder, deren Eltern als Angehörige der tschechischen Widerstandsbewegung exekutiert worden waren, »kümmerte« sich der Lebensborn. Am 10. März 1948 wurde Viermetz beim Nürnberger Prozess gegen das Rasse- und Siedlungshauptamt der

SS von der Anklage der Verschleppung von Kindern aus dem Ausland freigesprochen. Was die beiden Lebensbornheime Végimont in Belgien und Lamorlaye in Frankreich angeht, so gibt es hierzu nur dürre Informationen. Auch bin ich auf widersprüchliche Angaben zur Evakuierung der Kinder aus den beiden Heimen gestoßen.

Was ich auch noch erwähnen möchte, da es mich zur Auflösung des Romans und letztlich zum Titel inspiriert hat, ist die Sache mit der Kamera: Nach dem Tod ihres Vaters entdeckte meine Freundin Constanze einen Film in dessen alter Analogkamera. Als sie mir davon erzählte, wusste ich sofort, dass ich dieses Element an prominenter Stelle verwenden würde. Allerdings war ich mir nicht sicher, in welchem Zustand sich ein mehrere Jahrzehnte in Silberiodid lagernder Negativfilm befinden würde. Nach einiger Recherche erfuhr ich dann von einem Fotografen aus den Niederlanden, der einen siebzig Jahre alten Film aus einer Secondhandkamera geholt und diesen entwickelt hatte. Von den sieben Fotos waren tatsächlich vier noch halbwegs brauchbar.

Die größte Herausforderung für mich aber war, Zugang zu meiner Protagonistin Margarete zu finden – einer von mir erfundenen Figur, die sich aber meinem Bemühen verdankt, mich der realen Isdal-Frau innerlich anzunähern. Was für ein Mensch hat sich wohl verborgen hinter diesem herumreisenden Phantom, hinter all den so auffällig daherkommenden Indizien? Wie mag diese Frau gewesen sein, die Zeugen als distanziert und kühl und ernst bezeichnet haben, als selbstsicher und weltgewandt? Warum reiste sie allein in Norwegen herum? Vor allem aber: Warum hat niemand sie je vermisst? Ich habe lange gebraucht, bis ich sie vor mir gesehen und auch gehört habe, die Stimme eines irgendwie spröden, distanzierten, verlorenen, rastlosen, aber auch zielstrebigen Menschen. Und als ich dann endlich eine Bindung zu ihr aufgebaut, ihr einen Charakter und eine Geschichte gegeben hatte, musste ich sie auch schon wieder gehen lassen. Und weil man als Romanautor*in eine gewisse Freiheit besitzt, war es mir – zum Trost der Leser*innen, vor allem aber zu meinem eigenen – ein Anliegen, die Frau, die ich Margarete genannt habe und die in einem einsamen Tal bei Bergen auf so schreckliche Weise ums Leben kam, zumindest literarisch heimzubringen.

Da es immer wieder Leser*innen gibt, die genau wissen wollen, was Wahrheit ist und was Fiktion, gebe ich im Folgenden einen Überblick über die rätselhaften und bemerkenswerten Ereignisse, die mich zu diesem Buch inspiriert haben.

Anja Jonuleit

Sachinformationen über den Fall der Isdal-Frau

Am 29. November 1970 finden Wanderer in Isdalen bei Bergen die stark verbrannte Leiche einer Frau. Das unwegsame Gelände besteht aus Felsbrocken, Steinen, Moosen, Gräsern und Farnen und ist schwer zugänglich. Der Leichnam liegt, die Arme angewinkelt in Boxerposition, auf unebenem Grund in einer Art Rinne, eingebettet zwischen Felsbrocken, was bedeutet, dass zwischen der Leiche und dem festen Boden ein Abstand von rund einem Meter besteht.

Am Fundort werden auf Hüfthöhe der Leiche teilweise geschmolzene dunkelblaue Gummistiefel mit weißer Sohle gefunden, was darauf hindeutet, dass jemand die bewusstlose Frau in die Rinne gezogen hat und dabei die Stiefel von den Füßen gefallen sind. Unter dem Leichnam findet sich eine nach Benzin riechende Fellmütze. Bei der Analyse einer Bodenprobe wird Benzin nachgewiesen. Es ist kein Behälter zu finden, in dem das Benzin an den Fundort gebracht wurde. Die Kriminaltechniker stellen fest, dass es keinerlei Spuren eines Lagerfeuers gibt. Aller Wahrscheinlichkeit nach befand sich die Frau in aufrecht sitzender Haltung, als das Feuer am stärksten brannte.

Am Fundort liegen u. a. eine Flasche Klosterlikør, geschmolzene Plastikflaschen und -becher.

In einem Gepäckschließfach des Bergener Bahnhofs werden zwei Koffer sichergestellt und der Frau zugeordnet. Die Koffer waren am 23. November aufgegeben und nicht wieder abgeholt worden. Sie enthalten u. a.

- Kleidung
- Kosmetikartikel
- eine Landkarte mit handschriftlich notierten Ortsnamen, einer davon ist Geilo
- eine Tube Betnovat-Salbe
- Vitamin B (Tonipan)
- die Ausgabe des *Dagbladet* vom 21. November mit einem Artikel auf der Titelseite über ein Montessori-Kinderheim in Rom, die *Casa dei bambini*
- einen DIN-A5-Block mit einer Zahlen- und Buchstabenkombination
- eine Tüte des Schuhgeschäfts *Nicolshoes Nickolbaby,* Via Barberini, Rom
- eine Tüte des Schuhgeschäfts Oscar Rørtvedt in Stavanger
- eine Sonnenbrille – die Fingerabdrücke auf der Sonnenbrille stimmen mit denen der Leiche überein.
- ein rotes Notizbuch mit drei Bildpostkarten: (1. Madonna mit Kind, 2. religiöses Motiv [unbekannt], 3. Wintermotiv *Schlittenfahrt,* fotografiert von einem italienischen Reisefotografen. Später wird sich herausstellen, dass die Karte zum damaligen Zeitpunkt noch nicht im Handel erhältlich war.)
- mahagonifarbene Perücke, *Napoleon Cut*
- Streichholzschachtel Versandhaus Beate Uhse, Flensburg

Bei der Durchsicht der Kleidung fällt auf, dass bei vielen die Etiketten herausgeschnitten wurden. Von etlichen Kosmetikartikeln wurde die Beschriftung weggekratzt.

Als Todesursache wird eine Kombination aus Barbituraten, Kohlenmonoxidvergiftung und Verbrennungen angenommen. Das Barbiturat (Schlaftabletten der Marke Fenemal) wurde in drei Schritten eingenommen. Ein Teil davon war bereits in den Blutkreislauf der Frau gelangt, ein Teil befand sich vollständig aufgelöst im Magen, ein dritter Teil der Tabletten wurde unaufgelöst im Magen gefunden. Seitlich am Hals wird ein Hämatom wie von einem Handkantenschlag festgestellt.

Ermittler suchen das Schuhgeschäft Oscar Rørtvedt in Stavanger auf. Mithilfe eines Abgleichs der Kundenbelege ergibt sich, dass die Unbekannte am 14. November dort die am Fundort sichergestellten blauen Gummistiefel gekauft hat. Die Verkäufer erinnern sich, dass die Frau keine Norwegerin war, dass sie eine weiße Tasche mit dem Aufdruck California bei sich gehabt hat.

Ermittlungen zu der Betnovat-Salbe ergeben, dass die Salbe in der Svaneapoteket in Bergen gekauft wurde. Auf Nachfrage der Polizei gibt die Apotheke an, pro Tag ca. zwanzig Tuben zu verkaufen. Das Rezepturetikett der Salbe, auf dem normalerweise der Patient sowie der Name des verschreibenden Arztes aufgeführt sind, wurde größtenteils weggekratzt. Die Polizei kontaktiert erfolglos sämtliche Ärzte, die auf den in den Hotels ausliegenden Notfall-Listen geführt werden. [→ Im Jahr 2017 gelingt es Dennis Zacher Aske, mithilfe noch erkennbarer Buchstabenreste den Namen des verschreibenden Arztes zu rekonstruieren. Es stellt sich heraus, dass es sich bei dem Mann weder um einen praktischen Arzt noch um einen Dermatologen handelt und dass sein Name auch nicht auf einer der Notfall-Listen der Hotels aufgeführt ist.]

Die Überprüfung der Meldescheine sämtlicher Hotels in Norwegen im Jahr 1970 ergibt, dass die Frau im Frühjahr und im Herbst 1970 in Norwegen herumgereist ist und dabei acht verschiedene Identitäten verwendet hat.

Ein von der Polizei hinzugezogener Entschlüsselungsexperte findet heraus, dass die im Koffer der Frau gefundene Zahlen- und Buchstabenkombination eine Auflistung der Daten und Orte in Norwegen darstellt, die die Unbekannte bereist hat. Die Angestellten aller Hotels, in denen die Frau abgestiegen war, werden befragt.

Bei seinen Recherchen stößt Aske auf zwei Anzeigen gegen den italienischen Fotografen:

1. wegen häuslicher Gewalt
   Aske: Als die Polizei sich für ihn zu interessieren begann, gruben sie zwei weitere Fälle aus, der erste vom Juli 1967. Seine Lebensgefährtin und Mutter seines Kindes war zu ihren Eltern nach Oslo geflohen, um Abstand von ihm zu gewinnen. Eines Tages verschaffte er sich mit seinem Schlüssel Zugang zum Haus der Familie. Er war wütend und begann Sachen aus den Schränken zu reißen. Die Lebensgefährtin war zu der Zeit schwanger. Zunächst leugnete er, der Vater zu sein. Dann drohte er damit, das Kind mit nach Italien zu nehmen. Weiterhin drohte er damit, das Haus niederzubrennen. Die Eltern der Frau riefen die Polizei, die wenig später eintraf. Sie brachten ihn dazu, die Wohnung zu verlassen. Im Nachgang stellte sich heraus, dass er seine Lebensgefährtin über einen langen Zeitraum körperlich und seelisch misshandelt hatte.
2. wegen Vergewaltigung einer Fünfzehnjährigen
   Aske: Um den 20. Juni 1970 herum traf der Fotograf mit seiner Lebensgefährtin und den Kindern in Kristiansand ein. Am 24. Juni 1970 wurde ihm vorgeworfen, ein fünfzehnjähriges Mädchen vergewaltigt zu haben. Aus Mangel an Beweisen wurde er nicht angeklagt. In den Polizeiakten wurde vermerkt, dass das Mädchen im dritten Monat schwanger war.

Auffälligkeiten

Es existieren insgesamt sechs von Hand ausgefüllte Hotel-Meldescheine.

Die Frau gibt ausschließlich belgische Identitäten an. Alle Identitäten sind falsch. Alle Adressen sind Fantasieadressen.

Ein Meldeschein wird in (nahezu) perfektem Französisch ausgefüllt. So wird als ausstellende Behörde des Passes korrekterweise eine »s/prefécture« (für *sous-préfecture*) angegeben. Einziger kleiner Fehler hier der *Accent* auf dem zweiten »e« statt auf dem ersten.

Fünf Meldescheine werden in einem teilweise seltsamen Deutsch ausgefüllt. So gibt die Frau als ausstellende Behörde des Reisepasses grundsätzlich »Kreisleitung« an, ein im Zusammenhang mit der NSDAP und der SED gebräuchlicher Begriff. Als Zweck der Reise schreibt sie »Berufsverkehr« (und meint damit höchstwahrscheinlich »Geschäftsreise«). Zweimal gibt sie als Beruf »Verziererin« an, was auf eine falsche Rückübersetzung aus einer romanischen Sprache hindeuten könnte (*décoratrice* = Raumausstatterin; *décorer* = schmücken, verzieren, dekorieren), einmal nennt sie »GeschäftTeilhaberin« als Beruf.

Auffällig bei der Angabe der Postanschriften ist der gehäufte Gebrauch von Heiligennamen. So gibt sie dreimal Straßennamen bzw. Plätze mit der heiligen Walburga an, einmal Hildegard und einmal Madeleine (Magdalena).

Die Aufzeichnungen (in der Presse »Secret Code« genannt)

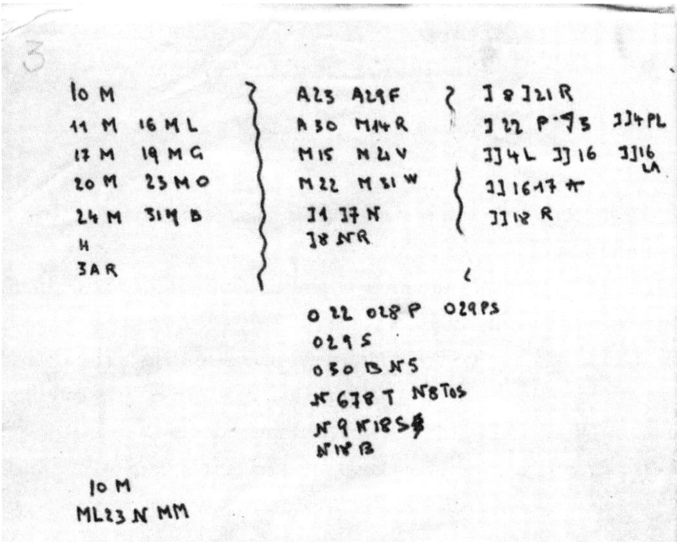
3

10 M
11 M 16 M L
17 M 19 M G
20 M 23 M O
24 M 31 M B
H
3 A R

A 23 A 29 F
A 30 M 14 R
M 15 M 24 V
M 22 M 31 W
J 1 J 7 N
J 8 N R

J 8 J 21 R
J 22 P 7 S JJ 4 PL
JJ 4 L JJ 16 JJ 16 LA
JJ 16 17 T
JJ 18 R

O 22 O 28 P O 29 PS
O 29 S
O 30 B N 5
N 6 7 8 T N 8 Tos
N 9 N 18 S
N 18 B

10 M
ML 23 N MM

Bei den Notizen der Frau handelt es sich um die Dokumentation ihrer Reisen im Jahr 1970. Mithilfe eines Entschlüsselungsexperten konnten die Aufenthaltsorte im Frühjahr und im Herbst ermittelt werden. So steht O für Oslo, B für Bergen, P für Paris, S für Stavanger, T für Trondheim.

Keinem Ort zugeordnet werden konnten folgende Buchstaben:
L, G, R, F, V, W, N, A

Auffällig bei der Art und Weise der Aufzeichnung ist die Anordnung ihrer Reisen in Blöcken. Jede Reise endet in R, wo sie sich länger als an anderen Orten aufhielt (zwischen 12 und 20 Tagen), was darauf hindeuten könnte, dass sie dort wohnhaft war.

Der Mythos der belgischen Pässe

Am 28. Dezember 1970 behauptet die *VG*, die Frau habe gefälschte belgische Pässe verwendet. Am 30. Dezember 1970 sprechen auch die *Bergens Tidende* und das *Stavanger Aftenblad* von einem Pass mit einer ungültigen Passnummer. Laut Aske gibt es dafür in den Ermittlungsakten keinerlei Hinweise. Vielmehr deutet die einzige zuverlässige Zeugenaussage darauf hin, dass die Frau einen französischen Pass besessen haben muss:

Am 29. Oktober fliegt die Frau von Paris über Amsterdam nach Stavanger. Die Ermittler überprüfen die an diesem Tag in Stavanger ankommenden Flüge. Es handelt sich um einen SAS-Flug aus Amsterdam. Aus der Passagierliste ist ersichtlich, dass in Stavanger fünfzehn Passagiere von Bord gegangen sind: zehn norwegische Staatsangehörige und fünf Ausländer. Bei der Passkontrolle am Flughafen wird die Staatsangehörigkeit jeder einreisenden Person in ein handschriftliches Register eingetragen. Die Polizei stößt auf eine Passagierin aus Paris, deren Name niemandem zugeordnet werden kann: Vera Schlosseneck. Einer der Beamten an der Passkontrolle erinnert sich an eine Passagierin aus Amsterdam, auf die die Beschreibung passt. Er erinnert sich auch, dass die Frau einen französischen Pass vorgelegt hat. Über Interpol wird Vera Schlossenecks Spur nach Paris zurückverfolgt zu zwei Hotels, Hôtel Altona und Hôtel de Calais, wo sie sich vom 22. bis 28. Oktober aufgehalten hatte. Die Analyse der Handschrift auf den dortigen Meldescheinen ergibt, dass es sich bei der Passagierin aus Paris um dieselbe Frau handelt. Allerdings ergibt eine Überprüfung der französischen Polizei, dass auch der Name Vera

Schlosseneck falsch ist. Es kann davon ausgegangen werden, dass die Frau dem Beamten bei der Passkontrolle in Stavanger ihren richtigen Pass vorgelegt hat und dass dieser demnach nicht auf den Namen Vera Schlosseneck ausgestellt war, da das Risiko, bei der Einreise mit einem gefälschten Pass erwischt zu werden, relativ hoch gewesen wäre.

NB: 1970 konnte man ein Flugticket kaufen, ohne seinen Reisepass vorzuzeigen. Es war somit möglich, ein Flugticket auf einen beliebigen Namen zu buchen und bei der Passkontrolle einen Reisepass mit einem anderen Namen vorzuzeigen.

Das Mysterium der Koffer

6. November: Abreise Hotel Neptun in Bergen mit 2 Koffern und 1 weißen Reisetasche (»California«)

Flug nach Trondheim. Sie gibt zwei Gepäckstücke auf – die Tasche und einen Koffer (NB: Wo ist der zweite Koffer geblieben?)

6. November: Ankunft Hotel Bristol in Trondheim mit einem Koffer und einer weißen Tasche
[Abreise Hotel Bristol Gepäckzahl unbekannt]

9. November: Ankunft in Stavanger mit einem Koffer und einer weißen Tasche

18. November: Abreise Hotel St. Svithun in Stavanger mit einem Koffer und einer weißen Tasche

18. November: Ankunft Hotel Rosenkrantz in Bergen mit einem Koffer und einer weißen Tasche

19. November, 12.00 Uhr: Abreise Hotel Rosenkrantz in Bergen mit einem Koffer und einer weißen Tasche

19. November, 12.30 Uhr: Ankunft Hotel Hordaheimen in Bergen mit zwei Koffern und einer weißen Tasche

23. November: Abreise Hotel Hordaheimen mit zwei Koffern und einer Tasche

Fazit: Irgendwo nach der Abreise vom Hotel Neptun, Bergen, am 6. November »verschwindet« ein Koffer. Dieser Koffer taucht erst wieder am 19. November beim Einchecken ins Hotel Hordaheimen, Bergen, auf.

Zeugenaussagen

- Die Frau hat eine Lücke zwischen den Vorderzähnen.
- Ihr Englisch ist nicht sehr gut.
- Am 21. November (zwei Tage vor ihrem Tod) wird sie auf einem Spaziergang im Isdalen in Begleitung eines Mannes gesehen. Der Mann ist kräftig, hat breite Schultern und trägt einen Anzug und einen Mantel (und könnte von der Beschreibung her der italienische Fotograf sein). Er wirkt zornig und geht in einigem Abstand von der Frau.
- Ein Zimmermädchen des Hotel Viking gibt an, sie sei der Frau bei ihrer Ankunft am Nachmittag des 21. März begegnet. Ein Mann mit Zigarette habe sie begleitet und gemeinsam mit ihr den Fahrstuhl betreten. Er habe Französisch mit der Frau gesprochen. Die Zeugin ist sich sicher, dass der Mann nicht wie ein französischer Muttersprachler geklungen habe.
- Sie fährt mehrere Male mit dem Tragflügelboot zwischen Stavanger und Bergen hin und her.
- Am 23. November um 12.00 Uhr bemerken mehrere Zeugen unabhängig voneinander eine Rauchsäule in Isdalen. (Dies ist wichtig für die Bestimmung des Todeszeitpunkts, da dieser aufgrund der Witterungsverhältnisse nicht eindeutig festgestellt werden konnte.)
- Am 23. November bemerkt eine Zeugin im Isdalen ein »helles Volvo Coupé« mit dem Länderkennzeichen »S« für Schweden. Es ist bekannt, dass der italienische Fotograf ein beiges Volvo Coupé fuhr, das in Schweden registriert war. Keiner der Ermittler hat je einen Zusammenhang hergestellt.

- Hotel Bristol, Trondheim: Ein Angestellter bezeichnet sie als merkwürdig. Er beobachtet, dass sie jedes Mal, wenn sie das Etagenbad aufsucht, ihre Zimmertür hinter sich abschließt. Einmal bestellt sie etwas vom Room Service. Die Tür ist verschlossen, als der Zimmerservice kommt.
- Die Frau kommt oft spät zum Frühstück, kurz bevor abgeräumt wird.
- Im Hotel St. Svithun bemerkt das Zimmermädchen »viele Flaschen« (Alkoholika) in ihrem Zimmer.
- Im Hotel Neptun wird sie von einem Mann mit Bergener Dialekt angerufen.
- Im Hotel Neptun in Bergen frühstückt sie zusammen mit einem Mann im Anzug, 1,77 m groß, rotbraunes Haar, markante Stirn, feine Züge (nicht der Fotograf!). Die beiden sprechen Deutsch miteinander.
- Sie raucht *South-State*-Zigaretten.
- Im Hotel Neptun wird sie morgens und abends lesend bzw. schreibend im Speisezimmer gesehen.
- Wiederholt stellt sie einen Stuhl vor ihr Zimmer auf den Korridor (Hotel St. Svithun).
- Sie entfernt das »D« vom Schild des Badezimmers und klebt es hinter ihre Zimmernummer (Hotel St. Svithun).
- Im Hotel St. Svithun hört ein Zimmermädchen um die Mittagszeit laute Stimmen aus dem Zimmer der Frau: Ein Mann und eine Frau streiten in einer fremden Sprache. Die Stimmen sind so laut, dass das Zimmermädchen schließlich an die Tür klopft und um Ruhe bittet.
- Im Hotel St. Svithun wird bemerkt, dass die Frau einige Nächte außer Haus verbringt.
- Drei Besatzungsmitglieder an Bord eines Tragflügelbootes der *Nattruten* erinnern sich, die Frau zusammen mit einem Mann mit fettigen Haaren und einer Militaryjacke gesehen zu haben.
- Am Abend ihrer Ankunft im Hotel Rosenkrantz (18. Novem-

ber) betritt ein Zimmermädchen um 21.00 Uhr das Zimmer der Isdal-Frau, um das Bett für die Nacht abzudecken. Im Zimmer befinden sich zwei Personen: die Isdal-Frau, die auf dem Bett sitzt, und ein Mann auf einem Sofa, der der Beschreibung nach der italienische Fotograf sein könnte. Während das Zimmermädchen das Bett abdeckt, sprechen die beiden kein Wort.

- Ein Zimmermädchen des Hotel Rosenkrantz gibt an, die Frau beim Verlassen des Hotels gesehen zu haben. Kurz darauf bemerkt das Zimmermädchen, dass das Türschloss an ihrer Zimmertür auf »Rot« steht, was bedeutet, dass die Tür von innen verriegelt wurde. Eine zweite Person muss sich in dem Zimmer aufgehalten haben.

Bewegungsprofil der Isdal-Frau

Frühjahr 1970

21.–24. März 1970	Oslo, Viking Hotel	Geneviève Lancier
24.–25. März 1970	Bergen, Hotel Bristol	Claudia Tielt, geb. 11.07.45
25. März – 01. April 1970	Bergen, Hotel Skandia	Claudia Tielt, geb. 11.07.43

Am 1. April 1970 reist sie von Stavanger nach Basel (Fahrkarte Nr. 150 242), wo sie am 3. April gegen 7.00 Uhr eintrifft. Von dort Weiterreise nach »R« (Rom?).

Sommer 1970

Am 8. August 1970 nimmt ein Zeuge (Organist einer Kirche) nördlich von Bodø eine Anhalterin mit, auf die die Beschreibung passt. Die Frau erzählt, sie sei Studentin aus Südafrika und komme aus einer kleinen Stadt bei Johannesburg.

Anfang August 1970 hält sich der italienische Fotograf zwei Wochen in Bodø für ein Fotoshooting auf (dokumentiert durch ein Bild in einer Lokalzeitung mit folgender Bildunterschrift: »*Der kleine Bootshafen von Bodø hatte seltene Gäste. Ein sehr berühmter italienischer Fotograf fotografierte Fischer bei der Arbeit. Er wurde von der schwedischen Nationalmannschaft für das Fremdenverkehrs-*

amt engagiert und brachte das aus Finnland stammende Fotomodell A. S. mit. Hier sehen Sie die beiden zusammen mit Skipper E. P. aus Bodø.«

Herbst 1970

2., 3. und 4. Oktober 1970
Oslo, Oppdal, Loen → s. u. »Der italienische Fotograf«

22. – 28. Oktober 1970	Paris	Vera Schlosseneck
29. – 30. Oktober 1970	Stavanger, K. N. A. Hotelet	Claudia Nielsen
30. Oktober – 5. November 1970	Bergen, Neptun Hotel	Alexia Zarna-Merchez

Unter dem Namen E. Welding fliegt sie am 6. November von Bergen nach Trondheim.

06. – 08. November 1970	Trondheim, Hotel Bristol	Vera Jarle

Unter dem Namen L. Selling fliegt sie von Trondheim über Oslo nach Stavanger

09. – 18. November 1970	Stavanger, St. Svithun Hotel	Finella Lorck
18. – 19. November 1970	Bergen, Hotel Rosenkrantz	Elizabeth Leenhouvwer
19. – 23. November 1970	Bergen, Hotel Hordaheimen	Elizabeth Leenhouvwer

Der italienische Fotograf

Am Abend des 10. Dezember 1970 werden die Phantombilder der Frau im Fernsehen gezeigt, am 11. Dezember 1970 erscheinen sie in der Presse. Die Ermittler in Bergen erhalten einen Anruf der Polizei in Oppdal, einem Ort zwei Autostunden südlich von Trondheim. Ein Zeuge, der Direktor des Turisthotell in Oppdal, erinnert sich an die Frau. Er gibt zu Protokoll, dass die Frau am Abend des 3. Oktober 1970 bei ihm in Oppdal zu Gast gewesen sei, zusammen mit einem italienischen Fotografen. Einer der Ermittler in Bergen erinnert sich an den Namen des Fotografen, der auf einer Ansichtskarte im Gepäck der Frau gefunden wurde. Die Karte wird überprüft: Die Namen stimmen überein. Die Karte wird vom Grako Verlag in Oslo verlegt. Die Ermittler in Oslo befragen den Verleger. Dieser macht eine Aussage, die zusammen mit der Aussage des Hoteldirektors in Oppdal eine merkwürdige Abfolge von Ereignissen ergibt:

Der Verleger gibt an, am 2. Oktober eine Besprechung mit dem italienischen Fotografen in Oslo gehabt zu haben. Nach der Besprechung habe er ihn hinaus zu seinem Wagen begleitet. Dort habe eine Frau im Wagen des Fotografen gesessen. Der Fotograf erklärte gegenüber dem Verleger, er habe die Frau früher am Tag im Osloer Fremdenverkehrsbüro getroffen und biete ihr nun eine Mitfahrgelegenheit nach Stockholm. Die Frau sei eine »Studentin mit chinesischen Wurzeln«. Am selben Abend erhält der Verleger einen Anruf des Fotografen, der behauptet, sich in Ørje nahe der schwedischen Grenze auf dem Weg nach Stockholm zu befinden.

In Wirklichkeit trifft der Fotograf jedoch noch am 2. Oktober in Oppdal ein, einem Ort 457 km nördlich von Ørje, wofür es Zeugen gibt.

Am frühen Morgen des 3. Oktober bemerken Zeugen am Bahnhof in Oppdal, wie eine fremdländisch aussehende Frau aus dem Zug steigt und ihre Koffer zur Gepäckaufbewahrung gibt. Die Frau wird zunächst im Wartesaal des Bahnhofs gesehen und später auf dem Marktplatz, wo sie stundenlang auf und ab geht.

Am selben Tag, dem 3. Oktober, kehrt der Fotograf von einer Fototour mit einem Freund zurück und begibt sich zum Marktplatz, wo er gesehen wird, wie er die Frau begrüßt und sie vor der Trollstatue fotografiert. Laut Zeugenaussagen wirken die beiden so, als seien sie verabredet gewesen.

Um 19.00 Uhr folgt der Fotograf einer privaten Essenseinladung des Direktors des Turisthotell. Er erscheint dort in Begleitung dieser Frau, von der er behauptet, er habe sie gerade erst kennengelernt. Die Frau erzählt, sie sei mit dem Nachtzug nach Oppdal gefahren, weil sie gehört habe, dass es dort schön sei. Der Fotograf behauptet, er komme direkt aus Stockholm. Im Gespräch sagt die Frau, sie sei chinesischer Abstammung, lebe in Johannesburg in Südafrika, sei Angestellte und arbeite das halbe Jahr und verbringe die andere Hälfte auf Reisen. Der Direktor beschreibt die Frau detailliert. So erinnert er sich an eine Lücke zwischen den Vorderzähnen und eine spitze Nase. Sie habe (Schul-) Englisch und teilweise Französisch gesprochen. Weiterhin berichtet der Hoteldirektor, dass der Fotograf ihm Wochen zuvor einige von ihm fotografierte Ansichtskarten als Muster dagelassen habe. Der Hoteldirektor überreicht der Frau eine Karte mit einem Wintermotiv (Schlittenfahrt). [NB: Zu dem Zeitpunkt sind die Karten noch nicht im Handel erhältlich. Später wird eine Karte mit dem Motiv der »Schlittenfahrt« im Gepäck der Frau gefunden. Bei einer Befragung durch die Polizei gibt der italienische Fotograf an, die Frau werde die Karte wohl irgendwo gekauft haben.]

Befragt nach ihren Reiseplänen, sagt die Frau dem Hoteldirektor, sie werde am nächsten Tag nach Trondheim (nach Norden) weiterfahren. Der Fotograf spricht davon, nach Westen fahren zu wollen. Weiterhin erklärt der Hoteldirektor, dass der Fotograf ihn aufgrund der späten Stunde gefragt habe, ob die Frau in seinem Zimmer übernachten könne. Als der Direktor am nächsten Morgen das Zimmer aufsuchen will, sind die beiden bereits abgereist. Der Direktor bemerkt, dass beide im selben Bett geschlafen haben. [Hintergrund: Der Hoteldirektor ist ein guter Bekannter des italienischen Fotografen und weiß, dass dieser Frau und Kinder hat.]

Am 4. Oktober wird der Fotograf zusammen mit der Frau in einem Hotel in Loen beim Mittagessen gesehen. Loen liegt im Südwesten von Oppdal.

Widersprüchliche Angaben

Zeugenaussage Nummer 1 des italienischen Fotografen am 11. Mai 1971:
Befragt zu den Ereignissen Anfang Oktober 1970 gibt der Fotograf Folgendes zu Protokoll: Am 3. Oktober 1970 habe er eine Touristin in Oppdal kennengelernt. Aus Mitleid habe er ihr eine Mitfahrgelegenheit nach Oslo angeboten. Sie seien nicht auf direktem Wege nach Oslo gefahren, sondern hätten noch verschiedene andere Orte besucht. In Oslo habe er dann seinen Verleger getroffen, wo dieser die Frau in seinem Wagen habe sitzen sehen. [NB: Daten und Orte passen nicht zueinander. Die Besprechung mit dem Verleger in Oslo war am 2. Oktober, wo der Verleger die Frau »chinesischer Abstammung« bereits im Wagen des Fotografen hat sitzen sehen. Der Fotograf gibt aber an, er habe die Frau erst am 3. Oktober in Oppdal kennengelernt.]

Zeugenaussage Nummer 2 am 12. Mai 1971:
Am 12. Mai 1971 taucht der Fotograf aus eigener Initiative ein zweites Mal bei der Polizei auf, wo er seine Zeugenaussage vom Vortag wie folgt korrigiert: Am 3. Oktober sei er mit der Frau von Oppdal aus auf dem kürzesten Weg nach Schweden gefahren. Er gibt an, in einem Hotel in Schweden übernachtet zu haben, dann nach Ørje weitergefahren zu sein. Diesmal lässt er das Treffen in Oslo mit seinem Verleger aus und nennt den Namen der Frau, die »chinesischer Abstammung« sei: Loretta Junkin aus Südafrika.

Zeugenaussage des Verlegers:
Am 2. Oktober 1970 sieht der Verleger im Wagen des Fotografen eine Frau sitzen, die nach dessen Angaben »chinesischer Abstammung« sei. Am Abend ruft der Fotograf den Verleger an und behauptet, in Ørje (Grenzort) zu sein (auf dem Weg nach Stockholm).

Zeugenaussagen in Oppdal:
Am 3. Oktober sehen mehrere Personen eine Frau mit fremdländischen Zügen auf dem Marktplatz in Oppdal zusammen mit dem Fotografen. Das Treffen scheint verabredet gewesen zu sein.

Zeugenaussage Direktor Turisthotell Oppdal:
Der Hoteldirektor erinnert sich, dass der Fotograf ihm gegenüber erwähnt habe, am 1. Oktober mit dem Flugzeug in Stockholm eingetroffen zu sein und von dort am 2. Oktober über Storskog (Grenzübertritt) und Trondheim nach Oppdal gefahren und am 3. Oktober früh auf Fotosafari gegangen zu sein, zusammen mit einem örtlichen Fotografen. Am 3. Oktober abends bekommt der Direktor Besuch von dem italienischen Fotografen, der eine Frau »chinesischer Abstammung« mitbringt.

Am 12. Mai 1971 wendet sich die norwegische Polizei an die Polizei in Südafrika mit der Bitte um Amtshilfe in einem Vermisstenfall und fragt nach Loretta Junkin. Am 13. Mai kommt die Antwort, dass Loretta Junkin nicht als vermisst gelte, dass sie chinesischer Abstammung sei, in Grahamstown studiert und ihr Studium bereits 1968 abgeschlossen habe. [Grahamstown und Johannesburg liegen rund tausend Kilometer voneinander entfernt.]

Im Jahr 2017 gelingt es Dennis Aske Loretta Junkins Bruder und Tochter aufzuspüren. Hier der Verlauf seiner Suche und der merkwürdige Ausgang:

»Es ist mir gelungen, einen Verwandten [von Loretta Junkin] aufzuspüren. Dies war ein Schuss ins Blaue. Dieser Verwandte gab mir die Mailadresse von Loretta Junkins Bruder. Ich kontaktierte den Bruder und fragte ihn, ob er mir den Kontakt zu Loretta Junkin herstellen könne, da ich ihr einige Fragen im Zuge meiner Recherchen für ein Buch stellen wolle. Er antwortete, das sei kein Problem, er würde ihr meine Fragen weiterleiten. Er bat mich, die Fragen zu stellen. Ich erklärte ihm, dass ich zunächst einmal nur wissen müsse, ob sie sich im Oktober 1970 in Norwegen aufgehalten habe. Ein, zwei Tage später mailte mir seine Tochter und fragte mich, was das solle. Ich erklärte ihr, dass es um einen Vermisstenfall gehe, und schickte ihr die Kopien der Korrespondenz von 1971. Daraufhin hörte ich nichts mehr von ihr. Nach einigen weiteren Nachfragen meinerseits gab ich auf.

Später konnte ich in Erfahrung bringen, dass Loretta Junkin inzwischen in Auckland, Neuseeland, lebte. Mein Verleger beauftragte einen Privatdetektiv damit, Loretta Junkin zu finden. Es gelang ihm, Loretta Junkins Tochter ausfindig zu machen. Sie gab sich hilfsbereit und versprach, dass sie ihrer Mutter meine Fragen übermitteln wolle. Wir haben nie wieder etwas von ihr gehört.

Zu guter Letzt kontaktierte mein Verleger noch einmal Loretta Junkins Bruder, der nun antwortete und behauptete, Loretta Junkin leide unter einer Alzheimer-Erkrankung und sei außerstande, uns weiterzuhelfen.«

Um die Aufenthaltsorte des italienischen Fotografen in Norwegen im Jahr 1970 festzustellen, beauftragt Aske eine Kontaktperson bei der Polizei, die Meldescheine der Hotels, die damals ihm Zuge der Ermittlungen gesammelt worden waren, durchzugehen. Es stellt sich heraus, dass die Meldescheine, die seinerzeit sortiert nach Hotels abgelegt worden waren, inzwischen alphabetisch nach Personen geordnet sind. Sämtliche Meldescheine des italienischen Fotografen sind verschwunden.

Verdacht auf geheimdienstliche Tätigkeit: Fake News

Hotelwechsel

Den Ermittlern fällt auf, dass die Frau wiederholt an einem Ort das Hotel wechselt. So verlässt sie im März 1970 das Hotel Bristol in Bergen und zieht ins Hotel Skandia in Bergen. Im Oktober wechselt sie in Paris vom Hôtel Altona zum Hôtel de Calais. In Bergen zieht sie vom Hotel Rosentkrantz ins Hotel Hordaheimen. Was auf den ersten Blick mysteriös erscheint, ist in Wirklichkeit recht simpel: Sie wechselt jeweils in ein billigeres Hotel.

Zimmerwechsel

Hotel Neptun: Als sie beim Einchecken entdeckt, dass das Zimmer ein Bad hat, fragt sie nach einem Zimmer ohne Bad. Ihr wird Zimmer 619 in Aussicht gestellt, doch dann stellt sich heraus, dass das Zimmer bereits an einen anderen Gast vergeben worden war. So erhält sie schließlich Zimmer 701, das über kein Bad verfügt. Dieses Zimmer ist 7 Kronen günstiger.

Hotel St. Svithun: Ihr wird zuerst Zimmer 609 gezeigt, doch sie will ein anderes Zimmer sehen und so wird ihr 612 gezeigt. Beide liegen an einer sehr befahrenen Straße. Also nimmt sie zunächst Zimmer 609 (für die erste Nacht). Am nächsten Tag beklagt sie sich über den Lärm und zieht dann, als Zimmer 615 frei geworden ist, in dieses Zimmer, das an einer ruhigen Seitenstraße liegt.

Hotel Hordaheimen: Sie bekommt Zimmer 414. Das Zimmer liegt an der Ecke einer belebten Einkaufsstraße. Als sie sich nach einem anderen Zimmer erkundigt und ihr Zimmer 407 vorgeschlagen wird, nimmt sie dieses, da das Zimmer an einer ruhigen Seitenstraße liegt.

Abgetrennte Etiketten und weggekratzte Beschriftungen

Aske entkräftet auch diesen Mythos:

So verfügen 26 Gegenstände »von Haus aus« über kein Etikett. 36 Etiketten sind noch vorhanden. Letztendlich sind nur von 21 Gegenständen die Etiketten entfernt worden.

Die Zeitungen, speziell die *VG*, kolportiert die Meldung, dass »sämtliche Etiketten« von der Kleidung und der Kosmetik der Toten entfernt worden seien.

Der Fischer Berthon Rott

Berthon Rott sagt aus, er habe die Frau im Hafen von Tananger mit einem Marineoffizier sprechen sehen, der angeblich von Bord eines Raketentestbootes gegangen war. Dies soll im Oktober/November geschehen sein. Wie *Forsvarets Forsknings Institutt*, das Institut für Militärische Forschung, jedoch angibt, wurden in diesem Zeitraum aber keine derartigen Tests durchgeführt. Die Presse hat die Geschichte mit dem Marineoffizier und den Raketentests dennoch kolportiert, um das Spionagegerücht weiter zu befeuern.

Falsche Identitäten

Die Frau verwendet insgesamt acht verschiedene Namen (zehn, wenn man die Flüge nach und von Trondheim mit einbezieht). Nach Angaben von Geheimdienstexperten statteten sowohl KGB als auch HVA ihre Agenten mit *einer* Identität (in seltenen Fällen mit maximal zwei Identitäten) aus. Weiterhin wurde bei Erschaffung einer künstlichen Biografie akribisch darauf geachtet, dass sämtliche Gegenstände im Besitz der Agenten mit der falschen Identität übereinstimmten (Kleidung, Kosmetik). Kein Agent hätte je die Aufmerksamkeit auf sich gelenkt durch Entfernen von Etiketten oder auffällige Kennzeichnung der Zimmertür.

Neue wissenschaftliche Erkenntnisse

Mithilfe einer Isotopenanalyse im Jahr 2016 kann ermittelt werden, dass die Isdal-Frau ihre ersten vier Lebensjahre mit hoher Wahrscheinlichkeit in der Gegend um Nürnberg verbracht sowie als Heranwachsende im deutsch-französisch-belgischen Grenzgebiet gelebt hat.

Die Zahnarbeiten – Ringdeckelkronen – im Gebiss der Frau weisen ebenfalls auf Frankreich, die Beneluxstaaten und Deutschland.

Das grafologische Gutachten ergibt, dass die Isdal-Frau in Frankreich, Belgien oder Luxemburg schreiben gelernt hat.

Die Messung der C14-Konzentrationen im Zahnschmelz der Isdal-Frau ergibt, dass die Frau vor 1944 geboren worden sein muss. Ihr vermutetes Geburtsjahr liegt demnach zwischen 1926 und 1944.

Quellen

Dennis Zacher Aske, Jurist und Autor des Sachbuchs *Kvinnen i Isdalen*

Tore Osland, Sohn des Ermittlers Harald Osland bei der Mordkommission Bergen

Carl Halvor Aas, diensthabender Staatsanwalt am Tatort

Die Zeit, 10. Januar 2018: *Die Tote aus dem Isdal* (https://www.zeit.de/2018/03/isdal-frau-norwegen-tote-ermittlungen)

Die Zeit, 23. Mai 2018: *Die habe ich gesehen* (https://www.zeit.de/2018/22/isdal-frau-norwegen-tote-fischer-aussage)

SWR2 Wissen, 5. Juli 2018. *Die Isdal-Frau. Eine kriminalistische Spurensuche* (Podcast abrufbar unter www.swr.de)

BBC: *Death in Ice Valley* (Podcast, abrufbar unter www.bbc.co.uk)

Kåre Olsen: *Schicksal Lebensborn. Die Kinder der Schande und ihre Mütter*. München: Knaur Taschenbuch 2004

Gunnar Köhne: *Norwegens Deutschenkinder. Die späte Entschuldigung* (Deutschlandfunk-Feature vom 27. 05. 2019, abrufbar unter www.deutschlandfunk.de)

L'Express, 06. Juli 2009. *France 1944: la fabrique des enfants parfaits*

Redaktion photoscala: *Kamera von 1929 gefunden und Film entwickelt.* 19. Juli 2017 (https://www.photoscala.de/2017/07/19/kamera-von-1929-gefunden-und-film-entwickelt/)

Süddeutsche Zeitung, 21. Februar 2020: *»Jede Frau hat das Recht, mit Sex Geld zu verdienen«*

Spiegel online, 14. Juni 2012: Geheimberuf Escort-Service. *»Ich hatte erwartet, mich dreckig zu fühlen«*

Abendzeitung, 23. November 2015: *Das Leben als Escort-Dame – Ein Blick hinter die Kulissen*

Die berührende Geschichte
zweier Freundinnen
unter dem Einfluss der
Colonia Dignidad

Manche Geschichten
erfinden unser Leben neu

ALLE LIEFERBAREN TITEL, INFORMATIONEN UND SPECIALS
FINDEN SIE ONLINE

Auch als eBook

www.dtv.de dtv